JN095989

夢と人生

上巻

知火

七月堂

この作品は十九世紀フランスの作家ジェラール・ド・ネルヴァルの伝記小説である。伝記小説である以上作家の生涯の終わりまで語り終えることが当然なのであるが、これを手掛けて既に十年近くがたってようやく三十三歳の狂気の発作までしか書くことができていない。この調子でいくと果たして生きているうちに書き終わるかどうか危うい。そしてこの発作というのはネルヴァルの人生において最大の分岐点であることは間違いないと思う。それゆえとりあえずこれを一区切りとして上巻としてまとめることとした。自分の人生が後どれだけ残っているか分からないし、生きていても書き続けることができる状態でなくなるかもしれない。それでもとにかく下巻を出版することをこの後の人生を生きる意味として行きたいと思っている。この出版と同時にこれまで四十年近くをかけて書き溜めて来た短編集を『不知火』のタイトルで出版している。自分にとってこれが最も本来的な創作の形であると思う。どれだけ書いて来ても自分には長編を構想する力が欠けているのである。それでも人の生涯というテーマを使うならば枠がおのずから決まって来るのでせめてそうやって一度だけ長編を書いてみたいと思った。それならば主題はおのずと決まって来て、長い間読み続けて来たネルヴァルを扱うしかない。それでも一気に書き上げることはできなかった。自分が生涯に書き上げることのできたのは十編ばかりの短編とこの長編ということになろう。もとよりそんなことは私を直接知っている人以外には何の意味もないことである。これを手にする人は原則としてみな私が誰であるか知っているので作者についての説明は付けない。何年か後にこの本をたまたま目にした時にそういえばそんな人がいたな、果たして後編は書けたのだろうかと思われたなら興味があれば問い合わせていただけば、書けていればお送りすることはできる。

目次

夢と人生　上巻

一．モルトフォンテーヌ（一八一四年）

遠い北の国からパリをめざす旅人はフランドル街道をたどってサンリスの古い城壁を見るとほっとする。古いフランスの血が流れているヴァロワの主邑では白く明るい石造りの家並み、いくつもの教会の高い屋根を圧して天に聳える大聖堂の尖塔、小さいが陽気に勢いよく十二世紀の城壁の足元を洗っていくノネット川、すべてがしっとりとしてつつましく心を和ませてくれる。その穏やかな空気が市民の気質にもしみこみ、宗教戦争の嵐が吹き荒れ、新教徒を蛇蝎視する大司教自ら住民を扇動しようといきり立った時にもそれに流されなかったのだが、それでいて決して軟弱な民ではなく、裏切り者の大司教が三万と称する旧教同盟の包囲軍をけしかけた時にすら千に満たない兵力でしのぎきったほどだった。アンリ四世はことのほかこの町を愛し市役所の正面に「わが幸運はサンリスの町に始まり、それから王国全体に広がり、ちりばめられたのだ」と刻ませている。だがそれを誇りとするサンリスの市民たちも、一八一四年六月のまぶしい太陽の中をぼろぼろの外套に各自背嚢を背負い、疾うに役に立たなくなった銃を杖代わりにしたり、互いに肩を抱えあうようにして這うように辿り着いた幽霊のような者達の姿を眼にして思わず顔をしかめずにおれなかった。外套というも名ばかりの、破れ擦り切れた体覆いのあちこちから鉛色に変色した肉が覗き、片耳や鼻の欠けた者、目がほとんど開かなくなっている者、片手や片足を失っている者も少なくない。うつろな、もはや疲れたということすらも感じられなくなっている体力の限界を全身に染み出させた男たちは、それでも無事にフランスの地に帰って来たことを喜んで目を潤ませながら歩いている。サーベルを腰に残している三人の男たちはおそらく士官なのだろう、歩き方もほかの者よりはよほどしゃんとしていて、幽霊のような兵士達が、アルバニア亭や、ムクドリ亭、半靴下亭、逃げた鱒亭などという看板を掲げた露天市広場の居酒屋に転げ込んでいく後ろ姿に見向きもせずそのまま市門を南へゆっくりと抜けていく。フランドル街道は楡の高木が両側に並んで鬱蒼とした影を作り、ここらあたりでは小石をつき固めて舗装され、荷車や馬車の往来も少なくない。たまたま朝市からの帰りで門を出ようとした荷車に声をかけた三人は空になった牛乳缶と買ったばかりの小麦の袋の間に坐らせてもらうことが出来た。

「だんな方はどちらの方から戻られたんで？」

「ロシアだよ。捕虜になっていたんだ。」

「それじゃあ本当だったんですかね、皇帝が敗れたってことは。あんだけ見たこともねえ大軍が意気揚々と北へ向かうのを見たときにゃ負けるなんて思っても見なかった。王様だの元帥だのがうようよして皇帝のお姿を拝ませてもらいたがったのにどこにいなさるかもわかりゃしねえくらいだった。それだのに、そんな大勢の兵士が帰ってくるのはついぞ見かけねえんだもの。馬事総監殿がお忍びでお通りになったとか、馬車の中にまぎれもねえ皇帝のお顔が見えたとか、噂ばかり飛んでいるうちに、いつの間にか皇帝はパリにお帰りになっているじゃないか。それだのに大軍は一向に帰って来やしねえ。このあたりにだって息子や亭主を出したうちはいくらもあるのに、ひどい負け戦の話だけは聞こえるけんどみんながどうなったんだか教えてくれん。女たちはみんな皇帝を恨む声でいっぱいだ。俺たちは半信半疑だったけんど、そいでもまだ皇帝が負けるとは信じられんかった。あれからもう二年もたつんだもんな。それで、だんなみんなこれから帰って来るんだかね。」

「いや、さっき見たろう。帰って来ることのできた者はほんの少しだ。ほかの地方に帰った者は少しはいるだろうが、こちらのほうに帰る者はもうあれで終わりだ。」

「そんな……だってあんなに大勢出て行ったのに。騎兵の後に砲兵、それから歩いていく奴等、出入りの商人、酒保係の女、それがもう何日も何日もこの道を出て行ったんだ。それだのに、二年前に戻ってきたのはほんの一握り、だんながたよりひでえ格好してたよ。だからやっぱり負けたんだなっては思った。それでもまだ大勢残ってるんだって思ってたんだ。もう帰って来ないなんて、そりゃどうなっちまったんだ。」

士官たちは顔を背けた。思い出したくもなかった。泥と雪のぬかるみ。長靴はめり込んで歩けず、ろくに飼い葉も与えられなくなった馬たちの鋲打ちしていない蹄鉄は板のように凍りついた道では少しでも傾斜を帯びると滑った。転倒した馬たちに群がる兵士たち、ここまで逃れてきたのもこの馬たちのおかげだというのに、もはや立ち上がることも出来ぬ動物は弱弱しくいななきながら主人たちの振り下ろす銃剣に血まみれになり、ほんのひと時逃れていく兵たちの胃袋を満たした。最後には火や銃剣さえなくした兵たちは、馬の血を飲もうと、匕首で穴を開け、乳でも飲むように馬の腹に群がると血だらけになった顔を振りたてて後ろの者と交代するのだった。そこへ押し寄せてきたコザック兵が彼らの人のものとも思われぬ有様を見てさすがに恐怖の声を上げ、逃げ去っていくのが見えたことすらあった。

「シャペル＝アン＝セルヴァルに着きましたよ、だんな。」

寡黙になってしまった牛乳売りはチップを要求することもなく、何も持っていない士官たちもただ言葉でお礼を言うことしか出来なかった。街道から離れて道幅は狭くなったが、小石の舗装は続いていて、三人の中で左足を引きずっている背の高い男も割合楽に歩けた。

「霧が出てきたようですね。」

一番若い男が怪訝そうに言うと、足を引きずりながらも案内役になっていた長身の男が、

「うん、そうだな。」

とだけ答えたが、またみんな黙ってしまう。半時も灰色の海の中を歩いてやがて霧の間からぼんやりとした影と話し声が近づいてくる。

「ほらあの泉だ。やっと着いたぞ。」

生い茂る緑を隠すように続いている石の壁に組み込まれて、門のような形をした水場がはめ込まれていた。女たちが何人か子供たちを連れて水を汲みに来ており、三人を目に留めて何かめうめうとささ

やき交わしている。その泉のすぐ向こうに雑貨屋の看板が見えた。店に座っていた六十過ぎの男は異様な風体の男たちを見て一瞬いぶかしそうな目を向けた。

「ブーシェおじさん、ラブリュニーです。ただ今帰りました。」

老人はその声を聞いてはっとし、顔を引きつらせ、目を見張った。

「エティエンヌ、生きていたんか。」

一瞬こみ上げる感情に我を忘れていたかに見えた老人はすぐに気を取り直して立ち上がった。

「さぞ疲れているだろう、話は後だ。ともかく三人とも中へ入りなさい。」

もとは宿屋だったという大きな広間に入ると三人は精根尽き果てて古い木で出来たベンチに崩れ落ちた。物音を聞きつけて二人の女が飛び出してくる。

「マリー・ジャンヌ、ラブリュニーさんが戻られたんだ。ファンシェット、早く何か飲み物を。」

年若い女はすぐに奥へ引っ込んだが、黄色いワンピースに身を包んだ真っ白な髪の老婦人はものも言わずに立ち尽くし、大きく見開いた目がるむるむと水をたたえ、見る間にそれがこぼれ落ちていく。

「ジャンヌ叔母さん、マルグリットを連れて帰れなくて申し訳ありません。」

左足の悪い長身の男が立ち上がろうと努力しながら搾り出すように言った。老婦人はしばらく涙を浮かべながら首を振っていたが、何よりも気がかりなことを話そうとした。

「ジェラールはね、あの子はまだロワジーのテレーズのところに遊びに行っているよ。さっきエリーズを呼びにやったからもうじき戻ってくるでしょう。」

「ジェラール！　ジェラール！　ジェラール！」

不意にけたたましく繰り返された子供の名にぎょっとして父親が振り返ってみると、部屋の隅にすえつけられた止まり木の上から白い大きな鳥が皺に埋もれた目でねめつけながら頓狂な叫びを繰り返しているのだった。

二．エリーズ

「ほら、ジェラール、もう帰らなくちゃ。」

白服に黒いスカートの若い女の金色の髪が傾き始めた陽に輝いて形よい横顔のシルエットを縁取っていた。声をかけられた少年は褐色の目を大好きな叔母の方に向けたが、明らかにしぶしぶといった表情だった。無理もないわ、と亡くなったことがまだ信じられない従姉のマルグリットそっくりの顔立ちを覗き込みながらエリーズは胸が痛んだ。ついこの間までなら店の裏木戸から城の庭に入れば、庭番のブシャールが飛び切りの笑顔で迎えてくれたし、シャルロット王女様、ゼナイード王女様、運が良ければジュリー女王様が出て来て遊んでくださることだってあったのだ。ジョゼフ王様ご自身もパリで宮廷貴族に取り囲まれているよりモルトフォンテーヌでの家族に囲まれた静かな暮らしが気に入っておいでだったのだけれど、追い詰められた弟の皇帝陛下の手紙を受けてご一家を挙げてパリへ出て行かざるを得なかった。今でも裏木戸から庭へは入れるけれども一人で広い庭にいても寂しいだけだ。お父さんもお母さんももう年なんだし、そんなに人は来ないといったってそうそう店を空けるわけにも行かない。たまたま私が来てこうしてロワジーまで連れて行ってあげた日くらい、もうずいぶん会っていなかった乳母や乳兄弟と出来るだけ長いこと一緒にいたいと思うのが当たり前だわ。

「エリーズお嬢様、お別れに何か歌を聞かせて。」

シルヴィがとりなすように言った。まだほんの子供なのに年上の男の子二人相手に母親みたいに振舞っているとおかしくなりながらエリーズはさも鷹揚な風を装って、

「そうねえ、一曲だけよ。何がいいかしら。」

「ジャン・ルノー」

とジェラール。

「まあ珍しいリクエストね、でもちょっと悲しすぎない。戦場から帰って来てすぐに死んでしまう王様の話なんて。さよならする時はもうちょっと明るい歌がいいわ。」

「じゃあ聖ニコラは？」

「そうね、それにしましょう。子供たちの守り神だものね。」

そう言いながらエリーズは母親を失ったかわいそうなジェラールがこれ以上不幸な目に会いませんようにと心の中で祈らずにはいられなかった。ラブリュニー医師の手紙が途絶えてからもう二年以上になるし、当局に問い合わせても捕虜になっているらしいというだけで本当のところどうなっているか分からなかったのだ。戦場から帰ってすぐに息を引き取ったジャン・ルノーの名前が出たときには担架に乗って運ばれてくるラブリュニー医師の姿が思わず目に浮かんでエリーズは氷が心臓を走るよ

うだと思ったくらいだった。
「三人の子供ら　連れ立って
落穂拾いに出かけたとさ
夜になった　肉屋があった、
肉屋のおじさん、一晩泊めて
お入り、お入り、坊やたち
泊まる場所ならたっぷりあるわさ
子供ら子供ら入ったら
さっさと肉屋が殺したわさ
細かく刻んで塩に漬け
樽入りハムにしちまったわさ
七年たって聖ニコラ
その野に　その野にやってきた
肉屋の店へとやって来た
肉屋よ一晩泊めてくれ
お入りなさい、聖ニコラ
泊まる場所ならたっぷりあるでさ

聖ニコラ中に入ったら
さっさと夕食を所望した
ハムなどいかがでございます
そいつはごめんじゃ、うまくない
子牛はいかがでございます
そいつはごめんじゃ、うまくない
子供の塩漬けが欲しいのじゃ
七年漬かった塩漬けじゃ
肉屋がこいつを聞いたなら
さっさと戸を開けた　逃げ出した
肉屋よ、肉屋よ、逃げ出すな
悔いて神のお許しを願うのじゃ
聖ニコラ三本、三本のお指
肉樽の上におかざしになると
一番目の子が口を開いた「よく寝たなぁ」
二番目の子も口を開いた「僕もだよ」
三番目の子は答えた「天国に来たんだと思ってた」。

子供たちはそれぞれの役になりきって歌の間に踊っていた。体の大きなシルヴァンが肉屋で、ジェラールは子供たち、一番小さなシルヴィが聖ニコラなのだ。樽に詰まったつもりのジェラールの上にシルヴィが指をかざし、ジェラールは伸びをしながら外に出る格好をして嬉しそうに笑った。

「さあ、じゃあもういいわね。ロバに乗るわよ。」

六歳の男の子は大人しく二十を少し超えた叔母の手でロバに乗せられ、乳兄弟たちに手を振った。乳母のテレーズが急いで家から出てきてエプロンで手を拭きながら、また今度ね、と微笑んだ。きっとこの子はこの女のことを母だと思っているんだろう。無理もない、他に母親らしい人なんかいなかったんだもの。でもきれいに髪を撫で付け、都会風の子供服を着せられてまるで小さな王子様みたいな男の子が、一日中牝牛の世話をして髪にまで臭いがつき、鼻のたれた子供たちの手を引いているこの女の子供だなんてあまりに違いすぎる。乳兄弟たちだっていつも彼は特別だと思っている。お菓子でも何でも特別良いものを与えられるのを黙って見ている。この子がまだ言葉もろくにしゃべれないでいる頃にマルグリットは夫の後を追って北の果ての国へ行ってしまった。ピエール伯父さんはさすがに怒ったし、あたしもジェラールがあんまり可哀想だと思った。

「ドイツだかポーランドだか知らないが、物見遊山で行くようなところじゃないぞ。軍隊と一緒に行くんだ。お嬢さん育ちのお前につとまるわけがない。」

「いいえ、お父さん。」

マルグリットはいつもは大人しい優しい目をきっぱりと上げて生まれて初めて父親の言葉に逆らっ

た。

「私エティエンヌについていきます。彼は左足が不自由なのよ。私がお世話をしてあげなくてはいけないの。」

「自分の足の面倒も自分で見られない人間が戦場で人の世話が出来るって言うのか。」

「お父さん、それひどいわ。彼が医者になったのも、戦場で祖国のために足に負傷して兵士として働けなくなったから、せめて軍医としてお役に立とうと決めたからだって良く知ってるじゃない。ほかの人よりも何年も遅れながらそりゃあ必死に勉強したの。そんなあの人を見て私はあの人の妻になろうと決心したくらいなんだから。祖国は彼のような人をこそ必要としているんじゃないかしら。だとしたら私だって祖国のためにお役に立てるわ。」

娘のためにいい婿を選んだと思っていたピエール伯父さんはそれ以上強く言うことが出来なかった。でも本心を言えば兵役経験のある身体不自由の婦人科の医者を選んだのだから軍隊にとられる心配はないと思い込んでいたらしい。二十三にしかならない娘を生まれたばかりの男の子を置いたままどこにあるかも分からない寒い戦場に送りこむのは我慢のならないことだったはずだ。それでも母親が娘の味方をした。

「いいじゃない、ピエール、私には大事な人の側にいたいって気持ちが痛いほどよくわかるよ。」

確かにそういうことは女同士のほうが分かる。いつ戦死の通知が来るかわからない。それも地の果ての、骨も拾いに行くことができないところのものを、ただじっと待っていなければならないのだ。

小さなジェラールは可哀そうだけれど逃げやしない。フランスにいれば安心していられる。それにどうせ赤ん坊を持つ都会の母親の習慣として里親に預けてめったに会わなくなってしまうのだ。それでもロワジーでテレーズのもとにジェラールを預け、抱き上げて今生の別れになってしまったキスをしてあげる時、マルグリットは平気そうにしていても声が少し上ずっているのが分かった。

「待っててね、おちびさん。お母さんはしばらく会えないけど。坊やはこの歌が好きだったわね。

白薔薇の木の下で、
遊んでいたあの娘
雪のように白くて
お日さまのようにきれい
お父様のお庭の中
三人の騎士たちにさらわれた。」

本当にマルグリットはさらわれて、伝説の娘とは違って二度と帰らぬ人になってしまった。グロス・グロゴーというごつごつした見慣れぬ名の土地からの手紙が届いた時のアントワーヌお父さんの顔は見ていられなかった。学識のありすぎるエティエンヌの文章は苦手だったし、もう目も悪くなっているのであたしが読んであげたのだけれど、

「マルグリットは今朝亡くなりました。一晩中高熱にうなされて、朝方安らかになったと思ったらもう息が止まっていました。」

一瞬何が書いてあるのか分からなくなった。物音に顔をあげるとお父さんが飲みかけていたワインのコップを取り落とし、お母さんが床に座り込んでしまっている。それからもうわあわあと私とお母さんの泣き声だけが聞こえて、気がついたらランプの油が切れかかって揺らめき始めていたけれど、お父さんは口を結んだきり一言も言わなかった。ジェラールがいなくて良かった。幼すぎたから手紙の言葉は分からなかったろうけれど私たちの様子を見れば何か勘づいてしまったに違いない。あれだけ敏感な子だもの。三歳になった時に家に引き取ったのだけれどテレーズの手から引き離すとわっと泣き出してそのエプロンにしがみつこうとした。あたしも泣きたかった。こんなに悲しむ子を引き離してお母さんがいるわけでもない家に連れて行こうというんだから。でも永遠に里親のところにいるわけにもいかない。お父さんもお母さんも少しでも早くジェラールを引き取ろうと心急いでいるようだった。幼い子は一週間夜も泣き通しでなかなか寝付けなかった。でも布団の中でじっと抱いてやって、あの「白薔薇」の歌を歌ってやると耳を澄まして聴いている。そのまま涙の跡をにじませながら寝入った子の顔を見ていると、まるであたしがこの子の母親なんだっていう気がした。それから一年して、ルーヴルの町からパリへ行く馬車を出しているジャン・デュフレノワがあたしに求婚してきた。いい話だった。ブーシェの家の娘はきれいだから町のもんが嫁にもらいに来るで羨ましいって近所の人に言われた。ここいらの家はほとんど農家だし、男の子は一人前になるとパンの練り桶と寝台さえあればモルトフォンテーヌやエルムノンヴィルの祭りで踊った娘にこっそりと口づけして、娘のほうもごくつましいベットの天蓋とシーツさえ用意できればそれで所帯を持つことになるのだった。モル

トフォンテーヌの教会でお父さんに手を取られて結婚式に臨んだ時、まだ四歳のジェラールが
「エリーズ叔母さん、きれいだね、とってもきれいだね。」
と何度も笑顔で言ってくれ、白い花嫁衣装の裾をつかんで放さなかった。衣装の肌触りがよほど気に入ったらしく、すぐに唇に持っていこうとするのをやめさせなければならなかった。布が唇に触れている時は本当に夢見るような幸福な表情を浮かべていたが、式が終わってジャンとあたしがこの日のために花束で飾り立てた彼の仕事用の馬車に乗り込んで皆に見送られた時、あの子がしゃくりあげているのが見えた。それを見て急にあたしもこれで本当に出て行くんだと思って涙が止まらなくなった。お父さんもお母さんも涙ぐんでいたけれど、走り出してついて来ようとしたのはジェラールだった。たちまちつまづいて転んで、小さな晴れ着を泥だらけにしてしまい、お母さんに抱き起こされながら手放しで泣いている。それからまた一週間夜も寝つけずに泣いていて困ったと後でお母さんが話してくれた。本当のお母さんの顔も知らないあの子が、これで二度までも母と別れる思いを味わったんだと思うと可哀そうでたまらなかった。

ロバが家の門をくぐるとまだ小さい猟犬が飛びついてくる。それだけでお父さんもお母さんも出てこないのはどうしてなんだろうと思いながら広間へ入っていくとぼろぼろの男たちが坐っているのが見えた。その中のひときわ背の高い男がテーブルに手をついて立ち上がろうとする姿を見てエリーズは思わずジェラールの手を握りしめた。

「ご無事だった！　ジェラールあなたのお父さんよ。神様ありがとうございます。」

エティエンヌはもどかしそうに左足を引きずりながら近づき、小さな男の子を抱き上げて髭だらけの顔で頬ずりした。

「お父さん、痛いよ。」

医師はそれでもしばらくしっかりと抱きしめた手を放さなかったが、おびえている雰囲気をさすがに感じ取って悪い事でもしたようにぎこちなく子供を床に下ろすとジェラールはすぐさまエリーズのほうに駆け戻った。

「ジェラール、ジェラール、ジェラール」

けたたましくオウムの鳴く声が響いた。

三．夢

夕食のときラブリュニー医師はジェラールをそばに置いておきたがった。それでも幼い子にエプロンをかけてやり、皿も汚さずに食べさせたりすることは男の手に余ったのでエリーズが別の小さなテーブルで子供の面倒を見てやり、大人たちの話の邪魔にならないよう寝室に連れて行った。エリーズのいる時はいつもは一緒に寝てもらえるのだが、今日は布団にくるんでくれ、額にキスだけして行ってしまおうとした。

「ねえ、エリーズ叔母さん。」

「なあに。」

「お父さんが帰ってきたのに、何でお母さんは帰ってこないの。」

それじゃあやっぱりこの子は見たこともない母親を待っていたんだ。

「お母さんはね、お父さんよりももっとずっと遠いところに行っているのよ。」

「いつ戻ってくるの？」

「さあ、それは明日お父さんに聞いて御覧なさい。」

「でもあの人恐いんだ。」

「お父さんはお疲れなのよ。明日になったらきっと優しくなってなんでもお話してくださるわ。」

エリーズはジェラールが目をまん丸にし、こめかみの辺りが少しひくひくしているのが分かった。

無理もないわ。突然のことだし、子供にとってわけも分からないままにまだ薄明りのあるうちに寝かせられようとしても寝られるわけもない。

「ねえ、エリーズ叔母さん、何でお城には誰もいなくなっちゃったの？」

「女王様もね、ご一家そろって遠い所へいらしたの。もうこの辺りもさびしくなるわね。」

エリーズが一緒に寝床に入ってしっかり抱きしめてくれて白薔薇の歌を歌ってくれたのでジェラールはいつの間にか暗い世界に入っていった。気がついてみるとお城の緑の草の上にいる。晴れた日でお仕着せを着た召使や庭の手入れに励んでいる地元の庭師たちがジェラールを見て声をかけてくれる。切石で縁取られたお城の正面の柱で支えられた玄関の方からはっとするほど美しい、緋色の裾の長いドレスに身を包んだ黒髪の女性が白いむくむくしたワンピースの二人の女の子を連れて現れ、庭全体に光が輝いたようだった。近づいてくるにつれて見上げるように丈高くなってくるその和やかな面差しはどこか昔の絵で見た赤ん坊を抱いた赤と青の服の女の人のようだった。胸が詰まるように痛くなった時、女の人が抱き上げてくれ、額に暖かい柔らかいものが触れたのだ。女の子たちが笑い転げる声が聞こえて来る。ぼうっとなるほど気持ちの良い匂いの中に顔をうずめてしっかりと抱きついていた時こんな呟きが聞こえたようだった。

「これがあの母親を失くした子なのね、かわいそうに。」

お母さん、お母さんて誰なんだろう、この美しい人ではなかったのかしら。テレーズのエプロンの乳臭い匂いの中にいつの間にか頭がうずもれていて、顔を上げると女の子たちが手を引っ張っているのだ。ゼナイードがいて、シャルロットがいて、エリーズも、シルヴィも、デルフィーヌもいて引っ張られて後から走っていくのに女の子たちはどんどん離れていくのだ。待って、置いてかないで。どこかで誰かが「マルグリット」と言ったようだった。あ、その名前聞いたことがある。どこでだったんだろう。懐かしい、涙が出るような、懐かしさなのに、どこで聞いたかどうしても思い出せない。

四．ベレジナ（一八一二年）

三人の士官たちはできるだけ陽気そうに食卓を囲んでいたのだがブーシェの家の者たちは寒々とした心が忍び込んでくるのを防ぐことができなかった。

「マルグリットのことは返す返すも断腸の思いです。長い馬車の旅で、道もよくないし、軍隊と一緒だから休まる時がない。行軍の間にも具合の悪いものは出るのでそちらの手当てに時間をとられて十分に面倒が見てやれない。グロス・グロゴーに着いた時はもう立ち上がれないほどの状態でした。間歇熱を発していて。」

「この土地の病だ。うちの家にも何人も生まれてすぐにそれで死んでいった者がおった。」

医者であるお前が付いておりながらどうにもできなかったのか。そういう言葉をブーシェは呑み込んだ。目の前にいるのは果たして自分の知っているあのエティエンヌなのだろうかということが信じられなくなるような鈍い、無感動の表情が不気味に思えるが、蠟面のようなその顔の底にむしろかつての痛みを思い起こそうと気力を振り絞っている男の必死の光も確かにうかがわれる。言葉だって、たどたどしく重い唇をやっとのことで動かしながら吐き出しているといった感じなのだ。よほどのショックだったには違いない。新婚の妻を亡くし、不敗の神話を誇った軍が壊滅的な敗北を喫するのを間近で見て来たのだ。

「あんた自身はどうしておったんじゃ。生きてるのか死んでるのかも分からんかった。ロシアへ行った者はこの付近でもほとんど帰って来ておらん。」

「奥様を葬った後で、ドクターは除隊願いを出されたんですよ。当面戦争もなさそうだったですしね。ところがその結果が届かないうちにイタリアからウジェーヌ公が到着されてロシア遠征の命令が伝えられ除隊の話がどこかへ行ってしまったんです。」

士官の一人が助け舟を出したが、医師も少しづつ生気を取り戻しながら話し出した。

「私も移動したり仕事に追われたりしているほうが楽だった。私はモスクワまでは行きませんでした。スモレンスクの病院に貼り付けられていたのです。もうその段階で大軍の半分以上がろくに戦いもしないうちに夏の暑さや糧食の欠乏にやられて脱落してしまいましたし、スモレンスクではその世話をする必要があったのです。」

「ちょっと待って下さい、夏の暑さですって、ロシアは寒い所じゃなかったんですか？」

思わず口をはさんだマリー・ジャンヌに答えて先の士官が訳知り顔に説明した。

「夏はやっぱり暑いんです。それに裸の原野が延々続くんで暑さも寒さも極端な厳しさになります。ロシア軍は追いかける端から逃げ出して途中の村を焼いて行くので、ゆっくりした休みも取れないし補給もできない。将軍たちも不安そうな顔をするし、皇帝ですら次第に自信に満ちた御顔ではなくなってきたという噂が流れてきます。それでも撤退に入った後に比べれば往きの行軍は遊びのようなものでした。皇帝のモスクワ入場の報を受けてスモレンスクではお祝いをしたのですが、それが一月もたたぬうちに全軍撤退に入ったと連絡が来る。連絡が来たと思ったらもうわが軍が町のすぐそばまで現れたのですが、よく見るともう大量の落後者を出し、くたくたに疲れ果てた敗残の姿でした。それから私たちも撤退に加わったのですが、生き残れたのはよほど運が良かったのでしょう。零下二十度の雪中行軍だというのに毛皮を持っている者すらほとんどない。馬たちも雪に足を取られてすぐに横倒しになってしまいます。ベレジナという川を渡った時は何度ももう駄目だと思いました。私たちの属していたヴィクトール元帥の軍団は全軍が渡り終えるまでの援護の役を仰せつかったのですが、ロシア軍が押し寄せる中最後に取り残された大勢の従軍商人や女たちが渡ろうとして将棋倒しになり、ろくに手すりもない仮橋から氷の張っている川に落ちる者が続出していました。ドクターは何とか渡りきった時にどうしても外科手術に必要な器具を入れたカバンを置き忘れてきたのに気付いて取りに帰られたのです。必死になって押し寄せる群衆に逆行するのは狂気の沙汰だったので、ドクターおやめなさいと叫んだのですが、何も耳に入らないように進んでいかれるので私も必死に後を追いました。幸いそれが誰だか分かって兵士たちは自分たちが落ちそうになるのも省みずドクターを通してくれました。みんないつも世話になってましたからね。薬も包帯もなくなっているのに、ドクターは何とか一人でも助けようといつも本当に自分を捨ててがんばっていらっしゃいましたから。」

「いや、私が無事に通れたのは、すべてこのトゥーケ大尉のおかげです。でもその後すぐ別れ別れに捕虜になってしまって、帰る時になって途中で一緒になることができたんです。」

トゥーケはそれでも歴戦の兵士らしく元気に話している。ラブリュニー医師の表情はいつまでもこわばったままだ。これがあのモスクワ顔ってやつなんだ。エリーズは近在の知り合いの家のようやく帰ってきた息子が人が変わったようになり、しゃべることも、人との付き合いも避けて一人で猟に出るばかりになってしまった姿を森で見たのを思い出した。前には彼女に想いをかけたこともあってはにかむような笑顔を見せてくれたのに、蠟面のような顔のままぷいとあらぬほうを向いてそのまま森に入っていってしまった。

「カエルヨ、カエルヨ、カエルヨ」

またけたたましくオウムが鳴いた。

五．オウム

オウムが目の前で鳴いている。

「お前、逃げ出してきちゃったんだ。悪いやつだ。」

白い羽の鳥は大きな丸い目玉をくりっとさせてジェラールの肩に止まった。夕陽が赤々と城の正面を照らしている。いつの間にか庭番のブシャールが微笑を浮かべて佇んでいる。

「ジェラール、いい子だ。こいつを上げるよ。」

「ええ！　いいの、おじさん。」

「いいのさ、もう鳥かごも御仕舞になるんだ。城のもんはみんな出払っちまうんだから。」

ジェラールには何のことか良く分からなかった。城には家ほどもある巨大な鳥かごがあって、赤や青の大きな鳥がたくさん住んでいた。中には冠のような大きな頭の上の毛を逆立てる不思議なやつさえいた。鳥かごの上の方に固まっていると羽でできた色とりどりの傘みたいだったし、その声のけたたましいことといったら雑貨屋の奥で寝ていても暗いうちから起こされてしまうのが当たり前になっていたほどだった。

「こいつはね、人の言葉を覚えるんだ。ほらこんな風に砂糖の塊をやってしこむんだ。」

「ジェラール、ジェラール、ジェラール」いつの間に覚えたのか、白い鳥がけたたましい声で繰り返すのが、ぼんやりと霧の向こうに見えた。不意に背の高い蝋面のような顔の男が現れて頬を擦り付けた。

「恐いよ!」

男が左膝を折って顔をしかめて倒れ、女たちが奇妙な先の曲がった鉄の棒を持って走り出てくる。男の口から潮のように濃い霧が噴き上げられ、あっという間に城も庭も庭の中を延びていく水の流れも霧の中に消えて、けたたましい鳥の声だけがまた響いた。

気がつくと朝の光がカーテンの隙間からベッドに差し込んでいた。

六. 老詩人の嘆き(一八七二年)

老いた身に引っ越しはこたえる。庭のある住み慣れた郊外の我が家、毎晩のようにリゾットの香りとワインのとろけるようなかすかに酸っぱい舌触りが、馬車を連ねて訪れる来客に笑いさざめきをもたらしていたあの家を離れて、パリのこんな手狭なアパルトマンに侘しく……妻も子もいない。自分と同じように老いてしまった妹たちはひっそりと次の部屋に、いるのかいないのか、息の音すらよく聞こえない。こんな生活でも支えなくてはいけない。またこうしてがらくたの文字の糞を築いていかねばならない。せいぜい運が良くてデュマの息子だとかラビシュという名を冠せられてはいても、もう何千回と見てきたような風俗劇をわざわざ寒い中、腰を上げて見に行く気にもならず、今夜のヴィアルドはいつもより疲れて声につやがないようだったというような仕様もない息子の報告を聞き流していやいやペンをとると「いやさすがにゴーティエはかゆい所に手の届くような劇評を書くものだ。彼が戻ってきたおかげでまた新聞を読む気になる。」などと感嘆されるようなものを書いてしまう。自分がそんなものを書いてしまったということへの嫌悪感から今書いたばかりの原稿にインキ壺をぶちまけてやりたくなる。ああ、ナポレオン三世陛下はなぜセダンくんだりまで病身の体を引きずって行っておしまいだったのだろう。たとえプロシャに負けたとしても皇帝さえご無事であれば帝国は生き延びただろうし、三十年もコツコツ書き溜めて積み上げたものへのご褒美としていただいたばかりの年金が霧のように消えてしまうのを見ることもなかったろうに。

ああ、あまりに毎日書きなぐってきて自分の書いたものの見分けもつかないようになっているが、本当に書きたかったものはほんの一握りじゃないか。四編ばかりの詩集、『スピリッツ』こいつが書けた時は一人の女と一人の男に取り憑かれたような気がしたものだ。それに、書きたい書きたいと、二十年以上も頭についたまま多分もう書けないのだろうと半ばあきらめていた『フラッカス船長』、もっともっとそんな仕事ができたはずだのに。若い時は当然そんなことしか考えていなかった。まわりにいた誰もがそう考えていた。あのペトリュス・ボレルが、今にユゴーの光をさえ消してしまうぞと皆で口々に罵りながら心中俺こそがそれをやるんだ、安易に書きなぐって放り投げるように金と換えるのでなく、自分の書いたものを懐中の玉としてそれが闇夜の宝石のように輝くまで、削り、磨いて大切に育てていくんだ。その作品が忽然と世に現れた時ユゴーが、サント＝ブーヴが顔色を失うところを見てやりたいもんだと密かに自負していた。

ジェラールよ、それが俺たちの合言葉だったよな。ダニエル・ダルテス、フランホーフェル、そういう神のような芸術家になれないんだったらいっそのこと命をむしばむ魔物に取り憑かれたラファエル・ヴァランタンとして朽ち果ててしまうがいいんだと。ペトリュスは自分の苦い思いをありったけ紙に託して消えてしまった。君だって、あんなに早く死に急いでいなけりゃ……いや、違う。君は自ら命を絶ったりしなかったんだよな。それに君が遺したものの中には今読み返しても魂が震えだすようなものがちゃんとあるんだ。『フラッカス船長』は君と一緒に書くはずだったんだ。

老いた詩人の手はいつの間にかペンを離し、涙にむせびながら膝の上ににじり寄っていた猫の背を撫でていた。どこか教会の鐘がルワーンルワーンと一日の終わったことを告げている。もう通学生たちが鞄を抱え夕食にありつけるまでのすきっ腹をどこで紛らわせるか集まって騒いでいるだろう。ルイ・ルグラン校でもシャルルマーニュ校でも入る時は決して好きにはなれなかったあの窮屈な学び舎が、思い起こすと涙が出そうになるというのは、一体何なのだ。えい、俺はこんなに涙もろくなったのか。しっかりしろ、勉強も、同級生たちも、嫌なものばかりだったじゃないか。でも、あそこでジェラールに会った。教室も、教師も、もうぼやけていろいろな場所や人と区別がつかなくなっている。でもあの日のことは鮮明に今でも一つ一つ覚えているんだ。

七．シャルルマーニュ中等学校（一八二四年）

セーヌ川が大きく膨らんでサン・ルイ島の角ばった舳先にぶつかり、別れた右側の対岸から石造りの整った壁の波が続く。その狭間に擦り切れてボロボロになった石の積み上げられた頑丈な壁が見えてくる。七百年も昔、尊厳王フィリップがパリ市の外壁として築いた分厚い襞は今では大きく膨れ上がった町に呑み込まれて、町のあちこちに散らばる名残のようになってしまっているけれど、その背後にはまだ幼さの抜けきらない若々しい声が飛び交って、一日の課業の終りを閑静なお屋敷町に告げている。シャルルマーニュ中等学校の踊り場で空へ伸びあがる石の渦巻きに吸い込まれるように見入っている金髪の少年がいた。初夏の暑い陽射しが窓から差し込んでその白い肌をオレンジ色に染めていたが、それはぶしつけに放たれた数人の体格の大きな男の子らの言葉で見た目にもなお一層赤く染め上げられていた。

「お前、ルイ・ルグランに寄宿していたくせに一カ月もたたずに逃げ出して来た奴じゃあないか。え？　女みたいな顔しやがって！　大体ルイ・ルグランの奴らなんか見かけ倒しばっかりだ。お前、年の割にはでっかくて日焼けしてやがるが、筋肉は真っ白くてぷよぷよしているんだろう！」

「女みたいで真っ白な肉に力があるかないか、やってみたらいいじゃないか！」

「いい度胸じゃないか、それ！　受けてみろ、それ！」

悪童たちは少年の頬をわしづかみにし、髪を引っ張り、まるで女の子をからかうような好き放題をしていたが、少年も負けずにあっち、こっちに拳骨を振りまいたので、次第に上級生たちも本気になり始めていた。

「おい、こら寄ってたかって一人をいじめる奴があるか！」

悪童たちが振り返ると体のもっと大きな上級生二人が恐い顔をして立っている。

「あ、デュポンシェルさん、ラブリュニーさん、いやね、このよそから来た奴にわが校の伝統をちょっと教えてやろうと思いましてね。この間はお菓子をありがとうございました。」

たちまち手摺を滑り降りて見えなくなってしまった少年たちに目もくれずに金髪の少年はほっとしたように上級生達を見上げた。

「君、何て言う名だい？」

「テオフィルです。」

「我神を愛す、か。良い名だな。僕はジェラール、こちらはアレクサンドル。僕の名前が一番つまらないな。」

「ジェラール・ラブリュニーさんですか。詩をお作りになっていらっしゃるんですよね。」

「いや、まだてんでものにならないんだ。叙事詩みたいなものを書こうとしているんだけれど、いい主題が見つからないし、なかなか言葉もうまく出てこない。時々ふざけて人をからかうざれ歌みたいなものを作った時に皆が面白がるんで、それが評判になっただけさ。」

「最初はね、図画のクラスに出ているときに、絵のつやを出すワックスがあったんで、そういえば卵ワックスってよく聞くな、ということになって卵を混ぜてやれって考えだした奴がいたんだ。」

「えっ、それはだめですよ。卵ワックスって靴墨の代わりにするものじゃないですか。それにワックスじゃなくて灰に油を混ぜるんです。」

「そうなんだ、よく知ってるな。でも俺たちはそんなこと知らないからやっちまってから、ひどいぬるぬるなものができちまうし、臭いもたまらないし、仕方ないからワックス屋が呼ばれたんだけれど、こいつがこれはどうしても弁償してもらわなけりゃならないって言いだす。俺たちも頑張ったんだが結局罰金を払わせられた上に復習教師もクラス全員に罰課を申し渡す、皆心の中で何とかこの鬱憤を晴らしてやりたいと思ってさ。そしたらワックス屋が出ていくや否やこいつが何か書いているのが見えた。

そびえたつ水の殿堂の傍らに
ゴシックばりのあばら家が立つ
見るも腐った板張りの列に
居並ぶ光るワックスの壺

そうしてその時間の終わりまでにこいつは『諍いの女神が地上に降り立つ』って叙事詩を書きあげたのさ。」

「うん、でもあれは最初はワックス屋をからかうつもりが、極右だの、「日々紙」だの、政治に引っかけたものにしたらおもしろいと思って迷路にはまっちゃって、あまりいい出来ではなかった。もうほんの一部しか覚えていないくらいだ。もっと歴史的な材料を取り上げた叙事詩を作りたいと今は思ってる。君は詩を書かないの?」

「書こうとしてみたことはあるんですけど、気に入らないので一晩で燃やしました。今は絵を描く方が面白くて。」

「そいつはすごい。僕はデッサンのクラスが好きなのにいつもうまく描けない、絵がうまい人は尊敬するよ。君は神を愛する者というより神に愛された者かもしれないね。」

「それじゃあ早死にしちゃうじゃないですか！」

音符のように背の高さが違う三人はすっかり打ち解けて、ジェラールは早速家に遊びに来ないかと誘った。

「お父さんはいつも診察で忙しいから何でも気ままにさせてくれる。うまくいったら書斎の本も見せてあげられるしね。」

八．ラブリュニー医師

中等学校の裏門を出るとサン・ポール教会の脇門へ入れる。革命の荒廃から手直ししてまだ十数年にしかならない内陣はピカピカして、壁を覆う油絵からはニスの匂いがする。入ったすぐ左の脇祭壇には一人の女の人の像が置かれていて、『悲しみの聖母』と名付けられているのだけれども、不思議な事にどこにもキリストの姿はないのだ。

「これが本当の聖処女だよな。子供がいないんだもの。」

「デュポンシェル、こんなところで不謹慎なことは言うなよ。」

「お前の言うとおりだ。でも聖母と言えばイエス様を抱いているって決まったものじゃないか。いつしい何だかおかしな気がしてさ。」

　初めてこの像を見たときジェラールは息が詰まるような苦しさを覚えた。この女の人はなんて悲しそうな顔をしているんだ。それに膝の上に組んだ手が、当然抱くべきものがいないっていう、そんなぽっかりと空いた胸苦しさに身悶えしているみたいじゃないか。学校へ来るたびに毎日この内陣を通るのだけれど、ジェラールはこの姿の前で足を止めないで通り過ぎることは決してできなかった。

「ここの絵はみんな新しいし、ステンドグラスにも小さな紋章がぽつんと飾られているだけで明るいけれど、彫像だけは古いものがあるんですね。それでもこれなんか十六世紀だけど。」

「うん、本当にこういう古いものは深いつやがあって、それが年を経るごとにますます磨きがかかってくるような気がする。最近の芸術家は形ばかり華やかだけれど、一度感心してしまえばもうそれで終わりになってしまう。テオ、君もこんな作品を作れるようにならなくてはね。」

「礼拝堂の中で何をごちゃごちゃさえずっているんだ、さあ子供は帰った、帰った！」

　祭壇の掃除に来た小使いに追い出されて子供たちは正門から聖アントワーヌ通りの、四階建ての高い屋根よりさらに上空から差してくる夏の夕方の眩しい光の中に出て来た。

「こっちだ、バラの木通りを通って行くんだ。

　恋人よ　いざ見に行かん

　曙に咲き出づるバラの花をば

　もう夕方だけどね。」

「それもお作りになった詩ですか？」

「いや、残念だけれど、こんな素朴で、美しいのはなかなか作れない。これはロンサールの詩だ。」

「その名前は聞いたことはあるな。もう誰も読まなくなった詩人じゃないですか。」

「ずっと無視されてきたね。典礼詩だとか、叙事詩なんかは確かに面白くない。でも恋愛詩だとか、自然をうたった詩は生き生きとして魅力がある。ロンサールでもデュ・ベレーでも、いやもっと知られていない、デュ・バルタスっていう新教徒の詩人など桁はずれな大きさを持っていて驚かされるよ。」

「ジェラールは本当に何でも読んでる。俺なんか授業で読まされるラテン語だけでひいひい言っているのに、こいつはドイツ語や英語の本まで読んでるんだ。」

「ああ、ドイツ語はね、父がドイツ語圏に少しいたもんで何冊か本があるし、読み方も教えてくれた。父は僕を医者にしたいんで、動物学や植物学なんか読めっていうんだ。でもおかげでゲーテを読むことができるようになったよ。父はあの人がフランス革命の時、ヴァルミーでわが軍を見て『この日、この場所から世界史の新しいページが始まる』って言ったことを聞いてからゲーテを尊敬して、その本を何冊も買い込んだんだ。ゲーテは科学論文も書いているけれど、そんなものを読むふりをして『ウェルテル』や『マイスター』に読みふけったものさ。」

「おや、古いタンプル（神殿騎士団）通りだ。僕の家はこの通りの北の方にあるんですよ。」

「そうか、もう少し行くと古くないタンプル通りを通るよ。タンプル大通りには昔タンプル騎士団の要塞があったんだ。それがフィリップ美王の奸計で一網打尽にされてね。騎士たちは異端の疑いをかけられて火あぶりにされたそうだよ。」

「そうだ、それがあったのはサンリスだ。」

そう呟いたジェラールの口調があまりに重々しかったので二人の少年は思わず友達の顔をまじまじと見つめた。

「僕が育ったところのすぐそばなんだ。サンリスでは『赤い騎士たちの歌』っていう古い民謡があって、言うことを聞かない子がいると赤い騎士たちが取りに来るぞって脅かされたものさ。」

あの歌を口ずさむ時のエリーズ叔母さんは急に低い声になってなんだか目までうつろになって歌いだすのだった。聞いているうちに、いや慣れてしまうともう歌いだしただけで小さなジェラールは声をあげて泣き出してしまい、叱るつもりでいたエリーズもなんだか切ない気持になってしっかりとジェラールを抱きしめてやりながら、この子は感じやすい子なんだ、と今更ながら思うのだった。

少年たちはゆるくくね曲がる石畳の道をたどっていく。時折何人かの年恰好の似た高校生が胡散臭げにこちらを振り向くようなことがあったが、体の大きなデュポンシェルを先頭に立てて、三人は固まって進んでいく。

「君たちももう少し体を鍛えないといけないな。」

「僕は水泳教室に通い始めてるんです。」

「おや、女の子みたいにきれいな顔をしている割になかなかやるね、どこへ行っているんだい。」

「プティの水泳教室です。リウー先生のところで絵を教えてもらってるんですが、絵の勉強のない日は水を掻く練習です。その内水の上を歩いて見せますよ。」

「そいつは見たいもんだ。」

ボーヴール通りを横切ってサン・マルタン通りへ入ると店屋が軒を並べ、辻馬車や荷車が行き交うにぎやかな様子になった。ジェラールはガラス瓶や天秤、坩堝などのぎっしり詰まった薬屋の奥にいた年配の男に手を振ってあいさつすると、数軒離れた、婦人科エティエンヌ・ラブリュニー医師という表札の見える扉をたたき、門番が開けてくれるのを待った。

「おや、お帰りジェラール、新しいお友達を連れて来たのかい。」

「うん、お父さんの所に誰かまだいるかな。」

「ああ、先ほど一人いらしてたよ。でも、もうそろそろお帰りなんじゃないかね。」

少年たちがニスの匂いのする階段を上がっていくと上から衣擦れの音がしてきた。年配の婦人に連れられて濃紺の衣服に身を包んだ女性とすれ違った時、かすかに花のようなかおりが漂ってテオフィルは思わず顔を赤く染めた。

「きれいな人ですね。でも少し悲しそうだった。」

「病気だからね。気がふさいでいる人が多いよ。でも根気よく通っていると元気になっていくのではっとする。」

中には僕の頭を撫でてくれる人もいるんだ、ともう少しで出かけた言葉をジェラールは呑み込んだ。

それは秘密にしておかなければいけないことのような気がしたのだ。扉の向こうで訴えるような、すすり泣いているような声が漏れてくる時、父の診察室の前で動けなくなってしまうことがある。不意に扉を開けて出てくる女の人の目に涙が浮かんでいるのを見たこともある。白い生地に真っ赤な花をあしらった服と赤いリボンで飾った帽子をかぶっていたその女の人の手がもの問いたげに見上げる男の子の黒い髪を撫でてくれた……それが本当にあったことなのかどうか、今になってみるともうよく分からない。夜になって床に入ると時々誰か女の人が寝くぜっている自分を抱いて暖かい胸に押しつけてくれ、ささやく風のように歌を歌ってくれることがあったのも、一体本当だったのかいぶかしくなる時がある。目が醒めてみるといつだって誰もいなかった。女中のファンシェットがそうしてくれたに違いないという気はする。でもむしろ乳母のテレーズの顔が浮かんでくる時の方が多い。誰だかはっきりしない不思議な匂いと、若やいだ歌声だけが聞こえるような気がするのに、思い出そうとしてもどんな声だったのか、何の歌だったのか、もう鼓膜のすぐそばまで来ているのに、夢の中では確かにああ、この歌だ、懐かしいと思っていたのに、きちんと思いだせたことがない。

「ジェラール、お友達を連れて来たのか、こっちへ入ってもらいなさい。」

少しかすれた甲高い声がすると扉が開いて、左足を少し引きずった紳士が現れた。この家に初めて来た二人はおずおずとしつつ好奇心でわくわくする心を隠して友の後から入って行った。そこは診察室のような感じではなくて、少年たちが恐れながらも見たくてたまらなかった医学道具や拷問台のような寝台はなく、その代わりに本棚にぎっしりと革表紙の分厚い本が詰まっていた。ただ机の上に小型の望遠鏡のようなものが乗っているのが見えたが、ジェラールはそれが最近ラエネックという若い医者の考案した胸の中の音を聞く器械だということを父親に聞いたことがあったのを思い出し、友人たちに小声で教えてやった。少し田舎風の髪形をしたメイドがお茶を入れたカップを四つ運んでくる。何か果物の煮たものが上品な銀の小皿に盛って添えられていた。

「お父さん、こちらはいつも話していた上のクラスのアレクサンドル・デュポンシェル、こちらは新しい友達でテオフィル・ゴーティエ。」

「ゴーティエ、ひょっとしてピエール・ゴーティエさんの息子さんかね。」

「ええ。そうです、父をご存じなんですか。」

「いや、お母さんの方がいつかいらした気がするんですよ。」

エティエンヌ医師は少しぎこちなさそうにしたし、テオフィルも何だか居心地の悪い気がした。ちょっと気まずい間があって四人の茶をすする音だけが聞こえ、医師はまたぎこちなく甲高いかすれ声を出した。

「できの悪い息子ですが、よろしく頼みますよ。」

「ジェラールは皆から尊敬されてますすよ、ラブリュニーさん。この前の聖シャルルマーニュの日にも生徒代表として祝いの宴席に招かれたくらいなんですから。」

学期の終了時に表彰される成績優秀者は聖シャルルマーニュの日になると担任の教師と一緒にレストランに呼ばれ、宴席を張ってもらう。大人のようにロッシェ・ド・カンカルのような有名な店のテーブルにつき、わずかだが葡萄酒もふるまってもらえる。日頃厳格で怖い教員もアルコールの入った勢いで饒舌になり、生徒の肩を笑いながら大きくどやしつけたりする。詩を朗読するのは中でも特権で、普段は誰かラテン詩人の作品を暗唱させるのだが、ジェラールは自作の詩を朗読させられ、一段と高い喝采を浴びた。そもそも成績的には招待されるほどではなかったのを担任のフレミオンの特別の計らいで呼んでもらったのだ。わざわざ片眼鏡を出して生徒の間違いを頭ごなしに嘲笑い、容赦なく罰課を申しつける老教師はジェラールもあっさりと落第にしたことがあるのだが、この生徒のエスプリの利いた詩作には感心して、粋な例外を認めたのだ。それ以来彼の名前は生徒たちの中で伝説的に語られるようになり、転校して日の浅いテオフィル少年も彼を見た瞬間誰だかわかったのだ。

女中のファンシェットが来客を告げたので少年たちはお暇をし、緊張していたのか扉を出てほっと息をついた。ジェラールは入れ違いに入ってきた来客が医師の戦友のトゥーケと彼の従者だったジョルジュという兵卒であることに気がついた。

「やあ、坊ちゃん、元気にしてますか。またモンマルトルへでも散歩に行きましょう。」

ジョルジュは子供が好きで、休暇日に小さいジェラールを暗い内から近郊の丘の上へ連れ出すのが常だった。上ってくる朝日がパリの街のごちゃごちゃしたスレートの屋根瓦を青灰色の海のように浮かび上がらせるのを見ながら、二人はパンをかじりジョルジュはお父さんはどんな所にいたの、と問われるままにジェラールにロシア遠征の思い出をぽつぽつと話した。凍るような雪の中を長靴を雪道に一歩一歩取られながら、体を引きずるように歩いて、運よく吹き溜まりに隠れた百姓家に巡り合ったこと。幸い親切な農民で、フランス兵は悪さをしないからと、温かいスープでもてなしてくれ、自分たちもつい先ほどコサックを一人射殺して彼の持っていた指環だのルーブル紙幣だのを没収してあったから、存分にそのもてなしにこたえることができた。

「仏さんが金を持ってても雪に埋もれるだけだからな。」

こういうエピソードを聞いているとそんなにひどい目に会ったような感じもしないのだが、どの話も飢えて、かじかんで、ひたすらすたこら逃げる話ばかりだった。話に飽きるとジョルジュは兵士たちの歌っていた小唄などを歌ってくれた。

「ビロンよ踊れ、ってな。こりゃつまり絞首台にぶら下げられてぷらぷら綱踊りをしなってことなんだぜ。」

どうも子供たちの夢想とは違って、戦場の思い出は、勇ましいものにはならないようだった。

「休暇中だと？　許可証を見せろ！

許可証なんて足の下だい！

もちろん兵士は雲を霞と逃げちゃうわけさ。」

九．小さな人のいる不思議な部屋

せっかくだから隣で本を少し見て行こうと、ジェラールは二人を引き止め、三人は隣の薬屋で伯父さんのところの番頭が薬を鉢ですりつぶしたりレトルトに赤い液を沸騰させたり、天秤で白い粉の重さをはかったりするのを脇目に二階に通じる階段を上がって行った。

「お宅のお父さん。ちょっと恐いね。」

「僕と二人でもそうなんだ。そういうものだと思っていたんだけど、叔父さんや叔母さんに聞いてみると、前はもっと朗らかだったらしい。ロシアから帰ってきて以来、滅多に口を利かなくなったし笑うのもほとんど見なくなったんだって。僕ともあまり話はしてくれなかったんだけれど、書斎で意味のわからない本を開いて変わった絵や図表を見て、これは何の世界だろうと思っていたら、お父さんが急に入って来てさ、『それに興味があるのか、それじゃ一緒に読んでみようか。』って言ってくれたんだ。それがゲーテの『色彩論』だったのさ。ドイツ語ってそもそも字の形が違うし、動詞が妙な所へ来たりするから覚えにくかったけれど。『色彩論』は言葉も難しいし、中身も分かりにくかったから、さすがにお父さんもいきなりやるのはあきらめて『修行時代』から始めることにしたのさ。最初にお父さんが一通り読んで意味を教えてくれる。それから僕に読ませて意味を繰り返させる。間違ったら別に怒りもせずに直してくれる、うまく訳せても特にほめてくれるわけじゃないんだ。それでもだんだん僕の方が読めるようになってきて、教わっているというより僕が音読して翻訳するのをお父さんが黙って聞いているだけになったら、時折うなづいてくれるようにはなったんだ。あ、ここだよ。」

と言ってジェラールは「ヴァッサル医師、診察受付」と金色の札に書かれた扉の前で立ち止まった。呼び鈴にこたえて出てきたのは高校生たちよりもだいぶ小さな背丈でやせた老人で青いフロックコートを金属のボタンで留め、白いネクタイが何重にも首に巻きついていた。

「おや、ジェラール、お友達を連れて来たのかい。」

金縁の眼鏡の奥でくるくる回る目は優しく、面白そうに小僧たちを見つめていた。

「そうなんです。家に連れて行ったんだけどお客さんがあるんで少し本を見せてあげようかと思って。」

「ふむ、少し高校生には消化の悪い本ばかりかもしれないがな。まあお前が連れて来るぐらいだから間違いはない子たちだろう。本は大事に扱うんじゃぞ。つばを付けてめくるなんてことをしたら書いた人が泣いてしまう。ランプにあまり近づけすぎてもいかん。重い本が多いから、そこの書見台に置いて一頁ずつめくりながら読みなさい。」

ヴァッサル医師は自分でランプを持って書斎に案内してくれた。薬局をやっているデュブラン伯父さんの息子、いやそれが今の薬局の主人なんだが、その奥さんのお父さんなんだ、とジェラールは説明し、友人たちは分かったような分からないようなむずがゆい気持をこねまわしながら、でもこっちは感じのいい人だとこっそり囁いた。

頑丈なニスをかけた木でできた書棚の硝子戸の中に並んでいたのはアレクサンドルもテオフィルも知らない名前ばかりだった。『新約並びに旧約聖書注解』といえば普通にありそうだけれどドン・カルメなどという作者名は聞いたことがない。ドン・ペルネティの『神話神秘学辞典』だのファーブル・ドリヴェの『よみがえったヘブライ語』だのタイトルだけ見れば伯父さんは宗教学者なのかいとこっそりアレクサンドルは尋ねた。

「ねえ、見て見て。」

とテオフィルは分厚い大型の本を開いて叫んだ。そこにはむくむくと水平線を覆う気味の悪い黒雲の下、波の中を漂う人間や馬の千切れた死体とぞっとするような大口を開けた怪魚達が描かれている。

ヴァッサル医師はにこにこしながら解説してくれた。

「アタナシウス・キルヒャーだね。十七世紀の哲学者さ。これはスペイン王のために書かれた大洪水の絵なんだ。ほらこれが箱船の絵だ。」

「これが船なんですか。まるで学校か何かみたいじゃないですか。」

「ふむ、聖書にはこのように書いてあるからね。三階建てで形はこのような直方体になっている。すべての動物が入ったのだからさぞかし大きかったろうし中は細かく仕切られていただろうな。ほら、これが内部の絵だ。」

「一番下にいるのは蛇ですね。でも一つがいだけ乗船を許されたというのに沢山いるじゃないですか。」

「一年経つうちにこれだけ増えたのさ。蛇ってやつは繁殖力が強いからな。」

「下の方に動物がいて上の方に鳥がいるようですが、真ん中にいるのは袋みたいですね。」

「これは食糧さ。これだけの動物が一年間食いつながなくてはいけないんだからな。こちらには飲み水の樽もあるだろう。動物たちに餌をやったのはやっぱり人間で、つまりノアの家族だな。」

「大変な仕事ですね。それにしても、こんな大きな船を作っている一方でこれだけの動物を集めることが出来るんでしょうか。」

「それは神がきちんと配慮して下さったのさ。選ばれた動物たちが自分でやって来たのだ。前のページの絵をよく見てごらん。つがいになった動物たちが自発的にやって来ているのが分かるだろう。」

「本当に二匹づついますね。おや、これは人魚だ。こちらはグリフォンだ。」

「キルヒャーは人魚の尾と骨格を自分のコレクションに持っていたらしい。グリフォンがいるかどうかは彼も確証がなかったようだが、中国人が存在すると報告していることがこの時代には分かっていたからね。」

　少年たちはぼおっとした面持ちで医師の書斎を辞した。ジェラールはなんてすごい本を読んでいるんだろう、とテオは驚嘆した。でもお母さんがいないのはさびしいだろうな。自分のお父さんに会う時でも、きちんと帽子を取って挨拶するなんてずいぶんと冷たい家だ。年上の新しい友人のさみしそうな生活を聞いていると何か言ってあげたい気がした。しかし自分の両親は何でも自分の願いをかなえてくれるし、家の中はいつも笑い声にあふれている、なんていうことを言ったって彼を悲しませるだけのような気がした。そうか、それならこうすればよいのかな、

「ジェラール、それにアレクサンドル、今度は僕の家に来てください。絵を見てもらいたいんです。きっと母がお菓子を作ってくれると思うし。」

「そう、じゃあきっと行くよ。僕はそろそろ戻ってお客に挨拶しておかないと。」

トゥーケ大尉とジョルジュはちょうど階段を下りて来るところだった。

「おい、ジェラール、詩を書いているんだってね。お父さんは妙なことに夢中になってるって心配していたが、俺は出版の仕事をしてるんで詩についても少しは分かるから今度見せてくれないか。俺の店は知ってるかい。ユシェット通りにあるんだ。それにまた王党派の息子と付き合ってるそうじゃないか。この前の聖シャルルマーニュの日の宴席にしたって、ルイ・ルグラン校の生徒たちなど王の名前で乾杯するのを拒否して神が皇帝をお守り下さるようにって歌ったかどで百十五名も放校になったという話じゃないか。シャルルマーニュ校の方が何もなかったのは残念だとお父さんは思っていたのに、君がそこに出席していたのを聞いたのはずいぶんとこたえたようだぞ。お父さんも俺たちもフランスの自由のために血を流してきたんだ。それを忘れちゃいけないぞ。」

テオフィルは王党派の家の子だったのか。でも王党派も悪い奴ばかりじゃないらしい。招待を受けたばかりの家に行くべきか、それを父に言っていいものかどうか、ジェラールの内で少しばかりためらう声があった。

十．ずる休み

「おーい、ここですよ。早く来て手伝ってください。」

本と着替えと昼食の包みを抱えたジェラールが、いつも行く高校への道をかすめてセーヌの岸へ出、サン・ルイ島の先端からルービエ島へ渡って行くと年少の友人はもう腕まくりして一人で材木置き場の片隅でせっせと働いていた。材木や棒材が上手に並べられて立ちあがっており、ロープやら帆布やらも準備されている。こんなものを使って大丈夫なのかな、という気がしていると、案の定汚れた作業着を着た男たちが三、四人こっちへ向かって来た。

「何やってんだ、誰の許可を得てやってやがんだ、この悪ガキめ。」

「だって、ずっと放ってあったものじゃないですか。それにロープを使うだけだから傷がついたりしません。」

「放ってあったんじゃなくて、保管してあったんだって。少しでも傷ついていたりしたらただじゃすまねえから。」

ジェラールはあわてて男たちに帽子を脱いだ。

「お早うございます。ほんの一日借りるだけですから、見逃してください。ほら、少しですけどこれで皆さん一杯やってください。」

男たちは酒手をもらうとあっさりと矛を収め、しょうのないガキどもだなどと言いながらぶらぶら行ってしまった。テオフィルは友人がこともなげにポケットから小銭を出すのを目を丸くして見ていた。

「ずいぶん金回りがいいんですね。」

「お父さんはいつもかまってくれない代わりにお小遣いだけはきちんとくれるんだ。特にこの間寄宿先を出て通学生になってからはね。それにしても考えることも突飛だけれど、何をやってもうまいね。」

学校を休んでロビンソン・クルーソーごっこをやろうと言われた時にジェラールは年下の友人の大胆さに度肝を抜かれてしまった。父は普段何も言わないが夕食の時には学校で何があったか尋ねることがあるし、第一学校をずる休みするなどということは考えたこともなくて、そんなことをやったらたちまち学校から厳しい叱責が家に来るような気がして縮みあがってしまった。テオフィルは学校を休んだことなど何度もあったらしい。学校ほど面白くない場所はなかったし、父親は自ら少年の勉強を見てやっていて、学校にいるよりその方がよほどためになると思っているらしかった。ジェラールは空恐ろしいながらずる休みをするという観念がいったん頭に入ってしまうと魔法の国の魅力のように思えてきて、前の晩は興奮で眠れなかったほどだった。家を出るときはきちんと廃兵式の燕尾服、青い靴下、白い綿のネクタイという学校の制服に身を固めていたのだが、後でこっそり物陰に入ってもっと目立たない服に着替えてしまってあった。

「ロビンソン・クルーソーは僕の憧れでね、いつも木屑でボートを作ってはセーヌ川に浮かべていたんです。それに家でもテーブルの下に板で小屋まで作って中に閉じこもって遊んでいたんだけれど、一度本物の小屋を作って暮らしてみたかったんです。」

年は三つも上だけれどジェラールはこの陽気で行動力のある少年の魅力に取りつかれてしまって彼の言うことだと恐いと思いながらも拒めないのだ。それはデュポンシェルにしても同じらしかった。この年上の仲間が合流してやがて見事なさしかけ小屋が立ち上がった。

「さて、それじゃ何をしようか。」

「こんな所に来たら、」とデュポンシェルが言った、「宝の話をしなきゃな。」

「海賊キッドの宝ですか、でもここは川の中の島ですよ。」

「君たちはテュイルリーの並木道に宝が埋まっているって聞いたことがないかい？」

「あ、それ知っている。宗教戦争のころメディチ家が埋めたって言う話だろう？」

「うんそうだ、俺はどの木の根元かまで知っているよ。」

「それじゃあ、掘っちゃえばいいじゃないですか。」

「それが、その上に大きな台石が載っているんだ。台石の上には街燈まで立っていると来ている。あれが掘れるのは政府の役人だけさ。」

「それじゃあ、今に役人が掘るだろう。」

「国王陛下にすればそんなみみっちい真似をする訳にいかないのさ。でもいいか、いつか共和制が戻ってくれれば掘ることになるかもしれん。」

「疑わしいな、そんな所に宝が埋まっているなんて、むしろそれこそこんな島にでも埋まっている方がありそうじゃないですか。掘ってみましょうよ。」

「何の目印もなしにかい、何という労力の浪費だ。」

「いや別に宝目当てでなくてもいいんじゃないか？　我らが小屋の前に池を掘ろうじゃないか。そこへテオ、君の得意の船を浮かべてわが艦隊を発進させるんだ。」

このアイデアに夢中になった少年たちは腕まくりし、泥だらけになりながら数時間かけて人が三人入るくらいの穴を掘り上げた。

「さあ、ここに水を入れて見ようか。」

早速セーヌ川からバケツリレーが行われ、一時間ほど経つと仮小屋の前には人工の池と掘りだした砂を固めた山が堂々と姿を現した。少年たちは歓声を上げ、そこに浮かぶ丸太製の艦隊を眺めながら満足して、賑やかな、しかしささやかな昼食を板葺きの仮小屋の中に並べた。

「諸君はパンだけかい、ほらここにハムとチーズ、それにワインもある。これでニューステッド・アベイ風のドンチャン騒ぎができるってものさ。」

「ニューステッド・アベイって何ですか？」

「バイロン卿がね、イギリスご在住の折にパーティーをやらかしたところだよ。」

バイロン卿という名前が何故か大人たちの眉をひそめさせることを子どもたちは知っていて、それがなぜだかは教えてくれないということや、イギリス人なのに故国に帰ることもしないで遠い異郷をさまよっているという不思議な運命がこの伊達男の噂に怪紳士としか呼びようのない魔法の光を少年たちの心に呼び起こしていた。そんな男のパーティーとなるとなんだか実態は分からないのだが妖しい、禁断の魅力を持っているような気がする。それに、とテオフィルが言った、

「あの方は泳ぎが実に達者だったんですよね。船が座礁して沈みかけた時も一人泰然としていたそうです。」

「相変わらず水泳の話になると目の色が違うね。この池で泳いでみるかい。」

「残念ながら今日は水着も持ってきてないですよ。」

「おい、池の水が引いてると思わないか？」

「本当だ、土が池の水を吸っちゃってる。さっき浮かべておいた船がもう底にえんこしてしまった。」

見る見るうちに水は少年たちの目の前で干上がってしまった。

「やれやれ、こいつはやり直しだな、また明日だ。」

「何だって、明日も続けるのかい？」

「もちろんだよ、明日は休みじゃないか。せっかくの仕事をふいにしたくはないだろう。」

「まあ今日はもう力仕事はたくさんだからな。それじゃあ絵でも描いてみるか。」

ジェラールは画用紙とパステルも用意してきていたのでしばらく三人は並んで写生をした。日差しは暖かく、サン・ルイ島にかかる大きな門を備えた橋のたもとには家のような船がつながれていて、中では風呂が沸いているから時折熱い蒸気が噴き出してくる。岸をびっしりと埋めた石造りの建物はロビンソン・クルーソーの世界とは程遠く、川面には帆掛け舟や石炭を積んだ伝馬船がひっきりなしに通り過ぎるかと思えば黒塗りの大きな船が川幅いっぱいを占領するのではないかという具合に悠然と進んできて、船腹では丸いドームのような形の下でゆったりと水車が回っている。煙突からは黒い煙がもくもく上がっている。もっとも景色は悪くないけれども近くで下水が流れ込む口が近いので風向きによっては鼻をつまみたくなるようなどろどろの臭いもして、それが蒸気や石炭のむっとする温かさと区別がつかなくなるのだ。

「この頃は何でも蒸気、蒸気だな。向かいの洗濯船もそのうち蒸気機関にとって代わられて、洗濯女たちもあがったりになるかもしれない。いつだってかしましいな、喧嘩でもしているのかな。それにしても君は画家志望だけあってさすがにうまいもんだ。おやここに描いているのはあそこで遊んでいる子供たちかな。でもあれは女の子だよ。」

「えっ、本当に？　僕にはよく分からないけれど。」

「だっておさげ髪をしているじゃあないか。」

「ああ、そうなのか。実は少し目が悪いんです。絵描きで食べていくのは難しいのかもしれないな。」

テオがあまりに落胆したように見えたので、ジェラールはなんとかその気を引き立てようととっておきのものを出した。

「僕の詩集を見せてあげようか。」

「何だって！　詩集が出来たの？」

「うん、手書きだけどね。本屋に持って行こうかとは思っているんだけれどそう思ってしまうと出来が今一つ気に入らないんだ。」

ジェラールが大事そうに鞄から出した二束の原稿には奇麗な飾り文字が並び、ページの終りのランプの飾りや扉絵まで付いていた。テオの手にしたのは「叙事詩と抒情詩」という題が付いていて、扉には雲に乗った三人の裸の少年が描かれていたが、そのうち二人には翼があるので天使らしく思えた。

天使のひとりの持つ盃にペンのような形をしたフルートを持つ三人目の少年が手を伸ばし、もう一人の天使が彼に月桂冠をかぶせようとしている。絵もうまいな。上品だし、洒落ている気がする。

「叙事詩というのはこの「日々紙の葬送」のことだね。」

「うん、ぼくの家はいつでもリベラルだからね、王党派同士の争いは高みの見物で面白いのさ。政府の言うことを聞かない「日々」紙が買収されかかって、政府系の編集で骨抜きになった時に作ってみたんだ。選挙で王党派が大勝した後「日々」紙は、『敗北の翌日に敗残の残党をかき集める政党を見るほど楽しいことはない』なんて書いたんだぜ。うちの贔屓の「立憲」紙に対する勝ち誇った態度のたまらなさと言ったらなかった。最近シャトーブリアンが更迭されただろう。彼は見事な文章を書くよ、確かに。でもヴィレールが一片の王令で外務大臣を首にした時の憮然とした有様には本当に溜飲が下がった。ついでに思う存分悪口を言ってやればさぞかし痛快だろうと思ったのさ。ただ、あの後の展開は少しばかり予想外だった。「日々」紙はお葬式どころか立ち直ってますます盛んになるし、「討議」たいな提灯持ちだと思っていた新聞がにわかに政府に噛みつきだしたばかりかリベラルの旗手だった「立憲」や「フランス通信」なんかまで「日々」紙に同情してむしろ同盟相手みたいになってしまった。まあそんなこともあってこの詩集をこのまま出版社に持って行くのはやめたんだ。」

「この第一の書簡、第二の書簡っていう手紙形式の詩の宛先は僕なんだぜ。おおデュポンシェル、君の守護神は、ってあるだろう。しかしこっちのタンダリスとかリジダスっていうホラティウス風のオードで呼びかけられているのは誰かな。美少年って言ったらお前しかいないんじゃないか、テオ。ちょうど表紙の三人の天使だって俺たちにぴったりだし。」
「いや、これは女の子のことですよ。女の子っていうのが気恥ずかしいからこんな言い方をしているに決まってます。
おお、ダフニス、君は言いしか、君はふるさとの
幸多き日々を過ごしし岸辺を離れ、
嵐猛るいや果ての海に
み親たちの家の屋根去りゆくを見るか
さても悔いなきか、悔い一つなきか、さにあらず
早生まれし地を君は恋ゆるらむ……
かくて君が春のつぼみも凋みゆくべし……
そら一体誰のことなんですか、ジェラール。」
ジェラールは瞼が赤く染まり急にはにかんで子どもに戻ったように見えた。
「ところでお前はバカロレアの勉強はしているのか？　医学部に入らなくちゃならないんだろう？」
ジェラールはあらぬ方を見つめた。対岸の洗濯船から女たちの嬌声が聞こえる。冬は水につかってつらい仕事だがこの季節には気持ちがいいだろう。ばしゃばしゃはねる汚れた水の掛け合いまで聞こえるようだ。
「いつか登録はしなきゃならないだろうな。それまでにペンで食べていけるようになるとはさすがに

思えないもの。でも医者になるつもりなんかないよ。何とかして詩集を出す。少し名前が出たら戯曲を上演してもらうんだ。初演の日の観客の熱狂ぶりったらすごいぞ。最後の幕が下りて役者たちが幕の前で喝采を受けると『作者を出せ、作者だ!』って叫びがあがる。桟敷の一番上に坐った作者が立ち上がり、帽子を脱いで深々とお辞儀をする。皆が総立ちになって手も割れんばかりに拍手を送るんだ。あれこそ今の時代の栄光だよ。大臣も将軍も高貴な淑女の方々も、誰もが無から言葉だけで五幕の世界を作り出した天才の前にひれ伏すんだ。」

「お前にはその才能があるからな。書きかけている草稿も見せてもらったし、今まで書いた詩作品だって多くは劇的な構成をしている。」

「それ、うらやましいな。僕にはどうもそういう方面が欠けているらしい。僕が詩を書いてもまるで風景画みたいに描写が続くばっかりだ。」

「でもそれがテオの強みだよ。さすがに画家の卵だけある。本当にうまい描写のできる作家なんか滅多にいやしないんだ。とにかくまずその強みに徹底して磨きをかけるんだな。筋を考えることなんかそれからでいいさ。それに筋立てを全部自分で考える必要はないんだ。コルネイユだってラシーヌだって大筋は古典作家から取って来ているだろう。それだからって彼らの作品に独創性がないなんて誰も思いやしない。古典派嫌いの「グローブ」誌の論客たちだって巨匠の独創性を認めてないわけじゃないからね。大体あいつら理屈ばかりだ。デュヴェルジェ・ド・オーランヌにせよ、シャルル・レミュザにせよ、時代が変わったんだから文学も変わるべきだの、時と場所の一致なんておかしいだの、お説は立派だけれどそういう形の傑作がどこにあるって言うんだ。第一、二度と読みたくないような読みづらい文章でいくら口角泡を飛ばしたって文学を論じるには説得性も何もありはしないじゃないか。」

テオは頭の中がぐるぐる回る気がした。先ほど言われるまでもなく自分の目があまり良くないことから画家の道はそろそろあきらめなければならないと思い、本格的に作家を志そうとしているのだけれど、文学をやるためにはこんなにもいろいろ読んでいなければならないらしい。それも焦っているうちに次から次へと読むものが日々増えていくのだ。

「いいものだよ、本当にいいものだけ見たり読んだりしていりゃいいのさ、テオ。ジェラールみたいにありとあらゆるものを追っかけていたら頭がでんぐり返っちまう。こいつはやる気がないから学校の成績は良くないけどさ、本当はものすごく頭がいいんだ。」

ジェラールは悪戯をしているところを捕まえられた子供のようにばつの悪そうな顔をしたが、その実まんざらでもないような甘酸っぱい気持を味わった。

「そうだ、それなら今日これから芝居を見に行きましょうか。」

「でも急に思い立って、すぐ見られる芝居なんかあるの？」

「もちろん、それもただでね。いつ見ても同じ奴だけれど、いつ見たってあれは傑作だと思うよ。今日は学校で居残り勉強をするから少し遅くなるって親には言っておけばいいんですよ。」

居残りどころか普通の授業すらサボってしまった少年たちであった。

十一．タンプル大通り

「あれ、ずいぶん広い焼け跡だね。」

「ああ、あれはシルク・オランピック座です。先月焼けたばかりなんだ。パリで一番広い劇場でしたよ。広すぎて普通の芝居には向かなくて軍隊のパレードみたいな台詞のないものが多かった。ナポレオン役はエドモンっていう役者でしたけど、鼻が反り返っているんで蠟で修正してあったらしいです。」

「僕は皇帝が最後の閲兵をした時のことをかすかに覚えている。整列した兵たちはみんなボロボロの軍服だった。皆歯を食いしばっていたな。皇帝陛下は涙で声を詰まらせていたような気がするんだけれど、思い出そうとしてもなんだか別の顔と混じってしまうんだ。」

「人だかりがすごくなってきたね。」

「これがタンプル大通り、別名犯罪大通りですよ。ほらびっしり芝居小屋が並んで、その前に板で小さなやぐらが組んであるでしょう。もうそろそろ呼び込みが出てきてあそこで口上を述べたり、客寄せのためのちょっとした芸をしたりするんだけれど、こいつが下手な劇場の中でやることよりずっと面白い無料の見世物なんですよ。そらもうデラッスマン＝コミック（気晴らし喜劇）座のやぐらの前で待ち構えているのがいる、子供が多いけれど。大人はまだ仕事から帰ってこないから。そこで馬鹿笑いしている長い顔をした男がガリマフレっていう奴。隣でうんざりした顔で観客に目配せしているいな。」

金髪はやぐらの王と言われているボベッシュ。どうやら、また寝とられ亭主のまねを演じているらしい。

ボベッシュはガリマフレの心臓のあたりを指差して

「寝とられは植物みたいなもんさ。ここらで根を張って、そうして額に大きな枝を張るんだあね。」

と寝取られた夫を示す大きな角を描いて見せ、少年たちは腹を抱えて笑い転げた。

「あれ、あの女のひと真っ赤な髪だ。それもまるで羊の毛みたいじゃない。でもあれ鬘だよね。」

「鬘なものですか、時々弟たちがぶらさがったりしているくらいだから。あの子はヴェネチア生まれなんだそうで、イタリア語で呼びこみをやっている。」

メリノ羊の髪の女は三人を見てニコッと笑い膝立ちになってギャッと体を反らせイルカの形になった。たちまち傍らにいた小さな男の子がにょきにょきと彼女の胸に手をつき、逆立ちをする。と、さらに小さなもう一人が姉と兄の体をよじ登っててっぺんで立ち両手を広げて見せた。

「ほら、そこの小僧さんたち、こんな芸はほんのさわりだよ。さあ木戸銭払って入った、入った。本物が見られるよ。真理が見られるよ。」

ジェラールは思わずポケットを探ったが、テオは慣れたもので、にやにやしながらポケットに手を突っ込んだまま見ている。ただで見られる見せものこそが一番上等なのだと平気な顔をしている。

「気を付けなさい。金をさぐったりしないこと。」

とテオはジェラールの耳元で囁いた。

「手癖の悪い奴なんかたくさん混じっているんだから。ポケっとして美女に見とれている奴はすぐカモにされるんですよ。」

アンビギュー（混合劇）座、フォリー・ドラマティック（ドタバタ劇）座、菓子屋のエピ＝シエ、たどって行くと香ばしいにおいが漂ってきた。

「ここで腹ごしらえをしましょう。一家の父軒とはよくも名付けたもの。本物の尊敬すべき家族の父なら向こうのドゥフィユーにでも行くんだ。ここにはソーセージしかないんだけれど安くて腹もちはするし、何と言ったってこっちの方がタンプル大通りそのものですからね。劇場にここで買ったソーセージを持ち込んで食べる奴が時にここの食い残しをそのまま天井桟敷から投げちまう。平土間の一家の父がそいつを帽子に受けてぎゃふんって言うんだ。」

「そうだね、そういう柄の悪い楽しみはコメディ・フランセーズ（国立劇場）なんかではまず味わえないからね。」

欠けた陶器の皿に盛られたソーセージに塩を付け、安物のワインで流し込む。こんな物でもテオにとっては贅沢なのだが、ここはジェラールが皆におごってくれた。

「コメディ・フランセーズに行ったことがあるんですか。」

「お父さんが連れて行ってくれるのはあそこだけだからね。まるで現実とはかかわりのないような衣装で、こんなくるくる巻き毛だらけのかつらをかぶった宮廷に出入りしている人しかわからないような話が展開されるんだが。でもやっぱりタルマはすごいよ。もう六十歳を超えているのに若い男の心の熱気がじかにぐっと見ているものの胸に響くような声と表情を作る。今年は『オセロ』を見た。顔も手も真っ黒に塗ったタルマが目だけを大きく血走らせて、かよわいマルス嬢にのしかかって行くんだ。自分の唯一の喜びである妻を殺すんだぜ。絶望と怒りの狂乱の内に殺し、正気に戻って妻の無実を知って今度は自分の罪に絶望するんだ。カーテンコールに出て来た老優は汗をだらだら流し、立っていられるのが不思議なくらいふらふらになっていた。もうあれでタルマを見られるのも最後だったかもしれないな。」

　通りの外れまで行くととりわけ人だかりのしているやぐらがあった。白塗りの背の高いひょうとした姿がぽつねんと立っている。

「何だあいつ、何もしてないじゃないか。」

「まあよくごろうじろ、あれが芸なんだから。」

白塗りの男は何とも寂しげな、もの言いたげな顔をうつろに空に向け、目に見えぬカウンターに両肘を付けて顎を支えるような格好で立っている。同じ白塗りの男や女が台の上に現れ、そのすぐそばで語らったり抱きあったり笑ったりしても、ひとりじっとさみしそうなままだ。それから子犬の格好をした子供が出てきて四足で台の上を駆け回り、後足をあげておしっこを浴びせるまねをするが気づいた様子もない。一言も発されることなく黙々と進行するのを息をひそめて見守っていた台のまわりの野次馬たちは、ほかの者が去ってしまった後で白面の男がハーッと大きなため息をつくのを聞くと「いいぞ、ドビュロー!」という掛け声とともに一斉に拍手を送った。

「これが、ジャン・ガブリエル・ドビュローです。フュナンビュール（綱渡り）座の一枚看板さ。ほかの芝居小屋なら主役になれる色男も美人女優もここでは引き立て役なんだ。ドビュロー演ずるピエロは二枚目のアルルカンにやきもちを妬く美女コロンビーヌの亭主カッサンドルの召使でしかない。普通のイタリア式ラッチならカッサンドルが叩かれたり、ピエロを叩いたりしてドタバタで売るんだが、ドビュローのピエロは恋する男なんです。それもいつだって報われることがない。だがそんな切ない男ごころをあの白面でしみじみと演じ切る。ここの天井桟敷の観客は目が肥えているからそんなセンチメンタリズムにしみじみ感動する。何度見たって千遍一律の台本なのに常連客は割れんばかりの喝采で報いてやる。いいですか、この大通りには何軒劇場があるかしれないが、皆たいていは二束三文だ。あのメリノ羊の女の曲芸ほどの価値もない安物芝居ばっかりなんだがこのフュナンビュール座だけが別格なんです。それでもこの男を生んだのはやっぱりタンプル大通りで、この客寄せやぐらなんだ。ドビュローはもともといつもやぐらで客寄せ寸劇をやっていた。それがある日ピエロ役がいなくなって代役に抜擢されたんですよ。フュナンビュール座がしがない場末の小劇場でありながら具眼の観客を集めるようになったのもそれからのことでね。」

「おやあそこには、」とジェラールは木戸をくぐろうとしている男を指差して言った。「知る人ぞ知る大文学者がいる。」

「あの変哲もない中年のおじさんがですか？」

「うん、シャルル・ノディエっていうんだ。『スマラ』っていう何とも不思議な夜の妖怪のコントを書いている。ものすごい愛書家で、古い本のことなら何でも知っている。」

　ノディエがジェラールに気付いて木戸に入る前にちらと手で合図をしたのを見てテオは感嘆した。

「そんな人もちゃんとジェラールを知ってるんですね。」

　ジェラールにとってそれは忘れがたい日だった。パレ・ロワイヤルにある古本屋に息を弾ませて入った少年がえらい剣幕で店主に食って掛かる勢いに店員も客たちも何事かと振り返ってみたところだった。

「おじさん、いつも飾窓においてあったあの本はどうしたの！　僕が取っておいて欲しいって頼んだやつだよ！」

「頼んでおいたって？　ああ、あの悪魔の絵がついた本か。残念だけど売れちまったな。ほんの三、四日前のことだったけどな。」

「金曜日に頼んだじゃないか、置いといてくれって。ようやく二十フランできたから持ってきたのに。」

「本を買いたがっているのは坊やだけじゃないからな。買ってくれた人はいつも目をかけてくれる常連の人だったからね。」

「それは『ファウストの生涯』のことかい、マックス・クリンガーの。一七九二年版だろう。」

　突然脇にいた四十がらみの、黒髪で灰色の目をした男が声をかけて来た。優しそうだが鼻が少し傾いていて、唇がやや皮肉な微笑をたたえている。

「それです、あなたのお家にあるんですか？」

「いや、家にはない。だがそんなに読みたければアルスナールの図書館に行けばいいさ。どこにあるか知っているか？」

「知っているどころか、うちの高校のすぐ近くです。」

「シャルルマーニュ校の生徒だったのか。年の割には珍しい本が好きらしいね。それじゃいいか、本の価値は作者やタイトルだけで決まるものじゃないぜ、たとえばこの本だが、」

と言って男は手にしていた本を見せてくれた。

「『フランスの菓子』だなんて、料理の本じゃないですか。」

「いかにも、で、いくらすると思う？」

「ひょっとして二十フランですか？」

「なかなか。俺はついさっきこれを二百フランで手に入れたところだ。」

「そんな馬鹿なことがあっていいものだろうか！」

「これでもずいぶん粘って交渉した揚句だぜ。一六五五年にアムステルダムで出た本だが、ベラールの阿呆はこいつが一六五四年版だと主張し続けて来たんだ。俺はこの本を三年も探し続けて来て、これでようやくあいつの間違いを証明することができた。」

「そんな年号一つで値段がそんなに跳ね上がるなんて、よほど少数しか出版されなかった本なんですか？」

「それがそんなことはない。テシュネルによれば五千部は刷られたということだし、俺など一万部は刷られたんじゃないかと思っとる。」

「それじゃ二束三文じゃないですか。」

「料理女なんかは本を大事にしやしないからね。必要なページだけ切り取ったり、ソースのはねをつけたりした揚句にぼろぼろになったら焚きつけにして燃やしたりしちまう。今じゃヨーロッパじゅうを探しても十冊も残っているかどうかわからない。」

「それじゃ、そのエルゼヴィールと言う版元の本ならどれでもそんなに高く売れるんですか？」

「いや、余白の長さが短ければエルゼヴィール版といえども飾窓に置くだけの価値もなかったりする。この本は十五行分の余白があるんだ。」

ジェラールはあまりに面白いやり取りだったので男がいなくなってから店主のフランクにあれは誰だったのか尋ねた。

「あれがそのアルスナールの図書館長のシャルル・ノディエさんですよ。」

この時一度会っただけだったのだが、ノディエはちゃんと彼のことを覚えていたのだ。

十二．木組み回廊

ジェラールはパレ＝ロワイヤルにいた。ユシェット通りでトゥーケの店へ行ったのだが何故か扉が閉じていて店主のいる雰囲気がなかったのだ。だが先週は確かにトゥーケはそこにいた。執達吏らしき男と話し込んで相当激している様子だった。執達吏は肩をすくめ、トゥーケは昂然と顔をあげている。執達吏が眉をひそめ、何か紙を巻き広げて読みあげてから出ていく。今となってはそれが原因なのかとも思うのだが、その時は興奮で歯ががちがち震え自分のこと以外は何も考えられなかった。

「今日は、トゥーケ大尉。」

「ああ、ジェラール、元気かね。青い顔をしているじゃないか。そんなじゃお国のためになれないぞ。」

生まれて初めて試験を受ける者のような足の震えがジェラールの全身をなぞり上がってきた。

「お父さんは元気でいらっしゃるかい。」

「ええ、元気です。この頃は足の痛みもすっかりおさまって時々は一緒に散歩に出ることもあります。」

「それは良かった。ところで今日はどんな風の吹きまわしかな。何か欲しい本でもあるのかね。」

「いえ、実は」

ジェラールはもじもじして口ごもった。このまま本当に本の名前でも出してそのまま帰ってしまおうかと思った。

「ああ、何か紙束を持っているじゃないか。読んで欲しいのかな。」

「あ、はい、そうなんです。」

「そんなに硬くならなくていい。寄越してごらん。」

トゥーケは店の奥の小さな木の椅子に腰掛けてゆっくりと詩行を追い始めた。ジェラールはうずたかく積まれたヴォルテール選集を手にとって、インクの匂いのする切れてないままのページをすかしながらあちこちめくって見るふりをしていたが、視線は初老の男が胡麻塩混じりの髭に時々手を当てながら手書きの原稿に目を落としている所へどうしてもちらちらと泳いで行ってしまう。凍傷の痕が浅黒いあざとなって残っているこけた頬には赤味がさして、その目には熱いものが浮かんでいるように思えるのは気のせいだろうか。

「若いの、あんたは遠くまで行けるよ。」

トゥーケは立ち上がり原稿を返しながら言った。その言葉はジェラールを狂喜させたが、その動作には一抹の不安が残った。

「でも今俺の所では出せない。」

「どうしてなんです？」

「皇帝陛下を歌いあげる勇気のある詩人は今ほとんどいない。だからこいつは感激だ。俺としちゃ是非とも取り上げたい、だがね。」

と中年男はがっしりとした手を若者の肩に置いて続けた。

「検閲が復活されたばかりだ。新聞じゃないから直接つぶされはしないが、刷ったそばから差し押さえられる可能性はいつでもある。おまけに今は紙屋に借金がかさんでいて、出版する本をそのままかたに入れてようやく印刷できるくらいだ。ヴォルテール全集なら紙屋も文句ないんだが、新人の作品を出す可能性は全くない。何とかほかの書店で出してみてくれないか。この出来なら受け取ってくれるところはあるんじゃないかと思う。来週もう一度来てくれたら一つ二つ当たってみておこう。それにしても、」

トゥーケは坐りなおし、ジェラールの落胆ぶりをなだめるように言葉を継いだ。

「こいつはおれの心には痛すぎるな。描かれている皇帝はぼろぼろに破れたみじめなお姿ばかりだ。その通りだってことをロシアまでお供した俺はよく知っている。だけどこれは辛すぎる。直視できない。いや直視できないのはジェラールあんたの筆力のせいだ。あんたの詩句に力があるからだ。むしろ今の俺に直視できないってことがあんたへの何よりの推薦状だよ。あんたの父親は戦友だ。恩人だと言ってもいい。だからあんたの作品は是非俺が出したい。それでも今はだめなんだ。分かってくれ。」

ジェラールはうなだれた。トゥーケが断る口実としてそんなことを言っているようには思えなかった。それにしても彼はトゥーケを当てにしていた。彼ですら出してくれないのなら他の誰が今の自分の詩集を出してくれるのだろう。新人の作品が出せないという事情はどこでも同じではないのか?

先ほどユシェット街に向った時ジェラールにはそれほど期待する気持はなかったのだが、それにしてもトゥーケの店が閉まっているというのはひどすぎた。紹介状をもらうことはともかく、有望な書店の名前ぐらいは教えてもらえると思っていたのに、会うことすらできないのだ。ジェラールはしばらく茫然と言葉もなく店の前にたたずむしかなかった。小一時間もそうしていただろうか、そのままそこにいても仕方ない。こうなるといつも行きなれた場所に自然と足が向かってしまう。サン・セブランの曲がりくねった泥だらけの小路を抜け、セーヌ河岸のブリキの箱の古本屋がなじみらしい挨拶を送ってくるのに足を止めたくなるが、今日はそれどころではない。芸術橋を渡って右岸に戻りルーブルの巨大な正面を回ってリヴォリー通りからパレ・ロワイヤル広場まではすぐ近くだしここはそんなに道も悪くない。ここの建物は革命時の火事で何もかも新しくなったためにせいぜい四十年かそこらの歴史しかないのだが、堂々たるドーリア式の柱の並ぶ回廊は絵で見たアテネの神殿にそっくりで、どうせ立て直すならやはりこういう建物にすべきだと思う。コラッツァ、フォワのカフェ、ヴェリや田舎の三兄弟のレストランなどが豪華な玄関の前に佇む扉係を立たせているすぐ脇に石造りの重厚な回廊にへばりついた宿り木のような木造の建物群が見える。革命の騒動で石造りが中断された後にせいぜい四メートルほどの低い小屋のような建物群が並んだ狭い、暗い、ごみごみとした小路が立ち上がってしまったのだ。ところどころ漆喰の剥げた奥行きのない空間にはそれでもぎっしりと詰まった衣服や布地を扱う店を訪れる身なりのいい青年や婦人もいるが、ランプの黄色い光が唯一の灯りをもたらしてくれる晩方になると誘蛾灯に吸い寄せられたように厚化粧の派手な色の服に身を包んだ女たちが出入りするようになる。そんな時間にここに出入りすることは少年たちは親たちから固く止められているのだが、禁止されればされるほど魅力的になる場所があるものだ。前世紀末に詩人のドリール神父はこの界隈を評して

「何にでも会える、この庭でなら

ただし木陰と花だけは別
ここでは素行も乱れるけれど
時計の乱れは合わすことができる」

と詠んだ。ここの中庭に据えられたミニチュアの大砲に仕込まれた火薬がちょうど昼の太陽をレンズで集めて点火し、正午を告げ知らせるのを洒落てみせたのである。だがそんないかがわしい女たちや人形芝居師、腹話術師のような大道芸人の寄せ集まり場は、実はダンテュ、バルバ、コレアール、プティ、ドローネ、ショームロ、プリッシエなどそうそうたる本屋の密集した所でもあり、乾きかけのインクの匂いが埃や泥にまみれ、雨を吸い込んだ壁や屋根代わりのタールを塗った布の放つむっとした嫌な空気の中で文字に飢えた若者たちの鼻を惹きつけていた。狭い店内に所狭しと置かれた本の中には袋綴じでないものもあったし、金のない青年たちが何時間も辛抱強く立ち読みしていても本気で怒る店主は少なかった。

ギャルリー・ド・ボワ（木組み回廊）は家にも近いし今まで何度も本屋を覗きに来た。出版をやっている書店もいくつもあるらしいことは知っていた。しかし本を買うときはもちろん、ただ覗きに来るだけでも気楽なものだし何度か買ってくれたことを知っている書店主は平積みにされている本の表紙を触ったり袋綴じをすかして中身を覗いたりしても怒ったりはしないで、むしろ今よく売れている本を教えてくれたりする。しかし今日は入りなれた本屋の前でもびくびくして足がすくんでしまう。フランクやテシュネルのような名のある書店の中では作者らしい立派な風貌の男が恭しく傾聴している店主を捕まえて話し込んでいるし、書棚を片づけている番頭らしき男は丁寧に何か頼みこんでいる若い、といってもジェラールよりよほど年上の擦り切れたフロックコートの痩せた青年をうるさそうにあしらっている。いくつかの書店の前をうろうろしてジェラールは涙が出そうになってくるのを感じた。ようやく勇気を出して店に入ってみる。おなじみになっている本屋ばかりなのでジェラールが声をかければどこでも店員は愛想良く挨拶してくれる。しかし詩集を出版してくれないかと切り出すと急に表情が曇り、いやそもそもうちは出版の方はほとんどやっていないんだとか、学術的なものしか出していないとか、今店主がいないから答えようがないとか、取り付く島のないような態度に一変してしまう。原稿に目を通してくれようとする気配すらない。トゥーケのやり方は今更ながら好意に満ちていたのだとよく分かるし、彼が受けてくれなかったのは返す返すも残念で、涙の出る思いだった。次第に日暮れが近くなり、けばけばしいなりの化粧のきつい女たちがちらほら歩き回り始める。ジェラールはますます心細くなって来るのを感じた。

ここが最後だと思ってラヴォカ書店の広いガス灯のもう灯った店先に立ち止まった。最近名を成した作家たち、カジミール・ドラヴィーニュ、シャトーブリアン、ラマルティーヌ、ヴィクトル・ユゴーなどが並んでいる。ここならうまく行くかもしれないなと一縷の希望を持っていた。何度か本を買う時にお喋りしたことのあるジェルヴェという少し年上の店員がいたので、ラヴォカさんにお話しがあるのだけれど、と言ってみる。

「社長なら奥にいるけれど、何の話なんですか？　まさか原稿を読んで欲しいっていうんじゃないでしょうね？」

「そ、そのまさかなんです。詩集なんですけれど。」

「うーん、まして詩集となると、まず見込みはないと思うけれど、ともかく会って見ますか？　ああ、ちょうど出ていらした。社長、この方が原稿を見てくれないか、という話なんですが。」

ピエール・フランソワ・ラヴォカはまだ若く鼻筋の通った美形だったが、眉毛のきつく内側に寄った目つきをしていて、二十代で地方から首都にやって来て数年でその中心に店を立ち上げたらしい精力的な、いかにも人を見下したような男だった。

「原稿だって、うちには毎日何百となくそんなものが持ち込まれるのさ。一々読んでいたら仕事になりはしない。私のところでは今一番売れている新しい作家たちがどんどんいいものを書いてくれるんだ。ラマルティーヌやシャトーブリアンの作品ならいくらでも売れるから安心してどんなに高い稿料でも払える。名もない新人の作品にはどんな安い稿料を払ったとしても全く売れないからそのまま赤字になるだけ、つまり時間と労力のただ働きにしかならない。」

「でも、ラマルティーヌさんでもユゴーさんでも最初に持ち込んだ時は新人だったわけじゃありませんか。それをお読みになっていいものだと思われたから出版されたんでしょう？」

「あの人たちは当時もうすでに文学サロンの中では知られた存在だったのさ。あんたもどうにかしてまずとにかく有名になることだね。そうなりゃ私だっていくら払ってでも原稿をもらいに行くこともあるかもしれん。」

ラヴォカはうるさそうに手を振ってそれきりまた奥に引っ込んでしまった。ジェラールはもうすっかり勇気を失って、それ以上どこへ行く気にもならず、足を引きずりながら遠ざかった。

「ジェラールさん、帽子を忘れてますよ！」

ジェルヴェが追いかけてきて肩に手をかけた。礼を述べる言葉もないほどうちしおれている青年を見て店員は慰めるように、

「ねえ、なんでしたら僕に原稿を預けてみませんか？　あなたとは何度か話して、なかなか良いセンスを持っていると思ったし、夜店が終わってから読むのにちょうどよい。それでももし良いものだと思えたら、あなたの名は出さずに社長にちょっとおもしろいものがあったって話をしてみます。」

「ありがとう、恩に着ます。お願いします。」

「いいえ、僕も手加減はしませんから。本当に良いものだと思えた時にしか推薦はしませんよ。」

「もちろんです。あなたが駄目だと思われたなら、また持ち帰って、本当に良いものが書けたと言える時まで何年でもかけて直してきます。」

翌日ジェラールは授業を受けていても落ち着かなかった。彼の詩の読み方を買っていた文学の教師はホラティウスの詩句を全く長短を合わせることもなく棒読みするのを聞いて、いったい今日はどうかしたのかと尋ねたし、ごく簡単な動詞の変化を復唱するように言われてぽかんとしたまま何も言えない生徒に激怒した文法の教師はその動詞変化を五十回書いてくるようにと申し渡した。ほとんど一日何をやっていたかもわからぬままに夕方になって、パレ・ロワイヤルに駆け付けた時には、心臓が

バクバク言って足が膨らんだり縮んだりして地面が平らでないような気すらした。ジェルヴェは蒼白な顔で歩いてくるジェラールに気が付いて笑みを浮かべた。

「ああ、来ましたね。ちゃんと読みました。なかなか良いものだと思いました。それを社長に話そうとしてなかなか捕まらないで困ったんですが、先ほどようやく機嫌のよい時を見つけて話しました。「ロシア」とか「追放者の死」の冒頭なんか音読してね。これが十六歳半の天才少年の手になるんだって宣伝したら売れるんじゃないかって持ち掛けたんですよ。」

「僕はもうすぐ十八ですよ。」

「いいんですって、十八歳でもこんな詩が書けるというのは相当に早熟なんですから。多少は誇張して売りどころを見つけておかないと、それに社長はそういう売り込み方をすごく得意にしている人なんで、こういう風に吹っかけたら乗って来るんじゃないかと思った。案の定まるで自分が思いついたみたいな顔でそりゃいい考えだな、って言ってくれて。それにナポレオンを扱った詩人はほとんどいなかったし、それもこういう敗残の姿から描いたとなるとさらにいない。こういう形なら政府もダメだとは言わないんじゃないか、と話を進めて行ったら、、そうかい、出版費の一部を負担してくれるっていうことならお前の眼力を信じてやっても良いがね、というところまでこぎつけたんです。二百フラン負担していただけますか？」

「何とかします。本当にありがとうございます。でもすごく社長に信頼されているんですね。」

「あの人も見かけより若いし、本当のところ商売のことしか考えてなくて、今は新しい文学をやれば当たると思ったのは正解だったと思うけれど、いい文学って何かなんてまるで分っていない。僕も元々親なんかピカルディの役人の家で、親父は軍人だったけれど、そういう仕事が嫌で本ばかり読んでいた。カジミール・ドラヴィーニュやシャトーブリアンなんか大好きでね。そういうアドバイスでずいぶんもうけさせたから社長も結構重宝してくれている。でもそろそろ人に使われるばかりなのには飽き飽きしているんで、自分の店を持ちたいと思っているんですよ。それで、お名前はなんていわれるんですか?」

「ジェラール・ラブリュニーです。でもペンネームはジェラールだけで行きたいと思っているんです。」

「ジェラールですか、良いですね。将軍にそんな名前があったから、ナポレオン物にはぴったりだ。僕はシャルパンティエって言うんです。ジェルヴェ・シャルパンティエ。」

「シャルパンティエさん、どうぞこれからもよろしくお願いします。」

十三．雨宿り

連絡先を教え、ジェラールは天にも昇る気持ちになって店を出た。足が自然に軽やかなステップを踏んでいる。その時ふと、先ほどジェルヴェが何気なく言った言葉が思い出された。二百フランは用意していただけますか、だって? それが払えるだろうか。払えないって分かったら途端に掌を返したようになるんじゃないだろうか。急にまた自信がなくなってきた。何かの塊が胸の中をるっと上がって来て喉につっかえる。誰も分かってくれない。分かりゃしないんだ。僕は見た、ちゃんと見たんだ、重く垂れこめた空、雪にめり込む馬の足、それから大洋の小島を洗う波、皇帝がベッドに横たわって「兜をかぶった頭だ！」とかすれた声で絶叫されたその瞬間を。陛下の熱っぽい目が僕をじっと見ていた。親しいものに訴えかけるような……家はそんなに遠くないはずなのだがいつの間にかジェラールは見たことのない所に来ていた。雨が降り出していた。辻馬車が何台もしぶきをはね上げていく。ジェラールは帽子を深くかぶり直し、両手をポケットに詰め込んでやみくもに歩いた。どこをどう歩いたかもわからなかった。気がつくと薄汚れた裏小路の階段の手すりにつかまっている。切り立った両側の家の壁から滝のように水が滴り落ちて来る。坂の下に格子戸が見える。真っ暗で牢屋のようだ。壁に面した階段の上も格子がはまっている。自分は何だか必死に手すりにつかまっている。よほど強くしがみついていたのか、鉄柵の痕が真っ赤になっていて、かじかんで痛い。何だ。ここはどこなんだ。僕は一体何をやっているんだ。目をあげると、「お泊りできます。熱いコーヒー付き」と書かれた看板を下げた街灯が目に入った。こんなところに来たことがあったかな。とにかく入ってやれ。ずぶぬれで体の芯まで冷え切っていた。汚い所だ。下水の匂いがした。雑巾のようなカーテンが仕切りのそれぞれの壁の前にかかっているだけで、中に蠢いているものの臭気がむんと漂ってきていた。ぞっとするような吹き出物の痕を残した老婆の顔が目の前に浮かんで、

「前払いだよ。四スー出しな。」

とぶっきらぼうに言い、一番手前のカーテンの方へ顎をしゃくった。めくってみると木でできた腐

りかかったベンチの前に太い綱が張り渡してあり、垢じみた泥の匂いのする服の男が寄りかかっていた。ベッドもない。この綱に寄りかかったまま眠るらしい。ちらと眼をあげてこちらを見たがまたすぐに目を閉じてしまう。ひどい暗さと臭気だ。どこか上の方にいくつか灯り取りの窓があるだけで室内では門番の老婆さえ灯をつけてはいない。どこかで男か女か分からない誰かが咳をしている。ふっとカーテンがめくれて皺だらけの手が欠けた茶碗を一つ手に押し込んでくれた。生ぬるい、泥水そのものだな。せめてコーヒーで少し暖まれると思ったのに。こんな所にいたらどうかなってしまう。でも雨の音は激しかった。歯茎ががちがち震えてたまらなかった。嫌な甘ったるい空気が淀んでいる。体が乾いたら出て行こうと思っていたが、だめだ、こんな所に長くいたら死んでしまう。ジェラールはよろぼいながらカーテンの外へ出、入口の老婆に

「ここはどこですか？　サン・マルタン通りにはどっちへ行けばいいんですか。」

と尋ねた。老婆は今入ったばかりの者がもう出ようとするのに怪しもうともせず、

「ここは古街灯小路だよ。そこの階段を下りてそのまま行きな、じきにサン・マルタン通りに出るよ。」

と答えた。こんなに家の近くだったのか。それに気がつかないなんて。何をやっていたんだろう。ジェラールは降りしきる雨の中、両腕で頭をかばうようにして走った。サン・マルタン通りはすぐに見つかり、商店のガラス戸の向こうでは顔見知りの少年がずぶぬれになって駆けて行くのを面白がったり、気遣ったりしている声が聞こえる。家に飛び込むとファンシェットが驚いた顔で迎えた。

「まあ坊ちゃん、どうなさったんです。こんな真っ赤な顔をして。」

すぐエティエンヌ医師が下りて来た。

「熱があるな。何をやってたんだ。興奮して脈が不規則になっているじゃないか。ブランデーを少し飲ませて寝かせてやってくれ。目が醒めたらカモミーユの煎じ汁を飲ませるように。」

弱い奴だ。子供の時から熱を出しやすかった。あれの母親もそんな体質であんなことになってしまった。もう少しきちんとした生活をさせないといけないな。

ジェラールは床の中でもがいていた。額のあたりで繰り返し何かが疼いている。鉄の格子だ。額が押し付けられているのだ。離れなくては、立ち上がらなくてはと思うのに瞼が重い。流れていく。木々が流れていく。まるで何かに脅えて一目散に逃れていくかのように、大きな頭を振りたて、ユックユックと頭を振りたて、暗い光の中で影になった大きな手の形が飛んでいく、鳥の形が飛ばされていく、小石の波が、敷石が近づいてきてラッとまた遠ざかる。ああ、羊の群れが背中に真っ赤な文字を刻され、その文字が血のように飛び跳ねている。黒い水、黒い水が大蛇のようにうねる。風が吹き猛っている。バタンと扉が開いて骸骨のような馬の顔がぬっと湧き出る。

「恐いよ!」

「ほら、熱に浮かされている。大丈夫ですよ。私がついてますからね。ほら何も恐いものなんかいない。可哀そうに、がたがた震えているわ。」

木々が流れる。木々が流れる。ごうごうとすさまじい音がして大樹の巨大な手が、岩が、流される。

恐ろしい獣のうなり、いや男の声なのかもしれぬ。草をなぎ倒し、木々を踏み倒し、近づいてくる。荒れ狂う斧のように、風が攻めて来る。息が出来ない。波が攻めてくる。火が攻めてくる。

「ほら、四スー寄越しな！」

吹き出物だらけの顔が急に扉を開けて現れる。

「あっちへ行っちまえ！」

「ほら、私ですよ。何て真っ赤な目をしてるんだろ。汗を滝のように流して。ほらしっかりするのよ、恐くなんかないから。ジェラール、しっかりするのよ。ほら、もう恐くなんかないでしょ。」

ユクユクと激しいしゃっくりにもだえながらジェラールはファンシェットにしがみついていた。小さい時から彼の面倒を見てきた自分の子供のない女は少年をしっかりと抱きしめてそのまま一晩中ベッドの中にいた。エティエンヌ医師は寝る前にもう一度来て、ジェラールの額に手を当て、手首の脈を測り、

「済まないけど、そうしていてやってくれ。」

とファンシェットに言いおいて部屋を出て行った。

十四．留守に届いた手紙

ファンシェットはエティエンヌ医師が息子に対してひどくそっけないのが不満だった。ジェラール坊ちゃんはこんなに痛々しく頼りなげなのに。父親ってみんなこんなものなのかしら。でも一人きり

のお身内で、ずっと前になくされた奥様の忘れ形見だっていうのに。癇性が強い子なんだわ。アントワーヌ様が亡くなって私がこちらのお家にお世話になりに来た時お土産にキジ鳩を持ってきて差し上げた。坊ちゃんは手づから餌を食べさせて大変可愛がっていらしたのに、ある時うっかりして逃がしてしまった。坊ちゃまは、お父様の所へ来た御婦人の患者さんがちょっと家の女中がまだ迎えに来てないか見て来てくれないって頼んだのに邪慳にしたものだから、それでキジ鳩が飛んで行ってしまったんだって泣きじゃくっていらした。そうしているうちにお首の所がはれて真っ赤になって高い熱が出てずっと床に就くことになってしまった。あのときもエティエンヌ様は普通の医師が患者を診るみたいに冷静に対処していらしたわ。そういうのは医師としては立派なことだと、確かにご尊敬申し上げるのだけれど。いつも生真面目で笑ったのを見たことがないこの人の心がファンシェットには測りかねるのだ。私のお父さんはよくお酒を飲んで、お母さんや私に怒鳴り散らしていたわ。何も悪いことをしていないのに叩かれることもしょっちゅうだった。でも機嫌のいい時は頭を撫でてくれて、肩車をしてもらったりもしたわ。エティエンヌ様はお足が不自由だからそんなことはできないでしょうけれど。

ジェラールは三日間床についていた。テオが毎日見舞いに来て学校や友達の話をしてくれたが、三日目になってこんな噂を聞きつけて来た。

「ラヴォカがジェラールの詩集を引き受けるつもりになったようですよ。」

「本当かい、でもそれならなんで僕の所に知らせがないんだろう。」

「手紙が来たのかもしれませんよ。ずっと高熱だったから見せられなかったんでしょう。」

「ファンシェット、知ってるかい？　お父さんに聞いて来ておくれ。ラヴォカかトゥーケから僕に手紙が来てないかって。」

エティエンヌ医師は苦々しい思いで開いた手紙を読んでいた。今度の病気と関係があるのではないかと疑って息子宛てに来た見慣れない名の手紙を開封してみたのだ。こんなことではないかと思った。詩集を出すなどそれ自体つまらぬ話だ。それに二百フランの実費を出せという。まあそれくらいあれの母親の遺したものから出せないことはないが、それが元でこんなに興奮するようなら止めさせねばならんな。しかしどう言い聞かせたものか。

彼は父として息子に対したことがほとんどないのを今更ながら悔やんだ。彼自身文学を読むのは嫌いではなかったから蔵書も多かった。息子は一人でそれを読んで育ったようなものだ。唯一ジェラールと話をするのはドイツ語で一緒に本を読む時だった。読んでいて医師自身ゲーテが改めて好きになったくらいだ。だが詩集を出すだなんて。人の評判を当てにして食べていくような商売など息子にさせたくはない。ましてやこんなに興奮して体を壊すようでは。

父はジェラールが一人で大人になるに任せて来たが、息子が医師になることは疑ってこなかった。しかしそういえば学校の成績は良くない。医学部にちゃんと入れるのか。医師の試験も簡単なものではない。自分が「女性の子宮の快楽の抑制あるいは過剰の危険に関する考察」という息子には開かせたくない論文を執筆した時の脂汗の出るような時間のことを思い出した。自分に、同級生だったジュスタン・デュビュルガのような頭があればと羨んだことも度々だった。「友情の引力あるいは光と色彩についての哲学的書簡」は二十六歳の青年が書いたとも思えぬ気のきいた考察でジュスタンはいつか有名になるだろうと友人仲間では希望の星だったのだ。だがその才能を垣間見せる短い文章一つ残して、その若さで赴任先のサン・ドミンゴ島で死んでしまった。変に才能を持っていても早死にしたんじゃ何もならない。エティエンヌは時折息子の中にとてつもない才能が埋まっているのではないかと思う折があったが、そのたびにジュスタンと比べ、早世した妻のことを思って身震いがするのだ。自分にとって大切な者達はなぜこれほどはかなく散ってゆくのだろう。息子がそんな風な運命を辿るとは信じたくなかった。しかし文学などをやらせるとは、まさにそんな道を歩ませることになるのではないか？　しかしラヴォカの手紙をいつまでも隠しておくわけにもいかなかった。どうせ回復すれば分かることなのだ。多分狂喜するだろうからまた症状がぶり返すかもしれない。いや、多分もうあのテオとかいう友人から聞いて知っているだろう。

十五．初出版

ジェラールは急に元気になってファンシェットの止めるのも聞かずにベッドを抜け出した。幸い天気も回復したのでその足でギャルリー・ド・ボワへ駆けつけた。

「ああジェラールさん、お体はもうよろしいんですか？　校正刷りがもう上がって来ているんですよ。一応条件を決めようと思ったけれど御病気だと伺ったもので、とりあえず印刷屋の都合がよかったもので刷らせてしまったんです。それで筆名ですけれどここに書かれている通りジェラール・Lでよろしいんですか。」

「ええ、本名は伏せておいてほしいんです。父はあまり私が文学をやるのに賛成でないし、とりわけ親戚にそのことを知られたがっていないようなので。」

「承知しました。でも作者が飛びきり若いってことはどこかに書いておいた方がよろしいですね。」

ラヴォカは全く事務的で、興奮していないのは当然としても、初心者を気遣うようなそぶりも見せなかった。保証金についてはエティエンヌ医師が母の遺産の取り分から払うことを承知してくれた。ジェラールはあまりに話が早く進むのに目が回る気持ちがした。これで自分も作家の仲間入りができるのだ。

「やあ、ジェラール、元気になったか。」

ポンと肩をたたいたのは誰かと思えばトゥーケだった。

「いい出版社が見つかったじゃないか。俺の方は引っ越しをしていたんですれ違いになっちまったんだ。知らせに行った時はもうあんたは床についていたしな。」

トゥーケに会ったらうんと恨み言も言ってやるつもりだったのだが、処女詩集が出来ることに夢中になった今ではなんだか自分を振ったこの男にすら感謝したい気持になっていた。

「ああ、どうも御心配おかけしました。ラヴォカさんが丁寧にやってくださっているんで安心です。」

「うん、それで体調が戻ったら、俺の方にも何か書いてくれないか。今うまく回転しだしてね、紙屋の借金も大体方が付いてしまった。それに今は政治の季節なんだ。風刺ものを出せば売れるし、それに第一そういうものを出すべき時なんだ。政府をじかに攻撃するよりもまわりから攻める方がいい。イエズス会だとかアカデミーか何かこきおろしてみるのがいいんじゃないか。あんたは若いけれどいろいろ新聞なんか読んでるみたいだしな。」

「できるだけやってみます。もう体の方は全然問題ないんです。」

「あんまりそういう顔はしとらんぞ。ちゃんと肉の入ったものを食べて、ワインもほどほどは飲むことだ。若い時に無理がきくって言ったってそりゃ必要な燃料をちゃんと詰め込んでおいてのことだからな。」

トゥーケはラヴォカとの用談の済んだジェラールをギャルリー・ヴィヴィエンヌの新しい住所に引っ張って行った。さほどパレ・ロワイヤルから遠くでもないのだがここはギャルリー・ド・ボワとはうって変わって石造りの明るいアーケードになっており、つい先日の執達吏のような男との眉間にしわを寄せたやり取りが嘘のようにガラス張りの飾窓にきちんと本を並べた立派な店の奥に案内された。出入りしているのは相変わらず退役軍人風の背を伸ばした中年男たちや仕入れに来た小売りの行商人が多かった。

「こういう政治パンフレット類は薄くて小さいから運ぶにも懐に隠すにも便利だし、ただ置いとくより口コミで持って歩いた方が売れるんだ。ところでちょうどよい人物が来たぜ。おいフェリックス！」

呼び止められたのはやはり肌脱ぎになれば向こう傷のいくつも見せられるに違いないといった精

悍な男で口髭が少し思慮深そうな印象を与えていた。

「こいつが今評判のカデ・ルッセルことフェリックス・ボダンさ。『いとも気高く力強い長子相続権閣下の葬送の哀歌』を書いた男だ。こちらは新たに作家の仲間入りを果たしたジェラールさ。俺がひいきにしている若者だ。彼にもちょいとしたパンフレットを書いてもらおうと思ってるんで、何か先輩としてヒントを与えてやってくれよ。」

「ヒントなんてあったら自分で使ってるよ。」

「まあいいじゃないか。君のとこの「十九世紀メルキュール誌」だって記事を書く若い人は必要だろ。ジェラールは文体もしっかりしているしいくらでも書く馬力もある。ただ若いから、政治の話といえば今は何を書くべきかってことは教えてやっていいんじゃないか。」

「そうだなあ、書く気があるんなら、やっぱり長子相続権問題だろうな。均分相続をさせたい父親はわざわざ遺言で明記しなくちゃならん、なんて法律は旧制度に逆戻りみたいな時代遅れの産物な上におっかなびっくり提出したのが見え見えの中途半端な出し方だからそのばかばかしさはあげつらいやすいんだ。何せ古い方が得意のはずの貴族院が否決しちまったくらいだからな。その大時代ぶりを強調してやるためには忘れずに創世記のエサウとヤコブの争いを引き合いに出してやることだね。」

エサウとヤコブ、そうだあの狩猟から帰ってきた兄貴にレンズ豆のうまい匂いをかがせて長子相続権を譲らせてしまったずるい次男の話だな。長子相続権なんて意にも介さない奔放な兄貴が損をしてずるい弟がいい目を見るなんて嫌な物語だと思っていたけれど、考えてみれば長子相続権なんて妙なものがあるから遅く生まれて損した弟が悪知恵を働かせなくちゃならないわけだ。レンズ豆か、そうだレンズ豆だけで料理が作れると思っている馬鹿な料理人のことを書いてやろう。誰もがその間抜けぶりに腹を抱えるだろうし、レンズ豆の暗示は今なら誰でもわかるに違いない。

「ありがとうございます。良いヒントになりました。書けそうな気がしてきました。ペンネームはカデ・ルッセルの友人のブーグランにさせてもらいます。」

「ああ、そりゃいい、カデ（年下）の名前は長子相続権の話にはぴったりだからね。うまく書けたらうちの雑誌にも頼むことにするよ。」

十六．手紙

拝啓、ジェラール・デュブラン様、

一別以来久しくお目にかかっておりませんがお元気にお過ごしのことと思います。パリ上京の折、またロシアより帰還の折と伯父さんにはお礼の申しようもないほどお世話になりました。今日私が婦人科医としてあるのはすべておぜん立てをしてくださった伯父さんのお陰でございますしまた評価の高い薬局としての支え、フランマッソンの会員網を通じてのお引きたてによるものだと全面的に自覚しております。御恩を受けるばかりで少しもお返しのできないこと、恐縮の至りなのですが、この度もまた伯父さんのお力をお借りできないものかとおすがりいたす次第です。それは愚息のジェラールのことです。御承知の通り私は息子を医師となし、ゆくゆくはこの医院を継がせようと考えております。しかるに愚息は学業に身を入れないばかりかこの所文学にほとんどすべての時間を割き、友人仲間もそのようなものばかりとなっている始末です。もとより私とて仕事の傍ら文学を味わいますし、社会的地位のある方々との付き合いにおいて文学的教養が役に立つことは言を待ちません。然しながら趣味の範囲に留めることと文学狂いに陥ることはまるで別のものです。のみならず生まれつき癇性が強く、神経を刺激されるとすぐに熱を出すあの子の体質は最近の文学的体験や友人仲間との付き合いに耐えられず何度か高熱で伏せる仕儀に至っております。このうえは学業を中断することもやむなく、刺激の多すぎるパリの地を少し離れ、地方都市で少し休息させるほかないと考えるに至りました。あの子が幼少期を過ごしましたモルトフォンテーヌが本当は一番よろしいのでしょうが、残念ながら亡き妻の叔父に当たるアントワーヌ・ブーシェ氏が亡くなって以来彼の地には頼るにふさわしい家が見つかりません。伯父さんにとってさぞかしご迷惑とは存じますが、しばらくお宅でジェラールをお預かりいただくわけにはいきませんでしょうか。身勝手なお願いとは存じますが、一人息子の将来に不安を抱く父親のたってのお願いを聞いていただければ感謝、これにすぐるものとてなく、愚息にも終生伯父さんに感謝の印を捧げさせたいと存ずる次第です。

エティエンヌ拝

十七．帰還（一八五四年）

ぷほーと闇に消えていく笛を鳴らして黒い鋳鉄の塊が鋼鉄の背骨でできた橋を越えて行く。まだ鮮やかな血塊がにじみ残ったセーヌ川の暗い漣がひとしきり目の下を揺らめいていた。やがて十台も連なった長い客車の重みを抛り出すように短い煙突を立てた一つ眼の機関車が掘り下げた人工の谷間にぐったりと滑り込む。赤黒く染まった城の外壁がガラス板の屋根の向こうに聳え立って物言わぬままそれを見つめている。客室の仕切りごとについている扉が一斉に開かれて分厚いコートに身を包んだ山高帽や丸高帽の紳士たちが下りて来る。毛皮に身をくるんだご婦人方は石炭の煙にむせ、息も絶え絶えな様子で待ち構えた荷運びの手に大きな皮の荷物を、時には踏み段から降りるために自分の身を委ねていたが一番最後になってよれよれの外套を体にひっかけたどこか酔ったような歩き方の男が危なっかしげに踏み段を降りてくるのを一番年取った客のつかなかった荷運びがいぶかしげに眺めた。それでも荷物もさほど持っていないし大した酒手をもらうあてもないと見極めてふっと関心を失ってしまう。

またここへ来たんだ。いったい何年ぶりだろう。忘れていたわけじゃない。この歪んだDの形をした城の姿が幾度となく夢に現れた。こんな風に夕陽をいっぱいに浴びながら……夢の中ではずっとそこにいたような気がしているのに、目が覚めてみるとそれはもうどこかかすかな遠い色合いにくすんで、緑の芝生のモルトフォンテーヌのこじんまりした館のようだった気もするし、この角々と切れ上がったフランソワ一世の築いた巨城だったようでも、その彼方の石の隅石を備えたレンガ作りのアンリ四世の離れのようでもあった。それにしても、変わってしまった、この町でさえ。パリはもう昔の姿をほとんど保ってはいない。懐かしいルーヴル広場の前、仲間たちと毎日が黄金のようだった自由と美にあふれていたドワイヤネの小路は取り壊されて跡形もなく、パリの美化と称する道の拡張やモニュメントの建造が日々懐かしい姿を壊していく。旅に明け暮れる自分のかつての住まいはいつの間にか拡張される道路に追われてなくなってしまった。無性に懐かしい景色を見たくなってモルトフォンテーヌやサンリスをさ迷い歩いたが、そうしているうちにサン・ジェルマン・アン・レイに住んでみることを思いついた。少し前までは汽車はル・ペックまでで、そこから乗合馬車に乗らなければならなかった。本当のところ馬車の旅ほど心にかなうものはなく、蒸気と石炭の煙のお化けに乗るくらいならとブリュッセルまで長い時間とお金をかけて馬車で着いたのをデュマに笑われたくらいだ。しかし、この懐かしい地で暮らしながらパリで仕事をするということは鉄道がわずか一時間の行程でつなげてくれたので初めて思いつけたことだ。どうせ今は冬だし、街道の枯れ果てた木々の寒々とした光景や馬車に吹き込む隙間風の冷たさを長く我慢しないでいられることも次第に弱ってきた体にはありがたい。それにしても鉄道が城に横付けされるようになったのは便利とはいうものの城の景色が台無しになっている気もする。いや、それどころではない。城自体がひどい有様なのだ。廃墟のように崩れているのは革命以来ずっとなのだけれども、最近は軍の監獄として使われたこともあって外壁などには容赦なく貼り紙が連なって汚らしい外見をさらしている。かつてのフランスの王城であり、ジェームズ一世以来のスチュアート家の亡命の地だったというのに。イギリス王の遺骨が納めてあるサン・ジェルマン教会、東側のお城通りにはサン・プロジェ家があった。ソフィー……左へ曲がるとパンの通り。中世に遡る町で最も古い道だが、最もにぎやかな道でもある。その名の示す通りパン屋、酒屋、チーズ屋など食料品の多い道だが、勿忘草という葬儀屋もあるし、町で唯一まともな本の揃えてあるミルヴォー書店もある。道なりに行っていつしかマレイユ通りに入っている、さらに古さを感じさせる街並みで、それぞれの家の戸口は狭くその分高く迫上がっているように見える。だが店の数も多く、ガス灯の光もあって人もまだ通っている。右へ曲がって狭いマント通りに入る。二十七年前に僕が過ごしたのはこの家だった。この角にジェラール伯父さんが家を構えていたんだ。もう伯父さんもそれからドイツ人の血をひいていて大柄で、でも優しかったオーギュスティーヌ伯母さんもこの世にはいない。この町には誰一人知り合いもいなくなってしまった。ソフィー……

四十の坂を半ば以上越えた詩人の禿げ上がった額はうつむき、暮れかかって並んだ店の人々は鎧戸を閉めながら道の真ん中で涙を流している見かけぬ男に怪訝な目をやるのだった。

十八．デュブラン（一八二七年）

パリからの乗合馬車は三つ折りのセーヌ川を越え、アニエール、シャトゥー、ナンテール、ル・ペックの緑の丘に点在する城館や村を横目に、遙かなサン・ジェルマン・アン・レイの城を目指して進んでいく。半日の旅だが美しい緑や、川に浮かぶ伝馬船や蒸気船、時に洗濯をするために集まった女たちの色とりどりの服の色などに気をとられて退屈しない。ル・ペックからの上り坂を上がって行くと町の入り口の大きな広場と、薄いクリームチーズ色のグラモン連隊の兵舎が見えてくる。馬車が通りに入ると長い建物の腹にある門の上には大きな鷲の浮き彫りが見えて皇帝時代の名残を思わせる。

国王がこの町を居場所と定めた十六世紀以来この町は常に近衛軍の駐留所でもあった。今はグラモンとリュクサンブールの連隊が隣り合っている。左へ曲がってパリ通り、ここにはかつてヴォルテールも居を構えていたことがあるらしい。ジェラールはマレイユ通りの角で下してもらい、それほど重い荷物もないので通りを歩いていくことにした。通りの先にはかつてマレイユの村に通じる、町の唯一の入り口である門があったらしい。古い中世の建造と思わせる家が多いが中心街からもそれほど遠くないので、食料品店などもいくつか並び、人も歩いている。とはいえパリの父の家の付近のような馬車や荷車がごった返すにぎやかさはない。サン・ジェルマン・アン・レイは伯父のように商売を引退して余生を過ごすために移ってきた人が多く、のんびりした地方の雰囲気を楽しみつつあまり都会でないところには住みたくないというものぐさな生活の匂いが漂っている。広場のあるところからマント通りに入ったすぐのところに伯父の家があった。かつては向かいのルグランの館の召使たちが住んでいたという場所らしく、大きな家で窓も多くとりわけ立派な庭がついている。扉を叩くと門番は心待ちにしていたかのようにすぐに開けてくれ、ジェラール伯父も階段を下りてきた。子供のころに会った姿から見るとずいぶんと白髪がさらに薄くなっている。でもその後ろから姿を現した大柄の女性はにこやかで、元気そうだった。

「疲れたでしょう。旅はどうだった？　ジェラール。七面鳥を焼いてあるから、早く着替えて食堂に来なさい。」

少し髪の色が褪せたけれど相変わらずオーギュスティーヌ伯母さんのしゃんと立った姿は美しいな。

初めて会った人はまっすぐ遠慮もせずにこちらの目を見返してずけずけ必要なことだけしゃべる大柄な女性が苦手の人が多いようだけれどジェラールにとっては懐かしい、温かみを感じさせてくれる言葉だった。

ジェラール・デュブランは九年前にパリの薬局を次男に譲ってサン・ジェルマンへ来て以来夏の休暇に来たわずかな機会を除いて滅多に会っていない名付け子に会うのをもう何日も心待ちにしていた。ただエティエンヌの手紙には気がかりなことが書かれていた。ジェラールは病気がちで情緒も随分と不安定なようだ。本人の顔を見るまでは正直不安だった。手もつけられない有様だったらどうしたらよいのか。家にも居つかないかもしれない。自分も妻も年老いて、もう大人と言ってよい青年の十分な相手はしてやれないだろう。荷物を運びいれるよう指示しながらデュブランは甥が意外に元気そうなのを見てゆっと気が緩むのを感じていた。まあ良い。エティエンヌは文学者かぶれと言うのに気が動転したんだろう。文学的気質にせよ、きちんとした仕事にじっとしていられない短気さにせよ、むしろ父親譲りなんだがな。ようやっと一人前になるかならぬかで志願兵となり、足を駄目にしたからあきらめると思いのほか、がむしゃらに勉強して軍医になって挙句の果ては皇帝について地の果てまで行くなんて自分こそ夢ばかり追った冒険青年だった。まあ北方での痛手が大きすぎてすっかりおとなしくなってしまったがな。自分と同じ激しい血を見て脅えているんだろう。まあ、しばらくは好きにやらせるさ。才能がないことが分かれば、二、三年もすればあきらめるだろうし、その間食べていけるくらいの財産はだれかが遺すだろう。医者になる勉強はそれからでも遅くない。現にエティエンヌだって二十六歳で医学校に登録して二十九でやっと医者になったんだから。とりあえずは縛りつけたりせずに少し羽を伸ばさせてやることだ。その方が体にも良いし。ただこの町で若い者が少しは気晴らしができることと言ったら近衛兵たちが娘たちを目当てに踊りに来るダンスパーティーか、ロージュの市、冬の狩りくらいなものだ。ああ、それに息子の嫁の遠縁にあたるソフィーがサン・ジェルマンの親戚の家へ来ている。姉が去年嫁ぎ、今年父親を亡くしたばかりで、気がふさいでいるだろうからちょうど気散じの相手に良かろう。毎日テラスには来ておるようだから、ほっておいてもすぐ出会うことだろうし。

十九．ソフィー

サン・ジェルマンの城はフランソワ一世の臣下だったシャンビージュの代表作であるが、テラスと呼ばれる広大な庭園はここで生まれたルイ十四世がル・ノートルに命じて作らせたもので今ではそちらの名前ばかり有名になっている。城を出た王や貴婦人たちが馬に乗ってゆっくり森を回り、長い高台の線から眼下のブドウ畑や森の緑、セーヌ川の曲がりくねり、点在する小城、ヴァレリヤンの丘、それを越えて遠くにかすむパリのノートルダムの二つの塔に至る遙かな地平線を見渡せる鳥瞰は、要塞らしく重厚な石の厚みを四方の塔の丸みで和らげた城のたたずまいと合わせて世界で最も美しい光景と評判だ。ルイ十四世が狩りの途中で気に入った地に建てたヴェルサイユを好んでそちらへ移ってからは亡命したスチュアート家がここに住んで、それについて来たイギリス人たちも町に交じるようになった。革命後城はうち捨てられて荒廃しているものの、庭園はブルジョワたちの憩いの地となり、とりわけ新しい城と言われながら古い城以上にほとんど跡をとどめなくなったアンリ四世時代の城の名残である離れ宮にはつい最近レストランができてこの美しい眺望を見ながら食事を楽しむことができるようになったので、パリからの上流の客が日ごとに増えている。ジェラールが翌日ここへ伯父夫婦と出かけてみると既に多くの市民がテラスを散歩したりレストランのテーブルについてコーヒーを啜ったりしていた。その中に何人かひときわ背の高い青年たちを引き付けているテーブルに座っていた婦人達の中から金髪の女性が立ち上がって声をかけてきた。

「デュブラン伯父様、それにジェラールじゃない、お久しぶり。」

青年たちがいかにも陽気そうな中にどんな奴が来たか見てやれと言った横柄な様子を見せながら振り向いたのに少し気後れしながら、ジェラールはこみあげてくれる嬉しさを隠せないで頬をほころばせながらテーブルに近づいて行った。

「ソフィー、それにサン・プロジェの伯母様、ご無沙汰しておりました。」

「ジェラールだって？　どこで会ったたっけね。」

ジュヌヴィエーヴ゠ソフィー・パスケ・ド・サン・プロジェは六十代も半ばになろうとは思えない元気さで、さすがに五十代になってから一回りも若い騎士と再婚しただけのことはある美しさと上品さを保っていた。おそらくその柔和に見えて鋭い瞼の下では一度会ったら忘れない記憶力がゆるぎなく目を光らせているに違いなかったからこの何気ない問いは青年を戸惑わせるに十分だった。

「あ、甥のエティエンヌ・ラブリュニーの息子です。これの父はパリで医師をしておるのですが、息子の勉強にはサン・ジェルマンの方が向いているのではないかということで当分家におることになったのです。」

「ああ、あなたは姪のエレーヌ・アンリエットの舅殿だったね。そういえば、そんな名前を聞いたような気がする。わざわざモスクワの川の中まで右足を失くしに行った気の毒なお人だったね。」

「叔母様、エティエンヌ伯父様はロシア遠征に行く前から片足はご不自由だったけれど今でもちゃんと両足で歩いていらっしゃるわ。ジェラールは前にもサン・ジェルマンに夏休みを過ごしに来て、その時に私やジュスティーヌお姉さまと一緒に遊んだ仲なの。久しぶりに会うからずいぶん大きくなったけど、まだエティエンヌ伯父様ほどじゃないわね。」

サン・プロジェは王の猟場保護官の役を仰せつかっていて、狩猟好きのシャルル十世に声をかけてもらうこともあるらしい。ナポレオン軍に関係のある者が自分の遠縁にいるなどということが気に入らないのだろうか、とジェラールは思ってみる。それでも伯母様の最初のご主人との間に生まれた男の子はナポレオン軍に志願して、ポーランド人の嫁を連れて来さえしたんだけどな。いや、きっとそれがむしろ心の棘になって余計少しでもナポレオンに関係するものを許せないんだろうか。

二十. 影を失くした男

その時二人の上品そうな老人が近づいてきてサン・プロジェ夫人に挨拶した。

「ジェラール、こちらはリュクサンブール連隊の旗手のフォンフレード少尉様、こちらはシャミッソー様、サン・プロジェ叔父さまの古いお友達よ。」

「シャミッソー様ですって、それではあの『ペーター・シュレミール綺譚』をお書きになった……」

「いや、あれは従弟のアダルベールの書いたものですじゃ、せっかく王様が戻って来られて亡命から帰ることが出来たのにあいつはラインの向こうが気に入ってしまいましての。一向に戻って来ん。武門の家柄じゃというのに軍籍も捨ててしもうた。あれの兄のシャルルなどわずか十八の時にルイ十六世陛下がヴァレンヌで暴徒に襲われて危機に会われた時に微力ながらお役に立つことができましての。恐れ多くもお召しになっていた剣と弟様方に宛てた、この若者が命を賭してわが身を守ってくれたというお手紙を下さったほどじゃったというのに。じゃが、ドイツにいるままではたとえ軍人になったとて敵になるばかりじゃからそれでよかったかもしれん。文学がお好きでいらっしゃいますか。」

「ええ、詩を書いています。ドイツ語も少しは読めますが、『シュレミール』は翻訳で読ませていただきました。」

「ああ、あれはあれの兄のシャルルが訳したものです。ロート県の知事にまでなりおったんですが早死にしてしもうた。アダルベールの話がお聞きになりたいならあちらにこれも兄にあたるイポリットがおりますので、あれからお聞きになるとよろしいでしょう。」

老人が右手で示した方では雲つくような長身の男たちが優雅にグラスを持って談笑していた。

「ジェラール、ほらこっちへいらっしゃい。」

鉄兜こそ見えないが、多くはシャコー帽をかぶり、赤の上着や長靴下の上に青い上衣を羽織って一目で近衛兵とわかる男たちに混じったふわふわの鬘の女性たちの中にもひときわあでやかな白いドレスに身を包んだソフィーが紹介の労を務めると、テラス中の男たちが羨望のまなざしを　紹介された男に向けてくる。

「シャミッソー様、こちらは従弟のジェラールですの。詩を書いているんですのよ。」

「お目にかかれて光栄です。影はまだ失くしていらっしゃいませんね。」

「いやいや、面白い方だ。それにしても弟もひどく有名人になってしまったものだ。どこへ行ってもアダルベールだのシュレミールだの、そんな呼ばれ方しかされなくなってしまった。いっそ本人がここにおればいいのだが、『僕はドイツではフランス人、フランスではドイツ人、カトリックの間では新教徒、新教徒の間ではカトリック、王党主義者にとってはジャコバン党、民主派にとっては貴族だというわけで、どこへ行ってもよそ者なのだよ。』と公言する始末で、ラインの両側を行ったり来たりするばかり。どうもドイツの方が気に入っているみたいで本を書くのもドイツ語だ。あんな野蛮な言葉はあそこ以外ではだれも理解しないと言うのに。」

「僕はドイツ語も読めます。『ウェルテル』も『マイスター』もドイツ語で読みました。」

「おやこれは珍しい。ゲーテというのはあれはさすがに傑出した人だ。構成力もあるし、哲学的な内容でも明快な言葉で語る稀なドイツ人だ。ドイツ語でお読みになるなら確かによい出発点と言えるでしょう。」

「でも、『ペーター・シュレミール綺譚』も素晴らしいです。何でもない日常の場面が歪んでいく導入部の不気味さが何とも言えない。贅沢なものが次々に取り出されるポケットという一見人間が誰しも夢見るような幸福を生む状況がむしろ気味の悪いいたたまれない気持ちを引き起こすというのは、まさに金さえあれば何でもかなうように見え、しかもそれが何とも気色の悪い状況ではないかと疑われる昨今の社会を表しているようではないですか。シュレミールはそれを避けようとするだけの良識をちゃんと持っているのにそれでもそこに絡めとられてしまう。しかもそれをきっぱりと自分で断つだけの勇気も持っている。」

「ああ、その点は確かに、」とすでに老いを見せ始めた瞳に暖かい光を見せながらイポリットは認めた、「弟の立場やきちんとした身の処し方が現われていると思いました。弟の場合は金の問題というよりは板挟みの状況でしょうが。第一統領が帰国を許可してくれたので我が一家が亡命から帰ってきた時、すでに領地は人手に渡っているし、頼りになるはずの人たちももういなくなっているし、戻って来てもすぐに生活が立ち行くかどうかは全く分からない状況だったのです。アダルベールは運よくベルリンでプロシャ王妃の小姓になることができた。そのままプロシャ軍に配属される道があるので、家族は彼を残していくほかなかったのです。弟はフランスを幼くして離れたのであまり思い出がない上、ドイツ語は家族のだれよりも巧みでドイツに残ることも一家の中では抵抗がない方でした。それでも一人だけ残されることは苦痛で、その上いったんプロシャ軍とフランス軍の間で戦争が起こると祖国を敵に回さなければならない。それは彼自身にとっても耐えがたいことだったし、友人になっていたドイツ人たちも決してするなと勧めてくれたことだった。それでもハメルンにいたときフランス軍と戦わないために除隊を申し出たがかないませんでした。そんな時はきっと、何も自分は悪いことをしていないのに、何故こんな結果として悪とみなされる行為を引き受ける羽目になるのだろう、名誉にかけても逃げるわけにはいかないしと感じたのではないかと思います。結局はプロシャ軍がナポレオン軍に降伏したので、何とか裏切り者の汚名を着ることなく帰国することはできたのですがね。」

「それでもドイツに戻られたのですね。」

「その頃は私たちの状況もよくなっていたのでいろいろ手は尽くしたのです。金持ちの嫁を探してきたのですが、アダルベールは頑として受け付けない。ドイツにどうも恋人がいたようですが、でもそちらも結局はうまくいかなかったようですね。まあそれならせめてと思っていろいろ職も探してみましたが、彼の気に入るようなものではなかった。彼がいいと思ったのはただあの大蔵大臣ネッケルの娘の秘書のようなことをした時だけなのですが。」

「なんですって！　スタール夫人のもとにいらしたことがあるんですか！」

「それどころか惚れきっているようでしたね。夫人の方もまんざらではないようだったのですが、本物の愛人は別にいるようでした。なんだか修道院みたいな生活をしていたようですよ。食事の時間以外は大きな館の中の誰もがそれぞれ別々に仕事をしていたのだそうです。一風変っていたのは一緒に集まる時間があっても、話をするのではなくてお互いに手紙を書きあうのですね。それで誰かの出した質問にほかの人が答えるというような形で談話が進んでいたと言うのです。顔を突き合わせていながら話さないで手紙を書くなど私には正気の沙汰とは思えないのですが。」

「でも、書いたものをつなぎ合わせればそれだけで本が書けたかもしれませんね。」

「それほど本が書きたければですね。私などそんな風に黙ったまま会話するなどということは耐えられません。まあ、弟にとっては恋する人の側にいられて嬉しかったらしいのですが、最後にはナポレオンの追放令が出て、夫人はアダルベールをお供には連れて行ってくれませんでした。」

「それでまた一人きりになって七里の靴を履いたってわけなんですか。」

「ああ、あのオットー・フォン・コッツェブーのリューリック号での世界一周旅行のことをおっしゃっているのですね。いかにも七里靴の話にぴったりですが、あれはあの小説を書いた後のことなのです。イッツェンプリッツ伯爵という方がキュネルスドルフのご領地で植物園の管理人のポストを弟に与えてくださって、ようやくドイツでも軍人でない仕事を見つけることが出来た。それに弟はその頃まるで晩年のルソーみたいに植物学に夢中になっていて胴乱を抱えて野山を駆け回っていたらしいですが、その頃旅の途中で持ち物をすべて泥棒に奪われてすっからかんにされてしまい、フーケ男爵に『影まで失くしたんじゃなかろうね』とからかわれたのがあの小説の発端だそうですよ。」

「フーケ男爵というとあの『ウンディーネ』の作者でいらっしゃる?」

「何でもご存じなのですね。あの人は新教徒の亡命フランス人の末裔で、生まれてからずっとドイツ人ではあるのですが、亡命貴族の心情はよく分かったらしく弟の最も深い理解者になってくれたようです。影を失くしてしまったというのは弟の心の底を表したものだろうが、七里の靴を手に入れて世界中を自然を追って駆け回るというのは夢だったのでしょうね。幸いそのあとでのコッツェブーの探検に入れてもらうことができて、先方もこんな命がけの旅を自分からやろうっていうモノ好きなら喜んで受け入れてくれたようでした。北はカムチャッカという極寒の地から赤道サンドイッチ諸島のような熱い土地を通って南はアメリカ大陸の先端を回ったりもしたようですね。」

「僕もそんな誰も行くことができないような土地を、七里の靴を手に入れて旅してみたいです。」

「最近はやりの言葉を使わしていただければまさにロマンチックですね。でもさ迷い歩くってことは実際にやってみると苦しいものです。影を失った男の放浪はまさに亡命のさすらいをなぞったものだと思う。私たちはデュッセルドルフ、バイロイト、ベルリン、とずいぶん遠くまで行きました。亡命者たちは最初は同情されても結局その地にとっては厄介者で煙たがられる。とくにフランス貴族はどこへ行っても自分たちが一番偉いかのようにふるまうものだからすぐに愛想を尽かされる。それでも私どもの家はもともとロレーヌが源流でボンクールの城にはドイツの歴史書や旅行書が何十巻もあったくらいですからドイツに対する親近感が最初からあった。シャルロッテンブルグという町で弟の一人が当地の貴族の子弟のフランス語教師をしていたのですが、この子が運悪く川にはまってしまい、弟は助けようとして飛び込んだのです。流れが速くて助けることもできず、自分も溺れてしまいました。当地の人々は心から悼んでくれて亡命者たちは好きじゃないけれどあなたたち一家は別だと言ってくれました。それでも小説とは違って金がいくらでも出てくる袋などありませんから、だんだん日々の暮らしにも不自由するようになってくる。知り合いのいるところに来るたび借金を重ねるしかないのですが、領地も地位も失って収入の入るあてがなく、いつ返せるかもわからないまま不安だけが募っていくのですよ。」

「ああそれは本当に大変なことですね。」

そう口にしながらジェラールの頭の中に不意に金もなくボロボロの薄い服の隙間から入り込む冷たい風に震えながら足を引きずるように歩いている自分の姿が見えたような気がした。

「唯一の救いはフランス語がどこへ行ってもてはやされていて、誰もがフランス語で話しかけてくるし、フランス語を教えてくれという仕事ならいくらでもあることです。アダルベールもゲッツでフランス語を教えてしばらく皆に息をつかせてくれました。まさにドイツではフランス人だったわけです。ただ彼はすぐにドイツ語の方がうまいくらいになって、主にユダヤ人の文学仲間を作って一緒に同人誌などを出すようになったのですね、「ドイツ詩神年鑑」などというものでした。ゲーテやシラーにも送ったようですが相手にしてもらえなかった。『ファウスト』などという戯曲も書いていたのですがね。」

「『ファウスト』ですって！　それこそ僕が古本屋で見かけて以来必死の思いでお金をため、よその人にさらわれてしまった挙句に図書館で何とか読むことのできた憧れの本なんですよ。巨大な悪魔がファウストをつかんで地獄に投げ落とす絵が付いている奴です。」

「ああクリンガーの本ですね。あれはドイツに広く伝わっている伝説で色々な人が手を染めているのです。クリンガーでは悪魔の威厳が強い。ファウストの認識の浅薄さがレヴィアタンの全能の認識によって次々と底割れしていくのだから、最後は悪魔につまみ上げられて地獄落ちしていくほかないというものでしょう。アダルベールはあんなものを書くには若すぎました。悪魔から当然得られたはずの地上の喜びすら享受することなく、死んだら認識を深めることができるとだまされて匕首を渡されて自殺してしまうというのはあんまり簡単すぎる。まあ、興味があればお持ちします。本屋でなんか手に入らないですから。でもむしろゲーテの『ファウスト』をお読みになった方がいいですね。あれは間違いなく傑作です。」

「ああ、それは手には入れたんです。訳してみようとしているのですが難しいところが多くて。」

「翻訳が出るって聞いていますよ。それを参考にしたらいいと思いますが、私の知識でお役に立つならいつでもご相談にのります。」

ジェラールは話に夢中になってはいたがソフィーがいつの間にか自分の側を離れてしまったことは気になって仕方がなかった。ソフィーも本を読むのが嫌いではないのだが、おしゃべりをしている時に自分の知らないことが話題を占めるとすぐに飽きてしまうのだ。ドイツ語で分からないところがあったらまたお聞きしますとイポリットに頼んで、ジェラールは森の方へと向かい、ソフィーが何人かの青年たちに取り巻かれて楽しそうに笑っているところに追いついた。青年達は皆上機嫌で大げさな身振りで誰かのまねをしたり、笑い転げたりしていて取りつく島もないようだったが、一人だけ、もじもじと美しい従姉の後を追ってくる内気な青年に好意を持った三十前後の物柔らかな男がソフィーに彼を紹介してくれるように頼んだ。

「こちらは従弟のジェラール・ラブリュニー、この方はフェルディナン・パピオン・デュ・シャトー大尉よ。」

「お初にお目にかかれて光栄です。」

大柄な下士官は屈託なく手を差し伸べたのだが、少し下から握り返すジェラールの頬は屈辱で赤くなった。鮮やかな制服の着こなしも生まれついての貴族らしい颯爽とした身のこなしも、到底太刀打ちはできない。それにそんな若者がここでは当たり前に歩いているのだ。ソフィーがこの青年に特別な微笑を見せているわけではないとしても、彼の傍にいたら自分はなんてちっぽけに見えることだろう。

「ジェラールはシャルルマーニュ中等学校へ行ってるんですの。詩を作りますのよ。」

「ほう、それはそれは。私も詩をかじるまねごとをしています。是非御作を拝見したいですね。」

「詩集は何冊か持ってきていますので、お目にかけることはできますが、お気に召すようなものかどうか。ナポレオンの敗戦から没落に至る過程を悲劇としてたどったものです。」

「それは面白そうだ。現実に戦いとなったら勝った方がよい、いや何が何でも勝たなくちゃならないわけですが、詩では破れて傷つく者たちを描く方が美しいですね。私はポーランドという大国の狭間で圧迫されている国民のことを書こうと考えています。外国人の友人が結構多いですよ。」

「ポーランドですか、僕の母はあの方面で亡くなったので、ポーランドには昔から特別な感情があります。父もモスクワから退却する時、ヴィルナでポーランドの婦人にかくまってもらったことがあったそうです。コシューシコにお会いになったことはおありですか。」

「ええ、遠くから一度。ここででしたら話もできたのでしょうけれどパリのカフェにいる姿を見ただけですから。十年位前で、もう相当な歳だったですが、まだまだ意気軒昂なようでしたよ。」

パピオンは感じのいい青年だったが彼と話していれば話しているほどソフィーとの間に距離ができてしまう。幸いソフィーの方がこちらに寄って来た。

「ねえ、そんなまじめな話ばかりしてないでせっかくだからロージュの市に行きましょ。散歩しながら行くのにちょうどいいわ。」

二十一・森

森の奥では昔から聖フィアックルの市という名で市が開かれていたが、革命のころからここに敷設された女学校の名前にちなんでロージュの市と呼ばれるようになり、屋台が並んだり、遊び場の仮小屋が建てられたりして市民や近在の人はもちろんパリからサン・ジェルマンを訪れる人もちらほら足を延ばして来るようになった。森の中を行くとそちらに向かう徒歩や馬上の人が何人も見かけられた。サン・ジェルマンの森は樫、フユナラ、セイヨウシデ、マロニエなどが入り混じり、土になりかけた落ち葉が小さな木の実を隠して、時折それを拾うために素早く木から降りてくるリスの姿を見かけた。葦笛のような軽やかな鳴き声に顔を上げてみればなんと呼ぶのかわからない掌ほどの小鳥が枝の上からじっとこちらをうかがっていたりする。ヴァルトアインザームカイト、モリノサビシサ、ロマン派詩人のティークが愛したそんな言葉が不意と心に浮かんだ。今の森はこんなに光に満ち溢れて楽しげなのに、なぜにこんな言葉が急に浮かんだのだろう。もっと霧の漂う木々の中を、一人で、歩いていた、そんな光景がかぶさってくる。小鳥の声が遠くなる……

「ぼおっとしているわね。」

「森がお好きなのですね。」

「森を歩いていると幼い頃のことを思い出します。エルムノンヴィルの森を叔父さんに連れられてさ迷い歩いたんですが、巨石でできた神殿が見つかったり神秘的な言葉が岩に書いてあったりしました。叔父さんに神様ってどんなお方なのって尋ねたら、『神様は太陽なんだよ。』と答えてくれたことがあります。」

「森の中の聖域と言えばほら、この道を入ったところにいわくのある樫の木がありますよ。寄ってみましょうか。」

なるほど森の中にひときわ大きく枝を伸ばした太い幹が見え、聖母の像が貼り付けられ、根元には花が飾られている。その根元に誰か分厚い金糸織の縫い取りのついた長いマントの男が跪いているのを見て思わずジェラールは声を挙げそうになった。

「これは英国人の樫というのよ。ジェームズ二世陛下が毎日ここにご参詣なさっていたという話だわ。」

それではあれは、と言いかけてもう一度木の根元を見ると人影はなく、あたりに誰一人立ち去った跡もなかった。ジェラールは跪いている男の、さみしそうな、あきらめたような皺を刻んだ表情が今も見えるような気がして、左の胸のあたりに細かく顫動するものを感じた。

「陛下は敬虔なカトリックでしたからね。そもそもカトリックだったからこそ英国国教会に嫌われて退位せざるを得なかったわけです。」

「そうね、だからあの王様は好きよ。英国国教会ってよくはわからないけれどあんまりきちんとした信仰を掲げていると思えないわ。もともと国王が離婚するために作ったものだと聞いたことがある。」

「ヘンリー八世のことを言っているんだね。もっともあの時代は英国の教会を教皇でなくイギリス王に服属させようというだけのことで、信仰そのものの独立じゃないけれど。」

ジェラールもイギリスに対してそれほど親しみがあるわけではなかったが、英国国教会の悪口を聞くことには何故か落ち着かない気持がした。不意に別の森の中の光景が見える。モルトフォンテーヌかエルムノンヴィルで、一人歩いていたら、背の高い痩せた男が現れた。まるで木の頂から見下ろすようにジェラールに微笑みかけ、一冊の本を差し出している。「これは神様のご本だから大切にしてくださいね、」って妙ななまりのある声が聞こえたようだ。本を開くとその最初の言葉は「In the beginning」だった。ああ、そうだ、覚えている。もう十数年昔のことだ。何故今まで忘れていたのだろう。あの時貰った本を開けてみるとまるで分らない言葉だったので、そのまま叔父さんの家に置いてきてしまったのだけれど、今あの最初の文字が浮かび上がってくる。あれは英国教会の牧師だったんだ。その優しそうな、曇り一つない初老の男性の長身が、今もくっきりと森の中に浮かび上がって見える。

「でもお祈りをするなら教会でいいじゃない。なぜこんな森の中の木にお祈りをしに来るのかしら？」

ソフィーの声はまるで違う世界から響いているようだった。それにちゃんと受け答えしている自分の声が聞こえる。

「だって十字架はもともと一本の木が立っているように見えないかい？」

「それはそうだけれど、でもそれならどうしてクリスマスみたいに樅の木を使わなかったのかしら。」

「この森に樅の木なんかないよ。冬になったらみんな木の葉が落ちて枯れた林になってしまうじゃないか。でも樫の木はキリスト教が始まるよりもっとずっと前から神聖な木だったんだ。前に話したじゃないか。」

「そうそう、ジェラールのお得意の夢の話ね。ジェラールは木の精で私が金魚なんでしょ。」

「金魚の女王なんだ。」

びっしりとつんだ森のすそ野に川が流れ、一本の若い樫が枝を垂れて水を覗き込んでいる。川の中には魚たちが遊びたわむれ、その中に不意に黄金の光が目もくらむように過ぎ去った……

「女王でもただの金魚じゃない。網に入って捕まるだけの弱い金魚。ジェラールはどうせ木の精みたいにじっとしていればご機嫌なのかもしれないけれど私は網につかまるのはごめんだわ。それにそれってドルイドとか、邪教っぽい話なんじゃない？」

「宗教はいろいろな形があるけれど、キリスト教に似ているところもたくさんある。それはすべてに真理が反映しているからだって考えるべきなんじゃないかな。マリア様が幼子を抱いている姿はエジプトのイシス女神がホルスを抱いているところにそっくりだ。夫のオシリスは一度殺されて蘇えるキリストそっくりの神だし、小アジアでは昔アドーニスが殺されたのを嘆いて、それから蘇えるのを喜ぶ祭りがあった。」

「あなた大変な物知りね。」

ソフィーの言い方は決してほめているのではなく、また自分の知らない知識をひけらかして一人でいい気になっているのね、という非難の気持ちが込められているのがありありと分かった。

「まあ、まあ、いいじゃないですか。せっかく聖母様の像があるんですから、きちんとお祈りをしましょう。それからまた市に向かって歩いて行きましょう。」

パピオンがとりなすように言って男たち二人は立ったまま十字を切り、ソフィーは跪いて頭を垂れた。森の中を歩いて行くと葉っぱの影がちらちらとソフィーの白いドレスに模様を作ってそれが歩くにつれてくるくると動いていくのがとてもきれいだった、ジェラールが恐る恐るそう口にするとソフィーも微笑んで少し機嫌を直してくれたようだった。

もう市が見えてくる頃だと思っていると不意に森の左手に木立に隠れた大きな白い建物が見えてきた。分厚い壁に囲まれていて中を見ることができないが、鈴を振る可憐な声が一斉に響いて讃美歌のようなものを歌っている。

「天使の歌声のようだ。」

「あれはみなしごの女の子を入れている寄宿舎よ。ブオナパルテがレジオン・ドヌール勲章の受章者の身寄りのない子供たちを収容するためにオーギュスタン修道院の跡を改造してカンパン夫人に教育を任せたの。」

皇帝陛下のことをブオナパルテなどと呼ばれることはジェラールにはほとんど肉体的な苦痛を与えるほどだったし、みなしごという言葉はなぜか心にちくりと刺さるものがある。それでもソフィーがそう言っているのに強く抗議することはできなかった。国王の森の猟獣保護官の家に住んでいたりするときっと自然にこんな考え方になるんだろう。ソフィーの目線はいつの間にか貴族と同じになってしまっているんだ。

「カンパン夫人と言えばローアンの館の女子学校を経営されている方じゃないですか。」

「そう、あちらも夫人の学校ね。あっちは錚々たる生徒が出てるわよ。オルタンス・ド・ボーアルネ、ポーリーヌとカロリーヌのブオナパルテ姉妹、デジレ・クラリー。」

「オランダ王妃、ナポリ王妃、スウェーデン王妃……つまりナポレオンの一族というわけですね。」

白い建物からの声は森の木の間隠れに降り続けていた。ジェラールの目にはいつか王の娘が白いドレスに身を包んで女の子たちの輪の中で歌っているのが見えるような気がした。天使のような鈴を降るような声で。

二十二. ロージュの市

大きく開けた空き地に十何台もの馬車が止まって、御者たちが退屈そうに嗅ぎ煙草を鼻に詰めたり、馬の腰をなでながら御者同士でお喋りをしたりしていた。自家用の無蓋の洒落た二輪馬車から、遠距離用の幌のあるもの、町から来た辻馬車などいろいろだが、乗り手たちはもう仮小屋や屋台の並んでいる方に行ってしまって、色とりどりの服や帽子、日傘などが浮かび、商人たちの呼び掛ける声や楽隊らしきものの囃子、犬や子供の叫ぶ声に交じって長身の青年たちの屈託のない笑い声がはじけた。並んでいる屋台はワインやチーズを通りがかりの人に見せびらかしたり、焼き立てのパイを勧めたりしている。お定まりの流れ歩きの幌馬車の下ではぼろ布をカーテン代わりにつるした隙間から年齢不明の女が妙な光を放つガラス球を前にカードを並べているのが見える。子供用の輪遊びや縄跳び、おもちゃの剣のようなものを売っている店から欠けた壺や中古の衣服を吊っている怪しげな店まであった。射的やペタンクのような遊び場もいくつかあってソフィーは九柱戯をしたがった。

「顔のない人間の形をした人形を大砲の弾みたいなもので倒すっていうのはあんまり女の子のやるような遊びじゃないような気がするな。」

「負けるのが怖いからそんなこと言うんでしょ。」

始めてみると言われた通りで、ジェラールの投げた掌に余る大きな木の玉はすぐに横に曲がって一本のピンも倒せないのに、ソフィーは五、六本は必ず倒してみせる。しかし一番うまいのはパピオンで、投げるたびにほとんどのピンが草の上に将棋倒しになるのだった。それも別に力を入れたり、入念に狙って投げるわけでもなく、ごく無造作にやってのけるので、ジェラールはすっかり腐ってしまった。負けた者は一杯おごることになっていたので、苦笑混じりにジェラールが先立って一行は立ちかまどで焼き串を回している仮小屋の方へ向かった。

「ジョゼフ、今日は何があるの。」

「運がいいですぜ、雉鳩が獲れたんでそいつを焼いてます。ただし少々値が張りますぜ。」

「いいよ、そいつをもらおう。」

香料をつけて金色に照かりながら回される焼肉がいい匂いを空き腹に誘って、蠅がたかったり芋虫が落ちてくる野外のテーブルでも三人は盛んな食欲を見せた。

「サン・ジェルマンの楽しみって言ったらここのほかには何があるんだろう。この市にしても三日かそこらで終わってしまうんだから。」

「ちょうど今は連隊も休暇なので昼間でもこうして遊んでいられるのですが、普段でも夜はよくダンスパーティーに行きますね。町にはいくつかダンスホールがあって、御婦人方はたいていそちらへ行っているし、いい音楽もワインもそろっているから。」

「僕もダンスは嫌いじゃない。ソフィー、特に君が相手をしてくれるならね。」

「あたしのお相手はもう十曲先まで埋まっているわよ。ジェラールがよほどうまくリードしてくれるんじゃなけりゃ当分回ってこないわね。」

「パリ・ド・ラモーリ嬢は連隊の憧れの的ですからね。私なども毎日のようにテラスでご機嫌をうかがってやっと一曲踊ってもらう権利を稼いでるのです。」

「十曲埋まってるなら楽団に頼んで十一曲演奏してもらおう。蝋燭が燃え尽きたら外に出て月明りで踊ろう。ソフィー、君の足が地に着かなくなるまで抱き上げてあげるよ。」

「どうかしら、口ばっかりで不器用な限りのくせに。まごまごしてあたしの足を踏んだりしたら承知しないから。」

「芝居なんかはかからないのかな。」

「ダンス場と同じでカジノで上演されるのですけれどあまり頻繁ではないようです。劇団が回ってくるのを待たないと、何せパリのように連日観客が押し掛けるというわけにはいかないから、近隣の町や市を順繰りに回っている。今はここが市なので、仮設の舞台で上演がありますよ。ジョゼフ、今日は何か見世物があるかね？」

「どうせスクリーブかデュメルサンのヴォードヴィルなんじゃないか？」

「いいえ、それが『ブリタニキュス』をやるんだそうで。」

「なんだって、ラシーヌをやるのかい？　それはぜひ見なくちゃ。」

「でも、あそこの仮小屋でしょ。劇団と言ってもほんの小さなものだし、そんなちゃんとした劇がやれるのかしら。五幕のセリフをきちんと覚えていられる役者がそんなにいるとは思えないんだけど。」

確かに地方の小劇団が悲劇をやるというのは危ない話で、上演するのも難しいし、第一客が呼べない可能性が高い。あのモリエールも最初はそれで失敗したのだ。まして今ではコメディ＝フランセーズの古典悲劇ですら閑古鳥が鳴いているという。

「でもわざわざそんな企画をするってことは劇団に頑固な演劇マニアがいるってことだ。そういう貴重な人材にお目にかかれるだけでもいい機会だと思うよ。デヴィッド・エドモンド・キーンっていう俳優を知ってるかい？」

「知らないわ。フランス人じゃないわよね。」

「現代最高のシェークスピア役者さ。パリにも来たことがある。彼は若いころその日のパンにも困る小劇団と一緒に旅してまわっていた。ある時皆に大盤振る舞いして五ギニーの札を出したものだから劇団の仲間たちは彼が泥棒をしたのだと思ってぞっとしたそうだ。事実は彼の演技に感激したベッドフォード公爵が一夜の報酬に与えたものだったんだ。ここのささやかな劇団にだってそんな宝石が埋まってないとは限らないじゃないか。ジョゼフ、いつ芝居は始まるんだい？」

　ちょうどその時いかにも劇団員らしい鬘をかぶってレースの飾りをつけた男が太鼓をたたきながら現れ、芝居が始まることを大声で触れて回った。三人はそれでもゆっくりと食事を済ませ、ナプキンで口の周りをぬぐってから出かけたので幕が開くのにようやく間に合った。幕と言っても木立の間の丸い空き地に設けられた仮舞台はいかにも間に合わせの作りで、木組みを合わせて簡単な額縁をようやく腰のあたりくらいまで持ち上げ、ペラペラのカーテンが引かれているだけだった。客席は細長い木のベンチだったり、壊れかけた安楽椅子だったり、中には木の切り株まで集めてあったが、舞台が低いので前の席に背の大きな者が座ると役者の顔くらいしか見えなくなってしまう具合だった。パピオンは遠慮して後ろの方に座ったので、三人とも少し舞台から離れることになった。

「ほら、あの安手の幕、それに今挨拶に出てきたネロ役の役者だって、一応緋色のトガを着ているけれどカーテンと同じでペラペラじゃない。これでセリフ回しが下手だったりしたら見ていられないわ。」

パピオンは笑いながらソフィーに同意したが、やがてジェラールが真剣に舞台に見入っているのに気づいて自分も改めて舞台に集中してみた。しかし役者たちは長々しい台詞をあまり荘重に発音するので間延びがしたし、厚すぎる白粉も汗をかくにつれてところどころ落ちかかっている。なによりも皇帝ネロは太りすぎ、皇太后アグリッピーヌは皺が目立つというのに、皇女ジュニー役の女優がどちらが年上かわからないくたびれた様子を見せていて、それはローマ皇帝一家としては粗末すぎる衣装にぴったりだとはいえ、観客としては興醒めの限りで、やがて客席からは一人去り二人去りして、十人も残らない有様になってしまった。ソフィーはあくびをしながら私たちももう行かないと言おうとしたが、連れの二人が真剣に見ているのに気付いて驚いた。ジェラールに至っては身を乗り出し、時々体を痙攣的に震わし、唇を何か言いたそうにかすかに動かしてのめり込んでいる。その時誰かが鋭く口笛を吹いてネロのこめかみに一瞬青筋が立つのが分かった。それまでも感情を大げさに膨らましていた男優は、この瞬間から声音が何度か上ずったようになり、脂汗を流し、身ぶりはますます大仰になった。相手をしているアグリッピーナ役が心配そうな、気遣わしい表情で台詞を言うのがこの場合は息子の暴走を恐れる母親役として偶然にもはまって見えた。

「神様、私がこの子のためにならない願いをかけたことが一度たりとございましょうか？」

その台詞が放たれた直後、ソフィーの耳には

「お母さん、でもあなたは僕を見捨てて行った……」

とジェラールが口の中で呟く声が聞こえてしまった。そうしてそれからはネロの一挙手一投足にジェラールが全身を重ね合わせているように思え、唇は蒼白になり、頬がぶるぶると震えているのを見てソフィーは思わず彼の手を取って握りしめ、ジェラールはその手を強く握り返してきた。パピオンはそれに気付いたがすぐに目をそらした。

幕が下りた時観客は三人だけになっていた。ソフィーとパピオンはジェラールが拍手しないので不審に思って見ると、彼はベンチの上でほとんど身を横にするようにして苦しい息をついている。

「ジェラール！　まあどうしたの。そんなにぐったりして。」

ジェラールは青ざめてはいたがゆっくりと目を開いて

「大丈夫だよ。僕は芝居を見ると登場人物そのままになってしまうところがあるんだ。さすがにヴォードヴィルなんかではならないけれどシリアスなドラマ、とりわけ歴史劇、悲劇では時々こんなふうになる。お父さんは一度そういうところを見て二度と芝居は見るな、なんて言ったけれど、芝居は大好きなんだ。」

「驚かせないでください。でも意外に熱演でしたね。とくにネロ役の男優がよかった。口笛なんか吹かれて気の毒な気がしました。」

「あれはひどいなあ、僕はそいつの髭をつかんで引きずり出してやろうかと思った。」

「あら、誰が吹いたか分かったの。」

「いや、でもそんな趣味の悪いことをやる奴はきっと髭でも生やした嫌味な男だろうと思ったのさ。一回きりだったから誰だか分らなかった。でもネロはよく動揺せずに最後まで台詞をしゃべりきったね。僕だったら興奮のあまり何を喋っているか分からなくなっていたと思う。」

「そんなことでは俳優にはなれませんよ。きっとこんな野外舞台などで演じている役者にとっては日常茶飯事のことに違いない。」

「それにしてはずいぶん敏感に反応していたけれど。」

翌日また市に顔を出したジェラールが芝居小屋の前に行くと小屋は閉まって人影が見えなくなっていた。屋台食堂のジョゼフに尋ねてみると何か団員の間にいざこざでもあったようで、朝の内にどたばたと荷物をまとめる騒ぎがあったと言う。

「なあに、あいつらにはよくあることでさ。客の入りがよくないと誰かが木戸銭を持ち逃げして、残った奴らは夜逃げするしか仕方なくなるんだ。」

ジェラールは幕の前に挨拶に出てきたネロの汗にまみれて化粧の半分落ちた寂しそうな顔を思い浮かべて切ない気がした。そんな思いを分かち合える友がここにはいないのが余計寂しさをあおった。

二十三. 狩り

ソフィーの日ごろのお相手のグラモン連隊の青年たちは、パリの匂いをさせる本にばかり鼻を突っ込んでいるような若者とあまり親しくなりたそうには見えなかった。ジェラールの方も六フィート近くの長身揃いが馬の後脚立ちを乗りこなす真似をしたり、見えない剣で突きを入れたりする会話は面白くもないし、気おくれを感じるだけのことで、イポリットやパピオンのように文学に通じてさらに軍人としての雄々しさを身につけることができたならどんなにいいかと思うのだが、体を動かすと言ったらせいぜい射的か九柱戯、ダンスまででしかなかった。それでもぜひ狩りには参加させてもらいたいと思う。馬の乗りこなしが今一つで本当についていける自信はない。だが、ソフィーも参加することだろうし、昔から狩猟に集うアマゾンたちの華麗な馬上の姿には強い憧れの気持ちがあった。

出不精だった兄のルイ十八世と異なり古の帝王を真似するのを好み狩猟も大好きなシャルル十世は十一月になってサン＝ジェルマンに雄姿を現わし、きらびやかな若者たちはこの時とばかり鉄兜に長槍で身を固め、馬の乗りこなしも鮮やかに王の閲兵を受けた。森は廷臣たちで沸き立ち、青年達に混じって貴婦人達がテラスから森へ向かって角笛の音に送られながら行くのを残念ながらジェラールは遠くから指をくわえて見ているほかはなかったが、王がパリへ戻って手空きになると近衛連隊の幾人かは自分たちの楽しみのために狩りに出かけ、その楽しみの一部には当然近所の良家の娘たちを連れて行くということが含まれていた。ジェラールはパピオンの友情と、ソフィーへのお相伴という形で初めての狩りに連れて行ってもらうことになり、前日は興奮で眠れぬ夜を過ごした。馬と銃はデュブラン伯父が貸してくれることになったが、伯父は初めて火器を握る甥の手元を見て危なっかしくてならず、何度も扱い方を直させた。馬の方は一応乗ることはできるので、それ以上何も言われなかったが、ジェラールは寝床の中で輾転反側しながら冴え返った頭の中、銃が手元で暴発したり馬が不意に現れた生垣につんのめって茨の中に投げ出されるのを繰り返し繰り返し目にした。それにそんなことが起こるたびにソフィーが顔を背けたり、笑いをこらえきれずに後ろを向いたりするのだ。いつの間にか一人になってなんだか大きすぎる靴を引きずって歩いていた。一歩踏み出すごとに風景が大きく変わり、鬱蒼とした森にいたと思ったのが草原になり、山の間に紛れ込んで熊に出会ったと思ったら海辺に来ていた。腰蓑だけをつけた黒い美女たちが自分を囲んでにこにこと挨拶をしてくれる、と思うと急に虎のような猛獣が現れ、危ないと思った時自分はオウムになって飛んでいた、銃を持った男たちが何人もこちらを指さして狙っている。逃げなくては……夜明けが来た時、自分は少しは寝たのだろうか、と疑ってみるのだが、今まで目の当たりにしていた屈辱や失敗や追われた恐ろしさが赤々と額のあたりを熱くしている。集合場所へ行ってみるともう何十頭もの馬が森の入口に集まっていた。かなり遠い村からも来た者がいるらしい。ソフィーは真っ赤な乗馬服の長い裾が、横乗りで両足が出る方の馬の腹を覆い隠していて、襞々のついた白い襟元がかすかに見え、さらに短めの毛皮のコートをその上に羽織っていたけれどそれでも寒い寒いと連発していた。勢子達が手に手に掲げる松明がむしろその暖かさでほっとさせるくらいだけれど実際森の中はまだ真っ暗で、この中を迷わずにどうやって走り抜けるのだろうとジェラールは不安になった。

と、びくびくしているのを隠そうとしているのを見すかしたようにそこを通りかかった大男が「よう、初めてか？　ゆったりやれよ！」と声をかけて行った。

「あれは誰なんです？　ここらでは見たことがない。なんだか異様に黒いようだけれど。」

「ああ、あれはヴィレル＝コットレから来ているのですが、父親はナポレオン軍の将軍だったデュマだそうですよ。この将軍はその父親がブルボン島の原住民の女に産ませた子らしい。父親も勇猛な武将だったようですが、あの人もなかなかの射手です。名前はなんでもアレクサンドルとかいいましたね。」

親しさを増して来ているパピオンが自分自身結構興味ありそうな口調で教えてくれる。アレクサンドルか、その名を聞けばジェラールはまた同級生のデュポンシェルのことを思い出してしまう。だがこの男は全く違うな。なんだか電気でも体から出ているようだ。知り合いとみると威勢よく声をかけているが、僕とそんなに年齢が変わらないはずだのにこのベテランたちの間で何と自然にふるまっていることか。馬の乗り方もまるで自分の足で飛び跳ねているようで、馬が興奮して体を揺さぶったり後脚立ちしたりするのを楽しんでいる。腕に自慢の近衛兵たちが彼には一目置いているようだ。それでいてこの闇が磨きをかけたような男はこうして野性児の素顔を見せているにもかかわらずどこか突拍子もなく頭がよく回転する。才気が体中の汗腺からほとばしり出ているような知性を感じさせる。

「さてと、ジェラール、君は初心者だからやっぱり迷ったりしないように今日のところは勢子が獲物を追い出して来るのをじっくり待つ方に回った方がいいですね。ジョゼフが案内するでしょう。ソフィーもそっちへ行く方がいい。」

ソフィーが一緒に来てくれるのは嬉しかったが、狩りの一番面白いところが見られないのは残念な気がした。三人は黙って森の縁に所々石ころを並べて目印とした道を馬を走らせ、木立が切れて草原が見渡せるところへやってきた。

「霧が深いな。まるでエルムノンヴィルの森みたいだ。空の一部がほんのり赤らんで梢の縁がうっすらと染まっているのは北方の画家たちの絵みたいだね。」

「もう少し暖かければいいのに。早く日が昇ってくれないかな。」

襞々のえりを立てているソフィーの横顔は引き締まって早朝の光に白く輝いているようだった。

「もっと寒い日に一緒によく散歩に行ったじゃないか。雪で森もテラスも一面真っ白だった。かすかに雲のあいだから覗いた太陽が黄色く道を染めていた。とうに葉を落とした黒い木々が雪化粧で花が咲いたようになっているのを見て君ははしゃいでいたけれど、そのうち寒いって言い出して、帰って行くとオーギュスティーヌ伯母さんが七面鳥を焼いてくれているいい匂いがしていた。」

「そんなこともあったかもしれないわね。でも寒いって言ったのはきっとジュスティーヌお姉さまだと思うわ。」

そうかもしれない。ソフィーと二人だけということは本当はなかったのかもしれない。ただいつも仲良く遊んでいたのは妹の方だった。ソフィーはお転婆で気に入ったものがあると珍しい色の花でも店の飾り窓のきれいなショールや靴でも目ざとく見つけて走って行く。ジェラールはそれに追いつくのに必死で右往左往するのだが、娘の方はすぐにまた気が変わって別の場所へと弟分を引きずり回すのだった。ジュスティーヌは年がだいぶ上で、まるで自分は二人のお目付け役だとでもいう風に二人の遊びには加わらずにゆっくり日傘をさして歩いていたり、公園のベンチで休んでいたりした。それでも歌を歌うのは好きで一緒に昔の宮廷風の物悲しい歌を歌ったり年下の二人に簡単な遊戯を教えてくれたりした。寒いからもうそろそろ帰らなくってはと言い出すのは確かに姉の方で、妹はその頃はむしろいつまでも外にいたい風を見せていたのだ。ソフィーも大人になったんだ……ジェラールはかじかんだからといってしきりにこすり合わせている彼女の手を握って温めてやりたいと思ったけれど、出てきたのは心とは何の関係もない言葉だった。

「こんなところにいたんじゃ追いかけてきた奴らにまともに撃たれたり、逆に彼らを撃ったりしてしまうんじゃないかな？」

「追ってくる方はそんな下手な撃ち方をする気づかいはないでさあ。待ち伏せしている方向は分かっているし私たちは獲物が逃げてくる正面にいるわけじゃない。それに獲物って言ってもおもに鳥なんで、大体空に向かって発砲することになります。」

「あなたのことだから本当に人を撃ってしまいかねないわね。あわてて撃ったりしては駄目よ。獲物がなくったって大したことじゃないんだから。初心者がそんなに簡単に獲物が取れるくらいなら農民は皆鍬なんか投げ捨てて毎日獲物だけを追っているわ。」

「獲物は鳥だって言ったけれどそれじゃもし当たったとしてもどこに落ちるかわからないじゃないか。」

「そのために猟犬がいるんですよ。私たちには見えなくなったって犬たちはきちんと鼻で嗅ぎわけるし、藪だろうが沼だろうが潜って行って獲物をくわえて来まさあ。でももう静かにしてください、獲物は話し声のする方には寄って来んですから。」

森の中が次第に明るくなって来る。曙の女神が木々の一本一本を緑の下草を茜色の指で染め上げているようだった。小鳥のさえずりが聞こえるが全く姿は見えない。それにそんな小さな鳥を撃つことは無理だろう。勢子のいる所ではもうきっと追い込まれる動物たちの死に物狂いの叫びがあがっているんじゃないかと思う。心臓が破裂しそうに打っているのだろう、肺が空気を失って喘ぎ続けるのだろう、走っても走っても地面が重くなるばかり、沼の表に映るのがまるで見知らぬ獣であるような気がしてくる、翼が、ああ自分には翼があるんだったか、濡れた真綿のように重い、ばたつかせ、ばたつかせ……どこか遠くで銃声が聞こえた。犬たちの吠える声が聞こえた。ソフィーが我慢しきれずに囁いた。

「きっと当たったのよね。」

ジェラールは何も言わずにただ銃の柄をぎゅっと握りしめた。朝日に浮かび始めた草原がぐるぐる回っている、そうだ今にも獲物が飛び出して来るかもしれない、そうしたら撃たなきゃならないんだ。そう思ったとたん草原中から兎が飛び出した。何十匹いたか知れない、草の陰からゆっと飛び出してまた草に消え、波のようにまた飛び出してくる、

「うわわわっ！」

夢中で叫んでいた。銃を構えることすら忘れていた。ジョゼフが自分の銃を構えてブシュッ！　と火を放ち、たちまち一匹が血にまみれて転げた。次の瞬間もう兎の波は消えてしまっていた。

「何やってんのよジェラール、肝心な時に声なんか上げて！　いくらでも撃てたはずなのにただ逃げられただけじゃない。」

ソフィーはただもうあきれていた。ジョゼフは老練な狩人らしく黙々と銃に弾を込め直している。

「獲物を捕って来なきゃあ。」

「それこそ危ない限りでさあ。すぐに犬が現われて拾って来てくれますから待っていればいい、散弾の目標になったりしたらたまりませんよ。」

ソフィーはもうコメントしようとすらしない。彼女も銃を持って来て打つ気満々だったのだがジェラールのあげた声でげんなりしてしまったようだ。

「今夜は少なくとも兎のシチューが食べられるわね。追っかけ組はもう少しましな獲物をとったのかしら。」

間もなく二匹の犬が猛烈に吠えたてながら草原に飛び込んできたかと思うと兎をくわえてまたさっと雑木林の向こうに消えて行った。

「もうすぐそこまで来ているのかしら。」

「そのようですね、馬の息遣いが聞こえますから。」

そう言われて初めてジェラールは次第に木立の陰から人の気配が近づいてくるのに気がついた。やがて騎馬が次々と草原に入ってきたが先頭に立っているのは例の黒い大男で、その馬にはもう色鮮やかな雉鳩らしきものが束になってくくりつけられていた。やがて入ってきた他の青年たちも何羽かの獲物をぶら下げていたので全部で十羽以上になるようだったが聞こえたのはたった一発の銃声だったのにとジェラールがいぶかると、

「何言ってるのよ、ちゃんと聞こえたわ。ぼんやりしているから気が付かないのよ。」

とまたソフィーにやり込められた。確かにさっきまで世界がぐるぐる回っているようで、何が起きても聞こえなどしなかったのかもしれない。ジョゼフが黙っているのでソフィーの言った通りらしかった。

二十四．『ファウスト』（一八二七――一八五四年）

サン・ジェルマンでのジェラールの一日は森への散歩で始まる。お気に入りは英国人の樫の木だが時にはロージュの女学校まで足を延ばして天使の歌声に耳をすますこともある。十時ごろに出される朝食の後には何か新しい本が来てないかミルヴォーの本屋を覗いて見たりテラスにソフィーがいるかどうか見に行くのだが、最近はあまり彼女の姿を目にすることがないし、たまに見かけても別の男たちと話に打ち興じてなかなか振り向いてもらえないのに嫌気がさして自室にこもってひたすら傍らに本を広げながらペンを走らせることが多くなっていた。

「入ってもいい？」

ソフィーが見える。空色のドレスにピンクのショールをかけて寒かったのか顔が上気している。雲のように近づいて来て……

「何ぼんやりしているの、ペン先でインクがにじんでいるじゃない。」

思いもかけぬところから鈴を振るような声が降ってきて机に向かって仕事に没頭していたジェラールはびっくりしたように顔を上げた。目の前にいるソフィーは桜色のドレスで背中からトントンとジェラールの肩を軽くたたいた。なんだか夢みたいだ。

「ああ不思議だ。君が来てくれるような気がして窓の外を眺めていたんだ。」

「狩りに誘っても来ないし、当面舞踏会もないし、それにジェラール、あなたいつ来てもこうやって本と紙とインキに顔を突っ込んでるじゃない。あんまり話せる雰囲気じゃないし、話しても面白くなさそうだし。」

「狩猟は僕に向いてないと分かってしまったんだ。狩られる動物の身になってしまって可哀そうというか、自分が殺されるみたいな気がして来て撃つどころじゃない。特に雉鳩は昔モルトフォンテーヌからもらって可愛がっていた奴と重なるからつらいんだ。でも君と話をするのはいつだって大歓迎だよ。」

「何読んでるの？　これどこの言葉なの？　全然分からないわ。ラテン語でもなさそうね。」

「ドイツ語だよ。ゲーテは知ってるだろう？」

「まあ、あの自殺する青年のことを書いた人ね。そんな陰気な本は嫌よ。あなたが前に勧めてくれたのは夫ある身の女の人との密通の話を書いた『新エロイーズ』だったし、変な本ばかり読んでるわね。」

「自殺の本はごく若い時に書いた本なんだ。それにそんな話を書いた本人はずっと年取るまで生きて、この戯曲なんか若いころの霊感を思い出してたどりながら書いたものらしいんだけれど、それがそのまま若返りの霊薬の話になったりして実感を込めて描き出されている。それにいろいろ本を書いただけでなくもっとすごいこともしている。この人はワイマール公国の宰相になったんだ。ワイマールはドイツのたくさんの国の中でも小さな国で目立たなかったんだけれど、この大作家が宰相になったおかげでヨーロッパ中が注目する国になったんだ。その大作家が畢生の大作として書いたのがこの『ファウスト』というわけさ。」

「ファウストってなんなの、人の名前?」

「悪魔と取引をした男の名さ。」

「ほらまたとんでもない本を読んでる! なにかもっとましなことはできないの?」

「いや、悪魔と取引をしたというのは中世の伝説でね、その頃は本当に呪われた男、神をないがしろにした罪人と思われていたんだ。でも悪魔っていうのは本当は誘惑のことだろう? 神を信じている人間を傷つけることができるような力をもった怪物なんかいるわけがないんだから。一生学問をしたまま老いてしまったファウスト博士にとっての誘惑とは人生そのものだったのさ、悪魔は彼に青春のエネルギーを返してくれて、それで博士は世界の秘密を知ろうとする。世界を知るためには老人の叡智と青年の情熱を兼ね備えていることが必要だからね。だから僕も、青年の情熱は十分すぎるくらい持っているからこういう本の力で老人の叡智を身につけてしまおうとするのさ。最も大きく、大事な秘密って何だと思う?」

「愛だって言いたいの？」

「その通りさ。人間の心こそが最も大きな、書物には見出せない秘密だったんだ。博士は村の貧しい娘のマルグリットに恋をする。」

「二人は結婚するわけね。」

「いや、そうはならない。博士の心は悪魔の、誘惑のものになってしまっているからね。彼の好奇心は次々と未知の生の秘密を、快楽を追い求めて行く。」

「でもそれじゃ、可哀そうなマルグリットはどうなるの？」

「マルグリットは子供を産む。それに二人が密会するためにはお母さんの目をくらませる必要があったんだが、そのために睡眠薬と信じて飲ませた薬が毒だったんだ。」

「まあひどい！　それじゃあ母親殺しじゃない。」

「うん、その上生まれた子供も死んでいた。妹の名誉を汚されたと考えた兄はファウストと決闘し、悪魔の助力を得たファウストに殺されてしまう。マルグリットは次々と襲いかかる不幸、それも自分が招いた不幸に耐えられなくなって気が狂ってしまうんだ。」

「それはあんまりひどいわ。本当に悪いのは男の方じゃない。彼が地獄落ちするのは自業自得だけれど女の子が悪魔にかどわかされた男を愛したためにそんなにひどい目に会った挙句地獄に落ちるなんて。」

「いや地獄に落ちることはない。投獄された女を脱獄させようとファウストは悪魔に牢番の目をごまかしてもらって牢に忍び込むんだが、マルグリットは狂気に陥っても悪魔の存在には気がついてファウストを愛しているのに付いて行くのはきっぱりと拒否する。その瞬間天から彼女を祝福する声が上がるんだ。」

「そんなの作者の逃げ口上よ。たとえ天国に行けるとしても、ほんのひと時の快楽のためにこの世の幸福をすべて奪われるなんてぞっとするわ。やっぱりそんな物語は好きになれないな。それにジェラール、まじめな話よ。あなたはいつまでそんなことをやっているつもり？　医学部に入るための勉強はしているの？」

そんな道に進む気はさらさらないんだ、と言いたい心をジェラールは何とか隠すようにした。父親からも手紙が来るたびに勉強の進み具合を尋ねてくる。デュブラン伯父はジェラールが毎日机に向かっているという報告を書いてくれているので医師は息子が勉強をしているものと思い込んでいた。パリや文学仲間と引き離しさえすればそれで解決すると考え、ジェラールが友人達が送ってくれる新刊や演劇の近況などを心待ちにし、詩を書いたり、翻訳の一部をパリの新聞社や書店に送って次の出版の準備を進めていることなどまるで気が付いてなかった。デュブランは文学の最近の方面などには疎くてジェラールが何を読んだり書いたりしているかはわからなかったし、ソフィーもさすがに遊び仲間であり、弟のような青年を裏切る気持ちにはなれなかった。

「今文学には将来がある。パリの庶民もみんな新聞を読むようになって来て読書クラブはどこも登録者で満杯だよ。芝居小屋もどんどん増えているし、そういうところではもう古いレパートリーなんかほとんどやらない。新作がかかってないと客も集まらないからね。だからこれからは書く人がたくさん必要なんだ。」

「だからって、若い名前もない作家を出版社がどんどん出してくれるっていうの？　そういう作品がどんどんお金になるっていうの？　あなたの出した詩集や戯曲だってろくに書評で取り上げてもらえもせずに消えちゃったじゃない。芝居の新作が必要だったたって作者の顔ぶれは決まってるわ。コメディ＝フランセーズならピカールさんとかカジミール・ドラヴィーニュさん、ヴォードヴィルならスクリーブさん、売れている作品と言えばいつでもそんな名前じゃない。」

「スクリーブなんてやめてくれないか。いつ見たって変わらない千篇一律の味の薄いお金のからんだ恋愛話じゃないか。まじめにきちんと努力していればたとえ親の方がふらふらして欲に目がくらんだとしても最後には報われて恋人と結ばれるってそんなパターンばっかりだ。」

「でもそれって大事なことだし、結構難しいのよ。あなたってそういう努力は少しもしていない。ただ夢みたいなことばかり言ってつまらない本を読んだり、お金にもならない文章をもてあそんでいるだけよ。デュブラン伯父様も目に見えてお年を召していらしたし、エティエンヌ伯父様だってもともと悪い足を抱えていらっしゃるんですもの、早いこと安心させてあげなければいけないわ。あなたは体も強くない。軍人にはなれないし、役人になる気があるなら別だけど、そうでなければやっぱり伯父様の跡を継いで医者になる勉強を本気でしなくてはならないわ。いつまでもそんなことをしていたんでは結婚もできないし、家庭も持てない。」

結婚とか家庭とか、ジェラールは考えてみたこともなかった。ゴーティエはしばしば文学的な名声を挙げて花のように美しいサロンの女主人や女優に囲まれる姿を思い描いて見せたものだが、ジェラールは自分はテオのように美男でもないしそんな女性に愛されることは多分ないだろうと、心の底であきらめていた。ただ、そんな女性たちを夢見ているだけで今は胸が一杯になるし、文学をやっていればそんな人たちと近づきにもなれる気がする。コメディ・フランセーズで見たマルス嬢やシャンゼリゼの散歩道を馬車で行く伝説的なサロンの女主人レカミエ夫人、最近サロン展に絵を出して今を時めくアンスロ夫人のあでやかな姿を思い浮かべ、いつの間にかそこにはなんだか別の女性の姿が重なっているような気がするのだが、それはたいてい大人びたその膝にすがって見上げたくなるような女性の形だったようで、でもそこにうら若い華やかな娘の太陽のような笑顔が見えることもある。それがソフィーだって少しも不思議はない。いや確かにそうだったような気がする。

「また、ぼんやりして、私の話をちゃんと聞いてる？」

「ねえ、覚えているだろう、子供のころ伯母さまの衣装ダンスに花嫁が着るような純白のドレスを見つけたじゃないか。結婚式ごっこをやったよね。君が自分で花束をこさえて二人で手をつないでテラスを歩いたじゃないか。散歩している人たちはちっちゃな新郎新婦だってやんやの喝采を送ってくれたから僕たちはクジャクみたいに誇りで一杯になって歩いて来たのに、家の近くまで来たら伯母様たちが怖い顔をして待ち構えていて、君は泣き出しちゃったよね。」

「何それ？　そんなこと本当にあったの？　あなたって時々思い出と作り話がごちゃごちゃになって

いるんだから。きっと私じゃない別の誰かさんの話だったんじゃない？」

ジェラールは驚いてぼんやりしてしまった。僕が今まで大切に大切に心の奥にしまってきた大事な光景だったのに、ソフィーは覚えていないのだろうか。冬の日の雪の散歩のことだって、ソフィーははっきりとではなかったけれど覚えはあったようだし、そんな日常的なしょっちゅうある遊びと違ってあの結婚ごっこは一生に一度しかないような素晴らしい出来事だった。その後怒られたことも、寒い中二人で食事も食べさせてもらえずに中庭に置き去りにされたことも、みんな強烈な思い出となって刻まれているのに、ソフィーは覚えていないのか。それとも、本当にあれは別の誰かだったのだろうか、と不意に心の闇の方から降ってきたものがある。もっと大人の女の人、もっとそれほど白くもないレース、それにひょっとして花嫁衣装を着ていたのはソフィーではなくて自分だったかもしれない。ファンシェット！　急にモルトフォンテーヌの暗い部屋の中で古いクヌギの木の粗末な長入れから取り出した衣装を自分の頭からかけてくれる若い女中の顔が浮かんだ。

気が付いてみるとソフィーはいつの間にかいなくなっている。自分があまりにぼんやりしていたのであきれて帰ってしまったのだ。いや、そもそも本当にそこにソフィーがいたんだろうか。最初に入って来た時から夢みたいな気がしたじゃないか。彼女の言っていたようなことは前にも何度も聞かされていることで、彼女のことを考えていたら目の前で言われていたような気になったんではないだろうか。ジェラールは急いで窓のところへ行って通りを見下ろしたが、焼き菓子売りの女が「ウーブリ、焼き立てのウーブリはいかが。」と叫びながら通る姿が目に入っただけだった。ウーブリって、忘れるって意味でもあったよな、まるで誰かが僕のことを意地悪にからかっているみたいだ……

ジョッキのビールにワラジムシが浮いている。楕円の体を伸ばしたりちぢめたりしながら懸命に泳いでいる。くたびれた中年の男はひたすらその姿に見入っているようだった。

「あ、お客さん、すみませんね。何せ城の修築工事をやっているもんで、虫けらどもがわんさか避難してきてはジョッキの中に死に場所を見つけるんでさ。」

そう言われて初めて気が付いたようにジェラールはジョッキを手に持って透かして見た。ひたすら見つめる視線に非難を感じて気の利いた言い訳を考え出したつもりでいた給仕は言わでもがなのことを言ったものだと舌打ちしながらジョッキを替えに行った。あれは夢だったのだろうか？　やっぱりソフィーではなかったのか。そもそも彼女は家に来なかったんだ。サン・ジェルマンを去ることになった時ですら、別れにも来てはくれなかった。僕はほんの小さいころの遊び相手というだけで、まじめに相手になってもらえなかった。もう二十年以上会ってない。なんだか普通の男と結婚して平和な家庭を築いたらしいということだけは聞いたようだった。ソフィーとだったら、医者になれないまでも、相続した遺産を大事にして、自分も家庭を築けたろうに。目の前をエプロンをかけて小さな男の子と女の子を連れた人妻らしい若い女が行く。あんな可愛い子がきっとできたんだ。本も書けなかっただろうし、名前もできなかっただろう。でもこんなに一人きりで、住むところもなくさ迷い歩くことはなかった。自分が家に時折夕食を摂りに出かける時でも、父も気難しい顔でほとんど言葉を交わすこともないような冷たい食卓になることなく、温かく笑顔を向けてくれたに違いない。病気になったときでも、家で優しい妻が自分の世話をしてくれたに違いない。ソフィーの微笑みが目の前に見える気がした。でもそれがだんだん、だんだん遠くなって、夜の気が冷たく、心の芯まで冷たくしみていくようだった。

二十五．交霊術（一八五五年）

不意に大テーブルに乗せた小テーブルの三つ足がうっくうっくと痙攣する。暖炉にはぜる火の音が大きく揺らぎ、マリーヌ・テラスの平らな箱のような建物全体が海風を受けて激しく揺さぶられた。

「どうしたんだ、シャルル？」

「お父さん、急に霊が変わったらしい。今までに感じたことのない気が指先にぴしぴし来ている。」

「では尋ねてみようか。霊よ、一体あなたはどなたなのですか？」

三つ足はほとほとと動き回ってテーブルをたたき、机の端にノートを広げていた髭の男が急いで文字を記録していく。

「私は闇の者、だって？　どうしたことだ、これはちょっと前に私の書いた詩の文句じゃないか！まだ誰にも読み聞かせてないんだが……それで、誰なんだ、あなたは？　名前を言ってください、名前を。」

しかしいつになく霊ははっきりと名を告げず、今晩は待たないでくれ、夜は黒くて白いだろうから、というような不可思議な言葉を漏らしたかと思うとまたうっくうっくと三つ足を痙攣させて黙してしまった。テーブルを支えていたシャルルと母のアデル、そしてテーブルを囲んでいた娘のアデルも、ヴィクトル・ユゴーも筆記していたオーギュスト・ヴァックリーもしばらくは茫然として顔を見合わせるばかりだった。不意にシャルルが思いついて言った。

「お父さん、これ、ひょっとしてこの間届いた本の中にあった言葉じゃないかな？　短編集で題名は『何とかの娘』、そう『火の娘たち』とか言った、その巻末にこんな詩を見た記憶がある。」

毎日のように各地から何冊もの本が届けられ、自分でもここへ来てから日に何百行と精力的に仕事がはかどっている詩人はすべての本に目を通す余裕はなかったが、父からいくら仕事をするようはっぱをかけられてものんびりとして一向に筆の進まないシャルルは、社交も少なくすることのない島であらゆる書物を読み散らすようにかじってみる癖がついていた。題名を聞いても腑に落ちない表情の父の顔を見てシャルルはにわかに小テーブルを放して立ち上がり隣室へ消えたかと思うと間もなく一冊の薄い本を持って戻ってきた。

「ほら、これだよ。『火の娘たち』、最後のところにソネ集がついているだろう。その最初のものの一行目がこの言葉なんだ。作者はジェラール・ド・ネルヴァルだ。」

ユゴーはしばらく口がきけなかった。ではジェラールは自分の書く前にまったく同じ詩句を書き留めていたのか！　この詩が書かれたのがつい最近だとしても、遠くジャージーにいる自分の書いたものを彼が知ることはありえないし、自分も彼のこの本に目を通したことはなかったのだ。それに「そんなはずはないじゃないか、ジェラールとはブリュッセルで会ったし、しごく元気だった。お前たちも会ったろう?」

「でも生きている人の霊も眠っている時にならば現われるってジラルダン夫人がおっしゃってたじゃないですか? ジェラールでしたら、眠っていなくても夢を見ているような状態はしょっちゅうでしょうし。」

「ああ、それはボナパルトが現れた時のことを言っているのだろう? でもあれは本物だったのかな? デルフィーヌはボナパルトと私を和解させようとしてあんな芝居をして見せたんじゃないかと私は疑っている。あれ以来生きている者の霊は二度と現われたことはないじゃないか。それに本当にジェラールだとしたらなぜ名乗ってくれないんだ。彼とならぜひ話をしたいと思っているんだからね。」

その夜は霊はもう喋ろうとしないようだった。ヴィクトル・ユゴーは一人になって寝室の窓に寄りかかり、真っ暗な海に目をやった。ジャージー島は静けさと不思議な気に満ちている。共和国を踏みにじるボナパルトのクーデターの日々、自分の首に、生きていても死んでいても二万五千フランという賞金がかけられたまま、一時間ごとに変わる秘密の集会所やバリケードを転々とし、偽のパスポートと労働者の身なりで心臓がくわっくわっと息をするのを覚えながらブリュッセルへ脱出した日以来、簒奪者に対する憎しみの念は一日たりとも消えたことはないが、しかしこの島に来たことに後悔はない。たとえここが自分の生涯最後の舞台となったとしてもまたとないかけがえのない空間だと思える。追放者の岩と名付けられたスフィンクスの頭のような崖の鼻に坐り、晴れた日にノルマンディーの白い海岸をはるかに見据えると、眼下には穏やかに白くときめく波、青い空が南へ向けて大きく深々と自分を飲み込んでくれる。東の端へは馬でほんの一、二時間行けば「驕りの山の城」を訪れることができるが、巨石をテーブルのような墓のような形に積み上げた文字もないドルイドの昔の名残がそびえて、そこではかつてこの島で夫を殺した女の霊が来ているような気がした。アデル母娘は彼女を見たと言っているが、ユゴー自身はしかとその姿を見たことはない。だが寝室にも庭にもその存在はひしひしと感じられた。怖くなどないと口にしながら、さすがに鳥肌が立つようなおぞましさを生じさせた。しかしいつかその霊に対してさえ心が和らいできた。その霊もまたジャージー島の自然そのものとなって穏やかに自分たちを包んでくれているように感じられるようになったのだ。そしてこの神秘と自然の融合した世界に橋渡しをしてくれたのが一昨年夫のラ・プレス紙社主と一緒に訪れてくれたデルフィーヌ・ド・ジラルダンだった。「パリ通信」の書き手として七月王政下で最も人気の高い新聞の花形記者だった女はその姿もあでやかにロワイヤル広場の自分のサロンをにぎやかにしてくれていた。議会での盟友であった夫のエミールがほんの四ヶ月ほどで亡命生活をあきらめボナパルトに妥協してパリへ戻ってしまったことに飽き足らぬ思いを何度も手紙で告げていたが、友人のスペイン貴族エウヘニア・ディ・モンティホが皇后になった途端、急にボナパルトへの敵意が薄れていた気がする。わざわざ海を越えてこの流刑地のような所を訪れてくれたのもそのためだったかもしれない。だからその行為は感謝したもののテーブルを使った降霊術はにわかに信じられなかった。生きているボナパルトの霊が現れて懺悔をしたと言うのは簒奪者のその後の言動を見ていれば到底本物とは思えない。それに眠っている間なら生きている者の霊も現れるという説明もとってつけたものであるように思えた。しかしデルフィーヌが去ってからもテーブルは文字を刻み続けたし、次第次第にこの家を、この島を、宇宙の気が満たしていると感じられるようになってきた。その深奥にはいつも……レオポルディーヌがいたのだ。瞼が熱くなって来る。その霊が昼となく夜となく自分と共にいて、宇宙の深みにまで一緒に上っていき、また下りていく心地がする今になってさえ最愛の娘の姿を思い浮かべるたびにあの二十二年前の九月、旅先でふいに訪れた恐ろしい水難の記事が眼前に押し寄せて魂が震えるのを覚えずにはおれなかった。

「フランス文学会にとって大切な一家に喪の悲しみをもたらす恐ろしい事故が今朝起こった……P・ヴァックリー氏は船に甥のシャルル・ヴァックリーとその若い妻でヴィクトル・ユゴー氏の娘である新妻を乗せていた。……三十分もたたないうちに船が川の対岸でロバの背と呼ばれている砂州に座礁して転覆したと伝えられた。……事故の起こった周辺を捜したところ網が不運な娘の生命の絶えた体を引き上げたのである。」

悪夢。パリまでどうやって戻ったのか覚えていない。馬車に乗っていた時間も、歩いていた意識すら、自分に代わって大変な絶望感を克服しながらその間の事情をまとめてくれたジュリエット・ドルーエの記述を、自分でも非常な意志の力を奮い起こして読み返しても、まるで知らない事件を見ているような気がしたものだ。それから友人たちが来て慰めの言葉をかけてくれたのだが、それすらも……ああ、その時ジェラールには会っていないようだ、彼はいなかったのだろう。あの不幸な病気を発したころだったか、いやもう少し後で、エジプトだかトルコに療養に行っていた時だったかもしれない。当時はそんなことは気にしていられなかった。それからは何となく間遠くなってしまった気がする。だからと言って彼に対する気持ちが冷えたわけではない。彼は若いころの自分にとって最初の大きな文学闘争と言ってよかった『エルナニ』初演の際の大事な思い出を作り上げた仲間だったのだから。若かった、自分も、彼も、いやあの戦いに参加した者達すべてが若くエネルギーに満ちて、そして希望に燃えていた。今はもう皆額に皺のできる年になって、それぞれの生活と信条を持ち、皆バラバラになってしまっている……

フランスという国、その四千万の国民の魂が自分の頭にも手足にもこもっていると感じられる詩人にとって一人の友人を思うことはフランス全体の壮大な流れの中の一こまを即座に連想させる。『エルナニ』、ロマン派の戦い、それは青年たちの老人たちに対する抗議の声であり、母の強い感化の下に王党派であったヴィクトールが次第に父にとって神であった皇帝ナポレオンと自由への傾斜へ身を移していった時の流れでもあった。彼に生きる糧と婚資としての年金を賜与してくれたブルボン家が二度目にして最後に国外へと追放されて行ったのはそのすぐ後だった、ちょうど今の自分のように……

それにしてもジェラールと初めて会ったのはいつだったろう、どこかにぎやかな空間だったようだ。サロンやロシェ・ド・カンカルのような一流レストランなどではない。そんな場所はあの男には似合うまい。居酒屋、それも地下室っぽい匂いのするところ、ワインと歌声の熱気がむんむんしていた所、

「ネズミたち」？　「バターの風車」？　あるいは「栄光の子供たち」でもあろうか、いやもしかして「サゲ」？　そうだ、サゲの女将の店だった気がする。

二十六、サゲの女将の店（一八二九年）

モンパルナスの関所近くには門を入るとかけられてしまう入市税分だけ安い酒を提供する酒場が軒を並べ、陽気な街と呼ばれる。にぎやかな一角を過ぎてさらに行くと途端に道は野っ原のように侘しくなり、灯のついた店もにわかに少なく不用心な界隈になる。しかしそこに赤いこじんまりとした家があり、庭には樽が並んで緑の鎧戸から小さな笑い声が漏れて来るのを見ると誰もがほっとした気分になれる。ヴィクトールは兄のアベルに連れられて九月の末にこの店に来た。雨がコートの隙間から肌寒く泥道で長靴でも足をとられるような黄昏時だった。道の両側から綱で吊り下げられた角灯も消えている物の方が多く、濡れそぼった体が気持ち悪くただもう暖かい所に入りたい。扉を開けるともうすぐに大広間になっていて三本の蝋燭を立てた大テーブルを二十人ほどの常連らしい男たちが囲んでいた。酒壷がいくつもテーブルから常連の口髭へと回り、葉巻やパイプのえがらっぽい煙がうっと玄関に向かって流れて来た。

「あら、アベルさんいらっしゃい。そちらのお若いのは弟のヴィクトールさんだね。ようこそサゲの店へ。これからも御贔屓に願いますよ。」

女将はどっしりと頑丈な体に愛想の良い真っ赤な顔を乗せて調理場から大きな盆を持って新入りに

声をかけ、大皿に盛った兎の焼肉とオムレツをテーブルに配って歩いた。

「やあユゴーさん、これはどうも。わざわざあんなむさくるしい住まいを訪ねていただいて痛み入ります。」

と言って立ち上がって帽子を脱いだ頭はきれいに禿げ上がっており、それが四十九歳という年齢以上にこの男を老けさせていたが、実際シャンソン作者ベランジェはあまりに老けて見えるので徴兵検査の時も係りの役人があっさりと見逃してしまったと、いつも妙な自慢をして見せるほどだった。

「このたびはとんだ災難でしたね。しかしパリ中があなたを讃えて、禁止されたはずのあなたの歌をくちずさんでいますよ。」

「そうだ、！　ベランジェさんの出獄を祝して皆で歌おうじゃないか！」

と一人の男が大テーブルから立ち上がってワインの壺を振りながら歌いだし、ベランジェをはじめとする酒席の面々も声を揃えた。

「ランスに集まったフランスの者ら
叫べ、万歳サン・ドニ聖堂と
聖油入れもちゃんとまたこしらえた
我らが祖先の時代の通りに
雀の群れが放されて

堂内に喜んで飛び惑う
軛から解かれるむなしい予感に
陛下は思わず微笑まれるのだ
民衆は叫ぶ、鳥たちよ俺たちより頭を使え
大事にしろ、大事にしろ、お前たちの自由を。」……

ユゴーは心の底に痛むものを覚えた。彼はあの戴冠式に列席したのだった。国王の年金を頂いている宮廷付の詩人の義務として、また栄誉として、儀式の行われる間近の席に、史料編纂係のノディエや画家のアロー、建築家のカイユ――と並んですべてを目撃したのだ。ルイ十八世は戴冠式を行なわなかったので故ルイ十六世に遡る五十年も前を最後とする国王の戴冠式を見たものは革命の後でもあって誰も生き残っていなかったから、国中の貴賓がランスに押しかけており、特権がなければ見ることのできない貴重な歴史的瞬間に立ち会うことができたのだ。ランスの二本の天に聳ゆる塔を目指して何百という馬車がひしめいていた。大聖堂に臨む家という家の窓には式典に入れない高貴な人々がせめて一目王の姿を見んものと鈴なりになっていた。王は七十近い高齢にもかかわらず例によって親しみやすいしぐさで長身痩躯の精力的な姿を見せたが、このお方の政治姿勢には決して賛同できない者ですら、いつも苦みつぶした顔の底に本心をうかがわせないまま車いすの奥から必死に体の痛みを押し隠していた前王と比べて何かしら明るい、元気になるようなものを感じずにはいられなかった。

さすがに緊張感から気の張ったまなざしをしていられたがおそらく昨夜はほとんど眠ることができなかったらしく目の下に隈が膨らんでいるのを隠すことができない。しかしながら役目を帯びた聖職者たちが王の宿舎を訪ねた時侍従長のタレイランは王がまだお目醒めになっていないのに何の用だとしきたりによって大声で扉の向こうから答えたのだった。タレイランに露払いを任せクレルモン＝トネール、ラ・ファール二人の枢機卿に挟まれて入った大聖堂の中は深紅の布と紙で壁を覆われていてそれはあまり美しい効果を出しているとは言えなかった。まるで芝居の書き割りのようだと思えた。恐らく前王であれば神経質そうに顔をゆがめたことだろうがシャルルは鷹揚に何も気づかないようだった。銀板でできた上着をまとった王が宣誓の言葉を述べるのを群臣はかたずを飲んで見守った。

「神も御照覧あれ、余は余の民に敬虔なるキリスト教王、教会の長子の義務として我らの聖なる宗教を守りことほぐことを、臣下たちに正しい正義を与えることを、最後に王国の法と憲章に従って統治することを約する。この憲章を忠実に守ることを余は誓う。」

ほっとした空気が感じられた。シャルルが憲章が大嫌いなことを誰もが知っていた。しかしそうしなければ最早国王ではいられないことを前王は瀕死の息の中から繰り返し弟に告げたのだった。王は緋色の部屋着に着替えたが、これには塗油を受けるための隙間が設けられている。ランス大司教ラティルが進み出て

「おお神よ、王の軍に対する敵への鎧とならせたまえ、逆境においての兜にならせたまえ、旅や歩みにおいて盾とならせたまえ。」

と祈りの言葉を述べその間かつて革命軍の将軍だったモンセーがシャルルマーニュの剣を捧げ持つ。革命時最高存在の祭典を指揮したタレイランが跪いて黄金の百合を刺繍した紫の靴を王に履かせる。さすがに自分は王ではなく二人の表情をじっと見守らざるを得なかったのだが、二人とも彫像のように厳粛な顔を一度も崩すことなく儀式を全うした。王と大司教は並んで絨毯の上に伏し、祈り終わった大司教が立ち上がって聖油の瓶の入った聖櫃を開き黄金の針を浸した。大司教は王の頭、胸、肩の間、左の肩、右の肩、右の腕、左の腕の順で聖油を垂らす。国王はここでようやく王の正装に着替え、モンセー、スー、モルティエ、ジュールダンの四元帥の捧げる王冠、剣、王杓、そして三本の指を立てているように見える裁きの手を身に着けて内陣の玉座に坐った。大司教の

「王よとこしえにおわせ！」

の声とともに教会の大扉が開かれ、教会堂に放たれた雀たちは儀式の魂の解放と昇天のように思われ、この日のためにひときわ大きく輝いたとでもいうような太陽がステンドグラスから紫色に差し込んですべてに荘厳な光を与えていた。現在の歴史の瞬間に大好きな中世の光景を重ねて見せてもらったという喜びが今に至るまで鮮やかに残っているのだが、そんな時代を知らぬげの王権の儀式に容赦のない目を向ける共和派の詩人がその舌鋒の鋭さゆえに投獄の屈辱をも甘受した心意気もまた分かる気はするのだ。

「ほらもっと肝心な次の二節を歌わなきゃ。」

と隅の小テーブルにいた色黒で目玉の大きな男が立ち上がって言った。

「古いしきたりに敬意を払おう
シャルル三世に遡ろう
シャルルマーニュの後継者
単純王とはよくも名づけた
ドイツの地を駆け回り遊ばせたが
その古い槍先の紋に何が足されたわけじゃない
それでも戴冠式には人々は押し寄せたものさ
鳥とおべっか使い達はほめうたを歌ったが
民衆は叫ぶよ、鳥たちばか騒ぎはやめろよ
大事にしろ、大事にしろ、お前たちの自由を。

古い金襴で飾り立てながら
王は税金を暴食して進む
忠節者たちが周りを囲むが
奴らかつて運のない時には

反乱の旗について歩いたものさ
それも剛腹な簒奪者の旗の
十億フランでも彼らは落ち着きゃしない
手前どもの忠節はそんなものじゃござんせん、と
民衆は叫ぶ、鳥たちよ俺たちは自分の鎖を買い取っているんだ
大事にしろ、大事にしろ、お前たちの自由を。」……

男が笑いながら大声で歌うのは不快だった。ユゴーにとってブルボン家の人々は政治的な不満こそあれ常に敬意を欠かしたことがない方々だったのに、こうも下品なやり方で嘲笑される場に立ち会わねばならないのかと、ユゴーは歌も終わらないうちに男を無視してベランジェに話しかけた。

「しかしやはり牢獄生活では体が痛んでのではないですか?」

「いえ、あちらでもよくしてもらえたのですよ。牢獄に甘やかされていると感じたほどです。暖かくって、清潔で、テーブルやタンスまである。ベッドには白いカーテンまでついている。私の家になどむき出しの寝台以外には家具などありはしませんし、ストーブも暖炉もなくて、ぼろぼろの毛布をかぶって寝台に腰かけたままで震えながらシャンソンを書いていたものですよ。それに食べるものと言ったら信じがたいほどです。毎日の食事は近くの仕出し屋から取り寄せるのですが、じきに支援者から毎日のように差し入れが届けられる。チーズ、ピクルス、フォワ・グラ、中には地方の支援者が猟

の獲物まで差し入れてくれることがあって鹿肉や兎肉、鶉、ヤマシギまで手に入る。葡萄酒はとなるともう普段では到底お目にかからないシャンベルタンとかロマネとか大した逸品ぞろいで私を告発してくれたマルシャンジー検事の名前で皆で乾杯してしまったくらいです。例の「編集者への手紙」を出した言論の自由の闘士ブドウ作りことポール・ルイ・クーリエだとか、「黄色い小人」のコーショワ・ルメール、「アルバム」のマガロンなどが同室で皆ひどく粗末な食事をしている。私ひとりごちそうに囲まれていても食べきれないし、皆で食卓を囲む以上に牢獄で楽しみとなることはありませんから、夕食と言ったら毎日がサゲの晩餐みたいでしたよ。」

「あら、そりゃそうですわ、ベランジェさん、家の料理だって何度も差し入れに伺っているんですから。」

「もちろんですよ、おかみ。それにあれからまた一段と料理の腕を上げられたようで。」

「ああ、あのマガロンこそ我らが殉教者ですよ。スペイン戦争を茶化した記事で十三ケ月も食らい込み、サント・ペラジーから鎖付で歩かされたんだから。くそったれ！　スペイン戦争なんか始めやがった奴は皆地獄に落ちればいいんだ。」

またあの目玉の男が酒壺を振り回しながら立ち上がって叫んだ。ユゴーはいたたまれない気がした。スペイン戦争を指導したのは外相のシャトーブリアンであり、彼こそは幼いころからの憧れの星、文学者としての究極の目標だった。こうして今自分が自由主義に近づいているのも、元はと言えば首相ヴィレールがこの偉大な先達を内閣から下野させたことが復古王政に対する熱意を冷めさせたからなのに他ならない。目玉の男の歌をきっかけに居酒屋の中は笑い声や大声で歌うだみ声、やたらに交わされる乾杯の叫びなどが騒々しく響き渡り、まともな会話は交わしづらい雰囲気となった。しまいには猥褻な小唄すら飛び交い始めた。

「ゾエ、妹の私に
シーツの間でどうして欲しいの？
シュミーズもなしに寝ていて欲しい？
ちょっ、ちょっ、姉さん、お門違いよ。
でも結局したいようにするのね、
私の裸の胸にキスするのね、
あちこち抓って、
あちこちくすぐって、
あちこちなでて、
でも結局たいしたことない
わかっているわ
結局それだけなんだもの」

どうもやっぱりこういう居酒屋にはやりきれない所があるなと思ってユゴーは腰を上げそうになったが、いい加減赤い顔になったベランジェが彼を引きとめた。

「いや、ユゴーさん、訪ねて頂いて嬉しかった。私も一万一千フランの罰金には弱りましたよ。銀行家のラフィトがそれくらい簡単に集めてみせると大見得を切ってくれはしたが、実際はベラールの方がもう少し頼りになった。しかしそんな銀行家の大口援助よりはもっと大勢の小口の篤志家が少しづつ、少しづつ寄せてくれる寄付金がありがたかった。そら、そこにいる若いジェラール君なんか『ベランジェの詩の冠』なんて詩集をまとめてくれて、その売り上げをわざわざ監獄まで届けてくれたんですよ。ほらジェラール、そんなところに引っ込んでないで、こちらに来て挨拶したまえ。」

そういわれて先ほどの目玉の大きな男のそばの席から立ち上がってきた若者は金髪で高いというより厚い鼻をしていたが、あまり目立つ風貌でもなく、はにかんだような笑いは少し困った風でもあった。

「ヴィクトル・ユゴーさんですね。『オードとバラード』は素晴らしい詩集です。いつかお目にかかりたいと思っていました。」

ジェラールはおずおずと差し出した手をぎゅっと握りしめられて思わず涙が出そうになるのを感じた。まだ若いがすでに文学青年のカリスマとなっているこの男は初めて会った者の手をいつもこのように強く握りしめるのだが、誰もが自分だけに与えられた恩恵であるかのような気がしてたちまちユゴーの信奉者になってしまう、そんなエネルギーの伝わってくる強さだった。

「ラブリュニー君はナポレオンを讃えた詩集で世に出たんですが、『ファウスト』の翻訳者でもあるんですよ。」

「ふうん、君はドイツ語ができるのか。それは大したものだ。」

あまり本心で感心しているようにも思えない調子でユゴーは褒め言葉を口にはしたが、またすぐベランジェとの会話に移ってしまい、ほろ良い気分になったシャンソン歌手もあまり美しいとは言えないだみ声を張り上げて答えていた。この夜はベランジェの釈放を祝うものなのだし、ユゴーの表敬訪問ほどこれを輝かしくするものはないのだからジェラールはしばらく我慢していたが、やがてベランジェが小用に立った隙を狙って再びユゴーに近づいた。

「ユゴーさん、是非お話したいことがあるのですが。」

「なんだね、遠慮なく言いたまえ。」

「ユゴーさんのお書きになった『アイスランドのハン』という小説を僕は戯曲にしてみたんです。もし共作として頂けるならきっと上演してくれる劇場もあると思います。実は一週間ほど前にひょっとしたら読んでいただけるのではないかと思って原稿をお届けしたのですが。」

「ああ、あれを書いたのは君だったのか。あの小説は評判が良くなくてね。みんな青髭と比べるんだ。先日初めてレカミエ夫人にお目にかかる機会があったんだが、夫人はジャン・ジャック・アンペール氏が本物のムンクホルム島を訪れた際に何とか『ハン』のことを考えないように努力しましたって書いて寄越しましたの、とのっけから言うんだ。それも僕が最も尊敬しているシャトーブリアン氏の目の前でね。まあ僕の見捨てられた小説を取り上げてくれたのは嬉しいが、君もまた怪物の方にばかり注目しているな。小説中のハンはあんなにやたらに『ハン、ハン』なんて喚き散らして目立つようなことはしないだろ。途中までは正体がよくわからない影のようなものじゃないか。僕が書きたかったのはあくまでオルドネール・グルデンレブの方さ。恋に盲目になった若者の冒険を書きたかったんだから。あの名前にはユゴーっていう僕の名のイニシャルがさかさまに埋め込んであるんだからね。それを君はギュスターヴなんてどこにでもある名前に変えてしまった。」

「すみません。フランスの観客には難しすぎる名前だと思ったんです。」

「それに宰相アールフェルドの甥にしてしまったろう。それじゃあ叔父が甥を死刑にする裁判になって不自然すぎるし、第一甥は別に存在しているんだから。」

「ええ、でもやっぱり小説は長すぎて、劇にするにはどこかで縮めなければならなかったので。」

「それはそうだろうが、あの甥はやっぱりいなくちゃならないんだ。オルドネールとは宿命の恋敵になるはずなのに。何もかも対照的だろう？　優雅で、紳士的で、荒々しすぎるオルドネールと比べればよほど文明人だ。恋敵と認め合うにもかかわらず結構仲も良い。つまりあれは恋する若者の両面さ、分身のようなものなんだ。分身はどこかで消えなければならないんだが、オルドネールの手で殺したくはない気がしたんだ。」

　そうだったのか……あまりに簡単に、読者の知らないうちにハンに殺されて消えてしまう嫌味な青年だと思って、使わないでもいい気がしていたのだが。分身という考えはそれまで頭の中になかった。

初めて耳にしてそれはジェラールの中にひどく不思議な気持ちを呼び起こし、どこか心の奥襞の形にぴったりとあてはまるような快感が浮かび上がってくるようだった。ただ、それをじっくりと味わう暇もなく次の打撃を受け止めなければならなかった。

「悪いけどね、共作者にはなれない。いやそれは君の書いたものが駄目だって言ってるんじゃない。君はその若さで、演劇を出した経験もないのによくあの長い絡み合った展開を戯曲に仕立て上げているると思う。しかし僕は誰とにせよ共作をするつもりはないんだ。僕の頭の中は僕で完結していて他人を入れる余地はない。いや、戯曲を手掛ける人はほとんど誰かと共作の形をとっていて、それでないと劇場が受け取りたがらないっていう習慣はよく知っているよ。でもそんなやり方は変えさせなけりゃいけない。本当にすぐれた作品なら作者は一人でも十分観客を集めることはできるはずだし、それに今本当にすぐれた作者なんか古典派にもロマン派にもいないじゃないか。このままでいい訳ないだろう？　新しい文学の流れは詩の分野ではもう後戻りができないところまで来ている。演劇こそはこの運動を決定的に認知させてくれるものになるだろう。その準備だってある。君は『クロムウェル』を知ってるだろう？　文学者の間で朗読したらみな大いに熱狂してくれた。ただ、サント・ブーヴなんかは批判的だったし、それも一理ある。つまりあれは長すぎて、複雑すぎて上演不可能だっていうわけだ。それならいい。僕だって詩の方面なら短いものにきちんと形を整えることはいくらでもやっている。ちゃんと上演できる劇だって書いてやるさ。それも近いうちにね。」

ユゴーは一気に持論をまくし立て、その熱狂ぶりに戻ってきたベランジェも居酒屋の常連も自分たちも熱狂してきたようだった。しかしジェラールは自分のもくろみの当てが外れ、長いこと練ってきた原稿が陽の目を見ないことになりそうなのでしょげ返っていた。その落胆ぶりに活を入れるようにユゴーは続けた。

「君もやっぱりひとりで自分自身の作品を書いてみることだね。いつも誰かと名前を連ねてしか書かないスクリーブやアンスロを大作家だと思うかい。確かに彼らは文学者の中でも別格に大きな金を稼いでいるし、批評家にも女優にもジャーナリストにもちやほやされている。しかしあんな名前はそのうちに消えてしまうよ。客が入らなくなれば仕事もなくなるし、どの作品を見たって似たり寄ったりなんだから十年もたてば彼らがどんな作品を書いてたかなんて誰も覚えてないだろう。君は翻訳もやるみたいだが、翻訳は決定的に原作者に寄りかかっているわけだ。どんなに見事に訳したからって原作者の名前が上がるばかりじゃないか。本当に偉大な作家はやっぱり自分自身の構想と文体で書かなきゃ。君はまとめ方も文体もそこそこのものがあるし、詩集を出したからには霊感だってあるんだろう。若い時にこそなんでも書けるんだよ。自分の内に盛り上がってくるもの、湧き上がってくるものを感じないか？　新しい時代が来る。王政もどう見たって行き詰っていてこのままで済むはずがない。どういう風になっていくのか、僕もよくわからないけれど、世の中は変わっていくだろう。それを僕らの心で、体で受け止めることだ。書くべき場所はいくらでも見つかるだろう。見つからなければ自分で作ればいい。戯曲だってどんどん書けば、そのうち必ず上演してくれる劇場が現れるさ。そうだ、今度は僕の家に来たまえ。文学者たちに引き合わせてあげられるから。」

二十七．アシール・ドゥヴェリア

ユゴー兄弟の去った後ジェラールは色黒の男のそばに戻ってきた。ここで思いがけず顔見知りに出会ったのだ。『ファウスト』を出版してくれることになったドンデー＝デュプレー書店の印刷工場へ校正のために出向いた折、その金髪でありながら色の黒い青年を見かけることがよくあった。貧しい身なりで校正刷りの下読みをしていた男はどこか書店主のドンデー未亡人に顔立ちが似ているなと思って尋ねてみると、確かに遠縁の親戚筋にあたると言う。

「でもこの家の豊かさなんか僕にはからきし縁がないし、奥さんは僕の書いたものを出版してくれるつもりなんかまるでないんですよ。」

「そうなのか、で君は何を書いているの？」

「詩ですよ。それから小説みたいなものも始めているけど、本当に出したいのは詩集です。いくつも書きなぐっているんだけれど満足な出来栄えにはなかなかならない。それでも亡くなったここの叔父さんに見てもらったことはあるんだけれど、何だこれは！ 精神的なまっすぐさも、整った美しさも、機知も、何一つない、世の中への恨みと泣き言だけじゃないか！ って一喝されて問題にもしてもらえなかった。それにここで詩集を出すことなんかほとんどないし、出すとしてもよほど名前の売れた大家だけだ。この『ファウスト』だって、普通なら出版する見込みはなかったんだろうけれどゲーテって名前は最近結構人の口にのぼっているし、翻訳も出ているからいいだろうってことになったらしいですよ。」

「なんだって！　僕はもうすでに二種類も訳が出ているから出版してもらいにくいと思ったし、実際何軒かで断られた挙句に行き当たりばったりで頼んだんだけど。」

「いや、ここの家の風は、むしろ初めてのもの、あんまり聞かない新しいものは扱わない、すでに評価の定まったものしか出さないってことだから。サン・トーレールみたいに名前の売れた訳者が出しているならむしろ間違いない本だって思っただろうし、それにあなたの訳文はどうも叔母さんの気に入ったみたいですよ。確かにこうやって読んでいて面白い、才能のある人だと思う。校正の仕事は退屈なことが多いけれど、この本は時間がたつのを感じなかった。僕にはこんな気の利いた文は書けない。もっとじっくりと文学の勉強をしたかったんだけれど、家は貧しいし。父は大蔵省で文書係をしているんです。食べていくのがやっと位の給料なのに体が弱いからそれすらカットされることもある。僕は時々その手伝いということで臨時の仕事をもらえることもあるけれど、到底それではやっていけないし、本を買うお金も欲しいから、時々ここに来てちょっとした仕事をもらっているんだ。文学が好きで、いや文学以外のことが考えられないんだけれど、家にはほとんど本なんてなかった。エルネストっていう友人のところにラシーヌの戯曲集があったんで、二人でそればかり繰り返し読んだものです。だから今はロマン派の血潮が胸の中に煮えたぎっているんだけれど、ラシーヌの悪口だけは言う気になれないんだ。」

　このテオフィル・ドンデーという青年のことをジェラールは第二のテオと呼んでいたのだが、そのうち彼の方からむしろフィロテと呼んでくれないかと言ってきた。そういう風にひっくり返した方がつむじ曲がりの僕にはふさわしいのさ、と言うのだ。今夜この居酒屋へ来たのは無論ベランジェに会うためだったがそこでユゴーに出会えたのは僥倖だったし、フィロテにまで会うことが出来てなんだかひどく幸運な夜だったと思う。それにしてもサゲの店は決して高い方ではなかったがフィロテにとっては痛い出費だったのだろうと想像できる。それでも来たかったのはこの青年もベランジェに心酔していた証拠だ。それはさっきの興奮した歌い方からもよくわかる。

「ジェラール、あのユゴーって男は信用がおけると思いますか？　王の年金をもらっている御用詩人じゃないですか。戴冠式で王の礼賛詩を読み上げた男ですよね。」

「確かにそうだった。でも最近彼は急速に自由派に接近しているんだ。「グローブ」のサント・ブーヴとすっかり仲良くなったようだ。それにもともと父親はナポレオン軍で将軍まで勤めたんだから。」

「でも母親は王党派の陰謀家をかくまっていたって噂だよ。さっき「自由」を歌っていた時の嫌そうな顔ったらなかった。ナポレオンにしたところでフランス国民を大勢死地に追いやったところは褒められたものじゃなかった。ベランジェさんが「イブトの王」で批判したのはまさにそんなナポレオンの独裁的姿勢だったじゃないか。同じナポレオン麾下の将軍の息子でも僕はずっとあの『アンリ三世と宮廷』の作者の方が好感が持てるんだ。」

つい先日まで誰も名前も知らなかった二十七歳の若者が突然フランス座での上演を許され、大成功を収めて一夜のうちにスターとなり、あらゆる文学を目指す青年たちの憧れの的となった。ジェラールも『アンリ三世と宮廷』の切符を何とか手に入れて初演を見ることが出来たのだが、観客席の豪華さにまず目を奪われてしまった。作者がオルレアン公の秘書をしていると言うだけのことはあって公自身が列国の王侯貴顕を引きつれて第一回廊を埋め尽くしておりそれにひきつけられるように貴族たちが桟敷を満艦飾で満たした。羽飾りとリボンや髪粉をまぶした鬘で埋め尽くされた中、三列目には今を時めく大女優のマリブランの美しい姿を認めてジェラールはぼうっとなった。第三幕、不貞を確信したギーズ公が妻に毒薬を突き付け、さらに腕をひねり上げて愛人とにらんだサン・メグランを誘い出す手紙を書かせる場面では会場から憤慨の叫び声が起ったが、たちまちそれを掻き消すほどの熱烈な拍手が巻き起こった。とりわけ女性たちが手袋を握りしめて手を打ちたたいているのが目についたが、それはサン・メグランを愛してはいても彼と言葉を交わしたのは王妃カトリーヌ・ド・メディシスの眠り薬によって知らぬ間に、ほとんど夢の中のことのように行われ、夫人には何の罪もないことを知っているが故の女性たちの心からの思い入れであることが見て取れた。近代の自国の歴史からこうしてドラマが生み出されると言うことこそ古代世界に舞台を求めなければならなかった古典悲劇の殿堂コメディ・フランセーズにおいてすら次第に暗黙の裡に認められてきたことであったが、舞台上での礼節という絶対的なルールを破ってこのように激しい情熱を生の形でぶつけられるのは初めてのことであり、観客たちは生の暴力に現場で立ち会ったかのような強い衝撃を覚えたのである。年老いた母親をかつかつ養っていた貧しい事務員が、一夜にして六千フランの原稿料と一万五千フランの劇場収入を得る大尽になり上がった成功物語はナポレオン麾下の軍人の昇進よりもある意味派手な力を以て今の若者たちの心に、自分だってこのようになれるのではないかという野望の灯をともしたのだった。ジェラールは万雷の拍手を浴びて涙を浮かべている長身の青年がいつかサン・ジェルマンの森で自分に声をかけた狩人だったと気づいて、まるで身近にいる知人のような気がしたが、デュマの方は馬の乗り方すらぎこちない一度会っただけの初心者を覚えているはずがないと寂しい気持ちに打たれた。

「オルレアン公はデュマが文学にかまけてばかりで仕事をおろそかにするというのでお払い箱にすることすら考えていたらしいのだけれど、国王はとにかく公の事務員だと聞きつけて公を捕まえて言ったそうです、あの作品はアンリ三世をシャルル十世に、ギーズ公をオルレアン公に見立てていると言う噂を耳にしたぞ、って。それに対して公の方は即座に答えたそうです。陛下、その噂は三つの点で間違っております。第一に臣は妻を叩いたりは致しません。第二にオルレアン公夫人は臣を寝取られ男にしたりは致しません。第三に陛下は臣以上に忠実な臣下をお持ちではございません、とね。」

「なかなか機知の利いた切り返しだな。オルレアン公はデュマの才能を見抜けなかったが、無能な方ではないらしい。」

「タレイランが無能でないのと同じですよ。」

「デュマはともかくユゴーの才能は必ずこれから出てくるさ。君も『クロムウェル』の序文を読んでみるといい。多分考えが変わるから。今ちょうどここに持っているから貸してあげる。劇自体もすごいんだが、ユゴー本人も言っていたように上演はされないことになりそうだ。でも序文だけでも熱狂に値するものがあるよ。」

　ちびちびとワインをなめながら話していた二人の青年のところへ、それまでベランジェの脇に座ってしきりに鉛筆を動かしていた三十くらいの少しきつい目つきの男が近づいて来て二人にもモデルになってくれないかと頼んだ。彼の見せてくれたベランジェの肖像は前髪の薄くなったシャンソン詩人の額を炯炯と光る鋭い目を前面に出すことでなかなか見栄えのする形に変わっていた。

「俺はアシール・ドヴェリアって言うんだ。弟のウジェーヌと一緒に暮らしている。挿絵や風刺画を新聞に出して食っているんだが弟の方はもっと画才がありそうでね。彼が本格的にデビューできるまでは面倒を見てやろうと思っている。」

「アシール・ドヴェリアさんですか？　その名前なら聞いたことがあります。バルザックっていう若い小説家の肖像を書いた人じゃないですか？」

「ああ、よく覚えていてくれたね。オノレは俺と同年代なんだが、実に精力的でね。人の作品にまでこまごまと注文を付けるのが困ったもんだ。ようやく売れる作品が出せそうになってきたが、あの肖像を描いたころは金のためにやたらめったら文字の量だけ多いような下らん小説を書いていて、自分でもそれが分かって文学なんかやめて出版社を立ち上げようなんて馬鹿なことを考えたりしたんだ。それが失敗すると印刷屋、それも失敗して活版用文字の製造所とどんどん泥沼に踏み込んで行くんだな。それで借金が雪だるま式に膨らんだところでどうにも仕方がなくなって唯一自分の稼げる小説に戻って来たんだが、そこまで来てようやくいいものが書けるようになった。あのユゴーのスマートなやり方とは正反対だな。もっともユゴーはユゴーで苦労はしているようだ。彼の家庭はいつだってまともに固まってたことがないからな。父親と母親は政治的に正反対で年中いがみ合っていたし、両方の親に反対されていてようやく結婚を許されたと思ったら兄貴は発狂してしまう、最初に生まれた男の子も死んでしまう。まあ、今は長女が生まれて目に入れても痛くないありさまだからやっと落ち着いたんだろう。それで文学活動の方も一層エネルギッシュになってきた感じがする。」

話をつづけながらもアシールは手早く鉛筆を動かしてフィロテの肖像を描き上げていたが、色黒が強調され、目を向いて女物のハンカチをつまみあげている絵柄になっている。

「ほら、これで君も立派なオセロ将軍だ。彼はそういうイメージだと思わないか？　ジェラール。」

勝手に寄って来て勝手に仕事を始める強引さに少々辟易していたフィロテはオセロと比べられて満更でもなさそうにしていた。ドヴェリアはいつの間に耳に挟んだのかジェラールを呼び捨てにして、返事も聞かずに今度は彼の肖像にかかっている。

「僕らの肖像なんか描いたって何の役にも立ちませんよ。誰も僕らの顔なんか知らないし、僕が書いたもので少しは売れたのは翻訳で、原作者ゲーテの名前しか皆記憶しないもの。」

「おや、君があの『ファウスト』の訳者だったのか。うちのアトリエによく出入りしている建築家の卵がいてね。詩も書く男だが、こいつが先日その『ファウスト』を読んでずいぶんと感心していたよ。そうだ、一度アトリエに来てみないか。奴が喜ぶと思う。一度会っとくといいかもしれない。まだ無名だがなかなかいい詩を書くし、それに、なんというか独特の雰囲気を持っている。一度会ったら忘れられないような、そこにいるだけで空気が濃密な意味を持ってくるような不思議な存在感だな。あいつの肖像画を何とか満足のいくような形で仕上げたいと普段から何枚も描き貯めている。それに弟の絵も見てくれるといいな。あいつはきっとローマ賞を取って一流の画家になると思う。」

二十八、アトリエ

アシール・ドヴェリアは生真面目な表情の割には気さくで、話も面白いし、時には真面目くさったまま人を噴き出させるようなことも言う。何より最近歴史小説で売り出し中のバルザックと知り合いになれるかもしれないと二人はフィロテの仕事の暇な時を選んで連れ立って彼のアトリエへ足を運んだ。入り口を叩こうとして扉が半開きになっているのに気付いた二人はそのまま扉を押して入ってみた。画架の立ち並ぶごちゃごちゃした空間の一角からキャッと言う嬌声が上がり、脱兎のごとく衝立の陰へ隠れる白い姿を見た二人は硬直してしまった。確かに画家のアトリエへ入ると言うことを考えた時まず二人の頭に浮かんだのは裸体のモデルが見られるかもしれないということだった。しかし扉が開いているのを知った時まずそれはもうないものとほっとする気持ちが残念な気持ちに交じって起こったので、今のは全くの不意打ちだった。それに今ほんの一瞬稲妻のように目に飛び込んできたものは、ソファの上にしどけない恰好で寝そべったみだらとしか言いようのない姿態だったのだ。二人は夢を見たのかと思ったほどだった。

「やあ、来たね。」

アシール・ドゥヴェリアはさすがに少しばつの悪そうな顔をしながら鉛筆を置いて、二人に挨拶した後、

「ムゼッタ、今日はもう終わりにしよう。服を着ていいよ。」

と衝立の向こうに声をかけたが女の方は言われるまでもなくそそくさと着替えている音がして、侵入者たちはますます居心地が悪くなった気がした。やがて女は少しおずおずと衝立から出てきたが、一瞥をくれて

「なんだ、子供か！」

と少し余裕を持った表情に変わって、

「人の家を訪ねるときはノックぐらいするものよ。アシール、何か飲み物をちょうだい。ずっと同じ格好で疲れちゃったわ。」

と、先ほどまで寝そべっていたソファにポンと体を投げ出した。アシールはワインをコップに注ぎながら、

「子供は失礼だぞ。将来の大詩人か、劇作家になるかもしれない有望な青年たちなんだ。ジェラール、テオ、こちらはムゼッタといってお針子をしながら僕のモデルもしてくれている。」

「お初にお目にかかります。」

二人は赤くなりながら頭を下げたが、くすんだバラ色の木綿の服を着て、髪をやはりくすんだリボンで結んだムゼッタがまるで普通の娘さんに見えてきたのに驚いた。アシールの描きかけのデッサン

のほかにも机の上には数枚のみだらな絵が散乱していたが画家はそんなものに目もくれずに壁の前に書かっている大きな油絵を二人に指し示した。赤い布の散らばる中、黒く屹立した中央のマントが高々と光り輝く赤子を天に掲げている。左手には胸を白くはだけた、しかし高貴な女性が疲れ果てたように横たわり赤い衣を着た男たちが正面に跪いているのが全体の色取りを力強く盛り上げていた。

「すごい色合いですね。」

「うん。弟のウジェーヌの傑作だからな。この色の使い方はヴェロネーゼばりだと評判なんだ。こいつの才能を俺が何としてでも花咲かせてやりたいと思うのが分かるだろ？　俺はもっぱら挿絵を描くくらいしか能がないんだがこれでも結構食べてはいける。それにこういう絵を描いていると端倪すべからざる役得にもありつけるしね。」

アシールが意味ありげにニヤッとしたのに、ムゼッタはぴしゃりと平手打ちを食わせた。

「そらそらそこの」

と急に背後から声がかかって振り向けば三人の若者が微笑みながらこちらを眺めている。その一人はアシール同様長い鼻筋をしていてこれが問題の弟だと思わせたが顎鬚とピンと立てた口髭の見事さが年の割に強い性格を思わせる気がした。

「特にお前、目の大きい奴、アンリ四世の誕生を描くなんて国王におべっかを使った絵だと思って内心口をとがらせておるな。」

フィロテは目を白黒させながら、そんなことはないと言おうと努めたが、心中をズバリ指摘されたものだから焦って言葉が出てこなかった。

「まあいいさ、そう思わせるために選んだ主題だからな。でも本当のところこの光り輝いている男の子はもっと高貴な何者かだよ。まだ僕自身もよくわかっていないんだがこれから大きくなってフランス中に光を呼び覚ましてくれるような偉大な人になる誰かさ。アンリ四世だって崩壊しそうだったフランスを一つにまとめた救世主だろ。そういう人間が今にきっと出てくるとそういう予感がするんだ。」

「本物の芸術家は預言者でもあるって言うからな。」

弟に心酔しきっている兄が肩に手を置きながら言った。

「預言者っぽいのはピエールの方じゃないか？」

「ああピエールっていうのはね、この前二人に話した建築家のことさ。」

「それじゃあこちらの方がそのボレルさんなんですか？」

とジェラールは見事な巻き毛の濃い眉をしたもう一人の男の方を指して尋ねた。

「ああ、いや、こちらは彫刻家のジャン・デュセニョールだ。それから妹のロール、この子はまだ駆け出しだけれど結構いい絵を描く。」

ロール・ドヴェリアはいかにも一家に連なる強い性格を思わせる聞かん気の強そうな目鼻立ちだったが、どこかこの場を面白がっているようないたずらな目つきもしていた。

「彫刻っていうのは永遠の古典主義なんですよね。この分野だけは新しい時代の奔放な表現も、自由な発想も受け付けない。まさに「ギリシャ彫刻のような」肉体美を刻むほかないんです。だって誰も貧弱な骨と皮ばかりの体なんか鑑賞しようとは思わないでしょ。でも、もう少しドラマチックな主題を選んでもいいのにと思うことはあるわ。」

「相変わらず手厳しいね。いや僕だって絵筆を持つこともあるし、そういう時はジェリコーの強烈なスタイルを使いたいと思うよ。しかし何せ彫刻は素材が真っ白な大理石か青黒い青銅だろ。絵画のように色彩を自在に操るわけにはいかないんでどうしても表現は限られたものになるのさ。それにしてもいつかはアテネのパルテノン神殿のフィディアスの作品を見てみたいとは思うよ。デッサンなんかで見る限りではあれこそ力強く流れるような美しさを持っているようだから。それに僕だって詩も読むし、演劇も大好きだ。ラマルティーヌもユゴーもいい。残念ながらまだ飛び切りの劇作品の上演を見たことはないんだがユゴーがその準備をしているって聞いてるから期待はしているんだ。」

「私はユゴーより先にピエールがそれをやってくれると思うわ。」

「ああ、その先ほどから話題の建築家の方は戯曲も書くんですか？」

「いや、劇を書いているかどうかはよく知らない。しかし、詩は時々見せてくれるがなかなか大したものだ。それでも滅多に見せてくれないんだがね。しかし奴を見ていると、こいつは必ずそのうち何かどえらいことを成し遂げてくれると、そう思えてならない。」

「それはアシールさんもそう言っておられました。ますます興味を引かれますね。ぜひ一度お目にかかりたいものです。」

「ちょくちょくここにも遊びには来るんだが、ただ今は仕事中でね。建築現場に泊まりこんでいるんだ。」

「そこに行ってみることはできないんですか？」

「行けないことはないんだが、殺風景だぞ。寒いし、食べるものもないし。とはいえ当分あそこに行かなきゃ奴に会えないかもしれないな。それじゃあ行こうか。煙草だけは持って行った方がいい。そういう手土産なら奴も拒まないだろうし、煙草がないとイライラする奴だからな。」

二十九．若きカリスマ

建築現場は川を渡って東北の方にあって辻馬車で十分ほどかかった。フィロテはそんな贅沢に目を向いたがアシールは平気な顔で御者に十サンチームのチップまではずんでいた。建物は結構古いものらしくその一部を壊しながら立て直すのだが、元の窓に膨らみを持たせて塔のような形を形作るような工夫を凝らそうとしているようだった。庭には釘の折れたものや切り石や漆喰などが所狭しと置いてあるのを縫うようにして入っていくと壁の一部が崩されて地下蔵がむき出しになってぼんやりと二人のシルエットが浮かび上がっていた。床に直にくべられた炭火が闇の中にルロルロと瞬くかすかな赤みとなって男たちを照らしだし、またこの破れ目だらけの空間に辛うじてほのかなぬくもりを与えているのだった。

「今晩は、ピエール、ジュール。都会の真ん中でロビンソン・クルーソー生活をしている奇矯な建築家に会いたいって言う詩人たちを連れて来たよ。」

男は隈取をしたような腫れぼったい瞼を長く伸びた鼻の上からじっとりとこちらに向けてきた。ジェラールは思わず背筋にぞくぞくと震えあがるものを感じた。男はゆっくりと微笑し、鷹揚なしぐさで手を振ると二人にもっと火の近くに寄るようにいざなった。

「ちょうど今夕食にしようとしていたんだが、食料が十分でなくておもてなしもできない。今日は一日体を酷使したんで腹ペコでね。」

そう言うとゆっくりと火の方に身をかがめて細い枝に突き刺した大きなジャガイモを取り出した。小さなブリキのコップに履いている液体は何の色も匂いもなく、明らかにただの水のようだった。

「今日は日曜なんで、少し贅沢をするんだ。」

焼けた皮をそぎ落とした芋に小さな瓶に入った白い粉を取り出して黙々とかぶりつく男たちを見ていて、普段はじゃあ塩も付けないのか、とさすがに粗食に慣れているフィロテも驚いた。

「こんなに寒い所で寝泊まりして辛くはないんですか？」

「寒くても家賃はタダだからね。それにこの仕事の切りが付けば少しは金も入る。寒いことにはすぐ慣れてしまうよ。野宿したことだって何度もあるんだ。雨の漏る屋根裏で固い野戦病院並みのベッドに腰掛けて隣室の肺病病みの夫婦の咳を夜じゅう聞いているよりはずっといいさ。こうして炎をじっと眺めていれば豪華なスルタンの天幕の中で、隣に寝ているのは薄布で体を覆っただけのオダリスク、そうしていきなり扉を開けて三日月のように反り返った刀を振りかざしたマムルークの若者が飛び込んでくるのが目に浮かぶのさ。」

「薄布を着た美女じゃなくて残念だったな。」

隣で寝ころびながらアシールの差し入れてくれた煙草の葉を丁寧に紙で巻いていた青年が恨みがましい声をたてたので皆笑い出した。

「僕にはそういう東方風の豪奢より北風の冷たさの方が似合ってるよ。青ざめた幽霊が血だらけの髪を振り立てて『剣にかけて誓え!』って叫ぶんだ。」

「それはシェークスピアですか?」

「もちろんだ。『ハムレット』の父の亡霊の場面さ。ケンブルのハムレットは、ああそれにオフェーリアを演じたスミスソン嬢は素晴らしかった。コメディ・フランセーズの古典悲劇だの疑似古典のピカールだのは屁みたいなものさ。何が何でもシェークスピアじゃなければならん。僕はまだ英語がよくわからないんだが、きっと今にイギリスに渡ってとことんシェークスピアを極めてやるんだ。」

ピエール・ボレルは微笑を浮かべてジュール・バーヴルが興奮して喋りまくるのを眺めていたが、おもむろにすくと立って話し始めた。

「君たち、話しているだけじゃだめだ。新しい文学や芸術を求めている者達だけとかかわりを持ち、夢のような女に恋をしなきゃいけない。ビロードのような肌をし、柘榴のような唇を持って、ぬれた目でじっと俺たちを見つめるような女を金持ちのブルジョワの皺だらけの手から引きちぎって来る心意気を持つんだ。生きていくには粗末な食べ物と水だけで良い。しかし酔うとなったら、つまらない安ワインなんかじゃなく、火がつくような酒を飲むんだ。」

「ポンス酒なんかどうです？」

おずおずとフィロテが提案した。彼は先ほどからボレルのことを感嘆の目で見ていて、何か自分の気持ちを伝えたくてならなかったのだ。

「いい考えだ。ラムかブランデーにたっぷりとレモンと砂糖を混ぜて火をつける。こういう半闇の中で酒の炎だけが俺たちの顔を浮かび上がらせる。そうして互いに誓うのさ、いつか必ずブルジョワたちが驚きで青ざめて腰を抜かすような詩を書いてやるって。」

「そいつを並みの杯ではなくて骸骨を削って作ったコップで飲むっていうのはどうでしょう？」

ジェラールは戯曲化を試みた『アイスランドのハン』を思い浮かべて言った。

「それだ、それだ。見ろよ。俺たちが一緒にいれば次々とこの世の物ならぬ情景が湧き上がって来るじゃないか。俺たちは一緒にやって行くべく運命づけられているのかもしれないな。君たちは名前を持っているかい？」

「ジェラール・ラブリュニーですが。」

「僕はテオフィル・ドンデーといいます。」

「そんなんじゃだめだ。それじゃブルジョワそのものじゃないか。親にもらったそのまんまじゃなくて自分の名は詩人らしく自分で作るんだ。全く勝手に作ったんでは意味がないから元の名前に詩人らしい輝きをつけるんだ。僕はペトリュスとラテン風にすることにしている。」

「僕は今まで発表した作品にはジェラールとだけ署名しています。」

「うん、その方がいい。それならいかにも青年らしい詩的な味わいもある名乗りだ。ただ本格的な作品を練り上げながら、名前の方もきちんと自分に合ったものを見つけるべきだ。なに、そのうち名前の方から浮かび上がって来るさ。僕も今探しているところだ。異称の方はできてるんだがね。狼狂《リュカントロープ》っていうんだ。」

「狼狂《リュカントロープ》！　凄い名ですね。ゴシック風というか、狂熱風というか。名前を聞いただけでブルジョワたちが耳をそばだてて十字を切ること請け合いでしょう。」

「うん、だが、それだけじゃまだ半分だ。狼狂《リュカントロープ》ペトリュス・ボレルじゃ今ひとつしっくりこない。君のジェラールみたいに一言で言い表せる奴、それもありきたりのものじゃなく、耳にしただけで目から火が飛び散るようなものがいい。」

「吸血鬼の方がいいんじゃないか？」

　とバーヴルが言ったのは多分そのほうがイギリス風だと思ったのだろう。

「駄目だね。あれはかっこよすぎる。女の首筋にかみついて唇の端から血をしたたらせるんだろう。女は気を失いながらも恍惚となっていく。目が覚めた時には吸血鬼なしじゃ生きていけなくなっている。夢の光景としちゃ素晴らしいさ。だがそこに思い浮かぶのは長身の黒マントを翻したイギリス式ダンディだ。バイロン卿ならピッタリかもしれない。僕には残念ながら似合わないな。狼狂《リュカントロープ》の悲しさが分るかい？　自分がいかに醜いかよく知っている。凄絶に美しい月の光の下、窓に美女が浮かぶ。

恋人が跪く。それを見ている自分だけが醜い。自分だけが入っていけない。それが胸を詰まらせる。絶叫をほとばしらせずにはおられない。その吠え声を聞いてぬくぬくと暮らしている奴らはおびえて扉を閉ざすが、愛しの美女が顔を背けるのも見える。」

決して醜くはないボレルがそういう言葉を口にするのはむしろダンディズムを感じさせる。しかしフィロテはそれが自分にこそぴったりだという苦い気持ちを抑えることが難しかった。

「僕は自分の名前をアナグラムにしてみます。名前は前からフィロテにしようと思っていたんですが、下の方をオネディにしたらどうかって今思いつきました。」

「お、そいつはいいや。まるでイギリス人みたいだ。」

英国趣味のバーヴルが賛成してくれたが、ボレルの微笑はむしろ憐憫のような気がして、フィロテはまた胸が痛んだ。

三十．『エルナニ』（一八三〇年）

コメディ・フランセーズといえばリシュリュー通りに面したパレ・ロワイヤルの背中合わせにあるものと今では誰もが思っているが、実はこれはそんなに古いことではない。モリエールの死後王の庇護を受けた唯一の劇団としてマザリーヌ通りのゲネゴー座に定位置を占めた一座は間もなくエトワールのポーム球戯場に転居する。それが革命の時代に俳優たちが王党派と共和派に分裂したのをきっかけにタルマをはじめとする共和派の俳優たちが劇団を追われてリシュリュー通りに共和国座として発足したのが元と考えてやっとたかだか三十一年前のことだ。しかしその三十一年の間にもフランス座付近に住む人々はこの一八三〇年二月二十五日ほどに異様な光景に出くわしたことはなかった。フランス座は巨大なルーヴルの北の翼からそのままさらに北へ垂直に伸び出した脇翼のようなパレ・ロワイヤルの建物にも負けぬ頑丈な、しかもずっしりとしたさいころ型の重しを加えた形をしているのだが、この巨石の神殿群の迷路の中に巣食った芋虫のような、ジェラールにとって一日の大部分を過ごす場所でもある木組み回廊に群がる本の虫たちが、真っ昼間に突然石の列柱を突き抜けて向こう側にあふれ出てみるみる生きた柱となって連なったように蠢きだしたのだ。開演までにまだ六時間もあると言うのに劇場の脇の入口をめがけて、長髪あり、髭もじゃあり、派手な色の乱舞ありの男ばかりの若者たちが二十人、三十人と塊をなして寄ってはくっつき、間もなく脇の小道をはみ出してそのままリシュリュー通りにまで続く長い列を作った。最初に現れた集団を率いていた高い襟のフロックコートに身をまとった鼻筋の通った青年は厳しい目つきでまず自分の一団に号令をかけて即座にピシッと並ばせると次々に集まるグループのリーダーに近寄って赤い紙片を手でかざしながら懸命に秩序を保たせようとしていた。

「いいか、君たち。この戦いに勝つには何よりも規律が必要なんだ。警察はもとより、定位置から締め出された喝采屋も、古典派の作者たちも、劇場の職員に至るまで皆がこの劇の成功を何とかして阻止してやろうと手ぐすね引いている。だからこの劇が成功するためには我々が劇場で割れんばかりの拍手をすることが絶対に必要なんだ。奴らありとあらゆる手を使って僕らの入場を阻止しようとしてくるに違いない。いいか、その時に騒いだりしたら負けだからな。何があっても冷静にしているんだ。君たちもこの赤い紙片を持っているはずだ。ここに作者自らしたためたHierroという文字は作者の名前と主人公の名前をかけ、さらにスペイン語で鉄という意味にもなっている。今日は僕らが鉄の団結心を持ってあの耄碌した蔓の面々に鉄の刃を突き付けてやろうじゃないか！」

ペトリュス・ボレルのかすれたような底深い声と鋭い眼光がなければ五百を超えた数の若者たちはこの街角を収拾のつかないお祭り騒ぎの修羅場と化していたかもしれない。そして騎馬警官たちはすぐ近くの小道でいつでも出動できるよう待機していたのだ。扉はなかなか開かれず、皆がじりじりし始めたころ急に前列の者たちの上にキャベツの芯やらパンの皮やら千切れた入場券やら要するにありとあらゆるごみの類が降り注いで来た。恨めしそうに一斉に見上げた髭交じりの顔の先に劇場の三階の窓から屑籠を空けている馬鹿にしたような老婆を見つけたが、若者たちは低くむーと呻き声を上げただけで激高した様子を見せはしなかった。

「まあ、こんな程度の歓迎ぶりは」

とテオフィル・ゴーティエは辛うじて汚物をかぶらずに済んだ新調の幅広帽と桜色のジャケットをコートの下に更にきちんとたくし込みながら隣の小柄な青年に囁いた。

「俺たちがタンプル通りの天井桟敷から下の階のブルジョワ相手にしょっちゅうソーセージの皮を投げていたことに比べれば何でもないさ。だがせっかくの戦闘服をもう少しで駄目にされる所だったよ。」

ボレルと二人で他のリーダーを廻っていたジェラールはゴーティエと一緒にいる青年に気が付いて声をかけた。

「おや、テオ、優等生を連れて来たな。マケ、君のようにギリシャ語、ラテン語が自在に使えればむしろ古典派の立場に立つのかと思っていたよ。」

「手厳しいですね、ラブリュニーさん。古典作家が好きでも今の文学が新しくなくてはいけないと思う心に変わりありませんよ。一応教師になる準備はしているんですが何とか自分の作品をものにしてロマン派の一員としてデビューしたいと言う希望も捨ててないんです。テオがこの赤い紙片を持って誘ってくれた時は体が震える思いでしたよ。」

「ラブリュニーだのマケだの、そんなブルジョワみたいな名前を使っているようじゃだめだぞ。俺がいい名をつけてやる。そうだマケの代わりにマッキートというのはどうだい。」

「そらまたバーヴルの英語好きが出た。」

茶々を入れたウジェーヌ・ドヴェリアは髭だらけの顔を緩めてこちらを見た。

「いいえ、その名前、悪くないです。以後マッキートと名乗ることにします。オーギュスト・マッキート。」

「さて、ようやく扉が開きそうだ。おや、さっきごみを投げた婆さんじゃないか。」

演劇の殿堂というより、まるでそこらの普通の家の門番でもやっていそうな愛想の悪い老婆は、明らかに憤懣やるかたない表情で扉を開け、五百五十人の若者がもどかしそうに時折前の者のかかとを踏みながら入っていくのを見送った後でドシャリと外側から扉を閉めて、そのままどこかへ行ってしまった。薄暗い廊下に案内もなく取り残された若者たちだが、ジェラールを始め何度もここへ来たことのある者が先に立って廊下をたどって平土間に通ずるドアを見つけて中に入った。

「なんだ、これは。真っ暗じゃないか。」

「あわてるな、今蝋燭をつける。」

すさまじい硫黄の匂いがしてバリバリと炎がはじけ、バーヴルの顔を幽霊のように浮かび上がらせた。

「そいつは最近流行のイギリス式のマッチっていうやつだな。なんだか火事になりそうな勢いだ。」

「俺は昔ながらの火打石の方がいいな。あれならこんなひどいにおいはしない。」

文句を言いながらもみな自分のろうそくやランプを差し出して火種をもらうと客席はぼんやりと明るくなった。

「開演四時間も前だからまだ案内嬢も道具方も来ていない。ベンチの背に番号が書いてあるから赤い紙片の番号と合わせて座ってくれ。」

五百人を超える青年たちが平土間と二階の回廊席に分かれて何とか席に着くにはひと騒動あったが、ようやく皆が落ち着けたようだった。

「ようやくここまで来たなジェラール、リーダーたちが皆きちんと割り当ての人数を連れてきてくれるかどうか心配だったが。」

「いや、ペトリュス、あふれる志願者をより分けるのが大変だったくらいだ。最初は一人一人選んで声をかけていたんだが、そのうちいつの間にか皆に知れ渡ってしまって僕も入れてくれ、私もお金を払ってでも入りたい、ていう奴らがひきも切らぬ始末さ。」

「そりゃそうだよ。僕がたまり場の居酒屋を梯子しては『エルナニ』を守らんものは我の下に来たれって、そこらじゅうで騒いで回ったんだから。」

「そうか、お前の仕業だったんだな、テオ！もう募集係に任命した時から舞い上がってしまって。」

「何せ、ユゴーさんのお家に連れてってもらった時は天にも昇る心地だったからなあ。ジェラールは勝手知ったようにどんどん階段を上がるけれど、僕は踊り場に来るたびに足がすくんで動けなくなるんだ。ここで僕の運命が決まるんじゃないかってそんな気がしてならなくてさ。ジェラールと違って詩集も翻訳も出したことがあるわけじゃない。絵の修業だってまだまだだっていうのに専門家でもないあの人の方が苦も無くすごい色を使ってみせるのは知ってる。それでもロマン派の棟梁たちとどうにか知り合いになりたいものだと夢ばかり見ていたところがあの神様のような大詩人が鬘頭相手にこぞと打って出る一戦に僕を使ってくれるというじゃないか。一目見て頼りないと思われたらどうしよう。何とかして心の中の熱い思いを伝えたい。なんて言えばいいかって、考えれば考えるほど頭の中が真っ白になって来るんだ。」

「そんなこと考える必要もなかったのに。ヴィクトル・ユゴーはよほどうまくきっかけをつかまなければ僕らなんぞに話す機会を与えるどころか、向こうからすぐに話しかけてくれるし、いったん話し出せば話すべき言葉も気概も体の中にありあまってる人なんだから。」

「うん、でもあの時は、やたらな言葉なんかじゃなくて、ぐっとこちらの目を見てギュッと痛いほど手を握ってくれ、六枚の赤い紙を渡されて、ここに書いてあるのはね。Hierroすなわちスペイン語で鉄っていう意味なんだ。この真っ赤な紙すらあればフランス座の入り口のケルベロスも黙って通してくれる。この赤い色と鉄の心にふさわしい信頼できる人を集めてくれって、それだけ言って、また強く手を握ってくれたんだが、もうそれで、この人のためなら火の中にでも飛び込むぞって気にさせられたんだよ。」

「あの人は人の心をつかむのがうまいからな。それに実際そんな実行部隊が必要だったんだ。ふつう初演の時こういう席には喝采屋が雇われて座るんだ。ボスの合図で一斉に拍手して「ブラーヴォ」って叫ぶローマ人ってあだ名のあれさ。まるで平凡な客のいない劇であれをやられると一層しらけるだけだけれど、劇場支配人も、作者も俳優たちも、奴らなしではやっていけないって思い込んでる。だけどヴィクトールは拒否したんだ。フランス座の喝采屋は皆古典派の味方だ。古典派に食わせてもらってるんだから。そんな奴らを雇ったって、心から応援してくれるとは思えないじゃないか。ユゴーは本当に信頼できる者で固めたいって考えた。それでペトリュスや僕や、その他何人かサロンに出入りしている若い作家志望や芸術家の卵を呼んで人集めを組織してくれるように頼んだのさ。」

「そいつは素晴らしい考えさ。当たりだ。大当たりだよ。その信頼にぜひとも応えなくちゃな。」

「よくぞここまで来たっていうのは、そのことだけじゃないんですよ。そもそも上演にこぎつけるまでに大変な障害がいくつもあったって話だ。」

と、これは消息通のフィロテが始めた。

「しかし王立劇場管理官のテロール男爵はユゴーさんと親しいんだろう。それに審査委員会は満場一致だったっていうじゃないか。

「審査委はたいていそんなものです。皆支配人の、ここでは管理官の目を読むんだ。とりわけ俳優たちは役がほしいから、作者に嫌われないように気を遣うもの。デュマが最初に『クリスティナ女王』を提出した時だって、テロール男爵には好評だったし、審査委も満場一致だった。デュマは無邪気に役所の同僚たちに吹聴してまわったが、もう数日したらやっぱりあれは上演できないっていうことになってしまった。常連作者のピカールがあれは上演不可能だって横槍を入れたらしいです。」

「テロールはそれを呑んだのかい？」

「男爵だって気を遣わなくちゃならない相手は少なくないですからね。ただデュマはすぐに『アンリ三世とその宮廷』を書き上げることが出来たんで、今度はテロールも他の作者の妨害が入る前に配役まで決めてしまったらしい。『アンリ三世』はロマン派の劇だけれど、それほど古典派の規則に真っ向から逆らってはいなかったんで、その後は割とすんなり上演できたんです。」

「うーん、無名の作家だったんでかえって古典派も油断したってこともあったかもしれないな。そこへ行くとユゴーの名前は既に鳴り響いていたから。」

「そう、まずは『マリオン・ドロルム』です。セナークルのメンバーが涙を流して観劇した直後に内相マルティニャックは差し止めを申し渡したのですが、王に直訴したユゴーさんに対してシャルル十世は禁止そのものは変えないで、ただその補償としてまず政治顧問の地位を、次いで二千フランの年金を六千フランに三倍増する提案を下されたのですが、ユゴーさんのもののみごとな突っ返しに会ったわけです。」

「「グローブ」誌はあれを、替わったばかりのラ・ブルドネ内相への最初のクーデターと形容したくらいだからなあ。それにしてもフィロテ、ずいぶんとユゴーびいきになったじゃないか。サゲの店ではまだ胡散臭い男のように見ていた口ぶりだったのに。」

「それはもうあの年金つき返しの堂々としたやり方がぐうの音も出ないほど見事でしたから。それにやっぱりジェラールの言った通り『クロムウェル』の序文を読んで目からうろこが落ちた思いでした。崇高とグロテスクは並んでいなきゃならない。それでこそ崇高は天にも上り、グロテスクは地獄の深淵を見せてくれる。その通りだというほかはない。」

「それでとにかく、検閲は『エルナニ』を見逃すということになったわけだろ。」

と文学論よりは事情を知りたいウジェーヌ・ドヴェリアがしびれを切らして横槍を入れた。

「フランスではなくスペインを舞台にしたのだし、国王の代わりに皇帝を持って来た。それに『マリオン・ドロルム』では暴君の枢機卿を抑えることもできず、みすみす寛容を示す機会を失った君主に対し、『エルナニ』では皇帝は見事に寛容を示してエルナニに生命ばかりか恋人まで譲るのですから、検閲としてもことさら文句をつけるいわれはなかったというわけです。」

「しかも内実は君主がさらに正面から批判されているんだがね。エルナニは国王を不倶戴天の敵としてさんざん罵倒し尽くす。それで最後にはカルロス自身が、皇帝になろうとする瞬間に国王がいかにつまらないものなのかこき下ろすことになるんだから。『国王などは戸口でまごまごし、運ばれる料理の匂いを嗅ぎ、いらいらしながら注意深くガラス窓に瞳を凝らし、中を見ようと爪先立てて背伸びするだけの者ぞ。』」

「すごいなペトリュス。もう中身を逐一覚えているんだな。まるでセナークルの朗読会に立ち会ったみたいじゃないか。」

「きちんと喝采して盛り上げるためにもリーダーは少なくとも肝心なところはどこか分かっていなきゃならないからね。ヴィクトールが自分で簡単にレクチャーしてくれたんだ。」

「しかし本当のところ僕は『マリオン・ドロルム』の方が好きだったんですけどね。主人公ディディエは素性も知れない孤児だし、マリオンは娼婦だ。王や枢機卿が絡んで、貴族しかかかわれないはずの決闘の禁制が悲劇を生んでいるとしても、あれはすべて僕らのような庶民の物語なんですから。エルナニは盗賊の首領で、そういう意味じゃあ親しみを感じるけれど、最後には結局大貴族のアラゴン家のジャンの世を忍ぶ姿だったってことになってしまう。それ以外の登場人物はこれすべて王でなければ大貴族ばかりだ。」

「まあね。しかし大貴族の令嬢ドニャ・ソルはエルナニを盗賊の首領と思い込んでいて、官憲の目を逃れて山野に逃げ隠れしながら暮らすのを恐れずにこの男についていくと誓うんだ。その心意気が素晴らしいじゃないか。」

「うん、それにしても、もう少し主人公たちがその苦しみや逆境を乗り越えた勇気に応じて報われて欲しいっていう気はしますけどねえ。ドン・カルロスにしても皇帝になって、若気に逸る恋の思いを克服し、見事な王者としての成長を見せたのに、自分が寛大に許した者の一人が毒蛇のような復讐心を持ち続けたせいでせっかくの広い心が無益になってしまった。」

「いやマッキート、主人公が悲劇に陥るのはやっぱりどこか本人の過ちのせいなのさ。伏線はちゃんと隠れているんだ。ドン・リュイ・ゴメスは復讐の権利を譲ってくれればエルナニの命を預かっている角笛を返そうって提案するだろう。エルナニはつまらぬ意地を張って、二度も大恩を受けた老人にこの最後の喜びをさえ与えてやらなかった。その報いを受けたのさ。」

「そもそもゴメス本人が認めている通り、エルナニもドニャ・ソルも少しも不幸じゃないんじゃないか。確かに結婚のその晩を直前にしてその幸福を取り上げられるのは辛いことには違いないが、最愛の人と抱きしめあいながら、最愛の人と一緒に死ねると確信しながら最期を迎えられるんだ。つい先ほどまでは愛する人は憎い親の敵にとられてしまうことが確実だと思われていたのに比べれば。」

「そうだね、ペトリュス。それに比べればマリオンやディディエは不幸この上もないよ。恋人が娼婦であったことを知った故に絶望して死にたがる男、その男を救おうとして王に跪き、枢機卿に跪き、しまいには牢獄の鍵を握る男に嫌悪感を押し殺して身を売ってまで男を逃がそうとした女が、まさにその行為ゆえに男の軽蔑を受け、許されもせず、男は脱走のチャンスを拒否して自分から殺されに行くなんて。悲劇としては完璧な仕上がりなんだろうけれど、さすがにつらいなあ。」

「うん、だから朗読会の後でプロスペル・メリメ氏がユゴー氏に許しがないのは非情過ぎる。かえって効果をそぐだろうと忠告したらしい。ユゴー氏はそこを修正するつもりだそうだよ。」

「それを聞いて少し楽になった。でもヴィクトールは嫉妬が好きだなあ。登場人物は誰も彼も嫉妬で身を滅ぼし、恋人まで不幸にするんじゃないか。エルナニはもちろん、ドン・カルロスも全く嫉妬となると見境がなくなる。ディディエとゴメスはそれが暗い破滅へと直接導いていくわけだ。それが少しやりきれないなあ。」

「何を言っているんだ。嫉妬こそ悲劇の最高の味付けソースだぜ。『オテロ』をごろうじろ。偉大なシェークスピアがそれを身を以って示してくれているじゃないか。」

「『オテロ』がすごいのは嫉妬に狂っているのが主人公一人だからじゃないかって思うんだ。イアーゴのは嫉妬というよりはねたみや逆恨みに近い。他の人の目に見えている物が疑惑に苦しむ夫の目だけに映らなくなるから、彼の逆上が否が応でも拡大されて狂気の色彩を帯びるんだ。」

「それは確かにそうだと思うよ、ジェラール、君の分析はいつでも極めて冷静に当を得ている。でも冷静すぎるんじゃないかな。君は嫉妬の話になるといつでもそうやって引いてしまう。」

「うん、本当のところよく分からないんだ。嫉妬なんか起こしたら本人も疑いをかけられた女性も不幸になるばかりで何一ついいことはないじゃないか。多少のことには目をつぶって……」

「君は本当に恋をしたことがないんだと思うよ。」

「そう言えばジェラールの好きな女性の話って聞いたことがないな。第一君の書く詩は戦争や政治にかかわるものがほとんどで恋愛詩なんてほとんどないじゃないか。」

「好きになった女の子はいたさ。」

「一つ上の従姉だろ。それでも誰かと結婚してしまったたって、その時何一つばた狂ったわけでもなさそうだし、そもそも告白すらしてないんじゃないか？　いやいや、いい文学を書くためにはきちんと誰かに惚れなくっちゃいかん。夜も眠れず、本を読んでいても行間に愛しい人のまなざしがちらちらして何を読んでるか分からないくらいにならなけりゃいかん。そうなりゃ嫉妬が理解できないなんて寝ぼけたことは言わなくなるさ。」

ジェラールが返答に困っていると、横合いからアシール・ドゥヴェリアが口を出した。

「おいおい、話もいいが、もうそろそろ腹ペコになって来たぜ。もう五時だからな。いつもの通り朝食は十時だったんだし、そろそろ何か腹に入れておかないと芝居の途中で腹が減って拍手も気が抜けたものになってしまうかもしれんからな。」

「そうだな。じゃそろそろ飯にするか。」

　といってボレルはごそごそと新聞紙を開いたがそこにはいつものように塩も振ってないジャガイモが二つ載っているだけだった。

「おいおい今日ばかりはそんな粗食じゃ腹に力も入らなくて小さな声しか出ないぞ。少数の身内に聞かせるわけじゃないんだから。テオとかジェラールとか、グルメがそろっているから皆で出し合って大盤振る舞いと行こうじゃないか。」

得たりとばかり名指された二人が重そうなバスケットからパン、チーズ、セルヴラソーセージ、リンゴ、干しブドウ、干しイチヂク、チョコレートやワインの瓶まで出して見せ、仲間たちのやんやの喝采を浴びた。

「いやまったく口のおごったガキどもだよ、こいつらは。おかげで俺たちもトリマルキオの饗宴にあずかれるってわけだ。美女はいないけどね。」

「なに、美女ならこれから舞台に上がって思うさま姿が拝めるさ、少々年はとっているがね。」

「マルス嬢はとても前世紀にデビューした女優には見えないぞ。確かに十七歳っていう設定は少し苦しいけれどね。」

「セルヴラソーセージか、こいつを見るとタンプル大通りの「一家の父」軒での買い食いを思い出すよ。アツアツでないのが残念だが、こいつもにんにくがきいていておいしい。」

「いいワインだな。いい気分だ。一丁歌いたくなってきた。『エルナニ』の作者に敬意を表して『オードとバラード』から一曲選ぼうじゃないか、それっ！

守りたまえ我らが狩りを
聖なる
国王ゴドフロワの御名において
老いて！

この祈り聞き届け頂けますならば
ますならば
さても麗しの杯をささげまする
まする」
城主アレクシス一世の狩りを短い交差韻の快調な響きでリズムを刻んだこの歌は景気をつけようという青年たちの気分にぴったりだった。やがて馬には鞍がおかれ、犬たちは吠え立て、角笛が鳴って、貴婦人が城門の上から見送る中一行は堂々と狩場を目指していく。
「逃げろ——見よや空き地に鹿一頭
逃げる
電光石火たちまちのうち
消え失せて
うしうし、犬たち、うしうし勢子たち
精根
こめれば黄金も銀も望みは
思いのまま」
犬と角笛に追い立てられて、哀れな鹿はざんぶと湖に飛び込むが捕えられ、宴の食卓に載せられてしまう。溺れて水を飲む鹿をまねて若者たちはブリキのコップに次いだワインを泡を立てながらあお

り、食卓の鹿の代わりにソーセージにかぶりついた。しかし
「オーストリアの娘が鹿に
　　　　　仕返しをしてやった
老いぼれの花婿に
　　　　　嫁がされた挙句に
お前の血が流れるうちに
　　　　　うちの
アレクシス伯に嫁いだ娘の
　　　　　誇りは
城主の皺寄った額にひたと
　　　　　刻んでやった
鹿の額と同じ間男の角を。」
「『エルナニ』にぴったりの歌じゃないか。老いぼれの愚かな恋を若い美女が嘲弄するというんだから。」
こちらのグループは酒と酒歌でご機嫌だったが少し離れて一団のリーダーが何となく渋い顔で見ているようなのでジェラールは気を遣って彼に歩み寄った。
「少々羽目をはずしておりますが、お気になさらぬよう。さっきまで劇場の外では行儀よくしていな

ければならなかったので、皆少しはしゃいでおるのですよ。劇が始まったらちゃんと集中させますから。」

「いや、飲んで騒ぐも大いに結構。ただ音楽をやっているものとして、音程の外れた歌を聴くとどうしても気になるものですから。」

「音楽家でいらしたのですか。ご専門は？」

「僕は作曲です。先ほどから皆が貴君をジェラールと呼んでいましたが、ひょっとして『ファウスト』の翻訳者でいらっしゃいますか？」

「ええ、お読みいただいたのですか？」

「読んだどころか、霊感を受けて八場からなる組曲を作曲してしまったくらいです。」

「おや貴君がエクトール・ベルリオーズさんですか。もっともあなたの作品は私の訳した『ファウスト』とはあまり重ならないものになっていたようですが。むしろ演劇的というよりは叙事詩的な曲に関心があるのではありませんか？」

「おっしゃる通り。今巻を席巻しているロッシーニ流の軽い音楽はあまり好きではありません。まあロッシーニはロッシーニで才能のある人だとは思いますがね。」

話が面白くなってきそうだった時にジェラールはアシール・ドヴェリアから袖を引っ張られた。

「おいおい、しこたま飲んだおかげで小便が近くなってしまった。トイレはどこにあるんだい？」

「そうか、困ったな。トイレの鍵は案内嬢が持っているんだが、今日はまだ来てないんだ。でもなんとかしなきゃな。」

ジャガイモ以外ほとんど結局口にしなかったボレルや、どうやらこういうことまで計算して食事をとったらしいマケを別にすればジェラールの仲間たちはふんだんにワインを仕込んでしまったので今や当然の要求を体内に覚えているのだった。トイレの鍵は青年たちの行儀のよい教育では空けることは不可能だったし、鍵を持っているかもしれなかったあの門番の老婆はどこを探しても皆目見つからない。蝋燭一本が便りの探索は実におぼつかないもので、向こうの壁の陰に誰かいると思って喜んで近づいてみるとそれがコルネイユの胸像だったりするのだ。

「ええい、もう我慢できない。どこか目立たないところでやっちまおう。」

ジェラールは胸の内をドキドキさせながら階段を駆け上がっていくアシールの後をやっとのことで追って行くと最上階の暗い隅で幸福そうに湯気を立ち上らせている画家がいた。一人がやってしまうと、後はもうどうにでもなれという気になるのか、ジェラールもテオもフィロテも立ち並んで自然に身を任せてしまった。やれやれとズボンの前のボタンを止めて降りようとしていると急に天井の大シャンデリアのガスの灯がうっすらとともり始め青年たちはあわてて平土間へ駆けおりていった。高い回廊席や桟敷から華やかな衣装に身を包んだ貴婦人や紳士たちが次々と顔を見せ、平土間の青年たちの食べかけの弁当を広げた雑然とした様子に顔をしかめ、鼻をつまむしぐさをする者すらいた。桟敷の一つから少し太った伊達男が身を乗り出して、

「おい一体ここはいつからゴミ捨て場になったんだ。君たち少しおいたがひどすぎるぞ。」

と言った顔はにやりと口をゆがめていて、そんなに怒っている風ではなかった。

「誰だいあれは？」

とウジェーヌ・ドゥヴェリアが手をかざしてそちらを見た。

「あれは「パリ評論」誌のジュール・ジャナンだよ。ユゴーには好意を持っているから、味方に付いてくれるはずだ。」

と言ってジェラールはジャナンに手を振ると伊達男もふんふんとうなずいて見せた。そのうち今度は最上階のあたりでかなり大きな声が上がり、女性の声で何なのこれはと騒いでいるのは先ほどのいたずらが見つかってしまったに違いない。普段なら天井桟敷と呼ばれる最上階の立見席には、なけなしの日銭をはたいて食を切りつめても観劇を楽しもうというぼろ服の庶民しか来ないものだから、青年たちもきっとぶつくさ言いながらも勘弁してくれるだろうと高をくくっていたのだが、『エルナニ』はあまりにも評判が高くなって桟敷も平土間も一番後ろの席まで予約でいっぱいだったから天井桟敷でも脇の方で舞台が小さく部分的にしか見えないようなところまで結構な身なりの御婦人方が詰めかけたのだ。まるで雨の日のパリのぬかるみに足を突っ込んだようだと御婦人たちは大変な剣幕で案内嬢たちに怒鳴り散らす羽目になった。幕の裏の穴から客の入りを見て興奮していたヴィクトル・ユゴーのところへ血相を変えた監督官テロール男爵が駆け寄ってきた。

「ぶち壊しだ！」

「なんですって⁉」

「何もかもぶち壊しだよ。君が喝采屋の代わりに雇った不良青年たちのおかげでね。豚みたいに飲み食いした挙句に天井桟敷に小便まで垂れ流しおったのだ。」

ユゴーは一瞬頬をこわばらせたが、直ちに仲間たちを守り、上演を守るべく心を強くした。

「それは劇場側が彼らに嫌がらせをして、あまりに早い時間に彼らを中に入れたり、閉じ込めたまま食事もトイレもかなわぬような体制にしたのがいけなかったのです。できてしまったことは仕方がありません。一番ひどい場所の方は作者の桟敷に入ってもらいましょう。」

ユゴーとテロールは布きれとベンゼンや香水瓶を手に最上階へ駆けつけ、ご婦人方に言葉を尽くして謝りながら、服についた汚れをできる限り覆うように努めた。婦人方の怒りは膨れ上がっていたが、最上の桟敷席に入れてもらえ、席料も払い戻してもらえるということでにわかに喜んで「謝罪を受け入れる」ことになった。青年達もリーダーたちの指揮に従って瞬く間に平土間をきれいに掃除したので後から来た観客の目は今度は青年たちの格好の異様さに向けられ始めた。とりわけフロックコートの前をわざと開いて桜色の上着を見せつけるようにしているゴーティエの派手な存在が人々の口に上がっているらしく、赤チョッキ、赤チョッキという言葉があちこちから漏れているようだった。

「どうだい我が戦闘服の破壊力は！　僕が自分で型紙を切ったんだぜ。この色でって頼んだとき仕立て屋は『こいつは町で着れる服じゃありませんぜ、まるで芝居の衣装ですな』って二の足を踏んだんだ。見ろよ。鬘を乗せた老いぼれは首を振りご婦人たちは唇をゆがめながら指をさし、ブルジョワどもは大口を開けて笑っているではないか。赤チョッキにこの長い髪だ！　老い耄れども、生やせるもんならこんなみごとな美しい髪を生やしてみろってんだ。奴らの頭は他人の頭から盗んできた髪で飾らなきゃまっさらの禿じゃないか。」
ゴーティエの怪気炎に応じて青年たちは大いに気勢を上げ、数の多さもあってその鼻っ柱は到底折れそうになかった。観客の中に美しい女性の姿が現れ始めると青年たちは一斉にそちらを向いて拍手を送り、喝采された女性はあわてて扇や花束の陰に姿を隠すものの、その実ちらちらと青年たちの方を覗いているようだった。彼女らに腕を貸しているのはむしろ服装ばかり豪華な中年のくたびれた男であることが多く、明らかに自分を無視して放たれる傲慢不遜な手の嵐に片眼鏡の後ろから苦々しい顔つきを隠せないでいるのがよく見て取れた。古典主義のお歴々たちはもとより青年たちのしつけの悪さに我慢ならぬ悪罵をただし極上品にふりまいているようであり、場内の騒然たる雰囲気は隣の客の話声すらよく聞き取れない様相を呈し始めていた。その時ドンドンドンドンと目を覚まさせるような杖の音が幕の裏で響き渡り幕がすっと上がってさすがに観客席は一気に静かになった。ヴェラスケスを思わせるややくすんだ室内の背景に黒服の老女が聞き耳を立て
「もうあのお方がいらしたのかしら、確かに隠し
階段の下で」
といきなり行跨りの規則破りがはじけ、観客が一斉にうおーっと膨らむ気配が伝わったがここぞとばかりボレルの合図で若者たちが整然とした短い拍手をピシッと決め、再び客席は静かになった。そこへ粋な黒い筋入りの胴着に金で縁取られた赤いマントを羽織ったミシュロが姿を現したが、そんな

派手な恰好はスペイン国王カルロスとしては似つかわしくない遊び人の姿に見えるが、ここではお忍びなのだからかまわない。事実老婆もこれが王であるとは全く気付かないようだった。そもそも「ミニチュアのコメディアン」と称されるくらい背の低いこの役者は衣装のせいもあってまったく王には見えなかったし、少ししわがれた声しか出ないのが四十四歳という実年齢もあって血気にはやって女性の閨房に忍び込む若者をやるには無理があるのだがタルマが発声術の講師として抜擢したほど巧みな話術の持ち主である彼はいつの間にかそんなハンディを忘れているほど見事にカルロスになりおおせ、自分の小さな背丈に見合った衣装ダンスの中に姿を隠した。そこで二場に入っていよいよお目当てのマルス嬢演ずるドニャ・ソルが姿を見せ、四十にしてもまだまだ美男と形容できるフィルマン演ずる盗賊との語らいに入った。青年達は五十一歳と言っても二十は若く見えるやや太り肉の体を長く床に引きずり、長い裾の服をあでやかに着こなして男にすがるような甘く、しかしどこかきっぱりとした強さを見せた台詞を放つのに見とれるばかりだったが、マルス嬢を百回は見てきた演劇記者のジュール・ジャナンは二階席で格好の良い唇を少しゆがめ、いつもなら最初の登場場面では必ず起こる割れんばかりの喝采屋の挨拶がないのにこの欧州一の大劇場の看板女優がひどく動揺して懸命に役に集中しようとしている姿に気づいた自分に密かな満足感を覚えていた。やがて箪笥から転がり出るように現れたドン・カルロスとエルナニが決闘に及ばんとする刹那、館の主が帰って第三場となり、婚約者の部屋に見知らぬ男が二人もいるのに憤激に我を忘れた老ドン・リュイ・ゴメスが現れ、あわやという場面をドン・カルロスが国王の特権を使って切り抜けるという冒頭のクライマックスで最も精彩を放っていたのはこの怒れる嫉妬の塊ドン・リュイ・ゴメスことジョアニーであると感じたのはジェラールばかりではなかったろう。事実芝居が始まってからは左手桟敷から舞台を見つめていたユゴーもこのいつわらざる憤激ぶりに感銘を受けていたのだが、それは必ずしも五十五歳というこの役に最もふさわしい年齢だったからというだけではない。リヨン、マルセイユ、ボルドーなど地方で成功をおさめ地方のタルマとすらあだ名されたジョアニーであるが、パリに来るとあまりにタルマと同じタイプであるゆえに本物と比べられて常に冷遇されてきた。この劇にして初めて彼は本格的な、それも恐らく歴史に残る大役を任せられたという感謝の念を作者に抱き、意気に感じて渾身の演技をしようと集中しているのだった。他の俳優たちがみな古典劇の信奉者で、多少とも新進のロマン派作家に対して抱いていた懐疑の念とは無縁だった。ゴメスが若い羊飼いと対比して去りゆく年老いたものの恋のわびしさを綿々と姪でもある婚約者ドニャ・ソルに訴える台詞は彼の訥々とした台詞回しが効果を上げて、目頭を押さえ拍手を送る女性の観客もそこここに見られた。すると第二回廊からよく響く美しいバリトンが「ご婦人方万歳！」という称賛の声を上げたが、これはザックス・コーブール・ゴータというまさに劇の後半に登場するような大領主の現当主の庶子であるエルネストで、彼はパリに留学中の身だったが、ロマン派の青年たちに共感して今度の応援団にも積極的に加わっていたのである。次第に観客たちも引き込まれ、懐疑的だった俳優たちも雰囲気に呑まれて劇空間に一体化しつつあったとはいえ、ユゴーはこの後の肖像画の羅列場面を迎えて心臓が締め付けられる息苦しさを覚えていた。自らの城の客人となった者は家門の名誉にかけて守らねばならぬ。しかしその客人が自分の生命よりも大事と思う愛する姪をかどわかしている場面に遭遇してしまった公爵が、盗賊であるその客人の引き渡しを要求する国王を前にして国王に自分が客人を引き渡せぬ名誉の重みを感じさせるために代々の祖先の肖像画を一つ一つ示しながらその勲を口上する場面はジョアニーにとっても最大の見せ場であり、己の家の名誉と信ずるものをその己の家の崩壊をすら賭して守ろうとする男の狂気にも似た高揚感とそこで守ろうとしている者が己の感情にとって今や世界で最も憎い、許しがたい者に変わってしまったという煮えたぎるような憤怒を押さえつけながらの、底に渦巻く二つの怨念を王のじりじりしてくる様に比して冷静すぎるとすら一見思われる訥々とした喋りの中ににじませてくる凄味は、実際この俳優が生涯を思い返し今の一瞬に頂点を感じて恍惚たる喜びに浸るそんな輝きを放っていたのだが、それは単に王にとってのみでなく観客にとってもじりじりさせられる長すぎる歴史的薀蓄の饒舌というだけではなかった。数日前からヴォードヴィル座では早くも流出したこの劇のパロディが上演されており、その目玉はまさにこの場にあって熊使いの扮装をしたゴメスが居並んだ熊たちの勲を一頭一頭並べ立てて観客の抱腹絶倒を呼ぶという類のものであったのだ。六つ目の肖像画で観客の辛抱は限界に達し、長い、まだ終わらぬのかなという囁きがあちこちで漏れ出した。もう少しで恐らく堰を切ったように観客が騒音の嵐になろうかという緊張感が走った時、

「後は飛ばすと致しましょう、それも珠玉というべき方々なのですが」

という一言が放たれ、客席に安堵のため息が流れるのを感じて、ふっとゆるんだ緊張感と共に万雷の拍手が老優を包み込んだ。

第四幕はエクス・ラ・シャペルのシャルルマーニュの墓所というゴシック的な雰囲気の中で、皇帝にならんとするドン・カルロスの内心の膨らみと王を暗殺せんとする貴族たちの闇の集会、そこに入り込んだドン・カルロスへの個人的恨みに燃えるエルナニとドン・リュイ・ゴメスという大掛かりな想像力を掻き立てる見せ場であり、観客たちはもはや完全に劇の世界に入り込んでいるように思えた。しかしこれは終始男だけの世界であり、ドニャ・ソルの存在は二人の嫉妬に狂う男の頭の中だけにかすかな赤い染みを作っているだけにすぎない。ユゴーは五幕のクライマックスに向けてマルス嬢の士気を鼓舞しておく必要があると感じて楽屋へ登って行った。案の定マルス嬢は既に青年たちの行儀の悪さにおかんむりのていだったが、三幕四幕と男優たちのテンションが高揚していくのに反比例してご機嫌斜めになり、今も付き人に当たり散らしていた。

「今日はあんたもいったいどうしたのよ。これじゃいつまでたっても用意ができないじゃない。あんなひどい化粧水を持ってきたりして。で、代わりはどうしたの！　一時間も前から頼んでるじゃない！　それに私の楽屋に余計の客の絶えないことと言ったら！」

マルス嬢はユゴーが入って来たのに気が付かないふりをしていてあてつけるようにこう言ったのだ。ユゴーも稽古場で毎日のように彼女のやり方を見て来たから特にこんなわざとの無視に驚きもしなかった。

「ユゴーさん、いらしてたの。あなたの劇は上々の出来じゃない。少なくとも殿方たちにとってはね。」

「いえ、今からは貴女の見せ場です。」

「そうですわね。私は芝居が終わるころになってやっと始めるんですわ。それにしてもあなたの御立派な友人方ときたら、私にはあまりかまってくれませんのね。私の登場場面で拍手がなかったのは初めてですのよ。」

「いえ、でもカーテンコールではその分どんなにか割れんばかりの拍手をもらうことでしょうか。」

「まあ、この役を引き受けた時から、こんなことになると分かっていたはずですのにね。」

しかし唇をかむようにして舞台へ出て行ったドニャ・ソルの純白の花嫁衣装は彼女をさらにたおやかに見せていたし、皆が上機嫌の結婚舞踏宴の場でいかにも幸福そうに華やぐ姿は本当に十代の若妻であるかのように足下からの炎を照り返していた。運命の角笛が響いて傍らに不気味なマスクをさらす黒い人影が幸福の絶頂にあるエルナニとドニャ・ソルの前に立ちはだかってマスクを引きむしり、ドン・リュイ・ゴメスの恐ろしい復讐に燃える眼差しを露わにしたとき、幸福を奪われまいとするドニャ・ソルの可憐な、しかし決意に燃えた、おぞましい権利を掲げる婚約者にして保護者だった老人を力づくで下がらせんと懸命に振りかざした匕首にもまして鋭い舌鋒は、気取りと虚飾の絢爛たる軽薄さをさらす社交界の女王セリメーヌを最高の当たり役とする女優とはまるで別人のような愛と意志の力を力強く見せつけて、青年たちは言わずもがな、ほとんど劇場中の観客が総立ちとなって割れんばかりの拍手を送ったのだ。マルス嬢の足元は投げられた花束で埋まり、作者の名が雷鳴のように連呼され、ユゴーが観客に存分に応えた後で再びマルス嬢の楽屋を訪れた時には、女優は満面の微笑を浮かべて作者にその頬を差し出したのである。青年達はもうお祭り騒ぎであり、歓喜でユゴーを胴上げせんばかりの有様で彼をノートル・ダム・デ・シャンの自宅まで送り届けた。劇作家は一晩の興奮と群衆にもみくちゃにされて疲れ果てながらも青年たちに感謝してねぎらいの言葉をかけた。

「ありがとう。今晩の勝利は私のもの以上に君たちのものだ。新しい世代を担う者達が新しい思想を盛る器を勝ち取ったのだ。美しい勝利だ。だが戦いはまだこれからだ。テロール男爵は最初の三日間五百席を確保してくれた。四日目からは百席に減る。その時こそ本当の勝負だ。今日の観客はパリでも最上の人々だった。彼らはたとえ自分の主義とは合わなくても美しいものは美しいと認める度量がある。だが四回目くらいになれば本当に文学を理解することのないような客たちが多くなるだろう。君たちに毎日すべてを犠牲にして劇場に来てくれと頼むのは虫のいいことかもしれない。しかしこの戦いに勝利してこそ私たち全体の未来があるのだ。来てくれたまえ、劇場に。」

勝利に沸く若者たちは歓声を上げてこれにこたえ、むしろ少なくなる席を我こそ得んものと争わんばかりの有様だった。しかし作者本人も若者たちも三十三回に及ぶ上演に辛抱強く付き合うことがいかに大変な試練となるのか、この夜それを実感していた者はいなかったのだ。

古典派の支持者やライバルの作家たちは当初テキストを間接的にしか知らなかった。青年たちが時にどこで拍手すべきか分別がつかなかったのと同様に敵方もどこで攻撃するべきか戸惑っている間に拍手の渦に圧倒されてしまったという面もあったのだ。しかし彼らは次第に体勢を立て直し、有効な戦術をとるようになった。新しい傾向に盲目的に敵対するわけではない開明的な観客の数も減っていった。嫌がらせはまずぶしつけな笑いから始まった。それはとりわけ第一幕第三場でドン・カルロスがその場の成り行きでエルナニをかばってこれは自分の付き人だとかばったことに対してエルナニが一人になってから、

「その通り王よ、付き人だ。俺は貴様に付きまとってやるぞ。」

という言葉遊びで爆発した。この箇所は古典派にとっては絶好の揶揄の対象となり、その後何か月も『エルナニ』と聞けば彼らは決まり文句のようにこの台詞を繰り返して笑い転げたほどだった。肖像画の場面はジョアニーの熱演もあり、また名誉を重んずる者の時間稼ぎというのはドラマの主題に極めてよく符合していたということもあってか意外に観客はおとなしくしていた。しかし劇評で歴史上のカルロスにとって皇帝位など、ここで表現されているような大げさな意味などなかったのだとその不自然さを叩かれ、またこのような場面こそ国王批判とボナパルト崇拝を思わせるということもあってカルロスの出る場面は攻撃しやすくなった。とりわけカルロスがエルナニに愛する女性を譲って

「貴公に預けるとしよう。もっとも心に甘く、最も美しい首飾りを、至高の位を手に入れた余ですら持っておらぬものを、すなわち愛し愛される女人の両の腕をこそ。」

という表現ではさらに大きな笑いが起こった。

四度目の上演になって青年たちの数が激減すると妨害は極めて露骨になって来た。舞台を見て笑う、あるいは口笛を吹くというのはぶしつけではあっても、それでもちゃんと客が舞台を見ているということでもあった。ところが今や舞台に背を向けたり、これ見よがしに新聞を広げている者がいる。わ

ざわざ席を立って大きな音を立てて扉を閉めていくものさえいた。若者たちは今や完全な少数派となりながら勇敢に抵抗した。妨害に対して足を踏み鳴らし、声を出して黙らせようとする。もっとも際立ったのはエルネスト・ド・ザックス・コーブールで、女性に対してはさすがに礼を失せずに、大笑いする鼻先に

「奥様、笑ってはいけません。それでは歯が見えてしまいますよ。」

などとやんわりたしなめるにとどめていたが、老人たちに向かってはあけすけに

「膝小僧野郎をギロチンにかけろ！」

とその禿げ頭を嘲笑する怒号をかけていた。当初成功のおかげでユゴーに対し尊敬を払い始めていた俳優たちは上演前以上に敵意を見せるようになった。ミシュロなどは台詞の最中に口笛を吹く男たちに目配せして見せ、自分だってこの役は馬鹿馬鹿しいと思っているんですよ、と言わんばかりだった。それにもう彼らがきちんと演じたところでその甲斐もなかったかもしれない。騒音の中で台詞などほとんど聞き取れない状態になってしまったからで、終始作品を支持してユゴーに対する敬意を失わなかったジョアニーですらこれにはがっかりし、役を演ずるのに力を使い果たして精彩を欠くようになってきた。その中にあってマルス嬢一人は生れて初めて口笛を吹かれるという辱めを受けているのに気丈に踏ん張り、楽屋では涙をにじませ、ユゴーに対しても皮肉の限りを浴びせてはいても、舞台ではドニャ・ソルをきちんと演じ切り続けていたのはさすがであり、ジェラールは改めてこの女性に対する敬意の念を強くした。とはいえ、彼を含め、青年たちもさすがに芝居の終わるころには耳が

ガンガンし目を充血させやたら攻撃的になってはいた。実際我慢しきれずに手を出してしまうものも出て、ユゴーが

「隣の客の頬で拍手するのはやめてくれ。」

とユーモアは切らさずにたしなめる時すらあったのだ。しかしこれほどの事態になってもテロール男爵が上演を三十三回まで続けたのは客の入りは落ちなかったからである。古典劇は全く客を引き付けなくなっていた。俳優たちはガラガラの客席で喝采屋の規則正しい反応だけを受けるのに慣れっこになっていたが、それでもコメディ・フランセーズがこれまで続けてこれたのは国の手厚い補助金があったからである。久々に観客増によるボーナスをもらえるのは俳優たちにとっても嬉しいことではあったのだろうが、誰も見ても聞いてもいない喧噪のなかで演じ続けなければならない苦痛は恐ろしいものだった。ジェラールはサン・ジェルマンの、観客が次々と消えていく野外劇のネロ役の寂しい顔を思い出したが、今のこの事態に比べれば夜逃げをしなければならないあんな劇団でもどれだけましだったことかと俳優たちに同情した。かつてタルマは芝居の最中だというのに自分に敵対的な記事を書いた新聞記者の桟敷に乗り込んでいくほど激高したことがあったという。今自分がもしエルナニであれば、と舞台上で観客に媚びるような笑顔を浮かべているフィルマンを見ながら想像すると思わずぷるぷるとこぶしが震えだし、何かとてつもない大声を出しそうになっている自分に気が付いて彼はあっとそのこぶしを口へ持って行った。歯が強く手の甲に食い込んで血の味がした。ゴーティエは友の異変に気づいてびっくりし、ジェラールが座ってもいられなさそうな具合なので、席に横になら

せ、荒い息遣いでいるのを心配そうに眺めた。仲間が皆興奮しているのは確かだが、こんな肉体上の異変を起こした者は今までになかった。彼はボレルに耳打ちして二人でジェラールを外の回廊に運び出し、長椅子の上に横にならせた。

「これじゃあもう当分ジェラールは外した方がいいんじゃないか？」

「そうだな、少しこめかみが引きつっている。彼にはてんかんの発作でもあったかい？」

「いや、聞いたこともない。まあみんな何日か徹夜状態ではあるし、彼はまとめ役だったから疲れていたんだろう。もともとぼくたちのような頑健な体ではないから。」

「そうだな、君は水泳をやっているし僕は建築現場で寝泊まりも経験しているから少々のことでは倒れたりしないが、彼は繊細な感じだから。あまりひどいようなら家に連絡して……」

「いや、彼の父は彼が文学志望なのに頭から反対なんだ。ジェラールはもう何か月も家に帰ってないと思う。ましてやこういう騒ぎに巻き込まれたと分かったら後で困るだろう。僕のところに来てもらってもいいんだが親に見せたら心配するからアシール・ドヴェリアのところに預かってもらったらどうかと思うんだ。」

そんな相談をしているとジェラールはうっすらと目を開いて、

「いや、もう大丈夫だ。心配かけたな。少しここで休んでいくから、君たちもう中に入ってくれ。ただでさえ戦力不足なんだから。」

テオとペトリュスはそれでも心配そうだったが、やはり中が気になって戻って行った。ジェラールはかつて雨に打たれて熱を出して寝込んだことを思い出し、友人二人に何か気取られる前に回復して良かったと息をついた。先ほどの興奮がこれほど体に影響を及ぼすとは自分でも意外だった。戦いを放棄するのは嫌だったが、このまま中にいるとまたどんな興奮状態に陥るかもしれなかった。扉の後ろでまたひときわ大きな怒号が飛び交い、バタンと扉を開けて一人のかつらをかぶった男が出てきて一人ほくそえんでいるのが見えた。ジェラールはまた感情が噴き出しそうになるのをこらえてそっぽを向いた。

三十一・嵐の前

一八三〇年五月三十一日早朝パレ・ロワイヤルのオルレアンの館のコリント風列柱の前に二十人ほどの近衛兵たちが馬で乗り付け、パレの護衛兵たちは威儀を正してこれを迎え、恭しく捧げ銃をして引っ込むと近衛兵たちが彼らの代わりに門の守りについた。九時になってブルボンの紋章をつけた飾り馬車の一行が、これも近衛兵に守られてパレに横付けすると、館の主が軍服に金羊毛勲章を佩用した姿で恭しく出迎え、その傍らで膝をついているマリー・アメリー夫人の首には大粒のダイヤをちりばめた首飾りが朝の光を受けて輝いていた。

「まことに、」

とシャルル十世は感嘆と羨望のこもった眼差しで内心苦々しい思いを隠しきれないままつぶやいた。

「この男は間違いなく個人としてはフランス一の金持ちに相違あるまいて。この豪華な夫人の首に飾られた宝石の一体何百倍の費用が、今日の一日の祝典に使われることか。こやつ、これを見せつけて先日ブロワで余のあてつけた警告に報いようとでもするつもりなのか。」

両シチリア王フランソワ一世のスペイン訪問を経由した後のパリ訪問を出迎えるべく王がブロワへと赴いた折、日ごろ野党勢力の頭目のようにもてはやされる従弟を振り向いて意地の悪い笑みを浮かべながらこう語りかけた。

「ご存知よの。三部会を招集したアンリ三世がギーズ公を処刑したのはこの城でだったということは。」

「陛下、臣は暗殺を良しとは決して考えませぬ。」

「暗殺というも結構じゃがアンリ三世はあ奴を暗殺させてよかったのじゃ。さもなくば自らが殺されておったろうて。」

信頼するヴィレールをついに首相の地位から降ろさねばならなかっただけでも王にとって不快この上もないことだったというのにほんの一時申し訳に使ったマルティニャックが期待通り何もできないで不評なのを幸い早々と切り捨ててポリニャック公を起用したのだが、議会では激しいマスコミ操作にもかかわらず多数を握られ、内閣は動きが取れなくなった。これを打開すべく三月に議会を閉会し、新聞にも重い検閲のくびきをはめてやったところがあの憎たらしい「ナシオナル」を初めとする野党紙は軒並み検閲にあったと称する白紙のコラムを連日掲載し、それが連日庶民のはやし立てる騒ぎとなっているという。そんな奴輩がみなこのオルレアンの方に愁派を送っているのだ。王家の裏切り者の家系、これの父親はルイ十六世陛下の処刑に賛成票を投じたのだし、この若造のルイ・フィリップなぞ、ブルボンの血をひき、ことしだいによっては王位継承の可能性すらあったというのに、国民公会に顔を出しては

「貴族をギロチンにかけろ！」

などと叫んでおったし、ヴァルミーやジュマップでは将軍デュムーリエの指揮下に革命軍の先頭に立っておったのだ。それがロベスピエールに追われて亡命せざるを得なくなると各地で亡命者たちの鼻つまみ者としてペストのように忌み嫌われ、投石されたり命の危険すら感じて金もろくに持たずに各地を転々としていたのだ。ブルボン家が復位したからこそフランスへ戻って来ることもできた。兄のルイは過去を一切水に流してプリンスとしての地位を認め、財産もすべて元に戻してやった。そのオルレアンがどうして今になっても議会に肩入れするのか。ティエールのような輩を家に入れるのか。ルイ・フィリップは恭しく王を迎え、七十三歳にもなりながらいつになっても感情を隠すことを知らない整った老人の顔だちを眺めた。そうは言ってもこの人も革命の日々に命を脅かされ、長い亡命の苦しさを味わったはずではあるのだ。しかし老獪な狐のようだった兄のルイ十八世と異なって自分が村八分となって王族たちにのけ者にされていた時すら笑顔を向けて挨拶してくれる人の好さを持ち合わせている半面、面白くないことがあるとすぐにこうして顔に出してしまう。そして、何と目の見えない人だろう。ブロワでの会話に見られるとおり、彼の眼には議会は未だに三部会なのだ。王の意図を従順に唯々諾々と実現していくだけの存在としか見ていない。あの戴冠式の豪華さはまるで中世華

やかなりし頃のようだった。王は儀式の後瘰癧の患者に手を触れて癒すという伝説のような行為さえやってのけたのだ。そして今日の招待にしたところで、王たるものが臣下の家へ招待を受けて出かけるわけにはいかぬと言い張り、あらかじめ近衛兵を送り込んで形式的にこの館を征服したことにしたのだ。

階段の上に青い軍服と重い剣を引きずりながらやっとのことで現れたルイ・フィリップより四歳下でしかないのに半ば死んだような老いた男が、形としては今宵の出迎えの主人である両シチリア王フランソワ一世だった。付き添っている王妃イザベルははちきれんばかりの贅肉を持てあましているのが遠目にも目立ち、取り巻いている宮廷人たちは改めてオルレアン一家の若々しくエネルギーに満ちている様に、公の友人たちはおろか敵対する王族、貴族たちすらも、時の流れがこの一族にあるのではないかとひそかに思わずにはいられなかった。そのルイ・フィリップがまだ堂々として若々しい粋な黒の軍服を見せつけるようにシチリア王の妹である妻のマリー・アメリーが案内してきた我が家の賓客の方にいそいそとシャルルを誘って

「王よ、わが義兄《あに》上陛下であらせられる両シチリア王のお出迎えでございます。」

と誇らしげに告げることが心から嬉しそうに見えるのをいぶかるのは事情を知らない者ばかりで、実際今の彼があるのもシチリア・ブルボン家あってこそのことだと思うだけの恩義も確かに受けているのだった。疥癬のように王族からも貴族からも毛嫌いされながらヨーロッパからアメリカへとその日の暮らしにも不自由しつつ放浪していた自分を受け入れ、王家に連なる者として決して不釣り合いな

結婚はすまいと孤高のやせ我慢を続けていた自分に、この家だけが王家の血を持った花嫁を与えてくれた。ハプスブルグ家の娘マリー・アントワネットの姉としてフランス革命を蛇蝎のように嫌い、自国の共和主義者たちを弾圧した女王が自分のような者をどんな顔をして受け入れるのか、恐る恐る顔を出したパレルモの宮廷で、マリー・カロリーヌはかつては美しかったと思われる皺だらけでも威厳に満ちた表情で玉座からこう切り出したのだ。

「わらわはそなたを憎んでしかるべきなのです。そなたは我らにもはむかって戦ったのですから。憎しみの代わりにそなたには親愛の情を持ちましょう。そなたはわが娘と結婚するために参ったのでしょう。それも良し、邪魔立ては致しますまい。ただ率直にフランス革命にそなたがどんな役割を果したかお話しください。すべてをお話しくださるということを条件にすべてを許しましょう。」

石もて追われるように各地を転々としてきた流浪のプリンスには心にしみるありがたい言葉だった。十八人もいた大勢の子供の第六女であり、すでに二十五歳となって婚期を逃しかけていたマリー・アメリーの嫁ぎ先を見つけようと王妃は焦っていたには違いない。またそれを見越したからこそパレルモにやって来たのだが、それにしても当時の自分は財産も、地位も、すべてを失って、誇れるのは家柄だけ、いつ国に帰れるかも分からないという状態だったのだ。それにマリー・アメリーはまたとない妻となってくれた。裸同然の自分に何一つ文句をこぼすことなく、これ以上ないほど辛抱強く自分を信じ、愛してくれた。あなたは必ずフランスという国に必要とされる日が来ます。私はあなたと一緒にいることに何の不安もありません、と、どんなに自分が落ち込んでいる時でも励ましてくれた。

今、財産と地位を取り戻して、妻の信頼を実証することが出来たこと、あなたの母も妹も宿無しの自分を評価する目に狂いはなかったでしょうと久方ぶりの義兄との邂逅を喜びながら、自分の持てる限りの贅沢でもてなすこの宴は自分にとっての晴れの日と言って良い嬉しいものだった。四百人を超える来賓は特大の幾つものサロンに席を見出し、立ち並ぶ百人近くの豪華な鬘とお仕着せに身を包んだ下男たちの恭しい給仕を受ける。壁にはダヴィッドやアングルの絵が所狭しとかけられ、開け放たれた広い中庭には八十人ほどの楽団がロッシーニやアレヴィーの最新の曲を演奏しており、ショレやマリブランが余興で歌を歌ったり、マルス嬢が悲劇のセリフを聞かせたりしていた。踊っている客は千人を超えたようだ。シャルル十世自身しごくご満悦で

「朕も宴ならずいぶんと見てきたが、そのほうのこの宴ほど見事なものは初めてじゃ！」

とわざわざ言いに来たほどだった。その上機嫌ぶりを少し離れたところから見ていた一人の若く美しい女性が隣に立っていた長身、色黒の男に、

「うらやましがるのも当然だわ。王の普段の日の宮廷の集いなんて冷え冷えとしたものだもの。女王陛下の肘掛椅子の周りに身分の順で腰かけて、私はもちろん末席にいるんですけど、女王陛下はいつでも壁掛けの刺繍をして一心に手を動かしているだけで、時折唐突に周りの婦人に向かって話しかける。それも本当に当たり障りないお話だし、唐突に見えても身分の順通りだし、話しかけられた方は、はあ、とかええ、そうでございますねっていう短い返事を返すだけ。それでもうしばらくはまた刺繍の手が続くのね。皇太子は少し離れたところで無言でチェスをしていらっしゃるし、王陛下もまた側

近たちとホイストをなさっていて、それでいて誰一人声も上げないんですのよ。あんな気詰まりな日常をお送りになっている、本来は楽しみ好きな陛下が、このはじけるようなおしゃべりや音楽の大盤振る舞いを見てうらやましがられないでいられるはずがない。それにしてもデュマさん、あなたよくこんな集まりに招かれたのね。」

「いや、ダグー伯爵夫人、私は正直言ってこの集まりに出たくはなかったのですよ。あのフランソワはともかく、その父王は私の父をシチリアで監禁した挙句、すんでのところ毒殺する寸前だった親の仇なのですから。ただわたしはオルレアン公の使用人だった。公は行き場のない私をしばらく養ってくれたし、私の出世作の『アンリ三世とその宮廷』の初演にもわざわざ足をお運びくださったのです。それにご子息のシャルトル公は実に感じのいい方で私の親友と言ってもよく、私を招くようご推薦くださったので、その招待を受けなければこれは本当に失礼にあたるだろうと思わざるを得ませんでした。ですがオルレアン公は今朝私の姿を見るなり飛んでいらしたので少々恐縮して挨拶しましたところ、実のところ私のマナーが恐らく宮廷慣れしてないだろうと危ぶんで忠告をなさりに来たのでした。『デュマよ、もし王に声をかけられても、陛下とは言わずに、王よ、と言わねばならんのだぞ。』私がそれを既に知っているのを見て、公は驚かれたようですが、私はその理由すらも知っていた。シャルル十世にとって陛下という称号は簒奪者ナポレオンに使われて以来汚れた称号となってしまったのですね。それでそんな呼ばれ方をしなくなったのだとか。」

その時中庭の方で急に大きな物音と火の手らしいものが上がるのが見えた。女たちの恐怖の叫びと男たちの緊張して殺気立った顔がそこここに見え、シャルトル公が細長い端正な顔を少し青ざめさせながら飛んで来た。

「暴徒が火をつけたらしい。衛兵ともみ合っている。」

「分かりました。見てきます。」

デュマは敏捷に勝手知ったる屋敷を通り抜けて中庭へ向かい、殺気立った人々をかき分けて二人の男が何かで叩きあいをしている現場を認めて割って入った。

「貴様、おとなしくしろ。国王陛下の御前だぞ。」

「知るものか、貴様の方から殴りかかって来たくせに。その棒っきれを叩き折ってやる。」

「まあまあ、双方止めろ。軍曹、俺はこの男を知っている。俺に任せたまえ。」

「この暴漢をですと！」

「ああ、つい昨日、この男から原稿を読んでくれと預かったんだ。」

「放っておいてください。この男は許せない！　決闘してもらおう！」

「まあまあ、いいから、君はあの原稿のことを聞きたいんだろうが。」

「そりゃ聞きたいですが、本当に読んでくださったのですか？」

「読んだとも、だからさ、もうここは下がれ。」

「いいか、軍曹、貴様の頬を張り飛ばしてやる。デュマさん、証人になってくれますね。」

「分かった、分かった、なってやるから、こちらに来い。」

デュマはようやくの事で青年をなだめながら外へ連れ出すことに成功し、そこで事情を尋ね、明日決闘の証人になってやるからと約束して青年を解放し、シャルトル公の許へ戻った。

「何でもない。他愛ない遊びのようなものですよ。中庭でどんちゃん騒ぎのお余りに有りついていた若者たちの中でシニョールっていう奴が椅子でピラミッドを作っていたんです。やっこさんピラミッドをランプで飾ろうなんて余計なことを考えたから、ふとしたはずみで崩れたピラミッドが燃え出したってことでした。火はもう消えたし、騒ぎも治まりましたから。」

「分かった、私から父上にお伝えしよう。」

シャルトル公の説得で列席の人々も落ち着きを取り戻し、衛兵が民衆を中庭から追い出して、何とか無事にその日の宴会は終わった。しかし途中で秘書のサルヴァンディがオルレアン公に漏らしたように、この日のパーティーは「火山の上で踊っている」ようなものだったのだ。

三十二．栄光の三日間（一八三十年七月二十七日）

暑い日射しがブールヴァールをピリピリ照らしつけていた。乗り付けた馬車からはだけかけた夏服を脱ぎ棄てたそうにしながらヴォードヴィル座の前で客がぽつぽつと玄関をくぐるのを見てジェラールは驚いていた。こんなことをしている場合なんだろうか。パリの街路には張りつめた声が飛び交い、印刷されないはずの新聞を振り回す少年たちや昼間から仕事着を羽織ったまま興奮して走り回る男たち、それに交じって騎馬警官の油断ならぬ緊張に身を包んだ影がひっきりなしに行き交っていた。国王が議会を解散したのだ。選ばれたばかりで休会させられ、一度も集合したことすらない議会を。それに出版の自由は停止せられ、新聞は王の許可なくして発行できなくなった。保守系の反政府紙デバはポリニャック内閣に対して「不幸なフランス、不幸な王様」と嘆きのメッセージを発して、以後は出版を自粛してしまった。「ル・タン」、「ナシオナル」、「グローブ」の野党各紙は敢然と印刷を行い、差し止めようとする警察と激しいやり取りがあったとも噂された。とりわけ「ナシオナル」紙の「憲章は踏みにじられた。もはや国民の服従の義務は解除された」と言う呼びかけは子供らの手でパリ市民の手に行き渡り、人々は興奮から街に繰り出し、動員された軍との間に押しつ押されつの対峙を繰り返していると言う噂が聞こえてきた。

「バリケードだ！　バリケードを作れ！」

という叫びがちらほらと上がり始め、群衆に交じって理工科学校の学生たちがアジ演説口調で陶酔しながら一団の青年たちに取り巻かれているのにも会った。昼間ジェラールは自らも興奮しながら街を歩き、扉を閉めたままの懇意の店を叩いて中で話を聞いたり、人を見つけては情報を聞き出したりしていたが、夕方劇場の前に来て、この混乱にもかかわらず演劇が行われようとしているそのことに感心して立ち止まると、ついいつもの癖で入ってしまいそうな誘惑に駆られた。もっともその日の看板には『舞踏会の母』だの、『グレゴワールまた』だの、『家族』だのと相も変らぬブルジョワ劇が並んでいてうんざりするような胃もたれ感を覚えざるを得なかったのだが。昨夜オデオン座で見た『ギヨーム・テル』の興奮が忘れられなかった。確かにそれはシラーの原作そのものではなくてピシャールの翻案によるもので、省略されたところも多かったし、テルの弓を放たれた矢が息子の頭上にリンゴを射抜くと言う最大の見せ場は細い糸の導きによるものだと観客も分かってしまうようなものだったのだが、暴君に屈しない男の心意気、政治的な意図などまったくなかった市民が度重なる嫌がらせに堪えかねて暴君を射殺する爽快感に総立ちとなってブラヴォーを叫んだ観客の心は間違いなく現在のパリ市民のシャルル十世の暴挙に対する怒りの気持ちで一つになったと思えた。

「止めだ、芝居は止めだ。皆が戦っている時に芝居など止めだ。観客の皆さんにはお金をお返ししなさい。」

殺気立って現れた群衆の先頭に立っていた恰幅の良い紳士がそう叫んだ。

「おい君、何故ヴォードヴィル座を閉めるんだ。」

困惑した観客たちの中から一人の野太い声がこれをとがめた。

「何故ですって？　何故なら私はこの劇場の支配人で、私が閉めるのが好ましいと思うからそうするのです。」

「そうかもしれないが、それは政府にとって好ましくない。政府の名において劇場を開けておくよう命ずる。」

「あなたは何者ですか？」

「なんと！あなたは私をよくご存じのはずだ。」

「そうかもしれないが、このやり取りを聞いているここにいるみんなにもあなたが誰であるか知ってもらいたいのです。」

「私は警視総監のマズュだ。」

「それでは警視総監のマズュ殿、お気をつけなさい。ここでは立ち去らないものは踏み潰すのです。」

そういって紳士は男を格子に押し付けた。

「アラゴさん、あなたは明日はヴォードヴィル座の支配人ではなくなるぞ！」

「マズュさん、あなたは明日は警視総監でなくなるでしょう！」

紳士は二人の道具方を加勢に強引に格子を閉じてしまった。ジェラールは「フィガロ」紙の編集者だったエティエンヌ・アラゴを友人のポール・ラクロワのおかげでかなりよく知っていたが、ここでは群衆にさえぎられて近付けず、アラゴもジェラールに気付かなかった。しかしこのきっぱりとした態度には胴震いが来るのを覚えた。劇場前の敷石には群衆の担ぎこんできた死者の体が一体置き去りにされていた。ジェラールは医学部の講義に出席したことがあって解剖に立ちあうという経験を持っていた。『アイスランドのハン』の原稿の死体安置所の場面を読み返しているのを見た父親が烈火のごとく怒って
「死体安置所だと！　そんなものが見たけりゃいくらでも見せてやる。お前が医者になったなら嫌でも見なけりゃならんのだから！」

と怒鳴り、知り合いの教授を通じてまだ登録もしていなかった大学の解剖に引きずって行ったのだ。そこでは保存薬の臭気が立ち込め、解剖台におかれた体は上半身しかなく、開腹されていたが血の気

もなく、とうに冷たくなって色が変わり到底人間とは思われない冷めた黄色の薄汚れた袋だった。何日もの間、それは夢に現れジェラールは寝床の上をのた打ち回った。目が覚めると失禁していることすらあった。それはひたすら胸を悪くさせる嘔吐を催させるおぞましいものだった。だがそれは最初からどこか向こうのもの、全く見ず知らずの自分とかかわりのない物体でしかなかった。今目の前にあるこの女の遺体はまだ温かい。印象を強くするためにアラゴがわざと瞼をそのままにしておいたので驚いたように見開かれた眼は既にガラスのように表情がなく、唇も土気色になっていたが、まだ三十代と見える若い女の肌は柔らかく、今にも息を吹き返しそうに見えた。人々は畏敬の念を以てこの体を遠巻きにし、十字を切り、そして激しい怒りを込めてこぶしを振り回していた。人だかりを次々と口伝えに憤慨が大きくなりながら広まっていくのが感じられた。フィーユ・サン・トマ通りだってさ。「憲章万歳」って叫びながら群衆が詰めかけてた。誰かが石を投げたんだ。当たった若い兵士がかっとなって発砲してね。アラゴ氏がただちに担架を作って遺体を乗せて運ばせたんだってさ。かわいそうに、まだ若いのに。子供だっているだろうに。だんだん群集の声は高くなっていく。これは止まらないな。もう夜だけれど、きっとどこかで小競り合いが起きる。また死者も出るかもしれない。そうしたら人が街を埋め尽くすだろう。止めるとしたら、国王が自ら民衆の前に出て呼びかけてポリニャックをやめさせると宣言するしかないだろう。するものか！　あのおいぼれが。させるものか、あのポリニャックが！　だけど軍が出て来るだろう。もう要所を固めてるんじゃないか？　パレ・ロワイヤルから先はまったく通れない。でも手薄なんじゃないか？　主力はアルジェに行ったんだろう？

ベルギー国境にも行ったらしい。首都には一万の兵もいないって聞いているぞ。一万いりゃ十分じゃないか。大砲まで備えた一万の正規軍とせいぜい狩猟用の銃を備えた市民がどうやって戦うのかね？

そりゃ一箇所や二箇所じゃね。でもそこらじゅうで蜂起が起きてみな。手薄なところも出て来るさ。バリケードが百もできりゃ一箇所に百人以下だろ。そんなにパリ中に兵を送り出したら市役所や宮殿をどうやって守る？　拠点に集結したらパリは市民のものさ。宮殿に閉じこもった王なんてもう王じゃないよ。そもそもシャルルはもうテュイルリーにはいないらしいぜ。サン・クルーに逃げて行ったらしい。


人々の話す声が遠く、どこか雲の向こうででもあるようだった。ジェラールはじっと死んだ女性の顔に見入っていた。瞼は先ほど閉じてやったのだが、そうすると穏やかな表情になって、なんだか自分に語りかけてくる気がするのだ。だがいったい何を？　何を言おうとしているのか？　その時急にあたりは暗くなったように思え、女性の顔は月明かりの下のような青白さに変わった。胸が激しく波打つのを覚えた。誰かが彼の腕を取って引っ張っているようだった。ぼんやりと、それがポール・ラクロワだと分かった。

「こんなところにいつまでもいると危ないぞ。もう今日は大きな動きはないだろう。一旦家に帰った方がいい。」

ラクロワの少し角張った真面目な顔が次第にはっきりとジェラールの意識にも映ってきた。しかしどこかまるで夢の中にいるような気持でジェラールはラクロワに引きずられるように歩き始めた。

「武器がないのさ。空手で向かって行ったって、兵士たちは躊躇するだろうが、最後は上官の命令で発砲するに違いない。そうしたらあの婦人のような犠牲者が何人も出るだけだ。国民軍が味方になってくれればいいんだ。学生たちは今彼らに説いて回っている。アラゴは何とか武器を調達しようとしているらしい。彼は資金も持っているし、何丁かは集まるだろう。明日うまく行ってれば蜂起がパリ中に広まる。そうなったら僕らも彼らの後からついて行けばよい。それまではもっと行動に長けた連中に任せておくことだ。」

「君の言うとおりだ、ポール。いつだって冷静だな。」

「いや、これでも久しぶりに血が騒いでいるんだ。マロの刊行したヴィヨンの詩集を見つけた時と同じくらいわくわくしている。」

「やっぱり愛書狂ジャコブだな。こんな時になっても。」


寝付かれなかった。

……いつの間にかどこか階段教室にいた。目を挙げるとギゾー教授がクーザン教授とヴィルマン教授を従えて厳粛な顔をこちらに向けていた。ああ、大学受験の面接だったんだな、と思い出す。ギゾー教授が少しイライラしたような口調で、

「さあ、答えなさい、皆待っているのだよ。」

と急かした。でも何を答えたらよいのだろう。問題は何だったのだろう？　冷や汗が流れるのが感

じられた。隣からヴィルマン教授がにこやかに助け舟を出してくれた。

「さあ、君はあの女性の瞼を閉じたじゃないか、それはどうしてなのかな？」

僕はほっとして答えようとし、でも答えが分からないことに唖然とした。教授たちの顔が目の前に迫ってぐるぐる回るような気がした
……僕は廊下にいた。いつ教室を出たのだろう？　教授たちになんと返事したのだろう？　ただ石の螺旋階段を降り続けた。早く行かないと間に合わない。でも階段はいつまでたっても終わらないようだった。後ろの方から誰かが叫んで追って来るような気がした。……

……いつの間にか石畳の上を一人で逃げていて、後ろからからからといくつもの足音が追っている。気が付くと橋の上に立っていて、目の前に砲身が自分にぴったりと照準が合わされているのに気付く。あ、と叫んで橋から落ちると、そこは水ではなくやはり石畳の上で、ブリキの箱を広げて古本屋が山とほこりっぽい書物を並べている。考えるともなくその一冊を手に取ろうとするとたちまち左手からさらわれて別の男の手につかまれていたが、見れば男はもう何十冊と言う本を積み上げて顔が見えないくらいになっているではないか。そんなに独り占めすることもなかろう、この一冊は僕に譲ってくれても、と手を伸ばすと、男はもう次の本屋に移っている、次々と後を追っても僕の手には一冊の本も入ることがない。

「いい加減にしろよ！」

と思わず声に出した途端激しい砲撃が響いて本はすべてひっくり返り、廃墟の跡からポール・ラク

ロワの顔がるっと現われてニヤッと笑った。

「ジャコブ、それは少しやりすぎなんじゃないか？」

次の瞬間耳元に本物の砲声が聞こえた気がして完全に目が覚めた。外の道に
「橋へ急げ、橋へ行くんだ！」

と叫ぶ声が聞こえ、ジェラールは机の上のビールを一杯あおり、ハンチング帽と樫の杖だけをつかんで部屋を飛び出した。遠くに固まった労働者風の一団がずんずん行くのが見え、学生風の軽装のものがばらばらと走っていくのが分かった。そちらはサン・ミシェル橋の方だなと夢で見た橋の光景を思い浮かべ、全身に鳥肌が立つのを覚えながら足が自然にその方へ向いていた。まだ朝は早く、遠くにバラ色の光がくすんでいる。鳥の声がさえずっている。それに交じって時折ぼんぼんと花火のような音と人々の騒ぐ声が聞こえた。家の鎧戸は固く閉ざされていたし、通り過ぎる小道の先にはバリケードらしきものが出来ているのがうかがわれた。軍隊の気配も感じられ、ちらとでも見えると迂回する。武器を持ってないのだからそうするほかないのだが、他の者たちは武器を見つけたのだろうか？たとえ銃があっても弾が十分になければどうしようもない。

ボム、ボム、ボム、ボムと少し重たげにノートルダムの鐘が鳴っている。時刻ではなさそうだ。あれはまるで半鐘のような打ち方だ。家と家の隙間ができている所から尖塔に三色旗が翻っているのが見えた。ジェラールは一瞬目を疑った。学生集会で何度か目にしたことはあるが、常に人目につかない場所だった。公の高みになど、ブルボンの白い旗しか上がったことはなかったと言うのに。遠いか

すかな記憶に、子供のころ確かあれが翻っているのを見た記憶はある。皇帝陛下の軍がまだ三角帽をかぶっていた最後の頃だった。群衆がただ一人の姿を見ようとどこか広場を取り巻いていた。大人たちに交じって子供の自分が誰かに抱えあげられていた。人々は静かにはしていたが、鈍い囁きの連鎖が抑えようもなく広場を覆っていた。誰か、大声で呼びかけようとしているらしい、ということだけが伝わって、群衆が鎮まろう、鎮まろうとする。その気配だけが記憶に残っていて、広場の中心にいたはずの背の低い男の姿も、その声も、全く形を成していない。ただ空高く三色の旗が翻っていた。それだけは確かだった。

大通りの並木は軒並み切り倒され、切株しか残っていなかった。引きずられた跡が皆小さな道の方へと曲線を描いて行って、辿って行けば必ずもうバリケードが作られていた。敷石を石炭ばさみのようなもので剥がして積み重ねている所もあった。店という店は鎧戸を下ろしてしまっていたが、半開きになった扉を見ると必ず国民軍の制服がちらちらして、男たちが落ち着きなくうろうろしたり、きょろきょろと道の様子を窺ったりして、いつでも出られるような格好でいたのを、見られていると知ってあわててひっこめたりしていた。一つの扉から日に焼けたごま塩交じりの髭に埋もれた顔が付き出され、声をかけられた。

「おい、若い人、どんな具合だ？　どこで戦っているんだい？」

「僕も分からないから見に行こうとしているんです。一緒に来ませんか？　僕は武器がないんで。」

「いや、そんな人と一緒に行ったら巻き添えにしちまうかも知れん。どうも半鐘が鳴ってる気がするんだが、ずいぶん遠いようだな。」

「あれはノートルダムですよ。三色旗が掲げられているんで誰か共和派がよじ登って少なくとも塔は占拠されているんじゃないかと思う。」

「なに、ノートルダムだって！　そいつはすごい。ノートルダムに三色旗とは！　一八一五年以来だな。」

皇帝軍にいたと思しい年齢の男は感慨深げだった。男が引っ込んでしまったのでジェラールはサン・ミシェル橋を目指して手探るように慎重に歩を進めた。

「ジェラール、君も行くんですか。一緒に行きましょう。」

横町から不意に現れたのはフィロテだった。ハンチング帽をかぶっているのはジェラールと同じだが、手には杖すら持っていない。自前で武器を買う余裕などないのだろう。

「何人か塊で走ってるようだが、皆丸腰だな。せいぜい棒か杖、匕首程度しか持ってない。これでは何もできない。」

「銃を配っている人はいるようですね。エティエンヌ・アラゴなども自分のポケットマネーで武器商を無理に開けてもらって買い求めたり、劇場の小道具を持ち出したりしたらしい。マザリーヌ通りでは何か立派な恰好の男が火薬を配っていました。間違いなく何か政治組織が裏で動いていますね。でなきゃあ、あんなに大量の火薬が都合よく出て来るわけがない。」

フィロテは相変わらず政治的な情報には強い。しかし二人で武器はジェラールの杖だけという有様でだんだん銃声や太鼓の音が聞こえる方へ近づいていくとさすがにこれで大丈夫なのか、という不安は募ってくる。

「こんな事態になっても、突撃太鼓だけはどこからか現われるんだな。合図にして一斉に行動できるような訓練は受けてないと思うんだが。」

「気分の問題ですよ。初めての修羅場で誰でも足がすくむじゃないですか。それでも太鼓の音が聞こえればがむしゃらに進む勇気だって湧いてくる。僕らは武器がないけれど、それでも数がいれば立ち向かう奴らにはある程度脅威になるんじゃないでしょうか。運が良ければ誰かもう要らなくなった銃を拾うこともできる。」

誰かがもう要らなくなった銃とは、考えてみれば死んだ者の銃ということなのだが、それはやはり声に出すのが憚られた。

「勝ち目があるかないか分からないけれど、やっぱり僕らが戦うしかないみたいですね。議員のえらいさん方、本当に何もしやしない。ティエールなんか、さっさとモンモランシーに避難しちまってるし、残っている人たちにしたって腰を上げる気なんかまるでないんだ。昨夜遅く理工科学校の学生五人がフォッセ・デュ・タンプル通りのラフィト氏の邸宅を訪れたんですよ。眠そうな声をした門番が一言、「ラフィト氏はもうお休みです。」と言ったきりのぞき窓を閉めてしまった。憤然として門を破ろうなんて言った代表もいたらしいですが、今ここで一人敵を増やしたって仕方ない。門番に悪態をついただけで帰ったらしい。今朝になってから学生たちはラファイエット将軍のところへも行ったらしいんですが、嘘か本当か留守だったので、カジミール・ペリエ氏の家へ出向いて、昨晩同様の目に会ったそうです。レミュザ氏はグローブ紙の事務所にこもって高熱と称しているそうだし、クーザン氏などフランスを救えるのはブルボンの白旗だけだなどとうそぶいている始末。自由派の議員たちなど自分たちの手も足も縛られていて、だからみんな立ち上がっていると言うのに何一つ自分から仕掛けようとはしない。労働者と学生が立ち上がってもう引き下がれないところまでずんずん行ってしまうしかないんです。」

フィロテは高揚して喋り続けている。ブルジョワとつくものにすべて憎しみの目を向けている彼にとって、王党派も自由派の議員たちも大した差はないのだが、それは多分大多数の労働者にとっても同じことなのだろう。でもクーザン氏の名が彼の口から出た時にはなんだか夢がそのまま続いているような気がした。

少し大きな通りにわずかに残っていた並木を切り倒している一団がいて、二人に手伝ってくれないかと声をかけた。武器を持っていない者にもできる有効な手段だと二人にとっては願ったりかなったりだった。プラタナスは上の方に枝が多くて運びにくい。細かい所は鉈で叩き切られていたが大きな枝はバリケードに利用できると残してあったからかなり運びにくかった。角を曲がっていくとちょうどベティーヌの印刷所の前でもう四、五本の木が横倒しになって積み上げられており、一行はその上に更にこの木を押し上げようとしたが、なかなかうまくいかない。

「上からロープをかけて引き揚げたらいいんじゃないですか？」

ジェラールの提案で両側にロープがかけられ、道の上の窓から引っ張り上げるために二人も階段を駆け上がった。女中風の若い娘がランプを手に案内してくれて、戦況はどうかなどと尋ねてくる。ジェラールは娘と同じくらい何も知らないのだが、フィロテが知っていることに尾ひれをつけて得意そうにしゃべって見せ、娘は感心して聞いている。滑車がないのでロープを引き上げるのは容易ではなく、双方の窓枠をギシギシ言わせながら三人がかりで必死になって引いた右腕が悲鳴を上げ、何とか幹が固定されてからもピシッとたてに筋肉に裂け目が入ったような痛みが残った。下においていくと、まだ盛んに敷石をはがして大木の隙間を埋めようと作業がなされていて、ジェラールも借りた石炭ばさみを動かしていたが右腕が痛んで思うままに任せない。そこへ学生風の男に率いられた一団が駆けてきて、

「サン・セヴランの鐘を鳴らしに行くんだ。手伝ってくれないか。」

と呼び掛けられ、石炭ばさみを人に渡してそちらへ行くことにした。曲がりくねった狭い小道の両側の居酒屋や飯屋などどみな固く鎧戸を下ろしていて、速足で行く一行の靴音だけが石畳に響いて行く。

ジェラールはリーダーらしき男に尋ねた。

「ジェラールっていう名です。理工科の学生さんですね。」

「だったのさ。ただ夕食の席でラ・マルセイエーズを歌って『ラファイエット万歳!』って叫んだら放校されてしまってね。軍服がいるんで寮で頼んでこの上っ張りを貸してもらった。ズボンは借りられなかったから青い上衣に灰色のズボンで少し恰好がつかないけどね。僕はシャラスっていう名さ。」

「訓練を受けたことがある人に指揮してもらわないと戦えないから、やっぱり学生さんと一緒だと心強いです。」

「うん、でもやっぱり銃を手に入れないとね。」

サン・セヴラン教会の扉も固く閉じられていた。シャラスは薪のようなものでガンガンと扉をたたいたが人の来る気配はなかった。ジェラールは先ほど建築現場があったのを思い出し、シャラスに話して梁を一本失敬してくることにした。十人近くが狭い通りで梁を構えるのはかなり難しかったがなんとか即席の破城槌を叩きつけることが出来た。三度目の打撃で閂が吹き飛ぶ気配があり、バタバタと内側で足音がして、

「おい待ってくれ、今開けるから。」

と扉が開いて黒服の中年男が心配そうな顔で扉を開いた。

「乱暴はしませんよ。僕らはここの鐘を鳴らしたいだけなんです。」

「分かった。穏やかに頼むよ。」

螺旋状の鐘つき塔への階段を十人がくるくると上がり、シャラスが綱に飛びついてぞむぞむと早打ちで鳴らした。しばらく鐘を打ち続けようと残る者がいたが、シャラスとジェラールは外へ出た。

「ノートルダムの方は取り返されてしまったんだ。吊り橋の戦いはひどいことになった。ジャン・フルニエって学生が『もし俺が死んだら覚えていてくれ、俺の名はアルコール橋だ。』ってかっこよく叫んで突撃したが一斉射撃でひっくり返された。その後を俺たちが進もうとして、そこに散弾砲がぶっ

放されたんだ。俺は拾った一丁の銃を、弾を持っていた子供と分け取りにしてかわるがわる撃っていたんだが、俺が下がっている間にちょうどこの一撃が放たれて橋の上は阿鼻叫喚の有様になった。俺は前にいた奴ともつれるようにして橋から落ちたんだが運よく助かった。これからまた何とか銃を手に入れようと思う。」

「じゃ、僕はサン・ミシェルの方へ行きます。友達を残してきたんで。」

「そうか、命があったらまた会おう。」

サン・ミシェルの橋に近づくと数十人が銃を持って射撃しているのが目に入った。中には国民軍の服装をしている者もいた。守備側はここは手薄だったらしく、一人、二人当たったらしい叫び声が聞こえたと思うと詰所から転がるようにして数人の兵隊が逃げ出して行くのが見えた。市民たちは喜んで勝鬨を上げたが、その叫びは

「共和国万歳！」

「ラファイエット万歳！」

「憲章万歳！」

とまちまちで、中には

「ナポレオン二世万歳！」

と叫ぶ者すらいた。まあ、それは少数者でしょうけれど、とつい隣に現れたフィロテが囁いた。

「少しきな臭いのはラファイエットですね。学生代表が会えなかった中に彼の名前もあったんですが、

他の議員のようにけんもほろろとか、居留守とかいうのではない。将軍は動き回っているようです。アメリカ独立戦争に行ったくらいだからもうかなりの歳のはずだけれど、まだまだ情熱ばかりか野心も満々で自分がナポレオンになるつもりなんじゃないかっていう気がする。」

「オルレアン公の名が出てこないのもかえって不気味だね。」

「そう、それが一番怪しい。いろいろなところで武器を撒いたりパンフレットを撒いたり、どこかから資金がでてなけりゃ不可能なことですが、公ならば資金などいくらでも持っている。支持勢力も、議員はいわずもがな、軍の中にすら少なくない。ただ失敗したら反逆罪だから巧妙に姿を隠して立ち回っている気がする。市民たちは純粋に自由のために戦っているつもりだけれど、どこかで政治屋に利用されてしまうんじゃないかと、心配でたまらない。」

そう話しながらも、銃をぶっ放したり、橋の上で踊りまわったりしている市民の熱気にジェラールもフィロテも高揚した気分になって市民たちと抱き合ったり腕を叩きあったりした。

「そうだ、このことをジャコブに報告しておこう。」

ジェラールはフィロテと別れてサン・ミシェル橋通りを南へ下り、トゥルノン通りのポール・ラクロワの家を訪ねた。閉ざされた扉をガンガン叩いて名前を呼ぶとラクロワが上の窓から顔を出して上がって来いと答えた。

「ジャコブ、やったぜ。サン・ミシェル橋が落ちた。」

「本当かい？　凄いな。僕はこの通り本に埋もれた臆病者でね。今日は結局家で銃の音に耳を澄まして、本もろくに読めないままうろうろしていた。」

「全滅に近い場所もあるみたいだから、それも賢明だと思うよ。ただ一度現場の興奮を味わってしまうと火事場みたいなものだな。近づくと火傷するかもしれないと思いつつ、一生に二度と見られないかもしれない歴史の変わる現場に立ち会っているんだという興奮で酔っ払ったようになってしまう。」

「それにしても、正規軍とじゃ装備がまるで違うだろうに。」

「いや、兵士の方だって、市民相手にやたらに殺したくはないだろう。それに守るべき国王は逃げているし、大将たるラギューズ公も内閣には批判的だから、どこか消極的だし、士気が上がるはずがない。それでも大軍を背にしていればおのずと強気に攻めても来るけれど、守りの手薄なところじゃ、最初から逃げ腰なのさ。」

「うん、しかし市庁舎だとかテュイルリー宮は千を越える軍が守っているんだろう？　今日、明日にも決着をつけられなければ、地方にいる万単位の軍がパリに召集されるだろう。パリと違って地方の軍の王に対する忠誠は岩みたいなものだからな。それに本当のところ、どんなに不評でも王は憲章に反したことをしたわけじゃない。」

「冷静に考えればだね。しかし今そんな風でいられるのは君ぐらいのものだよ。議員たちもコントロールを失っている。学生との話し合いにも出てこないで、市民たちが戦ったり、殺されたりしているのをただ傍観しているだけじゃ、誰も自分たちの代表だなんて思えないもの。」

「あいつらは本当に駄目だな。でもアラゴみたいな人がまだいるだろう。ゴドフロワ・カヴェニャックなんかが一番期待できる。まあ僕は卑怯だと自分でも思うけどね。やっぱり見ているだけしかできない。知らせてくれてありがとう。君も命を大事にしろよ。」

「ああ、死ぬつもりはないさ。それじゃ、また明日。」

そこから近くにローランシーが住んでいるのを思い出したジェラールは彼にも挨拶して行こうという気になった。

「日々紙」の編集長はポ・ド・フェール通りに住んでいて、扉を叩くとすぐに通してくれた。「日々紙」は今出版を控えていることもあり、ローランシーはもっぱら翻訳大系の出版の方に力を注いでいて、ジェラールも『ドイツ詩人選』を出すことを依頼されていたので、門番も彼をよく見知っていたのだ。精力的な中年男は市内の騒ぎなどまるで眼中にないように仕事の話ばかりをし、原稿を出すのが遅い作家や校正を何度も繰り返す作家が多すぎると嘆いて見せた。

「君は私が全く通りで起きていることを知らないような話をしているのを変だと思うだろうな。でもちゃんと革命は経験してきているんだぜ。私の出身はル・ウガという所なんだがね、トゥールーズの西の方でスペインの国境からもそう遠くないような田舎だ。高校時代はル・ウガのような小さな町でも革命の真っ最中でね。高校でもやりたい放題だった。先生はもう髪に白いものが混じっている厳格な人だったんだけれど、自分はタキトゥスなんか読んで生徒には勝手にやらせている。そのうち誰かが立ち上がって『市民デボン、トイレに行って来ていいですか。』なんて言って教室を出て行っちまうんだ。先生に向って市民なんて呼びかけていた時代だぜ。今考えてみりゃ面白い経験だったよ。」

「でもそれで、何で王党派になろうと思ったんですか？」

「いや、そりゃ不思議に思うだろうね。私の家は貴族でもない。何代遡ったって王家とかかわり合いのあったことなんか一度もない。あの当時は間もなくナポレオン軍がやって来てスペインへ遠征して行くような事態になって学校も皇帝一辺倒だった。ところが先生たちの中にはスペイン出身の人が二人いて、『何故フランス軍は罪もないスペイン人をいたぶりに出かけるのか』って考えているのが口には出さなくてもよく分かる。遠征軍に何か起こるというような不吉なことばかり言うんで生徒たちからは国賊視されていた。でもそのうちスペイン戦線がにっちもさっちも行かなくなってきた。ジョゼフ王なんか総司令官の地位を解除されてモルトフォンテーヌに帰っちまうしね。」

　懐かしい名前を聞いてジェラールは胸の下の方に何か温かいものがうずいて来るのが感じられた。背の高い美しい女の人、そのスカートにまとわりついていた小さな白い女の子達……

「フランス軍は引き揚げ始める。そうしているうちにボルドーにアングーレーム公が上陸したって言う噂が流れて来た。アングーレーム公なんて誰も知らない。王の弟の息子だという話だが、でもフランスには皇帝はいても王なんていないんじゃないか？　するといやちゃんと王様はいらっしゃるって急にそういう話になった。ルイ十六世様の弟君でルイ十八世といわれる方だ。そうか、それじゃあどこにその軍隊がいらっしゃるんだろう。そうしたらニュースを教えてくれた友達は声をひそめて言うんだ、ウェリントンと一緒にいらしたんだってさ。そりゃあたまげたよ。イギリス軍って言えば誰が見たって敵じゃないか。じゃ敵が上陸したんだ。ここらも戦争に巻き込まれるんじゃないかってね。

でも幸い私たちのところでは衝突は起こらなかった。まもなくイギリス軍が入り込んできたが、彼らは紳士的で恐れていたようなこともなかった。何人かの市長や知事がアングーレーム公を国王の名代としてお迎えしたいと申し込んだんだけれど、ウェリントンは、ヨーロッパはまだナポレオンをフランスの代表と認めている、交渉も彼とする、と言って断ったんだ。私の町にもアングーレーム公がいらしたんだがね。ひっそりと目立たぬようになさっていつもおひとりで馬に乗っていらした。暗くはないんだがどこか寂しそうな表情でね。自分は敵に担がれていて、自分の立場が良くなるってことはフランス国民にとっての不幸なんだって、ありありとそう思っていらっしゃることが分かってしまう。なんだかそのお顔を見ていたら居ても立っても居られない気がしてね。私はその頃高校の教師をしていたのだが、ミサの時オルガンで『アンリ四世万歳』だの『麗しのガブリエル』だの、王をたたえる曲を片っ端から演奏してしまった。もちろん大変な顰蹙を買って教師の職をしばらく取り上げられてしまった。でも私だけではなかった。皆帝政時代末期の混乱が嫌になっていたんだ。特に若い女たちがそうだ。夫は駆り立てられて戦争に行く。子供を産んだって大きくなれば兵隊にとられるんじゃないか？　それでも勝っているうちはいい。うまくいけば隊長にも将軍にもなれるかもしれない。でも負け戦が続くようだと、もう確実に死にに行くようなものだからね。」

負け戦、その言葉ほどジェラールにとって真実味のあるものはなかった。津波のように北へ向かった大軍の、そのほとんどがロシアの雪と泥の中に消えていった、その中にお母さんもいたんだ……

「だからナポレオンがエルバ島から戻って来た時も私は何一つ幻想を持たなかった。今はブルボンを応援しないといけない、と思って義勇軍の旗を揚げたのさ。ところが誰も乗ってこなかった。皆皇帝万歳って浮かれちまってね。また教師の仕事を捨てて実家に舞い戻ってひっそりとしていたよ。だからそんな具合にね、アンシアン・レジームの時代なんか一度も見たことがない、貴族とも王とも何のかかわりもない王党主義の若者っているんだよ。だから私たちはあの極右王党派のユルトラとは違う。自由だとか、議会だとか、大事だと思っているよ。でも自由って何かな？　君だって人殺しの自由や泥棒の自由があるとは思わないだろ。自由っていうのは法律で定められた範囲のことなら何でもできるってことさ。だからきちんとした政府がそれを守らせればよい。議会制はうまく機能すれば民衆の不満も少なくて済む。自分たちで決めた法律なんだから。でも選挙の結果っていうのは時によってどんなふうに動くかわからない。だから安定させるためにはそれに左右されない人が上にいるっていうことが賢いやり方だと思うんだ。それを誰かにやってもらうとしたらやっぱり国王しかみんなが納得できる人はいないんじゃないか、フランスはもう千年もそういう風にやってきたんだから。」

そういう口ぶりを聞いているとまるでこの革命騒ぎも今に何のこともなく終わるんだとこの人は思っているのかなと、さすがに外で起こっていることを話したくなってくるけれども、彼とは考えが違いすぎる。一緒に仕事をする相手だけにそんな人がどう考えているか分かって意外に役に立った気もする。

「ところで君の友人のジュール・ジャナンはどうしているんだね。相変わらず劇評を書きまくっているようだが。」

「ええ、元気ですよ。でも今はもっと本格的な小説を書こうとして家にこもっているみたいですね。」

「そうか、あいつは政局に対してはいつものように唇をゆがめてジョークの対象にしかしないんだろうな。実際ポリニャックやラ・ブルドネには今の政治に対応できる能力がまるっきり備わっていない。あんな古い頭の貴族しか使いこなせない陛下も確かに問題だな。そうかといってマルティニャックではやっていけないこともはっきりしている。しっかりしているのはオルレアン派にしかおらんような状況になってしまった。貴族でも目端の利く奴らはもう今の体制じゃ持たんと思い始めている。あの老練な狐みたいな生臭坊主が王座をすり替えなければいかんと本気で思っているらしい。」

「それは誰のことなんですか？」

「分からんかね？　君もバリケードや市街戦のただなかを歩いているようなのにそれを動かしている背後の世界は知らないんだな。革命のとき理性の祭典を主宰していた男だよ。」

「あ、タレイランですか。」

「そう、ジャコバンにも、ボナパルトにも、ブルボンにもすり寄って恥とも思わない現実主義者だ。次の政権を担うのが誰であれ、奴の意向を確かめないではやれないだろう。政治の裏ってやつは知らない人には見当もつかないんだろうけどね。私の「日々紙」が乗っ取られそうになった事件を知ってるだろう？　あれは年金の利子を五パーセントから四パーセントに下げようという政府の無茶な提案から起こったものだったんだ。あんな提案が通ったら年金生活者はたまったものではない、政府を支えているのはまさに年金生活者だったんだから、政府だって絶対あんなことをやってはいけない。だから当然「日々紙」は反対の論陣を張ったのさ。政府は新聞の反対さえなければ何とかなると思っていたので、片端から新聞社の買収にかかった。私のところにもお前の持ち株を買いたいという話が突然ヴァルドネという見も知らぬ男から舞い込んで来て法外な金額を提示されたので、なんだか妙だなと思っていたらそのうちにそれが王弟殿下の秘書であることがわかった。断れる話じゃない雰囲気だったよ。それでもいろいろ苦労して、とりわけシャトーブリアン大臣のおかげで編集権は私の手に残るようにしてもらった。ただ編集長はいつの間にか変わっていた。社主のミショーさんは持ち株で少数派になってしまったんだが、よく頑張ったよ。名目のみの編集長シモンのサインがない新聞は無効ということにされてしまって全く政府の意向通りを載せるだけの「日々紙」が出現した時にも対抗して元通りの新聞を出したんだからね。」

そう、あの時にジェラールは「『日々紙』の葬送」という詩を書いたのだった。「日々紙」がたちまち復活してきたので確かにジェラールも驚き、あの詩をテオに見せたことすら後悔していた。

「そのころシャトーブリアンが失脚したのですね。」

「年金法案が貴族院で否決されたヴィレール首相は怒り狂った。シャトーブリアン閣下は貴族院議員でもあるので、責任があるように思ったらしい。三十票も差があったんだけどね。閣下が聖霊降臨祭のお祝いに王宮へ伺候するといきなり解任を申し渡されたそうだ。『まるで暖炉の上から時計を盗んだ下僕のようにだ』と閣下はおっしゃっていたよ。ヴィレールが首相になれたのももともとシャトーブリアン閣下がロシュフーコー公爵に推薦なさったからで、その恩義からしてもそんなやり方はできないはずなんだが。ましてや外務大臣としてスペイン出兵の成功という輝かしい実績を上げた後だというのに。」

シャトーブリアンの名を聞くと複雑な気がした。ジェラールはあの叙事詩の中でシャクタスという『アタラ』の主人公のインディアンの青年の名前を使ってシャトーブリアンを揶揄していた。なぜそうしてしまったのか本当はよく分からない。『キリスト教精髄』や特に『アタラ』、『ルネ』の文章は凄い、まねができないと思う。姉妹に対する愛という禁じられた匂いのする、それだけにかえって聖なるものに思われる愛、故国の人々の中にあってすら一人きりでいるようなさみしさ、美しすぎる自然に対する胸を焦がすような憧れは共感できる、いやここに初めて自分の心の底に流れている思いを代弁してもらったという感動をすら覚える。ただ、どこか『アタラ』には全面的な思い入れを妨げるものがある。読んでいて耐えられないものがある。何故この人たちはキリスト教に正義を見出すことが出来るのか、神の偉大さを見ることが出来るのか。アタラが愛している者に対しことさら背を向けなければならない理由はない。たとえ偶然シャクタスが自分の父親のロペスに育てられたからといって二人は本当の兄妹ではないのだから。それはただひたすら母が無事に彼女が育つことの代償として処女のままでいることを神に誓願したからというだけのことではないか。いや、それはまだ理解できるかもしれない。しかし母を導いていたはずの宣教師が、そのことを同じように厳しく乙女に強いたこと、それが、幸せでいっぱいになるはずの乙女を自ら毒を仰ぐという悲劇、しかもその必要はなかった、幸せになれたはずだという事実を手遅れになってから知るという残酷極まりない事態に追いやったのはキリスト教ではないか。もはや死んでいくしかないアタラが自分を死に追いやったものをすら許したとしてもそれは美しいとも言えよう。しかし自然そのものを神として野生児そのものとして美しく生きてきたシャクタスが何故その宗教に頭を下げなければならないのか。ジェラールはキリスト教というものを信頼していなかった。リセに行く時に通るのを除けば教会に行くこともなかった。恐らくそれはブーシェ叔父さんの口癖が体に染みついているからだろう。幼いジェラールの手を引き、モルトフォンテーヌの森や湖、近所のシャーリの僧院の真向かいにある砂の海に沈む真っ赤な夕陽を指差しながら叔父さんはいつも言っていた。

「神様はね、あそこにおられるんだ。太陽こそが神様なんだよ。」

森の緑でいっぱいの匂いに体中浸されながらその言葉は幼い自分にとっても心ゆくまで沁み入ってくるものだった。この自然そのものが、神聖なものに満ち満ちているということはあの地方にその意識を残してくれたジャン・ジャック・ルソーの名前とともにジェラールの胸に消し難い強い思いを刻み込んだ。だからシャトーブリアンがキリスト教精髄で、神の存在は自然全体が歌いあげているのだと断言した時、ジェラールはその通りだと、わが意を得たと、思ったものだった。けれど、何故それは自然そのままではいけないのか、何故、このように人間に不幸を押し付けて来る宗教のドグマ、恐い顔をした宣教師でなければならないのか、それは論理のすり替えではないのか、ペテンではないのか。しかし本当にそれだけだったのか、そんなほんのちょっとの意見の違いだけでシャトーブリアンをあそこまであざける必要があったのだろうか。彼の心の底にはもっと別の違和感が、認めたくはない違和感があるようだった。それは多分娘に対する母の呪いだったのだろう。娘が助かった故にその娘に不幸になることを得ない運命を課するなど、呪いとしか思えないではないか。それを課するのが母親なのか。

母という言葉が現れるたびにジャラールの心の中には鉛のように浮かび上がってくるものがある。つかえて来るものがある。そうして浮かんでくるのはいつもモルトフォンテーヌの庭で自分に近づいてくる美しい女性の顔であり、耳元で甘く、ささやくように歌ってくれたもうその声音もおぼつかない、何を歌ってくれたかも覚えていないあの不思議なメロディであり、そうしてそんな姿はいつも、見えそうだと思った刹那夢の中の霧の彼方へ遠のいていってしまうのだった。そんな胸を切なくさせる、ひたすら憧れの空にある女性から突然焼け火箸のような呪いが降ってくるなんて……

ローランシーの顔がまた眼の前に見えてきた。何か聞いているようで、自分も答えているようだった。彼はジェラールに会えて満足なようだった。それにしても彼がちゃんと政治の動向を追っていたし、今日の市街戦の状況も、ジェラールがそこに加わっていたことすらお見通しだったと知ってジェラールは冷や汗が出る思いだった。こういう人の頭はいったいいつ休まるんだろうな。それに右から左まで、何でもちゃんと視野に入れている。それから『ドイツ詩人選』の具体的な文選について細かい打ち合わせをしてからこの家を辞去した。朝からほとんどものを食べていないので、足元がふらつくような気がしてきたが、開いている店などまったくないのでともかく家へ戻ろうと思って静かな方向を選んでセーヌ川の方へ向かった。芸術橋は人気がまるでなく、番人もいなかったから無料で渡ることが出来て、これも初めてだ、記念すべきことかな、と皮肉な独り言を頭の中で呟いた。ポン・ヌフ橋の方では銃火が交えられているのが見えるのが不思議だった。ルーヴル宮の南の門に達すると広場に何台もの砲架が据えられていて騎馬兵が二人近づいて来て、待てと止められ、隊長のところへ連れて行かれた。

「君は何者だね。」

勲章をべたべた貼り付けた中年の隊長は鷹揚な目をして尋ねた。

「ジェラール・ラブリュニーといいます。大学入学資格者で医学部の試験を受けることになっています。」

「その名前は聞いたことがあるな、君のお父さんも医師なのかな。軍医をしていたことがあるんじゃないか。」

「ええ、サン・マルタン通りで婦人科を開業していますが、皇帝軍についてポーランドまで行って勤務していたことがあります。」

「そうか、モスクワの生き残りか。俺もあそこから帰って来たんだ。マルモン元帥の下についてな。だから今度も元帥の下で働くことになったのさ。気を付けて行けよ。こんなところで、いつか国の役に立つ才能をむざむざ散らせてはいかん。ここから先へ行くのは危険だ。モンテスキュー通りにはスイス兵がいる。捕まったらこんなことでは済まないから。」

ジェラールは隊長の忠告に従ってブーロワ街の方へ回った。敷石の上には死骸だか、まだ息があるのかわからない体がゴロゴロと転がり、固まった血の跡がそこら中に貼り付いていた。それが存外平気なのが不思議だった。昨夜女性の死体に胸がつぶれそうになってからまだ二十四時間も経っていない。だが今はとにかく進んでいかなければ危ない気がして、いちいち立ち止まって覗きこんだりはできない気がした。それに、覗き込んで知っている顔にぶつかるのも怖かった。だが、死者に対して自分が無感覚になって行くのも怖かった。ふと、昨夜父の家で言われた言葉がよみがえってきた。何か月ぶりかの家だった。もしかして、市街戦に巻き込まれて死んだり、このまま国外へ逃げなければならないはめになるかもしれないと思うと、やはりもう一度父に会っておかなければならないという気がしたのだ。予想通り、エティエンヌ医師はジェラールを険しい表情で迎えた。

「こんなことのために私はお前を育てたと言うのか！」

「でもお父さん、今の王は自由を踏みにじっている。市民との約束も果たしていないじゃないか。僕は今日犠牲にされた婦人の遺体を見てきました。あれが王のすることです。パリ中が憤っている今立ち上がらなきゃいつ立ち上がる時があるっていうんです！」

「そういう荒っぽいことに向いている人間はお前より他にいくらでもいるさ。お前なんぞ銃を持ったこともない。兵士としての訓練も受けておらん。戦場の厳しさを知りもしないでむざむざ殺されに行くようなものだ。」

「だってお父さんだって、自分の足が不自由になってまで自由のために戦おうとしたじゃないですか！」

「儂はお前のようにのぼせていきなり飛び出したりしたわけじゃない。きちんと兵としての訓練を受けたんだ。脚を悪くしてからは軍医になるために死にもの狂いで勉強した。そうそう、その医者になる準備だ。お前は何もしとらんじゃないか！　文学なぞという役にも立たんやくざな遊びに呆けくさりおって。そんな頭の中に妙な話ばかり詰め込むからのぼせ上がって今すぐに社会を変えられるだの、文学で食べていけるだの夢のようなことを考えおるんだ。きちんと大学へ行く準備をしておるのか！　解剖の授業に出れば、死体を見たくらいでそんなに騒ぐはずがない。儂がポーランドで、どれだけ忌まわしい死体を見てきたと思っておる。大砲で手足を吹き飛ばされ、頭まで千切れ、血が真っ赤なものからどす黒く変色したものまで体中にこびりついておる。医者はそんな体でも一つ一つ触れて、息があるかどうか、救えるものなのか、確かめてやらにゃならん。救えなければ楽にしてやるんだ。本当に市民のためになるっていうのはそういうことを乗り越えてこそのことだ。ろくに社会も見えぬうちに小説だの新聞だのをかじった挙句に、砲身の黒い穴がお前を狙っているのに気付いても、すくみ上って動くこともできなくなるのだ。」

　このままこの家に留まるようにという医師の厳命を振り切るように、今朝は医師の起きる前にもう家を出てきてしまったのだが、さすがに今父の言葉を思い出して、足の下に転がっている体にまだ息があるかどうか触れてやらなければいけないという気がした。しかしたとえ息があったとして、どうすればよい？　ここには薬も包帯もない。負傷者を収容する車もなく、会ったとしてもどこへ連れて行けばよいのかわからない。負傷者を背負って行ったりすれば、遠くからの銃撃を浴びる羽目になるかもしれない。だが、と心が重く疼いてくるのを感じた。お父さんはこんな場面をいくらも見て来たんだろう。最初は病院の中でも、敗退する軍に従って凍りつくポーランドの道端でばたばた友軍が倒れていくのを見ていたんだ。今の、この道に散らばる死体の数でさえ物の数でない人数だったろう。それを打ち捨てていくこともできず、一人一人に触れ、応急処置をし、担架に収容して行ったんだ。不自由な足を引きずりながら。

ジェラールは遠い昔、幼い瞳に初めて映った父の青白い、乾いた、無表情な目を思い出した。その目が自分を見ていながら、どこか遠くへ抜けていくような気がして、抱き上げられながら怖いと感じ、「お父さん、痛いよ！」と叫んでしまった。その時一瞬だけ、エティエンヌ医師の目に光が戻って、はっと幼子を取り落としそうになり、涙が眼の奥ににじんでいるのを見たような気がした。ほんの一瞬のこと、多分他の誰も気が付かなかった。それからまた医師の目は乾いてきて、ぎこちない、ぽつぽつとした口調に戻って、それからお父さんはずっとそんな感じだった。二度と自分を抱くこともなく、ただ、どこか遠くにいる者のように、勉強はきちんとしているか、きちんと物を食べているか、そんなことだけ尋ねていて、それから小遣い銭を握らせてくれた……

ふと気が付くとモンマルトル通りに来ていた。下着屋の店も固く閉じられていたが、ジェラールの声を聞いてすぐに門番が戸を開けてくれた。祖父は孫の顔を見て、ああ無事じゃったか、と心からほっとしているようだった。

「まるであの一七八九年のような有様じゃ。」

「おじい様たちはまるで嘆かわしいことのようにおっしゃいますね。あの時のパリ市民と同じく僕たちも自由のために戦っているのですよ。」

「自由のためであれ、平等のためであれ、」

とピエール・シャルル・ローランは深いため息をつきながら続けた。

「恐ろしいことは人が大勢死ぬということなのじゃよ。自分が何のために死ぬのかも知らずにな。儂のようなもう残り幾ばくも無い年寄りが死ぬのは仕方ない。しかし戦いではむしろまだ若い者たちが死んでいくのじゃ。それも同国人同士の殺し合いでな。お前には兵士たちが悪魔の手先だとでも見えとるかもしれんが、彼らもまた若く、将来があるはずの若者にほかならぬ。彼が死んでいくのをみとることもできずに嘆く母親も、彼と一緒になれなかったことを生涯の恨みとする乙女もおるのじゃ。」

こういう祖父の情に訴える話の方が、やたら高圧的な父の話より心に沁みた。ジェラールは先ほどの隊長の人のよさそうな顔を思い浮かべた。あっちへ行くとスイス兵がいるぞって言ってたな。それがつまり、同国人を殺したくないっていう気持ちの現れなんだろう。でもそんなスイス兵にしたって、彼を待っている母親や恋人はきっといるに違いない。道の上に転がっている死体を見てずいぶんと無感覚になりかかっていた心の柔らかさがまた熱く熱を持ってくるようだった。祖父の出してくれた子牛のローストを赤ワインでかみしめながらジェラールはささくれ立った心が和むのを覚えた。そうするとずいぶん小さい頃にしか訪れたことのない食堂にかけられた絵が目に入って来た。詩人のように桂冠をかぶせられたヴォルテールが光を浴びて神のように王侯から町の人々にまで賞賛されている肖像、かと思えば輝く鎧を身にまとったトロイアの末にしてローマの祖であるエネアスが蓬髪で髭だらけの筋骨たくましいトゥルヌスを刺し貫いて「パッラスよ、仇は討ったぞ！」と叫んでいる場面、この二枚の大画の上方にはルソーの『エミール』の教育場面や各月の風景を描いたルーシェの絵が天井を飾っている。祖父は啓蒙主義に心から染められた十八世紀の人なんだとしみじみ思う。エティエンヌ医師の場合はもっぱら蔵書の方に関心が行っているようだったが、祖父のところでは美的なものの方が優位を占めているのだ。今晩はここに泊めてもらおうとジェラールはほっとしながら考えた。明日は、それでもやっぱり町に出ていくだろう。戦いの前のつかの間の休息を祖父への挨拶という形で取れて良かった。

翌朝ジェラールは祖父に父の家へ行くと言って出かけた。誰からとない伝言に聞いた集合場所のオデオン座の広場ではもうずいぶん大勢が集まっていて、シャラスが今日は剣を振り回しながら人々に向かって気炎を上げていた。ジェラールが近づくとシャラスは挨拶して言った。

「おはよう戦友、今日はトゥルノン通りで憲兵の詰所から奪った武器の配給があってね。それっと思って列に並んだんだが、そうしたら理工科の学生は指揮を執るべきだからって、剣しかくれないんだ。僕はなんとしても銃がほしかったんだがね。」

トゥルノンと聞いてジェラールはそのすぐ近くに住んでいる愛書家ジャコブがその様子を垣間見てどんな顔をしていたのか見たかった気がした。

「それでまず銃を持った百五十人の軍団を引き連れてパンテオン広場のモンテギュー監獄へ行ったん

だ。ここにも武器があるって情報があってね。なかなか頑強に抵抗された。それで向こうの隊長と一対一で話し合いをしようとしたんだ。それもなかなかうまくいかないでぐずぐずしていたらこのずるがしこい市民たちときたらいつの間にか話の中に加わって、隊長も相手の兵士たちも知らない間に彼らに取り囲まれてたってわけだ。隊長も否応なしに五十丁を引き渡したんだが、弾も火薬もなかった。それから今度はエストラパッド兵営に行ったが、ここでもまず交渉してみようってことになった。ドステルっていう仲間が知り合いがいるって言ってね。するすると登って行って二階の窓から入り込んだと思ったら間もなくにこにこ笑っている隊長をしたがえて出てきて、無血で百丁の銃を手に入れてくれたんだ。この調子なら、今日は何でもできるよ。」

そう話している間にも一台の荷車が到着して三樽の火薬が運び込まれた。皆我勝ちに黒い粉をポケットに詰め込んだが、兵士の経験がある者が、こんなんじゃだめだ、ここですぐ弾を作ろうという声を上げた。雨樋の鉛管を鋳つぶして弾丸を作るのを居酒屋でやり始め、後は

「おーい、紙をくれ、紙を!」

とシャラスが呼びかけると、あちこちの窓からノートや雑誌や分厚い本までが投げ込まれ、これで鉛玉と火薬を巻けば立派な弾になる。古参兵上りが何人か中心になり、ジェラールも彼らに倣って弾を巻き始めた。銃を持たない身としては格好の奉仕だった。弾をもらった者達は次々とオデオン座広場から出ていき、すでに市庁舎も市民たちの手に落ちていたから、後はもう王宮だけだと四隊に分かれてルーブルを目指していた。ジェラールがようやく紙を巻き終わった時には第四隊のみが残って最

後の弾丸を待っていて、他の三隊はとうに出てしまっていた。先ほどからもう盛んな銃声に交じってゴワーンという大砲の音が聞こえていた。間もなく血だらけになった何人かが駆けこんできて、芸術橋に向かった隊が全滅したと言うのが聞こえた。ジェラールは第三隊の先頭に立っていた狩猟着姿の黒い堂々たる体躯の姿を思い出し、アレクサンドル・デュマが戦死したのかと身震いした。第四隊は緊張し、第三隊の敵を討つぞと叫びながら慎重にバック通りを進み始めた。今日の相手はスイス衛兵の精鋭で、大砲と堅固な城壁に守られている。これまでのようにはいかないはずだ。リーダーとなった学生たちの眉間にはどこか悲壮感が漂っている気がした。橋を渡るのは最も無防備になる瞬間であり、リーダーたちは慎重に様子を窺っていた。しかしこんな時ほどいつも向う見ずな少年たちが、ピストルや短剣を振り回しながらもう脱兎のごとく橋を渡り始め、彼らを放ってはおけないと大人たちも危険を冒して走り出した。その時一人がテュイルリーの方を向いて、

「あっ、あれを見ろ！」

と叫び、一斉に見上げた先には何と三色旗が翻っている。

「うひょーっ！」

「共和国万歳！」

「憲章万歳！」

「ナポレオン万歳！」

例によってさまざまな歓声が湧き起る中、リーダーたちはそれでも用心しいしい進んで行ったが、

宮殿の窓からも時折市民たちが手を振ったり、布きれを振ったりするのが見られて、橋の後半はもうお祭り騒ぎのように駆け足になり、市民たちはばらばらに、ルーヴルへ、またある者はテュイルリーへと思い思いになだれ込んでいった。王宮の中はもうあらゆる服装の市民でごった返しており、百人以上の女たちすらいるようだった。特に女たちの間で、

「あの人は？」

「あそこで見た。」

「あの人は？」

「負傷して市民病院へ運ばれてる。」

「あの人は？」

「名誉の戦死だそうよ。」

と次々に声がかけられていた。死が告げられるたびに身を捩るような嘆きが噴き出すとはいえ、全体の戦勝的な雰囲気は水を差されることもなく、人々は好き勝手に上等の布や絵を引きちぎったり、壁の肖像画に物をぶつけたりしていた。最も人気があったのはやはり玉座で、入れ代わり立ち代わり人が座って、文字通り押すな押すなの混雑となっていた。ジェラールもどこかで誰かが持ち込んだワインの壺をぐい飲みしてすっかり陽気になり、大きな尻の国民軍の下士官の格好をした男と一緒に飛び乗って、そのまま玉座から押し落とされながら笑い転げていた。元帥の間でラギューズ公爵の肖像画が銃殺刑にあっているのを囃し立てているとぽんと肩を叩かれ、振り返ってみるとシャラスだった。

「やあ、お互い生き延びましたね。それにしても早く落ちました。」

「ああ、俺も後から来たんだが、カヴェニャックの話によると少年が一人するすると銃弾を縫って塔に上って三色旗を上げてしまったらしい。皆がやんやの喝采をしていたら急に窓からスイス兵の姿が見えなくなった。それってんで数百人が一気に窓に押し寄せて入り込んだんだな。そうしたら呆然としているスイス兵たちが目に入って、奴ら構えもできずにそのまま押しまくられて逃げ出したらしい。どうも持ち場交代が下手に行われて、誰もいない間隙が一瞬できたんだな。それがよりによって攻撃側の全員が高揚して注目している中で起こったもんだから、一瞬のすきに我が軍が乗じた形になってしまった。さすがにマルモン元帥は立ち止まって戦えと最後まで部下を叱咤したようだが、スイス兵たちは四十一年前の革命の時に同国人を襲った惨劇を思い出してパニックに陥ってしまったんだ。もっとも、そのおかげでやっぱり彼らの内の多くが戦死したんだがね。俺もまた今日はスイス兵たちの血で汚れすぎてしまった。バビロン通りの兵営を襲ったんだが、スイス兵が頑強すぎて火をつけるほかなかったんだ。火だるまになって逃げだしてくる奴にすぐとどめを刺したのは、こちらにも助けるような心の余裕がなかったからなんだが、あの阿鼻叫喚はちょっと忘れられない。今日は寝付けないかもしれんな。」

生真面目になって告白したシャラスは銃剣の先にスイス兵の赤い軍服をぶら下げていた。勝利のしるしとして、これで市民たちを鼓舞してきたのだ。聞いているとジェラールも急に酔いがさめたような気分になった。シャルル十世はもう戻ってこられないだろう。ポリニャックはじめ主だったものはきっと逃れたのだろうし政府軍もすでに大半は市民側に合流してしまったから犠牲は最小限に済んだに違いない。しかしスイス兵たちは悲惨だろう。逃げおおせた者も国境まで無事に行けるだろうか？

体格も目立って大きく、フランス語に訛りがある彼らはすぐに見つかってしまうだろう。熱狂した群衆の餌食にならないとは限らない。祖父の最後の言葉が浮かんできて、ジェラールは高揚した気持ちが急速に曇っていくのを覚えた。

「ここにいたんですか、無事で何よりです。」

感慨の残りをくゆらせながらテュイルリーを出たジェラールはフィロテに袖を引っ張られた。

「ああ、君も無事だったのか。それにしてもあっという間だったな。昨日はまだこんなことになるとは思わなかった。」

「あの臨時政府宣言がきいたんですね。昨日の段階ではまだブルジョワの大部分は迷っていたし、労働者たちは怒りだけははっきり持っていたけれどどういう方向にそれをぶつけるべきか今一つはっきりしていなかった。バリケードが孤立して、一つ一つつぶされてしまう可能性だってあった。朝起きたら、三人の名前の宣言がそこら中の壁に張り出されていたでしょ。ああ、指揮してくれる人、事態の収拾を図ってくれる人がいると思って労働者は安心したし、ブルジョワは昨日まで警戒心しか見せていなかったのに、今日は食料なんか提供してくれるようになった。」

「それにしても不思議だ。ラファイエット将軍、ジェラール将軍、ショワズール公というのはいずれも自由派の大物だが、決して仲は良くないんじゃないかと思う。」

「それに、そう簡単に動くかどうかもですね。ラファイエットはその気があるかも知れないけれど。とりわけショワズールなんか、ラファイエットの名前が書かれていると知っただけで署名を拒否しかねない。どうも誰かの陰謀くさい気がする。しかしいずれにせよ、それが大当たりで、今日は朝から市庁舎を守っていた部隊が撤退してしまって簡単に占領できたらしいですよ。それから臨時政府の命令っていうものがいくつも飛んでいるらしいけれど、そこにはバドーっていう書記の署名しかない。三人の将軍の名はどこにもないんです。」

「バドーは確かナシオナル紙の編集者だよ。撤退した部隊はルーヴルとテュイルリーを固めたんだろうけれど、そこがこんなに簡単に落ちてしまうとはね。」

「確かに簡単すぎた、と落とした軍団を指揮していたゴドフロワ・カヴェニャックも頭をひねっていたようですけれど、僕らにとって細かいことはどうでもいい。革命が成功したんですから。」

「うん、だけど、これからどうなるんだろう。サン・クルーのシャルルは逃げたんだろうか？　反攻はないんだろうか？」

「ともかく市庁舎に行ってみましょうか。」

ルーヴルから市庁舎まで大した道のりではないのだが、どこも群集で満ち満ちていた。戦闘は止んだとはいえ、武器を持っているものが数多くいて、それが誰の指揮に従っているわけでもなく、顔を真っ赤にしながら、自由に祝砲だなどと言っては空に向けてぶっ放したりするのだから若者たちにとってもこれを縫っていくのは大変だった。店はまだほとんど閉まっている。市庁舎に近づくと武器を持った者達はさらに数が増え彼らはともかく市庁舎前広場に待機して、次に何かすべきことがあるならいつでも動こうという風に見えたし、朝からほとんど飲み食いもしておらず、目が血走っている様子も見て取れた。

「あれはエティエンヌ・アラゴじゃありませんか？」

フィロテの言うとおりアラゴが何人かと一緒に人々をかき分けて近づいてきた。

「ラファイエットだ、ラファイエット将軍が来るぞ。」

と口々に叫んでいる。

「ようやく事態を収拾できる人が来たか、おや、出迎えようとしているのは誰だ？」

「確かに将軍の服と肩章を付けてはいますが、かなりくたびれてますね。本人もくたびれている。どうもでっち上げられた将軍みたいだ。」

ぱっとしない将軍もどきは、左右から抱えられてようやく歩を運んでいる「両世界の英雄」に敬礼し、お辞儀をして言った。

「デュブールです。すべては閣下に。すべて差し出せるのを光栄と存じます。」

老将軍は寛大な微笑みを以てこの役者ばりの男を抱擁し、デュブールはほっとした表情を浮かべてさっさと退場した。

「正体不明だけれど結構可愛げのある奴じゃないか。これでとりあえず市庁舎は大丈夫だろう。この飢えた人々も面倒を見てもらえるだろうし。」

「無秩序になる恐れはなくなりましたね。でもまだ王はサン・クルーにいるし、彼に従う部隊もいるかもしれません。まだここ数日が勝負ですよ。それにあの議員たち、特に銀行家、ラフィトとか、カジミール・ペリエだとか、多分パリが落ちたとなるとしゃしゃり出てきて議員面をするような気がする。ラファイエット将軍としても、子飼いの部下がいるわけじゃない。うまく対応できるといいんですが。」

「いずれにせよ、今のところはこれ以上は望めない結果になったと言えるんじゃないか？　さすがに今日はもう疲れたよ。僕らも家に帰って少し休もう。」

翌日になっても群集はなかなか市庁舎の前から動こうとはしなかった。一方で銀行家ラフィトの家に大物議員たちが集まって、ここも群集が取り囲んで事態を窺っていた。ジェラールはこちらにも行ってみたが、あまりに人が入れ代わり立ち代わり入って行くので中に入ることは無理だと思ったし、入ったところで誰か知り合いがいるわけでもなかった。ただ群衆に紛れて、ちらと詩人ベランジェの姿を見たような気がしたし、大柄で色の黒い頑強な男は間違いなくアレクサンドル・デュマだった。ああ、彼は生きていたんだ、良かった、という思いがあったが、デュマは未だに引きしまった、ただ事でなさそうな表情で、まだまだ事態が動いていることが予想された。群衆の間には様々な噂が飛んでいたが、とりわけサン・クルー方面に軍が集結しているという話だった。マルモンは当然だが解任され、後を継いだのは王太子だと言うことだ。それを迎え討つ準備はできているのか？　人数なら十分こっちの方がいるさ。今や銃だって、大砲だってある。将軍だっている。確かに。でも火薬はあるのか？　ラファイエットに火薬を約束された小部隊がいつまで待っても出てこないでじりじりしてるっていう話だぞ。不安の中、明らかに大貴族と思われるものの馬車が到着して人々をかき分けてラフィトに会いに行った。あれは誰だ？　モルトマール公じゃないか？　サン・クルーから来たんだろう。交渉させるなら自由派が受け入れるような奴だな。じゃラフィト氏は王と交渉するのか？　そんなことはさせるものか！次第に中庭は殺気立った雰囲気になってきたが、モルトマールが明らかに憔悴した様子で出て来たので人々もいくらか落ち着いたようだった。

ジェラールが町中へ戻ってみると「ナシオナル」紙の布告がティエールとミシュの名で壁に貼られている。人々がその前に群がって憤慨している。

「シャルル十世はもはやパリには戻れない。彼は人民の血を流させたのだから。

共和国を作れば我が国を恐るべき分裂にさらすだろう。列強とも問題を起こす。

オルレアン公は革命の大義に尽くされたプリンスである。

オルレアン公は一度も我が国に対して武器を取られたことはない。

オルレアン公はジェマップの革命軍の勝利に参加された。

オルレアン公は市民の王であらせられる。

オルレアン公は三色の火を燃やされた。公だけが今でもこれを身に着けられる。我らは他の色を欲しない。

オルレアン公は自ら望まれることはしない。公は我々の懇請を待っておられる。その懇請を発しようではないか。さすれば公は我々が常に理解し、望んでいたような憲章を受け入れられるだろう。公はフランスの人民から王冠をお受けになるのだ。」

そうだという声は全く上がらなかった。なんだこれは！　我々はオルレアン公を王にするために戦ったのじゃないぞ。大体ティエールごときが何を言う！　モンモランシーに逃げていたくせに。オルレアンという名前がついていようが所詮はブルボンだ。五千万リーヴルの年収がある大富豪に俺たちの気持ちが分かるものか！　オルレアン公の息子は捕まったらしいな。シャルトル公がか？　どこでだ？　モン・ルージュだよ。シャルトル公に恨みを持つ連中がこれを聞いて始末をつけに行ったそうだ。ああ、俺も聞いた。でもその件は片付いたってさ。ラファイエットが理工科の学生に一隊をつけて送ったんだってさ。ああ、オーギュスト・コントだろう。優秀な学生だったが、サン・シモンなんて変な奴の弟子になっちまったんだってな。シャルトル公なんてどうでもいいさ。問題は親父の方だ。そう、俺たちが血を流したのはあんなプリンスの野望をかなえるためじゃないからな。ラファイエットがいるだろ。ぐずぐずしていたら結局政治屋どもの動かすとおりになっちまうぞ。ラファイエットに全権を掌握してもらえばいいんだ。それしかないだろ。

壁新聞はあちこちで引きはがされ、群衆は武器を持ったままで市庁舎へ、ラフィトの家へと相変わらず右往左往を続けていた。ただ、精鋭と見えた者達は明らかに減っていて、彼らはあちこちに使命を受けて派遣されたらしい。ジェラールはシャラスの行方を捜したが、彼らはサン・カンタンの国民兵を指揮するために送られたということだった。つまりその分国王軍の脅威はなくなっていて、むしろ危ない力を持っているとみなされた者は遠ざけられているらしい。とはいえ王の動向もオルレアン公の動静もはっきりしたことは分らず、民衆のイライラや不安は募っているようだった。エリート議員たちはますます閉じこもって民衆を遠ざけていたし、ラファイエットはすることが多すぎて、人々にまで手が回りかねているようだった。

三十一日には上院議員たちも下院議員たちも既にオルレアン公への支持を表明していた。すでに大勢は決したかのように語る人もいたが、街の民衆は相変わらず怒りを口にし、腹立たしさに足を踏み鳴らしていた。ジェラールは今度もやはり肝心な場所に行ってみなければと思った。パレ・ロワイヤルは自分にとって最も親しみのある場所だしな。リヴォリーは人であふれかえっていた。待つほどもなくラフィト氏が片足はスリッパで、もう一方は包帯をぐるぐる巻きにした脚の痛みを二人の下院議員に支えてもらいながら輿から引きずり出されるようにしながら到着した。オルレアン公は軍人らしく軍服に身を包み、馬に乗ってラフィト氏を迎えた。二人は市庁舎に向けて群衆の中をゆったりと進み始めた。パレの周囲は公の支持者が固めていたし、河岸に出るまでは一帯に住むブルジョワたちが歓呼の声を上げて、公は終始にこやかだった。しかしポン・ヌフ橋を過ぎ、シャトレ広場にかかるころになるとぼろ服を着て日焼けした顔が目立ち始め、腕組みをし、しかめ面をし、唇をかんだ者さえ少なくなかった。それでも正面切って罵声を浴びせるものはいなかったが、ジェラールは行列について歩きながらピリピリした群衆の敵意を肌で感じていた。ラファイエットであれば熱狂して一緒に群衆がついて行ったであろう。オルレアン公と一緒に動いているジェラールは人々の腕組みや下を向いたつぶやきをかき分けていかねばならず、公もまた馬が人々をかき分けてくれなければ進むことが出来たかどうか疑わしい。市庁舎を前にして公は一時ためらい、ラフィトや二人の議員と協議しているようだった。市庁舎正面のグレーヴ広場にはロボー将軍、ショーナン、モーガン、オードリー・ピュイラヴォーといった強面の自由派議員が並んでおり、その誰もが険しい表情をしていた。ラフィトは議員のオディロン・バローに先に行って話をしてくるように言い含め、バローはちょっと頭を下げて、ためらうこともなくしっかりと市庁舎に向かって歩いて行った。彼がどんな話をしたのかわからないが、大丈夫だというようなサインを送ってきたのを見て、オルレアン公は凍りついたような人々の中を、蒼白な顔で馬を進めていった。市庁舎の前まで来て、公が馬から降りようとしていた時、数歩先にいた青年をもう一人が引っ張り、引きずるようにして遠ざかって行くのが見えた。青年が友人をにらみつけているのが分かったが、大柄の友人は青年の手を押さえつけるようにして無理に引きずっていた。ジェラールはその動きに気を取られていたので、気が付くと公はもう階段の上にまで達してラファイエットがこれを迎えていた。近くには理工科の学生が何人かいて抜身の剣を下げていた。ラフィト氏が大きな宣言書を取り上げ、隣にいた大柄な男に渡すと、男はこれを読み上げた。それが一八一五年の憲章であることはすぐ分かった。読み上げが終わると公は右手を心臓の上にあて、

「フランス人として、私は国になされた悪と流された血を嘆く。

プリンスとして、私は国民の幸福に寄与できることをうれしく思う。」

と宣言した。その時一人の目立たずにいた男が近づいて王に話しかけた。

「御用心なさい。我々の権利、民衆の神聖な権利をご存じのはずだ。もしお忘れになるようなことがあれば、我々が思い出させて差し上げますぞ。」

ジェラールはそれがあのラファイエットを市庁舎に出迎えた自称将軍のデュブールだとやっと気付いた。オルレアン公は一歩下がってラファイエットの腕を取って答えた。

「あなたが今言われたことから見れば、私のことをご存じないのだ。私は誠実な男であり、果たさなければならない義務がある時には懇願に負けてしまうこともなければ、脅しに屈することもない。」

ラファイエットは間をおかずに公をバルコニーへと伴なって行った。息子のジョルジュが父に三色旗を手渡し、固く握手を交わした二人の周りを三色旗がはためいた。群衆からはどよめきと共に一斉に拍手が起こった。三色旗だ。あの象徴は、とジェラールは自分でも感動を抑えられずに思った、今どんな言葉よりもフランス人の心を動かす力があるんだ。

急に緊張が緩んだ気がして、民衆の中にもほっとした雰囲気が流れていた。ジェラールは踵を返し、すぐ近くにある父の家へ寄ろうかと思いながら、これで良かったんだろうか、この三日間命を失った何百という人にとって、その命は無駄に散ったことにはならないんだろうかと、割り切れないものがこみあげてくるのを覚え、風が冷たく身に染みるような気がした。ふいにポンと肩をたたく者がいた。

「気持ちはわかるけどね。」

振り向くとポール・ラクロワだった。

「ほんの三日前、シャルルが作り出した無茶苦茶な暗黒時代の始まりみたいな状態を考えてみろよ。

思いもかけないほど良い方向に向かったんじゃないかな。それに、これで内戦になることもないだろう。九十三年の二の舞になることもない。流血を伴う復讐戦にならないで済むなら、この三日間は上出来というべきなんじゃないかな。」

「多分君の言う通りなんだろう。それにしても、何でそんなにいつも冷静にしていられるんだろうね、君は。」

「愛書狂だからさ。」

「冗談じゃない。僕だって、本を愛する点で君に引けを取るもんじゃないぞ。」

「分かってるって。君と出会ったのは河岸の露店古籍商のところだったし、ノディエさんと君以上にあそこで僕のライヴァルになる者はいないよ。」

ジェラールはさすがにこの良いニュースなら父も怒らないだろうと思い、この機会に最近の友人を紹介しようと考えながらサン・マルタン通へ向かった。

三十三、同窓会（一八六八年）

サンティエ通りの角のレストランにその日三々五々と六十を超えた客の集まって来ることに窓から通りを見ることとしかすることのない鼻眼鏡のサズラ夫人は興味をそそられたようだった。招かれた者達はほとんど男で、辻馬車からゆったりと降りてくる山高帽に毛皮のコートの者もいれば泥はねに汚れた灰色のズボンと平ぺったくなった鍔のない帽子を手でくしゃくしゃにしながら入って行くたびれた様子の者まで、一体何の集まりなのか鼻眼鏡を何度も直しながら覗き込んでいたサズラ夫人は、でっぷり太って、立派なコートに身を包みながらもじゃもじゃの顎鬚と白いものの目立つ長い髪がもつれ合って、しかしだらしなくはない不思議なエレガンスを漂わせた人物が馬車から降り立つのを見て思わず呟いた。

「おや、あれは「世界周報」のゴーティエさんではないかしら。それじゃあ今日の集まりもきっと芸術家か文士達の集まりなんだね。」

それならこの雑多な人種も服装の極端な貧富の差もよく分かるもんだわと老婆は一人合点して満足そうにつぶやいた。

「よう、テオの御入来だ。これでみんな揃ったな。それじゃ始めようじゃないかセレスタン。」

セレスタンと呼ばれた男はゆっくりと長身の、少し肉がついて来たとはいえまだかなりやせて見える腰をゆっくりと一番奥の席から浮かせた。

「それでは諸君、今日は私のためにお集まりいただいてありがとう。明日にはディジョンに発つことになっていて、もうこの歳だから次はいつパリに出てこられるかおぼつかないし、こういう機会にまだ昔のことを覚えている友人たちに会えたら嬉しいと思って来てもらいました。招待状にも書いておきましたがルイ・ブーランジェがディジョンの画学校の校長を辞めることになって、後任に僕を推薦してくれたもので、これでたぶん老い先の落ち付き場所も確保されたことだし、安心して余生を過ごすことが出来るのではないかと一息ついています。こうして『エルナニ』や『リュクレース・ボルジア』や『城主』の上演を一緒に戦ってきた戦友たちに再び会えるとは感無量で、もう何人も草葉の陰に去ってしまった人がいるのを考えると熱いものがこみあげて来るのを禁じえません。」

セレスタン・ナントゥイユが頰を右手で拭うのに、自分も熱くなってくるのを感じながら、ゴーティエは、とりわけジェラールの恐ろしい最期のことを、そしてそれを追うようにわずか二年後、文学者として成功する夢を断念して二度目の人生を摑もうとしたアルジェリアのモスタガネムで兄がなくなりましたという弟アンドレからの手紙を受け取ることになったペトリュスの死、あのころのもっとも大切な思い出が何百、何千という細かい断片となって胸を蓋がらせ、たぎり立ってくる。

ナントゥイユの隣に座っていた老人が手の中で平たくなった帽子をこねくり回しながら近づいてくる。大きな、飛び出しそうな目玉。ああ、フィロテか。それにしても髪はもうほとんどなく、髭も薄くなり、肌は色黒だったとはいえ、あのころはつやつやしていたのに今はところどころあざのようになり、皺だらけになって、一目同じ男とは思われない。

「久しぶりだね、テオ。いろいろ書いているな。僕は相も変らぬ役所勤めさ。」

「ああ、もういつ最後に会ったんだったかな。あの頃は『火と炎』の詩人らしく熱血が全身からほとばしるようだった。それで次の詩集はいつ出るんだい？」

老いた青い目は一瞬戸惑ったような色を浮かべたが、からかうような意地悪な微笑の下に暖かい共犯者を求める心の右手を感じて躊躇わず答えた。

「おお、それはブルジョワがいなくなった時にさ！」

さすがの切り返しだな、フィロテ。日々の暮らしに追われて、もうとうに書くのをやめ、それでも当節新刊ものが出る度きちんと目を通しては、何だこの情けない文体は、と歯がゆさの言葉を並べているに違いない。そういう姿こそ、かつて俺たちがいやらしいブルジョワ、半可通の知識で聖なる創作者の領域に知ったかぶりの忠告をするブルジョワと十羽一からげにやっつけたその日暮らしのちびちびした楽しみの消費者そのものだ、ということは自分でも分かっているはずだ。いや、そんな御託を呟いている自分こそ、と自戒を込めて、いやむしろ自嘲気味に、ゴーティエは猫を抱いて安楽椅子にふんぞり返りながら片手で記事を書いている自分の姿を思い浮かべた。あの才気煥発だが意地悪だったボードレールという詩人はなぜかフランス中にスキャンダルをもたらした詩集の献辞に自分を選び、自分をテーマにした講演会すら催して自分を讃えてくれたのだが、そういうこの自分こそ実は彼の言う「ブルジョワよりも千倍も危険なブルジョワ芸術家」なんじゃないだろうか。たまたま認められなくてペンを折り、日々のつまらない役所仕事を鬱々とこなしているフィロテと比べて、自分の方が本物の芸術家だなんてとんでもない自惚れだ。むしろその分だけ自分も年を取ったってことさ、と最後はがっかりするような諦めが襲うのを感じながら、と下を向きたい気分になった。だが、そんな気分にこいつを巻き込んでいいはずがない、ええ、そうだろう、フィロテよ。

「デュセニョールのアトリエはよかったな。いつでも油性絵具の匂いがして、その中にいるだけで芸術の場の中にいるっていう気がしたよ。」

「ああ、それにみんな何か必ず仕事を持ち出してきたしね。何か詩句や劇の台詞がほんの一杯のポンス酒の輝きに添えられてないことはなかった。」

「そんなに長い期間じゃなかったんだけどな。でもその頃はそれが日常で、いつまでも続くような気がしていた。」

「始まったのは『エルナニ』の少し後くらいだったかな。」

そう、多分きっかけは実はアルスナル図書館だった。当時貧しい文学青年が書くための材料を探して毎日のように通ったのは広い王立図書館以上に、むしろ懐かしいシャルルマーニュ校近くのこじんまりとしたアルスナルだった。そこで館長ノディエ自身が時々顔を出して本のアドバイスをしてくれたり、時には晩餐に呼んでくれることもあった。図書館の机の並んだ読書室から絨毯に覆われた石の階段の方に戻っていくと左手に館長の執務用の小部屋があって、その向こうには十人以上の客を迎えられる客間がある。ノディエはまだ老齢という歳ではなかったがかなり身体が痛んでいるようで、いつも誰かに支えてもらいながら暖炉の側のゆったりとした席について若者たちを迎えていた。時として彼の本宅のサロンの常連客だったフランス座支配人のテロールや、サン・シモン主義者として知られていたフランシス・ヴェイも来ていたし、ユゴーやデュマもしょっちゅう顔を出していた。愛書家のノディエはジェラールと気が合って聞いたこともない名前を並べては該博な知識を戦わしていたな。

三十四．アルスナル（一八三〇年）

「君はこれがなんだかわかるかね？」

興味半分にジェラールとノディエの手元を覗いて見たゴーティエは二重の輪の中に奇妙な印がちりばめられているのを見て目がくらくらする気がした。確かに見たことはあるような記号だが……

「ホロスコープですね。上昇点は宝瓶宮にある、真ん中に土星が来ていて火星を迎えようとしている。誰かルネッサンス期のフィレンツェあたりの人じゃないですか？」

「その通り、これはマルシリオ・フィチーノのホロスコープなのさ。フィチーノは自分がメランコリーの惑星である土星に支配されていると知って悲観してね、すっかり自信を無くしてカヴァルカンティに手紙で嘆いている。カヴァルカンティの方はプラトンもまた土星の影響下にあったのだと反論してね、フィチーノの完全な記憶はむしろ土星の支配からの賜物であるとまで主張してやったのさ。自信を回復したフィチーノは今度は土星に固有な黒胆汁こそが思考を高揚させて最も高次の事柄を理解させてくれるものだと言い切るようになる。」

「十五世紀はすごい時代ですね。世界のあらゆる事象を頭の中でとらえようとしている。それを絵の中に描き出そうとすると今の人の知識では単なる多神教時代の神話の戯れにしか見えない。あのイタリア人たちは古代以前の知識に宇宙の神秘的な構造が隠されていると感じてそれを何とかして捉えようとしているような気がします。」

「そう、それはやはりあのころの書物、それも忘れられた書物にこそ見出される。君はフランチェスコ・コロンナを読んだかね？」

「『ポリフィルスの夢あるいは眠りの戦い』ですね。テシュネルのガラス戸棚に並んでいるのをいつか見たことがあるんですが、ちょっと高すぎて手が出ませんでした。」

「ああ、それは君のような若い人にはまだ無理だろう。だがここにはちゃんと揃えてある。ほらこれだ。古い訳だが結構読みやすい。それに挿絵だけでも愛書家の口によだれがあふれてくるような代物だ。この時代のイタリアは何でも許されていたようだね。裸の女体が出て来るのはもちろんだが、この場面など裸でつながれて鞭うたれる女たちが描かれている。」

「まるでサド侯爵そこのけですね。」

「おや、あんなものまで知っているのか？　まさか持っているとは言うまいね。」

「いいえ、本当に話だけです。ジュール・ジャナン君がサドに興味があって二度のスキャンダルだとか、シャラントン精神病院に収監された次第だとか話してくれたもので。彼はいつでも明るくって、美男子なのに才気まであるからうらやましい。僕なんか一つの記事を生み出すのにも一晩考え抜くんですけど、彼はどんな題材でも酒のグラスを手に、女性と語らいながら片手間ですいすい書いてしまう。」

「いや、そんなに何でも簡単に書ける奴は結局何にも遺さないものさ。あのユゴーにしてからが、才気に任せて書きまくっているけれど、今の熱気が過ぎたら『エルナニ』にせよ『マリオン・ドロルム』にせよ誰が読んだり、上演したりするかしらね。それでもさすがに奴の才能は桁が違うからこれから何十年か生きて苦労を重ねればきっと百年後にも残るようなものが書けるだろう。だがジャナンはジャーナリストの才能が有りすぎる。『バルナーヴ』を書くほどの力があるなら、本腰を入れれば彼だって一流の作家にはなれるかもしれんが、今のままでは単なる劇評の王で終わるさ。ジャーナリズムってやつは麻薬みたいなところがあるからな。日々まとまった金が入るし、劇場からも作者からも、女優達からまでちやほやされる。だが才能を浪費させて気が付いたときはもう老いぼれてしまう。ジェラール、君は自分の才能をじっくり育てなければいかん。ジャーナリズムにはまったりするな。しかしあらゆる書物に通じるのは大事だな。さっきの話のサドだが革命前後を生き抜いた放蕩者の奇書は皆コートの下で手に入れたものだがね。女性を文字通り死ぬほど痛めつける話が多いんだが、なぜかあんなものを持っているとほのめかすとかえって婦人たちが話を聞きたがって口説きの小道具にもなったものさ。一方で中では百科全書的な知識を駆使してもいるし、宇宙に飛び出したりもする。ずいぶんたくましい想像力も持っていたようだ。だがそういった点ではとてもコロンナの足元にも及ばない。古代ギリシャの秘教儀式からエジプトの象形文字まで何でも出て来る。」

「ああ、それでは最近評判のシャンポリオンの解読とつき合わせてみたらどうなんでしょう。」

「うーん、残念ながらそれは全く違うようだね。そもそもシャンポリオンはギリシャ語と象形文字がパラレルになっている碑文を運良く手に入れたおかげでそれぞれの文字の読み方も意味も推定することが出来たんだが、コロンナにはそんなものは何もなかった。ただ形と秘儀の展開から象徴的に意味が透けて見えると考えたのさ。」

「でもそのほうが正しいのかもしれないじゃありませんか。そもそもシャンポリオンの解読が絶対正しいと決まったわけでもないし、すべての文書が出てきたわけでもない。それにたとえその読みがすべて正しいとしたって、そういう表面的な読み方の下に神秘的な別の意味が隠れていると考えた方がよく理解できるような場合もあると思うんです。」

「そうだね。ピラミッドは単純に墓だと信じられているが、たかが一人の死者を葬るために何万人という人夫を三十年も働かせてまで何故あんな形にしなくてはならなかったのか。出来上がる三十年前に何もない状態できちんとあの形や内部の空洞をイメージしてその工事の手順まで描くことのできた建築家はよほどこの世のあらゆる事象に通じた大学者だったに違いない。ヴォルネーは死のことばかり気にしていた国民としてエジプト人を頭から馬鹿にしているがとてもそんな無考えで作れるものとは思えないよ。」

「『セトス』を読まれましたでしょう？　ピラミッドの地下の空洞こそイシス、オシリスの神々への秘儀入門のための試練の場だという説に僕は大いに惹きつけられるんです。君主になるほどの人間はあれくらいの肉体と精神の試練を乗り越えることが必要だったというのは説得力がある気がします。あのころのファラオは神とみなされていたわけですから。」

「うん、確かに面白い考えだ。しかしあの話は少し陰気くさいね。セトス王子はあまりにも真面目一方で遊び心とか女性への命を懸けた想いだとかは持っていないようだ。そこへ行くとコロンナはすごいぞ。あれほどの該博な知識がすべて一人の女性への愛のために繰り広げられるんだから。しかもそれでいて多くの女性美の姿が描かれることもいとわない。」

「ずいぶんとこの本に入れ込んでいるんですね。」

「なにしろ全文暗記しているくらいだからね。」

「まさか、そこまで！」

「そう、じゃいいか、各章の最初の文字を連ねてみよう。最初はPだろう？」

「確かに。」

「それからo, l, i, a, m, f, r, a, t, e, r, f, r, a, n, c, i, c, u, s, c, o, l, u, m, n, a, p, e, r, a, m, a, v, i, t 違うかね？」

「驚きました。その通りです。」

「はは、単なるこけおどしだ。種を明かせば、折り句のようなものだ。フランシスクス・コロンナ修道士はポーリアを深く愛した。というラテン語を各章の頭にちりばめているんだ。フランス語訳者もそれを知っていてきちんとそれに合わせて訳したというだけのことだよ。」

その時若く愛嬌のある女性が近寄って来て二人の話をさえぎった。

「お父様ったら、また一人若い方を例の折り句の話で煙に巻いているのね。ほかのお客様がほったらかしにされてぶつくさ言っているわ。ジェラールさん、あなたにも話があるって人が来ているわよ。」

「これはマリーさん、失礼しました。誰ですか、その話がある人って。」

「やあ、ジェラール、久しぶりだな。革命の騒ぎで互いに行方を見失っていたよ。」

「ああ、ジャン、彫刻家か。それにペトリュスじゃないか。本当に久しぶりだ。でも会えてよかったよ。最近は我らが総帥もとんと顔を見せなくなってせっかく順調に船出したロマン主義文学もはけ口を失くしたみたいだ。」

「ヴィクトールは今自宅にこもって大歴史小説を書いているらしいね。あの人がそれだけ集中しているならきっとすごい傑作が出て来るんだろう。でも彼が不在だからって僕らがしゅんとしてしまうことはない。むしろ今こそ僕らがロマン主義の旗を掲げて自作を世に問うていかなくちゃいけないな。そうだろう？　今僕は詩集をまとめようと思っている。既に雑誌発表の作品もいくつかあるし、用意しているものもあるんだが、なによりきちっとした序文を書かなくちゃいけない。そこに僕らの魂を込めたいんだ。君のことも、それからこのジャン・デュセニョールみたいな芸術家のことも書きたいんだ。だからまた会おうじゃないか。アルスナルは勉強の場としてもいいし、会っておきたい人にも出会える素晴らしい場所だけど、ここで若者たちの熱狂をぶち上げたりすることはできないからね。そういうことはノディエ館長にも、そのお客たちにも迷惑なことだろうから。だったらもっとささやかでも僕らの住まいのどこかとか、安い酒場をたまり場にするとか、そうして同好の士を集めるんだ。厳選してさ。ほら、あそこにいる君の同窓、『エルナニ』の時派手なジャケットを着ていた彼なんかもいいんじゃないかな。彼がどんなものを書いているか、描いているかよく知らないけれど、少なくともロマン派の熱血、芸術家の魂を持った男だということはよく分かっている。その他にもとりあえず誘いたいと思っている名前はいくつかある。問題は場所だが。」

とまくし立てたボレルの頭にはジェラールが断るかもしれないというような考えは少しも浮かんでいないようだったが、実際のところボレルにとっても友人の中にあって唯一既に出版した書物と知られた名を持つジェラールを仲間に入れるということは極めて重要で、それが彼の当面の企ての中心ですらあったのだ。だからこの相手に答える暇も与えない矢継ぎ早の提案はむしろ彼の内の焦りと不安の現れでもあって、ジェラールの表情に明らかな同意、むしろ熱意と言ってよいほどのものを見て取った時の彼は努めて冷静を装いながら内心の喜びを隠すのに苦労していたと言ってもよかった。

「その点についてはピエール」

とデュセニョールが口をはさんだ。

「少し狭いが、僕のところを使ってもらえばいいんじゃないかな。製作中にだっていてもらって構わないし、むしろ大いに霊感をもらえるだろうし、そんなに不便な場所でもない。狭いったってとにかくアトリエだから、十人程度なら入らないこともないからね。あんまり暖房を使ってないから寒いけれど、だからこそ人数が多ければその熱気で暖まれるから、僕にとっても両得さ。」

「そうか、それじゃ決まった。明日にでもあのテオを連れてこいよ、ジェラール。ヴォージラール通りの角で、ニンフの背中から蛇口が出てる水道のところの向かいだ。他にも君がいいと思う人がいたら連れて来てくれ。」

三十五．小セナークル

デュセニョールは既に作品が世に出ていて、食べていくのに不自由はなかったが、それでも彼の工房は彫刻を何体も置くには手狭だったし、ましてや十人の青年を坐らせたりするような空間はなかった。ドヴェリア兄弟のクロッキーやアトリエの主自身が友人のルイ・ブーランジェを描いた肖像が飾ってあるのが金属的光沢を帯びた壁のボヘミア皮に浮かび上がって品の良い調和を作り出していた。その日ジェラールはテオの他にマケとフィロテを連れて来ていたし、ペトリュスはジョゼフ・ブシャルディを連れて来ていたが、この男はフィロテより色黒で髪まで濃い黒、眉毛も太くインド人のようだとテオはこっそりジェラールに耳打ちした。彼はゴーティエ同様に画家と作家の才能のどちらに賭けるべきかまだ悩んでいた。部屋の主のデュセニョールも画家の卵としてナポレオン・トマを紹介したので部屋に四つしかない椅子に掛けられない者の方が多かったが、青年たちは立ったままでお喋りするのに不自由を感じたりはせず、むしろひっきりなしに振り回され、空中に空想の線を描く手足には空間はいくらあっても足りないというくらいに口角泡が飛んでいた。

「テオ、君は絵画の道と詩と、どちらを選ぶつもりなんだい?」

「君こそ挿絵画家になるつもりなのか、むしろ劇作家を志すのか、どっちなんだ、ブシャルディ。」

「今のところは挿絵画家だな。イギリス人レイノルズ流を極めようと思っている。まだ挿絵は単行本に、しかもごく小さくしか使われないが、そいつがいかに下手な文章より読者の心をわしづかみにするか驚くべきものだ。肖像画用パンタグラフを知っているだろう? あれを改良すればもっと巧みに大量の挿絵を描くことが出来るようになる。僕はそいつの特許を取るつもりなんだ。」

「挿絵で読者の心をつかもうとするなんて邪道だと僕は思うな。作家はあくまでも文章で勝負しなくちゃいかん。逆に言えば画家は自分の絵に文章で注釈をつけるべきじゃないだろう。絵なら絵、文なら文だけで作品とすべきなんだ。」

「だから、それは君が絵が描けないから言うことさ、マッキート、それならそれで君の心を十分汲んでくれる挿絵画家を見つければいいじゃないか。僕は喜んで君の作品に絵を描く手伝いをする用意があるぜ。」

「絵を見せたんじゃ、民衆はたちまちいいように一人合点してしまって本当に考えるってことをしなくなるだろ。これからの民衆は大いに本を読むべきだし、また実際読めるようになると思う。そんな時ポール・ド・コックやスクリーブみたいなその場限りの感覚を刺激して一晩の娯楽を提供して、ああ面白かった、さあ次の日になったらもう何を読んだかも忘れている、そんなものばかり読むようになったらこの社会は一つもいい方向に行かないじゃないか。芸術家は人類を導く存在でなきゃならない。生まれるだけですべてが決まる貴族なんてものはもう死にぞこないでしかないけれど、芸術家こそがこれからの世界のエリートたる精神の貴族なんだ。」

「芸術家って言ったら画家のことじゃないのかい？」

「芸術家はこの社会で何らかの創造を行うものさ。画家や彫刻家や音楽家はもちろん、建築家も新しい形を作る。ノートルダムだのピラミッドだのをこしらえた人間が芸術家でないわけはなかろう？それに物を書く人間だって創造者さ。詩人ばかりではない。ヴォルテールやルソーは彼らの書いたもので社会を作り変えたんじゃないか。彼らだって立派な芸術家だ。」

「そう言う風に考えれば」

とジェラールも話に乗ってきた。

「そもそもそういう書物を大量に出現させることを可能にしたグーテンベルクやファウストだって芸術家と言えるんじゃないか？　新大陸を発見したコロンブスにしても、まず頭の中で新大陸の存在を考え出し、それから現実にその土地を海から浮かび上がらせたわけだ。」

「その飛躍には少しついていきにくいな。」

「いやヴァーブル、これは誰もが天才と認めるシラーがコロンブスという詩の中で言っていることなんだ。」

「また君のお得意のドイツだな。いや絶対に文学と言ったらイギリスだ。シェークスピアに勝るものなんか存在しないよ。」

「そりゃシェークスピアは偉大さ。でもその後誰がいる？　今のイギリスを誰が代表するんだ？　ウォルポールか？　ラドクリフ夫人かな？」

「何言ってるんだ。バイロン卿がおわしますじゃないか！」

「そうそう、バイロン卿だ、ニューステッドアベイだ。諸君、乱痴気パーティーだ。乱痴気パーティーをやらにゃいかん！」

「なんだかテオはもう酔っ払っちゃったみたいだな。」

「でもいい考えかもしれないぞ。今日は全く用意してないんだが、そのうちパーッとパーティーをやろう。だけど今日のところは固めの儀式としてレストランでささやかに豪華に晩飯を食うっていうのはどうだい？」

「悪くないね、ジャン。ホスト役の提案ならそういう風にしよう。で、どこがおすすめなんだい？」

「そうだな。少し遠いけど、エトワールの城壁に行ってみないか？　安くてうまい店があるんだ。」

如何に金のない青年たちといえども腹ごなしの名目でシャンゼリゼをてくてくと歩き通すのはかなりきつかった。幸い晴天でパリ名物のぬかるみの泥撥ねで服を汚すといったことはなかったものの次第に口数が少なくなって行くのが彼らの疲労と不機嫌を物語っていた。

「ほらあれが僕らの目指す「小さな赤い水車小屋」さ。」

シャンゼリゼの並木の果てはいっそうこんもりと木立が繁るその前に何軒か貧相な居酒屋が　薄汚れた屋根を並べていたがそこに目を抜くように真っ赤に塗られたバラックのような建物が目についた。

「こいつはすごい。まるで血の色だ。」

「血の色は食い物の色さ。まあ中に入ってみろよ。」

入ってみると中はむしろ殺風景なむき出しの白壁と黄色っぽい床で鉛のカウンターには陶器製の田舎風の家禽や壺が置いてあるばかりでテーブルは船の板材のような粗末なもの。ベンチも同じ板で作られていた。

テーブルには錫製の皿が並べられ、くすんだグラスが添えられていたが、それで見ると客は皆同じ料理を出され、同じ飲み物を飲むしかないのかと思われた。蒸れた小麦の発するむっとする匂いが漂ってきたが見ると厨房の扉は半開きで、いくつも鍋が吊るしてある竈の前には白い上着を着込んだシェフらしき男が横顔に見えたが、一目見るなりナポレオン・トマとブシャルディはおおと叫んで扉の中へとふらふら引き寄せられていき、その様子に引かれて目を向けたゴーティエも間もなく立ってそちらへ歩いて行った。何が彼らをそんなにひきつけるのかとジェラールやボレルがいぶかしがるうちに主人が三人を引き連れたまま挨拶に来たが、さすがにここまで来ると誰の目にもとてつもなく大きなこの男の鼻が絵描きたちの本能を刺激したのだと合点が行った。テオが後から行ったのは、つまり彼が近眼だったからなのだ。

「イラッシャイ、オキャクサンタチ、ワタシグラツィアーノイイマス、イゴヨロシクネ。」

訛りのある言葉づかいを聞くまでもなく彼がイタリア人であるのはよく分かったが、それもきっととびきり地中海の濃いナポリ方面の顔に間違いなかった。画家三人はもう紙切れを取り出して主人の顔のクロッキーに取り掛かっていたが料理長はにこにことしてされるままになっていて、きっとこんなことは珍しくないのだろうと思わせた。

「君は描かないでいいのか、ジャン？」

「僕はもう何度も描いたからね。今度はちゃんと石に彫らなくちゃとは思ってる。グラツィアーノ、皆にワインと、それからいつもの料理だ。」

「ワカッテマス、ワカッテマス、ホカニダスモノナイネ。」

やがて鍋のような大皿が運ばれてきたのを見ると真っ赤なトマトソースをかけたほかほかのマカロニである。

「言ったろう、赤いのは食い物の色だって。」

「パルメザン、パルメザンイッパイカケルネ。」

　グラツィアーノは蝋燭型の木の棒のようなものをねじると、その下から黄金の粉がしぶきのように赤いパスタの上に舞い降りた。

「見た目は今一つだが、確かに味は抜群だな、デュセニョール。それでこのワインは何て名前なんだい？」

「ラクリマクリスティアルネ。」

「ナポリの地酒だよ。キリストの涙ってことさ。高級なものじゃないがこのパスタにはよく合うんだ。」

「悪くないよ。僕はイタリア料理に惚れたな。是非家でもイタリア料理を作るようにならなくちゃ。」

「アア、カミノナガイダンナサン、オウチガデキタラワタシヤトッテクダサイ。」

「ああ分かった。将来僕が一軒家を立てる時が来たら迎えに来るよ。」

　そんな時はいったい何十年先かね、とテオは口の中で呟いた。

「それにしても、マカロニを食べるだけじゃブルジョワそのものだな。」

「フィロテ、また君はブルジョワ的なものを何でも嫌うけれど、こんな地の果てまで歩いてお化け屋敷みたいな真っ赤な板の家に入ってみごとに芸術的な大きな鼻を眺めながら食うマカロニはそんじょそこらのブルジョワが味わえるもんじゃないぜ。」

「うーん、今一つ刺激がね……」

「そもそもブルジョワって正確には何なんですか？」

とおずおずマケが尋ねたが、リセの優等生で復習講師になった彼は自分こそ典型的なブルジョワと見られているのではなかろうかと密かに不安に思っていたのだ。

「ブルジョワとはだな、」

とゴーティエが早速引き取ったが、彼は同級生の弱みを知り抜いているのでこれをからかってやりたくてうずうずしていたのだ。

「市民権を有するある町の住人、これがアカデミーの辞書に載っている定義だが、アカデミー会員が死滅の危機に瀕しているのと同じくらいこの定義ももうカビが生えてしまっている。ブルジョワは耳まで届く襟のシャツを——と言いながらじろっと横目でマケの襟に目を這わせ——ブルーのフロックコートでくるんでだな、下よりも上に広い帽子をかぶり、ポケットには金鎖につけた銀の懐中時計——いいかい、金鎖につけた銀の奴だぜ——を忍ばせる。夜にはコットンのナイトキャップをかぶり、ヴォルテール全集を書棚にそろえたままページも切らず、トゥーケの嗅ぎ煙草入れを愛用し——ジェラールはかつての大尉が父に贈り物にした店の品物を思い出した——ヴォードヴィル座とオペラ・コミック座に通う。何よりいやらしいのは彼が文学や芸術の通ででもあるかのように一度か二度見ただけのフランス座の知識を振り回すこと。ラシーヌの言葉は神々しいが、若造のユゴーも素質は悪くない、文学コンクールではいい文章を書いていたのに、だんだんフランス語がめちゃくちゃになった。カジミール・ドラヴィーニュを見習うべきだ、なんて息子や妻の前で一杯機嫌になっては一席ぶつような三十代後半の男さ。」

　最初思い当たることがないでもないのでびくびくしていたマケだがしまいには笑い出してしまった。ブルジョワ嫌いが骨の髄までしみついているフィロテなど腿肉をぴしゃぴしゃ叩いて喜んでいる。

「まあフィロテの言うことも一理あるよ。ここのマカロニは飛び切りうまいし、ここの亭主も、店の雰囲気も最高だけれどわが小さなセナークルにも何かエンブレムとなるようなものが欲しいね。」

「そら、今何と言った？　デュセニョール。その言葉決まりだな。ユゴーの主催する偉大なセナークルに対して僕らの集まりを小セナークルと呼ぼうじゃないか。小セナークルの本部はジャン・デュセニョール邸、出張先は小さな赤い風車と僕は宣言するよ。」

　ボレルのカリスマ的な一言が皆の気を一気に引き立て、一同は改めて小セナークルの名でラクリマ・クリスティを飲み干した。

「それじゃあ改めて今度本部で固めのパーティーをやろう。」

「分かった。僕が小セナークルにふさわしいエンブレムを準備してくるよ。」

「ジェラール、何を用意してくれるんだい？」

「そいつはその時のお楽しみさ。テオ、明日そいつを準備する手伝いをしてくれよ。」

三十六．伏魔殿

デュセニョールは厨房を持っていなかったが鍋を二つ借りてあって、出せる者が一フラン、二スー、それも出せない者は薪の代わりになる枯れ木の枝という風に持ち寄って何とか肉らしいものを手に入れ、鍋の一つに入れ、その肉が普段あまり使われていないのでむしろ主人の工夫を凝らした彫刻で男女の顔などが彫刻された暖炉の火の上にかけられていた。ボレルはいつものジャガイモ二個を供出して慎ましいシチューに彩りを添える。もう一つの鍋は後でのお楽しみさとデュセニョールは意味ありげに目配せして、後はジェラールとテオの持ち込むサプライズを待つばかりとなった。この日は新たにアルフォンス・ブロが『愛の歌』という詩集を手に加わったし、ボレルがしばしば厄介になっているると紹介したレオン・クロペという建築家も現れ、こいつはノエル、すなわちクリスマスさ、とボレルは彼の名前をもじって紹介しながら、何て言ったって僕がジャガイモにも事欠くようになった時にはプレゼントを靴下にそっと入れてくれるんだからなと片目をつぶった。狭い部屋は次第に男たちで一杯になりデュセニョールは床に直に古毛布を何枚か敷いて皆に座らせた。

「ちきしょう、誰かすてきな女の子がいたら椅子に座らせてやれるんだがな。」

と主人役がちょっぴり残念な顔をすると

「まあ、そいつは今においおい現れるさ。今夜は友情の固めの日だ。男だけの方がふさわしいじゃないか。」

ボレルが真面目な顔でなだめた。コップや皿の数も足りなくて、どこか居酒屋から借りて来たり、近くだからと自分の部屋から持ち寄ったものもいて不揃いながらなんとか宴の支度ができたころようやくジェラールとテオが何か大事そうに袋に包んだものを持って現れた。ゴーティエは例の赤チョッ

キを着こんで大仰に袋を抱え込み、

「諸君、よくごろうじろ。そんな不揃いのコップなぞよりよっぽど我らにふさわしい盃を用意してござったのじゃから。」

と言って袋からさっと取り出して両手で恭しく捧げたのはなんと骸骨で頂に何やら銅でできたくぼんだ丸いものをボルトでねじ止めしてある。

「ニューステッドアベイでは髑髏の盃を白い肌の淑女たちがさも嫌そうな顔をしながら飲み干したそうだぜ。まあ残念ながらここに女子はいないが。そいつはひょっとして肺病で死んだどこかのお姫様のおつむかい?」

とヴァーブルがいかにもイギリス通らしい感想を述べながら尋ねると
「残念ながら親父の診察室にはそんななまめかしいものはなかったんだ。」

とジェラールが生真面目に答える。

「へえ、でも君のお父さんは婦人科の医者だったんじゃなかったかな?」

「ジュール、ジュール、婦人科医は生きている御婦人を生きたままお帰しあげなくちゃいけないんだぜ。こいつは親父がモスクワから帰った折りに戦場から持ち帰った鼓手のものさ。ほかの身体見本と一緒にガラス棚の奥にしまってあったものをこっそり持ち出して来たんだ。」

久しぶりに帰ってきた息子を見てエティエンヌ医師が渋い顔をして見せながら内心喜んでいるらしいのに、帰りの挨拶もせずにこのいたずらをやってのけたジェラールは少し良心の疼きを覚えながらテオに銅のコップを取り付けてくれるよう頼んだのだ。

「それじゃあ部屋を暗くしようか。いよいよもう一つのお待ちかねと行こう。」

デュセニョールは立ち上がってさっきから暖炉でたぎっていたもう一つの鍋を取り、用意してあったレモンの輪切りにシナモンの粉を振りかけたものを敷いたボールの上から薫り高い紅茶をたっぷり注いだ。さらにその上からジャマイカ産の真っ赤なラム酒をそっと表面に浮かぶようにそっと注ぎマッチを近づけて火をつける。フィロテに手伝ってもらって七色の炎が一メートル近くも燃え上がる大きなボールを満座の中央に運ぶと
「ポンスだ。ポンスのボールだ！」

と感嘆の声が一斉に上がった。暖炉の火を用意してあったキャンバスで隠してうっすらとざんばら髪をした長身の男が美女を右手に抱きすくめたシルエットが浮かび上がる中にポンスの炎が踊り、車座に座る男たちの影が化け物のように膨れ上がってアトリエに林立する画架や彫りかけの石材と交じりあい、得体のしれぬ不思議な形が壁や天井に妖しく揺らめく。テオの捧げ持つ髑髏の目は開き、顎が垂れ下がって歯が見える気がする。なんだか笛の様な笑い声が聞こえる。

「止めてくれテオ、本気で怖いんだから！」

ブロが悲鳴を上げた。

「いや、僕は何もしてないよ。」

とこちらは涼しい顔。しかし指の先がかすかに動いていたのはジェラールにも後ろから見えた。そ

れにしても笛のような音は果たして風だったのか？

「さあ、こいつでポンスを回し飲みだ。」

大きなボールの中身をそっと骸骨の上に傾けたが、やはり髑髏全体にラムがしたたり落ちてしまう。

「わあ、燃える髑髏だ。本当にこりゃ地獄の光景だな。」

感に堪えたように言ったのはゴーティエで彼はこの場面の美的な効果に心を奪われているのがありありと分かった。主役のデュセニョールは真っ先にボレルに骸骨を回すと、こちらは厳粛な面持ちで受けて、

「われらここに小セナークルと名乗ることを宣言する。この名を知るものが選ばれた者達だけであるように、いつかこの者達こそが本物のセナークルなのだと言われるようにならんことを！」

一気に飲み干された熱い盃は次にデュセニョール、ヴァーブル、ゴーティエの順で開けていくとブロが少し震えながら手を出すので、

「そら坊や、落とさないように気をつけろ。」

からかわれたブロはさも渋々といった感じでようやく一口飲みこんだだけだった。

「給仕、海の水だ！」

受け取ったジェラールが誰もいない奥の壁に向かって叫んだので、

「何だいそれは？」

とブシャルディが交ぜ返す。

「ユゴーの『アイスランドのハン』を読んでごらんよ。飲んだくれの処刑役人より千倍も恐ろしいのは息子のされこうべで作った盃で海水しか飲まない人殺しの怪物なのさ。」

「いっそのこと血を入れて飲んだらどうだろう？」

フィロテが訳知り顔で言った。ジェラールは盃から顔を上げて

「お、これはラムネー神父だな。でも『信者の手紙』で血を飲んでいるのはどうやら悪魔達らしいぞ。」

「それだからいいのさ。俺たちに天使の饗宴が似合うと思うかい？　髑髏の盃に地獄の炎、まさにこれはサバトじゃないか。誰か怖い話をしてみないか？」

「それならやっぱりジェラールに限るな。ドイツには一杯そんな怖い話が転がっているだろ？」

「分かった。レノールの伝説をやってみる。真夜中にレノールは冒瀆の言葉を吐いた。戦いに行った兵士たちがみんな帰って来たというのにどうしてあの人だけが帰って来ないの。神に情けがあるものか！　私なんか生まれなければよかったのよ！　途端に扉でクリンクリンクリンとベルを鳴らす音。まあヴィレムお帰りなさい、無事だったのね。でも騎士は武具も解かずにレノールを馬の腰に抱き上げる。何でこんな夜中に、一体どこへ行くというの。今夜中に行かねばならないんだ。君も一緒に来なければ。なんだか不安にせかれるままに、せっかく会えた夫と別れたくない若妻は必死に馬の尻にしがみつく。ホップ、ホップ、ホップ、フラー、死者たちは早いぞ。馬は風邪のように真っ暗な野を駆ける。森を抜け、山を越え、川を渡り、ホップ、ホップ、ホップ、フラー、駆ける馬も騎士の鎧も夜の中不気味に白く輝いて、二人はいつの間にか墓石と糸杉に囲まれていた。プカンと墓石が開く。

鎧が落ちて、兜が落ちて、騎士も馬も今や骨ばかり。凍りつくレノール、遠い戦場で死に果てた恋人を彼女の狂気が呼び覚まし、冒瀆の言葉を合図に迎えに来たのだ。」

次第にポンスの炎が収まって、部屋全体も暗い夜に沈んでいく。ゴーティエが邪気を振り払うように声を上げた。

「ほら、ほら、もう怖い話はいいや。今度は酒瓶が女に化けて一緒に踊り出すような話をしようぜ。さあすきっ腹を満たして飲み直しと行こうや。」

若者たちは吹っ切れたように歓声を上げ、シチューを皿に取り分けたり不揃いのグラスに赤いワインをついで回ったりした。

「それじゃあ、女の子が一人もいないんだから、せめて女の話でもしようぜ。」

「女と言ったらそりゃやっぱり金髪碧眼だな。オシアンの歌い上げる消え去るような細い美女たち、ヒースの野に射す光のごとき、秋風の、はたまた夏の嵐にも輝く陽光のごとき」

「よせやい、ヴァーブル、いくらイギリス好きだからってあんな抱きしめたら折れてしまいそうな針金は願い下げにしたいぜ。きっと月の光のように情の薄いお姫様だろ。フランス女やドイツ女だって冷たすぎると僕は思うよ。愛すべきはなんといってもスペインかイタリアの女さ。レモンのような肌、大きな造りの鼻と長い睫の瞳、眉毛は反り返って、唇は冷酷さを秘めた高慢なくらいがいい。そうして髪は金髪でもいいが、やっぱり豊満で抱き心地がいい女がいいね。」

テオは故郷のタルブのことなど覚えてもいないが、いつもどこか南、とりわけピレネーやその彼方への憧れが人並み外れて強かったのだ。

「僕はあんまり顔や胸にはこだわらない方でね、とブシャルディ、いつだって地面の方を見て歩いているんだ、そうすると時に赤いハイヒールが見え、その上にむっちりとした白いストッキングが見えるのさ。そうなればその上にはあの白と赤のガーターがはまっている。」

「おいおい、そんなものが見えるのか？」

「もちろん想像するだけだよ。でもそんな白い、泥撥ねも上がってないきれいな靴下をはくような子は、きっとそんなガーターをしているに違いないんだ。」

「そうしてその上を辿って行けば、髪を半分くらいしか隠してない帽子があって、英国風にカールした髪があるんだろ。なんてったって女の着付けの細部は中身以上に重要だからな。」

「着付けの細部に英国風が混じってればそれでいいんだろ？　だけど英国女はやたら操が固いからな。僕はこの間金髪で島風の訛りで、とってもかわいい女の子に目をつけて十五日も路上で追いかけてみたんだが、構わないでくれ、の一点張りでさっぱり脈がなかった。」

「それは君の諦めが早すぎるのさ、フィロテ、十六日続けていたら結果は違ったろう。君はまさに彼女が降参しかけていた時に立ち去ったのさ。」

「その子を見てもいないのによく言うね。その子にだって好きな男がいたのかもしれないいじゃないか。」

「女なんて誰しもそんなもんさ。もちろん女だって誰に対しても正札っていうわけじゃない。ただ誰に対してであれ貞節であり続けることはできない。どんな女でも落とすことはできる。」

「君は自分が色男だと思ってうぬぼれているのさ、テオ。」

「色男になるっていうのは天性じゃない、たゆまぬ観察と努力で磨き上げる技術だからね。女は愛情から降参しなくても、退屈から降参することもある。錠前が捻じ曲がっているなら無理強いにこじ開けるのではなくて、その錠前に合った鍵を作るべきだ。本物の鍵を見つけるのが一番良いが合鍵を作る努力ぐらいはしなくちゃ色男にはなれないぞ。たとえば僕の手と彼女の手が近づいたら、まず何気なく肘を押して、ますます手が近づくようにする。そうして右手で相手の手を握る。相手はさりげなく振りほどこうとするだろう、そうさせないように少しきつく握る。」

話しながらテオの右手はいつの間にかフィロテの左手を握っていたので、相手は本気で振りほどいた。

「それからは別に言葉はなくてもいいんだ。ただ優しく握りしめながら女が安心するまでじっと微笑みを浮かべる。それで女が強く振りほどかないようだったら今度は左手で握るんだ。右手はどうするのかって？　もちろん女の背とソファの間に隙間を作って忍び込ませる。そうしていつの間にか腕まで背中に回り、二人の位置はますます近づくだろう。その間に愛の言葉なんか囁く必要はないんだぜ。むしろ二人がよく知っている誰かの噂をするとか、最近読んだ本の面白かったところを話してやるとか、とにかく相手が上の空で聞いていても大丈夫なようなつまらぬことをなるべく柔らかい言葉で話しかける。ここまで来たらもうしめたものさ。女は君に手に口づけさせてくれるだけでなくもっと親密な印まで与えるだろう。」

「ブラヴォー、ブラヴィッシモ、テオ！　大したものだ、この放蕩者め。そうやって一体何人の貴婦人を誑し込んだんだい？」

「いや残念ながらこんなのはすべて机上の空論に過ぎないのさ。実践してみたのはほんの一人、二人のお針子相手で、そんな時はこんな手間暇かけるほどのこともないからね。」

「そういうのは気が滅入るなあ。君たちには愛って感情はないのかい？　まるで肉体だけが問題みたいじゃないか？」

「つまり君はだね、ジェラール、僕は詩を作っていますって言って、女の子の目の色が変わって、君が詩を朗読するのを聞いて目を潤ませ、手をもみしだき、いつかあなたが大悲劇作家になるのを信じていますわって、ひたすら貧乏に耐えて君が帰って来るのをどこかの屋根裏で、いやきっと君のことだからどこかの田舎の村で、刺繍の内職でもしながらけなげに待っているようなそんな女の子が欲しいんだろ。故郷のヴァロワにどんな可憐な女の子がいたか知らないが、残念ながらたとえそんな子がいたとしたっていつまで君を待ってなどいるものか。女の子だって生活しなくちゃいけないんだぜ。それに待っていればいるほど歳を取るんだ。男が成功して戻ってきたころにはもう子供も産めない老嬢になってしまうかもしれない。精神の愛はもちろん崇高だよ。しかしそれを捧げるべき相手はどうしたって肉体を持っているんだ。」

「そんなこと分かっているさ、テオ。でもその肉体にそんながつがつした目を向けたくない。勝利の花束を足元に捧げるというのはそりゃ美しいことだけどさ。そんな日は来るとしてもきっと遠いかなたの日だろ。僕は今世間の誰もが僕らの作品を一フランにも値踏みしないこの今日、その胸にしっかりと抱いて癒してくれるような女の子なら誰でも構わないような気がするんだ。」

「おやおや、ひどく感傷的に、しおらしいことを言うじゃないか。」

ペトリュスがたしなめるように言った。

「でもそれじゃあまるで敗北主義だぞ。理想の女性を選ぼうとすらしていない。それでいて君には出版してくれる本屋も、いざというときに頼れる親もそろっている。俺なんか裸同然だ。名誉も金もあまりあまるほど欲しい。何が何でも欲しい。それに女も是非にも必要だ。だからこそありきたりの女じゃあ我慢できない。夢見るような女が欲しい。絹やモスリンに埋もれて父親のなり夫のなり閨房深く閉じ込められているのを無理やりにでも奪って見せるさ。詩人としての力を世界に認めさせてね。」

「ああ、そういう思いは分る。君の届かない恋を、塔の上の美女を狼のように焦がれ求めるんだね。まさに狼狂の面目躍如だ。」

「それにしてもジェラール、俺にはちゃんと塔の上の王女がいるんだぜ。激烈な思いだって、ちゃんと肉体を備えた娘に向かって駆けあがろうとするんだ。たとえ今の身分は幾百里離れているとしてもだな。ところが君は現実に誰か好きな女性がいるのかい？　遠くであれ、近くであれ。」

そういう風に言われてしまうとジェラールはもごもごと口ごもってしまうほかない。彼らの言う通りなのかもしれない。若い女の子と見ればそのたびに人並みに血が騒ぐ。ノディエの娘のマリーだって、アシールの妹のロール・ドゥヴェリアだって、最近とみに美少女に育ってきたテオの妹たちにだって。いやアシールのアトリエでちょいと垣間見ただけのムゼッタにすら、この女の子をどうにかしたいという思いは砂嵐のように湧き起る。しかしそれは女の子がいなくなってしまえばまた砂が地上に降るようにたちまち消えて行ってしまう。テオは血が騒いだらまず誘ってみる。誘ってみてますますそそられる、という軽さでひょいひょい恋愛の岩山を登って行くのだが、自分の気持ちはそういう風に一人の娘に引きずられることがほとんどない。あのソフィーにしたって、結局自分の方からは何一つ求愛らしいことはできなかった。今思ってみれば彼女は僕の方から告白するのを待っていたのかもしれない。だがどうしてもそういう気になれなかった。あの頃ソフィーほど好きな女の子はいなかったのに「君が好きだ、結婚して欲しい」と言ってしまえばそれは嘘になってしまう気がして口に出せなかった。

小セナークルの集まりは滅多にこんな御馳走がふるまわれることはなかったが、誰かがデュセニョールの仕事ぶりを見ながら自作の詩を朗読したりクロッキーを見せ合ったりしていない日はまれだった。出来が悪いとなると容赦ない批判の言葉が飛び、詩句は節ごと削られ、クロッキーも大幅に修正された。デュセニョールが石を掘っている時だけはやり直しがきかないので細心の注意が払われたし、周りの皆も来ること自体を遠慮したり、やって来てもほんの小声で肝心な用事だけ囁いたりした。しかし彫刻家が粘土をいじり出したり、デッサンで構想を練ったりする時になると、批評家たちのためつすがめつも始まったし、時には本人が腹を立ててあらかた出来上がったケルビムの像を翼ごと叩き壊してしまうなどいうことも起こった。

三十七．社会勉強

ジェラールはローランシーの依頼で『ドイツ詩人選』を編集する仕事を終えた後同じシリーズで十六世紀詩人選を作る詩人を選ぶために王立図書館に通う日々が続いていた。一方でこの頃とみに親しさを増していたポール・ラクロワの主催する「十九世紀メルキュール・ド・フランス」紙の編集部にもよく顔を出していた。

「やあジェラール、どうだい、何か新しい本は見つかったかい？」

「いや、ポール、今は『詩人選』に忙しくて本屋へ行っている暇もないんだ。それに十六世紀プレイヤッド派の詩人を読んでいるうちにロンサール風の詩を書きたくなってね。今色々と試しに作っている所なんだ。」

「今は政治ものはやってないんだろ。出版しにくいし、それに不満は世に満ち満ちているようだけれど、君自身は少し幻滅して引いちゃっているようだからな。ロンサールにも合わないだろうし。そうなりゃやっぱり恋愛詩だな。誰か好きな人でもできたのかい？」

「いや、それが」

と頭をかきながらもジェラールは、さすがにラクロワは上品な表現をすると思った。小セナークルの仲間なら、どこかでかわいいひよっこを仕込んで来たんだろ、とかひどく直接的な表現をしかねないところだ。
「蝶々の詩なんだ。夜のじゃないぜ。昼の蝶々だ。
蝶よ、茎なき花よ。
飛び回れ
我が網にかからんか
無限なる自然の中で
花と鳥の
合間に咲く
という具合だ。それからいろいろな種類に触れてやる。黒と黄の牧神蝶《フォーヌ》、紺碧の軍神蝶《マルス》、すばしこい火山蝶《ヴュルカン》、といった風にね。」
「そういう博識はいかにも君らしいな。けれどつまりこの蝶っていうのは本当のところ女性のことだろ？　地上より天に向かう美しさっていうのは何ともロマンチックだ。でもそれじゃあ一人の女性には集中しないんだな。君のはいつまでたっても恋に恋する青年だ。」
「そんな詩人がいてもいいだろ？　若くても老人のような顔で本を出す奴もいるけどさ。」
「そらまた僕の『パリのウォルター・スコットの夜』を揶揄するんだから。まあ小説でそんな当てもなくふらふらする空想を語るわけにはいかないからな。きちんと性格の定まった人物を描かないと。夢のような恋を語るのは詩人の特権だよ。」

「特定のとはいかないけれど一人に絞った詩を作りたいとは思っているんだ。どこか城の窓に現れて、それを夢見ているというような。」

「やっぱり夢なんだな。まあ、それが君らしいのかもしれない。それにしても変わった詩型だな。小オードってなんだか少し矛盾してないか？」

「確かに、本来叙事詩がやるような崇高な歌い上げを抒情詩の分野でやろうというのがオードだから。それを軽い形にっていうのは妙なのは知っている。でも僕はオードをやってみたいとは思うんだけれど、ユゴーのまねはできないと思うんだ。僕に向いているのはむしろベランジェ風の軽さに乗った流れで、それでいて内容的には天の方を向いた、そういうものを目指す方がいい。」

「ベランジェといったらむしろ地上を向けというようなものばかりじゃないか、それに崇高なものばかりじゃ飽きられるぞ。君もユゴーの弟子なんだから、何かグロテスクなもの、恐ろしいものを組み合わせなくちゃいけないんじゃないか？」

「こんなのはどうかい？　馬車での目醒めを詩にしたんだ。

僕は見た――樹木たちが道の上を
敗走する軍隊のように逃げ惑っていた
僕の足下に　まるで風にあおられて騒ぐように
大地は泥土や石ころの波を押し流していた

鐘楼が緑の野の中を
漆喰に降られた瓦を寄せた家々を
背に赤い烙印を押された白い羊の群れのように
足並みを乱して引き連れ逃れる

酔いどれた山々は傾き
大蛇のような川が谷全体を
巻き込むように走って行く
僕は駅馬車の上で目醒めたところだったのだ。」
「ああ、これはなかなかいい。ホフマン流だね。現実の光景なのにまるで悪夢が始まったかのようだ。ところで悪夢といえば牢屋へ行って来たんだって?」
「ああ、そのことか。」
と苦笑しながらジェラールは牢屋に入った顛末を語った。
「いや、あれは関の近くの酒場で、仲間たちと例の髑髏の盃で回し飲みをやった後のことで、みんないい気持ちで深夜の道を歩いていたのさ。ダゴベール王の歌なんか歌いながらね。そうしたらいつの間にか気が付いたら道の先と後ろを警官が固めているじゃないか!あれ、という間にテオやペトリュスは消えちまった。どうやったのか分からないけれどね。警官たちが『髪と髭の長い奴を捕まえろ！』って叫んでいるのが聞こえたけれど、何で髪と髭を伸ばしっぱなしにしているのが牢屋に入らなければならないほどの罪にならなきゃならないのか酔って朦朧とした頭にはよく呑み込めなかった。僕とナポレオン・トムと、そのほか何人か一緒に居酒屋にいた奴が捕まえられて、馬車に押し込められ、気が付いたらパレ・ロワイヤルの留置所に入れられていた。いや、あそこはひどい場所だよ。ごろ寝するほかないんだが、その床板が傾いたりへこんだりしている始末だ。それでも泥みたいに酔ってるからそのまま寝ちまった。それで朝になったらしいってんで、ごそごそ起き出して、おーいってみんな叫びだした。夜更かしの騒ぎくらいで捕まえたんならもう出してくれてもいいだろっていうわけだ。ひとしきり大声でどなりたてていたら、眠そうな目をした不機嫌な警官が現れて、『静かにしろお前ら、ラセイエットの一味野郎が！』なんて言うんだ。」

「ラセイエット伯爵だって？　それは例のプルヴェール通り事件の首謀者とされている人物じゃないか？　舞踏会中の国王一家を襲ってアンリ五世を王位につけようとしたって話だろ？　それはいつのことだった？」

「はっきり覚えてないんだが、二月の初めだったような気がする。」

「それじゃまさにその事件だ。王党派の国家転覆の陰謀に加担したとみなされたわけだ。それにしては、長髪と髭を狙ったというのは妙だな。それはブーザンゴの特徴だが、ブーザンゴと言えばウルトラリベラルな青年たちじゃないか。それにそもそも君は彼らと親しいのかい？」

「いや、ペトリュスがあの連中とよく話をしていたのは知ってるが、彼らの名前なんかもよくは知らない。」

「そうか、警察はあの事件を口実にして王党派だけでなく過激左翼まで一網打尽にしようとしたんだろう。年の初めに起きたトゥール・ド・ノートルダム事件なんか名も知れぬ下男風情のやったことで王党派の陰謀である可能性だって十分あるんだが政府は共和派の陰謀だと断定している。何が何でも共和派をつぶしてしまいたいんだろう。ペトリュスはそれを敏感に察知して逃げたに違いない。」

「そりゃ本当に良かったよ。ナポと僕なんか本当に何も知らないから絞られても何も出て来るはずがないけど、ペトリュスなら知ってることはあったかもしれないからな。ともかくその日は食事も与えられずに夕方になった挙句、ナポと僕だけサント・ペラジー監獄へ移すってことになったんだ。牢獄とか犯罪者を観察する絶好の機会だとは思ったんだけどさ、有料監獄にしますかって聞かれたときは一も二もなくそっちに飛びついちゃったんだ。」

「まあ、それがいいだろうな。そのほうが早く出られる可能性も高いと思うよ。」

「で、看守が交際相手はいりますかって聞くんだ。なんだって、交際相手？　それがまさにこの泥棒、強盗の類だな。安全に観察する願ってもないチャンスだから行ってみた。そうしたら看守がこっそり、あそこにいるのがフォッサールですよって耳打ちするんだ。」

「おお、それはあのメダル盗難事件で有名な？」

「そう、王立図書館はずいぶんと貴重な資料を失くしちまったもんだ。かなりのものが鋳つぶされてしまったみたいだからね。それにしても有名人だしさ。なんだかいかにも悪い奴のような気がしたからナポときたら頭骨の形を調べてみようなんて言い出して触れさせてくれってフロッサール氏に言うのさ。」

「看守がいるから安心しているんだろう。」

「いや、フロッサール氏の怒ったこと。私は堅気の宝石屋なんだ。間違えて捕えられたんだと主張するし、隣に座っていたこれまた悪そうな男が、『旦那、ここには堅気の人間しかおりませんぜ』って凄みを聞かせて言うんだ。僕らは二人ともすっかり困惑して、いやその悪気があったわけじゃないんだって謝って、そうだ、ナポの絵を見せてやったらいいんじゃないかって思ったんで、その大部屋の壁にナポレオンの絵を描いてもらったんだ。そうしたら奴らもいっぺんに感心してさ、そうか、芸術家だったんだ。それならまあ分かるっていうわけで今度は俺たちの肖像を描いてくれってもう大変さ。幸い看守がもう時間だって引き揚げさせてくれたんだけどね。人騒がせな看守の奴、帰ってから実はあれは例の泥棒の兄なんですと打ち明ける始末、それにまだ有料監獄の用意ができてなくて政治犯用の大部屋に入れられたんだが、ここでは新入りに掃除をさせろって話になった。何せ共和党員の部屋だったからみんな平等にしたがるんだ。」

「共和党員の部屋なんてものがあるのかい?」

「そりゃそうさ。政治犯の牢獄だけど、右と左を一緒にさせたりしたら何が起こるか知れないじゃないか。王党派に皇帝派、共和派と分けて入れておけば、かえってお互いに尊重して、片方が「アンリ四世万歳」を歌えば、もう一方が「マルセイエーズ」で応えて、双方が静かにこれを傾聴するって具合だ。もっとも共和党員の部屋も平等と言っても金次第でね。隣の男がこっそり僕を突っついて、旦那、五スーで掃除引き受けますよっていうんだ。僕なんかあそこじゃブルジョワで通るわけだ。」

「なるほど、ベランジェがサント・ペラジーの居心地良さを吹聴していたのにはそんなからくりがあったんだな。」

「いや、ベランジェさんの話では個室だったようだけれどね。ただ食事の時間になるとみんな同じ部屋で、それぞれ持ち寄ったものを分け合って食べる。王党派ときたらずいぶんと豪華にパテだの鳥肉だのいいワインだのを用意しているんだ。金さえ出せば何でもオーケーだからね。もっともベランジェさんの場合は支持者からの差し入れで御馳走が食べられたんだが。いずれにせよあまるほどの量があるわけだし、牢屋の中じゃあ食事と仲間同士のおしゃべりしか楽しみがないんだから、お構いなしに招待したり、されたりするわけだ。もっとも王党派の連中が共和派の遊びを見たら本気で怒るかもしれないな。「マルセイエーズ」や「出発の歌」を歌った挙句シャルル十世やラフィットの役に扮して革命ごっこをやるんだ。バリケードの戦いになるとベッドもマットもひっくり返されててんやわんやの騒ぎになるんだ。そういう場所での掃除当番と言ったら、そりゃ五スー出してもサボりたくなるさ。」

「それで、どうやって出られたんだい？」

「うん、監獄からサラダ籠って呼ばれる護送馬車で裁判所へ送られてね。そこで日がな出廷を待つ人の群れの中でただひたすら待たされる。まあ、それで判事の前に出たらね、さすがにこいつは何の政治的な関係も持てないってすぐに証明されたらしい、と言いたいところだがね、本当言うと実はお父さんが息子の無実を証明しようと、いろいろと手を回してくれたようなんだ。監獄を出たら公証人のミニョット氏という人が迎えに来ていてね。お父さんの言いつけで、これからあなたは私の事務所で見習い仕事をすることになった、ついて来なさいって言うんだ。何せ警察沙汰の後だし、今だから面白おかしく語れるけど当時はどこか南方の島にでも送られるんじゃないかってびくびくしていたし、僕も神妙な顔をしてしばらくは事務所勤めをするほかはなかった。それに監獄で金も使い果たしていたからね。」

「その時作ったのがこの詩だってわけかな。「政治」っていう題は皮肉のつもりだな。だけど秋の話になっているじゃないか。二月なんだろ?」

「ああ、実は秋にも一度捕まってるんだ。それは本当に酔っぱらった騒ぎでね。だからすぐに解放されたんだが、初めてだからその時の方がショックは大きくてね。それでも強がって面白い経験をしたっていう格好つけをしてさ、詩を作ってみたんだが、かなり人の影響を受けてるな。」

「人って、誰かほかにも牢に入った奴がいたのかい?」

「ああペトリュスさ。エクイで牢に入った時詩を作ったのが『ラプソディ』にも収録されている。僕の詩にも

宙を切り裂く鳥よ
それに吹きすぎていく風よ
あの本当に狭い

牢屋の地平線に
なんてところがあるだろ。空を飛んでいく鳥に自由への思いを託すのはペトリュスがやったことなんだ。そのテーマを頂いちゃったのが少し気恥ずかしいけどね。」

三十八．タタールの野営地

その前の春の終わりにボレルはクロペを伴ってルーアン見学に出かけた。金のない青年たちはひたすら歩いて、六十キロは離れた町を目指し、夜になるとジャガイモをかじりながら野宿したのだが、これが少なからず人目を引いた。宿無しの風来坊と思われたのだ。エクイにたどり着いた彼らの行く手を警官が遮って旅券を要求した。無論この自由人たちがそんなものを持ち歩くはずがなかったから、二人は身元照会がパリから届くまで留置場に入れられた。ペトリュスはこの時、「小鳥よ小鳥、うらやましいぞ、お前の定めが、お前の生が」という詩を作って無聊を慰め、官製のパンを食べるのもそんなに悪くはなかったよなどと強がりを言っていたが、さらに自由な生活への憧れが強くなったと見え、建築の手伝いで少しまとまった金ができた時にそんな暮らしのできる場所を探して歩いた。ちょうどいい場所があるよ、と彼に教えてくれたのは時々世話になる古着屋で、モンマルトルのロシュシュアールの石切り場に寝泊まりしているのだという。いつも石を切っているわけでもなく夜は静かで、自分がいつもぶら下げて持ち歩く古着が衝立と寝床の代わりになってくれるというわけだ。さすがに青年たちがそれをそのまままねて石の上に直に寝るというわけにはいかなかったが、古い作業員のための壊れかけたぼろ小屋があり、ボレルはこれをごく安い値段で借りることが出来た。屋根がないので若者たちはテントをいくつか張り、デュセニョールの家から宴会で使ったぼろぼろのなんだかわからない獣の毛皮を持ち込み、他にも糸のほつれてところどころ下が透けて見えるような絨毯が持ち込まれ、思い思いにごろ寝した。おりしも夏に向かう頃で毛布の必要もなかった。それどころかパリとは思えない暑さになって真昼の太陽で焼けた石の熱が夜まで残り、若者たちは地べたに寝ていても熱いと感じるようになった。

「そうだ、こういうときは自然のままに生きるに限るぜ。」

ボレルはもともと頑健で粗末な暮らしになれていたから、潔く仕事着を脱いで素っ裸になってしまった。

「おお、美しいな、モデルにしたいくらいだ。」

とデュセニョールが言えば、

「いつでもなってやるぜ。石材ならいくらでもあるだろうが。」

とボレルはポーズを取って見せた。若者たちにとって石の所有権などというものは眼中になかったが、ここの石材は彫りにくく、色にもむらがあるというのでこの試みは沙汰やみになったが、他の若者たちも次々に首領に倣ったのでテント村はたちまち美術アカデミーの仕事場のようになった。これぞ野生の極み、などと称して、口の悪いゴーティエはここを「タタールの野営地」と呼ぼうと言いだし、満場一致でその名が採用された。とはいえ、それはまたこのグループに女性会員が一向に増えないという悲しき事実をも示していたのだ。こいつを何とかしなくちゃな、と考えたのは例によっていたずらなゴーティエであちこちのゴミ捨て場からぼろ布やらマットレスの屑やら毛糸玉やらを集めてきて等身大の人形を作り出し、長い毛糸の髪の毛をつけた。

「ほら、こいつが本物のメリノ髪の女だぜ。さあ抱こうじゃないか。」

と叫んだゴーティエが真っ先にぼろ布の下にもぐって人形と交わる真似をし始めた。そこへ入って来たアルフォンス・ブロはびっくりし、

「女だ、女がいるじゃないか。でも少し変だな。」

と、放り出されて動かない人形の足先を見て言うので、ゴーティエが、

「ただの女じゃない。モンマルトルの墓地から掘り出してきた死体さ。ほらやってみろ、まだ温かいぞ。」

ブロの方は冷や汗を流し、這いつくばるようにしてテントの外へ逃げ出そうとする。面白がって一緒にいたナポレオン・トムとヴァーブルがそらやってみろ、やってみろよ、女に飢えてるんだろ、とブロの手を引っ張るが、こちらはもうほとんど腰が抜けたように倒れながら十字を切っている。ゴーティエがぼろ布の下から全身を見せ、舌をペロッと出すとブロは本気で怒りだして人形をひっつかみ、大声で叫びながらテントの外へ引きずり出した。この騒ぎで近所の人が何人か不審な顔で石切り場に入って来たが、全裸の青年たちを見て仰天し、

「何やってんだお前ら、警察を呼んでやるからそう思え!」

と大声を出した。この騒ぎを聞きつけて、青年たちとも親しかった近所に住むアルフォンス・カールという若い男が怒り狂っている人々をなだめて、

「まあ、この石切り場にいる限り、何も悪さをしているわけじゃありませんから。変な強盗の類に住みつかれるよりはずっとましなんじゃないですか？」

と言ってくれたので、怪しげな人種に悩まされることの多かった人々もそれもそうだと、ぶつぶつ言いながらなんとか矛を収めて、裸で外へ出たら承知しないぞときつく言い渡してから帰ってくれた。カールは前に話したことのあるジェラールの傍へ寄って小声で、

「君、大丈夫なんですか。こんな生活をいつまでも続けていられるわけもないでしょう。」

と語りかける。こちらも小声で、

「御親切は感謝しますよ。でも今のところまだ十五フラン残っているんで、当面はやっていけると思う。ただ正直言って、そろそろきちんと将来のことを考えなきゃいけないんじゃないかっていう気はしているんです。」

珍客の訪れたのはその少し後だった。

「おやおやここは何という未開地なんだ。なかなか素晴らしいじゃないか。」

聞き慣れない声に裸の仲間たちが振り向いてみると年の割にかなり太った男が黒いパイプを咥えてキャンプ小屋の入口に立って笑っている。

「何だい、いきなり入ってきて。おまけに画材を抱えているじゃないか。おれたちはアカデミーのモ

デルじゃないんだぞ。」

とペトリュスが読みかけの原稿から目を上げて言った。

「いや、これは失敬。ジャン・デュセニョールから変わった生活をしている人たちがいるって聞いたもんでね。いや、確かにスケッチしたら面白いかもしれないが、さて何と題をつけたものか。」

「そりゃ、タタール人の野営地にするべきだ。」

「ジャンの紹介なら入れてやってもいいけどお前さんもちゃんとみんなのようにするんだな。それで名前はなんていうんだ？」

「カミーユ・ロジエさ。挿絵を主にやっている。」

「そうか、挿絵なら俺もやっている。こんなのはどうかい？」

とブシャルディが寄ってきて自分の絵を見せようとしたが、そうしている間にもテオとジェラールが寄ってたかって新入りの服を脱がせてしまっていた。

「いや全く遠慮のない連中だな。まさか君ら美少年が好きだなんていうわけじゃあるまいね。」

「いや、美少年なら興味がなくもないが、あんたはとてもそんなカテゴリーに入る御面相じゃないぜ。」

「うーん、確かに太りすぎだとは思うけどね。これでも結構女の子にはもてるんだぜ。その内二、三人連れて来るよ。」

「おお、一人でも豪勢だと思うのに二、三人とは！まさか六十を超えた元女の子じゃあるまいね？」

カミーユ・ロジエはたちまち青年たちの中に溶け込んでもう随分前からここに住んでいたような顔をしていた。誰かが、こいつにあれを飲ませてみようぜと言ってどくろの盃を取りだして見せた時も、おうこれはおつじゃないか、などと言いながら喜んで注がれた赤ワインを啜り、やあうまい血だなあなどと悦に入っていた。

「ジェラール、君の批評文はまだ発表されないのかい？」

「うんペトリュス、あてにしていた十九世紀メルキュールからジャコブが抜けちまってね。サン・シモン主義者の巣窟になってしまったんでロマン派の文章や詩なんかにはとんと冷たくなってしまったんだ。」

「へえ、詩だって、誰の詩の話かな？」

「『ラプソディ』を知らないなんて小セナークルの潜りだな。」

と入って来たヴァーブルが言い放つ。

「しょうがないよ、ジュール、そいつはカミーユ・ロジエと言って、今日入ったばかりなんだから。」

「へえ、本当かい？　もう何年も裸で生活しているような顔をしているぞ。それじゃ教えてやろう。今このサークルには二つの怒りが燃えたぎっているんだ。一つはこのペトリュスの詩集が新聞に酷評されていること。もう一つはジェラールの書いた芝居がサン・マルタン門座の審査委員会を通ったのに上演されないことなんだ。」

「うーん、しかしこうしてめくってみるとこの詩集はむしろ酷評されたほうが勲章になるんじゃないのかな？」

「よくぞ言ってくれたな、新入り。実は僕もそう思うんだ。親子連れでサン・クルーまで馬車で出かけて日がな輪遊びをしたり球転がしをしたり料理屋から運んでもらった飯に舌づつみを打ったりするようなブルジョワから、へえ悪くないじゃないかなんて口先だけで褒められるくらいなら口を極めて罵られたほうが爽快な気分になれるというものだ。」

「それでまたその上演されない劇っていうのはどんなものなんだい？」

「中世の悪魔劇を上演する一座を描いたものなのさ。地獄の口が開いてね。」

「何、舞台上で地獄の口が開くって？　ダンテみたいなものかな？　どんな形をしているんだ？」

「いや、中世の地獄っていうのは大きな怪物の口の形で表わされるんだ。そこから悪魔や罪人たちが大勢顔を出している。聖史劇ではそこに十字架から降りたキリストが駆けつけて罪人たちを解放する。僕はそこに天使たちを降りて来させてね。さいころ博打でサタンから罪人の魂を賭け取ってしまうことにした。」

「それはまた下世話な天使だね。」

「勝負が勝負になるためには彼我の力が同じくらいでないとね。キリストとサタンじゃ最初から勝負にならないじゃないか。さいころ博打なら天使が勝ってもさてはいかさまだなと思わせるので、人間的な勝負に見えるだろ？」

「ふむ、劇中劇っていうのがなかなか変わっているね。」

「それは我がシェークスピアが散々使い古した手法なんだけどね。でもこのジェラールの劇も十分面白い。」

「何せこのヴァーブルってやつは筋金入りのシェークスピア狂いでね。」

「いいんじゃないか。いずれロマン派と言えばシェークスピア好きばかりなんだろう？」

「それがこのジェラールときたらかたくななドイツびいきでゲーテのほうがシェークスピアより上だなんて思ってるんだから。」

「それで劇中劇だけで終わってしまうのかい？」

「いや、劇を見せている間に初夜権を強引に使って恋人たちを引き裂こうとしている因業な領主を誑かすのが座員の目的なのさ。」

「それは結構うまく絡ませれば面白いかもしれないな。それでどうして上演してもらえないんだろう？」

「審査委員会ってやつは、俳優とか作家とか招いてやるんだけど、作家には友達も入っていたし、俳優は役がほしいから大体悪いことは言わない。でも一旦通っても支配人が考えを変えればその一言でひっくり返るのはよくあることなんだ。あのデュマやユゴーですらそういう目に会っている。サン・マルタン門座のアレルの奴は『君には才能がある。だからむしろ今こんなところで上演して失敗作を出して二度と浮かびあがれなくなるよりじっくりといい作品を書いてもう一度審査委員会に出しなおすべきだ。』なんて言って原稿を返してきたんだ。」

「問題はだね、」

とペトリュスが口をはさんだ。

「本当の理由はその因業な領主というのがルイ・ドルレアンだということにあるんじゃないかと思うんだ。」

「なるほど、国王ルイ・フィリップ・ドルレアンに対する不敬罪になるんじゃないかということなんだな。」

「劇中では国王はシャルル六世だし、この劇には話だけで出てこない。でもオルレアン公は王弟だけれど摂政でもあるからその子孫であるルイ・フィリップには不快かもしれない。少なくともそれをアレルが危惧したってことなんだろう。」

「シャルル六世ってどんな王様だったかな?」

「狂気の発作を起こした王だよ。それがためにフランスは英国と長い戦争に巻き込まれることになるんじゃないか。」

「ああ、それも危惧する材料になったかもしれないな。」

「確かに。でもなぜかシャルル六世にはとりわけ興味があるんだ。アラン・シャルティエという王の秘書をしていた者の記録によると王は仮装舞踏会の席で仮装に火がついておかしくなったらしい。この場面そのものが何とも言えずドラマチックだから何とか使いたいと思うのだけれど、さすがに舞台上では難しい気がしてね。」

「小説にしてみたらいいじゃないか。それなら妙な劇場支配人に却下されるってこともないぜ。」

「確かにそうなんだけど、劇を上演してもらうっていうのは文学を志してこの方ずっと悲願にしていたことだからな。」

三十九．コレラ（一八三二年）

夏も終わりになるとさすがに北風が身に染み始め、裸体生活はおろか石の上に寝ること自体辛くなって、青年たちも自然とタタールの陣を引き払うことになった。ゴーティエは自費出版で最初の詩集を出し、さらに短編小説を出版するようになっていた。彼はさらに合同の作品集を出そうと考え、仲間たちに呼び掛けていた。「読書クラブ」紙はこの頃ジェラールの『栄光の手』を初めとして仲間たちの作品を多く載せてくれていたが、『ブーザンゴ仲間の作品集』なるものを出す広告がここに現れた。しかし入牢事件があったりしてなかなか作品は集まらなかった。そのうえ三月に入るとコレラの感染がパリを覆った。もう二年前からアジアでそのような感染が起こっていると言う噂は新聞の片隅にも現われていたのだが、そんな方面に関心のある者は少なかったから地球の反対側の出来事で済んでいた。ところが次第にロシアに広まっているというニュースが広まり、ついに昨年末にはロンドンがコレラに染まり出した、という始末になって、パリに上陸して来るのも時間の問題だとは思われていたのだ。ユゴーの家では長男のシャルルが重体に陥った。家に入るとあのエジプト遠征に同行したベルトレ博士が発明して以来消毒には最適と信じられているジャヴェル水の匂いが鼻を突いた。アデル夫人はお見舞いに駆け付けたエティエンヌ・ラブリュニー医師と黒い上っ張りに身を包んだジェラールに白く端正な顔に血走って疲れ切った眼を浮かべて応対した。

「今患者の数が多すぎて医師の手が回らんのです。儂は婦人科が専門だが、今は儂でも役に立つことがあるということなので、できるだけ多くの家を廻っとります。お子さんを診させていただきましょう。」

「ありがとうございます。おかげさまで今朝はだいぶ良くなりました。こちらです。」

シャルルは土気色の顔でベッドに横たわっており、傍らには憔悴した顔のユゴーがブランデーの瓶と白い布を置いて腰かけていた。下痢と嘔吐を繰り返す子供の出すものを痰壺に受けては捨て、一晩中ブランデーを浸した布で息子の顔を摩擦し続けたのだという。エティエンヌ医師は下痢便の連続で腫れ上がった肛門を丁寧に拭って痛み止めを塗った後で、

「危機は脱したようですね。時々レモンをかじらせてください。食べられるようになったらできるだけ白湯か薄いスープを飲ませてください。」

と処方してこの家を出た。ジェラールは敬愛する作家が息子を失わないで済みそうなので安堵の息をついていた。

「お父さん、蛭は使わないのですか？」

「いや、確かにブルセ殿は蛭による刺絡が良いと思っていらっしゃるようだが、儂は残念ながらコレラに効く薬も処置もないと思っておる。事実ブルセ殿が診ておられる首相閣下も好転したという話は

聞こえてこんじゃろう。マジャンディ殿はポンス酒がよいと言っておられるようだが、子供には無理じゃろう。レモンは体の中の毒をきれいにするようなので役には立つ。ユゴーさんの御子息のように持ちこたえる患者はおるが、それは患者の耐力によるようじゃ。お前もこれまで散々見てきたろう。大部分の患者はそれでなくてもひどい衛生状態の中に放置されておる。あれで助かることはまずあるまい。それでも医師としては患者の苦痛はなんとしても和らげてやらねばならんのじゃ。」

エティエンヌ医師の日々の片隅に残っていた痛々しい空白が急に消え失せて、かつて持っていた意志の力、人を救わねばならないという強い意志の力がまざまざと蘇っているようだった。父と子は戸口から戸口へ、家から家へと日が暗くなるまで動き続けた。家に戻るときはさすがに疲れ果て、医師は足の悪い体を二階まで持ち上げるのにもジェラールに助けられ、ハアハア吐息を大きくつきながらやっとのことで這うようにして上って行くのだが、翌朝になるとまた起きだして女中の入れてくれたお茶でパンの塊と焼いた豚肉の一切れを口にして、まだ寝ぼけ眼の息子を叱りつけながら町へ出ていくのだった。路上はだんだん物騒な雰囲気になり、あまり普段は見たことのないぼろを着た目つきの良くない男たちが昼間から酒の匂いをさせながら声高に口論したり罵り合ったりすることが多くなっていた。

「おいきさま、なんだ、その抱えている瓶を見せてみろ。」

「なんだお前は。ずいぶんと苦労してこのブランデーを手に入れたんだぞ。今じゃ酒屋も入口を閉ざして開けてくれないところが大部分だからな。」

「ブランデーだなんて嘘つきやがって、毒だろう！　分かってるんだ。きさまあそこの泉にそいつを注ぎ込もうとしやがったんだろう！　大方この一帯のコレラはみんなきさまのその瓶のせいだろうが！」

最初に因縁をつけた男は単なる年とった酔っ払いにも見えたが、たちまち五〜六人の風体の悪い男が寄ってきたので瓶を持った者も驚き、

「なにを言っている！　本当にブランデーだっていうんだ。ほら、この通り。」

と瓶の口を開けて飲んでみせると、どれどれ、俺にも飲ませろ、とたちまち瓶は奪われ、手から手へ回されて空になってしまい、大声で叫びまわって瓶を取り返そうとした男は疲れきった顔になってくしゃくしゃにされたネクタイの下から艶のない肌を見せながらとぼとぼと通りの向こうへ去っていく。気の毒に、それにしても命が無事なだけよかった方だ。ジェラールは父がコレラに効く薬はないと鞄に薬も入れずに出て歩くのが、こういう災難もあるからよかったと今はほっとしていた。黒い仕事着に加え、コレラ対策の医師としてのメダルを胸につけてはいてもすさみきった民衆の中では何をされるかわからないという不安があった。コレラの正体は分からなかったが、少なくとも新聞を読んでいる者はそれが遠くアジア、アフリカの地に発生して、時間をかけてフランスへやって来たものであって、特定の人間の悪意などによるものでないことは知っているのだが、日々の暮らしがやっとで、文字も読めず、ただ近くにいる者の噂だけが頼りの大部分の労働者にとっては、この降ってわいたような災いは、何者か、おそらくは警察や政府など日ごろの憤懣の対象となっている者たちの陰謀に違

いないと信じ込んでいるようであり、そんなことがあるはずがないなどと口を挟もうものならお前も奴らの一味だなどと逆上されかねない雰囲気が、それでなくても季節以上に冷たい空気を凍りつかせていた。コレラ患者たちは触れると感染するのではないかと恐れられ、介護者がバタバタ倒れる事態になってからは家族からも見捨てられて、さらに回復率が低下しているようだった。それでも医師たちは診察した患者のほとんどが蛭やポンス酒の治療の甲斐もなく衰弱していくのを見ながらジャヴェル水による消毒だけを頼りに献身的に患者に接し、自身疲れ果てて倒れていくものも多かった。遺骸は放り出されるように搬送用の荷車に積み込まれ、ばねも効いてないので角を曲がるところで車から放り出されて路上に放置されることすらしばしばあった。救護所にいる少し回復した患者の話からすれば四階や屋根裏に住む貧しい人々の所ではしばしば共同便所が盛り上がって、汚物に触れずには用を足すこともできなくなり、それがまた感染を増加させているという話もあった。こんな中で休みも取らずに診察しているエティエンヌ医師やジェラールが感染を免れているのは奇跡のように思えた。ジェラールは改めて父親の禁欲的な態度に敬服せざるを得なかった。これまで医学を学べという父の意向にはことごとく反発してきた。幼いころ女性病の記述を含む医学書を盗み見したことがあり、それがどんなものだったかもう覚えてないのだが悪夢のように恐ろしいものとしての嫌悪感だけが残った。それに『ファウスト』の中で農民たちがファウスト博士の父親が疫病を治すと称して薬を配り、誰も治らなかったが博士の父親だけが生き延びたという記述を見たのも、医者などはいかがわしい職業なのではないかという意識を植え付けてきた。テオが病気になった時も医者は蛭を胸にあてがって絶食を申しつけた。テオは痩せ細ってもういくばくもないように思えた。ジェラールはペトリュスやフィロテと一緒に両親のところに彼を送り届けその後も見舞いに行っていたが、このままではテオは死んでしまうと思って両親にきちんと食事をさせるべきだと進言した。医者はとんでもないという顔をしたが両親は相談してその忠告を入れることとし、医者を帰らせた後で彼にスープとパンと葡萄酒を取らせた。テオは最初は両親や友人を喜ばせるためだけというような感じでいやいや口に食べ物を運んでいたがやがて葡萄酒で顔が赤らみ、スープもパンもすっかり平らげることができた。翌日またやって来た医師がこれを見て友人の方たちの言う通りかもしれませんね、と言ってやり方を変えることになったのでそれ見たことかと思った。しかしこのようにわが身の危険をかえりみずに検診している医師たちを見ていると、そういう考え方は一方的だったと思わずにはいられない。エティエンヌ医師はコレラに効く薬はないと言っていた。ファウスト博士の父親も同じ思いだったのではないか、それならばむしろせめて末期の苦しみを和らげるために麻薬を処方したのかもしれない。テオの時にしても、医師は結果を見て柔軟に処方を変えてくれたとも言えるのだ。今までずっと父の家には帰らなかった。会えば必ず、文学などという職業と言えないものにかかずりあうのはやめて医学部に登録するよう、耳にタコができた話をする。酒が入っている時などは声を荒らげることもある。同じ話を何度も聞かされるのが嫌で父親の顔を見に帰ることはなくなったし、もう父も自分を息子だとは思っていないのではないかという気がしていた。だが、今度、コレラの診療に出かけなくてはならないが、足が悪いのでどうしても助手になってもらわねばならぬから戻って来てくれないかという手紙を受け、さすがにほっておけない気がして帰ってくると、寝る間も惜しんで診察に出かけながら、お前は患者にも、その衣服にも触ってはいけない、と事あるごとに言い、自分が疲れたように見えるときは気分が悪くはなっていないかと、自らの体をほったらかしにして気にかけてくれるのを見ているとやはりお父さんは僕のことを気にしてくれているんだと嬉しい気になる。そういう時にはかつて一緒にゲーテを読んだときの蝋燭に照らされた顔だとか、ギターを弾いて懐かしいヴァロワの歌を歌ってくれた時のリラックスした顔が思い出されて仕方がない。この騒ぎが落ち着いたら今度は医学部に登録します、と父親がとりわけ疲れ果てていると思えた夜に言った。エティエンヌ医師はそうか、と言っただけだったが、その満足そうな笑顔は実に久しぶりに見るものだった。

四十．舞踏会（一八三三年）

「こんな格好変じゃないか？　ね、やっぱりあんまりおかしいんじゃないか？」

「いや、変な格好の方がいいのさ、仮装パーティーなんだから。」

ジェラールはフェルト帽をかぶり茶色のマントを白い帯で締めた着心地の悪さに辻馬車の席の上でもぞもぞしているパピオンの肩を叩いて請け合った。

「でも君はそんな目立たない黒い衣装を着ているじゃないか！」

「いや僕はね、むしろ普段から思い切りボヘミアンな格好でいるんだから、むしろこうして髪も髭も切ってしまって聖職者みたいな格好になった方が衝撃的なのさ。きっと誰も僕だと分からないぞ。」

「デュマさんは今度こそ僕の本のことを話してくれるだろうか？」

「うん何とかそうしてくれるように話してみるつもりだ。ただ、何せパリじゅうの芸術家や政治家まで招待されているらしいんでね。デュマは自分の四部屋のほかに隣の四部屋がたまたま空いているのを借り切ったらしいが、それでもフランス一の富豪の市民王に比べりゃずいぶんと手狭だろうから、押し合いへしあいしている中で主人役はずいぶんと忙しいだろうからな。」

　大勢の人の間を散歩して顔を見せるのが大好きなルイ・フィリップ王は大々的な仮装パーティーを先ごろ催したのだが、そこに招かれた貴顕の列に文学者や芸術家はほとんど見えなかった。もともと自由派を公言してはばからなかった俳優のポール・ボカージュがデュマに、そのままにしておくことはない、君がやればいいんだとたきつけたので、デュマもすっかりその気になって一大仮装パーティーを催すことにしたのだが、詩集『ポーランドの抵抗者たち』を出して詩人の仲間入りをしたパピオンも何とか招待状を手に入れようとジェラールに頼み込んで来たのだ。サント・ペラジー牢獄までわざわざこの古い友人が訪ねて来た時はずいぶんと驚いたし喜びもした。王党派の陰謀に加わったという嫌疑で拘置されたという噂は聞いていたが、出所してからパリに出てきて念願の詩集を出そうとしていたのだ。ジェラールは出版先を見つけてやったり、装丁に手を入れたりしてここのところまた旧交が深まっていた。それでもジェラールが詩集を評してくれないかとユゴーやデュマ、サント・ブーヴのところに持ち込んでも誰も書評を書いてはくれず、パピオンは落ち込み気味だった。せめてこのパーティーの招待をと頼みこんでようやく手に入れてやることができたのでこの千載一遇の機会を逃すまいと非常な入れ込みようだった。

「ミツキエヴィッチには詩集を送ったのかい？」

「ああ、でもやっぱり返事はなかったし、会うこともできてない。」

「何せ国際的な有名人だからなあ、ヨーロッパ中からも、本国などからも手紙だのなんだの山ほど届いているには違いないし、いろんな人に会ったりもしているんだろう。だけれど彼にこんな文句をぜひ読ませてやりたいもんだなあ。

『フランスよ、何をしていたのだ、時が来ていたというのに
首切り役人の頸木に、圧制者の手に
あの気高い民を殉教者にしてしまうのか？　……あの名にし負う都には
平和が支配する、と？　あれは墓場の平和だ！』」

ロシアに占領されたポーランドからの亡命者たちの中でもコレージュ・ド・フランス教授となったミツキエヴィッチの人気は高く、ジェラールも講演を聞きに行った。ポーランド人の祖先はアッシリア人だという説は真偽はともかく古代が大好きなジェラールにとって実に興味深いものだった。

何台もの辻馬車から芝居の意匠のようないでたちの男女が次々と入口に詰めかけていた。アパルトマンに入る前からすでにむっと凄まじい匂いを感じたが、うまそうな焼けた肉とソースの匂いを圧倒するように、え　といぶかるような強すぎる生乾きの塗料の放つ目にまで沁みる刺激が押し寄せてくる。だがそれは入ってみるとすぐに今度は赤々と輝く蝋燭に照らされた見事な色彩の乱舞となって視

界を驚嘆させる。部屋の壁を所狭しと埋めていたのはサロン展でも滅多に見られない見事な筆致で強烈なドラマ性を帯びた場面が描かれた大作ぞろい。

「あの絵の前に人だかりができているね。」

「うん、あれはドラクロワだね。髑髏のような兵士が馬に乗って槍を突き立てている。馬もろとも総毛立って金髪の男を踏んづけている。その手近には王冠が転がっている。大空も大地も暗い光を帯びた敗戦の一大絵巻になっているな。」

鼻のつんととがった口髭の男が振り向いて上品な口調で説明してくれた。

「そうです。これは落日のロドリーゴを描いたもの。スペインを回教徒に落とされた西ゴート最後の王の姿です。」

「ああ、こちらは桂冠を付けている。ダンテですか？」

「そう、ダンテとヴェルギリウスです。」

「高名な画家にお目にかかれて光栄です。私は今度『ポーランドの抵抗者たち』という詩集を出したパピオン・ド・シャトーと申します。元近衛兵の大尉でした。確か去年この二大詩人が地獄の船に乗っている姿をお描きになったんでしたね。」

パピオンがドラクロワと話し込んでいる間にジェラールは二人の男に袖を引っ張られた。

「何だいペトリュス。それじゃいつもと同じ恰好じゃないか！」

「これが僕の制服だからね。若きフランス党員、これこそこの文芸夜会に、最もふさわしい正装さ。」

と、長髪顎鬚にフロックコートを着流したボレルが答える。その隣の安物の鎧兜を窮屈そうに着こんだナントゥイユに向かって、

「それでセレスタン、君もここで何か描かされたのかい？」

「うん、僕は扉絵でユゴーとヴィニーの肖像を描いただけさ。だけどすごい絵が並んでるだろう？踊るジプシー女はジョグレールの『エスメラルダ』、ルイ十三世とリシュリューに見下ろされて処刑台に向かうのはアルフレッド・ジョアノーの『サン・マール』、弟のトニーは溺死刑に処せられる『ジアックの騎士』あっちで川の上に聳え立つ禍々しい城塞は『ネールの塔』だが、あれは君も脚本にかかわったようだから知ってるね。クレマン・ブーランジェだ。ルイの方は『リュクレース・ボルジア』だからこれも分かるだろう。だけど歴史物の並ぶ中であれは変わり種じゃないかい？」

「おや、ドビュローじゃないか！」

「そう、ジャダンとドカンが共作で描いたのさ。麦畑のなかのドビュローなんてエスプリが利いているだろう。ちゃっかりひなげしなんかちりばめちゃってさ。」

「それにしても君の肖像画は別として、壁を埋め尽くす歴史的人物の中で唯一の現代人じゃないか！本人がこのすぐ前に立っていたらまさに絵の人物が抜け出したって感じになるんだが。」

「うーん、ドビュローにはお目にかかってないね。それにもし変装していたら誰だか分からないし。」

「むしろ白塗りでなく素顔でなんかいたらそれこそ誰にもドビュローだとは分からないだろうな。」

「いや、舞台から抜け出してきた人物ならあそこに居るぜ。」

ボレルの指し示す方向をみると皮のチョッキをだぶだぶの長ズボンにかぶせ、フロックコートに山高帽を目深にかぶったフレデリック・ルメートルが気取った足取りで横柄に歩くのをドミノを付けたご婦人たちが取り巻いている。

「そうだなあ、ドビュローは男たちの永遠の代弁者で、ロベール・マケールはご婦人たちの当代の人気者だ。最新流行と言う言葉がぴったりだな。フレデリックに僕の芝居をやってもらいたいとは思っているんだが、ああいう自由奔放な役は書けそうもない。」

「人気といえば向こうの部屋に大勢群がっているじゃないか。ちょっと行ってみよう。スペイン風だな。つば広帽に闘牛士みたいな服でギターを抱えてるけど、少々とうが立っている。おや、なんとロッシーニだぜ。フィガロの格好をしているつもりなんだ。」

「ロッシーニなら、フィガロでもセヴィーリャのほうだろ。まだまだ若さがはじけて溌剌としてなきゃならないっていうのにあれじゃあほとんど『罪ある母』のフィガロだな。」

「でもご婦人がたには引っ張りだこだぜ。ロッシーニはもともと女性にはちやほやされる奴だからな。イタリア各地の劇場でオペラを書きなぐっては地元の恋人の間を回っていたという話だ。」

「あっちはまた男が群がっているじゃないか。中心にいるのはあれはラファイエットだぜ。ヴェネチア風の派手な衣装と帽子をかぶっているけど、あの足の引きずり方で将軍はすぐに分かる。デュマも筋金入りの自由派だからラファイエットも喜んで招きに応じたんだろう。」

「ああ、市庁舎前を思い出すね。あの人が不自由な足を引きずって駆けつけて、どれだけ皆がホッとしたか。それなのに翌日になって偽王と抱き合う姿を見て皆ため息をついたんだ。」

「ラファイエットに王になって欲しかったのかい？　彼がそういう人ならもう一七八九年に王になっていたさ。あの人は最高権力者になるには誠実すぎるんだよ。」

その時後ろから荒っぽく肩をたたかれて振り向くと、三人は饗宴の主を発見した。

「どうだ、君たち、すごい夜会だろ。大いに楽しんでくれ。食べ物にも飲み物にも美しい女性にも事欠かないからね。」

「いや、豪勢な限りですよ、デュマさん。それにしても見事な鹿を獲られたんですね。そこに丸焼になっている。」

「あいつはほんの一部だぜ。実は鹿は九頭、それに野兎が三匹獲れたんだ。俺がその内鹿五頭と兎二匹を仕留めたんだけどね。兎はパテ、鹿二頭だけ丸焼きにして、残りは鮭やチョウザメと物々交換したんだ。シェフのジュヴェがそいつを料理してくれたんだが、おかげでこれだけの料理でも随分と安くできた。この豪華な壁画ときたらタダだしね。芸術家の祭典だって聞いて、画家たちは皆喜んで描いてくれた。ドラクロワに至っては、他の連中が徹夜で描いてるのに一人だけ当日の朝になってひょっこり顔を出したんだからな。それがまたサラサラっと下絵を描いて、見る間に筆で肉付けしていく。これから描く構図がそっくり頭の中に入ってるんだな。それをそのまま寸分たがわず壁の上に実体化していくってわけだ。天才ってのはこういうもんなんだなって感心したよ。でも他の皆も本当によくやってくれた。今日のパーティーは『アンリ三世』の初日と同じくらいの大成功さ。ヴィレール・コットレのしがない煙草屋未亡人のせがれ風情がよくここまで来たもんだと思うよ。」

「演劇といえば今日のこの部屋は本物の舞台みたいじゃないですか。俳優たちも大勢来てるようですね。」

「ああ、みんな来てくれているよ。あんまり芝居の人物みたいなのばかりで目立たないけどね。ほらあそこにかたまって『アンリ三世』の連中がいる。マルス嬢、ジョアニー、ミシュロ、フィルマン、ってことは『エルナニ』と重なるから分かるだろう。それからこちらが」、と『マリオン・ドロルム』の主人公に扮したボカージュを紹介しながら、「俺にこのパーティーを思いつかせた張本人さ。」

「ああ、お知り合いになれて嬉しいです、いや失礼しました。お目にかかれて光栄ですと言うべきですね。俳優の方々は有名であればある程なんだかもう知り合いになっているような気がして、ついなれなれしくなってしまう。」

「今日は舞台と同じ恰好してますからね。これが普段みたいにしてたら、まったくつまらない、目立たない男ですよ。」

「デュマさんのパーティーなんだからアントニーか、『ネールの塔』のビュリダンの格好をすればよかったのに。」

「ああ、それも考えたんですがね。僕は大の王様嫌いなんで、王令に刃向かって殺されるディディエの方が自分にぴったりだなって気がしたんですよ。」

反骨の男優は自由派の青年たちとすぐに意気投合して三十年の革命やその後の政治状況について大

いに語り合った。ジェラールはやはり女優と知り合いになりたい思いを抑えられず、一人でマルス嬢に近付いてみた。大女優はさすがに次々と訪れる男女の客とひっきりなしにおしゃべりしていたが、もじもじしている青年を目の端に止めて愛想よく、

「あなたも何かお書きになるんですの?」

と声をかけた。

「ええ、ドイツ物の翻訳といくつか詩集を出しています。でも戯曲も書いていまして、もしフランス座で上演されることがあったら是非マルス嬢に主演していただきたいんです。」

「まあ、かわいいことおっしゃるのね。あなたのお名前は?」

「ジェラールというペンネームにしています。今上演のためにシャルル六世時代のものを作ってオデオン座に持ち込んで、審査委員会は通ったんですけれどなかなか上演してもらえないので、フランス座が取り上げてくれないかと運動しているんです。あなたにはイザヴォー・ド・バヴィエールの役をお願いできないかと思っているんです。」

「イザヴォーですか。まあ、それも悪くないかもね。」

マルス嬢は聞き流しているようで、すぐに隣にいた別の男の話に夢中になってしまったようだった。イザヴォーみたいな役はやりたくないのかもしれない。悪女の中の悪女という評判だから。それにやっぱり僕みたいな無名の作家は相手にしてもらえないんだろう。ユゴーにですらたてついてさんざん手こずらせたフランス座の看板女優が、まだ一本の作品も上演されたことのない二十代の若造の言う

ことなんかまともに聞いている気はないのだろう。『阿呆の王』を上演させる見込みはもうないんだろうな。いい主題だと思ったのに。シャルル六世には不思議な親近感を感じるし、ゴナン親方というカメレオンのようなつかみどころのない人物も面白い主題だと思える。やはりオデオン座の支配人アレルが示唆したように小説にでもした方がよいのかもしれない。だけど、まだ僕は小説を書いたことがない。歴史をたどるのは得意だけれど人間のキャラクターとか、とりわけ嫉妬の感情をどう作っていけばよいのか分からない。もう少し登場人物の少ないものを作ってみようか。テオは短い筋立てをまとめるのがうまい。彼に主題を話せばよいヒントをもらえるかもしれないな。嫉妬が原因での決闘に悪魔が魔法の手段を囁くという主題はどうかと思っているんだが……

その時分厚い眼鏡をかけた学者帽で顎髭の男が近づいてきた。まるでファウスト博士だな、と思うと親しげに寄って来る……

「おや、何だ、愛書狂か！　相変わらず年寄りに化けるのがうまいな。本物かと思った。」

「そういうジェラールだって聖職者みたいな恰好がよく似合っているぞ。」

「お互いに褒められてもあまり嬉しくないね。」

「そろそろダンスが始まるようだと言うのに、二人とも縁がなさそうだしね。」

その時帽子に黒い紗をかけた葬儀屋に追われるようにして病人らしく寝巻に氷嚢を当てた男がそそくさと出て行くのが見え、扉が閉まった途端にあちこちで哄笑が広がるのが聞こえた。

「どうしたんだろう？」

「なあにあれはアカデミー会員でティソっていう男さ。病人に仮装するなんて愚かなことを考えたものだから、たまたま葬儀屋に化けた奴にカモにされて、『待ってるぞ、待ってるぞ』って繰り返し付きまとわれたものだからさすがに嫌になってしまったのだろうよ。」

「アカデミー会員らしい愚劣さだな。大体コレラで暗くなった世相を元気づけようとせっかくデュマが考えた祝祭なのに病人を演じようなんてぶち壊しもいいところだ。追われて出ていくのが正解だよ。」

そう言いながらジェラールは父親と診療して回った日々を思い出し、エティエンヌ医師の黙々とした強い使命感をまた感じた。そうだ、やはり医学部に登録はしなきゃいけないな、そんな気がした。

「解剖に立ち会ってるとね、血の気のなくなった腕や指を見ていて、これはもう本人から切り離されて別のものになっているんだと思わずにいられなくなる。だから勝手に動き出すんじゃないかっていう気がしてきた時があってね。」

「何だい、藪から棒に。」

「いや、今新しい作品のアイデアが浮かんだんだ。魔法をかけられた腕が勝手に動き出して決闘をするっていう話を作ったらどうかと思ってね。こうしてはいられないぞ。早速どこかカフェにでも行ってアイデアをまとめてくる。」

ジェラールが主人役に挨拶もせず、そそくさと出ていくのを見送ったポール・ラクロワは、そう、作者っていうのはああじゃなくちゃいけないな、と納得する思いがした。

四十一．祖父の死（一八三四年）

「ジェラール、ピエールおじいさんが危篤だそうだ。すぐに行って来い。」

エティエンヌ医師は息子の帰宅を知るなりしっかりとした声でそう告げた。十一月にようやく医学部に登録を果たしてほっとしたものの、息子がきちんと勉強しているようには父親の目には映らなかった。何日も家に帰らないことがしょっちゅうで、そのために祖父の重病の知らせすら、こんな末期になってしか知らせることができなかったのだ。ジェラールは昨夜友人たちと飲み明かした二日酔いがまだ残っていて、頭が膨れ上がっているように思えたが、さすがにこの言葉を聞くと眠気も吹き飛んで帽子をつかみ、家を飛び出した。朝まだきの青物市場地区はもう盛んに人々が出入りして、車の往来も少なくない。泥や野菜くずなどを跳ね飛ばして横切り、腕まくりして荷車を押していた中年男に喧嘩腰で怒鳴られるのをひたすら帽子を脱いで謝りながら走り抜け、横町を通り抜けてコキリエール通りの下着屋へと急いだ。もう長いこと閉めていたらしい何もかも打ち捨てられたままの店を横目に二階へ上がって行くともう神父が臨終の秘跡を終えて帰るところで、いつも祖父の世話をしていた老女に加えて従弟のピエール・ウジェーヌの青白い顔が見えた。

「ジェラール兄さん、どうして今まで来なかったの。おじいさんは兄さんに会いたがって何度も名前を口にしていたのに。」

その場に居合わせた人々から冷たい非難の視線が降ってくるような気がするのをかすかに覚えなが

ら祖父の手を取っても、もうほとんどぬくもりはなくなっていて、ほんのわずかな息が胸を揺らしているのが、触れることで時折感じられる気がするくらいだった。黒服の医師が間もなく部屋に入ってきたが、すぐに静かにピエール・シャルル・ローランのまぶたを閉じ、

「ご臨終です。」

と重々しく口にすると人々はみな十字を切った。ジェラールはピエール・ウジェーヌとしばらく黙ったまま祖父のそばに座り込んでいた。

「もう長いこと意識がなかったのかい？」

「今朝までは時折目を開けることがあったんだけど、もう一週間は水がやっと飲めるくらいだった。それでも苦しんではいなかったのが幸いでしたね。眠っている時間がほとんどだったし。」

「ずっと家に帰ってなかったんだ。今朝家に帰ったら父からおじいさんが危篤だって聞かされて飛んできた。」

「子供たちに先立たれましたから、僕ら二人だけが残されたわずかなこの世へのつながりだったんです。」

「ああ、そうだ。子供のころよくこの店に来たな。それについこの間の革命の時、ほかに戻るところがなくてここに逃げ込んだことがあった。そうしたら革命は人が大勢死ぬということなんだって、お前は死ぬんじゃないぞって、はやり立つ僕に諭してくれたっけ。それがおじいさんに会った最後だったな。」

半時ほどして屈強な人夫たちが白木の棺を運び上げてきた。祖父の遺骸はそこに横たえられ、間もなく黒服の婦人たち、ピエール・ウジェーヌの父親のアレクサンドル・ラブリュニー叔父、薬屋のデュブラン大叔父の息子のジャン・バティスト叔父に付き添われてエティエンヌ医師も足を引きずりながら到着した。聖ウスターシュ教会での葬儀の間ジェラールは呆然としていた。神父のラテン語がまるで意味をなさないもののようにしか聞こえず、祖父はなぜこの親族の集まった場にいないのだろうとぼんやり思っていた。涙を一杯にした目でピエール・ウジェーヌが、兄さんは悲しくないみたいだ、と切り口上で言って、アレクサンドル叔父さんにたしなめられた時もまるでどこか遠いところで起きたことのようだった。おじいさんの穏やかな微笑が見える。そうして微笑みながらいつでも僕を見つめるおじいさんの目は涙で潤んでいるみたいだ。お前はマルグリットに生き写しだって何度も言ってたな。それから、ああ馬の話だ。……儂が生まれ育ったのはラフォーでな。ヴァロワよりももっと北の方じゃった。父の馬に乗ってエーヌ川に遊びに行き、馬をつないで土地の女の子と会ったりしていたものじゃ。ところがある時その女の子が来なくなってしまっての。どうしてかも分からずひたすら待っているうちに、振り返ってみると馬までいなくなってしまった。家に帰ってからは父の顔を見ることができなかった。父はあの子との結婚に反対しておったからの。部屋に入ると女中のジャンヌが、あの子が町の方に嫁に行ったという知らせを持ってきた。それでもう何もかも嫌になっての。翌朝父親が馬をどうしたと厳しい目で儂の顔を睨みつけたとき、そのまま家を出てしまったのじゃ。荷馬車に乗せてもらったり歩いたりしてエルムノンヴィルまで行って居酒屋に泊まったが、もう金は一スーも残っていなかった。幸い居酒屋のブーシェさんがそれならここで働いてもらおうかと言ってくれたものじゃから、そこに置いてもらい、しばらくしてモルトフォンテーヌのルペルティエ様の家に従僕として召し抱えられることになった。ルペルティエ家はパリにもあったのでそちらへ移ることになり、ブーシェさんに娘のマルグリットを儂にくれと言ったら驚いたことに嫌とは言わなんだ。マルグリットの奴ひそかに儂のことを憎からず思っていたようでの。……

おじいさんの話はいつもどこかで少しづつ違っていて、そのまま馬に乗って家出することになっていたり、親戚の家に頼ってヴァロワに来たことになっていたり、その親戚が画家だったというような話もあった気がする。その一つ一つの場面がおじいさんの口調とともに葬儀の間も鮮やかに目に浮かんでたまらない懐かしさがあふれ、ジェラールはただぼんやりとしているだけだったのだ。

四十二．イタリア旅行

数日後祖父の遺産が分配された。世話をした老女に残されるものを除いてすべてジェラールとピエール・ウジェーヌの間で半分づつにするよう指定されてあった。それでも合計ほぼ三万フランになったのだ。ジェラールは解放された気持ちを抑えることができなかった。エティエンヌ医師はむろんこれを将来の開業資金にあてるように言ったのだけれど、医師になるような気持ちはとうにどこかに飛んでしまっていた。医学部の勉強は結局好きになれなかった。毎日解剖に出る。健康な体などあるわけがない。カサカサになった皮膚、病変でむくみ青や褐色のあざの中に浮き出た傷口、切り分けて行けば節くれだったこぶのような塊が嘔吐を催させる。とりわけ死体が女のものだった時はつらかった。乳房のめくれ上がった皮膚の下に潜む肉と糸のような白い塊のごちゃごちゃになったものが現れた時は昏倒しそうになり、その晩何度もそれが夢に出てきた。自分はやはり医師にはなれない。この資金があれば文学で食べていけるまで十分にやっていけるだろう。本も買えるし、ものを書くためには何よりも世界を知っておく必要がある。旅に行こう。東方へ、エジプトやトルコに行きたいと思う。ただ遺産は債券が多かったので即現金化できるものはあまりなく、さすがにすぐにそんなに遠方に行くのは無理だったが、南仏、イタリアへ行くことはできそうだった。父には父の故郷のアジャンを訪ねると言えばいい。従弟のエティエンヌ・オーギュスタン・ゴーティエもぜひ訪ねと欲しいとかねてから言っていた。

どれくらい必要なのかはっきりは分からなかった。ジェラールはとりあえず用意できた五百フランをかばんに入れ、債券の内スペインのコルテス債というものが最も容易に現金化できそうだったのでこれをとりあえず誰かに預けておくことにした。友人たちはかなりいい加減な生活をしている者が多いから、下手をするとどこかにまぎれてしまったり、自分の借金のせいで差し押さえにあってしまうかもしれない。ただジャン・デュセニョールならその心配はなさそうだった。それに彼はきちんと鍵付きの引き出しに保管してくれるに違いない。ジェラールは彼に債券を預け、着替えと帽子の替え、旅行案内代わりの紀行文数冊、それに紙とペンと携帯用インキつぼだけを用意して駅馬車に乗った。夜行で行くのが一番便利だと思ったが道はひどい悪路が多く、御者が居眠りすると道端の溝に車がはまったりして車が倒れるのではないかと思う揺れ方をする。それでもジェラールはつかまるための皮紐にハンカチを通してこれに顎を持たせかけると眠れることを発見した。馬を替えるために駅に着くたびに外へ出て深呼吸をすると、腰が疲れきっていて眠く、だるい感じはあったが、旅の興奮がそんな不便さを吹き飛ばしてくれた。これまでもサン・ジェルマンやヴァロワに行ったことはあるのだが、そんな短い距離ですら、まだ子供のくせにどこへ行くのかとじろじろ見られたり根掘り葉掘り質問されたりしたのが嫌だった。一人で旅するなんて偉いね、などと言われるのもわずらわしかった。今では乗り合いの男たちは彼を当たり前の客と思って声もかけないし、ご婦人がたはむしろ旅慣れた人と思ってか旅行中の事情などを尋ねてきたりすることもある。昼間の馬車は気持ちよい丘並や麦畑、やがてブドウ畑の中を過ぎてゆくのが心地よい。ブルゴーニュ地方をたどってソーヌ川沿いのシャロンに着く。ラマルティーヌの故郷だということだったが時間がない。ここから船に乗るのだ。それでも船が岸を離れるころ船長の指さす中にその家があるということで皆目をこらしたが、同じようなスレートの屋根が並んでよくわからない。船は蒸気船で、石炭の燃える濡れた焦げ臭さと汽笛の立てる凄まじい咆哮が珍しく、乗客の中には「ぼほーう」と真似をしておどける者もいた。マコンでは少し足を地につけるために岸に上がると、白い上着と赤いスカートでスイス風を思わせる衣装の少女たちが、頭にキノコのように広がった帽子をかぶって船着き場に押しかけ、籠に下げたパンやブドウを売っている。金色で見事に大きな粒を娘たちが指でつまんで口の中に押し込んでくれるのが甘酸っぱい。そのままここに残りたくなってしまう。やがて船が幾重にも家並みや教会の塔が立ち並ぶ大きな町に入り、リヨンに着いたことが分かる。たくさんの乗客が降り、ジェラールも体ほどもあるかばんと帽子箱を抱えてあわてて岸に上がったが、待合室に入って間もなく次の船が出るので、この町を見ている暇もない。どうせもう日が暮れる。それにこういうそこら中に蒸気の匂いがして工場が立ち並んでいるような町はあまり好きじゃないと思う。もうすぐに次の船は出発し、アヴィニョンまではひたすら眠っていた。

「噂の通りだな、橋が途中で落ちているじゃないか。」

口々に放たれる感嘆の声に目を覚ますと巨大な城が船着き場のすぐそばまで迫っているように見える。その手前には確かに城の側から突き出した形の白い橋が架かっているのだがアーチ四つまでのところで不意に途切れているのだ。アヴィニョンの橋の上で人々が踊るという古い民謡があるほど名高い聖ベネゼの橋がローヌ川の急流に何度も流されて壊れたままになってしまったというのはこの民謡が歌われるたびに子供たちの間でも伝説のようになっていた。それにしても驚くべきはあの頑丈な城壁である。大きな塊をさらに圧するような教会の尖塔が見えているのが示す通りそれは単なる城ではない、かつては教皇が九代に亘ってこの地を住まいとし、それに引き付けられて詩聖ペトラルカのような人までこの地に集まったのだ。

「わが若き日に、いまだ我ならぬ過ちの日々に、わが心慰めし詩句」

思わずジェラールの口をついてラウラに捧げた詩集の表題の言葉が浮かんだ。

「おや、君も幻のラウラに憧れてここに来た若き詩人なのかな。」

甲板で遠眼鏡を手にしていたシルクハットの紳士がジェラールの方を振り向いて言うので
「一応詩集は出しているんですけれど、詩人だなんてまだ言えるほどのものは書いていません。でもペトラルカには憧れています。今回の目的地はイタリアなんですけれどせっかくここに来たからにはぜひ教皇庁も見てみたいと思っています。」

「それは残念だね。教皇庁は革命の後は軍の駐留所にあてられていて見学することはできないんだよ。今は三千人が入っているんだがかつては一万もいたそうだ。ああいう連中が居座ったら中は相当荒らされているだろうしね。」

「でも岩山のようにどっしりとした外側だけでも見るだけの価値はあると思います。」

「君も今はやりの中世趣味なんだね。私はロワール風のエレガントさを感じさせる建物でなけりゃ受け付けないんだが。しかし岩山と言えば、ここから少し山の方へ行くとヴォークリューズの泉というのがあるよ。君の好きなペトラルカの住んでいたところだ。馬車で二時間位だから船に乗るまでに行って帰ってくることはできるよ。馬車を雇わなくちゃいけないんだが、一緒にどうかね。」

こういう時旅の道連れができるのはありがたい。アヴィニョンはここまでの道とうって変わって人が多いところで馬車も何台も港近くにたむろしていたのでこちらから呼ぶまでもなく船から降りた客たちに近づいてきた。

「親方、ヴォークリューズまで三時間で往復できるかね。」

「ああ、お安いご用で。六里の道のりですからね。向こうでお昼を取っていただいて十分でさ。」

「船が出るんだからきっちりそれまでに頼むよ。」

「ようがす。十フランで行きましょう。」

馬車は間もなくモリエールという名の村にかかった。

「おやおや、これがあの有名な喜劇作家の故郷なのかな。」

「いいえ、ジャン・バティスト・ポクランはパリで生まれてます。もっとも地方巡業をしていたころにここへ来たのかもしれませんね。」

「うん、何かここが気に入って芸名にしたのかもしれんね。それにしてもここら辺は禿げているな。」

次第に険しくなって馬の歩みも遅くなっていた。岩山というのがぴったりくるようにごつごつした山肌を無精髭のような緑が所々覆っている。少し濃い緑に囲まれたリールという町があったが、そこへは入らずに馬車は橋を渡った。

「こいつがヴォークリューズ川でがす。泉はもうすぐこの並木を抜けた先の村んところでがす。」

それはやっと二十ほどの家しかない小さな集落だったが、紙屋が四軒もあり、製糸工場もあった。一軒だけ幅広く立派な構えの家は宿屋で看板にはペトラルカと書かれている。

「昼食はここでお願いします。シェフはタッシさんと言われて、かつてはオトラント公爵の料理長をやられた方でがす。」

「そいつはすごい。ここでもうイタリアを先取りできるわけだ。」

パリの小さな赤い水車小屋のグラツィアーノを思い出させるような大きな鼻のタッシ氏は小僧を一

人案内に着けてくれた。泉の入り口には十メートルはあろうかと思われる柱が立っていて、ペトラルカに捧ぐと書かれている。

「この柱はですね、と小僧が訳知り顔に、もとは泉の傍の岩ん所にあったんでがすよ。ですがとあるブルボン家のお姫さんが、これじゃあんまりだ、村ん中にあった方がいいとおっしゃったそうでここに移されたんでがす。」

早瀬の音が絶えず大きくなる中を四十分ほど登るとそそり立つ黄土色の岩の下に小さな水の広がりが見えてきた。緑色をしたその水は絶えざる湧き出しを示すように動いていて、それが真っ白な泡の奔流となって緑と黒の岩々の間を流れ落ちている。

「もう少し流れを辿ると船が行けるソルグ川になって、そのままローヌ川へ注ぐんでがすよ。」

小僧はさらに岩山の上の方の小さな城館を指さして、

「ペトラルカはあの城に住んでたんでがす。それであっちの、と別の峰から見下ろしている城を指さして、城跡はペトラルカの恋人が住んでいたんでがす。サド伯爵の城でがす。」

その名前には覚えがあるな、と思ってジェラールはこの小僧がその遠い子孫と言われる革命期の人物がスキャンダラスな本を書いて投獄されたり精神病院へ送られたりしたことを知っているのだろうかと密かに思ったが口には出さなかった。

タッシ氏の宿に戻るともう食事の用意ができていた。鱒は分かったが、この細かく切った分厚いのは何かいと尋ねたら鰻だとの返事。大きなエビもあった。

「みなヴォークリューズで獲れたものです。」

と説明されたが、ジェラールはイタリア人ならパスタを出すのだろうとばかり思っていたので、少し拍子抜けがした。

道連れの紳士に教えられたとおりデュランス川を下って行く船路は素晴らしかった。アルプスの高い黒々とした壁が左手遠方に覆いかぶさり、緑の生い茂った大小様々の島が次々と現れる。ピロスカーフと呼ばれる最新の蒸気船はめまいのするような速度で横腹の水車で水をかき分けていく。石ころ道を舌をかむような飛び跳ね方をする馬車のような、一日歩いた後よりもはるかにひどい疲労感を覚える居心地の悪さは少しもない。島の陰から次々と橋が現れる。この川は氾濫することで有名だが、今は水かさが低く船の一番高いところでも橋の下を悠々と通り抜けることができる。帆柱がないからその点も安心なわけだ。ペルテュイという町で降りて馬車に乗り換え、エクス・アン・プロヴァンスに出る。ここでお父さんに手紙を書いておかなくてはならない。ここからマルセイユへ出て、船でイタリアへ向かうんだけれども、お父さんにはアジャンに行くとしか言ってない。ここなら少し寄り道をした、船を使ったから、ということで言い訳できる。お父さんは僕の健康状態が長旅には耐えられないだろうと思っている。川船ならともかく、海の向こうまで行くなんていうことは到底許してもらえなかったろう。

エクスではてっぺんのかけた塔のような建造物を見た。壁の続きが少し残っていて、元は城だったのかなと考えていると、隣に現れた初老の紳士が少し波打つようななまりのあるフランス語で、

「これは何でしょうね？」

と尋ねてきた。そらまた旅の道連れが現れたかな、とよい気持ちになって、いい加減な知識を披露してしまった。

「この町はルネ王の町として知られていますから多分ルネ王の城跡かなんかじゃないかと思いますよ。」

「そうですか。フランスにルネなどという名の王様がいたとは知りませんでした。」

「いえ、この町は代々プロヴァンス伯の持ち物だったのですが、十五世紀の当主はアンジュー公、シチリア王にもなったものですからルネ王と呼ばれたのです。文芸を好む王様だったので、この町はプロヴァンスの文化の中心になったのです。」

「なるほど、いい勉強になりました。」

「外国の方とお見受けしますが。」

「ああ、イギリス人ですよ。イギリスは寒いんで南の方を旅するのが好きでしてね。もっともパリは北の方だけれどいいです。いつ行っても必ず何か新しいものがある。」

「今回も何か見られたんですか？」

「そうそうこの白い石を見ていたら今年のサロン展で『サタンの勝利者大天使ミカエルが神の支配を告げる。』を見たのを思い出しましたよ。なかなか迫力のある聖ミカエルでしたなあ。」

「あれを見られたのですか！　あれは僕の友人のジャン・デュセニョールが出品したものなんです

よ。」

「そうですか、あの彫刻の作者の知り合いに出会えるとは奇遇ですね。それならあなたも芸術家なんですか？」

「造形の方はからきしなんですが、詩を書いているんです。」

「おお、詩人と言えば今はもう十分芸術家といえる存在ですからね。私の国イギリスにはあまり優れた画家や彫刻家はいないのですが、詩人なら大勢挙げることができます。読まれたことはありますか？」

「シェークスピアとバイロンくらいですね。英語の方はいまひとつなので。ドイツ語なら翻訳まてしているんですが。」

「いや、フランス人が英語やドイツ語を読めるとは珍しい。あなたと話していると楽しそうだ。よかったら一緒に旅をしませんか？」

英国紳士との旅は役に立った。二人はマルセイユから船でニースへ向かったのだが税関に入った時係官はジェラールの旅券の有効期限が一日早いと難癖をつけたのだ。

「フランス人はあ、いつもだらしねいから。」

サヴォワ訛りのフランス語で如何にもイタリア系の顔をした横柄な係官が上目からねめつけるようにジェラールの荷物をじろじろ眺めまわした。部屋にはサヴォワ公でもあるサルディニア王カルロ・アルベルトの肖像が大きく掲げられていて、イタリア語ばかり並んでいた。サヴォワ人は普段の会話はフランス語だと聞いていたけれど、革命やナポレオンの時代にフランス風を押しつけられたのがよほど嫌われたのかもしれないと思う。二十年前ならフランスの一部だったというのに、と少し恨めしい気がする。何度もイタリアに行ったことのある英国紳士は税関の役人にも知り合いがいて、彼の仲裁のおかげで何とか無事に通ることができた。紳士は町に家族を置いて来ていたが、彼を出迎えに来たロザリーとオクタヴィーという二人の娘の愛らしい微笑がうらやましい気がした。まだ幼さの残る娘たちは海岸で小魚を手で捕まえたなどとはしゃいで話していて、英語を話すことに慣れていないジェラールもそれはよく分かった。ニースの町は山が鬱蒼と迫っているのに、港の近くは長い海岸線があって景色が素晴らしく、英国人の金持ちが何人も長い脚をぶらつかせながら散歩している。トリノ門の角の生えたような一風変わったたたずまいが長い散歩道に長い影を落としていた。

紳士に別れを告げてまた船に乗った。夕方、船が大きな島の近くを通ると船客たちが皆双眼鏡を覗いていた。

「エルバ島だ！」

ジェラールは双眼鏡なしでも細かく家を一つ一つ数えることくらいできたのでナポレオンが住んでいた家が見えるのではないかと思ったが目立ったものはなかった。島の後方にもっと大きな陸の影が見え、赤みを帯びた黄金の光に満たされた海に黒い深々とした影が浮かぶのが分かった。険しい山が島の海岸線近くまで来ているのが分かり、それがまさに皇帝の出身地コルシカ島であることを裏付けているようだった。

船はローマの外港であるチヴィタ・ヴェッキアに入った。石造りのいかめしい巨大な建物が港に聳え立っていたが、そこに人だかりができていて、十人ほどのビロードの上着にズボン、山高帽といったいでたちの男たちが鎖をつけられて連行されているのが見えた。見物していた商人らしい男に誰なのかと尋ねると相手はイタリア語で、

「泥棒《ラードリ》さ。テッラチーナで捕まったんだ。」

と答えた。泥棒たちは警官に叩かれながらも口汚く言い返して意外に元気だったが、なんとなくジェラールは泥棒の方に親近感を覚えた。マンドランみたいな義賊かもしれないじゃないか。単なるブラーヴォ、ならず者であったとしてもマンゾーニが『いいなづけ』で描いているインナモラートみたいに悪くて強い奴ほど一旦改心したらむしろ頼りになるかもしれない。イタリアは権力が分裂しているからきっと腐敗も多いだろうし、犯罪者が一方的に悪いとも限らない、とそう思えてならなかった。そうしているうちにも船から降りてきた客を狙って大勢の荷担ぎ人足が群がってきた。太った若い男と浅黒いひげ面の中年男がジェラールの荷物を引っ張って、

「旦那、ローマでお泊りですか？」

と尋ねながら相手を押しのけようのする。荷物を取られてしまう気がしてジェラールが必死に放さないようにしていると誰かが外套の下に手を入れようとしているのを感じて思いきり振り払った。隠しに入れた財布は無事だったが、腰に下げていた小袋はいつの間にか切られて無くなっていた。

「ひどいことをしやがる！」

太った若者がジェラールをかばいながら荷物を負ってくれ、人ごみの外に連れ出してくれた。馬車のたまっている方に向かおうとすると今度は野犬の群れが何かを奪い合っているところに出くわした。何匹かが牙をむいてこちらに吠えかかってきた。狼のような顔が手に噛みつきそうになって心臓が飛び出しそうになる。帽子の箱が食いつかれて、振りほどこうと必死になると凶暴な唸り声が耳元で響いた。若者は大声を出して犬を追い払い、車のところまでなんとかジェラールを連れて行った。馬車は数えるほどで、囲んでいる船客たちにはどう見ても足りない。激しいやり取りがなされていた。

「ええ、なに、ここの宿はとても寝られたもんじゃないんでね、と若者が耳打ちする、みんなすぐにもローマへ行こうと焦ってるんですよ。」

客の足下を見て御者たちは法外な値段を吹っかけていた。ジェラールは何人かの船客と乗合することにしたが、御者は同じ値段を四人が払ってくれるのでなければいかぬと言い張った。

「いいんだよ、他に五十人も行きたい人はいるんだから。」

ようやっと乗り込んだ馬車が乗り継ぎの駅で馬を替えると休むために入った宿では、先の若者の言葉通り、岩のように固い黒パンと黴臭いチーズしか出されず、ワインは酢のようで飲めたものではなかった。散々な目にあったと思いつつ夜明け頃ローマの城壁に辿り着くと、すぐに十五メートルはあるかと思われる高さの税関の建物に案内された。荷物検査と称して現われた若者の愛想の良さにジェラールはほっとする思いがしたが、一緒に馬車で来た商人たちが目配せして、この愛想良さが曲者なのだと教えてくれた。事実若者は一向に荷物検査を始めようともせず、イタリア語でにこやかに何か喋りたてていたが、要するに自分の給料がいかに安いかということらしかった。一行が一フランづつ出し合って若者に渡すと、荷物もパスポートも見ることなく通してくれた。ジェラールが商人たちにお礼を言うと、

「まだこれからが大変さ、この町には空いている部屋が実に少ないんだ。」

確かに馬車で次々と立ち寄るところはどこも満杯だと断られ、ようやく十軒ほど廻ったあげく、一日十五フランという驚くような値段で案内された部屋は、狭く、暖房もないところだった。ジェラールはありったけの服を出して着込んだが、固いベッドではなかなか寝付けなかった。

宿からすぐのところにポポロの広場がある。百五十メートルほどの縦横が建物で囲まれているのだが、パレ・ロワイヤルのような中庭という閉じた空間ではない。しかも真ん中にはオベリスクが立っている。パリにも最近エジプト副王からの贈り物として船で地中海を渡って運ばれて来たものが立つようになったが、ローマにはそれが二千年近くも昔からある。それにしてもエジプトは、そのローマより、さらにどれだけ古いのかわからない。歴史の深淵がオベリスクのようにとがって、昔へ、昔へと遡るのが見える気がした。ジェラールは広いコルソ通りの坂をしばらく上ったり下りたりしながら、パンテオン、コロッセウム、フォーラム、凱旋門、トレビの泉と足に任せて歩き回った。あちらにも、こちらにも巨大な門、巨大な建物、それらを古代の神々が平気で飾っているのがキリスト教の大本山としては不思議な気がする。それでも多くの像や絵は壊されたり塗りこめられたりもしたらしい。白く一見きれいなものは塗りこめた跡で、本当に立派なモニュメントはむしろ大部分が欠けていたり、

色がくすんで廃墟のようになっている。そんな立派な建物の陰では人々が次から次へとせわしなく行ったり来たりしている。確かに聖職者の黒服が目立つが、ぼろのようなものを着た民衆や荷物を担いだ人足、さらに街頭でパンや果物を並べて売っている行商人でごった返している。馬車は大きな通りしか走れないし、坂や階段ばかりなので、むしろ歩いている人の方が多い。人の多さに反してなんとなく陰気な感じがあり、パリの方がもっと活気があるようにジェラールには思える。聖職者の黒い服に加えて人々があまり嬉しそうではない気がするのだ。

ローマにそれほど長い間滞在する予定はなかった。そもそも所持金が心細くなっている。旅先からジャン・デュセニョールに手紙で依頼した為替はナポリにしか着かないだろう。それでもジェラールはここでは一か所だけ訪れたい館があった。それはメディチの別荘なのだが、ここにはローマ賞を取ったパリの画学生たちがいるはずであり、彼らがどんなふうにしているか見てみたい気がしていた。ジェラールの友人には画家も彫刻家もいるが、残念ながらローマ賞受賞者はいない。ウジェーヌ・ドヴェリアがきっと取るだろうと期待されていたのだが、彼は処女作の成功を超えることはできないままになっていた。制作の場にはモデルがいたりするので入ることはできなかったが、画家たちが談笑しているサロンのようなところに入ってみた。うろうろしているとふと肩を叩かれて、見かけない顔だが、と鼻の高い年配の恐い顔をした男に尋ねられ、自分は詩人で劇作家なのですが、ローマ賞の画家たちに会ってみたくて、と詫びを言うと、

「そういう人たちとはあんまり付き合いがないんだが、」

と迷惑そうな顔をしたのはジェラールも顔だけは知っている古典派の領袖のアングルである。

「でも劇の良しあしは相当に舞台背景に左右されますし、よい背景画家がいたら紹介していただければと思いまして。」

と取り繕うと、少し顔色を和らげて、

「イタリアに来て良い風景が描けるようになった画家は確かにいるな。パリのようなごみごみしたところはだめだし、フランスには他にあまり良い景色のところがない。イタリアはヴェネチアでもナポリでも海岸線がたっぷりあるし、むろん巨大建造物の並んだローマでもよい。肝心なことはその景色の中から、ごみごみ蠢いている人間を取り除くことだな。そうやって風景だけつかんでおいて、後からそこにふさわしい人間をはめ込んでいく。それもごく小さな点描としてだな。」

聞いていると、やはりアカデミー派の考えることとは馬が合わないなと思わずにはいられなかった。ジェラールが外国に来て何より見てみたいと思うのは町を埋める人々の色とりどりな服装だったり、会話や物売りの面白さだったりするのだ。ただ、この話を聞いていて気付いたのは、確かに旅行者である自分の衣服は風景の中では違和感を醸し出すことだろうということだった。こんなごみごみと人だらけで、しかも世界中から人を集めている所なら何ともないかもしれないが、もっと田舎に行ったなら、そこに会う服装をしなくちゃいけない。外国人だとはなから思われたら、地元の人の話も親密には聞けないだろうし、すりやたかりに狙われかねない。

金のことを考えて、また気になり始めた。いろいろなところであまりにも費用がかさみすぎている。

食費や宿代、船賃や駅馬車代などしか考えてなかったのだが、現地についてみるとそういうものが考えられないほど高くつくだけでなく、税関にとられるもの、何をするにもかかる心づけ、細かい街中での馬車代や通行料などいくらでも金が要る。服を整えるどころではなく、ナポリまで着けるのかどうかすら怪しい気がして不安になってきた。まあナポリに行けばきっとジャンから金が届いているだろうとは思う。でもとにかく、後はヴァチカンだけは見ておいて、すぐにナポリへ急ごう。ゲーテもナポリを見たらローマなど比べ物にならないという言い方をしているのだし。

サン・ピエトロ大聖堂は世界中の巡礼が集まるところだから人が途切れる時はないに違いない。教皇謁見のある日曜や、アンジェルスの祈りの時間でなければと思って入ったが、それでも巡礼の杖を握った民衆や黒衣の聖職者が鍵の頭のような形の前庭の入口に群がって、膝を軽く折って一礼しながら入っていく。さすがにここでは時折司教帽や高位聖職者の緋色の衣の色すらちらちら見受けられた。こんなに金づくめの場所はなんとなく気が引けると思いながら堂内に入るとやがてこれだけはここで見ておきたいと思ったものが見えてきた。金と赤にちりばめられた場所にそこだけ真っ白の形が見えている。大勢の男女が膝まずいている。ミケランジェロの刻んだ聖母がイエスの体を膝に抱きかかえ、左手をこちらに向かって差し出している像である。なんという神々しさなのか！　それは母というよりはあまりにも聖処女であり、むしろ恋する男の戦いの場に散った躯を抱き上げている姿ではないか？　ジェラールの胸には、いつもシャルルマーニュ高校からの帰りにその前に立ち止まらずにおれなかったあの子供のいない聖母の像が思い浮かんだ。もちろんこの像の美しさ、力強さはあの像とは比べ物にならないのだが、悲しみ、寂しみはむしろあの抱き上げるべき子すらいない母の懊悩の方により深く感じられたような気がする。呆然と立ち尽くすジェラールを後から後から寄せてくる巡礼の列が押しやった。聖セバスティアヌスにも聖ヒエロニムスにも聖ペテロのどっしりとした量感にすらぼうっとした感慨をしか持ち得ぬままに外へ出、そのまま人々の流れに沿ってシスティーナの礼拝堂に入った。落胆の声が聞こえる。巨大な木のやぐらが組みあがっていて、『最後の審判』の天井画がほとんど隠れてしまっているのだ。そういえば先ほどアングルが言っていた。

「風景画など本来名画の背景を埋めるだけのものじゃよ。そんなことに力を入れるより古代の彫刻、浮彫や、教会の名画を丁寧に写し取ることの方が千倍も勉強になる。それ、今もシガロンがシスティーナで『最後の審判』の模写に取り組んでおる。あんたもあそこには行くのじゃろうから、彼の仕事ぶりが見られるじゃろうよ。」

そう、はるか上方で、誰かが一生懸命天を向いて何かやっているようだ。グザヴィエ・シガロンもきっとミケランジェロ同様に首が曲がらなくなるのかもしれない。それにしても運の悪い時に来てしまったものだ。

庭園の方にさまよい出て、ジェラールはその豊かな緑に驚いた。ここは昔は教皇所領の農園だったと聞いたことがある。今も葡萄園が残っているのがよく分かる。一方では見事なバラ園も広がっている。真っ赤なブドウと真っ赤なバラか。カトリックは血が好きなのだ。なんとなく一面の緑に赤い色がちらちらして、太陽がとてもまぶしい気がした。だが太陽も赤みを帯び始めている。秋になってから日が落ちるのがとても早い。その光を受けて深い緑すらそろそろ黒ずんでいる。西の空を見上げると日輪の名残が赤々と地平線から今しも消えようとしているのが見えた。もうローマはこれで終わりだ。明日はチヴィタ・ヴェッキアに戻ってナポリ行の船に乗る。きっとお金が届いているはずだ。

四十三．ナポリ

「ナポリ湾ですよ、皆さま。左に見えてきたのがイスキア島、右の方で煙を吐いているのがヴェスビオ火山です。そのさらに右先端に突き出ている岬がソレントになります。」

大柄の白い服の金ボタンを太陽にきらめかせながら船長が愛想よく船客をデッキに誘った。

「やれやれ何とか生き延びたらしい。」

大部屋の床に伸びていた中年の男がもどかしそうに起き上がってまろびかけながら甲板に出て行った。キャビンからも額をハンカチで押えたご婦人や紳士たちがほうほうの体で足を運んでいる。無理もない。チヴィタ・ヴェッキアを出てからずっと荒天続きで、少し海に出てはまた近くの入り江に避難することを繰り返してきたのだ。初めはデッキの上で風がきついなあと遠くの海岸線を眺めていた男達もやがて口数が少なくなり、一人去り、二人去りして船室へ戻ってしまった。船室で毛布にくるまっていても船は横ばかりか縦にも揺れる。食道をセリ上がってくるものをようやくにしてこらえてもまた次の波が襲って来るのだ。蒼い顔をした船客たちは皆そのために用意された小さな木の器にしがみつくようにして嘔吐をぶちまけ、その中身が次の大波で周囲に飛び散って船室の中はどこもひどい臭気に洗われたようになっていた。食事の時間にジェラールはテーブルについている人数がひどく少ないので、ゆったりといつまでも座っていることができた。船長がそのでっぷりとした体を向いに据えて

「なかなか強いんだね、若いの。海は何度目だい？」

「いえこれが初めてなんです。川船はここに来るまでに経験しましたけど。」

「それでこの荒天でそれだけ飲んだり食ったりできるのは大したものだ。船乗りにもなれるぞ。」

「馬車の旅は相当してきましたから。あれでも道が悪ければひどく揺れますし、ばねのまるで効いてない車だとこの船とほとんど変わらない時もあるくらいですよ。窓枠にハンカチを結んでおいて顎を支えると寝られるんです。それで思いついて船でも横になるのをやめてベッドの上の方のフックを使って同じことをしてみたらぐっすり寝られました。」

「なるほど、面白いやり方だ。それにしても馬車なら下りようと思えばいつでも下りられるが船ではそうはいかないからな。あんたならもっと遠くアフリカやインドまででも行けるかもしれないな。今の船なら少々の嵐でも大丈夫だし、海賊さえ心配なけりゃ俺だって相当遠くまで足を延ばしたこともある。」

「いつかは本当にオリエントに行ってみたいんですよ。ヴォルネーとかサヴァリーなど読んで興味がわいたし、千夜一夜の町でヴェールに隠された美女たちの顔を覗き込んでみたいものだと憧れているんです。」

「まあそれをやるには暇と金とがいくらでもあるような身分にならなきゃならんけどな。地中海廻りの船は季節風に乗って往復するから、冬にエジプトへ行って春から夏にかけてシリア、トルコを海岸伝いに戻り、冬になる前にイタリアへ戻ってくる、ってわけで少なくとも一年は向こうにいなきゃならんから。あんたも気楽な旅をしていてうらやましいが、その若さでそんな風にほっつき歩く余裕があるのかね？　見たところそこまでお大尽というようにも見えないが。」

「そうですね。まだそんな余裕はないですけれど、そのうち何とか有名になってそんな旅行をして見せるつもりですよ。」

船長はナポリに着いたらトレド通りあたりに宿を取るとよいとか、ポンペイには日帰りで往復するのは難しいから君みたいな若い人なら遺跡の中で夜明かしするのも面白いかもしれないなどといろいろアドバイスしてくれた。ヴェスビオが今活発になっているらしいという話もしていたけれど、確かに、今ナポリ湾の真っ青な水を切って白い街並みに近付いていると、ため息をつくほど美しいなだらかな盛り上がりからずいぶんと煙が上がっているのが見える。十二年前にも大きな噴火があったということだ。その時はフランスの新聞にも取り上げられたし、シャルルマーニュ校でも話題になった。フランスに活火山があるという話はほとんど聞いたことがないので、今度の旅ではぜひ本物を見たいと思っていたけれどなんとなく山頂あたりが雲に反射して赤くなって見えるような気さえする。まるで遅い朝焼けが見えているみたいじゃないか。ナポリの町も、高々とそびえる崖の上の城と、平地に広がる王宮の対照がきれいだが、なんといってもこの湾の曲線、左手のポルティチの丘からヴェスビオを擁してトレントへ広がる優雅な翼の形が素晴らしい。こういう胸がざわついて内部から吹き上げる予感のようなものはローマでは感じなかった。ローマの建造物群は確かに威容と言えるけれど町全体としてパリよりごみごみして、民衆は貧しく汚れており、パリの下層の民の持つ生活のエネルギーが感じられず、ヴァチカンでチラチラ見かける高位聖職者の豪華過ぎる緋色の衣装やとがり膨らんだ白や赤の角帽とはあまりに落差が大きすぎて、頂点に君臨する教皇という名の暴君のことを嫌でも意識せざるを得なかった。つい最近選ばれたばかりのグレゴリウス十六世は革命だの自由主義だのという新しい動きに露骨に憎しみの目を向けていることが知れ渡っている。革命の産物だということでルイ・フィリップ王にすら敬意を示すことのないこの傲慢な六十代の、教皇としてはまだまだ精力ある男が、ローマにわざわざ赴いて自著の正当性を直訴したフェリシテ・ド・ラムネー神父を鼻であしらうように断罪したことがさらにこの町に違和感を覚えさせる要素となっていた。『信者の言葉』はリヴォルノやジェノヴァでは飛ぶように売れているという話だったが、ローマではフランス語の本が売れることはあまりないようだった。

栈橋の上にはもう大勢の人足が待ち構えている。頭の上の籠に食べ物らしいものを載せた女たちも見える。ひしめき合うさまはチヴィタ・ヴェッキアと変わらないが、なぜかこちらの方が明るい。皆やかましく何か叫んでいて、時には喧嘩すら起こっているようだが、そんなに殺気立っているようにも見えない。多分一つには白や薄い青、ピンクなど明るい色のシャツを着ていて、胸をはだけ、腕まくりして日焼けした肌をのびのびと緩ませているその色彩の楽しさが太陽の強さと相まって空気を和ませているのだろう。ローマの外港ではこんなところに下りたくないと思わせる雰囲気があった。ここでは十月だというのに太陽は明るく輝いて雲一つない空と海が一杯に広がっている。人々はそんな中に精いっぱいの生命を吐き出していて、ミツバチがぶんぶんうなっているような快さだ。

「ほら旦那、こっちだよ、その荷物を渡してくんな。」

大柄な髭面の男がジェラールの荷物を受け取ろうと身を乗り出したが素早く滑り込んだ少年が

「なに言ってるんだ。この荷物は僕が先に手を付けたんだぜ。だから当然僕が運ぶんだ。」

「ジョヴァンニ、勝手に入ってきやがって、このくちばしの黄色いのが。お前なんか見たいなひょろひょろの体でこんな大きな行李が運べるもんか。どっかちいさな娘さんの手を引っ張って渡り板の上でも渡らせてやってな！」

「ああ、そりゃもちろんやらせてもらうとも。でもこの荷物はやっぱりおいらが運ばせてもらうんだからな。」

「ジョヴァンニ、いい子だから、ほら、俺が手を貸してやるからって。女房がいつもお前に菓子を分けてやってるじゃねえかよ。」

髭面と少年はいつの間にか行李と二つのカバンを仲良く分け持って、にこにこと笑いながら群衆や犬や家禽までがひしめく中に道を作っていく。チヴィタ・ヴェッキアの喧嘩腰のやり方とは大分違うな。横から手を伸ばす怪しげな手は無論存在したが、ひっぱたいたり怒鳴りつけたりすると先方もにやにやしながら悪びれずに引いて行ってしまう。頭上の籠に載せられた食物も道端に並べられたものも色とりどりで目にも楽しいし、いかにも南国という香りが漂っている。果物が多いけれど、テーブルに山と魚を積んでいる者もいる。皆口々に商品の名を口にしているようだがなまりもきついし、さすがにイタリア語の果物や魚の名前は分からない。ロバが何頭も背中に大きな籠をくくりつけられてうろうろしている。引いている男はハンカチを額に巻いている。「イアン、イアン」としか聞こえない叫びはロバに向かっているのか、道行く人にどいてくれと呼びかけているのか。ザクロの肌の女たちはみな腰に手を当てて甲高い声で呼び立てている。「アランチャ、アランチャ」はオレンジで、「ポマドーロ」っていうのがトマトだということも見ていればわかる。かと思うと道端に茣蓙を敷いて座り込んでいる歳の行った女は通行人などに興味ないと言わんばかりに膝の上の娘の髪を解いて虱を取ってやっているが、面白いのはその子がまた弟を抱え込んでその虱を取っていることだ。老婆だと最初は思ったが、どうも娘の母親らしい。だとすればせいぜい三十代ということになるが、もう髪がずいぶん薄くなっている。この強烈な太陽にいつも頭をさらしているとこうなってしまうのだな。肌も随分と荒れているが、ぱっと顔を上げたりするとやはり元気だけは十分ありそうだ。

「旦那、こいつだよ。このコッリコロでいいだろ。」

先に言った少年の荷物持ちが呼んでいる。

「旦那はカレッシノの方がお好みなんじゃないかね。」

と髭面の方が幌付きの二輪馬車を指さすが、金の尽きかけているジェラールはあわてて

「コリッコロで沢山だ。あっちへやってくれ。」

痩せた馬をつないだ細長いおんぼろの車で、大きな赤い車輪の上の車体には何者かが多分馬らしい動物に鞭を振り下ろしているらしいもうぼけてしまった絵が描かれている。髭面は最初に荷物を押し込んでからジェラールを担ぎ上げてくれたが、御者台の下には荷物を入れるための網が張ってあって、驚いたことにそこには人も放り込まれている。そこは特別安いのだろう。それにしてもこのやせ馬がこんなに重い荷物と人を本当に運べるのかと不安になる。二十人近くを詰め込んだ車はようやくのろのろと動き出した。御者は例の「イアン、イアン」という叫びをひっきりなしにあげている。乗っているのは大部分外国人らしく、イタリア語が聞こえても北の訛りであったり、ドイツ語やスラブ語らしき言葉も切れ切れに聞こえた。海岸の先端のそびえたつ岩礁のような要塞の向こうのヴェスビオがやがて見えなくなると王宮のある広場を尻目にトレド通りへ入っていく。ホテルらしきものに着くとボーイが駆け寄ってきて値段交渉が始まり、少しづつ客が降りていく。当然ながら海岸近くの方が立派な建物が多く値段も高いのでジェラールは一番最後まで残り、しまいに御者があんた泊まる気はあるのかねと冗談交じりに振り返るほどだった。ようやく六フランでいいという宿を見つけて降りるとトレド通りではなく、角の狭いところへ入って行かねばならず、道の上方がぐっと狭くなって昼でも薄暗い小路だった。子供たちが走り回り、ロバの匂いや犬の吠え声をかき分けて入っていくと、ボーイはここだと汚い入口の中へ案内した。部屋は上の方に窓はあっても隣の壁しか見えず、黴臭くて寒かった。ここでくつろぐ気にもなれず、とりあえず外に出て、何はともあれ郵便局へ飛び込んだ。

「ジェラール・ラブリュニーあての手紙が届いていませんか？」

「どれどれ、ラブリュニー、ラブリュニーと、いやないね。」

「来ているはずなんですが、パリからです。」

「いや、パリからのは全部ここに分けてあるが、そんな名前の手紙は届いてないよ。」

係員は食い下がるジェラールの目の前に束にした手紙の束をめくって見せたが確かにラブリュニーあての手紙はなかった。愕然とした。通りへ出てもここがどこかよく分からなかったほどだ。

「ほら、旦那、バルバリアいちぢくだ、甘いよ。そんな情けない顔してどうしたのさ。こいつを食ってそんな気分を吹き飛ばしちまいな。」

気が付くと人通りの少なくなったマリネッラの岸に出ていて、市場の女たちが色鮮やかなくだものを並べて声をかけている。そういえば今日はまだ何も食べていなかった。バルバリアイチジクとオレンジをいくつか買い、纜をつなぐ杭に腰かけて皮をむきながらかじりついた。目が回るほど腹が減っていた。寄って来たアヒルたちが剥いた皮が落ちてくる傍から待ちきれないようについばんでいく。お前たちは気楽だな。こうしていつでも食い物にありつける。宿代と船賃と考えると残りは本当に乏しかった。何とか生きていくことを考えなくては。エクスで手紙を出したが心もとない気がしたのでアンティーブからまた出した。もう二週間は経っているんだからとうに返事は着いていなくてはならない。パリからの手紙が途絶えたわけでもないということは今目の前で見せてもらった。今さらもう一度手紙を書いたって、それが戻るまでにはナポリを離れることになるのでどうせ間に合わない。何とかナポリをしのぎ切って、マルセイユへ戻った時点で金が受け取れるようにしよう。もう友人たちは頼りにならないかもしれないから、誰かしっかりした人に借金するしかないか。とはいえお父さんにこんな所にいることが知られたら準禁治産者にでもされてもう二度と遺産の引き出しができないようにされてしまうだろう。そうだ、ミニョット氏に頼もう。サント・ペラジー刑務所から出た時に請け出しに来てくれた人だ。あの人の事務所に数か月はいたんだし、公証人だから僕が相続して金をちゃんと返せることをよく知っている。それにしても食事が毎回果物というわけにもいかない。いつの間にか目の前にはいざり車に乗った乞食がいて、自分の左脚のぼろぼろの包帯をめくって見せた。目を背けたくなるような蛆虫の湧いた生傷を見せつけられる。

「旦那、何か恵んでくんな。」

「そんな傷ならこいつさえ塗ればたちまち治っちまうんだぜ。旦那どうですか、旅のお供に。」

ベラルンパンパンという名のいかがわしい粉薬を、いかにも巡礼に売るにふさわしく帆立貝に入れて売っている男が乞食を押しのけるようにして売り物をひけらかしてくる。しかしそいつらが皆こいつはいけねえという顔で急にそそくさと道を空けるのに顔を上げてみると、銃剣付きの銃を肩にした兵士を両側にひきつれるようにして黄色い服の、つまり泥棒をして捕まった男が、手鎖をじゃらじゃらさせながらパイプをくわえて歩いてくる。すると反対側から赤い服の、つまり人殺しが、足に結わえた鉄球のまま悠々と闊歩して来て、黄色服の囚人と握手を交わす。さすがにジェラールも目を丸くしてしまって、もう少しで吹き出しそうになるのをようやくのことで呑み込んだ。腹が減ってることなんか大したことではないや。この町は本当に退屈しないで済みそうだぞ。住民が生活そのままでブールヴァールの呼び込みをやってるみたいだ。それにしても残念なことには物売り女に交じって売るものもない女たちがかなり混じっていて、媚を含んだ流し目をちらちらくれるのだ。日に焼けていても目元は美しい。ジェラールのすがりつくような視線に気が付いたのか、ほほえみというよりもっと露骨な言葉をかけてくる女もいた。

「ねえ、お兄さん、この花買ってよ。」

みると少し濃い肌の女が手にしているのはたった一本のバラで、しかもそれをそのまま取ってごらんよと言わんばかりに口にくわえている。これは少し刺激が強すぎると苦笑いしながら通り過ぎると、何だいケチだね、とか、どうせ誰も待ってる人なんかないんでしょ、一人じゃあ寂しいだろうじゃないか、などと遠慮なく呼びかけてくる。なんだか逃げているのが情けない気持ちになってきた。そこにアラブ女のようにヴェールをかけて黒い瞳と肌の白さをわずかに見せている女が現れた。それだけしか見えなかったのだがどこかパリで見たことのある女性を思わせるものがあった。そうだ、ヴァリエテ座に出ていた女優だ。有名な俳優の、そうラフォンの夫人ということになっていた。それがまた夫と別れたようでイギリス風の、そうジェニーとかいう名前で出ていた。ヴェールの陰からのぞいていた顎の線があの人にそっくりだった。フランス人の士官に恋するロシア娘の役だったな。だから、この娘だってフランス人の僕に恋してくれたっていいじゃないか。そう思ったらはじかれたように声を出すことができた。

「お嬢さん、すみません、ちょっとお話しできませんか？」

「どなたか存じませんけど、何かご用ですか？」

「僕はナポリに着いたばかりで誰も知り合いがいなくてさびしいものですから、よければ話し相手になっていただけないかと思いまして。」

「いきなり見も知らぬ女性にそんなことを言ってくるなんてずいぶん失礼じゃないかしら。」

「すみません本当に失礼だと思います。でもパリから着いたばかりで本当にここでは誰ひとり知っている人がいないし、右も左もわからないので、この町について教えてくれる人がいればいいなと思ったのです。」

「そうなんですか、パリからいらしたんですね。お気持ちは分かりますけどあたしには恋人がいます。近衛軍に入っているんですから、見つかったら怖いですよ。」

「いえ、そんな下心があるわけじゃありません。ほんの一時一緒に楽しい夕べを過ごせる人がいればいいなと思って。」

　この娘は少しはフランス語ができるようだった。ジェラールの片言のイタリア語とごちゃまぜに話していても何とか話は通じたし、冷たくあしらわれているというほどつっけんどんではないのはやはりこの土地の女性の開放的な性格のせいなのじゃないかと思った。娘は次第にうちとけてきて、ここでの散歩ならヴィラ・レアーレが最高だしあそこになら自分もぜひ行ってみたいと思っていたと言い出した。海沿いに行けばすぐだと言う。両側をびっしりと並木道に囲まれた海岸沿いの通りが西へ向かって延びていた。夕暮れの海にはそろそろ灯台や漁船の火がちらほら見えて快かった。アーチ型の石の壁に開いた鉄の格子の前には何台もしゃれた紋章付きの二輪馬車が止まっていて、歩いてやってきたジェラールはじろじろ見られているようで気おくれを感じたが、ここは女性の手前怖じけた様子を見せてはいけないと鷹揚な身振りで門番に二十サンティーム渡して中に入る。

「ここへは初めてなのですか?」

「ええ、ここに入れるのは身分のある方だけなので。でもあなたは外国人だから大丈夫と思ったのが当たりだったわ。」

「静かなところですね。」

露店もなければ子供も犬も家禽もうろうろしていない場所はナポリではここくらいかもしれない。上流階級が好んでここに来るわけだ。シャンゼリゼを思わせるが、あそこでは散策は馬車に乗ったままなされる。ここでは入口で乗り物を下りなくてはならないのでどんな紳士淑女といえども歩いている。ここに入ることができたのは幸運だったし、男一人の散歩者など皆無だったから女性の連れができたのも幸運だった。女性を連れて歩くなんて初めてのことなので、かなり上の空になってしまい、いろいろ女の子は話しているようだったし、一々答えていはするのだが、実際のところ何を話したか全く理解できていなかったが娘もそれを気にしているようではなかった。

「あなたは何をしている人なの?」

ようやく耳に入ってきた言葉に反応して

「ものを書いているんです。詩だとか、戯曲だとか、ドイツ語の翻訳もいくつか出しています。」

「ドイツ人ならナポリにもよく来るわ。みんな寒い、寒い顔してるから、太陽に憧れて来るんだって。」

「ドイツ人と話したりもするんですか？」

「イタリア語かフランス語ができる人とはね。でもそういう人はなかなか声をかけてくれないの。」

「いつもは何をしてるんです？」

「教会の飾りになる金糸の刺繍をしてるの。本当にきれいな飾りだけど、私のもらえるお金は食べていくのがやっとだから、いつもこんな飾りが自分のものになればいいなと思ってるわ。」

ロザリーという名のその娘はだんだんあけすけになってきて、金のある人と一緒にいたい、その方が近衛兵の恋人と一緒よりもいいということを少しも隠さなくなっていた。そんな話ぶりに少し呆れながらも夕陽で金色に染まった彼女のヴェール越しに見る横顔がますますヴァリエテ座のジェニーの横顔に似ているように思えてならなくなってきた。散策路を折り返して今やヴェスビオが正面に見える。昼間はただ黒い煙を静かに立ち上げていた山の上空に赤い炎がちろちろと交じり、沈んでいった太陽と正反対の海上にまるでもう一つの夕焼けが生まれたかのようだ。

「ヴェスビオが火を出していますね。」

「夏には大きな爆発があったもの。今はまた静かになったけどあれくらいの火はいつでも夜になったら見えるわ。」

「もうそろそろ食事をしに行きましょうか。」

「あら、それならカフェ・ディ・ヨーロッパに行きたいわ。あそこも一度行ってみたかったの。」

サン・フェルナンディーノ広場にあるカフェは蠟燭を林のように立てて、ガス灯さえ備えればパリのブールヴァールの酒場と言ってもよい豪華さだった。メルランという地中海で取れる背骨の真ん中から縦に別の背骨が立ち上がっている魚を揚げたものを地元のワインのラクリマ・クリスティで流し込んでロザーリアはご機嫌だったが、初日にしてこんなに散財してしまったことはさすがに不安にさせるものがある。そうしているうちに交替に入った衛兵たちが何人か店の近くを通り始め、ロザーリアは恋人に見つかったら大変だわと言ってそそくさと立ち上がっていなくなってしまった。これで終わりか、と思うとがっくりくる。女の方は明日も明後日もあると思っているのかもしれないが、今の懐からすればこれは一夜限りの大盤振る舞いなのだった。あまり懐を気にする習慣はなかったのだが、明日からは嫌でも倹約するほかないと憂鬱になりながら床に就いた。

夜中、雷のような衝撃で目が覚めた。窓から昼間とまごうばかりの光が入って来ている。そればかりか、灰が降って来て窓ガラスがはまったままで熱風が一緒に来ているのが感じられる。あわてて門番のところに行ってみると、他の泊り客たちも驚いた顔をしてみな下りてきていた。

「心配することねえから。ヴェスビオが噴火したんですよ。でもここにいれば絶対大丈夫だから。」

落ち着き払った宿のおやじの態度はこんなことが何度もあったのだろうと思わせる雰囲気を漂わせていて、とりあえずみな静まった。

「高いところへ登ったら溶岩がきれいに見えるかもしれませんよ。ここの裏の道を左へ行って、どんどん上ってけばサン・テルモの要塞に出ますから。外は十分明るいんで、迷うこともないでしょうて。」

確かにめったにない機会かもしれない。上着をひっかけ、ハンカチを一枚顔に巻いて灰よけにして外へ飛び出した。何人か同じ方向へぐいぐい登って行く後についていくと、急な登り道から開けたところへ出た。かなりの数の人達が海の彼方を指さしている。東の海上でヴェスビオが山ごと赤々と燃えあがって炎を噴き上げている。一筋火の川が割れ目から流れ出して竜のくねりを山腹に描き出している。雷か、大砲かとも思う爆発音が何度も轟いて、まるで今立っているこの大地の底の方から響いてくるような波がそのたびに押し寄せてくる。鼻や口は何とかハンカチで覆っているが、灰は目の中まで入ってきて、痛くて目を開けていられない。目を覆ってしばしうずくまると涙が湧いてきてようやく目を開けられるようになった。また一段と大きな炎が上がって、要塞全体を赤々と照らしたが、よく見ると今立っているところは右の低い壁があるが切り立った崖になっていて一歩足を踏み出せば命はなかったと冷たいものが背中を走る。

火の山、それはプリニウスの報告で何度も読んだし、恐ろしい惨劇をもたらすものと思っていたが、こうして海の彼方から見る限りむしろ美しく、力強いものにすら思える。今夜は月がなく、星もわずかしか見えないのは雲に隠されているのか、火山の噴煙が全天を覆っているのか、山は地底の何ものかが地上に出るための入り口でその何ものかが今すさまじい雄叫びをあげているのだ。いつもは天によって地の底に押し込められていた者たちの、抗議の、呪いの、あるいは復讐を叫んでの雄叫び。大地の腹の底からの震えを全身にみなぎらせ、いつの間にか自分自身が叫びだしているのを感じた。驚いた周囲の人々が一斉にこちらを見ている。全身を汗がしたたり落ちる、それが気持ちよかった。何かが自分を突き抜けていく。大声で笑いたい気持ちだった。嬉しかった。涙がこぼれた。異様な興奮が自分をわしづかみにしている。気持ちよかった、汗と涙が降ってくる灰と交じって泥流となって頬を流れて行くのをありありと感じていた。いつの間にか周りに人がいなくなって、だんだん火山の背後が青白く明るんでいるのに気付いた。朝の光を受けて次第に赤い炎が薄まり、火の流れが見えなくなっていく。気が付くと疲れ切っていた。よろめきながら坂を下り、宿へ帰ってベッドに倒れこむと、そのまま眠り込んでしまった。

ナポリにはレッジアとストゥーディという二つの有名な美術館がある。最初にレッジアを訪れたのはここがかつてモルトフォンテーヌの城主だったジョゼフ・ボナパルトがナポリ王だった時の王宮だからだ。もっとも美術館を作らせたブルボン家のカルロ王は占領された間は逃亡先のパレルモへ美術品も持って行ったのだからジョゼフ王がこれらの傑作を目にしたことは恐らくなかっただろう。マサッチオ、マンテーニャ、リッピ、ボッティチェリという静的な画家が並ぶ中、最も目を引いたのはカラヴァッジョの『ホロフェルヌスの首を切るユーディト』だった。寝床に押さえつけられたアッシリアの武将の首を長剣の柄を握って切り取っているユダヤ女の顔は、何の感情も込められているようには見えず、ただひたすら首を取るという結果を求めているかの如くで、腕を抱えて抵抗し、苦しみ悶えているはずの武将の顔はむしろ何が起こったかわからず驚いているだけの呆然とした表情を浮かべている。構図の持つ力感からはむしろ獰猛な女の勝利感と裏切られた男の怒り、無念さを期待するのに、そういうものは暗すぎる色調の中全く浮かび上がってこない。美しくはあってもそれほど熱狂を掻き立てることもない名画の並ぶ中、この一幅の場面の付きつける謎は思わず足を止めさせる。しかし考えてみればこれは絶対秘密でなければならない謀略と暗殺の現場なのだ。町を包囲され絶望に陥ったユダヤ市民の最後の頼みの綱として娼婦に扮して敵将の寝所に忍び込んだユーディトには、素性が露見して衛兵に気づかれぬ前に音も立てぬようにことを成功させねばならぬ緊張感だけがあり、男に対しては恨みなど個人的感情を持つ余裕はないに違いない。一方ホロフェルヌスにしてみれば、大軍で少数のユダヤ人の城を囲んだ勝利の決まりきった戦いで、後はただ待っていれば良いと思っている時に不意に現れた美女との幸運な一時の思いに酔いしれていただろう。だからこの寝首を掻く行為は全く思いもかけぬ不意打ちだったはずだ。そうでなければ女二人の手に猛虎のような武将がやすやすと思い通りにされてしまうはずはない。寝所を描いているということもレンブラントのような光を放つ闇にふさわしく、この心理表現は素晴らしい。女性の心理の奥底まで見極めている、ほとんど女の視線とすら言いうる。カラヴァッジョはすごい。これだけ綺羅星のように並ぶ巨匠たちの絵の中でただ一点その存在感が際立っているとは。これに比べれば、この後、システィンナの礼拝堂の天井画を模写したものが展示してあったものですら印象が薄かった。確かに模写と本物では迫力は違って当然だ。ましてや『最後の審判』は、気が遠くなるような高い天井から吸い込まれるような高さを以て見上げなければいけないものなんだろう。ヴァチカンで見た時も、ほんの端の方しか見えないにもかかわらずミケランジェロの群像の身震いするような躍動感は伝わって来たのだった。

　ポンペイそのものを見る前にその遺跡から多くの美術品が運ばれているストゥーディ美術館を見てしまうことには若干ためらいがあった。しかし、遺跡がほとんど空になっているとすれば、せめてそこに本来あったはずのものを思い浮かべて元の姿を頭の中で復元してみるためにもここを見ておくべきだと思った。彫刻の数々、皇帝やざんばら髪の青年など生き生きとした表情をたたえ、アカデミーの尊ぶ白大理石の姿とは違う、色彩を、褪せているとは言えども元の姿を伝える色を、目の色まで帯びることで生きて動いている人間を髣髴とさせる姿、酔った男、踊る女、はたまた休んでいる老人にすら生きた動きの感じられる像達、砂の覆いを取り除けられた時二千年の眠りから覚めてそのまま踊りだしたのではないかと思われるほど柔らかな力強さ。はち切れるような乳房をグロテスクなまでにたわわに身に受けたアルテミスの黒いかんばせは、処女神でありながら母親のみが持つ偉大な豊饒さを思い起こさせ、エジプトから来た、黒いはずのイシス女神が、なぜか白いお顔で刻まれているのと不思議な対照をなしている。褐色の衣で全身を覆い、シストルを右手に打ち鳴らし、ナイルの水を入れた壺を左手に下げた丈高い女性の気高さ。キリスト教の女性像がひたすらに母であり、膝まづく女であり、すがる女であるのに、この御姿のなんと力強く、すべてを音楽で、そして万物に生命をもたらす水で支配する神々しさを感じさせることか。イシスこそマリアがイエスを孕むはるか昔から大いなるエジプトに君臨してきた母でもあり、宇宙をも支配する女神、だからこそ千里はなれたローマ人もフランク人も長らく崇拝し続け、パリのセーヌ川の中の島にすらその神殿が建っていたという。キリスト教は太古の神を封印し、その亡霊に覆いかぶさるように生え出てその上に金泊を貼ったのだ。

モザイクを並べてある部屋に入ると、感嘆の念はさらに高まった。鳥たち、猫、犬、美しくかつ生きているままに描かれた獣たち、海の中にうじゃうじゃと群れているかのような魚たち、それから奔放に描かれた人肌。白大理石の彫刻では、見る者はそれが裸であることをほとんど意識しない。ルネッサンスの画家たちは女性の衣服をはぎ取ったが、彼女たちはみなどこか恥じらいとためらいの心を見せており、それは気品と呼ばれた。しかしこの部屋の男女は、てらいも恥じらいもなく肌色を誇示している。その力強さ、悪びれなさはそれがそのままで善そのものと考えられていたことを示している。

そんな大胆な図柄とはまたなんと次の部屋の儀式の図は違うことだろう。全身に白い清浄な布を巻きつけた男たち、女たちが左右に並び、中央には剣を抜いた黒い男がすくと立っている。前面では何か生物を犠牲として火に捧げている者がおり、奥の扉では壺を掲げた背の高い黒い男と女が脇に侍している。シストルらしきものを持っている者がおり、門の左右にはスフィンクスが控えている。間違いなくこれはイシス女神に捧げる儀式であの壺に収められているのはナイルの水なのだ。ポンペイにはイシスの神殿があって日々こんな儀式が行われていたに違いない。もう今ここがポンペイの廃墟で、神殿に立っている気がした。いくつかのグラビアで見たポンペイはぼうっとした柱が枯れ果てた姿で並んでいるだけのものでしかなかった。昨日から降り注いだ火山灰はそれを埋め尽くしてさらに形の定めがたいものにしていることだろう。だが今目の前に見えるものは、モザイクがさらに鮮やかになって甦り、人々にぬくもりが生まれ始め、祈りの音楽すら流れてくるような気がする。そうだやはり明日、何としてもポンペイへ行こう。残りの金では心もとなすぎるが、何か売ることにしよう。何とかなるだろう。それにしても心細さと同じくらい空腹が心を締め付けてくる。朝からくだものとパンしか食べてない。いろいろな食べ物の匂いがないまぜになって漂ってくる港の方へ足がふらふらとひきつけられる。着いた時に荷物を運んでくれた若者も、日が暮れてからぜひ港通りへ行ってごらんと言っていたな。モレからカステルヌオーヴ城の脇を通り市の広場にまで続く長い通りだ。確かに宵闇が迫っているが昼間以上の活気が湧きあがっている。蠟燭や料理の火で飾られた屋台が道の両側にびっしりと並び、その間を豚や牛、馬、ロバ、犬、アヒルなどの蠢く中を縫うように人々がひしめいている。そして匂い、何よりもこの強烈な匂い。生きた動物の立てる何とも言えないむせるような臭気に、山と積み上げられた魚のさらに強い生臭さ、魚を揚げた香ばしいにおい、焼いた肉や脂、そういうすべてをパスタの茹で上がるあの懐かしいふんわりとした温かさが包んでいる。ヴィラ・レアーレを散歩するような紳士然とした者など一人もいない。そんな恰好をしていたらたちまち服が脂と煙でだめになるだろう。最初は入っていくのにしり込みをするような臭気に思えたが、慣れるとむしろほっとする、懐かしい、腹にぐっと入って来るような匂いに思えてくる。それに、このやかましさ。庶民の活気そのもの、安くて、たっぷりとした夕食の誘い……

「スイカだよ、さあ生きのいいスイカ。たったの三チェンテシミだよ。食べて顔を洗いな！」

「どうだこの内蔵！　腹にずしんとくるぜ。一皿二十チェンテシミ、さあ食べてきな！」

「ほら鰯を食べなさい。ピザにのっけてバジリコをふりかけりゃ生きててよかったたって気がするって！」

「そらズッキーニだ、ズッキーニ、トマトソースであえてキュウリも添えてある。脂だらけになった口直しに絶好だよ！」

赤ら顔の肥った女が鉄鍋をかき回してもう熱と汗とで真っ赤になった手に握ったお玉に肉だか魚だか芋だか何だかわからぬものを絶えず脂の中にぶち込んでいる。もうたまらない気がして一杯くれと頼む。

「ほらヴェスビオの釜の中さ。ふうふう言っておあがり。」

粗末な木の椀に一杯内臓を盛ってラザーニャを添えて出してくれるのを十五チェンテシミ払って受け取り、屋台脇に敷かれた汚いござに座って食べた。目の前で蛸を焼いているのが見えたが、さすがにあんなものが食べられるとは信じがたい気がした。場所や椀の汚さも、ぶんぶんまとわりついてくる蝿も気にならないほどうまかった。本当はラクリマ・クリスティで流し込みたいところだが節約のためにアクアジョーロの所へ行く。ここらに泉がないことはないが大体水は出ないのでこんな商売が成り立つのだ。小さなドーム型の飾り屋台で、ミカン、オレンジ、レモンなどをきれいに並べている。水飲み一杯五チェンテシミだが、こういった果物の汁をきかせたやつだと十チェンテシミに跳ね上がる。それはないだろう、たかが水じゃないか！　いやとんでもない、サンタ・ルチアのありがたいお水だ、こいつが飲めるだけでナポリまで来たかいがあるってもんですぜ。まあいいから少し負けろよ。

レモンを聞かせて七でどうだい？　無茶だ、レモン一切れで三はするんだぜ。うるさいな、それじゃ八でどうだ。まあいいや、それでやったろう。むきになって売り物に唾が飛ぶんじゃないかとハラハラするやり取りをしていた小柄な若者はにこっと笑って水呑みを差し出してきた。

そのときまた対岸で轟音が響き、屋台に並んでいた顔もみなそっちを振り向く。ヴェスビオが真っ赤な炎を黒煙に交えて噴き出すのがこの港通りの風景にはぴったり合っている気がする。店はまだ開いているな。古本屋の店先が明るいのを見て、そうだ、本をいくらか売って明日の遠足の足しにしようと思い立つ。

四十四．ヴェスビオ

幸いなことに『愛欲』と『バルナーヴ』はかなりの値段で売れた。トレド通りに店を出していた本屋の主人は少し禿げていたがフランス語も訛りなく話せる感じのいい男で、ベルギーでパリとほとんど同時に出版される海賊版は安いかもしれないが粗悪で、間違いも多いという熱弁を聞いて相槌を打ってくれ、ゲーテの『イタリア紀行』やスタール夫人の『コリンヌ』の話で盛り上がった。ヴェスビオ、ポンペイへ行くためにはどのように行くといいかも教えてくれた。レジーナ方面へ行く乗合のコツリコロがあるからそれを使えばよかった。さすがに歩いてそこまで行くと時間がかかりすぎる。ヴェスビオはくっきりと大きくそびえたっていたが穏やかに煙を吐くだけで火の筋は見えない。

「炎の道はちゃんと走ってまさあ。ただ昼間はお日様の光にかき消されて見えないだけですよ。」

登山のための馬やロバを連れてたむろしているお助け人《サルヴァトーレ》と呼ばれるガイドたちが教えてくれる。同乗して来た者たちは思い思いにサルヴァトーレやロバを選んでいたが、そんな懐の余裕はない。それじゃあとても登れるわけがないと引き留めようとする執拗なサルヴァトーレ達から頑丈な杖だけを借り、一行に交じって登って行くことにした。最初は傾斜もそれほどでもないし、ロバに乗っているからといって速さはロバ引きの歩く速度なので知れてはいた。いつもパリの泥だらけの道を駆け回っている脚はここでも支えてくれるだろうと思っていた。有名な隠者の庵というところが見えてくる。庵と言っても石造りのかなり大きな建物で、修道士たちが何人も住んでいるようだ。剃髪して火山灰で灰色に汚れた黒衣を着た若い修道士が白パンとラクリマ・クリスティでもてなしてくれる。しかし修道士の数よりずっと多くの旅人が毎日のようにここで休むのだろうから、相当量の酒を仕入れておかねばならないわけだ。まるでちょっとした居酒屋のように、と意地悪な感想が浮かぶ。実際登山者たちはかなりの喜捨を残しておくのが慣例のようだった。

ここまでは固まった溶岩に苔のような薄い植物のこびりついた道だった。その上には火山灰は薄くたまってはいるが、踏んでいて少し沈むな、という程度だった。ところがまもなく急な登りにかかると、ところどころ吹き溜まりのようになった火山灰がずしりと深く、足は文字通りめり込んでしまう。その上灰はいまだ熱を帯びていて、だんだん灼熱した岩の上を直に歩いているような気になってくる。他の一行を見ると婦人たちはロバの担ぐ輿に乗っていたし、男たちですら背中から革バンドを通し、それをサルヴァトーレに引っ張ってもらってやっとのことで歩を運んでいる。しかしサルヴァトーレ達自身は二人分登っているのだ。自分が一人で登れないわけはあるまい。足下が崩れるので、進んでいるのか退っているのかよく分からない。時折風向きが悪くなると毒ガスのようなひどい臭気の黒煙が一帯に立ち込める。ハンカチで顔を覆っていても、とても目は開けていられない。無理に息を吸うと喉が苦しくて咳き込むのだが、その煙をまた吸わずにはいられない。小石のようなものがくらくらと飛んでくる。足下でばっとはじけることもある。ゲーテが言っていたように帽子の裏に綿やぼろ布を詰め込んできたが、気休めにすぎない。それでもしばらくすると風向きが変わり、小一時間するとすり鉢型の大きなくぼみが見えてきた。丁度分厚い雲が太陽を遮り、暗赤色の巨大な液体がふつふつと黒い点々をたぎらせているのがよく見えた。なんだか喜んでいるようだ。喜んでいる？　そうだ、きっとあの火の流れにも魂があるのかもしれない。あの火は今まで真黒な地の底に閉じ込められ、自分たちの熱にあぶられ続けていたのだ。こうして息のつける明るい地上に出てきて、嬉しくないはずがない。最も軽い奴らは煙や灰となって空にまで駆け上がっている。じっと見つめていると火の流れが少しづつ少しづつこちらへ動いてくる。「こちらへ来るぞお！」という誰かのフランス語が聞こえる。おかしいことに恐いとは思わなかった。それが不思議なことだという思いだけはあった。見れば皮靴の先が割れている。つい最近冷え固まった溶岩の道をまるで素足で踏んでいるような気がした。こいつは僕の元素なんじゃないか、僕の魂はあそこで蠢いている黒い粒々だったことがあるのじゃないか？　最初は嘔吐を催すように思えたきな臭い気体すらが、なんだかとても懐かしいもののように思えてきた。きっとあの炎の中に飛び込んでいったならあいつらは優しく抱き留めてくれるんじゃないかという気がしてきた。

「おい若いの、そんなに近づいたら危ないぞ。足下はゆるいから崩れ落ちたらもうすぐにすり鉢の底まで行っちまう。そうなったら俺たちだってもうどうにもできないんだ。」

がっしりとした手が右の肩をつかんだ。老いたサルヴァトーレは真剣そのものの目でうなずいて見せた。いつの間にか自分はふらふらと火口に向かって進みだしていたらしい……あの元素には人を呼び込み、誘い込む力があるんだ。大プリニウスは噴火で逃げ惑う人々を救おうと快速艇で駆けつけて戻れなくなり、知人の家で休もうとして床に就いたきり帰らぬ人となったという。彼もきっとこの気体の中に自分を呼び込む何ものかを感じ取り、誘われるままになってしまったのだ。でもプリニウスはすでに歴史に残る偉大な仕事をしていた。お前はいったい何をしてきたというのか？　誰かにそう言われた気がして、はっと振り返った。老いたサルヴァトーレの目がゆっくりとうなずきながらこちらを見つめている。右肩も相変わらずがっしりつかまれている。しかし聞こえていたのはイタリア語ではなかった。あれは……ピエールおじいさんだったんじゃないか？　恥ずかしさに頬が火照る思いがした。わしがお前に資産を残したのは、わざわざこんなところまで来て犬死させるためだったというのか、とそんなふうに叱られている気がした。まだまだお前の来るべき時じゃない、いまするべきことをしなさい、とそんな声すらした気がした。山を下りて行く時もずっとその言葉が心に深く刻まれていた。

割れた靴に火山灰が入り込んでいる。歩きにくいがそれでも登りよりはよほど楽だ。サルノ川のあたりに達して埃だらけになった靴を帽子から取り出したぼろ布で拭い、膨れ上がった足を洗う。この辺りに広がるブドウ畑から来た娘たちが籠に入れているブドウを一房買い求め、持ってきたパンと一緒に食べて夕食にした。もうポンペイの遺跡がすぐ近くに見えている。遺跡の中で夜を過ごそうと考えてきたが風は夕方になると少し寒い。それでも火山灰はまだ温かみを保っているので、何とかなるだろう。ブドウ畑の向こうに見えていたのは近づいてみると円形劇場で、長さは六十メートルもありそうなもの。石段になった観客席の最も目立つところに桟敷と思える場所が見えるがその下に小さく区切られた小部屋がいくつもあって、ここなら都合よく夜を過ごせそうだった。石の上に火山灰を集め、その上に枯草を敷き、マントにくるまって横になる。太陽が落ちるとたちまち真っ暗になり、自分の寝息が聞こえる。

ふと見ると火の川がすぐ傍らを流れている。それなのに少しも熱さを感じない。火の表面の黒いぶつぶつが時折膨れ上がり、人の形を成して躍り上がる。それが歓喜に満ちている。自分の内側にも感じられる。さわやかな風琴のような和音が流れている。いつの間にか足を踏み入れていた。あっという間に火の川にすくい取られ、体が金色に染まっていく。黒い粒がみるみる大きくなって踊る人の形が見え、自分の体も流れに乗って踊っている。時には跳ね上がって、真っ暗な空に吹き上がっている火の柱が見える。流れはすり鉢の底へ底へと流れ落ちているらしい。それが少しも怖くはなかった。もうすぐに、もうすぐに地下へ入る、入ってしまう、背中の後ろを冷たいものが撫で上げていく……石の町の只中を歩いていた。隣を誰かが歩いている。どうもよく知っている懐かしい人らしい。街角には人々がいて通りを歩き、大勢が行き過ぎていくのに、彼らの話している言葉はラテン語らしいのだが全く理解できない。誰かがこちらを向いて、とがめるように何か首を振りながら話しかけてくる。答えなくてはいけないのに、答えが分からない、冷たいものが背中を落ちていく……不意にるらるらと激しい揺れが襲い、轟音が響いた。人々が天の方を指さしている。ヴェスビオの頂から真っ黒な煙が垂直に立ち上がり、火花が波しぶきのように泡立っている。人々が逃げ惑っている。薄布を体に巻きつけた女が細身の壺を必死に抱え、小さな女の子がその衣に取りすがっている。女がこちらを向いて助けを求めて叫んでいる。駆けつけようとするのだが、足が火山灰の中にめり込んで動けない。燃える石が次々と女と少女にあたる。女が必死で抱えていた壺が砕け、貨幣が転げ落ちる。女はもはやそれにすらかまわず手を伸ばして叫びかける。女が火山灰に埋まっていく。少女が衣にすがりついたまま埋まっていく……

目が覚めた。全身が水にぬれてぶるぶる震えている。どうしてこんなに暗い部屋にいるのだろう。寒い……うっすらと白い光が差し込んでいる。昨日のことがだんだんと蘇ってくる。ここは遺跡のはずれの円形劇場の下だ。多分ここは闘技用の猛獣を待機させておく部屋だったのではないかと思い当る。それだからこんなに天井が低いのだ。なんだか背後に何かいるような気配をにわかに感じて出口に走る。そこは劇場の底で、夢に見た火口のすり鉢型によく似ていた。あたりを照らしているのは弱々しい青白い光で、見上げると満天の星々の光を薄めつつ膨れ上がった満月が上天にかかっている。目がさえてきた。こんな時間こそが遺跡を眺めるのにふさわしい時間ではないか。もう目の前に石の壁が門を形作り、仕切りを作り、ただ屋根のない遺跡の特有の姿をさらして延々と横たわっている。すべては直近の爆発による火山灰に覆われ、あたかも死の町となった直後のポンペイに来ている気がした。市場と思しきあたりには穀物や油を入れておくためらしい巨大な石のじょうごが並んでいる。湯を流すための石の溝や湯船と思われるものが設けられているのが分かる。如何にもここがローマの湯治場として栄えた町だったことがしのばれた。壁はみなむき出しの石の肌で、中庭にも飾りらしいものは何もなかったが、ここにあのストゥーディで見たようなモザイクが所狭しと貼り付けられ、当時は目も鮮やかに湯あみする客たちを楽しませたに違いない。デュマの舞踏会を飾った豪華な壁画がよみがえってくる。きっとあんな感じだったのだろう。イッソスでダリウスの軍勢に襲い掛かるアレクサンダーの精鋭たちも、喜怒哀楽を一瞬に張り付けた芝居の仮面も鮮やかな色彩できっとふんだんに使われていたランプの灯りに照らされていたのだ。あの荘厳この上もないイシス女神の儀式もどこかの壁を飾っていた、いや恐らくそれは湯屋などではなく神殿だったに違いない。この広々とした空間、膨らんだ列柱が並んで四角の広場の形を取り巻き、奥に祭壇らしい隔離された構造を持つ遺跡はきっとそのような場所だったのだろう。ストゥーディにはまだ色の残った、人の身丈とそれほど変わらないイシス女神の像がみられた。目をつむるとドーリア式の列柱が立ち並び、屋根がパルテノンのように立ち上がり、入口から差し込む光が祭壇にすくと立つ女神の像を照らし出すところが見える気がする。薄い長衣に全身を包んだ女の祭司たちが両側に並び立ち、手にあのシストルという楽器を持って打ち振り、イシスと天のオシリス、子のホルスの名前を口々に呼び交わす。すると祭壇の前にナイルの水をたたえた壺を手にした神官が恭しく壺を祭壇に置いて、すべての祭司たちがシストルを打ち振って不思議な歌の祈りをささげるのだった。

「やあここで会ったか、若いの。こんな早い時間から酔狂なことだ。」

肩を叩かれて振り向くともうかなり高くなった日が遺跡を明るくしていて、ナポリに来た時の船の船長が乗客だった紳士や貴婦人たちを何人か案内して神殿にやって来たのだった。一行はここで持参した昼食を食べるのだが、よかったら一緒にどうかと勧めるので、懐の寂しいジェラールは一も二もなく喜んでその饗宴に与らせてもらうことにした。古代式にやろうじゃないかと言った船長は寝そべって食事をとるための細長い石の床のよく保存されている場所に案内し、一行は紳士の従僕の携えてきたバスケットに入っていたパテやハム、チーズに白パン、お決まりのラクリマ・クリスティなどを取り出して珍しい姿勢での乾杯をした。ジェラールにしてみれば久しぶりに味わう質量ともに豊かな食事だった。

「せっかく文学者さんがここにいるんだから、と船長は促した、何か面白い話をしてくれないか。」

「それじゃあせっかくイシス神殿のすぐそばにいるのだからアプレイウスの『黄金のロバ』の話でもしましょうか。これは末期ローマ時代のギリシャ人による物語ですが、あの『愛の神とプシュケー』の挿話を含んでいるものです。テッサリアというのが魔女の町として名高いということはお聞きになったことがあるのではないでしょうか。その町にやってきたルキウスという若者がパムフィラという魔女がフクロウに変身するところを覗き見してやってみたくなり軟膏を間違えて体に塗ったためにロバに変身してしまいます。」

「つまり軽やかな小鳥ではなくて自分にふさわしい間抜けになってしまったというわけね。」

と機嫌よさそうにまだうっすらと金色の残っているまき毛をほころばせながら品の良い婦人が相槌を打った。

「そうなんです。それに運の悪いことにその日に限ってその屋敷に盗賊たちが侵入し、ルキウスは盗賊の巣窟に連れて行かれてしまいます。ここでカリテーという金持ちの家の娘が誘拐されて盗賊の巣窟に連れて来られるのですが、この娘に対して留守番の老婆が『愛の神とプシュケー』を物語るわけです。ルキウスは娘を背中に乗せて脱出しようとするのですがうまくいきません。けれど娘の婚約者がこの一団に忍び込んで首尾よく盗賊団を捕まえて娘を開放することに成功します。ロバのルキウスはその後もいろいろな持ち主の手に渡りますが叩かれたり、井戸の周りを水汲みに回らされたり、あげくの果てには性格をよくするために去勢しようなどと言われたりひどい目に会い続けます。最後に逃げ出したルキウスは月が上るのを見て月の女神に自分を元の姿に戻してくれるよう祈るのです。すると夢の中に女神が現れ、自分の本当の名前はイシスであることを告げ、翌日この場所を通るイシスの信者たちの手にある薔薇を食べれば魔法が解けること、その代わり自分に生涯を捧げることを命じるのです。その言葉通りに行列の中心にいた大祭司がシストルと薔薇の花輪を手に捧げているのが近づいて来て、ルキウスは薔薇を食べて再び人間に戻ることができたのです。彼がイシス女神の信者となって残りの生涯をささげたことは言うまでもありません。」

「薔薇を食べるのが魔法を解くカギになるなんてロマンチックな話じゃない。それにしてもイシスってエジプトの女神じゃなかったかしら。それがどうしてローマ帝国の物語でそんなに敬われているの?」

「ローマではオリエント起源の多くの神を受け入れているんです。葡萄酒の神のバッカスもそうですし、アポローンの愛したアドーニスという少年などももともとシリアで崇拝されていた神で、いったん死んで再びよみがえる神として地元の祭りではまず神の死を嘆き、それから復活を皆で喜ぶという形を取っていました。」

「それじゃあまるでキリストじゃない。」

「そうなんですよ。古いオリエントの宗教を見ているとみなどこかで同じ形を持っていて、宗教というものはいろいろな形を持っているけれど実は根底は同じものなのじゃないかと思えてくる。真理が一つだとすればそれは当然ですよね。もちろんキリスト教が最も正しい形を示しているんですけれども、オリエントやギリシャ・ローマの宗教でも邪教として頭から否定されるようなものではなくて真実が色々な形となってその時代、その場所に現れていたと考える方が理にかなっているような気がしてならないんです。」

「おいおい、ここにいるのはみんな物わかりのいい人ばかりだからいいが、教会関係者のいる場所でそんな話はしない方がいいぞ。」

と、銀の懐中時計をひねくり回しながら紳士が言った。

「まあいいじゃないの、せっかく座を和やかにしようとしてこの若い方が話をしてくださったんだから。」

紳士たちは大型の馬車で来ており、空きがあったのでジェラールはナポリへの帰り道に便乗させてもらうことができ、老婦人は道々ジェラールにパリの最近の演劇の話などをさせて上機嫌だった。

もう明日はナポリを発たねばならない。ジェラールはひたすら足に任せて通りを歩き回り、教会のベンチに長いこと座って内陣を観察したり、港をうろついて物売りや荷運びのありさまをからかったりした。念のため毎日郵便局に行ってはみるのだが、パリからの為替はもちろん友人たちからの手紙一本受け取れない。自分はとうに忘れられた存在になりつつあるのか、友人たちが政治動乱で散り散りになってしまったのか、と不安が次第に高まってくる。イタリアの案内書にするつもりで手放さないでいたスタール夫人の『コリンヌ』やゲーテの『イタリア紀行』も売ったのだが、ドイツ語はここでは読む人がいないと見えて古本屋は相当渋い値段しか出そうとはしなかった。このままでは船でマルセイユまでは何とかたどり着けるが、それから先どうしたらよいのかわからない。ただのように安い街頭売りの果物や屋台のラザーニャのおかげで飢え死には免れていた。とはいえ、最後に名高いポジリーポ岬とそのふもとにあるというウェルギリウスの墓だけは見ておきたいと思い、道のりはかなりあったが歩いて行ってみることにした。幸い真っ青に晴れた日だった。この地では冬でも雨はごく少ないようなのだ。火山灰で割れた靴は連日の徘徊のためにさらにいたんでいたが、それでも割れた部分は底の方で外からは見えないし、雨が降らない限り水がしみ込んで困ることもない。ポジリーポはちょっと小高いという程度の丘だった。サンタ・マリア＝デルバルトという教会の脇を通ってそのまま岬の先端に辿り着く。ナポリ全体が見下ろせた。これほど美しい土地も少ないだろう。確かに蛇行するセーヌのほとりに立つパリをモンマルトルの丘から見下ろせばあれはあれで見事な都には違いない。ノートルダムの尖塔と二本の角塔のある中の島から川筋を辿ってルーヴルの巨大な姿が横たわり、カルーゼルの凱旋門から最近立てられたオベリスクの向こうにテュイルリー宮殿とその向こうのシャンゼリゼの並木道がうっそうと続くあたりは見事に設計された幾何学的な美しさとして人を感嘆させるものがある。ここ、ナポリはその正反対ともいえる。美しいものはこのゆったりと優美で女性的な海の曲線、紺碧の海と、彼方に煙を吐く円錐形の火山という自然の対比であり、海に突き出したカステル・ヌオヴォや小高いサン・テルモはごつごつした岩のようにその自然の一部として溶け込んでいる。近くで見れば猥雑にごちゃごちゃとした狭く薄暗い街路も道を埋め尽くす人々の生活の営みもポジリーポの高みから見れば白く陽光をはねかえす生命に満ちた町のどよめきに見える。何よりこの青さ！　パリでは十一月にもなれば並木道の葉もすっかり落ち、空はいつも暗く、雨も多く、風でも吹けば皆ひたすらコートの襟を立ててできるだけ早くストーヴの焚かれた室内に逃げ込もうとするのに、ナポリではまだシャツ一枚でも過ごせる暖かさで、空には雲一つないことが多く、人々が貧しい家屋の中よりはできるだけ戸外に残っていようと、昼はもちろん夜更けまで街路をにぎわし、そこには常に地中海から荷揚げしたばかりの魚の鱗の光や近郊からひっきりなしに荷車で運び込まれてくる野菜、果物が豊饒な色彩と匂いで空気を満たしているのだ。ポジリーポのように閑静な小高い地にいてもナポリの美しい海と白い街の放つ強い光線のような力がじんじんと体中に食い込んでくる。

ぐぅぉぉぉぉおん、その時地の底から湧いてくる低く猛々しい音が湾全体を轟かせて、ヴェスビオがもう何度目かの噴煙を空へと噴き上げた。真っ暗な煙がはるか上空へと山そのものの太さで立ち上がり、上空で急にひしゃげたように横に流れて茸のように膨らむ。ポンペイの遺跡で夢に現れた姿そのままじゃないか！　心が空白になり、火口がありありと見え、赤い炎の道が火口を溢れ出して流れるのが見える。なんだか騒いでいる人々の声が聞こえる。蠢く点のようなものが山のふもとを動いている。そして衣を引き裂く女の声が……

気が付くと煙は太いままではあるがもう静かに流れ、火の粉の色も消え、ただ真っ赤に照らされた雲だけがいまだ噴火の収まっていないことを知らせていた。それがなければジェラールにはポンペイ探訪以来毎日のように夢に現れる噴火と炎の流れ、恨みを込めて呼びかけ続ける女の声が今急に白日夢となって現われたのだろうかと疑ってみたくなるほどだった。

ポジリーポの丘を下りていくと果樹園がある。オレンジの黄色い実が緑の中に強い芳香を放っている。山腹にくっついて小さな建物があり、入っていくと小さな洞穴に続いている。壁には石に刻まれた名高い銘文が見えた。

「マントゥアはわが故郷、カラブリアに死せり、パルテノーペが我が骨を保つ。我は牧畜と田園、そして英雄たちを歌った。」

それがウェルギリウスの生涯だった。ローマ第一の詩人として誰もが認める存在だったにかかわらずアウグストゥス帝の不興をこうむり、帝国の南の片田舎で生涯を終えた先人の墓を、千五百年後にペトラルカが訪れて、詩人の逝去以来自生していた月桂樹の枯れた後に新たな月桂樹を植え替えた。この木もまた枯れていたのを最近になってカジミール・ドラヴィーニュが植え替えたということはフランスでも話題になったことだったので知っていた。カジミール・ドラヴィーニュと言えばワーテルローの悲運とその直後にフランスを侵した外国人に対する抵抗の誇りをうたい上げた『メッセニア人』の作者として敬愛している。そうではあるが、やはりペトラルカの植えた木が見たかったと思う。それでもまだ植え替えられて十年にも満たない若木にむしり取られた跡が多数あるのがよく分かった。この木もこんな風に扱われれば長くはもたないかもしれない。そうなったときにここに代わりの木を植えにくる資格があるのは誰になるのだろうか。

四十五．マルセイユ

港が見えた時、船客の間から一斉に歓声が上がった。ナポリからここに至るまで毎日時化が続いたのだ。風雨が激しいので甲板に出ることも難しく、船室の中で縦揺れ、横揺れに世界をゆすぶられ続けた人々はほとんど食事をとることもできず、内臓を裏返しにしたような船酔いに襲われてのたうち回っていた。ジェラールは往きと同じように夜行馬車の窓枠にハンカチを巻き付けて首をぶら下げたまま眠った経験を思い出し、船室でもベッドの端に巻き付けて同じことをして問題なく眠ることができ、おかげでほぼ船酔いに苦しめられることもなく快適に過ごすことができた。ただ、着いてしまったらどうなるのかは不安で一杯だった。ナポリを離れる前に旅行用の行李から着替えに至るまで売り払ってしまった今、文字通りの素寒貧になってしまった。それでもマルセイユの郵便局にすでに為替が届いていれば問題はないのだが、それも心もとない。えいままよ、と腹を決めた。はったりでやっていくほかない。安宿に泊まろうとするとかえって前金を要求される。むしろ最高級の食事付きのホテルへ行ってやれ。一着しかなくてもこのフロックコートで外面は何とかなるだろう。ただこの灰と泥で汚れた靴では、いくら割れた底が見えないといっても信用してもらうことはできない。それでも五スー残っている。靴を磨かせよう。小カバンの底を探るとまだ伊達男を気取るための黄色い手袋が残っていた。しめしめ、いい小道具だ。それにしても、高級ホテルに泊まろうって客が行李も持たずに到着するというのはそれだけでも怪しまれるんじゃないか？　何度も同じ質問を頭の中で繰り返しても、いい答えが出てくるはずもない。重い心を抱えながら税関を出たところで、とにかく道端に座っていた少年に靴を磨かせた。幸い雨は上がっていて、ホテルまでは何とかきれいな靴で辿り着けそうだった。

「旦那、でもこの靴は底が割れているね。」

「余計なことを言わずにちゃんと磨け。」

「新しい靴を買う金がないのに、外づらだけ磨かせようってのは何か魂胆があるんじゃないかい？」

「そう見えるかい？」

「何も詳しいことを聞こうってんじゃないぜ。だけんどもよ、格好だけでごまかそうってんならお供の一人でも連れてなくちゃ。」

「なるほど、そいつはいい考えかもしれないな。お前一スーでカバン持ちをするような仲間のガキを知ってるか？」

「任しとけって。」

靴磨きが指を口に入れてピューっと吹くとたちまち二人のおんぼろ服の少年が角の方から駆けてきた。

「これでもあんまり見苦しくない奴らなんだ。そんじゃあ銭をおくれ。」

「じゃあ、靴磨き代と一緒だ。」

となけなしの五スーを差し出すと靴磨き代は二スーだよと最初に言っていたはずなのに、一スーづつを隠しから出して子分たちにやって残りをしまって知らぬ顔をしている。食えない奴だと思ったが、どうせ一スー残しておいたところで何の役に立つものでもない。大きなパンの入っている肩掛けのバッグとレモンとリンゴしか入っていない手提げを二人にひとつづつもたせ、

「ここらで一番良いホテルはどこだ？」

「プリンスホテルだね。場所はこいつらがよく知ってる。」

靴磨きは片目をつぶって見せた。そういう仕草はまだ子供だ。

多分昔は王族の館でもあったのか、プリンスホテルはなるほど堂々とした門構えで、近衛兵のように凛とした制服のドアボーイが守っていた。二人のおつきの効果かうやうやしくドアを開けてくれたので、やはりあいつの言うことを聞いておいてよかったと思う。船で一緒に着いたお客たちがロビー

にいて声をかけてくれたのもタイミングがよかった。立派なお仕着せのボーイが後はカバンを運んでくれて、夕食はもうすぐにも支度ができますと部屋のドアを開けながら告げたが、まだ両替を済ませてなくて小銭の持ち合わせがないんで、ナポリのお土産代わりにこいつをあげるよ、と言ってレモンを一つ渡す。面食らっていたが、珍しそうに受け取ってそのままおとなしく退散してくれた。

食堂に下りていくと刺繍の模様のテーブルクロスをかけた大きなテーブルに十人ほどの客が席についており、船で出会った知り合いも三人ほど見受けられたのでその隣に腰かけた。まずは魚介類の入った黄色いスープが運ばれたところで向かいに座っていた軍服を付けた年輩の男がシャンペンを注文した。とたんに隣席のまだ若い婦人が色を成して、

「あなた、お医者さんに止められてるじゃありませんか。皆さんこの顔色の悪さを見てくださいな。肝臓をやられてるんで、ニースに療養に連れて行くんですのに。」

「何を言っている。シャンペンなんて酒のうちに入らん。俺はもう五十年以上ワインだけで生きてきたんだ。」

「仕方ないわねえ。無理強いするとこの人癇癪を起してグラスを放り投げたりするんだから。じゃあボーイさん、皆さんにもグラスを運んでちょうだい。乾杯していただくの。あなた、それならいいでしょ?」

軍人が鷹揚な顔でうなずいたので、グラスとシャンペンが運ばれた。一週間もろくなものを口にしてなかった腹には魚介中心の料理は実にうまかったし、ラクリマ・クリスティがいかにうまいといっ

たってそろそろ飽きが来ていたころだからシャンペンの味わいはまた格別だった。しかし十人に分けられた金色の液体は余すところほんのわずかになってしまって、軍人は何か言いたいのを無理に飲み込んでいるのがありありと分かった。

朝になっていの一番に郵便局へ駆けつけたが、どこからも手紙は来ていない。重い気分になったが、まあ、仕方ない、待つしかない、ミニョット氏は少々遅れても必ず送金してくれるだろうから。ふと見ると立派な建物があって、図書館と書いてある。しめた、これでもう昼間の過ごし方は決まった。パリの王立図書館よりは冊数は少ないだろうが、ともかく無料で入れる。とりあえず目についた、売ったばかりのスタール夫人の小説をパラパラめくっていると、傍らから覗き込んだ少し年上の小男が、

「熱心だな、ところで、こいつを読んでみないか？」

と言ってごく薄い小冊子を差し出した。

「ああ、『エジプトのナポレオン』ですね。これなら持っていて読んだことがあります。」

「ほう、珍しい。こんなものを手に入れたとはね？　どう思ったかね？」

「実は僕も同じような主題で詩集を出したことがあったんで、面白かったですよ。」

「君、ひょっとして『ナポレオン、戦うフランス』の著者なのかい？」

「なんと、あなたもあれをお読みくださったんですか？」

「ああ、それにしてもひどく若いようなことが書かれていたが、ここまでとも思わなかった。もう五、六年前のことだから十代だったのかな？」

「十八でした。書評にもほとんど取り上げてもらえなかったからマルセイユで読んでくれている人がいるとは思わなかった。」

「あの時分ナポレオンのことを書いた本は珍しかったから目についたのさ。僕はジョゼフ・メリー、ここの館長をしている。」

それほど年でもないのに少し頭の薄くなった男は握手をしてから向こうに呼ばれていった。

その夜の晩、船の相客たちは発ってしまい、テーブルの顔触れは少なくなった。軍人は昨晩に懲りたようにシャンペンを二瓶も頼んだ。若夫人は絶望した顔を嘆願するように回して皆にグラスを勧めたが、婦人と老人の多くなった相客は辞退する人が多かった。一人だけ元気な自分にだけ何度もシャンペンが回ってきたのでさすがに酔っぱらって何を言っているかよく分からなくなってきた。軍人がふいとテーブルを立っていくのが見え、若夫人が慌てて後を追っかけて行った。左隣の老婦人がこちらをつついて、

「あんたは若いから、ご主人がいい顔してなかったのに気が付かなかった？　嫉妬を起こしたみたいよ！」

ああ、そうだったのかと、嫉妬の原因になったのは初めてだったので何となく面はゆい気がした。それに、ただでこんなにいい酒が飲めるというのは今の身分としてはこれ以上望めない幸福という気がしていたのだ。

翌日郵便局に行くと公証人ミニョットから五百フランの為替が来ていた。正直ほっとした。このま

まいくと宿代も払えないで警察に通報されるのではないかと心配だった。そうなったらお父さんに話が行くだろう。秘密にしていたイタリア旅行もばれてしまう。お父さんとは意見が決定的に合わないが、そうかといってもただ一人の肉親なのだ。心配させたくはない。文学でも成功さえすれば認めてくれるだろう。一切迷惑はかけないでいれば、と思っていたのだから、警察沙汰になるようなことだけは避けたかった。まあ、これで大丈夫だ。とにかくまず靴屋に行こう。底の割れた靴だけは何とかしなくては。それからホテルを引き払って予定通りアジャンに行こう。遠い親戚が何人か残っている。それに父親の出身地を調べてみたい気もある。とりわけお父さんが何度か尊敬の念を込めて話していた、あの若くして死んだ故郷の天才児ジュスタン・デュブルガについて何か分かれば、それをテーマにして何か書けそうな気がしていた。

四十六．ドワイヤネ小路

パリへ帰ったジェラールがまずしたのは友人たちがなぜ自分の手紙にこたえて為替を送ってくれなかったのか、そのわけを知りたいということだった。ひょっとして僕は少し頭がおかしくなって、友人たちの住所を皆忘れてしまったのだろうか、と不安な気がした。オデオン通りを訪ねて、そこにもうジャン・デュセニョールの家がないということを知った時の驚きはいかばかりだったろう！　ジャンだけではない、ゴーティエもナントゥイユも、その他覚えている限りの住所には誰もいなかった。彼らのことなど思い出したくないとでもいうように門番たちは引っ越し先を教えてくれようともしなかった。あんなむさくるしいなりで、夜も酔っぱらっては騒いで寝かせてくれない下宿人なんかどこへ行こうが知ったこっちゃないね、テオのところの門番の老女など露骨にそんなことすら言ったのだ。途方に暮れたジェラールはふとここの所親しい書店主のランデュエルに尋ねてみようと思い立った。もともとフーケのところで働いていた若者だが、独立してからは積極的にロマン派の作家たちの出版を手掛け、ジェラールとテオにも何か書いてくれないかと盛んに声をかけているところだったのだ。

「ああ、ジェラール、どうでした、イタリアは。マルセイユから手紙をもらったけれど、ずいぶんいろいろ回ってきたようですね。」

「うん、金が届かなくて死ぬ目にあったけどね。まあ終わってみればそれも面白い経験だった。手紙でも話したけど、イタリアの本屋はベルギーの海賊版であふれている。あれを何とかしないと君たちは大損だね。」

「何せそういうことは私らの手に負えることじゃないので。政府にでも動いてもらうほかないですね。」

「僕が誰かお偉方に知り合いでもいれば是非とも話をするんだけれど。ヴィクトールあたりなら少しは話ができるんじゃないかっていう気はするけどね。それはそうと、手紙にも書いたけれど、友人たちが行方不明になってしまったんだ。どこへ行ったか君なら知ってるんじゃないかと思って。」

「ああ、ゴーティエさんはですね、ドワイヤネ街へ引っ越したようですよ。」

「ドワイヤネっていうと、あのルーヴルの西のごちゃごちゃしたあたり……」

「そうそう、そのもっとごちゃごちゃした奥のドワイヤネ小路の方に画家のカミーユ・ロジエさんがアトリエを借りてね。今じゃお仲間たちはそこに入り浸ることが多くなっているらしい。そっちへ行って見られたらいいんじゃないですか？」

ドワイヤネなんてなんという運命のめぐりあわせだろう。小さいころ何度もここに来た。ソフィーの叔母さんがここに住んでいたから。ソフィーとジュヌヴィエーヴと一緒に叔母さんのシックなサロンの近くの部屋や廊下を走り回っていたっけ。サロンそのものにはほとんど入れてもらえなかったけれど開いた扉の隙間から上品な婦人たちが膨らんだドレスの下の部分ですっぽりとストゥールを隠して座って小テーブルのお茶を手に笑いさざめいていたのを覚えている。襞々のついた素敵な服だった。いつかはソフィーにこんな服を着せてみたいと思っていた。あの頃ならこんなところに住むなんて夢のまた夢だった。でも、ここを取り壊してルーヴルの建て増しをするって決まってからは貴族たちはみんな出て行った。家賃も驚くほど下がったらしい。カルーゼルと呼ばれる王の練兵場からルーヴルの大きな壁が狭い家の屋根の上にちらと見えるドワイヤネ街に入り、まずテオの住居を訪ねてみたが不在だったので、そのまま奥の小路に入る。侍従たちの調練場と呼ばれる少し高い塀の見えるすぐ手前の住居に入った。ノブをたたくと、誰だーい、という聞き覚えがある少しだみのかかった声が聞こえて扉が勢い良く開いた。

「えーと、あの」

「ああ、君は確かアルセーヌとかいったね。デュセニョールのところで会った。僕はジェラールだよ。」

「ああ、思い出しました。すみません。何せここにはいろんな人が出入りするもので。」

少し背が低いが、きびきびして才気煥発といった風な青年の後ろについて両開きの扉を押し開けると、そこは思っていたよりずっと大きな広間で、ウッセーの言った通り服装も年齢も様々な青年たち、それに女たちまでがぶらぶらしていた。ブルジョワのようなくすんだ色の上下を着こんだのが二三人いるなと思うと、そこに田舎から出てきたと聞いていた従兄弟がいた。

「ゴーティエ・ダルクじゃないか。さっそくこっちにも来ているんだな。」

「ああ、ジェラール、みんな今はむしろここをたまり場にしてるんだ。デュセニョールは少し遠くに引っ越しちゃったしね。君がイタリアで立ち往生してたっていうのも、ごく最近ランデュエルから聞いて知ったんだ。」

「ああ、それは本当にひどい目にあったよ。でも今となっちゃもう笑える話だけどさ。ところで部屋の主はどこにいるんだい?」

「おおい、ここだ、ここだ、ジェラール。」

声のする方を見上げてみるとあごひげに埋もれたカミーユ・ロジエが脚立に上がって鏡の上の羽目板の一枚に絵筆をふるっているところだった。三叉の槍をかざしてイルカや波の娘たちに乗っているのは海神ネプチューンに違いなかったが、顔は紛れもなくロジエその人で、あごひげまでついている。

「どうだ、ここはいいだろう。小セナークルは刺激的だったけど、少し閉鎖的過ぎたからな。僕はもっといろんな奴らに囲まれてワイワイやるのが好きなんだ。それに女たちがいいぞ！　デュセニョールのところでは滅多に女にお目にかからなかったが、ここでは女抜きの場面に出くわす方が難しいくらいだ。」

ロジエは脚立から下りてきてドンとジェラールの肩をたたき、テーブルの上にあったグラスを一つとって水差しからワインを注いでジェラールに勧めた。目の前の長椅子にしっとりと座っていた少し浅黒い細い目をした少女が優雅にお辞儀をし、ロジエはその手を取って、

「この娘はシダリーズっていうんだ。僕がつけてやった。本当の名前？　そんなもん忘れちまったな。いい名だろう、シダリーズって。背も低いが足がまた小さいんだ。こいつがたまらないのさ。」

と言って危うくドレスの裾をめぐってその足を見せかねない様子に、少女が赤くなって、

「やめて、カミーユ、私そんな女じゃないわ。」

「ごめん、ごめん、だけど恋人ができて嬉しくてね。是非とも一番素敵なところを友人に紹介しなくちゃと思ったのさ。」

「絶対モデルになんかなってあげないから。」

「まあ、そう怒るなよ。そのきれいなドレスや赤いスカーフはモデルになってもらうために高い値を払ってあつらえたんじゃないか。本当は靴も描きたかったんだけどそれはあきらめるからさ。」

シダリーズという娘は少しアジア系の血が入っているようだが、低い声で落ち着いた話しぶりが好ましい気がした。ただ時折咳をするところを見ると体が少し弱いらしい。部屋にはほかにも二三人女

性がいて、こちらはすぐ歓声を上げて笑ったり、若者たちに抱きすくめられながらくるくると即興で踊ったりして屈託なくにぎやかだった。キャンバスもあちこちに立てられていて油絵具の匂いが立ち込めている。壁の一部はもうすでにナントゥイユや、ロジエのものとすぐわかる作品で埋まっている。そうでない所にはなんだかロココ調の絵が描かれているようなのだが、もう色がくすんだり剥がれたりしてパッとしない古臭さを見せている。

「こういうのは今にみんな置き換えてやろうと思う。画家はたくさんいるしね。シャセリオーは知ってるね。エキゾチックな作風だ。こちらはコローっていって風景、それも田舎の風景画が好きなやつだ。」

「田舎の絵なら是非ともヴァロワに来て描いてください。ルソーの終焉の地だし水や緑がふんだんにあって、城や教会が見事にその中に溶け込んでいる。」

「ああ、ジェラールですね。故郷のヴァロワの話は聞いたことがあります。ちょうど森と湖に遊ぶ少女というテーマで一枚構想しているんで、広い水のある所なら是非とも見てみたい。」

反対側の両扉がバタンと開いて、テオが騒々しく入ってきた。

「やあジェラール、久しぶり。友達が増えたから紹介するよ。エドゥアール・ウルリアックだ。僕の故郷の近くのカルカソンヌの出身者さ。」

「ジェラールさんですね。詩集も選集も読ませていただいてます。ゴーティエさんとは幼馴染らしいですね。」

「そうそう、こいつと二人で高校を抜け出してブルボン島にキャンプをしに行ってね。大きな池を掘ったりしたもんさ。ところが水を汲んでも汲んでも無くなっちまう。」

「いつまでも子供みたいなことを覚えているんだな。ここは小セナークルより騒がしいけれど、作品の見せ合いじゃあ負けちゃいないぜ。これからもっぱらここに通って、いい作品を磨こうじゃないか。」

「そうだね。それにここはうんと広いようだから隅っこを貸してもらえないかな。」

「おお、そいつはいいね。そこら辺に衝立を立てて中にマットレスでも持ち込めよ。いつ起きようが、一晩中眠らないでいようが誰も気にしないから。」

画家たちが傑作を作り上げる場に入り込むのに雰囲気の合わないものを持ち込むわけにはいかないとジェラールはその日から骨董品屋を物色し始めた。お金ならいくらでもあるんだぜ、という顔をして最上のものを並べさせるのだがあちこちうるさく注文を付けるのでなかなか買い物は決まらなかった。ある日、骨董品を並べている店の前を通りかかって、気になる絵があった。どこかの屋根裏に忘れられていたような古ぼけたシミのある金縁の額に入った絵ばかりで、誰かもわからない商人らしい肖像画やあまりうまそうにも思えない大皿の料理などが多い中、二枚の衝立にちょうど良いほどの作品で、ぐずんだ埃さえ取り除けば驚くような色彩を見せるんじゃないかと思う古風な少女たちの絵があった。長く売れなかったものらしく骨董屋はうるさいことも言わず、ジェラールの言うままに五十フランで両方売ってくれた。その日の午後、布でくるまれて荷車で届けられた大判の絵が衝立の前に取り付けられるなりロジエはピューと口笛を吹いた。

「大したものだ。どこからこいつを見つけてきたんだ？」

「店の名も覚えてないところだ。ガラクタばかりだったんだけどね。この二枚だけあれって思う出来栄えだったんだ。」

「そりゃそうさ、これはフラゴナールだぜ。五十フランとはね。ただみたいなもんだ。」

さすがに名のある画家のものだけあって同じロココでも壁の奥にくすんでいる酒場の壁のような代物とは輝きが違った。コローやシャティヨン、シャセリオーたちは、こういう昔の権威に負けてたまるものか、と精を出し、アトリエは間もなくデュマの伝説の夜会にも負けないほどの美術館の様相を呈してきた。

女たちは華やかにやってきておしゃべりを振りまいたが、最近の話題はもっぱらジェラールが買い込んできたフランソワ一世の紋章であるサラマンダーを飾りにしたルネッサンス風の天蓋付き寝台をめぐって交わされて、

「ねえ、ねえ、ジェラール、こんな立派なベッドに誰が寝るってのよ。あなたがこの部屋で寝ているのなんて見たことないんだけど。」

「シダリーズが言うんだから間違いないわね。この人ったら反対にこの部屋で寝ないところなんか見たことないんだから。」

「嫌ね、ヴィクトリーヌ、人のことあれこれ言うのはよしてよ。あたしはカミーユが好きだから、彼

といつも一緒にいたいだけ。」

「あんな顎髭の長い好色そうな人のどこがいいのかしらね。それであなたたちジェラールのベッドを試してみたの？」

「いや、それだけは勘弁して欲しいな。このベッドは僕の大切な女性に最初にお休みいただこうと思って僕自身決して身を横たえないでいるくらいなんだ。」

「へえ、ついにあなたにも好きな人ができたんだ！　それで誰なの、その幸運な女の子は？」

「シバの女王さ。」

「何はぐらかしてんの。それ誰につけたあだ名なのよ？」

「はぐらかしてなんかいないよ。僕の夢想の中じゃいつもきらびやかなドレスに薄い紗をかぶりその上に王冠を載せた姿で、侍女たちに囲まれてしずしずと現れるんだ。イスラエルの伝道者に現れたそのままの姿でね。」

「誰よ、イスラエルの伝道者って？」

「ソロモン王のことさ。シバの女王は遥かなるイエメンから賢者の中の賢者と言われたイスラエルの王に三つの謎をかけにくるんだ。」

「素敵ねえ、ロマンチックだわ。」

「ロマンチックすぎるわよ、ロリー。全然生きている女性の匂いがしないじゃない。ペトリュスみたいな生真面目なロマンチストだってドラマチックに仕立ててあっても、詩を見ればちゃんと生きている女性の誰かに片思いしているって伝わってくるわ。でもシバの女王じゃほとんど芝居のヒロインじゃない!」

「だからさ、シダリーズ、ジェラールが恋しているのは舞台の上の女王なんだよ。」

不意に割り込んできたミュッセの描く優男のような美男子を見て、女たちはいつの間にかこの男の周りに集まってしまう。

「ひどいなあ、ジャナン、せっかく珍しく女の子たちが僕をちやほやしてくれるんで悦に入っていたのに。」

「いや、君がいつになっても本心をはぐらかしているようで、実のところ見え見えなんだから、いっそのこと無理やり外に出してやろうかと思ってさ。」

「それで誰なの、ジェラールの恋してる女優って?」

「だってさ、彼がいつも夢中になって通っている劇場を見ればわかるだろ。大したプログラムをかけてるところじゃないんだから、ほかにお目当てがあるはずがないじゃないか。」

「ああ、ヴァリエテ座ね。」

「あそこでかかっているものの作者といえばアンスロにデュマノワール、デュプーティなんて言う感じで、若きフランスの面々が罵倒してやまないようなブルジョワ劇ばっかりだろ。ジェラールが中身がよくて通っているように見えるかな?」

「じらさないで、誰だか教えてよ。」

「そら、あのイギリス人みたいなつづりの歌姫だよ。」

「へえ！　ジェニー・コロンのこと？　散々遊んできたような女じゃないの！　俳優のラフォンと一緒になってみたり、全然別の銀行家と仲良くなったり。」

「もうやめてくれないか。僕はフットライトを浴びたあの人のカナリヤのような転がすソプラノで天にも昇る身持ちにさせてもらえばそれで良いんだ。」

「それにしたって、もうちょっとまともな役についた姿を見てみたいんじゃないのかい？　『イヴの娘』だの『獅子のアギト』だの『絞首されたテュリアフ』だの、人目をそばだてるようなタイトルで誘っておいて、中身はどうしようもないどたばたばっかりだからな。」

「そんなこともないさ。『乳兄妹のプリマドンナ』や『令嬢百姓娘』なんか地方の純朴な風俗を描いてあの人の純真なところがよく出せていた。『エグモン夫人、果たして二人なるや？』では歴史的なキャラクターもこなせるところを見せたしね。」

「そんなのが『エルナニ』や『マリオン・ドロルム』に熱狂してきた筋金入りのロマンチストの気に入るようなストーリーなのかな。いっそ君自身で彼女のためにちゃんとした芝居を書いてやったらどうなんだ？」

「だから考えてはいるのさ。それがシバの女王をヒロインにした劇なんだ。だけど果たして劇場が受け付けて上演してくれるのかどうか。今までも何回やってもうまくはいかなかったんだ。」

「さもなきゃいっそのこと、君には金はあるんだし、演劇の雑誌でもやってみたらどうだい？　彼女のためだけじゃない、もっと良い芝居がパリで上演されるようになるためにもさ。」

「実は考えているんだ。もう何人かに声はかけてみている。テオはもちろんのこと、ここのところこのサロンにも出入りしているアルフォンス・カールっていうのが編集の才能がありそうで、記事も書けそうだ。ブシャルディの弟のアナトールが経営の方はやってくれそうだし、彼は半分出資もするって言ってる。それで批評家の王者たる君にも、ぜひ書いてほしいんだ。」

「まあ、ゲストとして何本かくらいはね。それよりもっとネームヴァリューのある大物を一人は専属で入れなきゃ読者が付かないぞ。」

「だから大物を考えてはいるさ。それも外国特派員という形でね。」

「ああ、デュマをつかまえたのか。あいつイタリアへ行くんだって言ってたからな。それとは別にアカデミー会員位を編集長にもってきて、創刊号に編集方針を書かせりゃいい。」

「アカデミー会員に知り合いはいないから。」

「フレデリック・スーリエを紹介してやるよ。」

「スーリエならましな方だな。でも承知してくれるかな?」

「何もしないで金だけもらえるんだから、嫌とは言わないだろ。記事は君が自分で書かなきゃ駄目だぜ。君の雑誌の方針なんだから当然君の血が通ってなきゃだめだ。それだけじゃない。友人を総動員するつもりか知らんが、本当に頼りにできるのはごく少数だな。記事は片端から一人で書くつもりでいなけりゃうまく回らないぞ。」

「ああ、それは覚悟している。それじゃあスーリエさんに話してみてくれないか。」

四十七.「演劇界」（一八三五年）

雑誌を発刊すると決めてしまうとやることはいくらでもあった。アナトール・ブシャルディは実業界の見習いをしているといってもまだ若すぎて、印刷屋のフェリックス・ロカンや図版の印刷をするカボシュとの交渉などにもついて行って、結局主にジェラールが交渉しなくてはならなかった。図版はこの雑誌の切り札の一つとなるはずで、ドワイヤネに出入りする多くの画家たちに協力を頼んだが、とりわけ看板となる創刊号の表紙が重要だからと、ナントゥイユに念入りに描くべき主題を伝えた。「全体に各国の演劇のイメージを入れる。一番上は中国とインドにしよう。一番歴史が古いからな。真ん中にはテスピスの芝居車を入れてくれよ。何せギリシャ劇の、つまりヨーロッパ演劇の大本はこういうどさまわりだからな。真ん中は大樹の周りを二人の娘が取り囲んでそれがバルコンに掲げられた「演劇界」って文字を支えているのがいいと思う。」

描いてもらいたいイメージは次々増えて中身もくるくる変わり、ナントゥイユも悲鳴を上げて作業は遅々としてはかどらなかった。デュマはイタリアから劇評を送ってくれることを五百フランで約束してくれ、イギリスやウィーン、ベルリンに滞在中というフランス人に記事を送ってくれるよう手紙も書いたが、この方は実のところ大してあてにしていなかった。紹介者を介しているとはいえ、見も知らぬ者からの依頼をまともに受けてくれる保証はない。ただ各地の新聞を取り寄せることにしたので、一週間遅れくらいの記事はそれを使っても書けるだろう。外国演劇に関する記事はこの雑誌の重要な売り物の一つなのだった。それとあと一つの切り札は、

「安くすることだよ。」

とジェラールはブシャルディに主張した。

「二十サンティームで行こう。」

「でもそれじゃあ、他の演劇誌とあまり変わらないんじゃあ……」

「いや、そういうのは四頁物のペラペラだろう。うちのは十六頁で図版も付くんだから。」

「いやそれはあまりにも無理です。せめて図版入りは別料金にしないと。」

「わかった、それじゃあ図版二枚入りは三十五サンティームにしよう。」

アナトールは半信半疑だったが、ジェラールが自信たっぷりなのであえて口を挟まなかった。アルフォンス・カールは精力的に劇場を回って毎回の時評を担当することを引き受けてくれた。

「ヴァリエテ座だけ僕が担当するけど、後のところはみな君を派遣するから無料入場できるようにって各劇場に頼んである。」

「オーケー、そいつはありがたい。芝居は大好きだからね。多分大部分はうんざりするような千篇一律だから、よほど芝居好きの人間でなきゃ務まらないさ。」

この頃書店主ランデュエルから、ハイネという今パリに滞在中のドイツ人の詩を翻訳してみないかという話が舞い込んだ。ドイツ人らしからぬ才気に富んで魅力があり、ぜひ扱ってみたいという気は

した。しかし今は忙しすぎる。ちょうど「ドイツ評論」にグザヴィエ・マルミエというなかなかの訳者を見つけたので、彼をランデュエルに紹介することにした。それにこれだけの力量があればと思い、マルミエに手紙を書いて「演劇界」にも記事を書いてもらうことにした。

「雑誌名はどうするんですか？」

共同経営者のアナトールに手続き関係は徐々にすべて任せるようになっていたが中身はまだよく知らせていなかった。

「うん、「演劇界」にしたらどうかと思ってる。この雑誌の方針は広く世界の演劇を紹介してパリのブルジョワ趣味に毒された商業演劇に活を入れようっていうことだからね。世界って言葉は是非とも入れておきたいんだ。」

「世界って、スペイン、イタリア、イギリス以外も入るんですか？」

「うん、ギリシャ、トルコ、それにインドや中国まで出来たら入れてみたい。「アジア新聞」を読んでみるとそんなことに詳しい人が見つかるからね。それに新世界にだって演劇がないとは限らないし、古典劇や中世の劇に関しても取り上げてもいいと思っている。」

「でもそれじゃあ、あまりに分散して、読者には焦点がぼけてしまうんじゃないですか？」

「そういう読者の意識をこそ改革しようと思っているんだ。書く方は心配いらないよ。どの方面に関しても書くことのできる名前は知っているから。」

名前を知ってるからって、その人がこちらの条件で書いてくれるとは限らないんじゃないか、という言葉をアナトールは飲み込んだ。そんなことはジェラールの方が自分より千倍もよく知っているに違いないのだ。

ポール・ラクロワには装丁を手伝ってもらうことにした。今一番仲の良い友人なのだから、もっと手伝ってくれる気はあったのだが、あいにく古書収集狂はそれほど演劇には興味がなかった。しかし文の出だしにはこんな飾り文字を使うと効果があるとか、記事の変わり目にはこの図形を入れておくとよいとか、そういうアイデアやサンプルは誰よりも持っている男だった。

ジェラールが一体どれだけの人間と接触しているのか、ブシャルディには目の回る思いだった。編集局はドワイヤネ街ということになっていたのでアナトールは毎日ここに詰めているのだが、ジェラールはほんの三十分ほど立ち寄るだけで、またすぐに出て行ってしまう。その短い間にも届いた原稿、時には断りの手紙などを調べ、必要ならば代わりの書き手を探したり、じかに自分で原稿や図版を取りに行ったりする。昼の間に何人もの書き手に会いながら印刷所にも寄って、そこでじっと校正刷りを見ているのをアナトールは知っていた。彼自身、作者たちへの謝金を払い、契約書をまとめ、印刷所や紙屋と本のやり取りをする傍ら購読予約者たちを登録し、本屋、それもパリだけでなく地方の本屋への配送も手配し、そういった作業につきもののトラブルから苦情が持ち込まれてくれば一々対応しなくてはならない。こういった作業は結局夜にまで続くのだが、夜は夜でジェラールが劇場に必ず顔を出し、自分で芝居を見るだけでなくカールや音楽担当の者が劇場に詰めているのと話をし、スタッフや俳優とも話し、切符の手配師や喝采屋の元締めとすら話をしていて、劇場に関するあらゆる情報を手に入れようと動いている。食事もろくに取らず、睡眠時間もあまりないらしい。自分でも、これでは共同経営者というよりは共同労働者とでもいうべきだなと嘆息することもあったが、年長のジェラールがフル回転で頑張っているときに若い自分が先に音を上げるわけにはいかない。サロンに出入りする作家たち、特にペトリュス・ボレルは、ジェラールはもっと自分の時間を文学そのものにつぎ込むべきだ、才能の浪費をしている、と批判していた。かつては寝起きを共にするほど親しかった小セナークルの連中とだんだん疎遠になってくるのは心の痛むことだった。せっかく仲間が雑誌を創刊したというのに、彼らに原稿を頼むことさえほとんどなくなっている、ということに気づいてアナトールは愕然とした。ナントゥイユの表紙絵は創刊号に間に合わなかった。わざと陽気に、なに次に間に合えば二号にも目玉ができていいくらいだと言っていたジェラールもひそかに唇を噛んでいたのを見てしまった。最大の目玉とするはずだったデュマも、ロンドンやベルリン、ウィーンの特派員も一向に原稿を送ってくれなかった。ジェラールが各地から送られてくる新聞と首っ引きで特派員記事を書いているのだ。こんな芸当は英語もドイツ語もイタリア語もこなせるジェラールだからできるのだが、それにしても時間は普通の記事の倍以上かかる。唯一頼りにできたのはアルフォンス・カールで、彼もほぼ毎日サロンに顔を出し、原稿を書いたり、紙面の構成についてジェラールと議論し、時には時評以外の匿名記事も引き受けたりしているようだった。そして、こんなに努力しても予約購読者の数は伸びず、二人が自分たちの貯えから支払いをしなくてはならないことが多かった。ただ文学者仲間の間では雑誌は極めて好評で、バルザックなどもジェラールが不在の折に立ち寄った時に、いやこの雑誌がフランスの文学界の古い体質を吹き飛ばしてくれるんじゃないかと口にする一方で、サロンに積み上げたジェラールの天蓋付きベッドやメディチ家風の整理ダンス、二台の小卓、タペストリーなどに感心し、とりわけフラゴナールを二枚五十フランで手に入れた次第を聞くや、「そいつは何か小説の種に使えそうだなあ。骨董を苦労して集め続け、家族もいないので友人に遺そうとする独身の男の物語とかね。」

などとむくんだような赤ら顔を太鼓腹の上で揺らしながらまくし立てていた。傍らには対照的に随分と顔の長い、色白の青年が付き添っていたが、睡眠時間も削って続けられる小説家の口述筆記をするためにほとんど自分の時間を持てないとこっそりジェラールに打ち明けていた。それでも何とか自分のものを書きたいと思っていたこのラッサイーという青年にジェラールは外国劇の評論を書いてみるよう勧め、それが「演劇界」に載って喜んでいた。

四十八．乱痴気騒ぎ

パーティーをやろうと言いだしたのはそんなことが何より好きなテオだったかもしれないし、自分の描いたものをデュマのパーティーに飾れなかったのが悔しいと半分本気で言っていたロジエだったかもしれない。とにかく、皆が皆その考えに夢中になったから誰が言い出しっぺだったのかなどどうでもよくなっていた。

「それに」とロジエは自慢げに髭をなでながら言った、「ここならいつだって美術館パーティーになるんだし芝居だってできる。本物の女優だっているんだから。」

そう言って横眼でにやっと視線を送った先で微笑を返したのはちょうど遊びに来ていたプレシー嬢で、まだ十七歳の初々しい美少女だというのにもう三年前からコメディ・フランセーズで役をもらい、マルス嬢のお気に入りの弟子になっていた。

「あんまり本格的なドラマはだめよ。パーティーは楽しむためのものだもの、見る人だけじゃなく演ずる方にとってもね。それに主役はやっぱりこの子が自分でやらなくちゃね。」

「そりゃ無茶じゃないか？　本物の女優さんを前にしたら、どんな芝居っけのある子だって色褪せてまるで精彩のないシルエットにしかならないだろう。」

「そんなことないわ。私がきちんと他の人の演技がしっかり見えるように引き立ててあげるから、これが素人の演技かって驚くようになるわ。でもやっぱり短い喜劇でないとうまくいかないわね。」

「そうか、俺はぜひジェラールの『シバの女王』をやって欲しいと思っていたんだがね。」

「それはだめだよ。あれはあくまであの人に演じてもらうためのものだ。それに喜劇にはならない。」

「だってシバの女王ははるばるやって来てソロモンに三つの謎を出して解いてもらって、それで二人は結婚するんだろう？　めでたしめでたしじゃないか。」

「いや、まだ完成してないんだが、二人はどうも結ばれないんじゃないかって思ってる。どうしてそうなるのかはまだ自分でもよくわからないんだが、バルキスは、つまりシバの女王はソロモンという男に飽き足りないものを覚えるような気がしてならないんだ。」

「やれやれ、まるで歴史上の女性じゃなくて、今でも生きて動いている女のようじゃないか。」

「そうだよ。バルキスは僕にとって今僕の頭の中でぼんやりとした薄明かりの中に蠢いていて、今にも鮮明な光の中に浮かびあがろうとうずうずしているみたいなんだ。」

「それで上演させられる見込みはあるのかい？」

「うん、今メイエルベールに曲を作ってもらう交渉をしている。彼のメロディの力があればオペラ・コミック座も、いやオペラ座だって受け付けてくれるかもしれない。」

「メイエルベールとはすごい。でもどうやって今一番の売れっ子に渡りをつけたんだ？」

「デュマだよ。彼は前金だけ受け取ってイタリア劇通信を送ってくれなかったじゃないか。さすがにそのことで引け目を感じていて、共作者になってくれることと作曲者の交渉を引き受けてくれることを請け合ってくれたんだ。」

「ああ、それが実現すれば素敵だ。でもそれじゃパーティーは芝居抜きになるのかな？」

「いや、もう一つ考えてるのがある。スキャロンの劇を使うんだけどね。ドン・ジュアンものなんだ。」

「おお、男の英雄だな。パイロン卿も詩を作っているくらいだから。ああいう女たらしならテオにやらせるんだな？」

「うん、それでいいと思う。ただこの劇では主役はドン・ジュアンじゃない。誠実なドン・ジュアンじゃ喜劇にならないだろ？　彼の従者が主人になり代わって全面に出る。」

「ドン・ジュアンの従者と言ったらスガナレルか、それともモーツァルトにならってレポレロにするのかい？」

「どっちでもない、ジョドレっていうんだ。十七世紀流の主人に忠実な召使いじゃなくて、すきあらば主人の座を乗っ取ってしまおうっていうしたたかものだからね。実際ドン・ジュアンとジョドレは役を入れ替える。主人が従者を、従者が主人をやるんだ。」

「なんでそんなややこしいことになるんだ？」

「疑惑を晴らすためさ。自分の狙っている男が本当に弟殺しの下手人でないのか、また自分の恋人の誘惑者でないのかはっきりさせるためだ。」

「それじゃかなりシリアスな展開になりそうじゃないか。」

「そこがジョドレのキャラクターの見せどころさ。やっこさん、自分の肖像を主人の代わりに婚約者に送っちまうようなにくわぬ顔の悪である割にいざ喧嘩となると逃げ腰になる。親の前だというのに図々しく女の子に手を出したりする。しかも御面相はどんな女の子でも逃げだすというような……」

「そんな役誰がやるかなあ？」

「いや僕にぴったりだと思う。」

ときっぱりと割り込んだのがウルリアックだったので他の男たちは二の句が継げなくなってしまった。

「でも、そんなに図々しく口がきけて、主人までひっぱたくような鉄面皮な真似が出来るかい？」

「できなくてさ！　主人だとか身分だとか僕の一番嫌いなものだ。それに臆病ときたらまるっきり地で行けるからね。」

「なかなかおもしろそうじゃない。それで、主人公のそばで取り持ち役をする侍女みたいな役割があるのかしら？」

「ありますよ。ドン・ジュアンのいいなずけイザベルには侍女のベアトリスっていうのがいて、これが何かと言うとしゃしゃり出ては主人の思惑に先走ろうとする。」

「うってつけだわ。それなら無理なく女主人公の演技が自然に見えるように、自然に見えるようにできる。ヒロインはシダリーズにやってもらえばいいと思うわ。」

パーティーの準備はお祭り騒ぎのうちに進んだ。近隣の顰蹙を買わないためにも隣人たちに招待状を送ることにしたが、必ずご夫人同伴のこととしたのは、その夫人たちの中になかなかの美人がいるんだとゴーティエやロジエがけしからぬ主張をしたからだ。食事代については会費を十フラン取ることで十分なものが近くの仕出し屋から取り寄せられるだろうという見込みがついた。

パーティーが近付くのに反比例するようにしてジェラールは忙しくなってしまった。「演劇界」の業務だけでも手一杯なのに、デュマとメイエルベールとのやり取りはだんだん頻繁になっていくし、それでいて『シバの女王』の原稿が仕上がってないことが焦燥感に火をつけた。それでもパーティー当日ジェラールは黒マントを翻すダンディな格好で入口に立ち、来客たちをねぎらった。しかし、

「ああ、警察署長さん、よく招待に応じていただけました。奥さまはいつ見てもお美しいですね。」

と言いながら金髪で肉付きの良い、ドミノをつけた女性の手を取って口づけたのはちゃっかりと横から割り込んできたゴーティエで、彼はジャナンも会場に来るのを知っていたから、あの巻き毛の貴公子に獲物をさらわれないよう常に夫人の手を取っていそいそとひきまわしていた。一方ご主人のほうは趣味の良さを発揮してフラゴナールの絵に感嘆し、ロジエからネプチューンの由来を聞いたりして、奥方から引き離されたことなど一向気にかけてないようだった。

ヴァイオリンや最近オーストリアで発明されたという肩から下げる木製の鍵盤を押す楽器を演じる仲間は参加料を免除されていたのでワインのグラスを傍らに置きながら調子よくダンス音楽をかき鳴らし、シダリーズがヴォードヴィル座の女優顔負けの美声で歌っていた。ドミノをつけた女たちはやはり皆そこそこの身分の旦那に連れて来られたらしかったが素顔のロリー、ヴィクトリーヌ、サラなどと一緒に相手を変えては踊りまくっていた。食事はスープと子牛のソテーだったが、こいつが何より好きなアルフォンス・カールがいきつけの料理屋から大量に運ばせたものだった。

ジェラールは今日のクライマックスとなる芝居の監督にてんてこ舞いをしていたが本来五幕の『ジョドレ』を三幕に切り詰める台本を作ったものの、それでも観客は女たちが寄ってたかって作り上げたウルリアックの実物の三倍も歪んだ御面相に笑いこけ、その顔を前にしてたじろぐシダリーズをベアトリス役のプレシーが巧みにリードして、いかにも自然にこなすことができ、アジア風の顔立ちが、むしろいかにも外国人ぽくて良いと評判だった。

芝居が無事に終わったのを見届けたジェラールが、もう戯曲のほうに取り掛かろうと思っていた矢先、腕を掴まれるのを感じた。振り向いてみると三十代の婦人らしかったがドミノの周りに涙がにじんでいるのが分かる。

「お願いです。もうここにいたくありません。一緒に出てくださいませんか？」

ホスト役として放っておくわけにもいかないので手を取って外へ出てみたが、小路は言わずもがな通りに出ても辻馬車など全く通ってない。もう夜中を過ぎているのだ。月が傾いている。泣きやまぬ女性を、とにかく寒いからと近くの扉を開けて入口の間に連れ込み、手にしたランタンの灯りを頼りに事情を尋ねた。彼女を連れてきた男が、黒髪の背の高い女（サラだなとジェラールは思った）と踊り始めてから自分のことをかまってくれなくなり、帰ろうと言っても相手にされないのだ、としゃくりあげながら話す。だんだん夜が明け始めたのを見てサロンの扉が開き、何人か出ていく姿が見えたが、彼らはまだ元気で、マドリッドだ、ブーローニュの森のマドリッドへ行って朝飯を食べようと言っているのが聞こえた。一人のドミノの女性など隣の窓の下に立って旦那の名を呼び、

「この方たちと一緒に朝食に行くから！」

と叫んだところが、旦那は不機嫌に、

「わざわざそれしきのことで俺を起こすんじゃない！」

と怒鳴っているのも聞こえた。奥方は泣き声になっていたが、やがて男たちになだめられてついて行ってしまった。

ロジエがシダリーズと肩を組んで出てきた。

「おい、ジェラール、マドリッドへ行くぞ！」

「いや、これからメイエルベールに会いに行かなくてはいけないんだ。」

「でも、そのご婦人はどうする？　他に空いている男はもういないぜ。一人では帰ることもできないだろう。」

「メイエルベールと組めるかどうかに僕の将来がかかっているんだ。頼むよ、どうにかしてくれ。」

「わかった、俺が連れてくよ。」

ロジエがまだ涙の乾かない婦人の肩にもう一方の手を回すと、シダリーズは
「ジェラール、あなたって本当に女ごころのわからない人ね！」

と言って睨み、ドミノの女性もなんとなく唇をゆがめているような気がして心が痛んだ。

四十九．シダリーズ

精力の有り余っているロジエは新しいモデルを引っ張り込んでは新しい情事にふけり、シダリーズは耐えられない思いをよくジェラールやテオに訴えていたが、この時テオに優しくされて、とうとうテオの恋人になってしまった。この話を聞いてジェラールはさすがに絶句したが、

「いいじゃないか、それで君たち三人とも幸福そうなんだから。それにしてももてる男って本当に何度でももてるね。片方では一人の女性にも手の届かない男がいるのに。」

「本当にその気になってないんだわ。カミーユやテオほどじゃないけど、あなたが一人の女性にも愛

されない魅力のない男だなんて思わない。でもあなたはシバの女王だか何だか知らないけど夢みたいな女性のイメージばっかり追いかけていて、目の前にいる女性に優しくしようなんてまるで思わない。」

「僕ほど女の人に憧れを持っている男はいないと思うけどな。」

「いいこと、女の子が必要なのは憧れなんかじゃないのよ。遠くから拝まれていたってなんの役にも立たない。私がカミーユに捨てられて悲しんでいる時にあなたは何をしてくれた？　テオは私に同情して、慰めてくれ、一緒にお酒を飲んでくれ、一晩中しっかり抱きしめてくれたの。」

「だって、そんなこと、カミーユにも申し訳ないし。」

「カミーユが何よ！　あの人が私を捨てたのよ！　そんな男への義理立てをして、目の前にいる悲しんでいる女一人慰められない男を好きになれるはずがないじゃないの！」

「ごめん、何もしてあげられなくて。」

「もういいから、ジェラール。別にあなたの友達でなくなるって言ってるんじゃない。あなたはいい人なんだし。でもそんなじゃいつまでたっても本物の恋人はできないわよ。」

シダリーズは時々咳をして辛そうだった。彼女がここに来るまで何をしていたか誰も知らなかったし、語りたがらなかったけれど、芯の強いしっかりとした女性で、やたらに笑うのが好きな他のお針子たちとは違うということは皆感じて大事にしていた。小路のサロンからすぐ近くのテオの家に移ってからもシダリーズはしばしばサロンに遊びに来たが、別れたはずのロジエは彼女の健康を気遣って何かうまいものを食べようと連れ出すのが常だったし、彼女もそれが嫌そうではなかった。テオはもっと若いうちに子供までできてしまったのでその面倒も見なくてはならず、踊り子のカルロッタ・グリジに熱を上げることもやめていなかったが、シダリーズの体については誰よりも心配して彼女の面倒を見てくれる人なら、たとえ元の恋人であろうと感謝していた。だからそんな彼女がソファの上で眠ったまま消え入るように亡くなってしまった夜サロンの者たちはジェラールのベッドの上に彼女の遺体を乗せ、両側に蠟燭をともしたまましょんぼりとしたお通夜をしたのだ。

「こんなことのためにこのベッドを使うことになるとは！」

ジェラールが漏らした言葉に少し不謹慎ではないかという目を向けた者がいたとしても彼の目に浮かんだ呆然としたこの世の者とも思えぬ表情を見るとさらに心を打たれて目をそむけた。ゴーティエとロジエは涙とため息を繰り返しながらブランデーの瓶を離さず、いつの間にか寝入ってしまった。ジェラールを含めて誰も仕事をする気になれず、この時ばかりは「演劇界」も発行されない週を持ったのだ。

五十．破綻（一八三六年）

四月のある日ロジエがアトリエに入っていくと、頭を抱えて座り込んでいるブシャルディとワインの赤い瓶をラッパ飲みして歌っているジェラールを見出した。

「一体なんというざまだ、ジェラール、アナトール？」

ジェラールはとろんとした目で、何も言わなかかったが、ブシャルディが絞り出すようにして、「「演劇界」を手放しました。」

「なんだって！　そうか、そこまでひどくなっていたのか。だが「カルーセル」を発刊したんだろう？　それが何の役に立ったのかは知らんが。」

「ダメでした。こちらは政府の御用新聞にして援助金をもらおうとしたのですが、信用してもらえなかった。」

「そりゃそうだろう。長髪と髭のおかげで反政府的とみなされてサント・ペラジーにぶち込まれたようなやからが、今更のこのこ出て行って、心を改めました、親政府でございます、なんてぬけぬけほざいたところで信じてもらえるわけがない。それにしても大変だな。雑誌の発行は止まるのかい？」

「いえ、印刷屋のカボッシュが借金を半分棒引きにするって条件で引き取ってくれましたから、雑誌は続きます。でも僕たちが編集にかかわれるのは五月までです。」

「でね、もう僕の思い通りに書けるのもそれまでだから、これまでためらっていた記事をいよいよ出そうと思うんだ。」

「ああ、ジェニー・コロンの特集のことだろ。むしろもっと早く出せばよかったんだ。誰も知らない古代インドや中国の報告なんかより、今売り出し中の美人女優の記事の方が読者にだって受けるに決まっているんだから。」

「読者？　読者なんてさ、もう本当にどうでもいいんだ。あんなに趣味の悪い芝居に群れる読者なんか、どうせあの人の本当の価値なんか分かりっこない。僕が読んで欲しいのはあの人一人だけなんだ。」

「そんな意固地になったみたいなことばかり言ってるからうまくいかなかったんだ。まあ仕方ない。お前には雑誌を経営したりするのは向いてなかったってことだ。そんなことはジャナンか、ウッセーにでも任しておけばよかったんだ。」

雑誌が続けられなくなって二人の若者が借金に追い回されるようになったことはたちまち広まった。これまでジェラールが編集側に回ったことを快く思わず、ことあるごとに叱責してきたような仲間たちも今は心から同情し、二人の友が何とか窮状を抜け出すよう協力しようと申し出てくれた。ゴーティエは一緒に旅行記を書こうと言い出した。

「旅にさえ出れば借金取りも追っかけて来られない。それにその地の歴史も分かるし、必ず何か書けるだろ。君と僕なら互いの考えてることは手に取るように分かる。題さえ決まれば、旅行記なんかいくらでも書けるだろう。」

「でもそんなあてにならないものに前金を出してくれる書店なんかあるのかい?」

「ランデュエルに話してみるつもりなんだ。あいつは僕らのことを買ってくれている。それにそれくらいの余裕はありそうだ。」

「それで題をどうするつもりなんだい?」

「『ペリゴールの二人の紳士の艶めいた告白』さ。売れそうな題だろ?」

「僕はペリゴールなんかに行きたくない。」

「誰がペリゴールに行くなんて言った？　ペリゴールの紳士が旅先にペリゴールを選ぶわけないだろ。それに借金取りをまくには外国がいいしね。まあ手近なところでベルギーへ行ってみたらどうかと思っている。」

「ベルギーか……」

不意に立ち上がったジェラールはテオの手を強く握り、

「うん、それいいかもしれない。ベルギーってなぜか僕にとって運命の土地のような気がするんだ。ねえ、是非その話進めてみてくれないか。」

「よし、決まったな。そいじゃすぐにかかろう。ランデュエルの方は任せておけって。君はせいぜい荷造りでもしてろよ。」

五十一．ベルギー旅行

「こいつは艶聞譚になるんだ。だからベルギーではもっぱら女の子を見なくちゃいけない。」

ブリュッセルへ向かう急行馬車の中でゴーティエは何度も繰り返した。

「そうだな。ルーベンスが描くみたいな豊満な女性だな。」

「もちろんルーベンスさ。ブリューゲルが描いているような女じゃ下品すぎるし、レンブラントじゃあ暗すぎる。ルーベンスが生涯に一体何人の女を描いたか数えたことはないが、断言してもよいが九十パーセント以上金髪だね。それも情感この上もない豊かな女たちだ。そんなのはイタリアでは見かけなかったんじゃあないか?」

「いや情感ならイタリア女性には十分すぎるくらいある。ただ金髪は少ないなあ。褐色も濃い方が多いし、完全な黒髪って人も少なくない。やっぱり金髪は寒い国の人が多いようだね。『オシアン』はほとんど金髪の女性を歌っているだろ。ベルギーもかなり北に寄っているし、オランダはもっとそうだから、きっと金髪の女性が多いに違いないよ。」

「そうとも、何よりルーベンスが証拠だ。それにベルギーっていえば何ていったってビールだから、ビールの金色の泡に唇を埋めながら金髪の女性たちを存分に鑑賞するとしようぜ。」

ブリュッセルはあいにくの雲に覆われて土砂降りの雨だった。二人の若者は酒場で予定通り金色の泡に顔を埋めていたが、金髪の女性はおろか金髪の男すら見かけられなかった。だいたいここの給仕は女より男が多いし、たまに女がいてもみな褐色の髪をしていて、暗い酒場の蠟燭の光ではそれがさらに濃く見えてしまう。

「こいつはだめだ、早々に退散してアントヴェルペンに逃げ出そうぜ。あそこの教会にはルーベンスの絵がかかってる。そこからオーステンド、ゲントまで足を延ばしてみるか。」

ブリュッセルからは今はやりの鉄道を試してみようかということになって、二人は初めて汽車に乗ることになった。蒸気を使うことは船で慣れていたが、この汽車というやつ、また妙ちきりんな太く短い煙突なんぞ立てて、ひどく石炭臭いじゃないか。船のあの大きな外輪の代わりに小さな車をいくつも並べてる。こんなんで走れるのかな？　それにあの細い鉄の平行線の上を走るんだって？　どうして落っこちないでいられるんだろう。二人は鼻をつまみ、おっかなびっくりといった様子で列車に乗り込んだ。おや汽笛を使うんだ。船と同じだな。しかしそれからの走りは目を疑うものだった。

「両側の木が左と右に敗軍の兵みたいにすごい勢いで退却していくぜ。教会の鐘もすっ飛んでいく。君が詩に書いていた通りじゃないか、ジェラール！」

「僕が書いたのはあれは馬車の話さ。これとはまるで速度が違う。こんな速さの乗り物は多分悪魔のマントだけだな。ファウスト博士はメフィストのマントが気に入って馬車なんかに乗れなくなったと言っている。」

「なんだか君、尾籠な話だがズボンの前が膨らんでるぜ。ここには女なんていないのに。このスピードで感覚がおかしくなりつつあるんじゃないか？」

　ゴーティエはほんの冗談のように言ったのだが、旅を続けるにつれて深刻な状態となってきた。アントヴェルペンの教会で、十字架のキリストに取りすがる金髪の女たちを見学しているというのにズボンの前を膨らませている男は、口にこそ出されなかったが人々の非難のまなざしにさらされることとなり、露悪趣味的なボヘミアン生活を送ってきたとはいえ場所が場所だけに若者たちも居心地悪く、それでもこのためにこそ来たのだと長くとどまっていたが、針の筵に座らされている気持がした。

　アントヴェルペン、オーステンド、ゲント、とどこまでも雨にたたられて、二人はレストランと居酒屋をはしごするような生活を送っていたが、話のうまさと感じの良さから給仕女も相客も皆テオと話したがる。大体フランス人はこの国では人気があるのだ。ところがにこやかに話している女たちが不意に黙ったり、口を開きっぱなしにしたりする時には、その視線の先には必ずジェラールのズボンの前があるのだ。だんだん、ジェラール自身がいたたまれない気持ちになってきて、一体僕はどうしたんだろう、ここの空気か食べ物に何か媚薬でも含まれているんだろうか、などと言い出す始末。とんでもない、それなら僕だって同じことになってなきゃおかしいじゃないか、と吹き出しながらゴーティエも、これはただ事ではないのかもしれないと思い始めた。ブリュッセルに戻った時、鉄道から下りたジェラールは真っ赤な顔をしていた。歩くこともままならない高熱で、テオは辻馬車を呼んで往きと同じ宿屋に運び込んだが、友は苦しそうにベッドに倒れこんでそのまま寝付いてしまった。時折目を覚ましてテオに気が付くのだが、寝ている間は自分が別のところにいるようなことを口走る。ゴーティエは、これは長引きそうだ、金がなくなってしまう、と気が気でなくなり始めた。ランデュエルを頼ることはもうできない。ただでさえこの調子では約束した本が書けないのは明らかだった。ランデュエルの性格からして、訳を話せば返済は延ばしてくれるだろう。しかし当面ジェラールを連れて帰る現金がいる。ゴーティエは心を残しながらも友を宿に預け、パリへ戻って金を作ってくることにした。当初滞在していたモリアンホテルでは病人を置いて行かれては困るといわれ、ゴーティエはランデュエルの知り合いのブラバンホテルに訳を話してジェラールを置いていくことができた。宿の主人はパリの書店主の手紙を見て二人を信用することにしたのだ。

五十二、再出発

パリへ帰ったゴーティエはまずデュマを訪れてみた。ジェラールが彼と戯曲をほぼ書きあげて世に出すことになっており、それがうまくいっていれば前金をもらえるかもしれないと言っていたからだ。自宅にもおらずなかなかつかまらない男だが、女優の所に行ってみるのがよいとほのめかす声があって、最近彼と仲が良いと聞いたイダ・フェリエの家に出かけてみると、取次の女中は困った顔をしたが、テオの声を聞きつけて本人が出てきた。

「やあ、見つかっちまったか。誰にも言わないでくれよ。原稿の締め切りをどうしてくれるなんて三か所からせっつかれていて、首が回らなくなっているんだ。ジェラールはどうしてる?」

「実はそのことなんですけど、ベルギーで熱を出してしまって、宿に置いてきたままなんです。旅費を送ってやらないといけないんですが、ランデュエルへの前借はもう使い果たしてしまったし、ちょうどデュマさんと仕事をする話が進んでると聞いたものですから。」

「ああ、そっちは進んでるよ。メイエルベールはもう使えなくなっちまったんだが、モンプーを捕まえた。まだ若いがいい曲を書く。ジェラールから骨組みはもうほとんど出来上がった台本をもらったんだけれど、このままでは使えない。あいつはインドのだかスペインのだか、とにかく演劇の文法に乗らないようなものばかりネタにして来るんで、フランスの舞台には合わないし、観客にも到底受け入れてもらえない部分が多い。今そいつをここで書き直してるんだが、そっちの方はすぐに済むだろう。オペラ・コミックとの話は大体付いていていて、後は細かいところを詰めればよい。主演はダモロー夫人とショレにやってもらう。」

「ジェラールはジェニー・コロンに主演を回したいんです。」

「駄目だね。デュマの名前をかぶせた芝居の主演を張れる格じゃない。まだまだ脇役がいいところだ。ダモローでなきゃ客も呼べない。そもそも最初からその組み合わせでなきゃ俺が興味を持たんよ。」

「まあそれはいいとして、前借はお願いできませんか？」

「無理だ。今度の作品は作者二人で五千フラン、一晩ごとに百五十フランということにはできると思っているんだが、契約も済まないうちから金は払ってくれん。まだ残っているプログラムがあるから客の入るうちは支配人だって入れ替えを焦らんだろう。俺はと言えば、こうやって人の家に居候している身さ。今は身に付けた金は一銭もないんだ。」

なんとなく生殺しにされたような気持ちで外へ出たゴーティエはとにかくドワイヤネへ行ってみた。もう住人たちはあちらへ散り、こちらに移りしていたが、ブシャルディは責任上連絡先を残していたので行ってみる。彼も今は借金に追われて、とても金を作れる状態ではなかったが、アルフォンス・カールが新しい新聞の編集を任されたようだから相談してみれば、と教えてくれた。かつてタタール人のキャンプ時代にモンマルトルで出会った場所に近いトゥール・ドーヴェルニュ通りに住んでいるのだという。

サン・ドニ門を越えてパリの北へ向かうとモンマルトル、すなわち殉教者の丘という高台があって、かつて聖ドニが斬首された自分の首を抱えて歩いたという伝説の地に至る。次第に道も広くなり、人通りも少なくなると同時に建物も二階を越えることがめったになくなる。アルフォンス・カールはそんな通りの一つに住んでいるのだが、毎日そこからパリの中心まで行き来することをなんとも思ってないようだ。精力的な男なのである。四角い窓の家の並ぶ中、珍しくアーチ型の窓を持つ家に入っていくと、前にも見たことのある門番がテオの姿を見てすぐに案内してくれた。

「テオか、いいところへ来たな。朝飯を食うかい？」

カールはいつに変わらぬ骨付き肉の皿を前にしてその大きな鼻を持ち上げた。復習教師を朝から夜までやってやっとパンと水に野菜の煮たものが食べられるだけだった青年時代から、無益と思える投稿を何度も新聞に繰り返した揚句にようやく自分の力でこんなものが食べられるようになったという自負が、毎朝変わらぬ食卓メニューとなり、そして惜しみなく訪問者にふるまう癖になったのだ。

「いいね、腹ペコだった。もう仕事にかかっているのかい？」

朝食の側にも削ったペンを並べて何枚もの紙を広げている精力的なところは相変わらずだった。

「新しい雑誌を任されたんだって？」

「ああ、「フィガロ」っていうんだ。いい名だろう？　才気煥発、権威に怖じず、そのうえ義理にも篤いっていうキャラクターは昔から俺のお気に入りだったんだ。」

「それでさ、きっと少しは金の都合がつくんじゃないかと思って来てみたんだ。」

「そうか、何のためかな？」

その口調は普通の男ならこういう話を切り出したとたんに友達が友達でなくなる、あのうんざりした露骨に嫌な表情はみじんもなくて、君のことだから、きっとさぞかし面白いことに使うんだろう、ぜひとも聞いておきたいという好奇心をすら感じさせた。

「僕がジェラールとベルギーへ行ったことは知ってるんだろう？　ジェラールは熱病で動けなくなったんだ。とにかく宿に置いてきたんだけど、連れて帰る金がなくてね。」

「うーん、そうか。今俺のところにはそんなに金はないんだが、ジェラールにはぜひ「フィガロ」紙の編集を手伝ってもらいたい、というより彼くらい気心の知れたパートナーはいないんだからぜひとも必要なんだ。そこのところを話したら多分支配人も出してくれるんじゃないかと思う。それに君も手伝ってくれるだろうね。」

「いいよ、もっとも今僕は別に誘われているところもあるんで、空いた時だけってことにはなるだろうけどね。」

「どこだい、その別口っていうのは？」

「エミール・ド・ジラルダンだよ。最近時々ソフィー・ゲー夫人のサロンに行くことがあって、娘のデルフィーヌとも知り合いになったんだが、つい先日その旦那が新しい新聞を出すから手伝ってくれないかって話が来た。これが話してみるとなかなかの傑物だよ。これまでの新聞の半値で出そうってんだから！」

「そんな馬鹿な！それじゃ「演劇界」の二の舞になるぞ！」

「それがちょっと違うんだ、広告代で稼ごうっていうんだ。何と四面をほとんど広告で埋めてしまうつもりなんだぜ。」

「しかしできたばかりの新聞に広告を載せる奴がそんなにいるのかな？　いくら安いったって倍も三倍も売れるわけにはいかないだろ？」

「そこがエミールのさえているところさ。とびきりの小説を連載して、次が読みたいから皆ぜひともこの新聞を買うっていう風にする気らしい。」

「それで誰を捕まえたんだ？」

「バルザックさ。それにアレクサンドル・デュマ。」

「うーん、そいつは確かに並々ならぬ腕力だな。あのもっとも金のかかる二人を二人ながらに捕まえるとは。」

「いや腕力じゃないね、今現金を持っているわけじゃない。むしろ見通しの力と説得力だ。こうやれば必ず成功すると話を持ちかけられた連中が皆信じている。」

「そしてそんなジラルダンが劇評家としては君を選んだわけだ。」

「そうなんだ。ジャナンじゃなくて僕を選んでくれたってところに感激してね。それで一も二もなく引き受けちまったってわけだ。」

「うーん、それならなおさらジェラールを手放すわけにはいかないな。案外あいつときたらこんなにせっぱつまっているはずの場合ですら人の新聞の下で働くっていうことに抵抗するかもしれない。テオ、よろしくあいつを口説いておいてくれよ。僕は早速「フィガロ」の支配人にかけあうから。」

五十三.『ピキヨ』(一八三七年)

ようやくパッシーの実家までジェラールを連れ帰ったゴーティエはしばらくここにおいてくれないかというジェラールの頼みを両親に伝えた。

「それは全くかまわないけれども、エティエンヌさんだって息子さんのことが心配だろうに。」

「いや、だからこそなのさ。ジェラールは父親の意志を無視して医学部にも行かなかった。せっかくもらったお爺さんの遺産も全部なくしてしまった。今更どんな顔をして戻れるかと思ってるのさ。借金もかさんでいる。ただ病気さえ良くなれば、パリには仕事があるし、戯曲の上演も契約までこぎつけた。体が回復するのを待てばなんとかなるんだ。」

ゴーティエ夫妻は文学を職業とすることには好意的だった。息子の場合それがもううまく回り始めていることも分かっていた。ましてやテオの病気の時にジェラールや友人たちの世話になったという感謝の気持ちもあったので、ジェラールはこの家でじっくりと体力の回復を待つことができ、カールから依頼のあった何篇かの記事を執筆する一方で『ピキヨ』という名のついた劇の細部をデュマと詰めていた。演劇の先輩、成功者としてのデュマには大いに敬意を払っていたが、どうしても譲りたくない点はあった。

「本当に頑固だな。」

パッシーまでわざわざ出向いたデュマは嘆息した。

「泥棒が土壁に穴をあけるということ自体不自然なのに、自分の潜りこむ穴の形に美学とプライドをかけるなんて何とも理解しがたい話じゃないか。それを見て警護の者たちがほとほと感心するっていうのもいかに喜劇だとはいえ、不自然すぎるぞ。」

「いや、ここはやっぱりこの泥棒が自分に誇りを持てる最大の証なんだ。泥棒が忍び込んで美女を口説こうとするっていうところは誰が見たって『エルナニ』を下敷きにしていると思うだろう？　でもエルナニは実はアラゴン家のジャンという由緒ある家柄だ。でもピキヨは正真正銘の泥棒なんだから、それでも誇りを持った男に見えなけりゃいけないとすれば、こういう美学しか証はないじゃないか！」

「まあ、それはいいや。直す時間もないことだしな。でも主役はショレとダモローだ。こいつは譲れない。」

「僕はこの作品をジェニーのために書いたんだよ。」

「ジェニーはマンドスの妹役にすればいいじゃないか。」

「それじゃいけないんだ。ダモロー夫人はいつだってプリマをやるだろ、人気があるから。それならジェニーはいつまでたっても脇役しかできない。ちゃんとプリマをやれる力があるってことをどこかで見せなくちゃいけないんだ。」

「なんといったってこればかりはだめだね。プリマはダモロー夫人だ。」

　ところが上演直前になってダモロー夫人は風邪をこじらせ、歌うことができなくなった。デュマも不承不承ジェニーを抜擢するしかなくなったが、それなら売り上げが減るわけだから、三分の二は俺の分け前としてもらうよ、とデュマが言い出した。ほとんどすべてを考案し、書き上げたジェラールとしては承服しがたい気持ちだった。ましてやこの作品にはデュマの名前のみが冠せられることになっている。それでも劇場支配人に対する力関係は勝負にならない。このままでは次作はジェラールの名で発表するという約束だって下手をすると反故になりかねない。せっかくの上演が迫っているというのに浮かぬ顔をしているジェラールにカールが入れ知恵をした。

「まるで噂話みたいにだね、君とデュマの間に代わりばんこに作者名を入れるっていう協約ができてるんだって流すんだよ。」

「でもこれは内密の協約で……」

「内密のままだったら、無しにされてしまっても文句が言えないだろ。たとえ今回大成功を収めたとしてもデュマの手柄になるだけさ。既成事実を作った方がいい。デュマは腹を立てるかもしれないが、奴にしたってていい協力者は欲しいんだし、それにそんなに執念深い男ではなさそうだ。」

ジェラールが体調のために遅参したうえ、主役が決まるのも遅れ、もう開幕まで一週間もないというぎりぎりになってようやく一同の出会いが実現した。オペラコミック座の通用口をデュマと並んで入り、薄暗い通路を門番の照らすカンテラの灯りを頼りに入って行くと舞台はまだがらんとしていてデュマはそこにずけずけ上がっていく。

「それ早く来いよ。みんな舞台裏にもう集まっているはずだ。」

背景のかかっていない舞台は奥まで広々として、天井もうっそうと暗く、どこまであるか分からない。それでもかすかなランタンの灯りが何本もの梁と垂れ下がった綱の先をおぼろげに示しているようではあった。右手のカーテンがめくられて、大きな体の男が眼鏡越しに吟味するような顔で声をかけた。

「やあ、アレックス、それにようやく治ったんだな、ジェラール。」

支配人のクロニエの顔はジェラールも遠くから見たことはあったが、話をするのは初めてのことで、彼自身もう幾つとなくヴォードヴィルを書き、上演させてきた人物ではあるが、そのいかにも威厳たっぷりに見下ろすしぐさは随分とブルジョワ的で嫌味に思われた。

「まだ主役二人は来てないんだがね。イポリットはもう三十分も前から待っているところだ。」

クロニエはそのままデュマをつかまえて話し込んだ。二台の大燭台に挟まれてピアノに向かっている男がイポリット・モンプーであるのは、彼が『レノール』に曲をつけてくれたときに会っているから知っていた。彼のほうでも自分を見つけて、

「やあジェラール、久しぶり。体のほうはもう大丈夫なのかい？」

と言いながらさっと寄って来て握手してくれる。くしゃくしゃと縮みあがったような狭い額と鼻の形を気にして、いつも自分を醜男だと自嘲気味に語るが、本当に人懐こくて、それに軽快な曲を作る。

「いい本だねえ。相変わらずテンポのいいものを書くねえ。それで僕の曲をどう思った？」

「いや、楽譜はもらったんだけど、何せ楽器も弾けないし、譜面を追うだけじゃあ十分にメロディが浮かんでこないんだ。」

「そうか、それじゃあシルヴィアがマンドスと出会うところを試しにやってみるよ、そら、
大変、あれはあの人だわ、なんて幸せ！
まさにあの人、愛する人、
希望もなしに愛している人、
でもこうして会って話せるだけで
何て素晴らしい恵みなのかしら」
「いや、素敵だ。君の曲はいつだって軽快で流れるようだ。」
「ありがとう。音楽評論家たちには受けが悪いんだ。僕はもともと歌謡曲から入っただろ。それが何ともやっこさんたちには気に入らないんだな。オーベールやロッシーニならどんなに飛び跳ねるような旋律でも文句を言わないくせに、僕の作るものは品がないって、いつもそればかりだ。」
「あの『アンダルシア女』はほんとに素晴らしかったよ。」
「うん、それね、あれが流行ってくれたおかげで今の僕があるんだが、あれを最初に演奏した時なんか、あるサロンでのことだったんだが、女主人が飛びあがって娘たちを引っ張って、さあもう寝る時間ですよ、なんて無理やり連れ出すんだぜ。まあ、それは曲というよりはミュッセの歌詞のせいだとは思うけどさ。のっけから
バルセローナでみたかい
焼けた胸したアンダルシア女を

だからね。僕はああいうとげとげした言葉が好きだ。そういうリズムこそ僕の得意とするところなんだ。」

モンプーは熱してくるといよいよ口髭の先がピンと立って来て、口角泡を飛ばすという感じで喋りまくる。

「だから『ピキヨ』のセリフなんか大好きだ。そらこうだろ

そら君たち、建築の

授業をちょっぴり受けに来な

この開口部

俺様流さ

俺のあけるのは格別さ

モール風でもなけりゃゴシックでもない

そいでもそいでも俺様は

こいつが別して美しいと言い張るのさ

そら、ころころ音符が転がるだろ。」

「うん本当に素敵だ。でもデュマはこのシーンが不自然だってんで何としても削りたがったんだよ。」

「とんでもない。僕はここが一番のお気に入りなんだ。君が頑張ってくれてよかったよ。」

そこに対照的に鼻筋の通った美男子が近寄って来てあいさつした。

「おや、テナーのご登場だな。ジャン・バティスト、こちらが作者のジェラールさんだ。」

「いやあいい役をもらえて光栄です。これからも長くお付き合い願いたい。」

ショレは如才ない男だ。『ロンジュモーの御者』で大喝采を博して以来自分は大スターだと信じていて、こんな駆け出しの作者など眼中にないのだろうが、そんな様子はおくびにも見せない。

「アレックス、素敵ねえ、やっと会えて嬉しいわ。」

その声は急に光のように降って来て、僕の側を素通りしていってしまった。舞台の上のような派手な色ではなかったけれど、薄い空色のふわふわした衣装に包まれたジェニーは風のようにふわふわと通り抜けてデュマの長身に寄り添った。

「いや、今日は君にぞっこん参っている男を連れて来たんだ。君を推していたのはこいつなんだから、せいぜい大切にしてやってくれよ。」

「あら、ラブリュニーさん、お初にお目にかかります。主役に推していただいて本当に嬉しいですわ。」

あの人が僕の本名を呼んでくれた瞬間涙がじわっと浮かんでくるのが分かった。口をきこうとしたができない。

「そらジェラール、どうしたんだよ。いつもならジェニーのことをほめちぎって雄弁この上もないくせに。ジェニー、「演劇界」の匿名の特集記事を読んだだろ。あれを書いたのが誰あろうこいつなんだぜ。他の劇場は全部カールに譲ってヴァリエテ座だけに通い詰めていたくらいなんだから。」

「まあ、嬉しいこと。あんな素敵な特集記事を書いてくださったのは「演劇界」だけだったわ。でもそれからあんまり私のこと書いてくださらないわね。」

「実は去年あの雑誌は倒産してしまって、経営権を譲渡しなくてはならなくなったんです。」

「まあ、そうだったの、いい雑誌だったのに。でもそれじゃあ社主でいらしたのね。」

「そうですけど、今はもうあの雑誌とは関係ありません。「フィガロ」と「ラ・プレス」、「一八三〇年憲章」に記事を書いてます。」

「それじゃあ、まだこれからもお世話になるのね。嬉しいわ。」

そう口の端で言っていてもジェニーの視線はひたすらデュマのほうばかり気にしているようだった。デュマ自身も僕を立てるような顔をしながら女の気持ちが自分の方になびいてくるのがまんざらでもないらしかった。無理もない。ユゴーと並ぶスター作家と言うだけではない。こうして並んでいると男の匂いがむんむんしてくる。筋肉の塊が今にも躍動しそうだ。テオやカミーユが女性にもてるのは優しいからだ。それなら僕にだってひょっとしてどうにかできるかもしれない。しかしこの男の前にいると自分の男が全く去勢されたみたいで、縮みあがってしまった気がする。ジェニーの眼がこの男の好意を求めて哀願しているようにすら見える。それも配役の絶対権を握るボスとしてというより、一人の男を求める女として……

「何をぼっとしているんだ、ジェラール。稽古が始まるぞ。」

平服のままでの稽古が始まった。まだほとんど棒読みの段階で、皆台本を手にしながらしゃべっている。音楽はモンプーがピアノで一人で作り出し、デュエットもソロもさわりだけで繰り返しは省略している。デュマは何かと言うと細かいところに口を出す。クロニエがそれに対して何か言うこともある。ショレが口を挟む。まるで古代インドの劇『おもちゃの車』の出だしだな。ゲーテもこの観客席と舞台がつながっているような感覚が好きで『ファウスト』の序をインド風に作ったのだ。それは練習風景をそのまま舞台に持ち込んだようなものだったのだろう。

「そらここでシルヴィアが入って来る。」

「私はフェーベじゃない、ベールの女神じゃない

両手にいっぱいまどろみを投げかけたりしない」

「ちょっと待った、やっぱりここでシルヴィアが舞台袖から出てくるのは不自然じゃないか？　ここは森の中のピクニックの場面なんだろう？」

「そうは言ってもアレックス、プリマは最初からいるよりも、さあいよいよお出まし、という感じで招きだされるのが普通だからね。」

と支配人が言っている。

「いや、どうも不自然だと思う。君はどう思う、ジェラール？」

夢から醒めた。

「どう思うかって？」

「何ぼーっとしてるんだ！」

だんだん飲み込めてきた。ヒロインはよそから来る、でも内側にいるとすれば……

「そうだ、ここにテントが張ってあって、シルヴィアはそこで休んでいる事にしたらどうだい？　それを跳ね上げて出て来るようにすれば？」

「うん、なかなかいい考えじゃないかな、さすがにモンマルトルでテント暮らしをしていただけのことはある。それで行こう。さあ、シルヴィア、もう一度出て来てごらん。」

それからあとは集中できた。死んだはずの男オリヴァレスが現れる。彼の意中の人が館の中にいる。館の主を外に出すためにシルヴィアは泥棒に襲われたという芝居を打つ。館からマンドスが出てくる。

「おいおい、やっぱりマンドスって口調がよくない気がするよ。メンドーサだろ。」

「でもアレックス、フランス人にはわかりにくいよ。ドン・ファンとは言わないだろ？　ドン・ジュアンだろ？」

「そもそもからしてジェラール、主人公の名前だが、ピキヨでいいのかな？」

「いいや、本当はピキーリョだ。でも他の名前がすべてフランス語読みなので、合わせたのさ。」

「ピキーリョのほうが全然いいぞ。イポリット、今からピキーリョに変えたリズムにできるかね？」

「それはすぐできるとも。」

「いや待ってくれ。いくつかのサロンにはもう口コミが流れていて、それはどこでもフランス語の発音で通ってるんだ。今更変えるわけにはいかん。だから他の名前もぜひともフランス名でやってくれ。」

デュマは不満そうだったが、クロニエの意見が通った。マンドスはシルヴィアを館に招じ入れ、送っていこうとする。シルヴィアはこの家にまた戻るようすがとして宝石箱を預ける。

「これもやっぱり不自然だなあ。なんでまたこんな初めて行った見知らぬ者の家に大事なものなんか預けるんだ？　相手だってはいそうですかと預かったりしないだろうが！」

「でもこれはこの芝居の骨格なんだ。これを取ってしまったら劇全体が崩れてしまうじゃないか！」

「つまりこれがお前の好きな古代インド流ってやつなんだな。どうにも居心地が悪いが、今となっちゃしょうがないなあ。」

確かにこれは『おもちゃの車』の事件の発生にかかわるエピソードを使った。でもデュマがこの程度の不自然さを気にする方が不思議だ。『アントニー』では不倫の場に踏みこまれた男が愛する女を殺して、亭主に対して名誉を保つなんてとんでもない筋書きを作っている作者の言うことじゃない。つまりは自分の思う通りに作れないもどかしさをぶつけているんだ。仕方がない。彼の力がなければ、劇を上演させることはできなかったのだから。

小休止の時間にデュマは僕の肩に手を置いて小声でささやいた。

「俺たちの協約のことを流しただろ。俺を信用してないんだな。ばらしたことよりもそのほうが腹が立つ。まあいい、お前はいい腕をしている。お前と仕事をすると結構稼げそうだ。次の戯曲はすでに俺が大部分書いているから俺の名でないと困るが、そこでもやってもらうことはある。その次ではしっかりやれよ。お前の名で出るんだから。」

リークしたのは自分ではない。多分カールだろう。でも黙っていた方がいい。カールが言ったとおりそんなにこだわる男ではなさそうだった。

ジェニーは与えられたパートを見事に歌いこなしていた。台本作者二人は歌の部分には口を挟まなかったので、モンプーが一人でピアノを弾きまくりながら指示を出していたがその注意ももっぱら合唱に向かっていて、彼女の音程やリズムには専門家が見ても問題はないらしかった。彼女の声をこれほど間近で繰り返し聞き続けることができるとは何という幸福だろう。ささやき声のパートですらも不自然さを感じさせることなく舞台中に響き渡らせる秘密が余すところなく目の前にさらけ出されていた。ふと気がつくとデュマは彼女の方をではなく、聞き惚れている僕の顔に見入っているようで、何ともむずがゆそうな表情をしていた。

ショレがピキヨのパートを歌い始めるとモンプーの表情はいよいよ生き生きとして、自分でも歌詞を口ずさみながら、目でもってショレの拍子を取っている。テナーの方も敏感にそれを受取って、二人はまるで一体であるかのようにくるくるとアリアを繰り広げていた。こういった才気縦横の役はデュマも気に言っているとみえ、ピキヨが登場している間はほとんど注文も付けなかった。

稽古が重なるにつれて不思議な感覚を覚えることがあった。ジェニーが一節を歌う時に、それはもう何度も聞いたはずであり、それが繰り返し繰り返し現れる場面であることが分かっているのに、まるで全く新しい場面であるかのような、そして全く予期せぬことがこの後に起こるのではないかという思いが頭をもたげてくる。そして大声で叫びだしたくなる。そうじゃない、そうじゃないんだ、君たちは誰もこの後を知らない。その後はこうなるんじゃない……そして今にも言葉が発せられようとするまさにその時になって、ハッと気がつくのだ。これは予定されたことなのだ。そしてまた初めから同じ場面が繰り返されるのだ、と。それがあまりに強くなって、今にも叫んでしまおうとする瞬間には、必死で手を握って口に当てて自分を抑えなければならないことすらあった。時にジェニーやショレが、ジェラールはどうしたのか、何か今の場面に問題があるのかと尋ねることがあるほどだった。それでも稽古は順調に流れ、気がつくと場所は舞台中央になり、背景画が吊り下げられ、俳優たちはスペイン風の衣装を身にまとっていた。小規模ながら弦楽器や管楽器が並び、モンプーは舞台下でピアノを弾きながら指揮を取っていた。マンドスの妻と思われていた女性が実は妹だと分かり、シルヴィアのマンドスに対する恋もオリヴァレスのマンドスの妹に対する恋も成就し、彼女をいったん略奪したことに対する咎もピキヨの縦横な才智が解決し、歌手たちが一斉に並んで笑顔で最後の歌を歌い終わり、隣に並んでいたクロニエとデュマが握手していた。支配人はこちらに向き直って僕の手も握り、

「やあ、ついにここまで来たね。明日はいよいよ初演だ。終わったら祝杯をあげよう。」

その声が胸に響いた。デュマの大きな手が僕の肩に回って、

「おめでとう、これでお前も文字通りの演劇界の住人となるんだな。」

と言っているのが聞こえた。僕は二人に何か答えているらしい。彼らの笑顔が見える。下りてきたショレやモンプーが握手してくれる。そしてジェニーが、それじゃあ明日ね、とねぎらってくれた。

それからどこでどう過ごしたのか覚えていない。気がついてみたら桟敷の上から幕を見下ろしていた。クロニエとデュマが傍らにいた。

「なんだかジェラールはぼうっとしていてまるで他人の劇に立ち会っているみたいじゃないか。」

クロニエはこっそりデュマに耳打ちした。

「昨晩はよほど飲んだようだな。すえたような匂いだ。目もとろんとしている。普通初めての作品が上演される作者はピリピリ緊張しているものなのだがね。」

「確かに少し驚いた。だけど考えてみるとあいつはいつも感情を控え目にしか出さないんだ。こういう反応しかできないんだろうな。今回の上演なんかずっと憧れてきた女優を間近でいやというほど眺める絶好のチャンスだったんだが、その機会を十分利用しているようにも見えんしね。ジェニー自身それには驚いているようだ。もっとも悪い感情はなくて、ジェラールって優しい人ね、とは言っているがね。あいつが今まで恋人らしい恋人の噂も聞かれないで来たってのはよく分かる気がするな。」

最後のコーラスが終わって歌手たちが幕の前であいさつしている。ジェニーは膝を曲げて優雅にお辞儀している。観客たちは歌手たちにブラーヴォの称賛を送り、桟敷席のデュマに向かって立ち上がって拍手をしている。皆デュマだけを見ている。傍らの目立たない若造の方など見向きもしない。目が回るような気がした。悪夢を見ているような気がした。

ともあれ『ピキヨ』はジェラールの友人達を中心にいくつもの新聞が好意的に取り上げて客の入りは悪くなかった。オペラ・コミック座ナンバーワンのテナーであるショレはもちろん、これまでヴァリエテ座の看板女優だったジェニーへの期待と評判も決して見劣りするものではなかったから、契約金の三分の一として受け取った千七百フランはそのまま借金取りの元へおさまってしまったとはいえ、連日作者料として五十フランはジェラールの懐に入って来た。初日にはクロニエが皆をロシェ・デュ・カンカルに招待してくれたし、その後も連夜芝居がはねた後、ジェニーの家やショレの家に押しかけては騒ぐということが繰り返された。ジェニーは当然ジェラールから何か告白めいたものがあるだろうと思っていたのが何も起こらないので拍子抜けしてデュマに打ち明けた。

「ねえ、本当にあの人私のことが好きなの？　もう開演して十日にもなるのに、二人きりで話したこともすらないのよ。」

「うーん、あいつが君に夢中だってことはもう一年以上前から有名なんだけどなあ。君の噂が出るとあいつはいつも本当に嬉しそうにしてるし、君の悪口はおろか、ちょっとした批判にでさえむきになって怒りだすくらいだ。ただとにかく女との噂を全く聞かない男で、それは確かに奴の一番親しい友人たちですら謎だと思っている。」

「私今楽団のフルート吹きに興味があるの。でも一応ジェラールが何か言ってくるかもしれないと思ってそちらの方は保留してあるのよ。」

デュマは近くに来た女と見ればまずは抱いてみるのが礼儀だと心得ている男だからこの女とも一度は寝床を共にしたことはあるのだが、それほど趣味が合うわけでもなく、この時分はもうイダ・フェリエに夢中になっていたから、むしろジェニーとジェラールをなんとかしてやりたいと考えた。それでジェラールにジェニーの所で相談があると呼び出しておいて、自分は現れないという分かりやすい手段に訴えた。ジェニーはジェラールに飲み物を用意させ、その時遊びに来ていた別の女優を目配せで帰してしまった。

どうしたらよいのか分からない。デュマが僕を呼んだのだから彼を待たなくてはいけないのだろう。でもジェニーは待っているというそぶりを少しも見せない。

「アレックスは遅いですね。」

「そんなことあなたが気にすることはないのよ。ゆっくりしていけるんでしょ。あなたのことをいろいろ知りたいと思って。」

「いえ、もうお話しするほどのことじゃないです。父はナポレオン軍の軍医をしていて、ポーランドへ連れて行った母がかの地で亡くなりました。僕はヴァロワ地方に預けられて六歳まで過ごし、パリにもどってシャルルマーニュ中等学校に入って、あそこでテオと知り合ったんです。」

「そう、ゴーティエさんとは仲がよかったわね。「ラ・プレス」は私に好意的に書いてくれるから好きよ。でもあの人はイタリア座の方に出入りすることが多いんじゃない？」

「グリジのファンですから。でも美しい女性や才能に対しては賛辞を惜しまないですよ。」

「あなたは私のことをいつお知りになったの？」

「十五歳くらいの時に初めて『狐狩り』っていう劇を見たんです。」

「あらずいぶん前ね。ヴォードヴィル座にいた頃だわ。懐かしい。でもあなたは私と同い年だからまだ高校生でしょ。よくヴォードヴィル座に入れたわね。」

「一度だけお祖父さんが連れて行ってくれたんです。あそこで主人公が、馬を逃がしてしまって主人が怒っているんだって嘘をつくでしょう？」

「そんなことよく覚えているのね！」

「あのエピソードを見てお祖父さんが、儂の若い時に実際にこんなことがあったんだって言いだして、お祖父さんが家を出る原因になった事件を話してくれたんです。それで何とも印象が強くなって。それにあの劇であなたのことを見て、なんてきれいなんだろう、それに声に何というか、鈴のような独特の響きがあって、いいなあと思った。だからヴォードヴィル座で見たのはあの時だけですけど看板が出るたびに、ああ、あなたが出るんだ、見たいなと思っていました。『母は舞踏会、娘はおうち』とか、『モンフェルメイユの羊飼い娘』とかは台本が手に入ったので読んで想像もしてました。」

「じゃあその後はヴァリエテ座で見てくださったわけ？」

「そうです。『ロシアのスパイ』が最初でした。何せモスクワ遠征のフランス軍が逃亡する話だから父の体験と合わせて興味があったし、これはぜひ観なくてはと思ったんです。フランス軍を仇と思っている女性が最後にはフランス軍人に恋をして救ってあげる話ですよね。父もポーランドで現地の女性にかくまわれて危ういところを助かったそうなので、まるで自分のことのような気がしました。」

「あなたじゃなくてあなたのお父さんでしょ。」

「そうなんですけど、目の前にいるあなたは今のあなただし、それが同時に昔のロシアの女の人でもあるというのが、僕にとってはまるで自分のことのような気がして。」

「そんな風に女優を役柄そのものと思ってしまったなら、本物を見て幻滅したんじゃない？」

「いいえ、あなたの側にいると、自分が物語の主人公になったような気がします。こんな風にあなたの側にいる、一緒に話したり、お酒を飲んだりするってことを今までにどれだけ夢見てきたことか！いつの間にかその通りになっていて、僕は夢の中にいるのかなと思う。」

「そのほかに気に入った芝居はあって？」

「とりわけ『プリマドンナあるいは乳兄妹』ですね。たまたま雨宿りにやってきた女性が昔から愛していた乳兄妹だとわかるという不思議さが何か心に触れるものがあった。それにシルヴィというのは僕の本当の乳兄妹の名前でもあって、ヴァロワ地方にロワジーという小さな村があるんですけど、僕はそこで育てられたんです。『ピキヨ』のヒロインの名前はあれから取ったんですよ。」

「ああそうだったのね。なんだか耳慣れた名前だと思ったわ。」

「『令嬢農夫』もよかったですね。町の乳兄妹に頼って上京した女の子がその乳兄妹の婚約者に誘惑されてしまう。従妹の名誉を救うために財産を犠牲にするアンドレを寡婦となったシュザンヌが財産を取り戻して待っているというのは胸にこたえました。」

「あなたはどうも直接恋する相手に向かって行く男ではなくて、傍で待っていて気付いて欲しい人なんじゃないかしら。でも女は本当はもっとはっきり好きだって言ってくれる人に魅かれるのよ。」

「『サラ、あるいはグレンコーの孤児』も良かった。自分の好きな男が兵士に応募したのを見て止めようとして睡眠薬を飲ませ、却って窮地に陥らせてしまう少し頭の狂った少女、でもその少女が救ったイギリス士官の助力で恋人も救われる。」

「口数の少ない人と思っていたけど、話し出すと止まらないのね。でももう話はいいわ、こっちへ来て。」

ジェニーはいつの間にか暖かい腕で僕を包み込んでいた。彼女の唇が僕の目の前にあった。涙が出た。僕はその唇に飛びつこうとして腰が引けるのを覚えた。怖かった。でもジェニーの腕が僕をしっかり捕まえていた。涙があふれ出た。そうして長い時が過ぎた。

ジェニーがため息をついているのが聞こえた。僕は温かい空気にぼうっとしていた。でも何かがうまくいかなかった。ジェニーは乱れていた服を直し、髪を直しながら部屋を出て行った。

目が覚めると枕もとにコーヒーポットとビスケットが用意されていた。ジェニーの使っている若い娘が入って来てコーヒーを淹れてくれた。それを飲んでいるとデュマが入って来た。

「やあ、お目覚めかい。世界一幸福な男になれたろうな。」

「うん、そうだと思う。」

「何だい、はっきりしない奴だな。ジェニーはもう劇場に出かけたよ。それで、この間からやってもらっている『カリギュラ』のことだけど、進んでいるかな？　なにせ古代ローマの風俗、特に多神教の宗教なんぞまったく俺の苦手なところだからお前が頼りなんだ。俺だってミネルヴァがアテーネーでディアーナがアルテミスだっていうくらいの有名なところは分かるんだけれど暗殺者のケレアが拝む家の神のラレースなんて見当もつかない。」

「ああ、そういうことは大丈夫だ。むしろカリギュラ帝のローマに育ったステラが急にキリスト教の信者になって兄弟の皇帝が強引な愛を持って迫り、死が間近に見えているというのに信仰ゆえに本当に愛する婚約者に抵抗するというのがうまく納得できないな。ましてやそんな信仰のことを全く知らないできた婚約者が突然改心するというのも。」

「そんなことで悩む必要なんかないんだぜ。観客はカリギュラとかメッサリーナとか、ローマの大きな名前だけ出ればそれでローマ時代だと思うんだし、ローマ時代にこそキリスト教が入ったと思ってるんだから少々のずれなんか構わないのさ。それに多神教をあまり強く出すと教会派がうるさいから、アリバイとしてもちょうどいいんだ。」

「いや、でももう少しつじつまを合わせないと……」

「面倒だな、まあなんとか我慢してくれよ。お前の名前で出す次の劇はお前が一番得意なジャンルであるドイツ物をやることにしたらいいんじゃないか。『カリギュラ』の金を使ってドイツへ一緒に行こう。そこでおいおい種を仕入れてくればよい。それから、もう一人誰か、できれば古典に詳しい奴を紹介してくれないか？」

「ああ、それならオーギュスト・マケがいい。同級生の中でも主席の出来だった。ラテン語ならフランス語みたいに読めるし、小セナークルで散々喧々諤々やった仲だから、文学的な力は折り紙つきだ。ドイツに行けるというのは本当に嬉しい。ずうっと憧れの地だったんだ。題材としてはコッツェブーの暗殺を使ってみたらいいんじゃないかと思う。学生組合の反乱と絡みにすれば面白い。フランクフルトが中心になるんで、あっちの方へ行って。」

「分かった。お前の名前で作品になるんだから題材もお前の好きなものでいい。それに学生組合とか、反乱とか、俺にも面白そうだ。俺は旅回りしながら紀行文を書くからそいつをパリに送れば旅費ぐらいおつりがくる。マケとかいう奴に関しては任せるよ。なんだかいいパートナーに出来るような気がする。」

『ピキヨ』の客足が落ちるに従ってジェニーはジェラールへの関心を失っていくように思われた。彼女にとって残っているシルヴィア役は習慣でこなせる仕事でしかなくなり今日の演技は素晴らしかったねと褒めたとしても、そう良かったという程度の反応を示すきりで、もう次の『忠実な羊飼い』の役作りに余念がなく、そうなると私室に帰って来てもその振る舞いは香水屋の娘のアンジェリックのようにブルジョワっぽくなってきた。ジェラール自身「ラ・プレス」と「一八三〇年憲章」の両方に記事を書かねばならず、そのためには新しい劇の稽古や上演にも足を運ぶ必要があったし、一方では『カリギュラ』の台本の一部の執筆もしなければならなかった。デュマはしきりにジェラールを誘ってはジェニーやイダ・フェリエの部屋にこもって議論を交わし、『カリギュラ』の台本を仕上げながらもコッツェブー暗殺をテーマとする戯曲の構想と、それに必要なドイツ旅行の計画を練ったりするのだった。ジェニーはそんな時ほとんど二人の会話に入って来ることもなく、二人が夜明けが近くなったことに気がついた時にはもうとうに寝てしまっていた。ジェニーはいつもにこやかで、部屋に入った時には抱擁し、キスしてはくれるものの、なんとなくその感情が冷めていくのが分かる。かといって、それを言葉にするのはもっと怖くてできないのだ。一度彼女にシルヴィアのアリアを歌ってみてくれと頼んだことがある。

「何言ってるの！一晩歌うのは精根を使い果たすってことなのよ。私は本当は帰ったら口もききたくないくらいなの。喉は本当に痛いの。聞きたければ劇場で聞いてね。」

そうして彼女は、二人でいるときにはあの鈴を鳴らすような、小鳥のさえずりのような高音の代わりに、普通に町で出会う女性のように低い、まるで変哲もない声でしか話してくれない。稽古場では何百回となく歌を聞いたのではあるが、それはいつでも共演者や指揮者のモンプーや、座長のクロニエの前であり、彼らの見方はあまりにもプロの音楽家としてのものになってしまう。「あっ、そこで」という声が何度気持ちよく浸り込んでいた夢の世界を中断させたことだろう。むしろ見知らぬ一人の観客として劇場の暗がりの中にいた時の方がはるかに彼女の音楽の作り出す世界に浸りきることができた。

『ピキヨ』の上演中止とともに、デュマはまったくあの劇への関心を失い、次の劇のことしか話さなくなった。ジェニーの部屋で話すこともなくなり、ジェニーは新しい共演者たちと会食したり、話し合いのために部屋を提供することが日常になり、ジェラールがたまに訪れても自分のいる場所がないという居心地の悪い思いをするようになっていた。「ラ・プレス」の記者をむげに扱ったりは誰もしないのだけれども、自分がそういうお客の立場でしかもうないと感じることはつらい。それに『忠実な羊飼い』の作者であるスクリーブと鉢合わせしなくてはならないことはジェラールにとって耐えがたいことだった。ジェニーの出ている劇の評判を貶めたくないという心と、スクリーブに対する嫌悪感は記事を書くときにもせめぎあいとなってのしかかり、スクリーブの方も出会うたびに露骨に嫌な顔をする。間もなく『摂政期の理髪師』の稽古が始まると作者はプラナールとデュポールに変わり、その点は少し緩和された。理髪師の娘だと思われていた者が実はピョートル大帝の娘だったという仕掛けはあまりに突飛なものとも思われたが、ジェラールはこのロシアの伝説的な王が嫌いではなかった。

五十四．ドイツへ（一八三八年）

ストラスブールに着いたのはそろそろ日が高くなり始めたころだった。デュマはもう二週間近く前にベルギーへ向けて出発し、ゆっくりとした北回りでフランクフルトへ向かうらしい。イダ・フェリエに対する傾倒は相当なもので、今度ばかりはこのドン・ジュアンも身を固めるのではないかと思われた。その名声と堂々としすぎた体格でどこへ行っても目立ってしまう男が、これも女優として名も顔も知れた美女を隠すこともなく連れ歩いて見せびらかしているのだ。二人はそのまま二人だけにしておけばよい。ようやく『カリギュラ』の仕事から解放されて久々に自由な気分になったジェラールはこれまでどの地よりも憧れを持ちながら足を踏み入れることのなかった国へ向かってるうっと心が膨らんでいくのを感じていた。朝日を背にして名にし負う大聖堂が近づき、次第にその向きを変えていく。ずいぶんと赤々としているなと思う。町全体が赤らんでいるのだ。昨晩夕陽が沈み切る前に眺めたヴォージュの山々がこんな赤茶けた肌をさらしているところが多かった。きっとあの岩を切り取って使っているのだ。高さでパリのノートルダムを超えているとは思わないが、パリでは他の建物も大きいし、教会の尖塔など一体いくつあるかわからない。ストラスブールは大聖堂以外にあまり目立つ建物がないのだ。遠くから城壁の内にかろうじて連なっているのが見える家々の屋根の中を突き抜けてずんぐりした四角の岩の塊から巨大な針が立ち上がっている。城壁前で駅馬車を降りてルイ十四世の太陽を刻んだ門を通って入っていくと、もう一つ門があり、その後ろに広い兵器廠があった。格子の向こうには数えきれないほどの大砲が並んでいる。いかにも数世代にわたって争いの的になっている国境の町らしい。「ラ・マルセイエーズ」を作曲したルージェ・ド・リールはマルセイユではなくこの町の工兵隊に属していたんだ。その意気が高かったのも無理はない。道は曲がりくねって迷路のようだ。まさに中世がそのまま残っている、と思ったが、市役所付近まで来ると道はにわかにアスファルトで舗装され、武器廠広場にはオレンジの並木がある。まだ緑の果実がちらほらと葉叢の間から覗いている。それにしても、町の外からはあれほど屹立していた大聖堂は迷路の中に入るとむしろ見えづらい。狭い通りの向こうに急に首をうんとそり返さねば見えない高さに尖塔が姿を現す。全体が古いことは疑いを入れないが、かなり最近の修復が入念になされたようだ。表門はびっしりと浮彫をはめ込んでノートルダムにも劣らないのではないかという豪華さだが、キリストを囲む天使の翼のような脆そうなものまできちんとくっついている。ただ内陣に入っていくと壁は漆喰で覆われているばかりで、かろうじてステンドグラスだけがきれいに汚れを落とされて輝いている。この町はプロテスタント勢力の支配が長いので多くの教会は偶像破壊を行った結果内部ががらんどうの伽藍が多く、外見は立派でも内部は見るところが少ない。それでも聖トマ教会だけはピギャール作のモーリス・ザックス元帥の墓があるというので行ってみた。確かに堂々と胸を張る元帥と地下の方から手を伸ばしている死神との間に胸を露にして割って入っている嘆く女性の姿はなかなかの見ものであるが、この人物が女流文学者ジョルジュ・サンドの母方の曽祖父であると知っていなければわざわざ見に来ることもなかっただろう。そう思ってみると元帥を慕い、引き留めようとするフランスを表しているはずのこの女性はどこか『レリア』の作者の面影をたたえているように見えてくる。死に臨んで元帥の目にはこのように母を思わせる女性の姿が見えたのであろうか?

町の中心部を離れると迷路は次第にダンテの地獄のような様相を示し始める。丸帽と髭の男の多いユダヤ人街では、ユダヤ人とはこんなに貧しいものだったのかと改めて思わせる。さらに肉屋が数件固まっている一角に来ると、動物たちの腐肉のついた死骸が無造作に積み上げられ、野犬が群れていて近づこうとするものを威嚇するし、また近づきたくないようなひどい臭気が立ち上がっている。宿はこのようにひどいところにあるわけではないが、「カラス亭」という屋号を見ると腐肉に群がる鳥のイメージが頭にさっと浮かんでしまう。部屋は空いているかと尋ねたところ宿の主人はかなりひどい訛りのフランス語で答えた。わかりにくいのでいっそのことドイツ語を使ってみたが、僕のドイツ語も完全には分かりにくかったらしい、いかにもドイツ語的なアルザス方言で答えが返ってきたが、これはフランス語以上に分かりにくかった。それでも何とかやり取りしているうちに今夜の泊りと夕食が必要ということだけは分からせることができた。

翌日は日曜だった。ゆっくりと起きて外へ出ると昨日には全くない色彩が街にあふれている。赤と黒がそこら中を埋め尽くしているのだがとりわけ赤いスカートの上に黒い上っ張りを付け、蝶々のような黒い頭巾をかぶっている女たちがあでやかだ。さらに金糸銀糸の縁飾りが黒の上っ張りを引き立てている女性は男たちの称賛の的になって得意げだ。ここでは男も女も大柄で見下ろされてしまうことが多いのだが、今日の女たちはにこやかで笑い声もよく聞こえる。一時、つまり昼食時になったので木組みが土壁の中に見えていかにもアルザス風のブラスリを選んで腰を掛ける。肉団子入りのスープが運ばれてくる。赤と黒で着飾った男が六人にわかに背後にやってきたと思うとたちまちにぎやかなヴァイオリンの演奏が始まった。曲はどうもモーツァルトらしいのだが、時折地元のメロディらしいものも交じっている。街中を歩いても大道で絃を聞かせたり管を響かせているものが多い。夜ともなると居酒屋の中を蠟燭でいっぱいにしてダンスを踊ることになる。陽気な町だ。

五十五. バーデンバーデン

ストラスブールの城壁を出て半里も歩くと広い水に出会う。ああこれが国境のライン川だなと思うとさにあらず、支流に過ぎない。この川はそれでも狭い部分に普通に橋がかかっていて渡れるのだが、さらに本物のラインに会うためにはかなり歩かなくてはならない。本物の方はセーヌのシテ島を挟んだあの膨らんだ部分をも超えるような川幅があって、泥に濁った流れが豊かに波打っている。橋はその上に浮かべられた舟を並べた上に乗っているだけなのだ。むろん舟同士は鎖で固く結びあわされているとはいえ橋の道部分もまたゆっくりと船のように動いている。フランス側の税関ではパスポートを見せるくらいで何も言われない。荷物運びたちも橋を渡りきるまではついてくることを許されている。板の継ぎ目の部分に来るとルキイッと大きな音がして、足を挟まれるのではないかと嫌な予感がする。橋全体が蛇のようにのたくっている気がする。毎日通いなれている荷物運びたちが、慣れぬ旅客のおどおどしたふりを見てひそかに笑っているような気がして無理に平気な顔をして渡って行くが顔がこわばっているのを見透かされそうだ。ドイツ側の税関に着いて荷物運びは税関吏にドイツ語で挨拶し、チップを五十サンティーム受け取って帰っていった。税関吏は僕にはフランス語で話しかけてくる。ストラスブールの町の人たちよりはよほどきれいなフランス語だ。ここでいくらかフランをクロイツァーに替える。税関吏はクリッチと発音している。かなりの手数料を取られたが、イタリア国境の露骨なやり方よりはましだった気がする。ドイツ側の荷物運びもフランス語で声をかけてくる。ケールの町の人間はだいたい二言語を話すようだ。道の両側にはずらりとたばこ売りが露店を並べている。なんと一番高級なものはフランスものだ。しかしフランスから着いたばかりの客がこんなものを買うはずはない。これからフランスへ行く者も買わないだろう。多分フランスへ行けないドイツ人たちがここに集まって手に入れるのじゃないかな。ともかく最初に出会う本物のドイツ人なので話してみたい。

「どれがお勧めなんだい？」

「そりゃもうこのパリ風味のやつさ。旦那はバーデンへ行くんでがしょ？　あっちでは高いんだから
ここで仕込んでおかなくちゃ。」

こんなことならストラスブールにいた方がよほどドイツっぽかったかなという気さえする。

バーデンバーデン行きの馬車は昼間だったから景色がよく見えた。右側に山が迫り、左はライン沿いの平野が続くが、時に山中に入り込み、時にラインを見下ろす断崖を通ることもある。道の脇には果物の木が植えてあるのでひょいと手を伸ばせばもげそうだが、今の季節では熟れた実はなっていない。次第に山肌の紫色が増す。御者に
「シュヴァルツヴァルトなのかい？」

とドイツ語で尋ねると、今度はきれいなドイツ語の発音で、

「ええ、シュヴァルツヴァルトです。昔はもっと深くって怖かったそうですがね。」

と答えてくれた。やがてバーデンが見えて来たと言われて右の窓から覗いてみると、びっしりつんだポプラの並木が見え、確かにその背後には家々の屋根が並んでいるようだ。しかし近づいて行ってもなかなか本体は見えてこない。

「まあご辛抱なさって。町に入いりゃすぐによそとは違うのが分かりますから。」

と御者は自慢げにうそぶく。山肌にびっしり生えている針のような杉も整然としていたが、このポ

プラ並木もそれ以上で、きれいに切りそろえられ、余計な葉叢がはみ出ないようにされている。家々もきれいに切りそろえられたかというような窓のたくさんある壁を隙間なく川に沿って並べている。まるで芝居の書き割りみたいだという気がする。中世の迷路のようだったストラスブールとは大違いだ。きれいだが何となくよそよそしい。

「お客さん、このホテルなんかどうですか？」

「太陽ホテルか、いい名だね。」

バーデンバーデンは各国の貴賓が湯治に来る町なのでイギリスホテルをはじめとした宿も豪華で大きなものが多い。ルイ十四世風の太陽をエンブレムにした宿を御者が選んだのは多分フランス人がまずやって来る場所なのだろう。玄関に大きな大理石の暖炉が置かれ、盛んに火がたかれている。案の定フランス語で挨拶され、町の案内もフランス語でしてくれる。町は街道に沿って展開しており、カジノはここでは単なる社交場ではなく賭博場を備えており、温泉の施設と併設されてる。まずはその入り口の「談話の館」と銘打った事務所に登録しなければいけないそうだ。登録しても必ずしも大金を使わなくてはいけないわけではなく、温泉だけを楽しむ客も多い。

「でも是非一度は賭博場を覗いてみられるといいですよ。大物に出会えますから。」

と宿の主人は目配せして見せた。せっかくだから談話の館へ行ってみる。コリント式列柱の立ち並んだ堂々たる建物だ。入り口前のいくつかの箱に植えられた樹木の周囲で山高帽に黒マントを翻らせた伊達男たちが裾の大きく膨らんだ釣り鐘型ドレスの婦人たちともう早速談話を開始している。建物に入ると大サロンと温泉場は別々になっていて、華麗な服装の年配の人たちがまさに劇場の舞台に上るような様子で大サロンへ入っていく。ただ入り口でマントや杖や、その他いかにも劇の小道具になりそうなものは預けなければならない。緑の縁付き大テーブルはサロンの中央を占めていて、周囲にはもう貴顕の方々が座っている。

「さあ、賭けてください、皆さん。もうそれまで。はい決まりました。十三、黒、奇数、前半の勝ちです。」

などと単調な声でディーラーが言うたびに歓声が上がり、ずっと多くため息が漏れている。一人堂々たる体格を赤いマントに包んだ老人が座っていて、その眼はひたすらテーブルの数字を追っているが、その背後にさらに年寄りで禿げ上がった頭に白髭の男性が恭しく立ち尽くしているのが見えた。これが宿の主人の言っていた大物かなとこっそりとその顔をのぞこうとすると老人の鉄の腕が伸びてきて、

「そこの方、大公のお邪魔です。大公の手元に影が落ちてしまいます。」

と言いざま僕を押しのけた。言い訳を口ごもりながら二、三歩退くとボーイが近づいて来て、

「あれはヘッセン大公でいらっしゃいます。毎朝決まった時刻にいらして一万二千フローリン分の勝負をなさるんです。」

「それで、勝たれるのですか？」

「それは日によりますね。すっかりなくしてしまわれる日もあれば、、十万フローリンにも増やして

上機嫌で戻られる日もあるのです。」

賭博場のボーイらしく大金をいとも簡単に投げ出す上客への敬意に満ちた言葉には皮肉の影もなかった。

しばらく見ていて、次はこの数、次はこの色、と頭の中でこっそりやってみたが、さっぱり当たらない。自分にはこの手の才能はなさそうだなと見切りをつけると、もう回転盤を玉が転がる様子もディーラーの杖がチップをかき集めるのも見ていてそう面白いものではないので早々に退散して宿へ帰る。夕食の時間にちょうど良い。何せこの国では正餐が午後の一時なのだから。

賭博をしたわけでもないのに旅費が心細くなってきた。デュマからは次の劇の協力費の一部として為替が贈られるという手はずになっていた。郵便局には確かに局留めで為替が届いていたのだが、なんとそれはフランスでしか支払われないものだった。仕方がないので一度ストラスブールへ戻ることとし、これまでの宿賃を清算したが、そうなると馬車賃を支払ってしまえば手元に残るものがほんのわずかになってしまう。まあ半日の旅で使う金も大してないだろうからそんなに心配はしていなかった。とりあえず大きな荷物は太陽ホテルに残し、ストラスブールへ戻る。往きの逆だから風景がなんだか色褪せて見える。またもう一度逆行程を戻るのだと考えるとそれだけで疲れる。

ストラスブールのエルジェという名の銀行家は黒いあごひげに黒ぶち眼鏡のいかにも商人といった風の男だったが、慎重に手形を吟味した挙句にこの手形を出しているエロワという若い銀行家のストラスブール在住の父親に裏書きしてもらわないと支払えないという。今日中にできるというのでとにかく手形をその事務所において外に出る。向こうから歩いてくるのがどうも知った顔だ。アルフォンス・ロワイエじゃないか。ドワイヤネによく来ていた男だ。

「いや偶然だね。俺はパリから着いたばかりだが、4時間後にはもうミュンヘンに向けて出発するというのに、よく出会う暇があったものだ。」

「僕なんてバーデンバーデンから逆戻りしてきたんだぜ。手形を金にするためだけにね。ここで出会うなんて、ありえないような話だ。」

「これが男と女であれば運命を感じるところだがな。まあ俺は旅から旅へ渡り歩く男だから、ここにいても不思議はないというか、旅の途中で出会うのが普通なんだよ。」

「僕もきっとそうなるよ。ここ三年の間に、イタリアへ行って、ベルギーへ行って、それからドイツときた。」

「それならいっそのことドナウ川を下ってコンスタンティノープルへ行ったらいいんじゃないか？ドイツもイタリアも結局はフランスとそんなに変わらない。みんなフランス語を話すしな。バルカンから向こうはまるで違う世界だぞ。君の筆力をもってすれば必ず読者を惹きつける作品が書ける。それに借金取りも絶対追ってこないしな。」

もともと東方へ行きたいという気持ちはドイツと同じくらい強かった。だからよほど心は動いた。しかし今はそれどころじゃない。ドイツに戻る金もないのだ。

エルジェ氏は銀行家らしい愛想笑いのつもりらしいへの字に曲げた唇でくぐもった声を出した。

「エロワ氏のお父上の言われることはですな、息子はろくでなしだ、というわけなんです。」
「そんなことは僕にはどうでもいい。手形は払ってもらえるんですか？」
「遺憾ですが、お払いはできません。」
「それじゃとにかくこの手形を預かっていただいて、これを担保に五百フランお貸しいただくわけにはいかないでしょうか。」
「この手形は無価値なのです。お返し申し上げますからお引き取りください。」
押しても引いても銀行家は一銭たりとも出そうとはしなかった。さてどうしたものだろう。荷物はバーデンバーデンにある。デュマはフランクフルトにいる。少しでも近づいた方が何とかなるだろう。ともかくデュマに手紙を書いた。せめてものことに詩の形にして送ったのは、文学者は文学でお金を稼ぐ、という形をとりたいとどこかで思っていたからだと思う。
「バーデンバーデンを後に、ともかくも考えた
エロワ氏の力で、エルジェ氏の力で、
せめて運命が丸く閉じるまで
とりあえず六時の船には乗れるだろうって。
希望はかくも洋々たるものだから
太陽亭からカラス亭へと戻っては見たが
運命はストラスブールでいい顔を見せてはくれなかった。

息子のエロワは父親エロワに頼りすぎていたんだって。

だから重ね重ねの不運を嘆きながら。

カラス亭から太陽亭にまたぞろ戻るしかないんだ。」

とにかく残りの金だけで、歩いてバーデンへ戻ってデュマの返事を待とう。でもそれだけではあまりにも心細い気がした。何せデュマの方だって異国の地を浮草のように旅している最中だ。浮草と浮草がうまく連絡を取れなかったら、どうすればいいのだろう？　その時ふと「メッサジェ」紙のアシール・ブランドーが旅立ち前に冗談のように言っていた言葉を思い出した。

「デュマのやつ、旅行記事二十本送るから一本につき百フランで買い取れっていうんだぜ。大した信用貸しだよ。パリにいてすら原稿の締め切りを守らないくせにさ。ジェラール、君もデュマと一緒に回るんだろう？　君が代わりに記事を送ってくれれば、引き換えに七十フランくらい払ってやってもいいぜ。どうせ奴にはピンハネされるんだろうし。」

ポケットの中にはストラスブールとバーデンバーデンで書き溜めたメモがいっぱい詰まっている。よし、これを記事にして送ってやれ。大急ぎで二回分の記事を書き、パリへ送って、すぐに原稿代をバーデンバーデンへ送ってくれないかと書き添えた。これでとにかくデュマかブランドーかどちらかから金が届くのを待つ態勢だけはできた。あとはとにかくバーデンバーデンへ辿り着くことだな。

カラス亭でポタージュだけを夕食代わりに食べて歩いてシュヴァルツヴァルトの中に分け入ってみた。黒い森とは言うものの、そんなに深い森の中ばかり歩くわけではない。時折集落に出会う。炭焼き小屋が多いらしい。ヴィルヘルム・ハウフはまさにこのシュヴァルツヴァルトの炭焼きを主人公にして『冷たい心臓』を書いたんだ。貧しい炭焼きがオランダ人の金の魔力に魂を売ってしまって（つまり心臓ってのは魂のことだろう？　それが瓶詰の心臓で表されるところはいかにもオランダ的という気がするが）ものすごい森の恐怖にさらされながら、生まれ故郷の森の精に救われるって話だった。実際には歩いていると森の恐怖よりは炭焼きの温かさを感じる。ドイツ語で話しかけてやれば、炭焼きもおかみさんたちも顔をほころばせて挨拶を返してくれる。盗賊なんかにはなるはずもないし、彼らがいる限り狼に会ったりもしないだろう。しかし山道は距離以上に疲れる。道行く人は存外多いのだけれど、それも日が暮れるにつれて減っていくのが心細い。大柄な男が一人後をついてくるのが不気味でもあったし、人の声を聞きたい気もした。足を止めて彼が追いつくのを待った。髭が濃いので恐ろしい気がしていたが、考えてみればそれはこちらも同じなのだ。

「ねえ、あなた、夜にならぬ前にバーデンバーデンに着きたいんだけど持ち合わせが二十クロイツァーしかないし、どこか食事の取れる居酒屋でもご存知ではないですか？」

「なんですって？　今夜にはとても着けませんよ。私もリヒテナウで一泊することにしているんで、そこでお泊りになったらいかがですか？」

「二十クロイツァーしかないんですよ。」

「それで十分夕食と泊ができますって。俺はいつもそうやってますからね。」

半信半疑ではいたが、宿が金持ちと貧乏人を相手に二重価格を張っていることは知っていたし、今はとても金持ちに見えない格好だと思ったので、その通りにやってみることにした。リヒテナウというのは家が十軒くらいしかない小さな集落で、ただ一軒の居酒屋はもう扉が閉まっていたが、若者がどんどんと叩くと亭主が開けてくれた。もう眠っていたような感じだったが嫌な顔をするでもなく、夕食も大丈夫だと請け合ってくれた。ただやたらに僕の方にだけよい食事やビールが回ってくるので困惑していると先の若者が耳打ちして、

「旦那、こちらの方と同じ食事と同じ泊り、なんて言ったでしょう。俺たちはそんなこと言いやしない。当たり前ですからね。そんなこと言うのは金持ちの証拠みたいなものだから。」

案の定部屋も主人が普段使う部屋に火まで起こして温めてくれてあった。どうせないものを取ることはできない、なるようになれとすべて受け入れたが、翌朝亭主には金がないことを正直に言うほかはなく、亭主は少し困ったような顔をしたが、

「バーデンバーデンにはお知り合いでもございましょうかね?」

「いや、知り合いはいないが、前に泊まった宿に荷物は置いてある。」

「それじゃあ、このガキを付けますからバーデンバーデンに一緒に連れて行ってください。そこでお支払いいただければいいかと。」

と、騒ぐこともなく出してくれた。ボーイはまだ十代のようだったが体だけは大きい。人懐こい感じで道すがらフランスの話を聞きたがった。自分でもよくは知らねえが十二歳ほどだと思う。国外はおろかバーデンバーデンに行くことすら初めてだ、旅のお客さんたちもほとんど自分たちとあんまり

変わんねえ格好だし、たまにフランスから来たらしい職人がいるっけれどもフランス語しかできねえから話などできねえんだ、と言う。ドイツ語のできる客と自由にものが言えることは彼にとってはめったにない幸運だったわけだ。パリのガス灯に飾られた街路や芝居の舞台、ルーヴルに並んでいる名画の話などしてやると目を輝かせ、自分もいつかはそういうところに行ってみたいと喜んでいた。

太陽亭の宿の主人は前にきちんと清算を受けたことだし、そこそこ価値のありそうな大きな荷物を持った客を信用して二フローリンの宿代を立て替えてくれ、金が届くまでここにごゆっくりとご滞在くださいとボーイの目の前で言ってくれ、僕もボーイもほっとした。二フローリンを大事に隠しにしまってボーイが元気よく帰路に就くのを見送りながら、マルセイユの時と状況が似ているなと思った。今度の方が金が届く見込みは高いのだが、あの時はパリにさえ帰れば金は十分にあった。ただ信用はむしろ今の方があるわけだ。いずれにせよ、当分あの時と同じく夕食しか楽しみがない。図書館の楽しみはないが、シュヴァルツヴァルトの山々を背景にリヒテントハールの散歩道を行きかう紳士淑女を眺めているとそんなに退屈はしなかった。八日目になってデュマから金貨を貼り付けた封書が届き、人質生活を清算することができた。もしブランドーからも手形が送られてきたなら、フランクフルトに回送してくれるよう太陽亭の主人に頼み、ようやく荷物ともども出立することができた。

五十六．フランクフルト

バーデンで船に乗る。マインツに着いて降りると、同じ船にいた行商人が、ここからコブレンツまでの景色がとても良いからこのまま行ったらどうかと勧めてくれる。ハイネの歌っているローレライの岩を見たいのはやまやまだが、ここはマイン川の方へ船を乗り換えてフランクフルトに行かねばならない。見えてきたのは昔の城壁を削って平らにしたとすぐわかる石壁の上の周回遊歩道で、日傘をさした淑女たちや山高帽子の紳士が子供や犬を連れて散歩しているような姿がちらほら見受けられる。彼らの多くは緑に覆われた中の島に向かっているようだ。ベンチやあずまやがあって物売りが飲料や軽食を売り歩いている様子も見える。船着き場に着くと教会らしきとんがった尖塔が百を超える林のように遠望され、大小の帆を掛けた船やはしけが何か大きな物や人を下ろしている。検問はあったがデュマの名前を出すと直ちに通してくれたばかりか滞在場所まで教えてくれた。ライマーと呼ばれる市役所の近くの通りに家を借りているらしい。大通りはいかにも新しいレンガ造りの四角く切りそろえたような正面が立ち並ぶが、中に入るとすぐに中世風の、庇が内側に垂れかかり、木製の聖者らしき像や道路に突き出た金属製の居酒屋の看板が木組みのいかにも不器用に入った不規則な壁の中からせり出してくる。荷物運びはそんな家の一つに案内して、ノッカーを思い切りたたく。顔を出した老女に、

「フランスの作家の旦那が泊まっていなさるのはここだね？」

と念を押してから荷物を狭い階段の上まで上げてくれた。

「よう、やっと着いたか？　きちんと金も届いたんだな。」

デュマは恰幅の良い紳士と差し向かいでソファにかけていたが、ジェラールの方を振り返って鷹揚

な感じで声を掛けた。

「ああ、金貨というのは実に素敵なアイデアだった。途中では散々心細い目にあって、炭焼きしかいない山道を延々歩いたりする羽目になったけどきちんと清算が済んでみればそれも良い思い出さ。役に立ちそうな材料も見つけた。一応のアイデアも作って来たよ。」

「そうか、まあとりあえずは昼飯でも食おう。それから午後はこの町を見て回るとして、夜になったら仕事の話をしよう。」

テーブルに着こうとすると、同席していた紳士が
「私は当地でフランス語フランクフルト新聞の編集長をしているデュランというものですが、お二人にはこれから家で食事をしていただきたいと思いまして。」

と言う。旅の疲れはあったが、すぐ近くだというので荷物だけ置いて、そのままの服装で、デュマとイダ・フェリエと一緒にそちらへ出かけた。イダは黒髪でどこか眠そうな目をした美女で、デュマは太い腕を彼女の肩に回して上機嫌で歩いており、ほんの五十メートル先の家にたどり着くまでにも道行く人々がこちらを見て囁いたり、笑顔で手を振ってくれる。そのたびに有名作家は鷹揚にうなずいている。デュランの家はレンガ建ての堂々とした構えでその二階に広い応接間を持っていて、すでに十人ほどの客が席についていた。食卓に並んでいる雉の丸焼きを見てデュマが、

「シャルル、狩に行ったのかい？」

「うん、いい森があるんでね。よかったら明日にでもいっしょに行ってみようか。」

「そりゃぜひそう願いたい。それにしてもいい皿をそろえていらっしゃる。これは奥方の趣味でしょうね。テーブルや食器棚のつくりも素晴らしい。」

デュマがデュラン夫人にかかりきるのは少し度を越しているように思え、全く左側を向いたままになってしまったので、僕は自然とイダのお相手をすることになった。

「ジェラール、今度の芝居には私の出番はあるのかしら?」

「もちろんですよ。主人公は政治とかかわりのある文筆家にすることになっているんですが、その夫人が、夫が政治にかかわることから自分をほったらかしにしてしまうので悩むという難しい役です。美貌だけでなくしっかりした演技力が必要なので、あなたにしか頼めないと思っています。」

「アレックスも主役にすると約束はしてくれているんだけど、支配人のアンテノールはルイーズを使いたがっているのね。それにジュリエットは強力な後ろ盾があるし……」

「いえ、まさにユゴーが後ろにいるからこそジュリエット・ドルーエは近々上演される予定の『ルイ・ブラス』の主役に選ばれるはずです。ルイーズはまだ若すぎるし。」

「そうなのよ。でもアレックスは『錬金術師』も並行して進めていて、そちらの方の主役も考えていてくれるの。」

「ああ、そっちの劇にも僕がかかわっています。でも僕の名前が出してもらえるのはさっきのドイツの文筆家の話の方なんで、あなたにはこちらにこそ出て欲しいと思っているんだけれど。」

「きっとそれだからこそアレックスは『錬金術師』に私を出したいんだわ。でもどっちがいい役なのかしらね。」

「そりゃ……」

と言いかけて口ごもってしまう。どちらの作品もまだ書きかけだというだけではない。問題になっているルネッサンス座にかかるはずの三つの作品はユゴーとデュマ、それから僕の名前で掛けられることになっている。誰がどう見ても大作家二人の名前を冠した作品の方が当たりを取ると思うだろう。それに僕がいくら自作に自信を持っているとしても、その作品の半分はデュマが書いているのだし、デュマの作より僕の方がいいと主張したくても、そちらの方にも僕が協力することになっているのだ。こうなってみると共作者、それもやたら有名な作者と仕事をするということの惨めさが身に染みてくる。

「ところでジェラール、アレックスって少しデュラン夫人にべたべたしすぎだと思わない？」

「いいえ、そりゃ招かれた家の主婦だからお愛想を言っているんですよ。」

「お愛想にも口先だけのものもあれば、本気で口説いているのもあるのよ。女には敏感に感じられるの。あの女性はまだ若いし、十分美しいじゃない。あの女たらしが放っておくはずがないわ。」

「そんなこと言ってもご主人が目の前にいるじゃありませんか。それにアレックスはあなたと結婚するつもりなんでしょう？」

「そう言ってはくれてるけど。でもそんなこと一体何人の女に言ってきたか分かりゃしない。」

「移り気な男だとは僕も思います。でも今回ほど夢中になったのは間違いなく初めてですよ。いつもなら皆に知られないように苦労して相手の閨房にこっそり出入りする男が、ヨーロッパ中が注目する中でこうして堂々と連れ歩いているんですから。」

「そうねえ、私も何人も恋人を作って来たけれど、彼ほどの才能と、何よりも男を感じさせる人はいなかったと思う。だから今度は自分でも本気になっているの。」

盛りだくさんの料理にラインワインが何種類も出され、さすがの巨漢もかなり酔いが回ったのか大っぴらにデュラン夫人にいちゃいちゃしてイダにつねられたりし始めた。そこへ、大きな鼻で一目でユダヤ人と分かる金髪が頬にまで伸びた老紳士が現われ、手を差し出した。

「ロートシルトと言います。フランス語で言えばロッチルドですな。」

「これは、ヨーロッパ一の銀行家にお目にかかれるとは。」

「いや、それはパリのジャムの方ですよ。いやロンドンのネイサンかもしれないな。フランクフルトは本家なのですが、何せ国の大きさが違う。」

その家族のネットワークがあったからナポレオン戦争の状況をいち早く知ることができて大儲けされたのですね、と言いそうになったのを危うく抑えた。

「そちらはジェラールさんですね、ゲーテの翻訳をなさっていらっしゃる。最近はハイネについても言及なさっているようで。同胞だし、あれだけ才能があるのじゃから、国を捨てる格好になっても気にはかけておりますのじゃ。」

「ええ、翻訳の話も一度あったのですが忙しい時だったのでできませんでした。ローレライの詩は絶品ですし、せっかく近くまで来たのですから、ローレライの岩はぜひ訪れてみたいと思っています。」

「ああ、船で行かれるとよい。川から見れば確かになかなかの岩山です。もっともあれくらいの景色はあの川沿いにはいくらもありますがね。本当のところそんなに古い伝説でもない。昔はあそこには醜い小人の洞窟があるという話があったくらいですのじゃ。ブレンターノという詩人が、男をたぶらかすとして尼僧院へ送られることになった美女があそこから身を投げたという物語を書いて、それをもとにハイネがさらに詩に作り上げたと聞いております。」

「いえきっと詩人たちは昔日の民の魂を感じ取って言葉にしたに違いないと思います。ハイネのドイツ語は古いドイツそのままにピュアで美しい。」

「あの男はハンブルグのザロモンという銀行家の甥でしてね。ザロモンは実の子のように彼に目をかけてゆくゆくは自分の後を継がせようと思っていたらしいのじゃがハリーは銀行業に全く関心がなくての、文学ばかりやっておったようじゃ。それにユダヤ人の血が入っているということでいろいろ差別も受ける。大学教授になりたかったようじゃが、それもうまくいかぬ。そのために改宗すらしておったらしいのだが、取り返しのつかぬことをしたものじゃ。そんなこんなで極めて攻撃的な人柄になってしまっての。プラーテンという男に出生ゆえに侮辱されたと思ったハリーは相手が同性愛者だと暴露してしまったのじゃ。このいさかいで二人ともドイツにいられなくなってしまったのじゃ。」

ハイネの個人的事情はそれほどよく知っているとは言えなかった。会ったのは一、二度で、政治的な亡命者だという思い込みが強く、ユダヤ人だということは知っていたものの、それが彼の生き方や性格にそれほどの影響を及ぼしていたとは思っていなかった。このロートシルトという家にしても、パリのロッチルド氏に大きな会場で何度か遠くから見かけた程度だが、常に気が遠くなるような大金持ちで、優雅な生活を送っているという以外何の感触も持ってはいなかった。ユダヤ人街で見かける貧しく、おどおどした、血色の悪い人たちと、このような、社会を根元で動かしているような特権者たちとの間に何らかのつながりがあるとは考えたこともなかった。しかし考えてみれば『ヴェニスの商人』のシャイロックなど、まさに金貸し、すなわち金持ちにしてしかも惨めなユダヤ人の姿そのものなのだと改めて思い付かされる。

気が付けば会食者たちが談話室でカードの卓を囲んだり、葉巻を加えて興じる中、デュマもデュラン夫人もいつの間にか見えなくなっていた。

夜遅く、ジェラールとデュマが部屋に戻り、食堂で白ワインを置いて向かい合った。

「さて、と、コッツェブーだが、どういう作家だったのかね？　俺はまだ読んだこともない。」

「無理もないよ。翻訳があんまりないし、翻案の上演もない。むしろフランス的なスタイルに近い作家だから、異国趣味で取り上げられることもない。ベルリンの啓蒙作家一派と軋轢を起こしてドイツにいられなくなってロシアに行ったのさ。パーヴェル一世の気に入ってサンクト・ペテルブルクの劇場を任された。皇帝の暗殺後はロシアの総領事としてドイツへ戻っていたんだが、ロシアのスパイだと思われていた。それで急進的な学生たちの怒りの標的になって、その一人のカール・ザンドに暗殺されたんだ。」

「なるほど、そのままじゃあ芝居の種としては使いにくいな。コッツェブーには観客の思い入れができる要素が全くない。かといってザンドを主人公にしたら、テロリストの賛美になってしまってとても上演できたものではないからな。第一どちらの側にもあんまり色気がなさすぎるよ。」

「ああ、僕も使いにくいとは思った。コッツェブーの代わりに良心的な学者を主人公にしたらどうかと思う。それが小国の君主の目に留まって政治の場に抜擢される。だけど現実に政治をやって行けばどうしても理想を裏切るような方向に行かざるを得ないからやっぱり学生には恨まれる。それで暗殺の対象になる。ただ暗殺そのものは舞台に上げない方がいいと思うんだ。ちょうどこのフランクフルトで同じころレニングという名の学生が宰相のイベルを暗殺しようとした事件があってね。この時は格闘している最中に夫人が入って来て、レニングは夫人にピストルを発射したが当たらなかったらしい、これをモデルにしたらいいんじゃないかと思う。」

「なるほど、夫人と暗殺者の間に愛情関係があったことにすれば、これは嫉妬に絡んだ事件にもなるわけだ。」

「そうだね。ただそういう男女のもつれあいなんかはあまり僕の得意な分野じゃないんで。」

「いや、男女のことだったら俺に任せてくれ。それにどんなに優秀な学者だったにせよ、一介の野に住む賢人を君主が引っ張っていきなり宰相に抜擢するなんてことはこのドイツでは起こりそうもない。そんなのはナポレオンにだけできることだ。だからそこにも女を介在させよう。学者をよく知っている宮廷の女が君主の愛人になって、彼を使うように君主に吹き込むようにするんだ。」

「だけど理想を求める純真な学者が、宮廷の女官みたいな人に知り合いを持っているというのは少し変じゃないのかな？」

「学者夫人と友達だったことにすればいいさ。女の教育は修道院でするんだからよくある話だ。学生は結構身分のある奴ということにしてその両方の女に知り合いだったという設定にすればいい。痴情が絡んでくれば観客の思い入れができる立派な学者が何で暗殺されなければならないのかっていう点も納得されるだろう。」

「学生運動の方は僕が引き受ける。秘密組織の聖ヴェーメについてはかなり調べてきた。学生たちが夢中になれて、後で裏切られたと感じられるような政治課題としては、対プロシャ、オーストリアに対抗する小国同盟というようなことにしたらいいんじゃないかと思う。それなら現実性もあるが、上演許可に触れるほど危ない政治テーマでもない。学生集会としては二種類使おうと思う。聖ヴェーメともう一つは酒場の大宴会だ。そういう学生風俗を調べてきてくれたかい？」

「ああ、そいつが今度の旅では一番愉快だった。ボンで最初に学生たちを見かけたんだが、きつきつのフロックコートを着て襟を立て、鼻より大きなパイプをくわえて猫の額みたいな小さな帽子をかぶってやがる。何人か連れ立っているのを居酒屋に連れ込んでビールを飲ましてやったら、それまでしかつめらしい顔で耳障りなドイツ語を喋ってたくせに、もう喜こんじまって少し崩れたフランス語で喋るわ、喋るわ。その学生宴会ってやつだが、学期の初めに親元から金が届く、そうしたら宿だの、大学だのにそれまでたまってた借金を返した残りを一日で使っちまうんだな。学生宿を借り切って、嫌というほどビールを飲む。家具を壊したり、窓を割ったり、もう本当に悪さの限りみたいなことをやりまくるんだが、宿の亭主は学生には寛容で大目に見てくれる。そればかりかまた次の金が届くまで無一文になっちまった学生を置いてやり、食わせてやり、毎日一杯のビールを飲ませてやる。それでいて学生たちは陰ではそういう宿の連中を他のブルジョワと一緒くたにして「ペリシテ人」なんてイエスの仇敵みたいな呼び方をしてるんだがな。自分たちのことはキツネだとか古株なんて美称を使っているくせに。もう一つ特筆すべきは決闘の習慣だな。酔っぱらった学生たちは仲間の誰彼をつかまえては罵ったりするのが日常茶飯事なんだが、そうなったら相手は放っとけない。放っといたら自分が鼻つまみ者になって皆からしたい放題をされるんだ。それで罵られたら即座に相手に決闘を申し込むんだが、介添えは互いに酒場にいる学生なら誰でもいいんで頼み込むと、知り合いだろうがなかろうが二つ返事で引き受けてくれる。そいつらは別の指定された場所へ行くんだが、見物したい奴はついて行ってもいいのさ。双方とも分厚い防具を付けているし、突くことは禁じられているんだから実際に死んだりする奴はほとんどいないのさ。」

「じゃあ決闘は禁止されてないのかい？」

「もちろん禁止されている。だけどここの学生には夜警をすることになってる奴が必ずいる。そいつらが何食わぬ顔で肝心な場所を抑えこんでいて、決闘者に邪魔者がいないことを合図して教えるんだ。」

「そうか、その宴会も決闘も取り込んだら面白そうだ。宴会をもっときちんとした宿屋を占拠してやることにしよう。金はたっぷり払うんだが、それも聞かされてない亭長が怒って当局に連絡する。当局はそこで行われた決闘を口実に介入して取り締まる。」

「なるほど、そこに例の学生を絡ませるのはどうかな。彼は学者夫人の名誉を守るために決闘する。それを知らずに亭主が逮捕する。」

「それを自ら姿を学生たちの前に見せてやることにするか。そうすれば学生たちの遺恨も彼個人に集中することになる。」

「いいね。学者のやることだ。汚い手を使いたがらないだろうから、そこらじゅうでほころびが出るだろう。」

「しかもそういうことに一所懸命になるあまり夫人はますます放ったらかしになって不安に陥る。」

「そうだ、それで一瞬道に迷って夫人が学生を自分の家に入れるという場面を作ったらどうだろう。その時図らずも学生は裏切りの証拠と思える書類を手にする。」

「ああ、そうだ、コッツェブーも、ロシアに向けて作った書類をコピストの手に渡し、コピストがそれをうっかり別の者に見られたことから、裏切り文書が出回ることになったらしい。」

デュマとジェラールの議論は夜っぴて続けられ、前半の女性に絡むことの多い部分をデュマが、学生騒動にかかわることの多い後半をジェラールが書くことで大体合意された。窓の外が白々としてくる頃になってようやく二人は寝に就いた。

五十七．アレクサンドル・ヴェイユ

翌日二人はデュラン氏の仕事場であるフランクフルトフランス語新聞の事務所を訪ねた。デュラン氏は新聞の山に埋もれながら同年配らしい少し禿げた男とジェラールより少し若いくらいの、一見してユダヤ人と分かる青年と話している最中だった。

「ああこんにちは、デュマさん、ネルヴァルさん。こちらは次席編集長のポンペ君。この青年はアルザス生まれでドイツ語が完全にできるアレクサンドル・ヴェイユ君です。」

「ネルヴァルさんと言えば、もともとジェラールの名で『ファウスト』を訳された方ですね。是非一度お目にかかりたいと思っていました。」

デュマがデュランやポンペと話し込んでいる間に同年配のジェラールとヴェイユはすぐに打ち解けた。

「よかったらお近づきの印に一杯やりませんか。表に手ごろな居酒屋があるんで。」

「いいねえ、その方が肩がこらないで話せそうだ。それに僕のドイツ語はまだ片言程度なんで、是非ともきちんとドイツ語ができる人とたくさん話がしたいと思ってたんだ。せっかくドイツに来たのにデュマと歩いているとみんなフランス語でしか話しかけてこないからね。」

二人は新聞社の向かいの居酒屋でビールのジョッキを友情の印に腕を絡ませながら飲んだ。

「どうだい、当地の新聞はよく稼げるかね？」

「なかなか。僕はデュラン氏の秘書兼翻訳者ということになっていて月に五十フランもらうはずなんですが、実際のこのお手当というやつにお目にかかったことなどからっきしないんですよ。」

「そいつはひどい。だけどそれじゃどうしてここに留まってるんだ？」

「いえね。ここにいるとパリのあらゆる新聞雑誌が読めるんで、それをネタにしてライプツィヒの「上流社会」っていう雑誌にパリ通信が書けるんですよ。デュランのやつ、それこそジャーナリストのあるべき姿だなんて言ってすましているんですよ。」

「そういうからくりで奴さんはこの新聞社で稼ぎまくって家には豪華な食器をそろえ、珍味を並べて上流の客を呼べるってわけだ。」

「まあ、このドイツって国はまだ身分制が強固に根を張ってますから、上のやつが部下をこき使ってぼったくっても皆そんなもんだと思ってるんですよ。それでもこの町なんかいい方のようです。フランスに近いほど自由な雰囲気は漂っているらしい。」

「それならいっそのことパリへ来たらいいじゃないか。ドイツ語も英語もできる、おまけにヘブライ語までできるんだろ？　そいつがきっと役に立つから。」

「いやあ、こんな鼻をしているとその点は隠しようがない。でもそのことで卑下なんかしてません。親父は僕をラビにしたかったらしい。その手の学校に入れさせられて、ヘブライ語も勉強させられました。でもそんな窮屈な生活を一生して行く気にはなれなくてね。僕は文学に魅入られていたから。」

「そいつは僕と同じだな。僕の親父は息子を医者にしたかったのさ。一緒にコレラ患者の診療に回ったこともあるんだ。でも解剖の授業ばっかり見ていると胸が悪くなる。あの臭気が鼻について夢にまで出てくるんだ。」

「僕がトーラを暗唱させられている夢にうなされるようなもんですね。僕もそれが嫌なあまりゲーテやシラーやレッシングばっかり読んで、それに、とここだけフランス語に戻って、フランス語は喋る方はアルザス訛りでこの通りひどいけれど読むのはドイツ語と変わらずにきちんと読めるし記事だってどちらでも書ける。ドイツ語のできるユダヤ人はどうも同じような傾向が見えるらしくて、ライプツィヒでは僕の記事はハイネが変名で書いているんだなんて噂を立てられているらしい。」

「そいつは大したもんだ。ハイネの翻訳も頼まれてるんで、君が手伝ってくれるなら大いに心強い。それだけ才能があるならパリへ来たって十分食べていけるさ。」

「でも何せこの訛りはパリで通用しないでしょ！パリではお喋りで太刀打ちできなきゃ文学で食っていけるはずはない。それに恋している人もいるしね。」

「うまく行っているのか？」

「人妻なんですよ。足繁く通ったり、恋文をこっそり渡したりなんかもやってると腹を立てたふりするけど、受け取ってはくれているらしい。」

「でも一向に進展がないんだろう？　それならいっそ断念して他へ行っちまうんだな。そうすればかえって向こうが亭主のもとを飛び出してついてくるかもしれん。」

「それもまた大変だ。一人で外国で食べて行くのもおぼつかないのに二人を食べさせなきゃならなくなるじゃないですか！」

「なあに、それくらい何とかなるさ。泊まれる家はいくつもある。僕なんかだって、自分のとこよりテオの家に泊まることが多いんだ。彼の顔は相当なものだし、ユゴーやメリーやジラルダン夫妻なんかにも紹介できるよ。それにドイツ系だから音楽もできるだろ？　音楽院でテノールとして売り出すことだってできるさ。」

「そう言ってくれるのは本当にうれしい。決心がつく時が来たら手紙を書きますよ。とりあえずここでは僕の方でできるだけお世話をします。フランクの近郊なんか行ったことありますか？　昔のユグノーが住み着いた町なんかいくつかあって、そこの住民はフランス語を話してるんですよ。」

「そいつは面白そうだ。ここにはコッツェブーの暗殺を調査に来たんだけどその合間にそういうところを回ってもきっとその内話の種になるだろう。」

夕食にはロートシルト氏が招待してくれた。銀行家自身は急用ができて同席しなかったが、夫人とかかりつけの医者だという四十過ぎの男性が一緒だった。

「お二人がザンドとコッツェブーについて調べているということをお聞きしましたんでね。私はイエナの学生時代にザンドと同級だったんですよ。」

「それはすごい。是非お話を伺いたい。どんな人だったんですか？」

「カールは優秀な学生でした。信仰も深かったし、家族思いでね。家族のほうでも彼を心から愛して、学生生活を支えてやっているようでした。」

「当地の学生と言えばビールに目がなくて、勉強よりも剣術の方に力を入れるような人が多かったと聞きますが。」

「いえいえカールはそういった手合いとは全く違いました。神学上の論争が得意で周りの者を感心させるやり方で何時間も話をすることもよくあった。それに純真なだけに一途に思いつめるところがあったんですね。毎日日記をつけて感じたことや考えていたことを書きつけていたんですが、コッツェブーの裏切り文書を読んだ日にはコッツェブーのような裏切り者の胸に匕首を突き刺す勇気のある者が我々のうちに一人もいないのは驚きだなどと書いています。」

「その日記を読むことはできるでしょうか？」

「実は写しを一部持っています。後で見せてあげましょう。」

「それは有り難い。」

「その時から彼は普通の勉強に身を入れなくなり、解剖学の授業にばかり出るようになった。なんと人を死に至らしめるにはどこを狙うのが効果的か知るためだったのですね。ある時私が扉を開けたとたんに彼がペーパーナイフをもって私の顔めがけて躍りかかって来たので、びっくりして思わず両手で顔を守ったのですが、彼はにこっとしてナイフを下ろして、『ほら、人を殺そうとしたらかばうだろう。その瞬間に心臓を突けばいいんだ。』って言うんです。」

「天才的な発想だ！それにしてもあなたは何とも思わなかったのですか？」

「いえ、驚きはしましたけれど、あくまで実験の一種だと思っていましたからね。心理学の実験と称して突拍子もないことをやる学生が時々いたんですよ。そのうちに彼が旅に出るからと言って大学を辞めると言い出し、友人たちでささやかな送別会を催したのです。皆途中まで送って行こうと申し出たのですが、彼は固く断った。後で巻き添えにすると思ったのでしょうね。それで彼はただ一人マンハイムに向けて発った。町に着くと宿をとってから十時頃コッツェブーの家を訪れたようですが、朝の散歩に出かけたと言われて、城の遊歩道へ行ってみたのですが会えなかった。そこでもう一度家へ戻って、客と昼食会を開いていたコッツェブーの扉をたたいたのですが、二度訪ねてきた青年のことを聞いて主人が下りてくるなりさっき言ったやり方で直ちに襲ったのですね。見事に一撃で仕留めたのですが、死ぬ前にかすかに小さな叫びを上げることはできた。それを聞きつけて六歳になる娘が飛び出してきて、血まみれになった体に抱きついて「お父さん」と泣き崩れました。罪のない少女の純粋な慟哭を前にカールも動揺してその場で匕首を自分の胸に突き刺したのです。ところがこれは他人の胸のようにはうまく行かなかった。突き刺してどくどく血が流れているのに倒れることもなく呆然と立っていたのです。そこへ娘の泣き声を聞きつけて家人や召使が次々出てくる。カールはとっさに家から出て、兵士たちが近くにいるのに気付き、そのまま跪いて神に祈りをささげた。しかし神は彼が自殺者として終わることを望まなかったのですね。兵士たちは彼を病院に運び、カールは耐えがたい苦痛に責められつつ二か月も生きていたのです。ドイツの民衆には彼を聖人と崇める人も多かったですし、当局にも彼に恩赦を与えた方がよいと思う向きはあったのですが、ロシア側は強硬に暗殺者を処刑するように求めてきた。それで最後は処刑されてしまったのです。」

「壮烈な最期ですね。」

「カールの墓には墓碑銘すらないのですが、野生の梅の木があるのが目印となっていて、ドイツ中から巡礼が絶えないということです。」

「ああ、それは是非とも見たいものだ。コッツェブーの家にはもちろん行ってみるつもりですが、ほかにマンハイムで訪れるべき場所はありますか？」

「カールを処刑した人の息子がマインツで今でも父と同じ職業をやっています。ヴィドマン博士という人です。紹介状を書いてあげましょう。」

「死刑執行人ですか！」

デュマは露骨に嫌な顔をしたし、側でもっぱら聞き役だったジェラールも驚きを隠せなかった。

「フランスの方々が死刑執行人に対して人非人を扱うような偏見をお持ちらしいというのは存じています。ですが当地では執行人は外科医扱いで普通の人と会食もします。そもそも滅多に死刑など行われないので普段は全く学者のような生活をしている人です。」

「ほう、外科医ですか、なるほどね。」

つまり合法的に人の生命を取ることができるのは死刑執行人か外科医しかないですからね、という言葉を危うくジェラールは呑み込んだ。デュマは頑丈な男だが旅を重ねて疲れていたのか、瀉血をしてくれないかと医師に頼んだ。ところが驚いたことに、ドイツでは瀉血は床屋の仕事で、医師は緊急の場合でもなければやらないという返事だった。

五十八．亡命者の村

ジェラールとアレクサンドル・ヴェイユは二人だけでフランクフルトの酒場をはしごしたり近郊のドルンスハウゼンという名の新教徒のユグノーがルイ十四世の迫害を避けて移住したためにフランス系の住民ばかりでできている村を訪ねたりした。酒場の主人は子供たちが二人からおみやげをもらって走り回っているのを

「貴殿たちのもてなしでいたみいるあまり、あの子らは道化者のように戯れまわっております。」

などとモリエールの喜劇ででも使うような古い言い回しをさらりとして見せたりした。二人は酒場の妙な会話のやり取りを楽しみながらドイツとフランスの文学の話で盛り上がった。

「ドイツロマン派というのはですね、ヴィルヘルム・シュレーゲルが発明したものですけど、とにかくやたらに観念的で分かりにくい。それも仕方がない部分はある。古典主義を理論化したボワローは目の前にコルネイユだのモリエールだのラシーヌだの、申し分のない立派なお手本がいて、そういう人たちをきちんと検討していけば古典主義の理論なんか後付けでできる。ところがシュレーゲルが考えたような作品はどこにもない。当時のドイツでまともな作品と言ったらゲーテのものくらいしかないのに、シュレーゲルはあれを理論化するつもりはなかった。ゲーテもシラーも申し分ない作品を書いているけど、ほとんど古典主義理論の応用で解けるところがあるからね。ゲーテは多分ヴォルテールなんかよりはるかに古典主義の真髄を理解していて、それを小説という新しいジャンルでやっての

けたりしただけだ。シュレーゲルの方はなんだかとてつもない美の世界みたいなものを夢想していて、そいつを何とか表現しようとするんだけど、他の人間にはそれがさっぱりわからない。例えば新しいロマン派の美はアラベスクだなんて言われてもね。」

「アラベスクって、アラブ人が偶像崇拝ができないからって絵の代わりに文字を崩した装飾のことだろう？　それがどうして文学に応用できるんだ？」

「だから分からないんですよ。ただ、飾りであることが大事らしいんだ。」

「そうか、もともと文字なんだから何かしら意味していることはあるはずだ。でもその意味よりも形の美しさの方が大切だって言いたいんだろう。」

「ええ、そんな風なことを言っていたようですよ。シュレーゲルの本は講義録などという形で書いてあるんだけど、実物を一緒に読んでみましょうか。」

　給仕が顔を出して一言尋ねた。

「紳士様方、お代わりをお持ちしましょうか？」

「いいね、一杯ずつもらおう。」

「聞いたかい、あの古風な言い方。パリでなら、旦那方、もう一杯どうですか、とでもいうところだ。ルイ十四世の世界ではきっとあんなのが普通の話し方だったんだよ。あれを聞くとモリエールの『町人貴族』を思い出すなあ。なんでも貴族の真似をしたがるジュールダン氏が娘を貴族にしかやらないと言い張るんで、ブルジョワの求婚者がトルコの貴族に化けて娘に求婚して見事に馬鹿親父の鼻を明かす話さ。あそこでインチキのトルコ語が飛び交うだろう。もちろんあれは笑うべき話だけどさ。トルコ人が僕らの会話を聞いたらチンプンカンプンできっとあんな風に聞こえるんだろうし、案外そういうでたらめに見える会話で結構話が通じるんじゃないかって思うね。実際僕はイタリアへ行ったけど、イタリア語なんてしゃべれないのに、フランス語や時にはラテン語の語尾だけイタリア風にボーノだのスプレンディーだのとかやってのけるだけでなんとか旅してきたものさ。言葉ってやつは実はもともと同じものだったのが分かれたんじゃないかって、常々そう思ってるんだ。」

「そりゃ旧約のバベルの塔の話じゃないですか。でもあの話では神が人間の傲慢を怒って人々の言葉を乱したところ、たちまちにして人々の言葉は全く通じなくなったことになってる。」

「神は永遠だからね。神にとってのたちまちは人間にとっちゃ長い年月だったりするのさ。本当のところ言葉が乱れたのはずいぶん年月を重ねた末だったんだろうと思う。」

「そう言われれば、ドイツ語とアルザス方言なんか、本当に似てますからね。」

「ドイツ語とフランス語にしたって、読んでいりゃ最初に思ったほど違っていないんじゃないかって気がしてくる。だからさ、さっきの話で言うトルコとか、もっと先のエジプトとか、是非行ってみたいと思うんだ。」

「ふーん、ずいぶん冒険心があるんですね。僕なんかパリに行くということだって全然決心がつかないのに。」

「とりあえず東方の入り口という意味ではウィーンなんかいいんじゃないかな。あそこならドイツ語で行けるし、僕も行ってみたいと思っているから、君が行ってくれれば水先案内人になってくれるだろう。」

「そうですね、ウィーンくらいなら手始めとしてはいいかもしれないです。」

五十九．発覚

二人がさらに足を延ばして遠出しているうちにデュマはフランクフルトを引き払ってザンドの処刑人のいるマインツへ向かってしまった。デュラン氏も同行したというので、秘書のヴェイユもジェラールと一緒にマインツへ向かった。マインツのホテルでは、デュマとイダ、デュラン夫妻、それにジェラールとヴェイユがそれぞれ部屋を取った。ヴェイユは新しい友に夢中になってジェラールの部屋へ夜を過ごしに来た。二人がライン風のワインをちびちびやりながら話していると境目の扉がギシギシきしみながら開いて、デュマが寝間着姿で抜き足差し足で入ってきて、何かに躓いてバタンと倒れた。

「あなた、どうしたの？　どこへ行ったの？」

というイダの声が聞こえる。とたんにデュマは大きな体を丸めて右足を抱え、

「足がつったんだ。痛くてたまらないよ。」

と七転八倒し始めた。足音が乱れて蠟燭をともした部屋着姿のイダが現われ、まあ大変と大声で宿の者を呼び出し、寝ぼけ眼で駆け付けた支配人に訳を話してお茶を一杯大至急煎じてくれるように頼

んだ。デュマはびっこを引きつつイダの後について行きながら、こっそりジェラールに、

「この扉の立て付けの悪さは何とかしてくれよ！」

と耳打ちした。彼が隣室に戻ったところでジェラールとヴェイユは声を殺して腹を抱えた。

「君も分かったかい？」

「征服男の面目躍如ですね。なんでデュランがデュマの後をついて、夫人まで連れてきたのか、やっと分かった！」

「この部屋は廊下がなくて、次がデュランの部屋だからな。それにしても、熱愛中の恋人を連れ歩いているっていうのに、本当に見境がない男だ！」

翌朝、朝食の場でデュマはかなり不機嫌な様子だったのでジェラールはてっきり昨夜の件が尾を引いているのだと思った。すると大男はいきなり険しい顔で郵便で届いたばかりのメッサジェ紙を突き付け、

「おい、これはどういうことなんだ！」

と大声を出した。

「お前の旅記事が載っているじゃないか！道理でブランドーが俺の記事の前払い金を送ってくれないと思ったよ。この旅行の資金はメッサジェの原稿料で賄うって、最初からその約束だろ！この前送ったルイ金貨だってそいつを当てにして出したものなんだからな。このままじゃ全く出費だけの旅になってしまうじゃないか！」

いつかこんな時が来るはずだというのは頭のどこかで分かっていたはずなのに僕は告白を先に先にと飛ばしてきたのだった。

「すまなかった。でもストラスで為替が振り出せなくて無一文になった時本当にどうしてよいか分からなくなった。あなたは旅先なんだし、為替を送ってもう済んだことと思っているはずだし、手紙があなたが移動する前に着くかどうかも分からない。ストラスにもバーデンにも知り合いはいない。たまたま太陽亭の主人はつけで置いてくれて、途中の宿代まで立て替えてくれたけど、旅の途中ではすべて計算できなかった。旅行前に着てたジャケットを覚えているだろう？　あれは気に入ってたんだが、ストラスで売って旅費の足しにしたんだ。で、ほかに遠隔操作ができるのはあそこだけだったからブランドーに手紙を書いて、記事を送ったんだ。」

「俺が我慢ならんのはな、何も金だけのことじゃないんだ。お前は結局俺を信頼してないってことだ。俺がブランドーと原稿料のことでもめてるってことは分かってたはずだ。だから奴が俺に払わず、その結果俺がお前に払わないんじゃないかと疑った、そうだろう？　確かにお前が原稿を送らなかったところで、ブランドーの奴は金を送ってこなかったかも知らん。そんな奴だ。だが、たとえそうなったって、俺は自分の信用のありったけを使ってここで金を集めて、お前を旅先で行き倒れになるままにしておくようなことはせんよ。そんな男だと思っているんだな、お前は！」

「まあまあ、アレックス！」

声の大きな争いを聞いて下りてきたイダが割って入った。

「ジェラールは謝っているんだし、もう済んだことなんだから、許してあげなさいよ。仲間割れしていたら、いよいよできる仕事もできなくなって困るだけじゃない。どっちの仕事も、私が出してもらうかもしれないものなんだし、できなかったら私も困るわ。だから、もう終わったことは済みにして、これからのことを考えてね。」

デュマはそれでも不足そうな顔でしばらく黙っていたが、ようやく少し顔色を和らげて、

「分かった、お前の言うとおりだ。ジェラールには「演劇界」の時前借した通りの記事を書かなかった負い目もあるしな。ここは負けておこう。その代わり、今度の旅行記を本にまとめるときにはお前の記事をそのまま使わしてもらうぜ。それから、コッツェブーの劇はお前の名前で出すんだから、利益折版はそのままでいいが『錬金術師』の切符分はすべて俺がもらうことにするからな。文句ないだろ！」

寛大な男だと思った。僕は弱々しく微笑みながら彼の手を握り、相手はいつもの流儀で痛いほど強く握り返してきた。

マンハイムからハイデルベルクをたどる道筋でデュマがそれまでに比べて明らかに冷たくなったのを感じないわけにはいかなかった。彼も当面は協力者を必要としていると考えているらしく、無視したりはしないし、夜はいつも『レオ・ビュルカール』と名付けることの決まったコッツェブーの劇と『錬金術師』の細部にわたって、原稿を何十枚も書きつぶしながらの作業が続いた。こういう場所でのデュマはいつも真剣そのものだった。しかしそれ以外での場所では、たとえ微笑を向けてくること

があっても、それは同席者を巻き込んでのもので、心からのものでないと感じないではいられなかった。感情を押し殺したりするのは下手な男なのだ。幸いいつも誰かが、それも何人もデュマの周りには群がっていた。

マンハイムではかつてデュマの芝居に出演したことのあるイェールマンという男優が挨拶に来て、彼の演ずる『リア王』を観に行ったが、例によって観客も俳優もこぞってデュマの方に向かって立ち上がって拍手を送り、桟敷には当地の市長をはじめデュマ自身あまり好きでない高位聖職者まで押し寄せ、デュマが僕のことなどまるで忘れて上機嫌にしているのでほっとした気分になれた。コッツェブーの家も訪れ、持ち主は変わっていたが、一応見学はしたし、ザンドの処刑人だけでなく、収容した病院の院長の話まで聞くことができ、デュマはこれを旅行記に使うべく詳細なメモを取っていたが、芝居そのものにとってはもうそれほど重要なことではなくなっていた。ただ、ザンドの誠実さ、紳士的な態度はますます印象付けられたので『レオ・ビュルカール』の学生も同様のキャラクターにすることが自然と二人の方針になっていった。その性格と暗殺の試みを両立するために学生の秘密集会の恐怖の儀式は重要度を増し、選ばれたフランツの苦悩を描かねばならないのだが、これはむしろ楽だった。僕にとって恋する男の心よりも苦悩する青年の心の方がより親しく、内面に沿って理解できる気がするのだ。

六十.『レオ・ビュルカール』

パリに帰ってみると事態は面倒なことになっていた。ルネッサンス座支配人アンテノール・ジョリは当初ジェラールに対してずいぶん好意的で、彼が頼んだ「メッサジェ」紙のための招待席なども随分と増やしてくれたりした。次第に会うことが難しくなったのは多分『ルイ・ブラス』の初演の準備に忙殺されているのだろうと思い込んでいたのだが、ある日事務所に通されると、突然一枚の誓約書を取り出された。読んでみると『レオ・ビュルカール』は劇団に受理されたが上演は強いて求めないことをネルヴァル氏とデュマ氏は了承する、と書かれている。

「これは何なんですか？」

信じられないという面持ちでジェラールは叫んだ。

「申し訳ないが、シナリオをよくよく検討してみるとどうもこの劇は政治的に問題がありすぎるようなんだ。検閲はとてもオーケーしてくれないだろう。特に学生秘密集会のところがね。それに背景も衣装も費用が掛かりすぎる。この劇場を発足させるためにずいぶん借金している。こんなに文学的で難しい芝居にそんなに多くの観客が集められるかどうか自信が持てないんだ。」

支配人はまだそれほどの歳でもないのに薄くなり始めた頭を抱えて苦しそうな顔で訴えた。

「でもアレックスはそれでいいって言ってるんですか？」

「何とか納得してくれたよ。ほら、ここにサインがあるだろう。」

初めての自分の名前で公になる作品だからこれまでのような曖昧な筆名ではいけないと思い、祖父から受け継いだ遺産の中に小さな囲いの土地があったのを使ってネルヴァルという名前で初めて署名したのに、その名前がこんな契約書にしか現れなくなってしまうということがあまりに情けなかった。ネルヴァルの名の後に書かれているデュマの名前のところに確かにもう署名がされている。ひょっとしたらこれがデュマの本当の復讐なんじゃないだろうか？　自分の名前で出せない、利益も半分にしかならない劇をお蔵入りにさせることが。出来上がった戯曲のほぼ半分はデュマが書いたものなのだが、あれだけ多産の作家にとって、この程度の仕事は捨ててしまってもよいものなのだろう。ジェラールは数日前の打ち合わせの後で、ワイングラスを前にデュマが言っていたことを思い出した。

「ジェラール、お前大使館付きの書記官をやったらいいんじゃないか。そうすればドイツにもしょっちゅう官費で行けるし、向こうの上流社会にも簡単に入れる。劇作をやることは役職の邪魔にはならないからな。むしろ箔が付くくらいのものだ。アンリ・ブラーズ・ド・ビュリを見ろよ、うまくやってるじゃないか。」

「本気で言ってるのかい？　そんなことをすれば文学はやっぱり片手間仕事にならざるを得ないじゃないか。考え方もいつだって官製の、政府の御用掛みたいなものになってしまうさ。僕はきちんとしたものを書きたい。君やヴィクトールみたいに名前が後世に残るようなものを書きたい。そうでなきゃ父の反対を押し切って、祖父の遺産を使い果たしてまで文学をやって来た意味がない。」

「まあ、それは分かるけどな。」

あれは親切めかしてはいるが、本当のところ一種の厄介払いだったのではないだろうか。マケがジエラールを介して戯曲の共作者となってくれと頼んできたのにはデュマは二つ返事で承諾した。そればかりか、第一作はマケの名で出してくれて構わないという。

「ほかならぬお前の頼みだしな。それにそのマケってやつは他でも試してみた。青年フランス党で、ドワイヤネの仲間の一人だろ。書く力にも間違いはなさそうだ。」

その時はマケのために素直に喜んだのだが、自分の時と比べて条件が良すぎる。それが僕への当てつけだったのではないか？　いやそれだけではない。もうお前と組むのはやめる。これからはマケを協力者にするよ、という含みだったのではないか？

ジェラールはその足でデュマに会いに行った。

「アンテノールの言い分を認めたんだって？」

「ああ、俺も頑張ったんだが、奴さんずいぶん怖がっちまってね。奴は検閲官のヴァリー兄弟と親しいから内々に感触を得てるんかも知らん。残念だけどな。それで、サン・マルタン門座のアレルが先日何かないかって聞きに来たことがあってな。あいつは今出し物に困ってるらしいんで、相談に行ってみたらどうかな。」

「アレルだって！　前にオデオン座に『阿保の王』を受領してもらった時に、奴の一存でお蔵入りにされたんだぜ！」

「いや、あの時と今ではお前の重みが違う。お前が『ピキヨ』の事実上の作者だってことは劇場関係者なら誰でも知ってる。それにその時の劇は一幕もののほんの軽いものだろ？　『レオ』は内容的にもそれとは比べ物にならないからな。よかったら俺から一言奴に言っといてやるよ。」

ずいぶんとあっさりした言い方だ。それでもアレルを紹介してくれるのはデュマとしては好意を見せたつもりなのだろう。アレルへの伝言をその場で書いてもらい、ジェラールはその足でサン・マルタン門座へ向かった。アレルは灰色がかって薄くなった髪を掻きながら何人もの係と打ち合わせをしていてなかなか対応してくれる様子がなかったが、デュマの伝言を渡してもらうと、ようやく顔を上げてこちらへ来てくれた。

「これはまたこんな時間に何の御用ですか？」

「デュマのメモを読まれたでしょう？　彼と二人で書いた『レオ・ビュルカール』という劇の脚本を持っているんです。ルネッサンス座で上演する予定だったんですが、あちらがだめになったもので、こちらで上演してもらえないかと思って。」

「その劇のことなら、もうだいぶ前から新聞に出ていますよね。いつルネッサンス座にかかるのかと思っていたのに、そうなったんですか。アンテノールはどうして取りやめたんですか？」

「政治的な作品なんで、検閲に引っかかるんじゃないかというんです。」

「本当にそうだとすると、どこに持って行っても同じことになるんじゃないかな。」

「だから、それを読んで判断していただければと思うんです。必要ならいくらでも書き直します。」

「書き直しはどちらがなさるんですか？　それとこの脚本はあなたの名前ですよね。デュマの名前は出せないんですか？」

「アレルさん、二三年前に『阿保の王』を持ち込んだ時のことを覚えていますか？　あの時、委員会が受理した作品をあなたは上演してくださらずに僕にこう言われました。あなたには才能がある、今こんなものを無理に上演すれば、この程度の作家として一生つまらない評価を受けることになる。もっと大きくなっていい作品を書いてきてください、てね。デュマとは『ピキヨ』でも一緒に書いたんですが、今作は僕の名前で出させてくれています。つまりデュマも今では僕の筆力を認めてくれているってことだと思うんですよ。作品の後半部分は僕の手で、そこに政治的なところが集中しています。ですから政治問題を書き直すということならまさに僕がすべきなんですよ。」

「分かりました。あなたの作品が大きくなって戻ってきたのかどうか拝見させていただきましょう。夜にまた来てください。」

アレルは夜になって、いいでしょうと決心したような顔で告げた。

「アンテノールの危惧はもっともだ。検閲に引っかかる可能性はある。しかし私も文学として価値のある作品を出し続けてきた自負はある。今はユゴーもデュマもルネッサンス座に拠点を移しつつある。このままブールヴァール劇場並みに堕ちて行くのは本意ではない。検閲に引っかかったならどうしたらかいくぐれるか、一緒に考えましょう。」

新しい扉が開いたような気分だった。デュマが興味を失いつつあるこの作品こそ、まさに自分が独り立ちする記念となる作品になるだろう。フレデリックやイダに演じてもらいたい気持ちはあったもののの、この劇場のメラングは若手の有望株だったし、マルグリットをやってもらう予定のテオドリーヌも売り出し中の若手の美人女優だ。アレルはオペラの背景画家として定評のあるチチェリに背景を頼んでくれると言った。彼の鬱蒼とした広大な空間の色調は学生集会にはぴったり来そうだ。

検閲の結果はやはりノンだった。政治色が前面に出すぎているし、それが現実のドイツの諸政府やフランス政府をあてこすっているように見えるというのだ。ジェラールはすべての手直しを一人でやることをデュマに通告し、デュマもそれで構わないと言った。まずは地名をぼやかすことだ。ドイツには小国はいくらでもある。中心となるフランクフルトは動かせないが、ライプツィヒとかヴュルツブルクとかへの言及はやめよう。レオ・ビュルカールも政治に熱中する学者では現実に学生運動を使嗾している教授たちに重ねあわされてしまいかねない。むしろドイツ連邦を夢想している単なる理想主義者の方がいい。それが匿名で投稿していて、その雑誌が発禁処分にあう。夫人のマルグリットはその時まで夫がそんなことにかかわってるのを知らず、平凡な家庭生活に満足している。発禁処分が公になって、レオが責任感から編集長のかぶっている投獄や罰金を引き受けると言い出し、それを知ったマルグリットの友人のディアナが大公を舞台に引っ張り出す。ディアナの兄のヴァルデックが芝居の前半を引き回す役を果たしていたが、これでは政治的色彩が強すぎる。この人物は殺されても文句が言えない傲慢さを示すように描いてきたのだが、それではかえって学生たちの処刑を正当化してしまう。むしろほとんど信念のない、感情に引きずられる弱い個人にした方が効果としても良い。大公の愛人としてのディアナを前面に出して、宮廷政治的な面を強く出すことにしよう。一方でまた政治以外の面でも手を加える必要性があると思えた。いろいろ人間関係を変えねばならないとなるとデュマの設定は保てない。フランツが最初ディアナに恋していたのに、ディアナが大公と恋愛関係にあることが分かったとたんにそれまで相談役だったマルグリットに愛を囁くなんていうのは身勝手すぎる。デュマは自分がそういう多情な性質だからそういう男を考え付くのだろうけれど、女性からすればそんな都合のいい話は信じられないだろうし、観客にしてもそんな男に思い入れはできない。フランツは単なる悪役になってしまう。それではカール・ザンドの誠実さにドラマを感じてモデルに選んだことからも遠くへ行きすぎる。最初のシナリオで一番違和感を覚えていたのはここだったんだ。フランツとマルグリットは幼馴染で淡い恋を感じていて、フランツが学生として離れて行ってから忘れてしまった。しかし再会して、男は再び恋に目覚める。でももうマルグリットにはレオしか眼中になくなっている。うん、その方が僕には実感できる。フランツがしきりにマルグリットの愛情に訴えようとし、女に別れの言葉を最後に伝えようとするその時に、レオが秘密集会のことを嗅ぎつけた証拠をその部屋で目にして摑み取る。そうだ、フランツも夫に対して特に恨みがあるわけではない。だから彼は暗殺を良しとしないで決闘を申し込む。だがレオが拒否する。そればかりか、マルグリットが現われて、フランツが夫人と密会したと偽って決闘を強要しようとするのを妨げる。フランツは絶望して自殺しようとする。ああ、それが一番いい。見ているものはレオにもフランツにも思い入れができるだろう。マルグリットは弱さも見せるが最後は毅然とする。三人はいずれも人間的に崇高な人物だ。これなら納得されるし、何とか検閲官もかわせるだろう。

しかし検閲官は首を縦に振らなかった。『レオ』は何度も予告され、俳優たちの稽古も進んでいるのに、上演の見通しが立たなかった。鬱々とした気持ちで稽古場を出てくると、アレルが合図を送っている。一緒に並んでいたのはヴェロンという「憲法」紙の編集長だった。「パリ評論」に彼がいた時代に少しは面識があった。

「ジェラール、ヴェロン氏がおっしゃるにはだな、こういうことは内務大臣に直談判してみるに限るっていうことだ。氏が紹介状を書いてくれるそうだ。」

「でも内相だって、ただ泣きつくだけで許可を出してはくれないでしょう。」

「いえね、本当のところ検閲側には弱点があるんですよ。検閲が復活した時には二年間の時限立法だったんです。それから三年間更新されてないんですから、本当は違法なんです。」

「なるほど、でもそういうことは文筆家協会から言ってもらうべきことでしょうね。」

「それは期待薄ですけどね。」

事実協会幹事のルフェーブル氏はジェラールの陳情を受けても、協会はそういう面倒にはかかわりたくないと言うばかりだった。ジェラールは覚悟を決めてヴェロン氏の紹介状を手に内務省を訪れた。係りの役人は馬鹿なことを言いに来たのかと鼻であしらう態度だったが、ヴェロン氏の紹介状を見ると少し考えて中に入ると、戻って来て、とりあえず次の間で待てと言った。小一時間して順番が回ってきて入ってみると、今まで検閲の意見を言い渡されに会ったことのあるジュール・ヴァリーが大きな黒い机の向こうで唇をまげて不愉快そうな顔をしている。

「大臣に会いたいというんだね。私たちのやり方に不平を述べようというのかね。」

「いえ、僕は自分の作品が上演できればそれでいいんです。ねえ、もう一八三〇年の革命はずいぶん記憶から薄れているんですよ。それに舞台はドイツの、パリの観客がほとんど知らない地方の出来事で暗殺も失敗に終わっている。大して問題はないじゃありませんか。」

「私たちとしてはこの作品の上演を許可できないという立場は動かせんよ。しかし君が大臣の判断をどうしても仰ぎたいというんなら仕方ない。まあ大臣も同じ意見だとは思うがね。検閲に使った原稿はここにあるから大臣に回しておこう。もし大臣が別の意見をお持ちなら、君に呼び出しを掛けるだろう。そういうことだ。引き取りたまえ。」

結果に期待できるとはとても思えなかったのだが、とにかくここまで来られたことに今日のところは満足して帰るしかなかった。二日後、内相モンタリヴェの名で召喚された。それはいい印なのだと信じたかった、大臣室の扉を開けるときには震えが来た。モンタリヴェ伯爵は堂々たる恰幅で、大理石の机に書類を山のように積み上げ、秘書に口述していたが、高くとがった鼻に片眼鏡を当ててちらっとジェラールを見ると、

「さあ、これだ。受け取って上演し給え。ただし面倒が起きれば直ちに中止させるぞ。君の主人公が学生集会でやったようにね。」

とにこりともせずに言ってジェラールに紙束を渡し、そのまま顔も上げずにまた口述を始めた。ジェラールは感謝の言葉を述べ、相手がうるさそうに手を振るのに退出の礼をして早々に部屋を出、まっすぐにサン・マルタン門座へ向かった。アレルがちょうどヴェロン氏と話している最中だったので、

「許可が下りました。ヴェロンさん、あなたのおかげです。本当に感謝します。」

とこれは心からの有り難い気持ちである。

「それはよかったですね。モンタリヴェは話の分かる相手だと思っていた通りだ。」

「ろくにこちらを見てもくれませんでしたけど。」

「大臣室ではいつもそんなものです。プライヴェートで会えば愛想の良い人だと分かりますよ。」

「いや本当に良かった。さっそく準備を進めよう。チチェリには背景を仕上げるよう催促する。学生の方は合唱団が必要だが、最低限の日当しか払えないんだ。」

「ケルナーの「リュツォーの狩人」を歌ってもらうつもりです。元々は「祖国ドイツ」をやる予定だったけれど、あれでは政治色がフランス人でもわかる。ケルナーは過激な愛国者ですが、歌の意味はフランス人にはわかりますまい。それで、マンゼールの歌唱団に頼むつもりです。ドイツのメロディになれているし、この間話してみたら、いつもの酒場での仕事の日当を肩代わりしてくれるだけでよいと言ってました。」

「そいつは好都合だ。恰好としちゃ学生帽があれば足りるだろう。」

「それに秘密集会で十二人分のマスクがいります。」

「メラングとロークールは前に似たような役をやったから持っているさ。十人分そろえる。他に必要なものがあったら早目に言ってくれ。」

心を弾ませながらジェラールが俳優の控室に下りて行くとメラングが白いチョッキを自分で仕立て

て直している。

「おや、どうした？　何か具合でも悪いのかな。」

「いいえ、学者としての衣装は普通のタキシードで十分なんですがね。学生に変装するときはもうちょっと体に合ったものでないと。」

「そんなことは道具方に任せればいいんじゃないのかい？」

「自分の体のことは自分が一番分かりますからね。それにあいつらのやり方じゃ私の美学に会わない。主役は舞台に飛び出したその瞬間にすべての観客の目を引きつけなきゃいけないんです。私のそっくり返った髪も、大きなぎょろ目もそのために作ってあるんだが、何せ天井の客席から見るにはそれだけでは弱い。やっぱり衣装が一番目立つんですよ。」

「それにしても見事なものだ。本職裸足だな。」

「私はもともと画家志望で、それから彫刻家の修業をしたことがあるんです。やろうと思やあ舞台の上で本物の像を観客の目の前で捏ね上げて見せますよ。」

ちょうどそこへヒロイン役のテオドリーヌ嬢が入って来たのでメラングはできたばかりのジャケットを羽織って似合っているかと見せびらかし、芝居用の剣をさっそうと構えて、

「さあ決闘だ！」

と芝居の声音で叫んだ。首一つ小さなテオドリーヌがとても似合っていると感心し、やめてお願いだから、と芝居の声音でおびえて見せるのは実に息が合っていて、この二人、ずいぶんと仲が良いな

と思わせるものがあった。考古学マニアでシニカルな政治家となるパウルス騎士を演じるロークール、熱血漢だが恋する男でもあるフランツを演じるラジァリエット、マルグリットの友人で男勝りに政治を操る大公の愛人ディアナを演じるエドリンといずれも演技達者な顔ぶれだったが、なんといってもレオ夫妻の力強さと繊細さ、情熱と苦悩の表現が光って、これなら観客にも受けること間違いなしという気がした。半年近くも待たされたことは劇場に余計な出費を強いたし、使えないメンバーが出たりもしそうだったが、暖房に問題のある劇場だから一番寒い季節でなくてかえって良かったかもしれない。検閲で削られた時間も、むしろ作品としては推敲を重ねて良いものに仕上がったという自信がある。デュマは総稽古にだけ姿を見せ、ずいぶん変えたんだな、と一言呟いたが、それだけだった。

四月十六日開演を控えて、ジェラールは幕の間から覗いてみた。客の入りはまずまずだ。あらかじめ用意した喝采屋を除いてもほぼまんべんなく人が入っている。ほっとして控室に入っていくと、小道具方が少し青い顔をして寄ってきた。

「マスクが届いてないんです。」

「なんだって？　まだなのか？」

慌ててアレルのところへ飛んでいく。大道具方と打ち合わせをしていた支配人は振り向いて、

「マスクはもうすぐ届くよ。何せ当日まで観客の入りが分からなくて、手付金も払えない状態だったから、出入りのやつらもぎりぎりまで届けを渋るんだ。」

「四幕までにはどうしてもいるんです。あらゆる手を使って引き延ばしておいてください。」

「ああ、それは準備してるよ。一幕の後では紙吹雪を舞わせる。二幕では帽子が天井桟敷から落ちてくる。三幕の終わりには平土間に紛れ込ませた美男美女が接吻するかしないかというハラハラ場面を見せつけてやるのさ。」

しかしそんな実演で、観客がささやきかわしている場面になってもマスクは届かない。アレルにもう一度せっつきに行く。

「ジェラール、本当にマスクはいるのかね？」

「何を言ってるんです。暗殺者を決める秘密集会なんですよ！」

「そうか、届いたんだが、ヴェネチア風の道化マスクだったんだ。四幕に仮面舞踏会があると勘違いしたんだな。」

「ともかく見てみましょう。」

支度部屋に行くと、合唱隊員はおかしな髭のついた道化マスクを手にして半分笑いながら不安な様子をしていた。

「仕方がないさ。こうなったらやるべきことは一つしかない。髭を切るんだ！」

ロークールが叫んだ。ためらっている時ではない。主演女優までが加わって皆で仮面のひげを切り落とした。メラングとロークールのマスクだけが別物になってしまうが、

「いいさ、主役は観客が見た瞬間にそれと分かる必要があるんだから、ちょうどいいだろう」

と、メラングが言いきった。舞台では楽団が「パリっ子」の曲を演奏して観客のイライラをぎりぎ

り抑えていたのが、ちょうど終わりになるときだった。合唱隊が少し暗めの舞台へ出て行くのをジェラールもアレルも息を殺して見守ったが、観客席は水を打ったようで、忍び笑いなどは聞こえなかった。

最後の場面、マルグリットになじられてフランツがふらふらしながら舞台の外へ出、ピストルの音が響いた。はっと緊張する客席の息遣いが感じられる。

「おや、あいつ、立ち上がったぞ。」

というレオの最後のセリフで、自殺が失敗したことを知って、ほっと安心したため息が客席に拡がり、劇場は喝采の渦に包まれた。ジェラールとアレルが張り出し桟敷から観客の歓呼の声に何度も答えている。記者席にいたゴーティエは目を少し潤ませた。

「すごい！ジェラール、やったな。『エルナニ』よりすごかったぞ！」

「そうだね、『エルナニ』は脚本としては欠陥だらけだったからな。」

と隣にいたジャナンも相槌を打つ。

「これからはジェラールを呼ぶときは『レオ・ビュルカール』の作者って呼ぶべきだな。」

この皮肉屋が滅多に手放しで作者をほめたりしないことを知っているゴーティエはうなずきながら少し冷たいその手を握った。

六十一．共作者

『レオ』の売り上げはかなりのものになったうえ、間もなく本としても売り出され、原稿料も入った。しかし「演劇界」の借金はまだ終わっていなかったし、ドイツ旅行のデュマの送金も借金としてきちんと清算した。当面の費用を工面するためにジェラールは切符転売屋のポルシェから作者割り当て分の切符を担保に借金していたのだが『レオ』も一月ほどで中断されることが決まると、『錬金術師』の切符はデュマが独り占めすることになっていたのでジェラールは『ピキヨ』の地方興行分を担保にすることでようやくポルシェを納得させた。それにしても早く次の作品を書かねばならない。劇評は続けているものの、それだけでは回転操業で、食べて行くだけがやっとの生活にしかならなかった。

『ドルブルーズ』という革命期を舞台にしたまだ構想段階の劇をアレルに売り込もうと思っていたのだが、アレル自身破産寸前になっていて、とても形を成していない作品に耳を貸してくれる状態ではなかった。連日芝居の後で俳優や記者たちと深夜まで飲みまわる日々では書く時間も持ちづらく、気力が湧いて来ない。酒場に座り込んで、僕はこういう所でしか書けないんだとうそぶいていても、一週間以上何一つ書いてなかった。後で一緒にいた友人に聞いてみるとやたらデュマに対する愚痴をこぼし、あいつが『錬金術師』の切符を独り占めにして分けてくれないからだ、とか「演劇界」の時に五百フラン前払いしてやったのに原稿も出さなかった、とか繰り返しているという。素面になってみると、そんなことを口走ったのが不安で、デュマはこれからはひたすら自分の行く手を邪魔するのじゃないかという気がしてくる。一方で彼に紹介してやったマケのことを、有能な協力者だ、彼を見つけられたのは福音だったとデュマが吹聴しているとの噂も聞こえてくる。焦りで気がおかしくなりそうになる。

「ジェラール、どうした、ずいぶんひどい顔をしているじゃないか。」

朦朧とした目で見上げるとマケがそこにいた。

「君がデュマに紹介してくれたおかげで、僕も物書きの端くれに名前を連ねることができた。デュマはもう次の仕事の話をしてくれている。今はテーマさえ決まればバリバリ書けそうな気がしているよ。君は『レオ・ビュルカール』ですっかり名前が上がって、もう一流の作家といって良いと思う。でもその君が何で昼間からこんなに酔っぱらって情けない顔をしているんだ？」

「いや、それさ。酒でも飲むしかないんだ、酒でも。もう僕は駄目なんだから。」

「馬鹿なことを言うなよ。また失恋でもしたのか？　君の好きなジェニーは確かにフルート吹きと結婚してしまったけれど、もう半年以上も前のことじゃないか。『レオ・ビュルカール』の成功で、そんなことなんか忘れたと思っていたんだが。」

「ジェニーは、そう、もう僕のことなんか忘れたろうな、それで良いのさ。こんな駄目な僕なんか。もう書けないんだから。」

「しっかりしろよ、ちょっとしたスランプなんか誰でも経験することじゃないか。アイデアが何も浮かばないように見えても、その内必ず見つかるさ。」

「いや、アイデアならいくつもあるんだ。劇の方は共作者も劇場も見つからないから当面どうしようもない。だけれど短編小説の種ならあるから、これで当分しのぎたいんだ。でも駄目だ。全くどう進めたらよいか見当もつかない。」

「どんなアイデアなんだ、聞かせてくれないか？」

「うん、とりあえず今一番急いでいるのはだね、ナポレオン軍の士官が負傷して療養中に若い娘とその叔母と知り合いになるって話なんだ。結婚まで考える。ところがこれが十年前まではドイツだった土地の話なんだな。」

「アルザスあたりの話か？」

「ああ、アグノーとかビッチュとか、あんまり普通のフランス人は知らないところだがね。それでもその恋自体はそう問題ない。だけどこの士官が実は娘の父親を戦闘で殺していたってことが偶然分かってしまうんだ。それを知った娘の兄が士官を殺そうとする。それは未遂に終わるんだが、真相を知って絶望した士官は次の戦闘で敵の真っただ中に飛び込んで自殺同然の死を遂げてしまうんだ。」

「それはまた暗い話だな。救いがどこにもないじゃないか。」

「戦争ってのはやたら英雄的行為が描かれるけれど、本当のところ殺し合いに他ならないからね。銃や大砲の撃ち合いだったり、一斉突撃の間だったりすれば、自分が人殺しだなんて考える暇もないだろうけれど、目の前の敵と面と向かって剣を交わしたりすると、それにその相手が偶然誰か分かったりするとむごたらしい意識となって浮かび上がってくる、それを描きたいんだ。」

「だけど、そんな戦闘状態をどうやって作る？」

「士官は夜更かしをしていて地下に潜入した敵兵に気づくのさ。仲間を急いで集めて駆けつけてみるともう敵はすぐそこに来ていて、銃を撃つこともできぬまま至近距離で相手を刺すことになるんだ。」

「でもそんな夜更かしをしている時間の地下じゃあ、暗闇だろう。どうして相手がだれか分かるんだ？」

「相手は分からないでいい。ただ状況が符合するのさ。それにこんな戦闘であれば、百戦錬磨の士官だって、特に記憶に残るものとして同僚に話したくもなるだろう？」

「それをどうして兄貴が知ることになるのかい？」

「そこらへんができてないんだが、ともかく同僚から話を聞いて自分の父親の話だと気づくことにするのさ。」

「うーん、それくらいのつながりは何とかなりそうだけれどやはり一番ありそうもないのは、そんな家族の歴史を持った娘がフランスの士官と簡単に恋に陥るっていうところだ。」

「そうだな、だからきっと書けないんだろう。出だしからもう躓いてしまう。」

「分かった、ジェラール、君にはさんざん世話になった。僕がその筋を使って小説を仕上げてみるよ。原作者じゃないから多少不自然でもこだわりを感ぜずに済む。出来上がったら君はそれを全く君の作品として出してくれればよい。」

「いや、そういうわけにはいかんよ。」

「僕だって、三人の共作を自分一人のだって顔をして劇を上演してもらったんだぜ。この小説は共作だけれど君の名一人ってことで行けばよい。」

「劇の共作はそういうものという風潮がある。でも小説では聞いたことがない。」

「いや、これはここだけの話だが、デュマはそういう申し出を僕にしてるんだぜ。既にそんな話が進んでる。ほどなく契約書も交わすことになるだろうな。そういう小説編集の手始めとしてその仕事をやらしてくれないか?」

「いいのか、本当に。」

「何言ってるんだ、友達だろ。それに僕の方が君にずっと世話になってるんだ。」

「それじゃあ原稿料の半分は渡すよ。それにやっぱりネルヴァルの筆名を使うのは気が引けるからイニシアルだけで署名はGとする。」

「G-dじゃないのか?」

「Gだけっていうのは誰かの手が入っている時に使うイニシアルなのさ。」

「ずいぶん生真面目なんだな。」

「後悔したくないからね。君だっていつかその小説がむしろ自分のものになりすぎているって思う時が来るかもしれない。その時は自分の名で全集に入れてくれれば良いんだ。」

「うん、ようやく少し元気になって来たな。それじゃあ早速かかってみるよ。」

マケはまもなく『ビッチュの要塞』を仕上げて持って行くことができ、友のために役に立てたことを喜んだ。

六十二．ウィーンへ

フランクフルトで知り合ったアレクサンドル・ヴェイユから、今ついにウィーンに来ている。将来パリに行ってみたい気持ちはますます募っている。かねての話通りあなたもこちらに来てくれないか、という手紙をもらった。ドイツは心の故国と感じている。その中でもウィーンこそはドイツの中心、華ともいうべき場所だ。飛び立つように行ってみたいのだが、どこから旅費を見つけてきたらよいのか？　そんな風に今度は酒場で愚痴りだしたらしい。ある晩ゴーティエが憂い顔をしてアドバイスした。

「ジェラール、ランゲーに会ってみたらいいんじゃないか？」

「ジョゼフ・ランゲーかい？　請願庁の？　確かにモレの政権が変わった折に一時的にジラルダンが下りた「ラ・プレス」の社主代理だったから、あの時はいろいろ飲んだり話したりしたよな。君らは有望だし、好きだから、何かあったら相談に乗るとも言ってくれた。でもデュマだって大使館付き書記にならないかってアドバイスしたんだぜ。アンリ・ブラーズ・ド・ビュリを見習えって訳だ。でも大使館付きなんてお仕着せでいい気になって官製馬車でぬくぬくうとうとしながら旅をしている間抜けにしか思えないな。そんな身分になったら、きっとおいしい食事ですべて満足して、文学なんてまるで忘れちまう、そんな腑抜けになってしまうだろうな。」

「いや、何も大使館付けにならなくてもいいんじゃないか。何かミッションとか研修とかなんでもいいから理由をつけて、オーストリアまでの旅費を出してくれればいいんだ。向こうに着いたら旅の記事が書けるじゃないか。「メッサジェ」の記事はなかなか面白かったぜ。せっかくデュマを怒らせてまで旅行記作者の突破口を開いたんだ。新しい引き出しを作ってもいいんじゃないかな。だってドイツに行きたいんだろう？」

「そりゃ行きたいさ。ヴェイユも誘ってくれていることだしな。」

「僕は君が今の状態で八方ふさがりで毎日酒浸りになっているのを見るのは辛いんだよ。酒飲んだって書けりゃいいんだが、君は僕みたいに記事を書く時だけ素面になるなんて真似は苦手らしい。まあ僕には面倒見なきゃならない子供がいるからな。」

テオが三年ほど前に出来心から作った男の子は、一緒に暮らしているわけでなくても母親に定期的に養育費を送っていることは知っていた。ジャナンに負けないほどの伊達男であるテオに寄ってくる女の子は事欠かなかったから、彼にはまだ身を固める気などない。でも確かにこの男の子の存在が、彼にあまりに不規則な生活を避けさせているのはよく分かった。

テオの言葉が心に残ったので、あくる日ジェラールはランゲーに手紙を書いた。そうすると意外にもすぐに返事が返ってきて、明日にでも、それも自宅で会いたいと言う。質屋から何とか体裁を付けられるような服を請け出して羽織って、シャンゼリゼの並木を途中から川の方へ折れ、マルブフ通りのランゲーの屋敷を訪ねた。木立の中で、パリの中心から外れているとはいえ、閑静な地区だ。厳重な鉄格子があったが、門番に名を告げるとあらかじめ知らされていたらしく、そのまま中に入ることができた。ランゲーは部屋着で、幾人かきちんとした服装の役人風の客の相手をしていた。ロゼワインのグラスが出ていた。ジェラールにも一杯持ってくるようにと言いつけて、さっそく向き直り、

「やあ、ようやく来たか。いつ来るのかと待っておったんだ。」

「お久しぶりです。ゴーティエから話があったのですか？」

「いや、特にそういうわけでもないが、「ラ・プレス」の歓迎会以来もっと知りあいになれんもんかといつも思っておったんだ。」

「それは痛み入ります。でも僕なんか文章をひねるくらいしか能のない男なんですが。」

「いやいや、酒を飲んだらなかなか面白い男だったぞ。それでいてきちんとした文章が書けるってのは実のところ大した才能だ。俺は請願庁なんてつまらん役所に勤めてるが、内務省や外務省の下請けみたいなこともやってるんで、いろいろな形の情報が欲しいのさ。正式な役人から入ってくる話はたいてい本物じゃない。みんな役人には本音を言わんからな。そこへ行くとジャーナリストだの文学者相手となればだれでも興味を誘われる。話もうまいからいつのまにか自分からいろいろとペラペラしゃべってしまうんだ。君たちはそいつをちゃんと文章にできるんだしね。何もスパイをやってくれなんて言いはせん。君の名誉も生命も危険にさらすことはない。ただ当たり前に皆が知っておることを、役所の人間が知らないってことはそれだけでも困ったことなんだ。」

「そうですか。でも今僕はパリでは気がくさくさしているんです。どこかへ行ってしまいたいんです。」

「そうなのか。でも最近『レオ』が当たって流行作家の端くれになったんじゃないかと思うがね。」

「もう『レオ』も上演中止ですよ。それに検閲に引っかかってシーズンを外したから上演回数も限られたものにならざるを得なかったんです。」

「ふうん、そいつは気の毒だ。支配人に苦情を申し立てさせろよ。多分慰謝料がもらえるだろう。」

「『レオ』を書くためにドイツへ行ってきたんですが、今度はウィーンへ行ってみたいんです。」

「そいつはいいな。あそこは今トルコをめぐって列強のせめぎあう焦点の場所になっている。もちろん大使館から報告はくるけれど、もっと違う目で見た報告があれば役に立つと思うよ。それにあそこの新聞は検閲だらけでまともに本当のことを書いてないらしい。現地にいる者の話が重要なんだ。もしよければデュシャテル内相の官房長をしているマラックに手紙を書いてやるから頼んでみたらどうだ。」

「大使館付きになりたいわけじゃないんです。」

「むしろそんな役職をつかむ方が難しいだろうな。単なるジャーナリストか、劇作家のままで結構だ。それがたまたま政府の依頼を受けて社会調査に行くのさ。」

「僕自身にはあまり余裕がないんです。」

「何、心配するな。ほら、紹介状をやる。マラックには別に知らせておくから、明日にでも行ってみろ。」

ランゲーは引き続き来客があったので、その日は引き取ったが、また今度夕食に来い、その時結果を教えてくれと軽い口調で言われた。ずいぶん話が簡単に済むものだ。そんな簡単に行くものだろうかと思いながら、翌日内務省を訪ねた。『レオ』の陳情で何度か来たところだが、その時は門番もなかなか入れてくれず長い順番をひたすら待って日が暮れるような気がした。ところがランゲーの紹介状を見せただけで警吏は順番待ちの陳情者をかき分けてジェラールをマラックの執務室に通してくれた。マラックもランゲー同様四十を少し超えたくらいだったが、こちらはずっと礼儀正しく、紹介状を開いて一読し、

「ランゲー局長からも一筆いただいています。ウィーンへ研修旅行にいらっしゃりたいということでよろしかったですかね？」

「ええ、ぜひそう願いたいと思っています。」

「外務省の馬車に乗って行かれるなら無料です。もっとも不定期ですし別のルートをお使いになってもかまいません。その他に支度金として六百フラン、向こうに着いてからまた六百フランが支給されるようにしましょう。現地で報告書を書いて送ってください。大使館の秘密便と一緒に送れるようでしたら何でも書いて結構ですが、普通便で送らなければならないようなら、必ず開封されると思った方がいいですから当たり障りのないことを書き、帰ってから別に報告書を出してください。内容には別に注文は付けないので、当地の一般情勢、各国の様子などをあなたの目で捉えた通り報告していただければ結構です。デュシャテル閣下には貴下の任務がきちんと価値のあるものだということは通しておきますから、それと矛盾することがないような表現は使ってください。」

えっ、それだけ？　と聞いていてジェラールは拍子抜けした。一体この任務なるものがどれだけのものであるのか、多分あの手この手で納得させなければならないのであろうと、『レオ』の時以上に面倒な議論を予想し、回答の仕方も考えていたのだが、マラックはまるで最初から話は決まっているかのような物言いをした。それからは少し打ち解けて、シャルルマーニュ高校のご出身なんですよね、ランゲー局長はあそこで教えられていたそうですね、とかあなたの父上は医者をしていたそうですが、ああ、ナポレオン軍の軍医だったんですか、モスクワから戻って来たんですって、などいかにも好意的に話が進んだ。帰ってからジェラールは「ラ・プレス」に顔を出し、ジラルダンにその話をしてみた。

「そりゃそうだろうさ。」

　エミールはこともなげに答えた。

「ランゲーというのはね、首相だったドカーズが掘り出してきた人材だが、その後歴代の首相が皆珍重している。カジミール・ペリエなんかあのマルブフ通りの豪邸を彼に報酬として与えてるんだぜ。あらゆる人材とつながりがあって、あらゆる情報を握っている。彼にとっては一介のジャーナリストといえど十分利用に値する情報源なんだ。立体的に世界を見ることのできる男だからな。一見つまらない話に見えて、きちんと全体のパズルに組み込めるんだろうよ。安心して彼のお金を使うがいい。決して無駄になるわけじゃない。」

六十三、ラウール・スピファム

パリを出る前にやっておかなければならないことがあった。少し気が引けたもののまたマケを訪ねたのだ。

「オーギュスト、ごめん、頼まれてくれないか？」

「どうしたんだ？　今度は前のようにひどい有様じゃないようだけど、でもアイデアが固まらないのかい？」

「そうなんだ、いや、あの時よりは書ける状態になっているし、原稿も七割り方出来上がっている。ただ、今度政府のミッションをもらってウィーンへ行くことになったんだ。そっちの準備が忙しくなってきたんだが、旅費も支給分だけでは足りない。そのために記事が必要なんだが、劇評は持っていないし、旅を今はしていないから旅の記事もできない。それで伝記物はどうかと考えた。ラウール・スピファムっていう人物だ。」

「誰だい、それは？　聞いたこともないぜ。」

「いや、セバスティアン・メルシエなんかも取り上げている。十八世紀の啓蒙主義者たちには興味ある素材だったんだな。二世紀も前に王権の批判ととられかねない内容を、しかも王の名前で出したんだから。」

「それは、勇気がある、というか、正気だったのかな？」

「そう見られていたようだね。言及している本には皆常軌を逸した人物だと書かれている。それにしても、よくこんなものが出せた、どうして出せたんだろうって思うじゃないか。それで僕はこの人物が王とそっくりだってことにしてみたんだ。」

「そうだったのかい？」

「いや、誰もそんなことは言っていない。けれどそう考えたらつじつまがあってくる。自分が本当に王だと思い込むから王名で次々通達を出してしまう。周囲は彼が王と似ているゆえに犯罪者扱いすることに戸惑いがある。むしろ狂人だということにしてしまった方がよい。」

「それで、本当に狂人にするのかい？」

「うん、最初は王と同じ会議室にいて皆がその相似に気が付く。それが話題になってからかわれるうちに少しおかしくなる。それから鏡を見るんだね。そうすると本物の王がいる気がしてお辞儀をする。すると相手もお辞儀をするじゃないか。感動の涙があふれて来ると鏡の中の王も涙を流している。王は自分のことが分かっているのだと思う。それが夜になると自分が王の心になってくる。昼間の自分はむしろ夢だったんじゃないかと思えてくる。」

「おいおい、頭がこんがらがって来たぞ。」

「実はこの人物のことをずっと考えていたら夢を見たんだ。僕はスピファムだった。そして鏡を見たら、そこに王が映っていたんだ。」

「ジェラール、そいつは少し危ないぜ。まずい方向の記事になってしまうんじゃないか？」

「いや、王に対する不敬の念は毛頭ない。自分の中のあふれる憤懣を、熱い思いを王は分かってくれる、王は自分に対して限りない親しみの情を示してくれるんだ。だから僕もできる限り王の思いを受け止めて、それを忠実に表そうとする。」

「おいおい、そんなに真面目な顔で言うなよ。まるでなり切ってしまっているみたいだぞ。」

「ああ、忘れていた。自分を王にだけ認められた、皆に嫉妬された宮廷詩人だと思い込んでいる男がいるんだ。クロード・ヴィネというんだが、彼が王の思いを文章にするんだ。」

「王の思いじゃなくて、王だと思い込んでいる男の思いだろう。」

「二人は次第に精神病院の医者たちが陰謀に操られている看守だという気がしてくる。町に出さえすれば、人々から自分たちこそ本物の王だと認められると思い込む。」

「脱走するのか、それでどうなる。」

「民衆は彼らを見て驚く。暴動寸前になる。でもその時本物の王が姿を現す。そうすると狂人の王は一気に力を失って崩れ落ちるんだ。」

「そこまでできているんなら、自分で書けそうじゃないか。」

「いや、駄目なんだ。細部を書き切る時間も自信もない。ねえ、ここは助けてくれないか。執筆料はまた半々にするということで。」

「いやそれはもちろんやるさ。君の頼みなんだから。ただもう少し練って自分の作品にしきった方が良いと思うけれどね。」

六十四．スイス（一八三九年）

旅行費は滞りなく支給されたが、これから大使館など公式の場に行かなくてはならないのだと考えると、よそいきを皆売り払った今の衣装ダンスから持っていけるものなど何もなかった。とりあえずスーツが必要だったし、きちんとした旅行用行李も、さらには真新しいシャツすら揃えないではいられなかったので出かける前にもう手持ちは三分の一ほど減ってしまった。外交官の馬車に乗るのは現実にはいろいろ面倒な手続きを踏まねばならないようだし、次がいつ出るのかよくわからなかったし、第一記事にできるような旅行にはならないからとりあえずオーセールまで駅馬車を使った。そこからひどいガタガタの旧式馬車や、地方で郵便用に使っているという、荷車を籠で覆ったような代物の中に郵便物と一緒に放り込まれる羽目にもなった。シャロンでは真夜中に路上で降ろされ、御者の教えてくれた話を頼りに暗い中やっと居酒屋を探し当て、朝に出る船を待ったりもした。この御者はなかなか話好きで、最近ここらであったという水難事故のエピソードなどを面白おかしく話してくれた。川が増水して、馬車がそのまま一台流されてしまい、乗客は身一つで泳いで逃れたが、あたりには女二人が住む農家しかなく、裸の男を迎えて彼を受け入れてやるのにひどく逡巡したという話だ。幸い彼の従者が駆けつけて何とか救出はされたらしい。だが裸の男が近づいてくるのを見て震え上がった女たちというのは面白すぎるシチュエーションだ。これは是非記事にしてやらなくてはと思う。サヴォワ、スイスの国境当たりでは夜の山道を崖すれすれに馬車が行くのが怖くてならなかったが、御者は自分は下りて馬の手綱を取りながら、なあに馬がきちんと分かってまさあ、こいつだって谷に落ちたくはないですから、と言う。なるほどそんなものか。この馬は毎日のようにここを通っているのだからな、と心を落ち着かせようとする。しかし死ぬにもいろいろ死に方があるのに、ここで転げ落ちて死ぬというのは、あの御者のような奴の口にかかれば世にも滑稽な話となってしまうだろうが、当人にとってはこれほど意味のない死に方もあるまいという気がする。

ジュネーヴに着き、レマン湖の海のような奥行きとその上に浮かぶモンブラン始め雪をかぶった山々を見た時には旅の疲れが吹き飛ぶ気がした。城門を入り石を敷き詰めた道で馬車がガタガタ揺れだすのを感じながら町を見下ろす高台に着き、湖を見て思わず馬車から飛び降りた。雲の湧いている湖の右手を見て、御者に、おいモンブランはあそこらへんかねと尋ねたが、こちらからは見えないでさあ、湖畔まで降りなきゃね、と言われて少しがっかりする。狭い高台にびっしり立ち並ぶ建物の一つに宿を取り、時計商や金細工の店が並ぶコラトリー通りを下っていく。ローヌ川がここでレマン湖にそそぐのだが、ちょうど中の島のような所に橋が架かっており、ルソーの立像が置いてある。本人はこの町を追放された形になって、生涯のほとんどをフランスで過ごしているのだが、死んだ後になって偉人の出生地はしばしばこんな風に自分たちの手柄でもあるかのような顔をし始める。多分ドイツでもハイネがいなくなって大分経ってから彼の偉大さに気づくのだろう。水の側のルソーと言えば懐かしいヴァロワのエルムノンヴィルを思い出さないわけにはいかないが、あの土地は行き場のなくなった哲学者に終焉の地を与えたのだ。ジュネーヴの都会としての華やかさとは対照的に主要道路からも外れた田舎に埋もれているが、たぶんその方がきっとルソーにふさわしい気がする。湖の先の方は水車や洗濯工場の汚らしい古い木造で覆われているが反対の岸は豪華な別荘のようなものが見える。どんなに美しい町でもこういう汚れた場所がなければ生活が成り立たない。パリではそれは町中で鼻を突き合わせるようになっているが、ジュネーヴは一見清潔で整然としているように見えるだけに不調和が目立つのだ。

レマン湖を船でローザンヌへ渡り、ベルンまでは馬車で楽な道だった。ここからはドイツ語圏に入るのだが、スイスの方言は短期間で聞き取るのが少し難しい。フランス語は通用する所が多いからどうしてもそちらに頼ってしまう。ベルンの大通りには水流が中央を通っていて、騎士像がこれを守っている。目立つのは熊の頭をした騎士像だが、その昔領主のツューリンゲン公が狩で獲った最初の動物を紋章とすることにしたところから来るらしい。町の端まで行くと川が湾曲して町を取り巻いており、外側はかなり深い谷のようになっている。木でできた小屋が並んでいて、浴場という看板が掲げられている。カサノヴァが湯女を艶めかしく描写している所だが夜にならないと開かないようだ。スイスの風景も町も興趣はあるのだがゆっくりしていられるほど旅費が十分にないし、デュマが詳しく述べた場所だから、前のようにトラブルを起こしたくもないので旅行記の種にはしにくい。昼食をとっただけで、また夜行便に乗ってチューリッヒへ向かい、そこからコンスタンス行の馬車に乗り換える。ライン川沿いに道を少しづつ下りて行くと湖が見えてくる。レマン湖はその長さが大きく、幅は狭くて川のようだったが、今度の水は四方八方に大きく広がって海のようだ。それにレマン湖を取り巻いている雪を頂く山々はここからは見えない。コンスタンスは宗教会議の行われた町で、港近くに立っている大きな山小屋風の館はいかにもそんな由緒ある場所の名残のようだが、そこまで古いものでもないようだ。ただこのブロシェというホテルの食卓は広々として湖で獲れた魚や肉料理がふんだんに並びワインの味も悪くない。ジュネーヴでは湖の鱒を食べることができなかったのだが、あそこでは魚がお偉方の食卓に買い占められていて庶民の食卓にまで回ってこないのだそうだ。

夕食後、仮眠をとっていたが寝たなと思ったら起こされ、目をこすってみてもあたりはまだ暗い。宿の者たちは慣れたもので、叱るように、なだめるようにむずかる乗客を船に乗り込ませる。この川船も蒸気船で石炭の匂いが強い。外はまだ真っ暗だ。毛皮を着こんだご婦人たちと同席になる。寒いので皆膝をくっつけあうように近づき、自然と会話が弾む。ここでも僕のドイツ語はうまく伝わらない。むしろご婦人たちの方がフランス語を話そうとするのだが、ポール・ド・コックあたりの三文小説ばかり読んでいると見えてそれと知らずにはやりの言葉を振り回すので真面目な顔をして受け答えするのが難しいくらいだ。

「私どもパッサウに住んでいますんですけど、もう大変に進んでいますのよ。バヴァリアでも一番ナウな社交界ですもの。ミュンヘンは今じゃマジにつまらないとこなもので、お高い人々は誰もがパッサウに入らすんですの。それは本当にケバイ夜会が行われるんですのよ。」

小一時間もすると途中の港に立ち寄るのだが、そのたびに国が変わるのが不思議な気がした。バーデン大公国、ヴュルテンブルグ王国、オーストリア帝国、スイス、目的地のリンダウはバヴァリア王国だ。船長が言うには船でだけ配られる新聞があるそうで、巧みに検閲を逃れているんだという。目配せしてそう語るこの若者は果たして自由主義者なのだろうか。たかだか湖の上を行ったり来たりしているだけだが船乗り気質のようなものは自然とできるのかもしれない。

六十五．ドイツ、バヴァリア

リンダウ港に入ったのはちょうど昼時で、旅籠屋では宴会のような騒ぎの最中だった。夜の移動ばかりの後でこう言う浮かれた雰囲気はなんだか自分が歓迎されているというような気分の良さを与えてくれる。とりわけ若い女の子たちは縁なし帽や金ぴかが付いた民族衣装で飾り立てている。こういうところは禁欲的なプロテスタントの国からカトリック圏に戻った楽しさかもしれない。

リンダウから馬車でアウグスブルグに向かう。すでに遠くからも町の中心部の色彩が異様に鮮やかなのが見て取れる。近づいてみると市役所を囲む一群の建物、かつてのフッガー家の館などが見事な壁画で飾られているのだ。残念なことにすでに数十年の風雨にさらされて色はずいぶんと褪せてしまっているようだが見事な衣装の貴人たちを描いたロココ調の淡い優雅さが残っている。町を歩いているだけで美術館に来たような思いに浸れる。それにしてもこの町に来たからにはドイツ一の新聞社には顔出ししてみようと「アルゲマイネ・ツァイトゥング」に入ってみる。ここは壁画もない普通の建物で記者らしい人は残っていない。留守番をしていた小僧が記者たちは今晩オペラ座へ行かれたというのでそちらへ向かってみる。その前に『ファウスト』の人形劇場が目に入ったのでよほどそっちに行ってみようかと思ったが、まあウィーンででも見られるだろうと思ってオペラ座へ行く。パリのものよりは大分小さい。もう始まっていて、それがフランス風ヴォードヴィルだとすぐわかったのでがっかりした。幕間にロビーに行ってみると記者らしい数人が固まっていたので声をかけてみる。中心になっていた鼻筋の高い最も堂々とした紳士が手を差し伸べて、

「ああ、「ラ・プレス」のジェラールさんですか。これはどうもアウグスブルクへようこそ。「アルゲマイネ・ツァイトゥング」のコッタです。」

「おお、それではヨーハン・フレデリック・コッタさんですか？　ゲーテやシラーの後援者であられたという……」

「いえそれは父です。数年前に亡くなりました。晩年にはむしろ政治に力を尽くしていたのでもうだいぶ前から新聞の方は私が引き受けてきました。ハイネからあなたのうわさは聞いていますよ。彼は是非あなたに自分の詩を翻訳してもらいたがっているようですね。」

「ああ、それは是非私もそうしたいと思ってはいるのです。すでにいくらか試みてはいます。コッタさんはご自身ゲーテやシラーにお会いなさったのですか？」

「ゲーテには何遍か会いました。晩年になっても話し方は少しも衰えず、常に明晰に世界を見据えている方でしたね。それに私のような若輩に対しても決して見下したりせずにきちんと応対してくださった。シラーは早く亡くなってしまったので……父が一番心が通じていたのはむしろシラーだったかもしれませんね。『ヴァレンシュタイン』を書いたときにはとある出版社から高額の申し出があったのですが、シラーはコッタとは誠意をもって取引しているのだから私も彼に対しての誠意を崩したく

ない、と言って父を選んでくれました。父はその話を何度も繰り返して偉大な詩人をしのんでいました。ジェラールさんはいい時に来ましたね、今晩はウィーン一の歌姫シェンク嬢が出演するんですよ。」

「ソプラノですか？」

「まあそれは見てのお楽しみにしておきましょう。」

妙なほのめかしだと思ったが幕が開くと言わんとすることはすぐわかった。黒いドレスをランプシェードのようにかぶせた二人分はあろうかと思われる豊満な女性が舞台に現れたかと思うと、まるで男としか思えない野太い声が腹の底から響いてくる。それが実に見事な力強さなのだ。次の瞬間夜の女王のアリアさながらの超高音が劇場の天へ駆けあがり、これもまた力強く、そしてブレがない。これはすごい。ウィーン一の歌姫という評判は嘘ではなさそうだ。この力業が数分間繰り返され、観客が熱狂したのも無理はない。花束がいくつも投げ入れられてシェンク嬢は何度も大きな体を懸命に折り曲げて応えていた。

ところが次にウェーバーの『プレシオーザ』が始まると、驚いたことに俳優たちがオーケストラに合わせてセリフを朗読するだけだと分かってあきれてしまった。早々に出てファウストの人形劇の方へ取って返したが、こちらはもう終盤で、サタンがファウストを哄笑とともに地獄へ投げ落としているところしか見られなかった。

ミュンヘンもまた壁画の町だとは旅の間にも噂に高かった。フリードリッヒ大王この方君主が啓蒙主義を表明するようになるのが当たり前のようになったとはいえ、芸術家に対して国家ごとパトロンとなるような王はやはり少ない。ただルートヴィヒ一世は七月革命以来自由主義を捨ててジャーナリズムや文学に対する締め付けを強めていると言われる。期待感と警戒感が半ばしていたせいかミュンヘンの壁画はアウグスブルグのそれに比べて見劣りがするように見えてしまう。実際アウグスブルグがバヴァリアに属するようになったのは最近のことなので、あの町の壁画はおそらくルートヴィヒの作らせたものではない。ミュンヘンの壁画はあそこのもののような歴史の重厚さを感じさせるものがなく、にわか作りという感じを与える。デュマがパーティーをやるからと言って自室の壁を一週間で塗らせたようなものだ。あの絵の下は切り石ではなくてレンガなんですよ、と彫刻館グリュプトテークの館長が言っていた。彼は王の保護を受けていても立体造形に携わるものとしてのこだわりを捨てることができなかったようだ。館長が言うには壁画を描いているのは名のある画家ではなくて多くは画学生なのだとのこと。本当にいい絵を見たいのなら美術館ピナコテークに行けばよいのだ。グリュプトテークに対面するように立っているピナコテークには名作がいくつもあった。目立つのはやはり大きなルーベンスの『アマゾーヌの戦い』だが、アルブレヒト・デューラーの正面の自画像など本物の巨匠と対面しているような気がしてしばし彼が口を開くのを待っている自分に気が付いた。シャンティの城で『メランコリア』の版画を見たことがあるのだが、あの不可思議な明と暗の世界の中に沈む憂鬱そのものの天使の頬杖はこれまでに見たどんな色彩豊かな絵よりも強く印象に残っている。あの黒い太陽は世界の終わりを表しているのか？　あの多面体は、砂時計は何を意味するのか？　巨匠の顔を見ているともう少しでその謎を語ってくれそうなのだ。

六十六．ウィーン

いよいよオーストリアの領地へ入った。ウィーンに入ったのは夕方だった。ヴェイユから城外のレオポルドシュタットあたりが安くてよい宿があると聞いていたからローテントゥア門のすぐ外にある黒鷲亭に着けてもらった。堂々たる双頭の鷲の立派な門構えの宿だ。荷物を運んでくれたボーイにチップをやった時に財布の軽さに気が付き、調べてみると百四十フランしか残っていない。信じがたい気がした。出るときは六百フラン確かにあったのだ。現地でもう六百フラン受け取れることになっているとはいえ……まあきっと帰りの旅費は別に支給されるのだろう。パリではこれくらいあればひと月は豪華に暮らせる。しかし半年くらいは滞在したいと思っていた。心細さで胸をぎゅっとつかまれた気分だがまああまり考えても仕方ない。明日ヴェイユに会いに行こう。それから大使館にも顔を出さなくてはいけない。長旅だった。ボーイが持ってきたワインをぐっとあおってコートと上着だけ脱いでベッドに倒れこむように寝てしまった。

翌日ヴェイユの住所を訪ねてみたが今はもうここに住んでいない、どこにいるかは知らないと答えられてしまった。仕方ない。とりあえず町に慣れねばならないのでとにかく歩いてみることにする。宿の界隈は庶民地区らしい。中心街との境にあるウィーン川にかかる小さな橋のたもとにはユダヤ人らしき長い髯の集まっているカフェがあって、中では何やら商取引のようなことをやっている。そういえばヴェイユもユダヤ人だった。祭司になるのが嫌で改宗して文学をやっているんだったな。彼の勧めてくれた場所がこんなところというのも道理だ。グラシと呼ばれる城壁跡を過ぎるとローテントゥア、すなわち赤い門があってもうすぐに市内に入ってしまう。パリよりはだいぶ狭い感じだ。町の中ではなくそばを流れる先ほどの小さな川の名前を取ったらしいウィーン劇場という小さな劇場があってヴォードヴィルがかかっていた。今はヨーロッパのどこに行ってもフランス流のヴォードヴィルばかりだ。もう少し中心に向かうとケルントナー門劇場、さらにブルグ劇場という堂々とした建物がそびえていて、こちらではゲーテ、シラーの看板がかかっているし、メイエルベール、ベルリーニ、ドニゼッティの名も見えて夜はこちらで過ごしたいものだと思う。大使館も見つけたが推薦状を置いてきたし、服装も軽いものなので後回しにして、聖シュテファン大聖堂の方へ行ってみる。さすがに神聖ローマ帝国のお膝元だけあってこれは大きい。これだけ堂々たる石造りの館が立ち並んでいても町のどこからでも見える。近づいて行くと教会の正面に四角い広場が見えてくる。その中央にはなんだかけん玉の玉を突き刺した形で建てたような形の塔が白々と立っている。しかしそこよりも広場片隅のくぐもったガラス窓の方に人々が集まっているようなので近寄ってみると二つの節の形にずんぐりと膨らんだ古い木の幹がガラス窓に閉じ込められている。よく見ればこぶこぶと見えたものは打ち込まれた釘の頭だと分かる。仕事着を着た年輩の男たちが特に熱心にそれを指して話し合っているのでこれは何なのですかと尋ねたところ、相当に分かりにくいドイツ語だったがそれでもこれはシュトック・イム・アイゼンすなわち鉄の中の切り株と呼ばれているものでオーストリアの職人が一人前になるとここに釘を一本打つことを許されたものだという言い伝えがあるという答えだった。彼らもできればそうしたいところなのだが、こうしてガラス窓の中に囲われてはそれもかなわない。ただ敬虔な気持ちで職人の聖地に巡礼に来たのだという話だった。聞いているうちにこの木がまだ生きていたころの場面が思い浮かんだ。こんな石造りの教会でも昔は木でできていたのかもしれない。その材木は森の木を切り倒して使っていたのだろう。教会が立ち上がるころには周り中の木がすっかりなくなってしまったと初めて気づき、親方と職人たちはこの木だけは残そうと誓ったのだ。一本ずつ釘を以て幹に打ち込むために並んでいる職人たちの姿が目に浮かぶ……

さて今晩は宿の近くで芝居を観ようとレオポルドシュトラッセの方へ戻ってくる。劇場の前では何人かの女性が人待ち顔でたたずんでいる。なんだか声をかけてくださいと謎かけをされてるような気がしてどこかエキゾチックな顔立ちの美女にドイツ語で声をかけてみる。

「どうです、まだ切符を買ってないなら一緒に桟敷に入りませんか?」

相手はよくわからない言葉で何か言った後、いったん黙ってから

「トモダチヲマッテイマス。」

とラテン語で答えてきた。これには驚いた。道中フランス語で話しかけられることはしょっちゅうだったが、よりにもよってこの言葉とは! ラテン語は文法が難しくて皆しぶしぶ授業を受けていたが、それでも読むだけなら高校生でも一通りはできるのが普通だ。茶目っ気を見せようとして片言を使うこともないではない。しかしこの女の子はまるでいつも話しているようにラテン語で話し、相手も当

然分かってくれると思い込んでいるようだ。

「デモトモダチコナイ。ワタシトハイル？」

「ダメ、ワタシハキチントジブンデハイリマス。」

「ワタシノセキモットイイヨ。イッショニハイロウ。」

「ダメ、ワタシハジブンノセキニハイリマス。」

待ちくたびれた彼女は三階の側廊の席へ上がっていく。僕も桟敷席の切符を驚く係員に見せつけながら彼女の後を追っていった。ナポリで同じように女の子を誘った時は明日の食事代も危ないという状況だったのを思い出す。懐に自信があると何となく堂々とふるまえる気がした。彼女は自分の席でトモダチを見つけて喜んでいたが女の子だった。これも美女だが、むしろラテン系の顔立ちをしている。

「コレ、ローザ、イモウトネ。」

「イモウトニシテハアマリニテナイネ。」

「ああ、姉は母の連れ合いの前妻の子なんです。でもとっても仲が良いものですから。」

「そうか、あなたはドイツ語でしゃべるんだ。」

「本当のところ私もあまりうまくないんです。」

「何語ならいけるのかな、フランス語は？」

「それも少しだけならいけます。」

その時芝居が始まった。ドイツ語なので半分くらいしかわからない。それにしてもこのビルチファイファーというオーストリアの女性作家はフランス風ヴォードヴィルの真似を一生懸命しているけれどもスクリーブほどの才能もないらしい。ところどころ歌が入ったが、ウィーンで作られたにしてはいいメロディとも思えなかった。幕間になったので二人に一杯やりに出ないかと誘うと、意外にあっさりと承諾したので、彼女たちにとってもあまり面白くはなかったようだ。会話はもっぱらローザとの間でドイツ語とフランス語のちゃんぽんでなされたが、最初に声を掛けた礼儀上僕は姉の手を取って歩いたし、彼女の方も拒まなかった。

「どこへ行こうか?」

「シュペールよ。あそこが一番賑やかでいいわ。ダンスもできるし。」

すっかり夜になって暗いが色のついたガラス板で覆われガス灯に照らされたシュペールの文字が大書された建物に入るとホールではビールと煙草のにおいがむんむんする。ワルツのリズムがむしろワインに合っているような気がするのだが皆これで満悦しているようだ。楽師が正面に見える席に座っていかつい髭のボーイにジョッキを三つ注文する。ご婦人相手でどうかと思ったが、ローザもエキゾチックな女性も平気で腕を絡ませて兄弟の乾杯をやってくれた。客席からはシャンペンを抜くコルクが飛んだり、歌声が響いたり、大声で踊っている女性に声を掛けたりして、ドイツ人とはもっと重厚な国民だったんじゃないかと不思議になるほどだ。音楽は先ほどのヴォードヴィルよりはよほどちゃんとしていてきれいなワルツの流れるようなメロディで大広間でくるくる回る人たちを動かしている。

指揮者の顔にどこか見覚があるのでローザに誰なのか尋ねると、

「ヨハン・シュトラウスよ。今とても人気があるの。」

と答えられて納得した。

「アナタオドラナイ？」

と向こうから言われて驚き、嬉しいながら困ったような気持ちでエキゾチックな女性の手を取り何とか足を踏まないように悪戦苦闘していると、背後の誰かの足を踏んづけてしまった。

「おやおや、気を付けていたのにな。」

とまるで謝るような皮肉な口調に聞き覚えがある。振り返って見るとなんとヴェイユである。

「アレックスじゃないか。こんなところで見つけるとは！」

「ジェラール、君こそどうしてこんなところにいるんだ！」

一息ついてテーブルへ戻ると早速乾杯をし直し、お互いを紹介した。

「えーとこの人はローザで、こちらはそのお姉さんの、そうかアナタナマエハナンテイウ？」

「ヴァービーヨ。」

「ヴァービーか、ハンガリー的な名前だな。」

「ソウ、ハハガボヘミアカラキタカラ。」

「彼女いつもこんな風にラテン語で話すのかい？　こいつはシックだ。」

「それにいかにもオーストリアらしいじゃないか。ウィーンは東方への入り口でもあるしな。来た早々こんな素敵な人に巡り合ってうれしいけれど僕はダンスがからっきしなんだ。君お相手をしてあげてくれないか？」

「願ってもないさ。」

ヴェイユは二つ返事でヴァービーと踊り、僕はローザとちゃんぽんの会話を続けた。この子はどこか影がある。フランス人の父親を持っているのだからなんとしてもフランスへ行きたいのだと言った。

「あなたのお友達いい人みたいね。」

「ああ、あんないい奴はいないよ。少々皮肉屋だけどね。あいつもフランス語ドイツ語ができて、アルザス方言にヘブライ語までできる。それに困っている人がいれば放っておけないところがある。」

「あたし誰かフランスに連れて行ってくれる人を見つけたいの。」

「僕はここに着いたばかりだからね。彼に頼んでごらん。彼にはパリに来いよって何度も声をかけているんだ。」

「誰にでもついて行く女だとみられたくはないのよ。」

「そんなこと思ってやしないよ。僕は知らない国に来て一人でいるのがつらいからこうしてお相手をしてくれる人を探している。彼も生真面目な男だから、女の子は好きになるかならないか、はっきりけじめをつけてきちんとしてくれるさ。」

ヴェイユが戻って来たので、どうして元の住所に住んでいないのかと尋ねた。

「ベリオを知っているだろ？　ヴァイオリニストの。作曲も随分しているな。それに何より名ソプラノマリブランのご亭主でもあった。」

「そう、あった、と言わなきゃならんのだな。まさにカナリヤのような鈴を震わす声、それでいてオペラ座中に響き渡る声をしていたし、声にふさわしい美貌だった。三十にもならないのに急逝するとはね。」

「マリブランと結婚しただけでもベリオは世界一うらやましい男だったんだ。それがここへきてウィーンに進出し、ディートリヒシュタイン公の娘をもらったんだ。」

「マリオ公女かい。あの一族は元々大の芸術家贔屓だとは聞いたことがある。」

「うん、それでベリオはディートリヒシュタイン公の館に一棟あてがわれて住んでいるんだが、実は僕は今そのベリオの秘書をしているんだ。」

「なんだって、それじゃあ君の住所は？」

「ベリオの部屋の廊下の突き当りさ。」

「そりゃよかったじゃないか、これで君も落ち着けるのかな。」

「いやベリオは吝ん坊でね。コンサートだけで二万五千フランも稼いでいるのに秘書に払う手当は雀の涙と来ている。それにこの国でものを書くことはまるで見込みがないよ。何を書くにも検閲にお伺いを立てなきゃならない。それも彼らの言うとおり直したと思ったら今度は印刷屋がお伺いを立てるべき新たな細部を発見する。そうやって行ったり来たりしているだけでほとんど当たり障りのない記事ですら賞味期限の切れた頃にしか日の目を見せられないのさ。ドイツにいた頃が天国みたいに思えるよ。」

「それじゃあやっぱりパリに来るのかな。」

「うん、その気持ちがだんだん強くなってきた。」

「あなたパリに行くのね。あたしを連れてってくれない？」

「ローザ、君はなぜそんなにパリに行きたいんだい？」

「あたしのお父さんはフランス人の将軍なの。お母さんが小間使いをしていた貴婦人に恋をして、お母さんにまで手を出した時にできたのが私なの。お父さんはパリにいるし、お母さんはもういないから。」

「そうか、でも今僕には二人一緒にパリに行く旅費は工面できないな。」

「いいわよ、待ってるから。あなたいい人みたいだし、もしあなたが私のこと好きになってくれるなら。」

「もう好きになってるよ。」

「そんなに簡単に？　口先だけでしょ。」

「いや、君の目にはどこか哀愁があって、なんだか胸を掻きむしられるような気がする。放っといちゃいけないような気がする。」

ローザが横を向いたが唇が少し震えているようだった。

六十七．グリルパルツァー

大使館に顔を出す前に当地の文学者にも会っておこうと思って、古文書館館長のグリルパルツァーを訪ねてみることにした。古文書館はノディエを思い出させる言葉だし、他の文学者たちに会うにも、ウィーン第一と評判の高い作家のお墨付きを得たかった。古文書館の中は意外に狭く、びっしり革表紙の並んでいる本棚に隠れるようにして小さな執務室に座っている老人の姿が見えた。パリのハイデロフ書店主からの紹介状に目を通した後で老人はゆっくりと皺の目立つ顔を上げて言った。

「お名前はよく存じています。『ファウスト』の翻訳も拝見させていただきました。それで私に何がして差し上げられますでしょうか？」

「当地でうかがうべき文学のメセナや文学者の集うサロンなどに紹介していただければと思うのですが。」

「パリ風のサロンのような場所はウィーンではお目にかかれないのです。文学者など当地の社交界には全く縁のない存在です。ですが名のあるフランス人の文学者という肩書でなら大抵の貴族が門戸を開いてくれると思いますよ。まずはフランス人作家としてフランス大使館に行ってみてはいかがですか。大使はご自身文人でもいらっしゃる。そうそうあなたと同じ『ファウスト』の翻訳もされているのですから、恐らく温かく迎えてくださるのではないでしょうか。」

穏やかに語る老作家の目は決して悪意を持っているようには見えず、むしろ卑下のようなものすら感じられて居心地が良くなかった。ヴェイユが夕食を兼ねて黒鷺亭に訪ねて来たのでこのことを話す

と、

「そうなんだよ。グリルパルツァーはウィーンで最高の作家だ。美しい文体をものにしている。僕も彼と話したことがあるんだが自分が書いた作品のことなんかうるさそうに払いのけて、他の国でなら書けたかもしれない夢ばかり話すんだ。この国では自分の考えをすべて隠していなけりゃならないってね。イタリアのオレンジをこの国に移植したようなものなんだっていうのさ。小さくて酸っぱい実しかならないって訳だ。」

「あれだけの傑作をものにしているのにね。『老女』も『セミラミスとある人生の夢』も見事なものだった。」

「他の作家だって似たようなものさ。詩人のレナウは国外で詩集を出版させたが、そういうやり方は禁じられってるってんで罰金と投獄を課せられた。耐えられなくなってシュトゥットガルトに逃げ出したんだが、しまいには精神をおかしくしてしまった。」

「ひどい話だなあ。昨日ビルチファイファーの劇を見ていいものじゃないと思ったけれど、つまりここではそういうものしか書けないんだな。」

「何とか抵抗しているのはザフィールくらいだろうね。彼は自分で新聞を持っている。それでも片端からカットしなけりゃならないんでしょっちゅう憂鬱そうな顔をしてるよ。でも奴はふさいだままで終わらないで攻撃に移るんだ。ただし自国の政府じゃなくて外国の攻撃だな。ドイツの他の国とかフランスとか。だからフランス人にとって嫌な記事も書くけれども話してみれば面白い奴だ。今度紹介するよ。ああそれから月ぎめで家具付きの部屋を貸してくれるところを見つけたよ。ちょうどこの建物の反対側の隅にあるんで引っ越すにも都合がよいと思ってね。」

「そいつは有り難い。このホテルは居心地は悪くないが高すぎると思っていたんだ。」

六十八．大使館

引っ越しを済ませた翌日マラックの紹介状を持って大使館を訪れた。サン・トーレール伯爵は執務室にいたが隣の応接室に席を移してくれ、ワインを運ばせて親しく膝を乗り出してきた。

「これは嬉しい訪問だな。君が来ることはデュシャテル殿から通知をもらっていたのでいつ来るかと心待ちにしていたよ。ウィーンにはいつ着いた？　住むところは見つかったかね？」

「三日前に着きました。レオポルドシュタットの黒鷺亭というホテルと同じ建物に部屋を借りています。」

「そうか、庶民的な地区だな。ランゲー氏ならそんな情報も欲しいだろう。各国の事情ならここの夜会にでも出入りしていればじきに見て取れる。夜会のある時はいつでも入れるようにしておこう。」

「それは有難うございます。」

「十年前に君が『ファウスト』の新訳を出した時から注目していたよ。あの序文ではずいぶん私のことを持ち上げてくれていたしね。」

「いえ、閣下のような流麗な文体は翻訳するにあたってはこれ以上ない見本でしたから。それでも少しは新しいところを出せるのではないかと図々しいことを考えたものでした。」

「いやいやどうして、なかなかの文体を君も持っておるよ。訳も大体正確だしね。それはそうと最近ペンネームを変えたようだね。」

「新聞に書いている間はジェラールくらいの簡単な名前の方が都合が良いんですが、劇作家として看板に出すようになればもうきちんとした筆名がいると思ったんです。ちょうど祖父が残してくれた遺産の中にネルヴァルという小さな地所があったものですから、それを取ってジェラール・ド・ネルヴァルとしました。」

「そうか、いい名だと思うよ。ローマの皇帝の名前を思い出させるしね。うちの夜会には面白い人も色々来る。ラギューズ公爵に会ったことがあるかね？　そう、あのマルモン元帥だよ。ナポレオンの崇拝者には皇帝が追い詰められてからの裏切り者として通っているがうちのお客だし、会ってみれば気さくな人だ。たとえ君が皇帝派だとしても嫌な顔は見せないでくれよ。」

「マルモン元帥ですか。確かに複雑な気持ちもありますが、父がモスクワ遠征から戻るときには何度かお目にかかったこともあったらしいですから。」

「ほう、お父上はモスクワに行っていたのかね。」

「いえ、スモレンスクまでなんです。軍医をしていたのでそこから戻ったので生きて帰れたのでしょう。ですが母は現地で亡くなってしまったんです。私がほんの三つの時でした。」

「そうか君は母上を知らずに育ったのだな。寂しかったじゃろう。まあこの家は大家族でな。君もその一員と思って家庭の温かさを味わってくれ。作家はあまり来んのだが音楽家はよく顔を見せる。リスト、ベリオ、それにあの若手の女流ピアニスト、モーク。いや同じ名のカミーユ・プレイエルと結婚したものだから区別するためにマリーと自分のことを呼ばせている。」

「ああ、パリで一度演奏を聞いたことがあります。とても繊細な指使いでした。」

「ふむ、リストの豪快な鍵盤さばきと比べるのも一興だ。それから貴族だの各国公使だのはおいおい紹介してやろう。うまく行けば大物に会えるかもしれないぞ。」

「誰のことですか?」

「メッテルニヒ公も暇な時にはここに来ることがあるんじゃ。ナポレオンが退位する時にマリー・ルイーズ皇后から手紙を預かってな。それを公にお渡しする役目をして以来親しくお付き合いしておる。フランスでは敵役と思われておるようじゃが本人は至ってフランス好きなのじゃ。うちの夜会で陽気にふるまわれるところを見れば印象も変わるだろう。政治家というものは公には自分が好きなようにふるまうことなどできない。大使などしているとよく分かってくる。」

六十九. ウィーンの恋、ローザ

その晩はヴェイユに誘われて金梨という酒場に行ってみた。半地下でべたつく階段を下りて行くともうもうたる煙草の煙が迎えてくれる。席に着くとボーイがパイプを持ってきてくれ、他人が吸ったやつを吸うのかと思うとこれに羽の軸をさして、一度使った後は捨てるのだ。

「その後ヴァービーには会っているかい？」

「ああ、昨日もシュペールへ行ったよ。ソーセージが好きな子でね。白い歯をぐいと見せてかぶりつくところがなんともセクシーだ。君はローザに会ったのかい？」

「うん、それがずいぶん変わった経験をしたんだ。母親代わりだったっていうボヘミア女のところへ行ったんだがね。ローザ自身はボヘミアの血は入ってないんだが、生活のために占いなんかやるのはその女に教えてもらったんだ。妙に大きな家の一室に入って財布を持っているなら狙われるから預けろと言われた。少々不安になったけれど度胸を決めて二十フローリン入りを渡した。彼女が代母に会いに行っている間、部屋で横になっていると妙な男が入って来てさ、『クニグンドとエドゥアール、クニグンドとエドゥアール』っておかしな歌詞を繰り返す。そうしたらまた別の男が入って来て小唄の男を怒鳴りつけてさ。今度は僕に近づいて眠っていると思ってポケットを探るんだな。ところが見つかったのは詩の切れ端だけで、それでもなんだか気に行ったらしい。現金を預けておいてよかったと思ったよ。そのうちにローザが代母を連れて帰って来たけれど、父親の肖像画を母の墓から取り戻すんだなどと言ってるんだ。結局その代母なる女が肖像画の金メッキ目当てにそれを取って売っちまったってことが判明してね。ローザは怒り狂ったんだけれど、身寄りのない子を引き取った代母にしてみればお金が必要だったんだろうさ。それに肖像画はあんたに瓜二つだったから父親に会えばきっと分かってもらえるって言われてローザも機嫌を直してね。とにかく何が行われているのかよく分からない家だった。いかがわしい人間たちが雑多に住んでいるってことだけは分かったけどね。」

「そうか、でもローザは気に入ったんだね。」

「ああ、あの子を見捨てることはできそうもない。かといってパリに連れて行くような金はないけどね。」

「うーん、難しいところだな。でもパリに行けば紹介してやれる新聞はいくつもある。君の能力があれば仕事には困らない。とにかく行ってみて、金がたまってから呼び寄せてもいいんじゃないかな。」

「ああ、でもまずは僕一人でもパリへ行く旅費を貯めなきゃいけない。」

「二十フローリンは返してもらったのかい？」

「ああ、朝になって渡してくれた。ただ一フローリン半分宿代を取られたけどね。」

七十．夜会

大使館での夜会に行くともう何台も紋章付きの馬車が停まっている。つい先ごろあつらえたばかりの礼服がみすぼらしく思えるのに気後れを感じながらも、召使が
「作家のジェラール・ド・ネルヴァル様。」
と呼びあげるのに力を得てロココ風の長椅子や芸術品のような縦型の陶器のストーヴで飾られた応接室に入って行った。伯爵はにこやかに僕を出迎え、まず驚くほど若い伯爵夫人の豊満で瑞々しい左手に接吻させると、一緒にいた二十代と思われる青年を指さして
「こちらは長男のジョゼフ・ルイ・カミーユ、第二書記をさせている。隣におるのがエルトゥルネル

家から来た嫁じゃ。第一書記はラングスドルフ男爵じゃが、今療養に行っている娘のヴィクトリーヌの婿での。娘はもう一人おるのだがこれは前に内相をやっておられたドカーズ公のところに嫁いだのでここにはおらん。」

劇の舞台では貴族の衣装というものをいくらも見てきたが使い古されたものだった。今目の前に展開されている男女ともにきらびやかな衣装は何気なく着こなされているものばかりで、しかも皆の顔立ちもしぐさも洗練されていて自分だけが何から何までこの場にそぐわないのがありありと分かって頭の中が真っ白になる。自分の声がどこか遠くに聞こえる。

「ジェラール・ド・ネルヴァルと申します。『レオ・ビュルカール』というドイツを舞台にした劇をポルト・サン・マルタン座で上演してもらいました。」

「おお、あれはなかなか面白かったですよ。政治的理想と家庭の狭間というのは僕らにとって身近な話題ですからね。それにシラーばりの学生集会が出てきて。ちょうどパリにいた時期なもので見させていただきました。」

「ありがとうございます男爵、ラングスドルフ家と言いますとドイツの出でいらっしゃるのですか？」

「いや、いつもそういう風に言われるんですが、まごうかたなきフランスの出身ですよ。ドイツ語はあまりうまくなれません。当地でも外交官と話すとなると向こうがいつだってフランス語を使ってくるものだから。」

間もなく夜会の客たちが集まって来て一同は豪華な夕食に招かれた。金髪の侯爵夫人と呼ばれている相手にパリの演劇や文学の状況について聞かれ説明していた。

「それじゃあ新聞にも書いていらっしゃるのね。今一番人気のジャーナリストって誰だとお思いになって？」

「それは「ラ・プレス」のテオフィル・ゴーティエと「デバ」のジュール・ジャナンに間違いないと思いますよ。今じゃあ演劇を上演する作者は誰しもこの二人に良い記事を書いてもらわないとやっていけない。幸い僕は二人ともに懇意にしてもらっているんでずいぶん手加減してもらえました。」

「ジャナンさんをご存じなんですの？」

不意に右隣から鈴を振るような声がかかって振り向くと黒髪をゆったりとウェーブさせたうりざね顔の女性の潤むような瞳にぶつかってどぎまぎしてしまった。ラヴェンダーの香りが漂ってきた。パリで舞台のガス灯に輝いてショパンを軽やかに弾きこなしていたあのピアニストに間違いなかった。

「カミーユ・プレイエルさんですね。」

「マリーと呼んでくださらない。カミーユだと夫と同じになってしまうものですから。ジャナンさんとはパリで本当にお世話になりましたの。演奏会の成功もあの方の記事のおかげですわ。それにあの着こなしの見事さと言ったらほれぼれしてしまいます。」

「マリーはいつだって惚れっぽいのね。才気あるフランス人ジャーナリストっていったら目がないんだから。あなたもせいぜい才気を発揮なさるといいわ。」

「僕なんて、テオやジャナンに比べれば鈍重で、帰宅した階段に足をかけた時に今夜サロンで皆が腹を抱えた理由にやっと気づいて一人で笑うたぐいの野暮天ですよ。」

「遠慮深い方なのね。でもきっと音楽を聞き分ける耳はお持ちなんでしょう？　お芝居をお書きになったそうだけどその中で音楽は使っていらっしゃるのかしら？」

「『レオ』では学生たちが合図として歌う「レッツォーの狩」だけですが、実は名前は出てないんですがその前に『ピキヨ』というオペラ＝コミックをデュマと共作で書いているんです。あの劇ではモンプーが曲を担当してくれました。」

「その方のことはあまり知らないわ。それでジャナンさんは今は何をしてらっしゃるのかしら？」

「相変わらず劇評で魔法の杖を振ってますよ。彼は『バルナーヴ』みたいな小説を書かせても十分な才能があるんで本当はもっと本格的に自分の作品に専念した方がいいんじゃないかって気がするんですけどね。」

「嬉しいわ。あの方をきちんと評価してくださっているのね。」

その時伯爵夫人が入って来て、皆で謎解きをして遊びましょうと声をかけた。僕は「海《マレ》の」と書かれた紙片をこっそり渡されたので、頭をひねったがおいしい料理の後だったのでフーケの料理人だったヴァテルのことを思い出し、魚が届かないと思って自殺した最期のエピソードが頭に浮かんで、急いで台所からエプロンと帽子を借りて着込み、空の大皿を恨めしそうに眺めてナイフを取り出す演技をして見せた。するとマリーがショールを掲げてひとしきり踊って見せ皆が喝采した。しかし謎解きは難しすぎてしばらく皆あてずっぽうなことを言っている。

「大皿にナイフ、その後に踊りか、見当がつかないな。」

とラングスドルフ男爵はお手上げの顔をする。

「いえ、この皿はむしろ入ってないものが問題なのですよ。」

「入ってない？　ナイフがあるから肉か？」

「いえ、あなた、あのナイフは魚用でしたわ。それに踊りじゃなくてその時使ったものに気をつけなくちゃ。」

「そうか魚とショールか、魚、ショール……うーん見当がつかない。」

「それじゃあ大ヒントです。こちらをご覧ください。」

と僕は控えの間にいたラギューズ公を引っ張り出した。侯爵夫人が破顔して
「分かった、分かった、海《マレ》の、ショール《シャール》で元帥《マレシャール》というわけね。」

と見事に解いて一同感心した。マリーはそれからひとしきりピアノを弾いてくれと頼まれたが自分よりもずっとふさわしい人がいるからと言って辞退し、ちょうど応接間に入ってきたリストを指さした。

「そら、指長王子さん、あなたは遅れてきた罰に入場料を支払わなくちゃ。そこの料金箱でね。」

とピアノの蓋を叩いたプレイエルのいたずらっぽい唇の蠱惑的なきらめきは先ほどの目を潤ませたしとやかな姿とは別人のようで並み居る男たちはすべて魂を奪われたよう、女たちは唇をかんでいるように見えた。リストは優雅に会釈してこれを受け、無造作にピアノに向かって狂熱的なリズムを叩

き始めた。プレイエルは先ほどのショールを髪に巻き付け、くるくるとたなびかせながら踊った。回るたびにラヴェンダーの香りがしぶきのようにかかってくる。でこでこと膨らんだ衣装に身を包んだ他のご婦人たちは半ば感嘆し、半ば呆れて見守るしかなくて、空気そのものが酔ったように上気し、プレイエルの頬もまたほんのりと赤みを帯びてきた。

ワインが入りすぎてソファの上で眠ってしまったらしい。気が付くともう客たちはいなくなり召使たちが部屋を片付け始めていて、一人片隅に忘れられていたことがわかった。今はもう何時だろう。慌てて召使の一人にコートと帽子を探してもらって外へ出た。凍るような空気が頬をさす。あいにくと近くには辻馬車の気配もない。ローテントゥア門に通じると思われる道をよろめきながら歩く。今もし強盗に襲われたらひとたまりもないなと思うが、実のところ懐中にはほとんど何も入っていない。ようやく届いた交付金の残りでこの先の家賃を払い、黒鷺館でつけにしてもらっている昼食代も払い、生活費のために質屋にいれていた礼服を請け出すともういくらも残金がなかった。父には金をせびりたくなかった。どれだけ作家として成功したところを見せても、『ピキヨ』の上りも『レオ』の上りもウィーンへのミッションも、父の頭から「演劇界」の破産の印象を消すことはできなかった。今でも、たまに家に顔を出すと、ただひたすらそんなやくざな稼業に見切りをつけて公証人事務所にでもなんでも勤めろと言うばかりだ。それでも金がなくなる不安に耐えることはできなかった。この遠方から取れる手段は何でも試みていた。テオにもカールにもジャコブにも原稿を送ってみたが未だに返事は来ないし、フランスから届く新聞にも記事は載っていない。ヴェイユは心配して、ベリオとザフィールに相談してみると言ってくれたが、彼自身も生活費が余っているわけではない。母の遺産分がわずかとはいえ残っているのだから父が自分に融通してくれるのはごく自然ではないか！プレイエル嬢は一緒に街を見物することを承知してくれた。それにしても先立つものがなければどうしようもないではないか！　父には健康を知らせる手紙を装いつつもう二度も借金を申し込んだ。だが何の返事もない。

いつの間にかローテントゥア門を過ぎ、ウィーン川に沿う地域に入っていた。なんて暗いんだろう。市の中心部が夜中でもにぎわっているのと比べ、まるで闇の世界だ。川の水は光がほとんどない中、ただ流れる音だけが大きくなっていて、暗黒の中に暗黒のままに渦巻くものが感じられる気がする。空には月もなく、雲が厚く覆いかぶさって、その狭間にわずかにぽつんと一つ星が顔を出している。あのかすかな光がこの闇の渦を僕に示しているのだろうか？　まるでここに飛び込めと示唆してでもいるかのように。

気が付くとひたすら欄干にもたれて黒い水を眺めていたらしい。そんなに暗い気持ちになるなんておかしいじゃないか。生れて初めて上流社会に入ったのだ。本物の貴婦人や美女と過ごしたのだ。大使はいつでもまた来いと言ってくれている。今までで一番良い時期と言って良いのだ。そしてあの美しい女性……ぼおっとしながら少しづつレオポルドシュタットに入っていた。下町の活気がまたにわかに感じられる。クリスマスが近いというので真夜中でも樅の木を運んだり、開いた酒場から声がかかったりする。帰って来たんだ。この庶民の世界こそ僕の戻る場所なんだ。街の様子がにじんでいく。

誰かが右側から僕を支えて連れて行ってくれている気がした。

七十一．アルバイト

昨夜の飲みすぎがたたってもうろうとした頭のままベッドでぼんやりしていると扉をたたく音がしてヴェイユが返事も聞かずに入ってきた。

「朗報だよ。ザフィールが君に原稿を依頼するそうだ。二つの新聞のどちらでも構わない。すぐやってくれ。前金を出すということだ。ザフィールに会いに行こう。」

「それは有り難い。それはそうと君、昨夜僕をここまで連れて帰ってくれたんじゃないか？」

「そんなことはしてないぜ。それにしてもそのざまはどうした？　ひどい臭いだぞ。顔でも洗ってちゃんと着替えろよ。一緒に出掛けよう。」

道々ヴェイユが状況を説明してくれる。

「ベリオにね、演奏会の宣伝のためにザフィールに千フランほどやれって吹き込んだ。奴さんしぶしぶ金を数えたんだが、ザフィールが金を突き返してくれるんじゃないかって期待感が見え見えさ。僕はザフィールに状況を説明し、彼は金を投げ捨てる真似をして見せてから、三百フラン分君に記事を依頼することを承知してくれたんだ。」

「そうか、よくやってくれたな。どうやって年を越したらよいのか途方に暮れてたよ。」

「ヴァービーが君から便りがないって嘆いていたぜ。」

「うん、すまないと思っている。でも夜会に行って貴婦人たちと知り合いになれてね。うまくやれそうな気配があるんだ。何せ貴婦人たちだぜ！金もかかるし、ヴァービーには当分かまってやれないだろうな。」

「あまり女を泣かせるなよ。ローザは今僕のところに入り浸りだ。僕に頼り切っている感じがある。何もしてやれないんで、本当のところ尻の下が寒い感じなんだがな。」

「女を泣かせるなんて生れて初めて言われたよ。ヴァービーは可愛い娘だけどまだキス一つしてない。あの子ならほかにいくらでも良い男が見つかるさ。」

「お安くないな。よほど誰か高貴な美女に熱を上げちまっているな。」

「そうなんだよ。昨夜は気も動転して思わず深酔いしてしまったんだ。」

「君はパリの素敵な女優さんに操をささげているっていう噂だったんだがね。」

「今だってそうさ。でもジェニーは一座のフルート吹きと結婚してしまって日に日に遠い存在になってしまったんだ。」

「今度の女性が誰だか知らないが、あの大使館に出入りする人じゃあやっぱり日に日に遠くなるほかないんじゃないかな。気をつけろよ。」

ザフィールは編集室で小僧相手に手紙を口述していたが二人を見ると立ち上がって握手を求めた。

「ああネルヴァルさんですね。お目にかかれて嬉しい。記事を書いていただけるんですってね。」

「書かせていただけると大変ありがたいです。主題はどんなことがよろしいんですか？」

「ご承知かと思いますけど、当地では検閲が大変厳しいんです。オーストリアに関わるようなことを書けば必ず引っ掛かります。むしろパリに関する噂話のようなことを書いていただくのがいいと思うんです。それもあんまり、自由だとか議会だとか政府だとかにかかわらない文化方面のことに限定していただくのがよいと思います。」

「分かりました。それじゃあパリのジャーナリスト、それも文芸関連のジャーナリストのことを書きましょう。自分でも演劇欄を書いていますし、その方面の記者たちはたくさん知っています。」

「それはいいですね。私は「演劇総報」と「ユーモリスト」の二つの新聞を持っていますが、念のために両方に少し変えた記事を出すことにして検閲に提出しましょう。それならどちらかは通るでしょう。ドイツ語で出されますか？」

「いいえ、そこまでドイツ語はできません。誰かに翻訳を頼まないと。」

「わかりました。翻訳者はこちらで見つけましょう。三百フランの記事ですが翻訳者に百フラン払わないといけないので二百フランということで、前金で五十フランお渡しします。残りは記事と引き換えということで。」

ひどく有り難いお金に思えた。これで年を越せる。そのうちにパリの記事からの金も入るだろう。

それからしばらく雑談が続いた。ザフィールは『ファウスト』訳も『ピキヨ』と『レオ』の戯曲も読んでいたし、「ラ・プレス」の劇評もほとんど目を通していて、僕の文章を評価してくれていた。ジャーナリストたちについてもなかなか辛口の論評をしてくれたが、彼に言わせればジャナンもテオも結局は梗概の域を出ていない。文学的な論評としてはカールや僕の方が個性があって面白いという。検閲のひどさについては全くヴェイユと同意見で『レオ』にまつわる僕の苦労話を聞くと、

「いや、うらやましい。そういうものの分かる検閲官のいる国で働いてみたいものです。」

と言い切った。ヴェイユはディートリヒシュタイン公の二人の息子のお相手をしなくちゃならんと言って別れた。

ローテントゥア門の側のガストホーフで羊のもも肉とハンガリーワインで昼食を済ませた後しばらく町をぶらついてみる。メールマルクト市場はもっぱら小麦など穀類を売る商人が屋台を並べていて昔ながらの大天秤や分銅の向こうに袋の口を開いて中身を見せた様々な穀類を並べている。赤いものや黄色いものも混じっている。売り手は近隣のオーストリア人のおかみさんといった顔が多く、服は簡素なもので、腕っぷしはめっぽう強く、普通の男などやすやすと叩きのめせそうだった。一人でっぷりと太った男が悠々とその中を歩いて行くとおかみさんたちはみな笑顔で丁寧に挨拶するが、通り過ぎた後では唾を吐いたり口の中で罵ったりしている。ちょうどそこで犬をつかまえて遊んでいた小僧にあれは誰だと聞いたら、こっそり耳打ちで、

「マルクトの王様だよ。」

とウインクして見せた。なるほどそう呼ばれている元締めか、ひもみたいなものだな。グラーベン広場の方へ戻って行くとある店のウィンドウのガラスの中に等身大の、少し斜めからの高貴な女性の肖像が掲げられているのにしばらく見とれた。それがゾフィー大公妃であることはすぐに分かった

が、その端正な顔立ちと斜めに振り返っているようなしぐさのちょっとしたところが別の誰かを思わせる気がした。誰だったのだろうと見入っていると聖シュテファン大聖堂の鐘がガランガランと大きな音を響かせ始め、それがもっと小ぶりな懐かしい別の鐘の音を思い起こさせた。ああ、あの町だ。サン・ジェルマン・アン・レイ、大公妃は従姉のソフィーに似ているのだ。もう十年近くたった。結婚して、きっと子供もいるのだろう。今でもその微笑と、陽気で活発な「ジェラール！」と呼びかける声が耳に残っている気がする。暖かいものが瞼のうちにこみあげてくる。

それにしてもどうしたことか。ウィーンに来て、ヴァービーに会った。こんないい娘が僕と一緒に歩いてくれるなんてと嬉しかった。それから夜会に行った。マリー・プレイエルの黒い瞳に夢中になってしまった。あの人も僕のことがそんなに嫌いではないようだった。もう何日も昼間は彼女のことばかり思い、夜になって大使館を訪れて彼女が来ているとそれだけで嬉しくてたまらなかった。それなのにこうして大公妃の肖像画を拝顔しただけでまた新たな憧れが浮かび上がってくる。そればかりか従姉の思い出までが溶け込んできて懐かしさで胸がいっぱいになる。僕は一人の女性をきちんと愛し続けるってことができないんだろうか？

かつてシダリーズが言っていたな。女の子は自分のことをきちんとかまってくれる人が必要なのよって。その頃はカミーユやテオみたいなプレーボーイと付き合っているのにどうしてそんな純情な愛情を信じられるんだろうと思っていたけれど、現にヴェイユを見ているとローザみたいな身寄りのない、美貌のほかに財産も後見も持ち合わせていない女の子をひたすら守ってやっている姿を見ると、ああ、愛ってこういうものなのだなと感動する。でも僕にはそういうことができないらしい。ソフィーもシダリーズも忠告はしてくれるけれども僕を愛してはくれなかった。ジェニーが結局は離れて行ったのも多分そのためなんだろう……

クリスマスだというので子供たちが樅の木を重そうに抱えて、それでも元気いっぱいに嬉しそうに闊歩している。まるで森が歩いているみたいだな。マクベスそのものだ。町を行く人々もオーストリア風だったり、ハンガリー風だったり、ドイツ風だったりそれぞれだけれど皆着飾って楽しそうにしている。聖シュテファン大聖堂に入って行くと蠟燭が山のようにともされて祭壇が明るく銀色に輝いている。側面の高くなった格子に百人はいようかと思われる少年たちが立っていて素晴らしい合唱を繰り広げ、ヴァイオリンやトランペットがこれに合わせている。それが聖歌でなければまるでシュペールのビールの泡の飛ぶ空間にいるみたいだという気さえする。それに会衆の多くが実際居酒屋からそのまま出てきたみたいに赤い顔をして上機嫌なのだ。このありさまをノートルダムの重々しい陰気なコーラスが宗教だと思っているパリの坊さんたちに見せてやりたいと思う。パリでは音楽は見世物としての娯楽のためにしか使われないけれど、こうして荘厳な祝祭にこそよく合うものなんだということを教えてやりたい。

七十二　マリー

マリー・プレイエルは今日はお客日だ。辻馬車で乗り付けると中にはもう三台ほどの自家用馬車が停まっていて入れないので門のところで降ろしてもらって後は歩いて入るしかなかった。マリーはハンガリーの公爵、ラギューズ公爵とラングスドルフ男爵に囲まれて応接間で扇を使っていたが、何しろ陶器製のストーヴはよほどガンガン燃えているらしく、室内は汗ばむほどだった。
「あらいらっしゃい、ジェラール。ちょうど良いところに来たわ。この人たち金髪と黒い目じゃ相性が良くないって決めてかかるのよ！」
「そりゃ金髪に青い目はパリでもウィーンでも珍しいですからもてはやされますけれど、目の色は黒い方が落ち着いていて、思いを深く沈みこませているようで僕は好きですね。若いころ作った詩で『ファンテジー』というものがあるんですが、そこでそんなことを歌ったことがあります。」
「まあ素敵、聞かせてくださらない。」
「そのメロディのためなら、あげてしまっても悔いがない、
ロッシーニでもモーツァルトでもウェーバーでも
古の哀愁と悲しみに満ち満ちる調べ
僕にだけの秘密の魅惑を持っている

その曲を耳にするたびに
二百年も魂が若返る
ルイ十三世の御代だ、そして見えてくる

夕陽が黄色く染める緑の丘が。
角石のあるレンガの城
ガラス窓は赤く染められ
大きな庭に川が流れて、
花を縫って城の足元を濡らす。

それから高い窓に一人の婦人が
金髪で目は黒く、古い衣装に身を包む
その人に別の男だった僕が
会ったことがあって、覚えているのだ。」
「ロマンチックねえ、そんな風に想われてみたいわ。でもやっぱりそのためには金髪じゃなきゃダメね。」
「そんなことないですよ。黒髪だって肌が白ければ…」
「私の肌むしろ色黒なのよ。」
「いえ、奥様の髪とお肌のコントラストは芸術的ですよ、請け合ってもいい。」
「そうなの、どうして請け合えるのかしら?」

「スペインの画家たちは美女と言えば黒い髪に黒い瞳で描きます。ムリリョの絵に奥様にそっくりの肖像画を見た覚えがあるんです。」

「スペインってあのメリメさんが大好きな国ね。あの人に私とんでもなく意地悪なことされたことあるのよ。」

マリーは少し口を突き出すようにして機嫌を損ねたふりをし、急にピアノの方を向いて軽快な曲を弾き始めた。

「タラララッタッタ、そらやっぱりモーツァルトは素敵ね。でも私これから練習しなくちゃ。皆さんまた来週来てくれる?」

マリーは他の人と一緒だと僕にばかり話しかけるのに、決して二人になってくれようとはしない。だから手紙を何度も書いた。それでも真正面の告白が効くような年齢ではもうないと思うから昨晩の醜態を詫びる形にしてみたり、音楽の話題にしてみたり、中で一番彼女が反応してくるのはジャナンの話題を向けた時なのだが、これでは僕は単なるジャナンの呼び水になってしまう。しかしもうあきらめようと思って離れていようとすると、大使館の夜会で出会うたびに彼女の方から寄ってくるのだ。一度リストに相談してみたことがある。

「あのマリー・プレイエルには誰か特定の愛人がいるんですか?」

「さあ、今はどうかな。噂ではいろいろあるみたいだけどね。とにかく大物好きなことは確かだ。ベルリオーズとも噂になったし、ショパンとは特に仲が良かったな。メリメには嫉妬から丸坊主にされたらしい。ミュッセも一時彼女に首ったけだった。」

「でもそれはいずれもパリでのことですよね。ウィーンではどうなんでしょう。」

「ああ言うタイプの女性にとって、どこであろうと好きな人ができれば自分を抑えたりはしないんじゃないかな。あれだけしっかりしたピアノの技があれば周囲の方もかなり大目に見てくれるしね。ご主人とはもうとうにうまく行かなくなって別居しているからほとんど独身に近い扱いも受けている。それで君は彼女にぞっこんになってるんだね？」

「ええ、今は昼も夜も彼女のことだけ考えていて、仕事も手につかないんですよ。」

「まあ文学者にとっては恋愛も失恋も仕事のうちだろうけどね。あんまり思い詰めると体に毒だよ。シェーンブルンかプラターにでも遊びに行ったらよいんじゃないか？」

七十三．大晦日

大晦日の晩大使館では夜っぴてのパーティをやることになり、僕にも教訓劇の役が一つ振り当てられた。カフェでいつもの昼食を取りながら渡された戯曲に目を通す。テオドール・ルクレールか、典型的なブルジョワ劇だなと思う。出だしの台詞から僕の役だ。ヴィクトールという名前だ。しかし出だしの役はむしろ主人公じゃないんだろう。まあその方がよいかもしれない。演技なんかやったことないし、台詞を覚えるのも大変だ。いやしかし、これは何だ。未亡人のシャーベット夫人のカフェに入り込んだ番頭が、夫人と結婚できるのを当てにしている。ところが夫人の方は何とかカフェの経営はそのままに男は厄介払いしようとしか思っていない。それで突然やって来た友人の役者が夫人をかき口説いて自分の方に気を向けさせ、結婚契約書を相手の名を書かずに署名させて強引にヴィクトールと結婚させる、これじゃあ結婚詐欺じゃないか！それにヴィクトールはシャーベット夫人が本当に惚れた男の当て馬になっているだけじゃないか！しかも夫人役がマリーだなんて！マリーの台詞の一つ一つが僕の心をグサリグサリと刺し通してくるみたいだ。駄目だ。読んでいられない。ジャナンの顔が見える。ああ、ジャナン、この恋人役の役者って君だったのか！そうだよな。美男で口達者、友人のために一肌脱ぐと称して面白い場面を演ずるためなら、それもいい女を口説くとならば待ってましたと乗り込んでくる。それ、マリーがもう君を見ただけで嬉しくてたまらない顔をしているじゃないか……

「どうしたジェラール。なんだかお通夜みたいな顔をしてるぜ。」

「だってジャナン……」

「俺はジャナンじゃないよ。」

しばらく呆然とした目を上げて、ようやくヴェイユだと分かった。

「ああ、アレックス、君か。ここはパリじゃなかったんだ。」

「やれやれ、眠っていたようには見えなかったがね。またあのプレイエルとかいうピアニストのことでも考えていたのかい？」

「違う。いやそうなんだ。彼女の出る大使館での余興劇に僕も出ることになってね。台詞を覚えようとしてるんだが、覚えられないのさ。」

「どれどれ、それじゃあ少し手伝おうか。相手役を読んでやるから、君の役をやってみろよ。」

ヴェイユの誠実そうな顔を見ていると、それが女たらしの役者のものだとしても台詞は気にならなくなったし、シャーベット夫人の台詞は全く女としての魔力を失って、わがままなカフェのおかみさんみたいになったので今度はすらすらと台詞が頭に入った。これなら明日の晩もなんとかなりそうだ。

クリスマスの夜会だというので大使館はいつになく活気に満ちていた。門番もおめでとうございます、と言いながら名前を呼んでくれ、乏しい懐から思わず銀貨一枚をチップとして出さなくてはならない雰囲気になっていた。劇のことは無論話題になっていたが一番の見ものは、その前に行われる活人画だという評判で、前に見たことがあるというラギューズ公爵が玄関にちょうどいてそれを面白おかしく解説してくれた。

「いや、舞台いっぱいに何人もの美女が名画の恰好をして姿を見せるのじゃが、何しろ自分には十分な照明が当たってくれないとすべての美女が主張するのじゃな。それで蠟燭の取り合いが起こる。中には自前の蠟燭を隠し持っている婦人もいたりして、あちこちに余分な影を作るから時にはかえって幽霊のように見えることもあるんじゃ。」

実際幕が開いてみるときれいに照らされているのは中央で厚紙でしつらえた貝の上に軽装のドレスで立ち上がってウェヌスの誕生を模している侯爵夫人くらいのもので、あとはそれぞれに自分や他人の影をこうむり、何の絵を表しているのかわからない女性が多かった。ジュリー・フニャディという名の女性など公爵の言葉通りになってしまい、足元から照らす蠟燭が青い衣装を反映して文字通り幽霊のように幻想的な姿となっていた。ただ右端に位置したマリーだけは巧みに蠟燭の影を避けて挑発的な白い薄いドレスをまるで裸体のように見せながら女神ディアナとして寝そべって優雅な姿を見せていた。

「カミーユ、素敵なディアナだ。私も鹿になって狩られてみたいな。」

とおどけた声で言うのが聞こえたので振り返って見るとなんとメッテルニヒだ。今夜は来る予定と聞いてはいたが、夕食には顔を見せなかったので忘れていた。相好を崩して、まるで悪さをしている不良少年のように見える。大使もその隣で悦に入っている。マリーの目は誰を見ているのかわからない。じっと上目使いでそれでも何となく誰かを見ているような気がするのだが、それは僕ではない。

いよいよ劇が始まった。大広間の一部に本物っぽい幕を張って簡単な舞台が作られているのだが、背景の代わりに誰の手になるのか蒸留器などカフェらしい絵が結構本物らしく描かれている。舞台端には椅子の背に細長い紙が張り出されており、『シャーベット夫人、テオドール・ルクレール作』と太文字でタイトルが示してある。マリーや僕の名前も配役として書かれている。従僕が杖をドンドンドンドンと床に叩き、幕が左右に開かれた。舞台は左右の大蠟燭で照らされているが客席は暗く沈んでいる。それでも貴婦人たちの髪飾りがちらちら動くのが目に入ったし、ひそひそ声や咳をするのも聞こえた。出だしは思いのほかスムーズにできた。

「カソナード入りのバヴァロワを作るんだ。それに蜂蜜入りのレモネードを添えてな。コーヒーがなくなったら台の上にシコレが用意してあるからまた作ればよい。」

やがて友人役が入ってくる。これはこの夜会に出入りする本物の俳優がやっていて、さすがにそつがなく、僕はそれについて行くだけで良かった。第四場になってシャーベット夫人が舞台の中からヴィクトールを呼ぶ。出ていくとマリーがいかにもブルジョワ夫人といった格好で優雅に安楽椅子に肘を持たせており、上から目線でさもやり切れないように声をかける。

「ヴィクトール！」

「お前におります。」

「一体どこにしけこんでたのかねえ。もう小一時間もベルを鳴らしていたってのに。」

「でも奥様、厨房におりましたので。」

わがままなオーナーの台詞が続くのは、むしろ彼女らしい気がした。

「あなたはもう以前のようには接してくださらないのですね。」

「私たち二人のどちらの方が変わったのかしらね。考えてごらん、昔は私のどんな小さな願いでもお前にとっては至上命令だったじゃないか。私は頼む必要なぞなかった。お前の行き届いた気づかいや気配りときたら思いも及ばないほどだった。今じゃお前は私が死んだって眉一つ動かしそうにないね。私に文句を言う筋合いじゃない。お前が間違っているんだ。」

「文句などございません。ただかつては私には常に友情をもって話してくださいました。私のことをジェラールと呼んでくださり……」

マリーの目に驚きが走った。舞台脇に隠れていた従僕が

「ヴィクトール！」

と必死に囁いている。涙がこみあげて来て、マリーの顔がぼやけてきた。マリー、君だって最初は優しかった。僕は君の微笑を見るのがうれしかった。僕はそのためだけに生きてきたのに。

「あなたは私の話を全てほめてくださった。私は常に同じようにしているのにもうきちんと扱ってもらってない。」

従僕だけでなく、今やマリーまでがかがみこんで囁いている。だが何を言っているのかわからない。ただひたすら涙が出る。愛されていない、そのことだけが心に食い込んでくる。

「えい、もう嫌だ！」

「何をするんです！」

舞台の周り中で人々が立ち上がっているのが分かった。僕はカフェの絵が描いてある衝立をひっくり返してしまったのだ。あっけにとられた大使の顔が見えた。そしてマリーはソファーに身を埋め、額に手を当ててあざ笑っているように見えた。

僕は何かを叫んでいた。気がついて見ると従僕が後ろからコートを持って追いかけてくる。広間を飛び出してそのまま路上まで走ってしまったのだ。従僕がコートを着せかけてくれるのが分かった。倒れこむように辻馬車に乗った。

七十四．ベッドの中の年明け（一八四〇年）

正月の朝僕はベッドから起きられなかった。眠ろうとすると繰り返し台詞が言えない冷や汗の場面が浮かんでくる。マリーが勝ち誇ったように踊るのが見え、僕は息を詰まらせて昏倒する。いつの間にか首が切られてさらされている。それがまた何時かしら種になって飛んで行ってしまい、南海の島で目が醒める……

気が付くと枕元にヴェイユとローザがいた。

「やあ、やっと気が付いたかい。ずいぶん熱があったし、だいぶうなされていたぞ。」

ローザがスープを持って来てパンをちぎって浸して食べさせてくれた。

「もう年は明けたのかい？」

「何言ってるんだ。もう三日だぞ。」

まる三日も眠っていたわけだ。部屋が回っている。ヴェイユとローザが遠くなったり光って見えたりする。

「そういえば君も足を折ったんじゃなかったかい？」

「ああ、例の大公の息子たちをロシア橇に乗せていた時にね。一応杖はまだ使っているんだが、君がずっと姿を見せないって門番からの言伝があったんで心配してローザと来てみたらこのありさまだったんだ。なんだかパーティーでひどい目に会ったみたいだね。」

「ああ、パンドラがね……」

「パンドラだって、そりゃ誰のことだい？」

「なんでパンドラなんて言ったんだろう。不思議だな。いやパーティーの劇に出ていたんだ。台詞が全く思い出せなくなってね。それで腹立ちまぎれに背景に使われていた衝立をひっくり返しちゃったんだ。そいつが悪夢になって何度も何度も出てくるんだな。」

「なんだ、そんな程度のことか。みんなもうきっと忘れてるさ。」

「愛している女の目の前なんだぜ。他の誰が覚えていたって構やしない。でもあの人の前でだけは、あんなざまを見せたくはなかった。」

「それ違うと思います。」

ローザがきっぱりと言ったのでジェラールもヴェイユも驚いた。

「好きな人だったらどんなに無様に失敗したとしても私が慰めてあげなくちゃ、今こそ私がこの人を守ってあげなくちゃと思うものよ。それで冷ややかに見放すようなら、最初からその女の人には愛なんかなかったのよ。」

「そうだ。その通りだ。」

ヴェイユは感激したようにローザを抱きしめている。僕はでも全く別の意味でそう、その通りだと思った。マリーは最初から僕なんかまるで愛していないのだ。多分あの人の愛しているのは、あんなに熱心に話を聞きたがるジャナンか食い入るように演奏の一つ一つに目を凝らしているリストなのだろう。どちらも大スターじゃないか。それに稀代の美男子だ。僕なんか何をどうしたってかなやしない……

そう思うとまた熱がぶり返してきた。ローザが付き添ってくれていたので君の姉さんはどうしているると尋ねると、姉さんにあんなにつれなくしておきながらよくそんなことが聞けるわね、と言い渋りながらも、ボヘミアに残してきた生みの母の加減が悪いのでそちらへ行っているとの返事だった。

七十五．帰る

一週間たってようやくジェラールは起き上がることができるようになった。彼が大使館に顔を出した時、伯爵はスキャンダルなどなかったかのように、君はこの親同然の家庭を見捨てたのかい、と温かく迎えてくれたが、ジェラールはもうあまり頻繁にここに通うことはしなくなり、三つの劇場に通い、昼間は街を歩き回り、ガストホーフでカフェオレやビールにふけりながらひたすらザフィールのための原稿を書いていた。マラックへの報告書も書かなくてはならなかったし、ウィーンの旅行記の続きも書いておく必要があった。そして何より本当に描きたかったのはパンドラとあだ名をつけたあのピアニストとの出会いだった。しかしきちんと書こうとすれば書こうとするほど描写は悪夢の方へ、悪夢の方へと歪んで行く。しかもその奇怪な現実とも夢ともつかないホフマン流の記述に自分自身思いもかけない魅力を感じ始めていたのだが、読み返すたびにこのままでは読者が受け入れるような形にはならないという思いも強くするのだ。

気分があまりに暗くなってくるとシェーンブルン宮の庭を観に行った。入り口に置いてあるライオンの下半身を持った女性像は、女性の隠し持つ恐ろしさを象徴化したもののように思えたが、その風雨にさらされて柔和になった表情や豊かな乳房を見ていると心が和んでくる。庭の一番奥にはグロリエッテと呼ばれるマリア・テレジア女帝の愛した巨大な列柱でできた東屋がある。これを見晴るかす広大な木々の緑を擁する平原が涙を催すまでに心に触れる。ある時またウィーン市内でゾフィー大公妃の肖像画を見ていてそれがなぜか分かった。あの光景はどこかサン・ジェルマン・アン・レイを思わせるのだ。見たこともない人であってもマリア・テレジアという偉大な女性と従姉のソフィー、それにあの白い大理石の獣が一つに溶け合うように、僕の心を癒してくれるのだ。

そんな思いを抱いたのが不思議だった。前にも同じようなことを思ったことがあったような気がしたからだ。

パリからの記事の送金は部分的にしか届かなかったし、残りが間に合うかもわからなかった。マラックには報告書を送る中で、このままコンスタンティノープルまで使命を伸ばしてくれないかと陳情しておいたのだが返事はなかったし、帰りの旅費も送ってくれなかった。このまま待っていたら所持金も尽きてしまう。家賃が更新される前に帰途についた方が安全だった。ヴェイユにはもし送金があった場合にストラスブールへ回送してくれるように依頼し、大使館に別れの挨拶をして帰途についた。金がなくなると前の旅よりも長く国境当たりをひたすら歩いたが、今度は荷物を質にできる当てもない。礼服もコートも売り払って歩き続けるとよほどみすぼらしくなったのか木賃宿でも最低の値段で泊めてくれた。パリの城門が遠くに見えた時にはさすがにほっと心が緩むのを感じないわけにいかなかった。

七十六、借金

パリに帰るとゴーティエは君が帰って来てくれたんでようやく僕もスペインへ行けるよと喜んで迎えてくれたが、一方で気になるように

「そうそう、アルギュイヨーから頼まれてるんだ。君が帰ったら連絡してくれってね。奴さん相当機嫌が悪かったぜ。まあ借り手が何か月も行方をくらましているんだから無理もないが。」

「そうだな。自分の仕事をする前にまず借金取りを何とかしなくちゃならん。アルティストの金の残りではとても足りない。」

「貸してやりたいところだが、僕もこれからスペインへ行くのでまとまったものがいる。内閣が変わる前にランゲーを使って調査費は出してもらったんだがね。」

「ああ、君を当てにしちゃいない。何とか自分でするさ。ただそれにしても時間の余裕が欲しいな。交渉したいんだが一人で会ったんじゃライオンの口へ飛び込むようなものだ。誰か信用のある友人について行ってもらえないかなと思ってさ。」

「あいにく僕もあの男には服代の借りがいつも残っているから駄目だろうな。ねえ、こうしたらどうかな。ウジェーヌ・ド・スタドレールを知っているだろう？　今古文書館に勤めてるやつだ。」

「そうだね、ノディエのサロンで会ったんだっけな。」

「うん、彼なら固いことで知られているし、アルギュイヨーが彼の名前を出したことがあったような気がする。彼と一緒に行けばむざむざ仕立て屋ごときにむしり取られることもないだろう。」

「うん、そうしてみるよ。」

古文書館に行ってみると同年代のドゥエ＝ダルクと少し下のフランシス・ヴェイが顔を突き合わせて暇そうにしていた。二人ともドワイヤネに何回か来たことがあるので話したこともある。ヴェイの方が口を切った。

「久しぶりですね。館長が良く噂をしていますけど、外国へいらしていたとか。」

「うん、ウィーンへ行っていたんだ。向こうで面白い本もいくつか見つけたよ。」

「それは是非拝見したいものですね。あいにく館長は今ソルボンヌのクーザン教授のところへ用事があって出かけているんですが。」

「ああ、ノディエ館長にはまたちゃんと日を改めて会いに来るつもりだけれど、今日はスタドレールさんに会いたいと思ってね。」

「それはまた間が悪い。今日は非番なんですよ。でも彼なら割合近くに住んでいるので、訪ねて見られると良いですよ。ナポレオン河岸なんです。」

「『パリの秘密』の場所じゃないか？」

「近いですけれどあそこはきちんとしたところです。何も危ない所ではないですよ。」

ウージェーヌ・シューの小説の舞台なら喧嘩で鼻がなくなっていてぽっかり穴が開いているという

ような恐ろしい男が潜んでいそうな気がするが、よく考えればシャルルマーニュ校にも近いし、行ったこともある。古い家が多いとはいえ門構えは確かにきちんとしている。ウージェーヌさんはおいでですかと案内を請うと門番の老婆はこちらの顔や身なりを胡散臭そうに眺めたが一スー渡すとあっさり笑顔になって入れてくれた。扉をたたくとこれも年配の女性が出てきて名前を尋ねられたので、ジェラール・ラブリュニーだと答える。やがて出てきたスタドレールは僕の顔を見て破顔し、

「やあジェラール、ラブリュニーなんていうから誰のことかと思った！」

「親御さんの家みたいだからね。それなりにきちんと挨拶しとかなくてはと思って。」

「はは、まあ身を固めるまではこの家から通うのが倹約できて良いと思ってね。さっきの婆やを見たろう。子供の時から面倒を見てもらってるから少し口うるさいけど何でも手を取るように先回りしてやってくれるんだ。」

「うらやましいね。僕も子供のころは親身に世話してくれる女中がいたんだけれどずいぶん前に故郷へ帰ってしまった。」

「君とはドワイヤネで会ったきりだったね。でも『ピキヨ』も『レオ』も何度も見せてもらったし、旅の記事も面白かった。」

「そりゃありがとう。君は何か書いているのかい？」

「いや、古文書館ではあらゆる資料の中に何が書いてあるか知っておかなきゃいけないってんで、紙束の整理ばかりやっていると、とてもものを書こうなんて気分になれないよ。それでも昔からギリシ

ャ神話にあこがれていてね。そんな雰囲気を持ったバレエなんか頭の中で構想したりしてはいる。」

「いいんじゃないか。出来上がったら作曲者位すぐ見つかるよ。」

「それで今日はどういう風の吹き回しでわざわざ家まで来てくれたのかな。」

「実は少しきまり悪い話だが、借金取りに追い立てられていてね。いや、何も金を用立ててくれなんて言うんじゃない。それは自分の力でどうにでもなるんだ。ただ少し時間的余裕をもらわなきゃいけないんだが、今は相手が腹を立てていて、会っても怒鳴りつけられるだけのような気がする。誰か固い仕事をしている人に仲介してもらえると向こうも話を聞くと思う。それで、君ならアルギュイヨーを知っているかもしれないとテオに聞いたんで。」

「ああ、仕立て屋のアルギュイヨーか。父も僕もいつもあそこで服を作るから確かに顔は利くよ。それにしてもなんで彼に借金したんだ？」

「「演劇界」のことを覚えているだろ？　あれがつぶれた時始末をつけるためにいろいろと借金をしなくちゃならなかった。アルギュイヨーは芝居の衣装作りなんかもやるからよく取引した間柄だったんでかなりの額を立て替えてもらったんだ。その後『ピキヨ』と『レオ』の上りがあったんで半分以上は返せた。ところが去年の冬からウィーンへ出かけてね。」

「ウィーンだって、いいなあ。そういえばその旅行記事も最近読んだよ。ずいぶん楽しそうだったじゃないか。」

「うん、楽しかったけれど金もかかってね。用意した資金はすぐ使い果たすし、フランスの新聞に送った記事の代金は行き違いになっちまうし、帰国前に内閣が変わったから帰国代も出してもらえず、半分くらい歩いて帰ったくらいで、とてもその間毎月返すはずの百フランは捻出できなくてね。アルギュイヨーにしてみれば貸した相手が金も便りも送ってこない。これはてっきり逃げられたんだ、って怒るのも無理はない話なのさ。」

「それで、返す当てはあるのかい？」

「うん、テオがスペインに行く間「ラ・プレス」で代理を務めることになっているし、『ファウスト』の新訳を出す契約もできた。それにほかにも雑多なやっつけ仕事が多すぎて自分の仕事をする暇がないくらいだが、金だけは稼げる。」

「そうか、そこら辺をきちんと説明すれば仕立て屋も納得するんじゃないかな。」

「それじゃ悪いけど頼まれてくれるかい。」

「もちろんだ。これを機会にいろいろ話ができるといいね。家にもいつでも来てくれ。」

ヌーヴ・デ・ボンザンファン街は分厚い石造りの通りで、アルギュイヨーの店は頑丈な扉のノッカーを叩いて階段を上った二階にあった。取っ付きの部屋では仕立て屋らしい白シャツに黒いチョッキの若い男が恰幅の良い紳士の丈を巻き尺で測っている所だったが、二人を見てすぐに奥の間へ声をかけてくれた。小僧が出てきてソファと低い小テーブルのある小部屋に招き入れてくれたが、こんなところまで樟脳らしい匂いが漂っている。

「ラブリュニーさん、久しぶりですな。それにスタドレールさん、わざわざご苦労様です。」

主人のアルギュイヨーはもじゃもじゃの両側の髪で禿げ上がった額を隠すようにし、さらに大きな片眼鏡で年かさの印象を強くしていたが、服の方はやはり仕立て屋らしい白シャツに黒いチョッキで、ただ膨れ上がった腹の上からずり落ちたがって仕方ないズボンをかろうじて吊革で支えている様子だった。まんざらでもなさそうな顔をしているのは、もう何か月も捕まらなかった借り手がこうして自分の領分に自ら飛び込んで来たからに違いない。

「アルギュイヨーさん、ここのところ連絡ができなくて済みません。実は仕事でウィーンまで行っていたので、向こうで旅費が足りなくなって未払い分の都合をつけることもできなくなったものだから。」

「まあ、私としてもここ数か月資金繰りが苦しくなってましてね。そういつもいつも悠長にお待ちしようとは言っていられない状況だ。それでジェラールさん、また何かお芝居でも上演なさる見込みはあるんですかい？　そうなって衣装だのなんだの注文していただけるようだとこちとらも助かるんだが。」

この男が借金取りと商人の顔を巧みに使い分けているのは相手の名前をさりげなく呼び変えていることにも現われていた。彼はジェラールが父親に演劇というやくざな商売に手を染めていることをできるだけ気が付かせたくないとラブリュニーの名を伏せている心情をよく承知しているのだ。

「いや、新しい劇は今執筆中なんだが、肝心の上演先が行き詰っているもんで。ルネッサンス座もポルト・サン・マルタン座も立ち行かなくなっていて、新しい劇を取り上げてくれる余裕がなくなりつつあるんだ。」

「あなたも妙なプライドを振り回さずにもっと売れてる劇場が取り上げるような戯曲を書きなさればいいんだ。スクリーブさんやサン・ジョルジュさんみたいにね。」

「そのサン・ジョルジュに今度は共作を頼んでやろうと交渉はしてるのさ。それにしてもそっちの方がまだまだ時間がかかる。とりあえず食べていくために「ラ・プレス」で週一回劇評を書くことにしている。ほら、ここにテオが書いているだろう。不在の間は僕に代理を任せるって。」

「そうでしたな。ゴーティエさんはスペインへいらっしゃるそうで。あんた達ジャーナリストは仕事と称して外国へ遊びに行けるんだから結構なご身分だ。」

「本当に仕事なんですよ。この前も「メッサジェ」紙にドイツ旅行の記事を載せてる。ただ記事を書いた報酬が旅行にかかる費用でどんどん消えてしまうところが悩みの種でね。」

「私なんぞいつもいつもこの店に座ってお客さんの相手をしておらなきゃならん。あんた達はそういう私らのお金で好きなことをしていらっしゃる。」

「まあそうチクチクジェラールをいじめなさんな。彼は誠意をもって返そうとしているんだし、彼の誠意は僕が保証するから。」

「まあね、あのバルザックなんてお方よりは信頼できると思うよ。あの人は自分の小説で服屋のことを書いたらそれで借金を払ったつもりになっているんだから。あんまり有名な文士になられてもこちらとしては手に負えない。あんたらくらいの方が確かに誠実に払ってくれるだろう。払える時はだね。それじゃあ残金の方をこれまで通り月末までに百フランづつ払ってもらえますね。あんたの住所はいつ行ったって留守なんだから、連絡の来ないときはスタドレールさん、あなたに連絡することにする。それでだめならあなたに立て替えてもらわなきゃならないかもしれませんな。」

「分かった。それは大丈夫だ。この人をあんまり追い詰めるとかえって書けなくなって金も取れなくなるんだから、適当にしてやってください。」

アルギュイヨーは二人に手を差し出し、二人は帽子をかぶって街路へ出た。ジェラールはほっとした様子で、あいつと二人だけだとすごい剣幕で商事裁判所へ告訴してやるからと怒鳴られるんだと話した。

七十七．ハイネ

七月のある日ジェラールはブールヴァールを横切って北の方、ブルー通りへと向かっていた。ハインリッヒ・ハイネに会うためだ。もう何度か書簡のやり取りはしていたし、翻訳をしようという合意もできかかっていた。この上は是非とも実際に会って話をし、具体的なところへ持っていかねばならない。なぜなら、これはやりたい仕事だから。劇評は食べるためだ。翻訳はやっていて楽しいし、楽しくなる仕事でなければ引き受けない。それにハイネはこれまで扱ったドイツの詩人よりもフランス人受けするという気がした。

ブルー通りの角は分厚いケーキを切り取ったような形をしている。扉にぶら下がった鉄の輪っかを叩くと上の歯が黄色く突き出た老婆が顔を出した。

「何か用かい?」

「ハイネさんにお目にかかりたいんですが。」

「え、誰だって?」

「ああ、アンリさんと呼ばれているかもしれないな。」

「あのドイツから来た旦那だね。三階まで上って行きな。階段の右側だ。」

老婆は一スー貨を見て急に愛想良くなりながらずるそうな顔をした。門番によくあるタイプだ。三階の扉を叩くと、今度は若々しい女性の声でどなたと尋ねるのが聞こえ、答える間もなく扉が薄めに開かれていた。

「ジェラール・ド・ネルヴァルと言います。お手紙を差し上げたものです。」

「ああ、お待ちしてました。どうぞお入りなさい。」

小鳥のさえずりのようだ。ずいぶんと明るい女性だなと思う。言葉遣いはいかにも女中といったところだが、全くものおじしていない。ハイネが結婚したとは聞いてないが、どう見てもフランス人だから血はつながっていないだろう。

「やあ、ネルヴァルさんですね。マチルド、こっちへお通しして。」

部屋着を着た詩人は髪を左右に分けていてゆったりと肘掛椅子に腰を下ろしたまま招き入れた。先ほどの女性がワインの瓶とコップを二つ持ってきて小卓の上に置き、すぐに引っ込んでしまった。

「かわいい子でしょう。もう一緒に暮らして六年になるんだが、一向に僕の仕事がなんだか分かってない。お客との話を聞いても分からないし退屈するだけだからって、ああやってすぐ引っ込んでしまうんだ。」

「ああ言う素朴な娘さんは田舎にはよくいるんですけどね。都会に出てくるとすぐに流行に染まってしまってつまらなくなる。あんな風に擦れてないままって言うのは貴重な性格ですよ。」

「あの子をほめてくれて嬉しい。僕たちは気が合いそうですね。あなたの『ファウスト』訳はだいぶ前に読ませてもらったけれど、ドイツ語も確かなようだし、詩人の素質もある。あなたみたいな人に翻訳してもらえれば本当に嬉しいです。」

「ああ、その『ファウスト』は新訳を出したばかりなんです。巻末にドイツ詩人選を載せてあって、その序文にはあなたのことも書いてあるんですよ。」

「そうですか、それは是非読まなくちゃ。これいただいてもよろしいのですか？」

「ええ、それはもちろん。次回に感想を聞かせてもらいます。」

「ドイツにいらしたってお聞きしましたけど。」

「ええ、アウグスブルグではアルゲマイネ・ツァイトゥングの方々にもお会いしましたよ。」

「ヨーハン・ゲオルグ・コッタですか。精力的な男ですね。事業家としては父親より上かもしれない。しかしその父のヨーハン・フリードリッヒ・コッタには気骨がありましたからね。私がフランスに亡命せざるをえなくなっても存分に書きたいことが書けて、読んでもらえるのは彼の頑張りがあったたからこそだ。ご存知の通り私は青年ドイツ党ですからね。ライン川の向こうに帰ることはできない。それでも祖国、というのはドイツ語を話すすべての国という意味ですがそれを思う気持ちは誰より強いんです。」

「祖国の方も忘れてはいませんよ。フランクフルトではロートシルト氏にお目にかかる機会があったのですが、あなたのことを気にかけているのがよくわかりました。」

「ああ、あの老人が気にかけているのは私ではなくて叔父のザロモンの方ですよ。重要な商売上のパートナーですからね。いや、実際叔父の援助なしでは私がこんなに悠々と文筆三昧を続けていられないのは確かです。執筆料だけでは生きていくのがやっとでしたからね。とりわけその恩恵を痛感したのがあのコレラが蔓延した時です。私が難を免れたのは清潔な家に住み、栄養のあるものを食べ、どうしても出なくてはならないときは必ず狐の襟巻で身を固めていたからなんですよ。」

「あの時パリにいらしたんですか！実は僕は医者の父に従って患者の診療に回っていたんです。」

「これはこれは、よく生きていられましたね！」

「自分でも不思議なくらいですが、若い時はなぜか自分は絶対大丈夫だと思っていられるんです。診療と言ってもできることなんかほとんどなくて暖かくして清潔にしているようにと忠告するだけなんですが、これはお話しのように貧乏な人たちにはやろうとしたって出来ようがないことなんですね。共同便所の縁を越えて乾いた糞便が盛り上がって蝿がぶんぶん行っているような四階や屋根裏を訪れると、ここの人たちが助かる見込みはほとんどないなって、つくづく思いました。」

「そういう貧しさを何とかしたいって思う人たちはいるんですよね。最初パリに来た時に子供みたいな名前の男に会いましたが。」

「アンファンタンのことですか？」

「そう、その名前、プロスペル・アンファンタン、フランス語では子供っぽいっていう意味の姓ですよね。あの宗教的な雰囲気とシンプルな生きざまに魅かれてね。パリに来ようと思ったのもサン・シモン主義者に興味があったのが一つの理由です。ただ彼らは僕に「グローブ」誌に彼らのための詩を書けっていうんだ。僕は政治宣伝みたいな詩を書きたくない。社会を哲学的にとらえるってことは必要だと思うし、ジャーナリズムでは自由とか平等のための記事を書くこともいい。でも詩に政治を持ち込みたくはない。美は特定の社会を越えたものだからね。それで彼らの仲間からは足が遠のいた。社会主義そのものには共感できる。同じドイツ人のマルクスとかエンゲルスとよく会うんだが、彼らとは意見が合うし、アンファンタンみたいに虚飾を張ろうとはしないから、感じが良いんだ。」

「ああ、その芸術に党派性を持ち込まないっていうのは僕が『ファウスト』の詩人論で強調したところです。ほら、『ハイネにおいて際立っているところは彼の詩が革命的、絶対的な精神を示しているにも関わらず、その歌から完全に政治を排除していることである。』」

「うん、君は僕のことを実によく理解してくれているね。是非翻訳をやってくれたまえ。」

七十八．不運の連鎖

ジェラールはなかなか自分の仕事ができないのにいらだっていた。毎週の劇評を書かなくてはならないのは生活のためでもあったが、スペインに行っている友が安心していられることを願ってでもあった。しかしパリで活動を再開するのを待っていたかのようにもめ事が、次から次へと降ってくる。あてにしていたルネッサンス座、ポルト・サン・マルタン座が破産、閉鎖の瀬戸際に立っていることに焦り、せめて援助が何かあることを期待していたが、ティエールの主催する政府にはそんな気は露ほどもなく、かえって文学的な演劇が劇場経営を困難にしているなどと国会で叩かれる始末だった。ジェラールはユゴーやデュマの作品こそが大ヒット作として両劇場を支えたという論陣を劇評の中に滑り込ませた。この中で、最近の最大ヒット作として話題になっていた『ヴォーバリエール公爵夫人』をやり玉に挙げたところが作者のバリッソン・ド・ルージュモンから、数字が間違っていると抗議が来た。『ヴォーバリエール』が高い観客動員数を挙げたのは時期がずれるとか、他の作品と同時上演だったとか、反論の材料はいくらでもあったが、むきになって反撃していると、眉をひそめる向きもあったらしい。まして直後に当のルージュモンが急死したというニュースが流れてからは、劇作家などに会うと向こうが背を向けたりするのが分かった。とりわけ痛かったのはアンリ・ド・サンジョルジュから共作の話はないことにして欲しいと言ってきたことだ。彼はそれが今度の件ゆえだとは書いてなかったが、そうとしか考えようがなかった。ルージュモンが病気だと知っていたならもう少し手加減をしたのにと悔やまれた。上演してくれる劇場も、共作者も見込みが立たないとなるとせっかく構想はできていても筆が進まなくなってしまった。しかも折り重なるようにしてシャルパンティエ書店から、今度の『ファウスト』の訳が『ゲーテの二つのファウスト』というタイトルを打っているのは僭称だと抗議が出てきた。シャルパンティエがアンリ・ブラーズ・ド・ビュリの『ファウスト』の完訳を出版するということは前から分かっていて、それゆえに書店主のゴスランは新版の『ファウスト』を出すのに非常な焦慮を見せた。ジェラールの訳は第二部がほんの一部分しか訳されていないのにブラーズ・ド・ビュリは全訳を出しているのだからせめて先に出さなければならない。もっともジェラールとしては今回ヴィドマンによるファウスト伝説もつけているし、ドイツ詩人選も編みなおしてつけてある。もう少し時間が置けるならハイネの訳も載せられたかもしれないと思ったのだがゴスランに急かされたのだ。ブラーズ・ド・ビュリはワイマールに外交官として赴任していた青年だ。ドイツ語は当然うまいだろう。だがどれだけの文章が書けるのか、今まで名前のある本を書いたことがあるわけでもなく、今の自分が負けるはずもないと自信はあったが気持ちは悪い。シャルパンティエともあまり喧嘩はしたくなかった。彼とは詩集を持ち込んだ時にラヴォカ書店で働いているのを見かけて話し、その尽力で初めての出版ができたのだし、ピカルディの地方役人だった父親のもとを飛び出してきて、パリで何とか書店を自分で持ちたいんだという抱負を聞いて、ほぼ同世代の若者として共感した。パレ・ロワイヤルに彼が店を持ってからはよく訪れたし、アルフレッド・ヴィニーの作品集を出した時にはそれが山積みになったままで悲嘆している時に一セット買ってやったこともある。やっぱり高いんですかね、と諦めたようにつぶやくので、旅行中に小型の本があればいいなとよく思った。そんな本なら安くしてもやっていけるんじゃないかと言ってやったことがある。その時は大して気にも留めてないようだったが、その内八折版の本を半分に縮めて定価も半額にして売り出すということを始め、それが当たりだしている。今回はぶつかってしまったが、心情的にも将来性を考えても、あそこから本を出してみたいという気持ちはあった。何とか弁明の記事を書き、友人たちにも援護の記事を書いてもらいながら当人に会いに行くとちょうどブラーズ・ド・ビュリも来ていて、何とか穏便に済ませてくれることになった。

七十九. ベルギーミッション

「ラ・プレス」の事務所で記事の校正をやっていると、デルフィーヌ・ド・ジラルダンが覗きに来た。相変わらず美貌できびきびしていて元気がみなぎっている。シャルル・ドローネ子爵のペン名で書いている「パリ通信」の校正に来たらしいが、そんな仕事はほったらかして校正室でつかまえられる記者や作者をからかって悦に行っている。

「ジェラール、ジェニー・コロンがリヨンを去ってブリュッセルと契約したらしいわね。」

「本当ですか？　実は僕も次は是非ベルギーへ行って、海賊版を防ぐための研究をやってこようと思ってるんです。」

「ブリュッセルはパリで出た本を一日か二日の遅れであっという間にざら紙の廉価本に仕立ててしまうからね。確かにあそこを野放しにしておくとフランスの本屋は立ちいかなくなるわ。でもあなたはすぐ行くことはできないわよ。当面ここにいてもらうから。」

「でも、テオは九月半ばには帰ってくるはずですけど。」

「それが今日手紙があってね。せっかくだからモロッコまで足を延ばして来たいっていうのよ。あの人の旅行記もなかなかいいから、それも悪くないなってエミールは思っているのよ。でもそうなったら劇評はあなたにしか頼めないわ。こんな肝心な時にうちを見捨てたりはしないでしょうね。」

「それは、困った時にはいつもお世話になってますから。でも今は僕も旅行記を載せてもらっていますし、ベルギーへ行ったらまたそういうのも載せていただきたいと思って。」

「それはもちろんいただくわよ。でも何と言っても毎週の劇評を書いてもらわなくちゃ。今夜どこへ行くか決めるために新聞を広げる人が多いのよ。それにしてもジェラール未だにジェニーにご執心なのね。あなたはウィーンで別の女の人にぞっこんだったって証言している人もいるのよ。」

「ああ、確かに気を引かれる女性はいたんですけれども、向こうにその気がまるでなくて。」

「でもジェニーは今やフルート奏者夫人なのよ。」

「あの人は別です。あの美貌と美声に劇場で酔っているだけで幸福になれるんで、それにきっともう一度あの人をプリマにする戯曲を書いて見せます。」

「あなたって本当にまじめなのねえ。デュマに見せてやりたいくらいだわ。彼はつい先だってとうとうイダと結婚したけど、相変わらずいい女と見れば口説いてるって噂よ。」

「あれは現代のドン・ジュアンですからね。」

テオがアフリカから戻ってくるのを待てずにジェラールはランゲーに手紙を書いた。テオのスペイン行きも援助してくれたという実力者に前回の報告とお礼という口実で会いたいと申し入れたのだ。ランゲーはもはや政権から外れているのだが相変わらず多くの人を次々と引見しているようだった。それでも一時間ほど待って室内に招じ入れてもらうことができた。

「やあ、元気なようだな。マラックに出した報告書は読ませてもらった。いい仕事だったんじゃないかな。それに結構楽しんだだろう。」

「ええ、すべてランゲーさんのおかげです。サントーレール大使からは家族のように分け隔てなく扱っていただけました。『ファウスト』の訳者同士であるのが役に立ったようです。それで、これが『ファウスト』の新訳です。第二部の中でも一番見事なところが訳されていて、それから元々のファウスト伝説の訳とドイツ詩人選がついています。」

「そいつが部分訳だって話が流れているそうじゃないか。」

「ええ、アンリ・ブラーズ・ド・ビュリがこれの後で全訳を出しましたからね。ですが『ファウスト』第二部というのは、中世ドイツから全く離れた形而上的な空間に舞台が飛んでしまって、ドイツ人にさえなかなか理解できない難物になってしまっているんです。フランスの読者にはとてもついて行けないだろうと思いまして。ただ古代の美女トロイのヘレンを蘇らせる場面だけはあまりに見事なものですから、ここだけは残したいと思ったのです。」

「まあ、それは後で読んでみよう。ところでゴーティエの方はきちんとやっとるかな。あいつは君より遊び好きなんで仕事なんかほったらかして遊びまわっとるんじゃないかと思う。まあ遊ぶことも情報収集のうちだからそれは構わないんだが、きちんと報告を出してくれないといけないな。」

「その点は心配ないと思いますよ。一度僕がどうしようもなく酔っぱらっていた時に、あの男は自分ならどんなに酔っぱらっていても仕事をする時だけ素面になれるんだって言ってましたから。」

「まあ本当に才能のある奴はそんなものだろう。」

「今は政権が変わってしまったのでもうお願いはしにくいのですが、僕は今ブリュッセルに目を付けているんですよ。ご存知の通りあの国ではフランスで出版された本の海賊版が大っぴらに出回っています。それはフランス国家にとって年間何百万フランというような損失になっていると思うんです。もちろん私たち作家にとっては由々しい損失です。でもベルギー政府が必ずしもその儲けを喜んでいるわけではないと思うんです。フランスとは良好な関係でやって行きたがってますからね。それで誰かが行って、政府と掛け合って、協定ができるようにしたらいいんじゃないかと思うんです。それには単に外交官であるよりも、文筆業の内情に詳しいものが行くべきじゃないかって気がするんです。私は文芸家協会にも顔が聞きますし、ジャーナリズムの人間でもありますから。」

「それにごひいきの女優がブリュッセルに移ったから、ということもあるんだろう。いや弁解せんでよろしい。人なんて結局自分の利害がなきゃ本気では動かんものだ。面白い考えだと思う。それでその使命だが、見込みはあるぞ。国王陛下は今ティエールに見切りをつけかかっとるのだ。いや、これはここだけの話だがね。奴はエジプトのメヘメット・アリが息子のイブラヒムを使ってシリアに進軍し、オスマンの派遣軍を完膚なきまでに叩きのめしたのに興奮し、その勢いに乗ってエジプト軍にコンスタンティノープルを制圧させようと考えとる。だがそう簡単にはいくまいよ。ロシアが頑強にこれを阻止するだろうし、それ以上にイギリスが警戒感を隠さないでいる。あの国はシリアに利権も持っとるしな。ロシアとイギリスが乗り出すとなれば、フランスがいかに支援してもエジプトに勝ち目はあるまいよ。それに陛下はイギリス亡命中に世話になって恩義も感じているし、暮らしているうちにあの国の底力を恐れるようにもなられたらしい。というわけで好戦一点張りのティエールを残しておくのは危険なのだ。奴がよほどうまく立ち回らない限り近々解任される。」

「後任はどうなるのですか？」

「そんなに選択肢があるとも思えん。恐らく首相はスー元帥だろうが、実質はギゾーになるだろう。そうなればデュシャテルやマラック、ヴィルマンにもお役が回ってくる。有望だろう？　それに君の提案はなかなか時宜を得たものだと思う。役割が提案者に回るのは自然な成り行きだな。まあ期待して待っていたまえ。」

八十．冬のベルギー

十月の半ばジェラールはブリュッセルの駅に下りた。鉄道の旅は今回は当たりだった。連日横殴りの雨で、駅馬車を使っていれば宿で足止めということになっただろうし、下手をすれば道の真ん中で水たまりに踏み込んで土砂降りの中を下ろされるという羽目にもなったかもしれない。駅前に留まっていた辻馬車をつかまえ、とにかくフランクフルト市亭へ行ってくれと頼むと御者がずぶ濡れになりながら荷物を押し込んでくれた。この町は四年前にテオと来た。あの時は夏だったけれどやっぱり連日雨で宿に押し込められたきりだった。幸い今回は推薦状もあるし、招待してくれそうな家もある。所持金は二百五十フランほどでウィーンへ出かけた時に比べれば少し心もとないが、ここからならパリとのやり取りは簡単なので何とかなるだろう。ウィーンから無一文で帰って来て、まだ一年も経っていない。かなりがむしゃらに働いてこれでも貯まった方だ。アルギュイヨーの借金も月払い分何回か渡さなくてはならなかった。

ホテルについてすぐモネ座で『ピキヨ』を上演しているかと尋ねてみた。長身の主人はベルギー人らしい頑丈で慇懃な男だったが、あいにくの天候で俳優たちに病人が続出し、上演はひと月先ほどまで伸びるだろうとのこと。なんてことだと思う。この上演があるからこそ無理にでも金を作り、テオが戻るのももどかしく、そそくさとパリを出てきたのだ。そうと分かっていたら内閣の変わるのを待ってミッション費用を出してもらえたのに。そうすれば今度はずいぶん贅沢な旅ができたはずだ。ひと月あるのなら先にオランダへ行ってみようか。ちょうど良い時間つぶしになるだろう。そんなことを考えていると、思いもかけない人からの招待があった。ボーイの持ってきた名刺を見るとモークとある。一瞬戸惑ったが考えてみるとマリー・プレイエルの旧姓だ。そういえば彼女の親の家はベルギーで、弟のアンリはブリュッセルにいると聞いたことがある。オブゼルヴァトワール通りと記してあるのを宿で尋ねて雨の中馬車で行ってみる。なかなか立派な門構えの家だ。まだ二十代と思われる青年が出迎えてくれた。確かにマリーに似ている。

「ネルヴァルさんですね。姉から話は聞いております。ウィーンでいろいろお世話になったからお礼を言うようにということでした。」

「とんでもない、お世話になったのは僕の方です。ブリュッセルには着いたばかりなのですが、よくお分かりになりましたね。」

「いえ、ちょうど姉から、あなたがそろそろお着きになるはずだからお世話をするようにと手紙がありまして、姉はジュール・ジャナンさんから知らせを受けたらしいです。それにあなたが来ることはもう当地の新聞にも出ているくらいですから。」

「なんですって、そんなに早く！」

「パリの「ラ・プレス」で出た記事はもうその日のうちにブリュッセルでも記事になるんですよ。」

全くこのフランスの記事のだだ洩れのためにこそ僕は今度の旅をしようと決めたのだった。事後であってもミッションと認められれば旅費が内閣からもらえるのではないかという期待もある。

「今夜は他にもお客様がいらしています。こちらは医者のルボーさんです。」

「ルボーさんといいますと、あの」

「そう、外務大臣は私の兄です。」

外務大臣との接触が得られそうなのは心強かった。著作権についての調査を進めるためには外務省や文化担当の部署との話が通じやすくなっている必要がある。彼らは無論自国の産業を優先したいだろうが、ベルギーという国はフランスと強いつながりがある。ウィーン会議はこの地域をオランダ王国に含めたがカトリックで、フランス語圏を含むこの地域の住民は反発して独立をこころみた。彼らが最初に国王に迎えようとしたのはフランス国王ルイ・フィリップの息子のヌムール公であり、公が列強の思惑を計って辞退したとはいえ現ベルギー王妃はフランス国王の娘であるルイーズ・ドルレアンである。

「それはまた大変な人と知り合いになれたものです。それにお医者さんとは有り難い。私も悪天候が続くと体調を壊すことがありまして。」

「ブリュッセルは寒いですからな。パリに比べると十度近くも気温が下がることがある。モネ座の俳優たちもそのせいで風邪をこじらせた人が多いようだ。」

「ああ、宿でもそう言っていましたけれど、やはりそうなのですね。症状は重いのでしょうか?」

「いいえ、それほどではない。私も呼ばれて治療した人がいましたからな。ただ喉をやられていて、何せ声はあの人たちにとって商売道具だから当面は仕事にならないわけです。まあ、ベルギーはワインよりはビールの国なのだが、こんな時はフランス産のブランデーでも使ってじっくり療養するしかないでしょう。」

「治療された方の中にジェニー・コロンさんはいたのですか?」

「ええ、あの人が一番重症だったようですね。一時は全く声が出なくなった。でも今はかなり良くなったようですよ。」

「実は彼女が今度主演することになっている『ピキヨ』という劇は私が書いたんです。その上演に立ち会おうと思って間に合うように来たのです。」

「それはしばらく待たなければなりますまいな。良くなったと言ってもまだ舞台に立てるほどではないし、後から喉を傷めた人もいる。早くて十二月にならないと難しいかもしれません。」

「ジェニーには会えるでしょうか？」

「ああ、それはもう大丈夫じゃないかと思います。ここからすぐ近くのホテルにいます。」

雨が小やみになった時を見計らって二区画ほど歩いたジェニーの宿を訪ねてみた。名前を告げるとすぐに通されたが、扉を開けたのは前に見かけた事のある若い男だった。

「ネルヴァルさんですね。私はルプリュスと申します。フルート吹きです。ご存じないと思いますが私は何度もオペラ・コミック座でお見掛けしています。こちらにいらっしゃるという噂はしばらく前からお聞きしていました。妻もいらっしゃるだろうと心待ちにしていました。どうぞお入りください。」

ジェニーは長椅子に横になって、年配のエプロンをかけた女性からブイヨンを受け取って飲んでいる所だった。僕を見て微笑もうとしたが、かなり弱々しいものだった。

「無理しなくていいよ。喉が痛いんだろう？　それでも起き上がれるようにはなったんだね。」

「気分は良くなったの。喉は痛いけれども、二三日前のようなナイフを差し込まれたような鋭いものではもうないわ。熱も下がった。あんまり近くに来ない方がいいわ。うつるかもしれない。」

「僕はこれでも医者の勉強をしたことがあるからね。まだ一週間くらいは稽古もできないだろう。僕は作曲家でないから音楽には手を入れられないけれど一番辛いところを少しカットすることぐらいはできると思う。」

「本当？　そうしてもらえると助かるわ。この部屋はストーヴが効いていて暖まるから早く良くなると思う。来る途中の馬車や宿がひどくてね。天候がこんなだからこんな風邪をひいてしまったのよ。幸い主人は無事だったから看病してもらえておかげで早く治っているみたいなの。」

彼女の口から主人という言葉を聞くのは奇妙だし、重苦しい気がした。本当なら僕がそうなるべきだったのだ。でもなれなかった。そのことの責任は僕にあるのだと、それが苦しかった。それでも結局彼女がこの男を夫に持ったのは彼女にとって幸福だったのかもしれない。僕に彼女を幸福にできただろうか？

八十一．アントヴェルペン

ブリュッセルに長居するのはやめて先にオランダを見た方が良さそうだった。外務大臣もしばらく留守になるようだし、時間をおいて戻ってくればマリーに会えるかもしれない。前にここへ来た時も雨と熱病で動けなくなった。この土地と悪天候は自分と相性が悪いのだ。とりあえずアントヴェルペンまで鉄道で行って、船でオランダへ行こう。そう思って列車に乗ったのだが、アントヴェルペンまで来ても一向に天気が回復しなかった。昼頃駅について、とにかくエスコー川の港へ行ってみることにした。エスコー、エスコーと尋ねてもみな不審そうな顔をするばかりだったが、川だということを説明しているうちにようやく、ああエスヘルデ川のことですか、とフラマン語の川名が分かった。港には何隻もの船が並んでいて、中でも黒い煙を吐いている大きな蒸気船ヴィクトリア王女号が目立ったが、待合室で出会った船乗りらしい制服の男が、

「こんな天候で遠くへ行かれるのはよした方がいいんじゃないでしょうかね。特にヴィクトリア王女号ではですね。あれは最近馬を十頭かそこら運んでたんですよ。ハンブルグからですね。ところが案の定嵐に会っちまった。水が喫水線を越えて来るってんで、仕方なく重い荷を下ろさなければいけないってことになった。つまり馬をですね。荒れ狂う波を怖がって暴れる馬たちを無理やり川につき落とすのは楽じゃなかった。あの目つきを俺は忘れられないね。馬たちはなんとか泳いで船の後を追おうとした。でも十分もしないうちにみんな見えなくなっちまった。後でラッセル島の堤に奴らが打ち上げられてるって新聞に出てましたよ。しばらく奴らの目つきが頭にちらついて眠れなくなってね。」

こんな話を聞いてしまうともう先へ進む気がしない。幸いアントヴェルペン在住のワッペルス男爵という画家に宛てたロジェ・ド・ボーヴォワールの紹介状があったので、とりあえずそこへ行ってみることにした。

フスタフ・ワッペルスはアトリエにいた。少し禿げた頭から晩秋というのにぼんぼん焚いているストーヴの熱気で汗をかき、これをぬぐいながら絵筆を走らせていた。周囲には何人もの弟子らしい人々が集まって先生の筆遣いを眺めている。ジェラールを振り返って軽く会釈し、そのまま画伯は描

き続けている。若い小僧が一人近寄ってきて名前を訪ね、それを先生に伝えた。ワッペルスは聞いたのか聞いてないのかわからない様子でそのまま絵筆を動かし続けている。壁画のような絵だ。巨大な岩の城塞の手前で山のように積み重なった戦士たちが描かれ、ひときわ大きく十字架につけた白い旗を振っている人物がいる。アトリエにはそれらの人物の素描らしいものがいくつも個別に置かれていて、絵自体の人物たちはまだ影のようにぼうっとしか描かれていない。油絵の具の匂いがむんむんと鼻孔の奥にしみこんでくる。

小一時間も経って画伯はようやく手を止め、弟子たちとフラマン語で話し合った後ジェラールの方に向かってきて手を差し出した。

「ジェラール・ド・ネルヴァルと申します。ロジェ・ド・ボーヴォワール君からの紹介状を持っています。」

「ああ、あなたが来ることは聞いていました。ロジェはデュマとイダとの結婚式では証人も務めたと言っていましたが、あなたもデュマとは懇意にされているのですね。」

「ええ、いくつかの劇を一緒に作っています。今度ブリュッセルでかかる『ピキヨ』もそうですし、『レオ・ビュルカール』というのが僕の名前で上演されたものです。」

「どちらも評判になっていますよ。『ピキヨ』は是非見に行こうと思っています。せっかくアントヴェルペンにいらしたのですから、どうか存分にこの町を堪能していらしてください。」

「今描かれているのはどこか島のようですが。」

「ええ、これはロードス島の戦いなのですが、注文主はお宅の国の王様ですよ。」

「ほう、ルイ・フィリップ王はなかなか良い趣味をしていらっしゃる。」

「あの方はシチリア島で王妃となる方を見つけられたのですね。そのためか地中海の島や歴史には格別興味をお持ちのようなのです。この町には大聖堂にルーベンスの大作が四枚も収められているし、ルーベンスの生家も見ることができるので是非ご案内しましょう。」

　ワッペルス家での夕食には当地の画家やジャーナリストが何人も来ていて、ジェラールは劇作家として紹介され、皆の挨拶を受けた。その中には知った顔があった。

「ボカージュじゃないか、こっちへ来ていたのか？」

「ああ、ここの方がパリより受けが良いからね。コメディ・フランセーズで演ずることは役者としては誰でも虚栄心をそそられることなんだが、僕の気質にも演目にもあっていなかった。マリー・ドルヴァルも同じだがね。」

「じゃあ、こっちに鞍替えするつもりなのかい？」

「いやとんでもない。ここは休暇で来ているんだ。確かにここの劇場にも出たがね。あれは今までやったことのある『アントニー』、『ネールの塔』、『マリオン・ドロルム』『リュクレース・ボルジア』の名場面をつなぎ合わせただけだから、全く準備なしでもできる。劇場側としても安上がりだしね。」

「『ネールの塔』で舞台稽古にかなりつきあったな。」

「あれは君がこっそり一部書いているからね。正直デュマが書いたところより、君が書いたところの方が僕は好きだったな。そもそも王侯の気まぐれに従うような主人公はあまり好きじゃないんだ。」

「君の急進的な物言いは相変わらずだな。こっちでは問題になることはないのかね?」

「エーグモント伯以来自由を愛するお国柄だぜ。いや実際のところこの国は政治にかかわらないでも生きていける数少ない場所だ。もしフランスで政府とうまく行かなくなったら真っ先にここに来るべきだろうな。」

「本当は『レオ』も君に演じて欲しかったんだがね。」

「僕もそう思っていたんだ。あの芝居は僕の心情にもピタッと来るところがあるし、君の書くものは台詞だって実に細やかに気を配って作られていると思うんだ。ただアンテノールは経営者として追い詰められていたからね。本当のところ僕も俳優なんかより劇場経営をやってみたいんだ。いつかそれができたら君にもぜひ書いてくれと頼みに行くよ。」

「うん、それは是非実現させよう。ただ今はデュマとうまく行ってないし、代わりと思って目を付けたサン・ジョルジュも僕がルージュモンといざこざを起こしたのを嫌って共作がこじれてしまった。残念ながらまだ一人では仕事がはかどらない。」

「君は文才は本当のところユゴーやデュマよりあると思ってるんだがな。」

「どうも主人公になり切りすぎてしまうところがあるみたいなんだ。芝居を見ていても主人公になりきってしまって、苦しくてたまらなくなったり、怒りが止まらなくなったりする。」

「そうなのか。普段の君はむしろ自分を控え目にしか出さないで、おとなしすぎる印象なんだけどね。

大言壮語のデュマや、自信にあふれて、自分を一瞬も疑わないユゴーとはずいぶん違う。それでいてあの二人の自信満々の作家は他人の感情を実に巧みに描いて見せもする。その落差はさすがだ。でも思うんだが、彼らの方がフランスではありふれた性格だよ。ただスケールが常人とは比べ物にならないほど大きいだけだ。君のはフランス人には珍しい資質だね。だからそれを貫いて行けばきっとめったに見られない凄い作品が書けるんじゃないかって気がする。自分に没頭してしまうんなら、いっそとことん自分自身を描いてみたらいいんじゃないかな。それを演劇にどう結び付けるかっていうのは難しい問題だけどね。」

「ありがとう。なんだか自信が湧いて来た。向かうべき方向が見えてきた気がするよ。」

しかしアントヴェルペンでは気分はあまり晴れなかった。ワッペルスは約束通り大聖堂を貸し切りにしてルーベンスの大作を見せてくれたし、毎日の夕食会に招いてくれた。しかしオランダへ渡航できる見通しは立たなかった。嵐は収まっても深い霧で船の出航は止まっていた。町へ出ても霧の深さとフラマン語が市場の雰囲気を味わわせてくれず、人々がどこか白い目でこちらを眺めているような気がする。夜になると不思議な夢を見た。どこか東方の岩山を歩いているようだった。周りを黙々と歩く暗く重々しい男たちがいた。女たちの泣き声がした。間もなく骸骨がいくつも野ざらしになっている丘が見えてきた。男たちは三本の十字架を立て始めた。髪をざんばらにし、裸身に白い布のようなものをまとわらせただけの男たちが三人横たわっていた。中央の背の高い男に取りすがらんばかりにしている老婆がいる、とみるといつのまにかそれは黒髪の若い女に変わっていた。いや、確かに髪は金色であるようにも見えた。白い男が僕の方を見た。いつの間にか黒い男たちが僕のそばに来て、彼らは僕を十字架に向けて引きずって行こうとしていた。女たちが僕の方に手を差し伸べて泣き叫んでいる。

「いや違う、僕じゃない。間違いだ、そこの男……」

と口にした言葉はもう消えかかっていた。男の姿はいつの間にか消えていて、僕こそがはりつけにされる裸の男であることがありありと分かったのだ……

汗でぐっしょりになりながら目が醒めた。あの男達は、女達は昼間のルーベンスの絵の顔をしていた。だが目が醒めてもどこかで、あれは本当に夢だったのか、かつて同じことを目にしたことがあったのではないかと、そんな気がするのだ。

八十二．三人の美女

ブリュッセルに戻った。リエージュにも寄ったが、あれはあまりにも市民的経済に支配された町で、通りを歩く人々の顔はきびきびとして付け入る隙がなく、市場や金融街は活気があっても、この国の北方ではふんだんにみられるゴシック風の重厚な建物が全くなかった。あの町のフランス語は思っていたよりきれいで、居酒屋での会話も知性を感じさせるものだったし、その点は好感が持てたのだが、この町に留まってゆっくり過ごしたいと思わせる時間の流れがなかった。だから『ピキヨ』の上演が決まったらしいことを知って、急いでブリュッセルに戻ったのだ。モネ座に行くともう稽古の最中だった。名前を告げるとすぐに入れてくれた。稽古だというのにどこかで火を焚いているようで暖かかったが、こういう点がさすがに北の国だと感じさせる。背景は置かれておらず、ピアノを一台置いて、皆まだ平服で、ただ歌はすでに入れている。ジェニーが僕に気づいて喜んだように声をかけた。

「ジェラール、ねえ来てよ、ここのところ少しきついの。何とかしてくださらない？」

声を出しづらいところは聞かせどころでもあるので難しい注文だったし、モンプーのように即座に対応できる作曲家がいるわけではないから、舞台監督とピアノを弾いている男との間でしばらく調整が続いた。それでも音楽のつじつまさえ合うようならば筋がひび割れないように多少の変更を加えることは何とかなる。ジェニーが満足そうなのがうれしかった。彼女はまだ声が時々かすれたし、色つやも悪くて、少し痩せたように思えた。微笑んでいるのすら努力して支えているようだった。気が付くとここにはあのフルート吹きがいない。ご亭主は稽古に立ち会わないのかいと尋ねると、彼は昔の仲間を見つけて居酒屋に行ったそうだ。どうせまだ稽古にオーケストラは立ち合わないし、『ピキヨ』の演奏なら眠っていてもできるのさ、と彼はこともなげに言ったそうだ。そう告げるジェニーの顔は楽しそうには見えなかった。彼女が男友達と幸福になったことはあるのだろうか、と思った。だが僕もまた、彼女を幸福にはできなかったのだ。宿の玄関まで送ったが、それ以上入らせようとはしなかった。もうくたくたに疲れているのだと言ったし、実際その通りに見えた。パリで夜一緒にいた頃もそのように言っていたけれど、あれは言い訳めいていた。その口調はしっかりとして、僕を避けるための口実としか聞こえなかった。今は声は弱々しく、食欲もあまりないようだった。彼女と一緒にいられない、力になってやれないことが頭の中でぼうぼうと耳に綿を詰めたような苦しさを膨らませていた。

宿へ帰ると、かつて見た美しい書体で招待状が来ていた。マリー・プレイエルがこの町へ来ているのだ。ジェニーと会って心は自責の念に悶々としていて、今夜はもう一人酒に溺れていたいという気持ちだったのだが、思いもかけぬこの招待状はまた正反対の方向へ心を激しく揺さぶった。というよりも、何も考えずに体はまた夜会用の服にそでを通して、ベルを鳴らして辻馬車を呼ぶようボーイに言いつけている。外は凍えるようだった。ブリュッセルの上流階級はみな坂を越えた山の手の町に住んでいる。馬たちは凍って滑る石の坂道を登って行くのに難渋して、その辛い息の匂いが氷のような空気の中でも強く感じられた。だが石の門にはめ込まれた頑丈な樫の扉の向こうに入ると暖かくなり、やがて陶器のストーヴの前になだらかにソファに腰かけているマリーのそばまで辿り着くと燃える火の熱さが感じられる。部屋には何人もの着飾った男女が集まっていたが、ウィーンと違って古い貴族の血を漂わせている人たちではなく、市民の生活感と豊かさをみなぎらせた人たちであることは、服装からも物腰からも見て取れた。一年ぶりに見るマリーはやはり妖精のように美しく、それに今日はキラキラした皮肉を見せたりはせずに人々の話に興じて歯を見せて笑ったり、ウィーンやパリの名高い芸術家や作家の名を次々とあげては楽しそうに噂しているようだった。僕が大使邸でやらかした不始末のことなどおくびにも出さずに、屋敷のパーティーのにぎやかさや、リストやベリオの話を振ってくる。僕もまたあの社交界の雰囲気に陶酔していた時のことが蘇って、酔っているかのように次々

と話をすることができた、

「ジャナンさんは、あの方はどうしていらっしゃるの?」

その言葉がナイフのように突き刺さるまでは。

僕は何と答えていたのかよくわからない。ジャナンは相変わらずですよ、多分そう答えていたのだろう。他の答えができるはずがない。相も変わらず縦横な才気で『デバ』紙の劇評を牛耳り、劇作家たちに神か悪魔のように恐れられ、女優や貴婦人たちを何人でも虜にしている、そんな生活を続けられるということは、普通の生活をしている凡人としては夢のようなものなのだろうが、あの男にとっては日常以外の何物でもないうんざりするような繰り返しに過ぎない。彼はたとえ酒を飲んでも決して己を失うことなく、冷静に、皮肉に他人のあらを探し、自分自身にも愛想をつかし、人生なんてそんなもんさね、といいながら、ルーレットに大金を投げ出して一晩でなくしたり、倍にしたりする。そんな男になぜこれほどの美女、それも人並み優れた才能を持ち合わせた女が、縋り付くような未練を見せるのか? マリー自身男を何人でも知っている女だ。男のことをこれほど知っている女も少ないと思われるのに。それにこんなに気が強く、才気が勝っていると思われていても、一晩男のことを思って涙を流すような本性を持っているのだ。僕はそれを知っている。マリー、マリー、なぜあんな男のために不幸になろうとするのだ。

「ジェラール、ジャナンさんに伝えてくださらない、私がどうしてかジャナンさんの機嫌を損ねたみたいで、返事も下さらないけど、私がそれで本当に悲しい思いをしているって。」

ええ、伝えますよ。自分で伝えることはできないけど、誰かに伝えてもらってあげる。イポリット・ドローネがいいかな。「アルティスト」の編集長なら、ジャナンだって少しは敬意を払うでしょう。

帰っても寝付けなかった。ジェニーの青白い顔と、マリーの嘆願する美しい瞳が交互にちらついて離れない。

ラーケン門近くの大ハーモニーホールでコンサートがある。すぐ近くの王宮から王妃ルイーズがお越しになられると聞いていたので、これは是非とも参列しなくてはと思った。ジェニーがそこで歌ったが、まだ喉の調子が良くないのはありありと分かった。それでもこのホールはモネ座ほど大きくはないし、ピアノの伴奏だけだったから負担はよほど軽かったようだ。ルイーズ王妃は真紅のドレスをまとい、黄金の髪を両脇に三重に結い上げて赤と白のレースで縁取りを付けていたが、王妃のお召し物としてはずいぶん簡素な気がした。パリでオルレアンの王室一家が散策した時にお見掛けした時は血色も良く、バラ色ですがすがしい感じがしたものなのに、今は少し肉がつかれ、その分むしろ健康がすぐれないように見受けられるのは次々と三人もお子様をお産みになったためであろうか。にこやかにはしておられたが、それほど楽しんでもいらっしゃるようには見えない。王宮のサロンに出入りしたことがあるミュッセの話によれば王妃はオーベールとカルクブレンナーによって音楽教育を受けられたが、あまりこの芸術をお好きにはなられなかったようだ。だが観客は熱狂的に王妃に歓呼の声を上げていた。僕はジェニーのために不安で心臓がどきどきしていたが、ジェニーも微笑をたたえて、優雅に膝を折って王妃にお辞儀するのを見ると、金髪と金髪が響き合って舞台に黄金の波が揺らめくのが見える気がした。

翌日、ルプリュスが稽古場に現れた。いよいよ上演が迫ってオーケストラを歌に合わせるのだという。ジェニーはほっとしたという風情で見るだに安心してゆったりとしているのが分かった。ああ、そうか、これが愛情というやつなのだ。激しく情熱や自己犠牲を言い立てるのではなく、そこにいることで安心感を与えることができるというもの。相手の美貌や才能などほとんど関係ないのだ。たった一日置いただけなのにジェニーはもうやつれて見えることもなく、疲れてさえいない。心なしか喉の調子すら自在になっているようだった。ああ、シダリーズ、君の言った通りだ。女が必要なのは愛してくれる男がそこにいること、いったん愛してしまえばその男がどんな男であれ構わない。そうなった以上他の男は侵入者でしかない。

夜になると今度はマリーがまた僕に思い知らせてくれた。相変わらず客の多い彼女のサロンで男たちはみな美しい女主人につきまとって離れないが、彼女は誰と話してもまたすぐ僕の方を向いて話しかけてくる。それもまたジャナンの消息につながるものはないかと思ってのことなのだ。パリのジャーナリストたちは今誰のサロンに集まっていらっしゃるの？　ジラルダン夫人は今ジャーナリストたちを一手に集めていらっしゃるとお聞きするけれど、それは「ラ・プレス」の記者だけなのかしら？

「デバ」の方などいらっしゃらなくて？　そう、「デバ」には何人もの記者がいるけれど、マリーが聞きたいのは一人の消息だけなのだ。ええ、ジャナンはどこにでも現れますよ。どの新聞に顔を出したって歓迎されないはずはない。オペラ座でもフランス座でも桟敷巡りをする記者たちを迎える貴婦人たちが本当に待ち受けているのはあの高い鼻と潤んだような瞳を少し緩んだ顎と縮れた巻き毛に包んだおしゃれな三十男なのだ。文学者や上流階級の者たちをいかにも持ち上げるふうして流暢に話しだし、周りのものにはすぐにそれが皮肉だと分かるあの巧みな語り回しを婦人たちは好むし、恐れてもいる。そんな話をむさぼるように聞いているマリーを見ていると胸の中を寂しい水が上ってくるような気がする。話しながら、彼女の中がジャナンで一杯になって、自分はどんどん空っぽになっていくような気がする。しかも僕は彼が大好きだったんだ。僕の才能を認めてくれ、ローランシーとの間を取り持ってくれ、『レオ・ビュルカール』という作品がユゴーやデュマと比べても遜色ない傑作だと認めてくれた。そんな彼のためなら何でもできることをしようと思っていた。いや実際彼は僕に悪いことなんか何もしていない。どうして僕が彼を悪く思わなければいけないんだ。これは要するにジェラシーじゃないか！なんと醜い感情だろう！でも不思議なことに同じように女性にもてる友人たちでも、テオやカミーユにこんな感情を持ったことはなかった。彼らは何があっても変わらない仲間なのだ。ジャナンは決してそこまで踏み込んで来ようとはしなかった。プティセナークルにも、ドワイヤネにも、たまに客人として訪れるだけで、同じ友情の気の渦に溶け込もうとはしなかった。無論ユゴーやデュマもそうはしなかったが、彼らには最初から畏怖があった。デュマのように無節操に女性に手を出すような男でも、それはあの才能であれば当然のこと、仕方ないことだと無条件で脱帽するところがあった。いやこれもおかしい。なぜジャナンに脱帽してはいけないんだ？　確かに彼は偉大な創作者ではないが、偉大なジャーナリスト、社交人としては脱帽できるのではないか？

頭の中でどんどん筋がこんがらがって、胸苦しく、どう考えたらよいかわからなくなってくる。しかし目の前で微笑んでいるマリーの顔が再び見えてくる。ああ、その通りだ。他の男たちとは、同じ女を愛しては来なかった。マリーの存在こそが、僕がジャナンに苛立たしい思いを覚えるゆえんのところなんだ。それにしても、ジェニーをめぐってこんな気持ちになったことはなかったのに。前の夫のラフォンはもとより、銀行家のホープにせよ、今の夫のルプリュスにせよ、そこまでジェラシーを掻き立てられたことはなかった。マリーというのはそれほど特別な女なのだろうか？　だがこの瓜実形のたぐいまれなる美しい顔立ち、瞳の色は優しく、それにじっと捕えられたら、どんな難題でも聞き届けずにはおられない気がする。そしてショパンの甘い調べをいとも軽やかに弾きこなし、何かというとそのメロディを口ずさむさわやかな美声、この女性が自分のうちにこんな醜い感情を引き起こすことがあって良いはずがない。

八十三．交霊術

マリーから交霊術の夕べが催されるから是非行こうと誘われて、また馬が白い息を吐きながら宮殿山の坂道を上るのを聞いていた。マリーが仮面をつけるように合図した。少し秘密めいた門を馬車がくぐり、暗い中庭に入って行くと、このガス灯だらけの町には珍しい蠟燭に照らされた玄関に通され、顔のよく見えない召使に先立たれて大理石の階段を上っていく。恐らくは由緒ある貴族の館なのであろう。通されたのは小さな読書室のような所で、中央のテーブルに小さな三つ脚の木の卓が置かれ、仮面をつけたどこか妖艶な感じの女が座っていた。他にもすべて仮面をつけた何人かの同席者がいて、男も女もいるようだったが、誰がこの館の主人なのか、それも分からぬまま、仮面の女が口を切った。

「ようこそおいでくださいました。私セミラミスがこれから皆様を霊の世界へお導き致します。霊が来やすいように皆様お心を集中され、無駄な会話をなさいませんようお願いいたします。」

と語って口をつぐみ、会衆を見渡した。暗い室内で少しテーブルからは遠くに立っていた人々は曖昧にうなずいたが、不安な気が感じられた。

「それでは私と後お二人の方がこのテーブルに座って、上に乗っている三脚の卓に手をかけます。霊が現われますと卓の脚が動いてテーブルを叩きます。叩く数がアルファベットを表すのです。その言葉はここにいる助手のジニが書きとって読み上げさせていただきます。それでは皆様の中でも特に霊性の高い方をお二人選ばせていただきます。」

謎の女は十人ほどいた部屋の中の人々に近づき、面と向ってその眼を仮面越しにのぞき込み、一巡りした挙句まずマリーの右肩に手を置いた。

「たぐいまれな霊性をお持ちですこと。どうかこちらにおかけください。」

驚いたことに次に女が手を肩に置いたのは僕だった。一座の面々は見知らぬ男にかけられた幸運に思わず不満らしい顔つきをする者がいるのが何となくわかった。選ばれなかった人々はテーブルを遠巻きにするソファの上に腰かけ、ただ助手と呼ばれた、これも仮面をつけた女性だけが、小机をもらってその上にペンと紙を広げた。

「皆様、くれぐれもお話をお慎みください。それでは私たちの今宵のセッションが成功することを祈って一心にこの三つ脚の小卓をお見つめください。」

僕とマリーと謎の女が小卓に軽く手を置いた。マリーの息吹きと脈動が卓を通じて伝わってくる気がした。それはかろうじて聞き取れるかすかなもので、それが消えてしまってもなんとかして聞き取ろうと全身がそれに心奪われていた。不意に何か冷たいものが背中を通り過ぎた気がした。人々が息をのむ気配、小卓の脚がためらいがちに最初の一つを叩き、すぐに次々と文字を刻み始めた。十四、一、十六、一五、十二、五、十五、十四。はっきりと驚きの声が何人もの口から上がった。答えたのはナポレオンの霊だったのだ。それから霊は途切れることなく高速で言葉を発し始めた。三つ脚は途切れることなくひっきりなしにテーブルを叩き続け、一体何が綴られたのかもう全く分からなくなっていたが、それをひたすら数え筆記する助手の書く音だけは聞こえていた。彼女はこれを予想していたように何十本というペンを削ってあらかじめ紙とインクのそばに置いてあった。霊が言葉を止めた時、どこかの教会が一時を打つ音が聞こえた。会が始まってからもう一時間以上経つのではないかと思われた。

「それでは読み上げさせていただきます。

予は皇帝ナポレオンである。セント・ヘレナに流されてより六年の月日を経て彼の地で最後の時を迎えた。予の最後の言葉は、「フランス、軍隊、ジョゼフィーヌ、兜をかぶった首、神よ!」であった。セント・ヘレナで埋葬されて十九年、フランスの迎えの船が来た。十月十八日日曜、ほぼ二月の船旅の後、今夕パリの廃兵院へと運ばれた。セーヌの辺に埋葬されたいという予の遺言を満たすためだ。ヴォージュの緑の花崗岩の台座にしつらえられた赤い斑岩の棺に我が遺灰は収められた。余の紋章を付けた幔幕を張った神殿が建てられ、余の老兵達がその周囲を取り巻いて捧げ銃をし、皇帝万歳と唱えた。」

皆言葉もなかった。その日に皇帝の遺灰が廃兵院に運ばれるというニュースは誰もが知っていたが、これほど事細かに儀式の内容を、見て来たかのように伝えられるとは思ってもいなかった。僕はナポレオンの魂が小卓の脚からじかに体内へ流れ込んでくるのが分かった。それは電気のように力強く僕の体を満たし、部屋の中が昼間のように明るく見えた。そこには何千人という兵士が並んで捧げ銃をしており、すべてが僕に向かって涙に浮かんだ顔を向けていた。皇帝の輝かしい顔がよく見えたが、それでいてその顔は僕を包んで、その何千という兵士たちの方を向いているのだった。

「ジェラール、ぼんやりしていないで。みんな帰り支度をし始めているわ。」

マリーが僕の袖を引っ張った。気が付くと部屋の中にはもうあの謎の女も助手もいなくなっていて、皆コートを羽織ったり扉から出ていったりしている。マリーも毛皮のコートに身を包んでいて、召使が僕に最後のコートを差し出している所だった。呆然としたまま辻馬車に乗り宿につくと、そのまま部屋に辿り着いて服を着たままベッドに倒れこんでいた。

八十四．現実生活への夢の侵入（パリ一八四一年）

ジュール・ジャナンはヴォージラール通りの住居を出てデバ紙の事務所へ向かうつもりだったがふと気を変えてルペルティエ通りへやってくれと辻馬車の御者に頼んだ。ル・ディヴァンのカフェは三年前くらいにできたばかりだが、ソファを並べたいかにもオリエント風の作りと水ぎせるが吸える心地の良さ、それになんと言ってもオペラ座のすぐ近くにあるという地の利の良さから文人や画家のたまり場になっていた。デュ・ベレー侯爵やグラモン伯爵のような貴顕から極めつけの貴族嫌いのピエール・ボカージュに至るまで、このカフェでは平和な顔をしてコーヒーをすすり、パイプの煙をくゆらせている。しかしまたソファから身を乗り出しての議論もしょっちゅうのことだし、中にはシカールのように気に入らない新参者が来たと思うとやにわに立ち上がって、

「俺様の楊枝を貴殿の胸につきたてて進ぜようか。」

などと喚きだす者もいたが、ここはオリエント風とは言え本物のイスラム式と違ってアルコールを喫することも自由気ままだったから昼間から酔っぱらっている顔もいくらも見られたわけだ。

ジャナンは店奥に近い一角にたまっている髭面の数人を目指して悠々と歩み寄った。

「やあ、シュナヴァールにボーヴォワール、ナントゥイユにメソニエか、まるでドワイヤネ小路の再現だな。」

「これは珍しい。批評家の王者のご入来とはな。」

「そう嫌味たらしく言わんでも良かろうよ。僕だって君らと同じくまだ二十代の心意気は持っているつもりだがね。」

「うん、そいつは結構。それじゃあこのアブサンでも一気に飲み干してみろよ。」

「よせよ、ジェラール。まだ昼間なんだ。君はいつだってここで仕事をしているみたいだが、今は何をやっているんだ？　著作権の改革をやっていると聞いたが。」

「ああ、それはベルギーに行っていろいろ調べてきたからね。ブリュッセルで本屋を回ったり、大臣のルボーに会ったりして来た。著作権も特許と同じ扱いをするという案で妥協ができそうだ。それに最近パリでも内閣が変わったから、きちんとミッションをもらって、もう一度フランドルへ出かけようと思っている。」

「著作権を商品みたいに扱うなんて君は本気で考えているのかい？　芸術をまるでブルジョワが商品を扱うみたいに取引するなんて、君自身が一番嫌がりそうな話じゃないか。ベルギー人がただで齷齪してフランス人の著作を世界に広めてくれるなんて、むしろ儲けものだと思わないのかね？　フランス文化の栄光がどんどん世界に広まるわけだ。それこそ著者の死後ですらもね。」

「それじゃあ、その栄光が広まる間、作者はどうやって食べていくんだね？　ベルギーの本屋がただ同然の安い値で海賊版をどんどん出す。ヨーロッパでは誰もフランスで刷った本を買わない。その内その安い本がフランスの中にすら輸入される。フランスの本屋は本が売れなくて倒産する。そうなりゃ誰も作者に原稿料を払ってくれる者はなくなるじゃないか？」

「現にそんな事態が起こっているとは思えないがね。そんな遠い将来のことはどうでも良いさ。」

「遠い将来ということじゃない。著者が死んで後五十年までは権利を認めようっていう法律を出してもらうんだ。著作者だって子孫に遺産を遺す権利はあるってものじゃないか。」

「もし作家が子孫に権利を遺せるんだとしたらだね、コルネイユやラシーヌはギリシャの悲劇作家や子孫に原稿料を払うべきじゃないか？　モリエールだってプラウトゥスやテレンティウスに借りがあることになる。現代の作家だってどれだけこまごまとした借りをいろいろな昔の人に負っているかと思えば膨大な著作権料が必要になってくる。やめにした方が良いね。」

「君は今の自分が思うままに原稿料を手にすることができるんで、他の人の痛みを感じることができないんだ！」

「僕はまっとうに働いて、まっとうに稼いでるだけさ。君にあれこれ言われる筋合いはないよ。君だって外国にまで旅をして稼ぎまくってるじゃないか。すっかり旅する男になってしまったな。動くのが好きなのか？」

「うん、外にいると、なんだか気分が高揚して来るんだ。書く材料も一歩ごとに増えるしね。新しい友人もできる。そうそう、マリーからの伝言は届いたかい？」

「ああ、実はその件で来たんだがね。もうあういう伝言はやめてくれないか。」

「どうしてだい？　もともと君が紹介してくれた人じゃないか。」

「それはそうだが、僕はもうすぐこっちで結婚するつもりなんだ。もう他の女性との関係は清算したいと思っている。」

「そいつは厳しいな。向こうは君にぞっこんのようなのに。」

「結婚するんだ。相手はきちんとした家柄なんだし、噂が立ったりすると困る。」

「そうか。でもあんなにきれいな女性が情熱的に君を求めているというのにな。」

「いいかい、ジェラール、プレイエルというのはそういう女なんだ。僕が逃げようとしていることを知って絡みついてくるのさ。」

「でも本気としか思えなかったよ。お客が大勢いても僕とばかり話したがる。それも他のことではない。君の噂をするためさ。あの優しい縋り付くような目で頼まれると。」

「マリーがどれだけ多くの男とかかわって来たか、知らないわけじゃないだろ？　ジョルジュ・サンドとどっちかっていうくらいのものさ。そりゃあの美貌で、しかもピアノを弾かせたらリストの向こうを張るくらいの腕なんだから、惚れこんでしまわない男の方が少ないだろうさ。でも結局はどの男のものにもならないんだ。」

「それでも今度ばかりは本気のように思えるんだがな。」

「君はやっぱり女心が本当には分からないんだ。どんな浮気な女だろうと、目の前に来た男には、その時は本気なのさ。命をかけて愛すると言っても良い。元々情けが深くなけりゃ芸術家になんかなれないしな。でもまた次の男が現われれば今度はその男に夢中になるんだよ。相手だってすぐに彼女に惚れこんじまうからな。僕はもう疲れたんだ。そろそろ身を固めたい、家庭を持ちたいと思っているんだ。」

「分かったよ。君がそういうつもりなら邪魔をするつもりなんかないさ。」

ジャナンはそれきり座ろうともせずに店を出ていく。どうしてなのかな、いつもこうなってしまう。彼は本気で仲間づきあいをしようとは思ってくれない。こういう気の置けない友人たちの間より、貴族や大金持ちのサロンを好む。きちんとしたものが書けないわけじゃない。『バルナーヴ』なんか、読んでいて実に面白かった。新聞にばかり書き散らしているのは才能の浪費という気がする。

ジャナンが帰ってしまった後ジェラールは気を取り直すようにテーブルにばらまかれた紙片をあさり、ノートを取り、原稿を書こうとした。一緒にいた友人たちも次第にいなくなり、ガス灯がにわかに暗くなり、ガルソンが近寄ってきて、そろそろ閉店しますと告げた。目をしょぼつかせながらちらばった紙を丁寧に束ねて外套のポケットにしまい、かすかな街灯を頼りに歩きだした。道を上ってナヴァラン通りのねぐらに帰るにはモンマルトル通りを行くことになる。娼婦たちが何人か寒そうに襟を立てている。顔見知りもいて、「おやすみ、ジェラール」と言ってくれることもある。決して客にならないことは知っているが、喋っていると楽しい相手だし、時には相談相手になってくれることもある。だがその晩の彼は何かひどく心ここにあらずの様子で、ろくに返事もせず、何となくふらふらと定かならぬ足取りで歩いている。左手には最近完成したばかりのロレットの聖母教会がコリント風の列柱と三角破風の屋根を闇に白く浮き上がらせている。鐘が鳴った。真夜中だな、目を上げると三十七番地の表札が目に入った。そこの戸口が開いている。敷居のところにぼーっと立っている白い姿がある。背中にざーと水気がそそけだつのが分かった。女のようだ。ただ、目がくぼんでいる。そこだけ黒い穴になっているようだ。あれは「死」だ、とささやくものがある。見てはいけないと、そんな気がして足を速めた。死が僕に現れたなら僕は死ぬのだろうか、あるいは世界全体が消え去るのだろうか。体中がなんだか小刻みに震えている。ナヴァラン通りに辿り着くと大きな音をたてないように手探りで鍵を開き、真っ暗な階段を上って自分の部屋に入り、ベッドに倒れこんだ。

……僕は教室にいた。生徒たちが机に向かって坐っている。その中にデュポンシェルやテオの顔がある。黒板にギリシャ語でアナンケーすなわち運命と書いている後ろ姿にも覚えがあった。僕はなぜか立ち上がって次の教室へと歩いて行った。そこでは哲学をやっていてヴィルマン先生が何かラテン語で話しているのが聞こえた。急がなければ、と思った。廊下を足早に歩いた。曲がっても曲がっても廊下は続いていた。何かがバタバタと上の方で音を立てていた。見上げると中庭の上空を飛んでいる人影があって、もう飛べなくなって屋根にぶつかり、手すりにぶつかりして落ちてくる。螺旋階段を転ぶように走って追いつこうとした。ものすごく大きな体だった。真紅の翼が生えているらしくて、それがバタバタと不器用にあちこちに引っかかって転落しているのだ。追いつかなければ、追いつかなければ、男だか女だかもわからない。ついに地面にたたきつけられたそのものの顔はどこかで見た覚えがあった。アルブレヒト・デューラーのメランコリアの天使だ。

叫び声をあげていたのだろう。どんどんと扉を叩く音が聞こえた。隣に住んでいるお婆さんの声だ。

ジェラールさん、どうかなさったんですか？　いや、大丈夫です。夢を見ていたようです、と答えながら、カーテンから朝の光が差し込んでいるのに気付いた。起き上がると体は何ともないようだ。多分世界も何ともなかったのだろう。体はむしろ軽いようだった。図書館に行って調べ物をする。夕方になるといつものようにルペルティエ通りのディヴァンへ行った。最近は画家のシュナヴァールに会うことが多い。今日は作曲家のオーギュスト・モレルも来ていた。話は自然に音楽と美術の話になった。

「ジェラール、また『レオ』みたいな合唱の仕事を持って来てくれよ。あれは楽しい仕事だった。」

「そうだね、オーギュスト、あれはドイツの魂の叫びをぶつけるようなケルナーの詩だった。君はよくドイツ的な音楽を感じてくれたと思う。本当のところあれでもまだ舞台としては物足りない。愛国心を鼓舞する叙事詩的な、大きな舞台を作り上げたいんだ。」

「うん、その心意気はよくわかる。でもフランス人の観客に受けるかな？　フランスで一番評判がいいのはロッシーニだ。ドイツの音楽でもロッシーニ的なもの、例えばモーツァルトなら『コシ』だとか『フィガロ』みたいなものなら大丈夫なのさ。」

「いや、モーツァルトは断然『魔笛』だ。『コシ』なんか、ブールヴァール劇と筋的には変わらないじゃないか。確かにメロディは悪くないけどさ。」

「悪くないだなんて、モーツァルトの至宝をつかまえてなんという言葉だ。それに『魔笛』の筋は最悪じゃないか。子供のおとぎ話だ、というのはさておくとしてもだよ。そもそも話は王女を救出してくれって母親の夜の女王が王子に頼むことだ。ところがいつのまにか、娘をかどわかした悪漢だったザラストロが正義の味方になってしまって、夜の女王は悪魔の化身扱いになってしまうじゃないか。しかも王子はもともと夜の女王に命を助けてもらっているのにだぜ。」

「夜の女王は自然の力そのものなのさ。人間に恵みを与えることもあれば、恐ろしい脅威となるときもある。そういう時は人間的な柔らかな対応ができる人が必要で、ザラストロはそういう人間の叡智を表していると考えれば良い。それに子供のおとぎ話っていうけれども、あの話は古代エジプトのイシス、オシリス神の儀式をたどっているものなんだぜ。『セトス』っていう啓蒙主義の本を読んでごらんよ。ピラミッドの地底で行われる闇の中の火と水と空気と大地の試練が事細かに描かれている。タミーノ王子はそういう儀式の入信者として試練を受けるから、完全なものとして勝利者となることができるのさ。」

「うーん、本当にドイツ人の考えていることはよくわからないな。」

「いや、モーツァルトはまだウィーンの宮廷的で、その分フランスに近い。ベートーヴェンの方がさらに大きくて深いドイツ人的な音楽を作っているとは思う。」

「だけどベートーヴェンじゃあオペラにはできないだろ？　彼の大きさと強烈さは別格だと思うよ。でもあれはしょせんオーケストラ向けのものだ。人間の声が乗って行ける代物じゃない。」

「だけどベートーヴェンの音楽ならゲルマンの叙事詩を舞台に乗せるにはぴったりだと思うよ。」

「ゲルマンの叙事詩って、最近ブルターニュ系のヴィルマルケとかいうやつが翻訳しているあれか？

ジークフリートとか言う？」

「うん、ジークフリートだ。でもそれだけじゃない。エッダという古い歌謡がある。ギリシャ神話的な優雅さや柔らかさとは無縁だな。荒々しい節くれだった巨人や世界を取り巻く大蛇、鉄の鎖を体の一振りでちぎる狼、姿を隠す兜を炉で鍛える鍛冶屋の小人なんかを相手にする神々や英雄が出てきて、そいつら自身ゲルマン的な荒々しさを持っている。」

「そんなものが舞台に乗ると思うかい？」

「まだ噂でしかないけれどそんなことを考えている作曲家がいるらしい。リストが言っていたんだ。ワーグナーとかいう名前だった気がする。自分で脚本まで書いて作曲して、その曲がベートーヴェンを思わせる壮大なものだって言うんだ。」

「うーん、話としては凄いが、しかし上演するのが大変そうだな。オーケストラみたいな声を持った歌手を集めなきゃならないし、神話的な舞台背景や衣装がいるという風に金がいくらでもかかる割にフランスの客は動員できそうもないから興行主がうんと言わんだろう。」

「そういうものならばむしろ美術家向きなんじゃないか？」

「確かに、ポール、君ならそんな叙事詩的な絵が書けるかもしれないな。」

「君が話していたアントヴェルペンの画家もそんな絵を描いていたんだろう？」

「あそこへは君と行くことになっていたんだ。」

「仕方ないじゃないか。行く予定はしていたんだけれど、僕の方の準備ができないうちに君が勝手に向こうへ行ってしまったんだから。」

「それで君はそんな壮大な絵を描くような当てがあるのかい？」

「ひょっとしたらだね。パンテオンの天井画を描く仕事をやらせてもらえないかと思って運動しているんだ。」

「それは凄い。あそこならそんな画題がぴったりじゃないか。東西の融合を描いてくれ。西からシャルルマーニュとアーサー王の面々、東にはソロモンとシバの女王が集うようにすればよい。」

「確かにいいかもしれないな。もし描けるようなことになったらだね。」

「いや、もうぜひ描いてくれ。東西の英雄たち、女王たち、その中心にはどうしてもシバの女王じゃなければいけない。ソロモンが脇にいるんだけれども、まるで端役のようにかすんでしまうような堂々たる栄光を持ってね。」

「で、どんな姿で描けば良いと思っているんだ？」

「イシスだよ。イシス女神のように世界を踏まえて、右手にはシストル、左手には水の入った壺を持つんだ。丈高く立ってね、額には月の印が輝く。」

「月の女神でもあるわけか。」

「『黄金のロバ』ではそんな姿で下りて来るんだ。そうだ、そして顔は聖女ロザリア、黒く神々しいお顔で右手では松明を掲げる。」

「おいおい、右手はシストルだったんじゃないのか？」

「そして下半身には二匹の蛇がとぐろを巻くんだ。」

「待てよ、それじゃメリュジーヌじゃないか！」

「そうだよ、シバの女王はイシス女神にして聖女ロザリア、そして妖精メリュジーヌなんだ。」

「いやいや、キリスト教と異教の混合もそこまで来るとパンテオンに描くのは難しいと思うけどさ、それ以前にまず画家は詩人じゃない、一人の女性を描かなくちゃならないんだ。シバの女王を描くのか、イシス女神を描くのか、聖女ロザリアを描くのか、メリュジーヌを描くのか、決めてくれ。」

「一人にしてすべてなんだ。」

「そんなものが描けると思うのかい？」

「ボローニャの石碑を知っているかい？」

「何だいそりゃ？」

「こう彫られているんだ。『男でもなく、女でもなく、両性具有でもなく、処女でもなく、若くもなく、老女でもなく、貞潔でもなく、淫乱でもなく、恥じらってもなく、それらすべてである。』」

「話が脱線しすぎてついて行けない。元に戻そうや。」

「東方だ、東方が僕を誘う。東方に行かなくちゃ。」

「そんなに叫ばなくっても良い、分かった、東方に行けばよい。」

「ポール、僕は今夜泊まるところがない。泊めてくれないか？」

「ああいいとも。ちょうどよかった、こんな夜更けに一人で帰るのは嫌だと思っていたところだ。それじゃあいっしょに来てくれたまえ。」

「あの星だ、あれが見えるだろう。あれについて行くんだ。」

「確かにあの方向に行けばいいんだけれど、でも何の変哲もない星に見えるけれどな。」

ふらふらと立ち上がったジェラールの後をシュナヴァールは戸惑いながら追い、モレルは少しあっけにとられていた。ジェラールは何か妙な節を口ずさんでいた。どこかで時の鐘が鳴り、ちょうど道の交差するところに来ていたジェラールは突然動かなくなった。

「おい、そんなところに立ち止まるなよ。寒い夜なんだ。早く家へ行こう。」

「いや、ここからあの星へ向かうんだ。あの星が吸い上げてくれるんだ。」

「何を妙なこと言ってるんだ、この寒さの中で。東方へは明日行くことにしようぜ。」

シュナヴァールは何とかしてジェラールを歩かせようとしたが、彼は微笑を浮かべたまま星を見つめ続け動こうとしない。

「しようがないな。じゃそこにいろよ。僕はもう行くからな。」

「君は間違っている。この輪の中から出ようとすると雷に打たれるぞ。」

「いいから、僕は試してみるよ。」

シュナヴァールは遠ざかればしまいにジェラールも付いてくるのではないかと期待しながら道の角まで行って振り返った。なんとジェラールは服を脱ぎ始めたではないか。外套にくるまれていてすらこんなに寒い夜に、もうほとんど裸になっている。これはまずい、でも一人ではどうにもならない。

動転した画家は灯りの見える方に走った。その方に夜警の詰め所があるのを思い出したのだ。詰所には四、五人の夜警が寒そうにストーヴの火を囲んでいた。シュナヴァールの駆け込んできた姿はそれでもよほど慌てて見えたに違いない。

「どうなされました、いったい。」

と一番年かさと見える大柄の男がさっと立ち上がって尋ねた。

「いえ、あそこで私の友人が、突然妙な気分になってしまったようで、いえ、彼は本当に立派な人物、名前も身分もある人なんですが、酔った勢いで突然道の真ん中で寝ようとし始めちゃって、ね、ね、分かるでしょう、何とかしなくちゃならないんです。」

夜警たちはそれこそ妙なものを見るようなまなざしでシュナヴァールを見つめていたが、彼の必死さだけは伝わったのだろう。居心地の良い火のそばを三人が離れてシュナヴァールの後をついて来てくれた。衣服を脱ぎ散らかし、裸になって寝転んでいるジェラールを三人は抱き起し、落ちていた外套でくるんで両側から抱えてやりながら歩いた。ジェラールはいやいやするようなしぐさであらがっているようでもあり、しかし相変わらず口では東方へ行くんだ、東方へ行くんだと繰り返していた。兵士達はどれほど不審に思ったにせよ、とにかく彼を詰所まで運ぶと組立式寝台に寝かせた。

「それで、どうします？」

「もう一人友人を連れて来るから、二人で連れて帰ります。」

「分かりました。それまでお預かりしますが、この人の名前と住所はお分かりですか？」

「ジェラール・ラブリュニーという名です。ナヴァラン通りに住所はありますが、そこは一人住まいなので、彼のお父上がサン・マルタン通りに住んでいます。ラブリュニー医師です。」

シュナヴァールはゴーティエの住居へ向かった。こんな夜中でも対応してくれそうな頼りがいのある友人は他に考えられなかった。扉を叩くと門番が寝ぼけ眼でこんな夜中に一体何なのかと不機嫌な声で尋ねた。友人が一人倒れたんだと言って一スーを握らせ、テオの扉を叩くとこれも驚いた寝ぼけまなこで出てきたが、話を聞くと、そうかジェラールの奴、そこまで行っちゃったか、と呟いた。

「何だって、今までもそんな予兆があったのかい？」

「いや、ただ、とてつもなく神経が昂る時があって、それがそのまま体の異変になるんだ。それにそんな風になりかけてるのは彼ばかりじゃないぜ。俺たち皆大なり小なりそうなんだ。時代がおかしな方向に行きかけてるから、敏感で感受性の強い奴ほどおかしくなるんだ。ともかく辻馬車を見つけて詰所へ行こう。」

二人が夜警の詰め所へ行ってみると、兵士たちが少しあきれ顔で出迎えた。

「やれやれ、お友達は一体どんな飲み方をしたんですかね。僕は君たちなんか片手で投げ出せるんだぞ、と喚いたかと思うと、先ほどなど不意に目をむいて、いや、そいつじゃない、間違いだ、二人が連れに来たのは僕の方だって言って起きだした上、私たちに摑みかかってくるから、二人がかりで押さえつけ、またどうにかこうにか寝かしつけたところです。」

「そうか、迷惑かけたな。ジェラール、さあ起きろよ。一緒に行こう。」

「ああ、ポール、それにテオか。君たちさっきも来たろう。そして僕の代わりにそこに寝てた別の奴を連れて行ってしまったよね。」

「何を言ってるんだ。ポールが来て夜中にたたき起こされて、僕は取るものもとりあえず今飛んできたところじゃないか！悪い夢でも見ていたんだ。さあ、もうおとなしくしろよ。うちの門番だって騒ぎを起こしたりすると後が大変なんだから。」

ジェラールは合点の行かない顔をしていたがおとなしく辻馬車に乗りこみ、ゴーティエは夜警に一スー渡して、まあ何か一杯やってくれと声をかけた。夜警はいえ、これも仕事ですからと恐縮しながらもまんざらでもないようだった。ジェラールは馬車に入ってしまうと安心して眠り込んだ。

「さて、どうしよう。病院へ連れていかないといけないと思うんだが。」

「確かにね。しかしいったいどこへ？　彼の取り乱し方からすると普通の病院ではだめだろう。と言って、精神科へ連れていくのは本人はうんと言わないだろうし。」

「それより、法律的には多分家族の同意を得ねばならないな。」

「エティエンヌ医師か、難しいな、でもそうするしかない。」

二人は馬車をサン・マルタン通りへつけた。まだ夜が明けてない時刻に不意の訪問を受けたエティエンヌ医師はいぶかしい顔でゴーティエを見つめたが、決して喜んでいるようではなかった。

「こんな時間に何の御用です？」

「ジェラールが路上で錯乱したような行為をしたんです。それで夜警の詰め所に連れていかれたんですが、今二人で請け出してきたところです。」

「錯乱だと！　いったいなにをしたのだ？」

「ちょっと言いにくいんですが、」

とシュナヴァールが引き取って、

「彼を家へ連れていこうとしたら動かなくなってしまって、それからこの寒い夜更けに路上で服をすべて脱いでしまったんです。」

エティエンヌ医師は聞いていて、しばらく黙っていた。思っていたような驚きも心配も見せないので、二人の友人はどう考えたらよいのか分からなかった。

「ああ、その若者はいつかこんなことになると思っていたんじゃ。これもみな文学、文学と文学狂いになりおったせいじゃ。あんたたち周りのものがけしかけた挙句のことだ。儂は何度忠告したか知れん。あの若者の神経にはもともと興奮しすぎる危ういところがあった。文学、それも当世の様なやたら感情を高ぶらせるようなものに手を出せばろくなことにならんのは分かっとったんじゃ。何もしてやれん。」

「ですが、こういう場合は普通の病院というわけにはいかないでしょう。家族の同意がなければ。」

「わしはどんな形でもかかわったりせんよ。こいつを禁治産にしろとでもいうのかね。禁治産にしたまま養っておくような世話はできんのだ。連れて行ってくれ。今まででもあんたたち同士でなんとでもしてきたんじゃろう。」

あっけにとられたと言っても良い二人の前で扉は閉められてしまった。ゴーティエはシュナヴァールと顔を見合わせていたが、

「あれほど仲の悪い親子とはな。仕方ない、普通の精神病院には連れていけない。実は一軒いろいろ困った立場にある人が行くところを知ってるんだ。ピクピュス通りの方だ。」

「少し遠いな。」

「まあそんなに走ってないから、この馬車でそのまま行けるだろう。」

ピクピュス通りはパリの北東にある。家並みから木立で少し隔てられたところに建てられたひっそりとした建物で、マルセル・サント・コロンブ未亡人の名が表札に出ている。ここも寝静まっていたが、呼び鈴を鳴らすと門番が柵のところまで来て何の用かと尋ねる。

「急に倒れて診てもらいたい人がいるんだ。」

とゴーティエが告げると二人の風采を見て安心したように門を開け、辻馬車を建物の玄関まで導き入れた。二人が朦朧としているジェラールをとっつきの部屋に運び入れ、ソファに寝かせると間もなく若い男が出てきて、クルーゼ医師だと名乗った。二人が訳を話すと、

「分かりました。それでは脳炎を患ったということにしましょう。どれくらい日数がかかるかわかりませんが、一日二十二フランかかりますがよろしいですか?」

「それは大丈夫です。彼自身まったくの貧乏人ではないし、僕はテオフィル・ゴーティエと言って「ラ・プレス」の記者をやっています。」

「結構です。連絡先もそちらでよろしいですね。」

二人はジェラールが病室らしいところに運び込まれ、いびきをかきながら寝入っているのを見て安心してその家を出た。ほとんど眠らない夜だったから疲れ果て、二人とも目は真っ赤だったが、興奮で気が昂っており、帰ってももう眠れないのではないかという気がした。

「じゃあ僕からジラルダンには知らせておくよ。彼には本当のことを言うしかあるまい。君は午後にまたルペルティエに行ったなら、単に彼は病気になったと言っておいてくれ。」

「心得た。それにしてもあれはいったいどういう所なんだ？」

「実は妊娠してこっそり子供を産むような女性を主として受け入れている所なんだ。公にできない病気ということで精神的な病の場合も若干は受け入れている。あそこなら面倒な手続きも必要ないし、精神病院でよくあるようなひどい収監状態にもならないだろうと思ってね。」

「そうか、君が知っている所なら大丈夫だろう。」

八十五．ジェラール

テオとポールが僕を馬車に乗せる。どうしたんだ？　本当にさっき来たことを覚えていないのか？　もう一人の男を連れて行ったのを覚えていないのか？　でも僕の声は聞こえていないらしい。それに二人の声もどこかいつもとは違っていて、それにどこか遠くで響いている。君たちが来る前に凄いものを見たんだぜ。夜が水の輪のような湧いてくる光で一杯になって、神々しい女性の姿が現われたんだ。どこまでも広がる光の中に次々と様々な姿が浮かんでは消えた。それに女神のお顔も次々と変わっていくんだ。でもそのいずれもが懐かしい、涙の出るような懐かしいお顔だった。それから城が見えた。小さいがその形ははるか昔、生まれた前から焼き付けられたような時間の中にあって、切り石と隅の赤石でかたどられていた。そこに立っている人がいた。誰だったのだろう？　とても懐かしいお方で、その傍らに金髪をたゆたせた女の人と、やはり金髪の女の子が二人こちらを見て微笑んでいた。ああ、来てくれたんだね、と言おうとした時に城はふーと霧のかなたに沈み、そこに重なるようにこじんまりとした家が現われた。見たことのない家だった。若い男が現われてテオとポールと話している。三人が握手をしている。僕は緑の壁紙の部屋に運ばれ、ベッドに横たえられた。

それはドイツのどこかのようだった。天井が湾曲してくっきりと三羽の鳥の帯の紋章が飾りとなったリブが横縞になって走っていた。壁にはいくつもの絵が見えた。ベッドの柱の間に田舎風の時計がかかっていてその上に止まっている鳥が喋りだすのが聞こえた。

「ジェラール、ブーシェの家に戻ってきたのね。ごらんなさい。家族の肖像がかかっているから。」

確かにくすんだ草色の、百合の形をちりばめた壁紙の上に、何人もの肖像画がかかっていて、それらはみなどこかアントワーヌ叔父さんの表情に似ていた。それに女の人たちはエリーズ叔母さんやマリー・ジャンヌ叔母さんを思わせたが、一人だけ、古いドイツの女性の後ろ姿で、勿忘草の上にかがみこんでいる絵があった。その背後に川が流れていて、そのせせらぎが聞こえ、水の匂いが漂ってきた。斜めで遠くではあったが、その横顔はジェニーのようだった。そしてすぐにまたマリーになり、ソフィーになり、ルイーズ王妃、王太子妃でメクランブール大公の息女エレーヌの顔になった。次々と変化していく姿の中にいるのはしかし唯一人の女性なのだとよくわかった。

「ほら、あなたの大叔父さんは画家でいらしたから、あらかじめあの人の絵を描いておかれたのですよ。もう一族の中にいるのです。」

次第に鳥の声が遠くなっていた。いつの間にか闇の中に真っ白な光の流れが生まれ、僕はそれに乗って下の方へ、下の方へと引き込まれていく。少しも怖くはなかった。この光は溶けた金属なのだ。かつてヴェスビオで見た溶岩の流れと同じ色、同じようにぶつぶつと赤い塊を流していく液体の中に運ばれ、高熱の発する煙と匂いが立ち込めているのに、それは体の中には入って来ず、熱も感じなかった。そしてかつて船でも鉄道でも全く経験したことのない速さでぐんぐんと地の深みへ、地の深みへと引き込まれている。なんだか流れの中の魂がささやいているようだった。無数の魂がささやき合って、一つ一つの言葉は意味をなさないが、それらがすべての人の魂なのだ、ということに思い当たった。だからきっと僕の姿も他の魂には赤い粒のように見えているのだろう。気の遠くなるような長い時間それが続いた。そしていつか、小さな点のようだった遥か下方の点が次第に大きく、形を持ち、島のようにぼんやりと浮き上がってくるのが分かった。

島に立っていた。そこでは何人か地を耕している者たちがいた。その中にブーシェ叔父さんの顔があった。亡くなった時のように老いさらばえてはおらず、僕が子供のころヴァロワで見ていたようなまだ力のあふれる姿だった。畑の周囲には木立が広がり、木立越しに湖がいくつも見えた。やがて人々は仕事をやめ、大きな田舎家へ入って行ったが、それは僕の知らないものだった。大勢の男女がそこにいて、その姿はいずれもどこかで見たような一族の顔だった。その人たちも僕を見て微笑んだりうなずいたりしてくれた。

　ふと窓の外を見るとまたあの切り石と赤い縁取りを持った城が浮かんでいて、夕陽に染められたように全体が赤くなっていた。そしてあのお方が微笑んで大きく手を広げて待っているのが見えた。

八十六．病院

「気が付かれましたか？」

　この家に入る時に迎えてくれた若い男と少し年かさの黒縁の眼鏡をかけた男がかがみこんで僕の顔を覗き込んでいる。二人の間に影のようなものがちらちらと見えてそれがあの方のような気がした。

「ここはどこなんです？」

「マルセル・サント・コロンブ医院です。私は医師のヴァルランです。あなたは頭の病気で倒れられて友人の方々に運び込まれ、もう二昼夜も眠り続けていたんですよ。どうですか、何かお食べになりますか？」

「ええ、お腹がすいています。でもこれは何ですか！縛られているじゃありませんか！これでどうして食べられるって言うんです！」

「いえ、夜中にベッドの上でもがいて暴れられるので、もがいて落ちないようにこうしておかなければならなかったんです。もうほどきましょう。さあ、このブイヨンをお飲みなさい。」

若い方の男が背後にいた女性の看護師に合図してスープを持ってこさせた。二昼夜だったということは全く実感がなかったが、猛烈な飢えの感覚があった。

「これじゃ到底足りませんよ。何かもっときちんとしたものを食べさせてください。」

「いきなりだと喉に詰まったりするといけないので。もうすぐ食事の時間なので、そちらへ行ってもらいますが、初めての方々なのですから、仲良くしてくださいね。」

待ちきれないでじりじりする思いだった。食堂は二十人くらいは入れる大きさで若い方のクルーゼが僕を端の席につけて皆に紹介してくれた。隣の男に向かって話しかけたが、彼はあらぬ方に目を向けていて、全く反応しない。向かいの同年配に見える髭の男が、そいつは喋らないんだ、喋れないんじゃないかと思う、と手を振りながら言った。空腹だったので出されたものを片端から食べていたが、スープの後、肉と野菜の煮たものが出、チーズの大きな切れとリンゴの砂糖煮が出てきた。何となく消毒薬のような匂いがする気がした。

「大した食欲だ。こんな飯を貪り食えるとはな。あんた、誰なんだい？」

と向かいの男が尋ねる。その瞬間、城を背景にしたあのお方の顔が浮かんだ、

「実はジョゼフ・ボナパルトの息子なんです。」

「そうか、あんたもか。」

男は意味ありげにうなずいて、

「実は俺は皇帝陛下がお袋に産ませた子なんだ。それが公になるとこの国にいられなくなっちまうんで、こんな所にいるのさ。出て行きたけりゃいつでも行けるんだが、そうするとかえってこの身が危ないんだ。」

「そうですか、お互い狭いところで苦労させられるのですね。ですがもう少し良いものを食べさせてもらってもよさそうですが。」

「この食事は軍隊式の献立を俺がわざわざ頼んだんだ。俺のやることに文句をつけるのか、え、新米のくせに。」

男は怒りだしてフォークとスプーンで皿を大きくたたき、立ち上がって今にもつかみかかりそうにした。とたんに屈強な若者が二人飛んできて男を羽交い絞めにした。

「皇帝の子に向かって何たる無作法をするんだ。放せ！」

気が付くと僕の後ろにも二人が現われて羽交い絞めにされた。

「なにをするんです！暴れたのはあの人で、僕じゃない！」

「いいから来るんだ！」

二人は僕の頭から袋のような服を被せたが、そうすると腕がしっかり体にくっつけられて使えなくなった。芋虫のようになった僕を二人はむっとする湿気の強い土間に押し込んだが、壁にあるゴムのホースを取るとたちまち冷たい水が頭からかけられた。息ができなくてもがいていると向こうではあの男も同じ目に会わされて、

「勘弁してくれ、もう暴れないから、息ができない。」

と喚いている。多分僕もそうして喚いていたのだろう。男たちは僕を抑えるのにひどく苦労しているようだった。シャワーが終わっても拘束衣は外されず、濡れそぼったままその土間にいなければならなかった。寒くて体中が震えた。

「お前、これが初めてなんだろ。まあそのうち慣れるさ。おとなしくしていればストーヴのある部屋に連れて行ってもらえる。」

しばらくして二人の医師が現われ、まず自分の方に向かって、

「落ち着きましたか?」

と声をかけた。

「落ち着くも何も、僕は何もしていません。あちらの方が暴れたんです。」

「まあまあ、またそんなに興奮する。おとなしくさえすれば暖かい部屋に連れて行ってあげますから。」

小猫のようにおとなしくなってしまった髭の男は先に土間から出され、僕はずぶ濡れのまま土間にうずくまっていなければならなかった。寒さと気持ち悪さで何も考えられないまま小一時間も過ぎたころに先の屈強な若者たちが来て僕を連れ出し、拘束衣を脱がせて元の服に着替えさせ、ストーヴに当たらせてくれた。

翌日になると庭に出ることが許された。高い石塀で囲ってあるため外は見えないが、花壇があり、

樹木も植えられ、患者たちがゆっくり散歩したり、ベンチに座ったりしているのが見られた。庭は大きな木の格子で仕切られていたが、その向こう側には婦人たちが見られた。話をすることは禁じられてないと見えて近くによっている者たちもいた。婦人たちも無聊をかこっているらしく、男たちの話に応じているようだ。年齢がみなかなり若い人ばかりなのが少し驚きだった。格子のそばに座って退屈そうにしている一人の女性の側に立って、

「おはようございます。ここに入られて長いのですか？」

「まだ二週間くらいですわ。あなたは初めて見る方ね。」

「ええ、三日ほど前に道の真ん中にいたらしいのですが昨日気が付いたらこの中なのです。あなたはどうなさったのですか？」

「いいえ、私はね、ちょっとした不具合でここにきているんですけど、多分まだ半年くらいはいなければならないので、お金がかかって。」

「そうですか、いくらくらいなんでしょう？」

「人によると思いますけど、私の場合二十フランで三食込みになっています。」

「何かすることはあるんですか？」

「主に編み物ですわね。それに新聞や雑誌は読めるんです。小説なんかも置いてありますけど。カードをなさるんならいつもテーブルを囲んでいる常連さんがいますわ。」

「面会は許されるんですか？」

「医師の許可がいりますけど、毎日のように誰かは来ているようですわね。」

女性と話している様子を見ておとなしくしていると思われたのだろう。食事の後また二人の医師が話を聞きに来た。やはりそこに三人目の影が見えるようだった。

「どうです、落ち着きましたか？」

「ええ、気分はとても良いです。どこも悪いところはないようだし、もう退院しても良いんじゃないかと思うんですが。」

「いえいえ、こういう病気は本人が思うよりずっと深刻なものなんですよ。少なくとも二週間くらいは様子を見ないといけません。」

「それでここの治療費なんですが、どうなっているんですか？」

「三食込みで一日二十フランの入院費です。それについてはあなたをお連れいただいた友人方から保証を受けていますが、お二人の話からすると、あなたご自身にも収入はおありとのことですよね。」

「ええ、新聞記事を書いているんです。現に「ラ・プレス」と「パリ評論」から原稿料がすぐにも支払われることになっています。それが来るまでは家に現金を置いてあるわけではないので誰かに持って来てもらう算段をしなくてはなりません。そのためにもぜひ友人たちとの面会を許していただきたいんです。」

「いいでしょう。面会室には常に人が立ち会いますのでそれを我慢してもらわなくてはならないんですが、差し入れも結構です。」

「それでは友人たちに手紙を書きますので、出していただけるでしょうか？」

「分かりました。」

とりあえず状況を知るためにもテオ宛てに書かねばならない。それから、「ラ・プレス」と「パリ評論」にはもちろんだが、ミッションが取れそうで派遣費をもらえそうな機会を逃してはならないからランゲーとマラックの秘書のエドモン・ルクレールあたりには説明の手紙を書いておかねばならないだろう。手紙をしたため、発送を依頼するともうその後すぐに医師たちがやって来た。治療するのだという。もうあの拘束衣とシャワーは嫌だと言ったが、今日の治療はそんなものではない。ただ普通に瀉血するのだという。切るのか、と不安な様子を見せると、いいえ、蛭を使います。ちょっとかゆいだけですよ、とのことだった。肛門に蛭を付けられるというのは屈辱的な気がしたが、メスで腕を切られるよりはましだろう。それから風呂に入れられた。ぬるい湯で板で首だけ残して蓋をし、出られないようにするのだ。時々冷えすぎるとお湯を足してくれるが、寒いのにこんなものに長く漬かっているのはやはり楽しくない。土間では何人もが盥の湯に漬かっていたから彼らと話をすることはできた。自分が皇帝の子だと信じているものは他にもいたし、神の子だと信じているものさえいた。それがみな話を聞いてみると納得させられてしまうところがあるのだ。むしろそれを頭から妄想だと決めつける医師の方が少しおかしいのではないかと思えてくる。それに頭の中には次々と目くるめくイメージが湧いてくる。部屋に戻るとそれをできるだけ言葉にしようとしてみた。片端から詩になる。もう長いこときちんとした詩など書いてなかったが、今このイメージの奔流の中でならいくらでも書ける気がした。イメージは忘れることもなく鮮明に刻み付けられるのだが、次から次へと湧いて出てくるので、あふれさせないでいるのが難しい。それも今の僕にはソネ、十四行詩という最も厳格な形式を要求する形にするのがいとも容易にできる。むしろ最初からイメージはソネの形で湧いてくるのではないかと思われた。時にインドの、あのアマニーという踊り子を見た時の姿が、まだ見たことのないはずのベナレスの地に浮かび上がって来る、また時には僕は大天使ラファエルとなって、傍らにミカエルとガブリエルが眉を寄せているのを見る。その目線の先にはインドの英雄ティポ・サイブが、エジプトのイブラヒム・パシャが、ナポレオンが立ちはだかる。フォンテーヌブローでメクランブール大公の息女エレーヌがオルレアン公フェルディナン・フィリップと婚礼を挙げたありさまが鮮やかに見えたこともあれば、ナポリのヴェスビオの噴火する様が、堂々とそびえる大伽藍とレモンをかじる女の姿に重なって映し出されたこともある。イシス女神が冬の神の怒りに震える老体をしり目に彼方の空へ消えていくかと思えば、タラスコンの岩山から巨人が大股に下りてくる姿が見え、ザルツブルグの岩山に十字軍が蠢き、その山の頂にははるかに古い洪水のイメージも重なっていた。

翌日友人たちが次々とやって来た。テオは入院の費用を払ってくれたのは父だと言っていた。父には早速礼状を書かねばなるまい。ただ、もっと細かな私物のことを頼めそうだと思ったのはアレクサンドル・ヴェイユだった。彼はことづけを見て一番最初にやって来てくれた。

「ここはまた何という部屋なんだ。ガラス越しに見張られているし、鉄格子もはまっている。」

「そうなんだね、気が付かなかった。実は二、三日前路上で倒れてここへ運ばれたらしいんだ。」

「らしいんだって、覚えてないのかい?」

「いや、ちゃんと記憶はあるんだけど、シュナヴァールとテオが僕をここへ運んでくれて、手続きをしてくれているのは覚えているんだけれど、ああ、そういう風になっていると、まるで他人事のように見えるだけで、なんでここへ入れられたか分からなかった。後になって医者が説明してくれたんだ。」

「今は元気そうじゃないか。」

「僕はそう思ってるんだけどね。医者はまだ危ないって言って出してくれないんだ。」

「必要なものはみなあるのかい?」

「いや、いろいろ足りないんで君に頼みたいと思ってね。資料とか、本とか、必要なもののリストを作っておいた。君はナヴァラン通りの家を知っていたよね。ここに鍵があるから。」

「分かった、きちんとやるよ。」

「それにしても君、いつも思っていたが、君も高貴な血筋の人なんじゃないかな。僕は手相を見ることができるんだ。手を出してごらん。」

「これで良いか?」

「うん、でもこれだけじゃわからないな。重要なのは足の爪なんだ。靴下を脱いでごらん、こんな風に。」

「こんなところで脱ぐのは気が引けるな。ガラスの向こうであの太ったおばさんが見ている。」

「なに、あの人は単に来客を案内する係としているだけだ。気にすることはない。いいかい、まずこれは秘密の話なんだけど、この手相、足爪から見て取れるように僕は皇帝ナポレオンの兄のジョゼフの息子なんだ。お母さんがダンツィヒで関係を持ったらしい。だからお父さんはいつも僕に冷たいんだ。これはテオと君にしか話してないからほかの誰にも言ってはいけないよ。君の足にも高貴な相がある。ダビデの後裔だね。テノールのような声はそこからきている。ヘブライ語も容易にできるわけだ。笑うのかい。でも笑ってはいけない。君は預言者の末だから死に方も良くないんだ。」

ますます高笑いしたヴェイユは、それじゃ、必要なものは届けるからと言って出て行こうとしたが、太った案内の女は首を振るばかりで開けてくれない。ヴェイユはどうなっているんだ、と怒鳴ったが、女は、

「あなたを見ていると正気かどうか疑わしい。こんな風に連れてこられた狂気の人がほかにもいたわ、」

というばかりなのだ。ヴェイユはひとしきり大声を上げ、説得を試みたが、ジェラールは笑い転げながら、

「ほら見てごらん。僕も同じことなんだ。僕がいくら大丈夫なんだって言ったって解放してくれないのさ。」

と涙を流さんばかりだった。そこにたまたまクルーゼ医師が現われ、この人は訪問客だと請け合ってくれたのでヴェイユはぷりぷりしながら出て行った。それでも忘れずに振り向いて、

「じゃあ、元気でいろよ。届け物はできるだけ早くするから。」

とジェラールに声をかけてくれた。

八十七．ジャナンの記事

ランゲー局長は執務室にいた。官房長マラックの秘書ルクレールが来ていた。

「君はジェラールのことをどう思うね？」

「彼からは二度手紙が来ております。やはり少し常軌を逸しているのではないかと思われるのです。自分の周りで何か陰謀が行われているのではないかと疑っているような口ぶりで、必ずしも悪い疑いではないようですが、ウィーンでもブリュッセルでも誰か不明なところから金が出たとか、今の病院代も誰が払ってくれたのかわからないとか、ひどく神経質に気にしているようです。それに書き方もおかしくて内……は内務省のことと思われますが、局長のことをL…y、官房長のことをM…cなどと記しているのです。」

「まあその表記は内容が機密であれば誰かに読まれた時の用心にということと思えなくもない。しかし、君の言う陰謀の妄想だが、妄想は間違いない。ウィーンに我々は何も送らなかった、というより送れなかった。何せ内閣が変わってしまったのじゃから。それはジェラールも承知しているはずだ。ベルギーの方は時間的に間に合わなかった。今度の病院の代金はそもそもまだ支払われてないようだし、とりあえずはゴーティエやウッセーが立て替える話をしているそうだ。そういうことをジェラールが知らなかったとしてもだ、その陰謀の妄想は君の言うような良い意味とは限らんぞ。」

「とおっしゃいますと？」

「例えばジェラールが何か外交上の秘密のようなことを知ってしまったとしてだ、まあそんなことは有り得んのだが、政府が機密が漏れないように彼を精神病院に閉じ込めたというような妄想だな。」

「やはり狂気の話は本当なのでしょうか？」

「数日前に会いに行ったのだ。何せジャナンの記事があったからな。政府としては依然として彼のベルギーへの新たなミッションを前向きに検討しているところで、ただ一編の新聞記事を根拠にそれを止めにしてしまうわけにはいかん。」

「それにしても意地悪な記事ですね。病気に追い打ちをかけるようなものだ。たとえ背が曲がっていたり片目がつぶれているような娘ですらこんな男に嫁はやれないだろうとか、他の作家が引き綱を付けて連れまわす犬だとか。」

「その作家というのはデュマのことだろう。奴が旅行記を売るのを当てにして旅に出たところを先にジェラールが旅行記事を出したんでデュマがかんかんになったという話は聞いてる。まあそんなことは単なるゴシップに過ぎないんだがな。誰だか知らないが大臣にウィーンへ行って発見をしてくると提案してウィーンへ行ってメッテルニヒに会ったというようなことまで書いている。この当てつけは面白くないな。ジェラールはそんなことを誰かに喋ったんだろうか。彼の知っていることに大した機密はないにしてもこういう記事を読まれて下手にウィーンの政府を刺激したりしたくはないからな。」

「それでジェラールに会われてどうでした？」

「いや、彼は至極まっとうな応対をしたんだ。医師も彼はすっかり回復したと言っていた。ジャナンの記事のことは伏せておいたよ。あそこにいたからにはまだ読んでないだろうし、興奮させてもいかん。ただベルギーのミッションの話はした。ジェラールは熱心に、もう著作権の確立が実現の一歩手前まで来ていると説得し、是非ともミッションを与えてくれと懇願した。わしもそれで良かろうと思ったんだが、その時は曖昧にしておいた。」

「今でもそのおつもりですか？」

「いや、今朝この手紙が来てね。どうも判断を保留せねばならないという気がした。これだ。読んでみたまえ。」

ルクレールは手紙に目を落としたが、それは文意が明確でなく、いくつも謎のようなイニシャルが使われている。

『また別の人を送って来られるのでしょう。友人には知られた、というような、他の人になら、良く知られたというところですが。僕は鎌をかじっています。スフィンクスは謎かけの分からないものを盲目にするものでした。今日では僕が盲目にするので、（造語を作って）自分は盲目にはされません。この冗談を終わらせてください。さもなくばいとこのルソーのように入場券を交換しますよ。あなたはヴォルテール叔父さんではないですか？　ダブルWを、またとりわけダブルＪＪを送ってください。僕は徒歩でも、馬車でも、馬でも行けます。あなたのお役に、みんなでお役に。十三人組のために。

三十万三千三，三回。

三分の一ジェラールより。　心より。

Ｔｈは十フラン理解しました。

テオフィルはほとんど理解していません。

Ｌ…ｙ様。』

「これは一体……」

「どうしようもないだろう。冗談にしてもこんな分からない冗談を送りつける奴はいない。ただ中にＪＪとあるのは気になるな。明らかにジュール・ジャナンのことだ。ジェラールはあの記事を読んだか、中身を聞かされたかしたんじゃないだろうか。それで興奮のあまり、今度こそ本当に理性を失ったんじゃないのかな。少なくとも当面ミッションは出せないな。」

「かわいそうな男ですね。」

「うん、何かできることがあればしてやりたい。」

退院の通知を受けたゴーティエはシャルルマーニュ高校の同級生でやはり批評家になったエドゥアール・ティエリーと一緒に引き取りに行った。ティエリーはテオと相談してジャナンへの抗議文を「文学フランス」誌に発表し、ジェラールがもうすぐ復帰すると書いたのだがもう二週間たつので少し気をもんでいたところだった。

「少なくとも読んではいないと思うんだがね。病院はあの時からジェラールには新聞を読ませないようにしているそうだ。とはいえ、次々といろいろな人が見舞いに訪れているから、誰かの口から何か聞いてしまったことは有り得る。それで君は、あれが本当に狂気だったと思っているのかい？　僕と話している時はたいていまともだったよ。」

「いや、僕に話した時はとんでもない内容だった。地面が割れて金属の流れができて、それに乗って地中へ入り込んでいったというんだ。そこで祖先たちが暮らしているのを見たそうだ。」

「それは僕も聞いた。でもそれは一種の夢なんじゃないかな。それもひどく美しい夢だ。」

「それだけならね。でも僕が実はインドの王子で、踊り子の恋人がすぐそばに見えるなんて指さすんだ。僕の肩のすぐ後ろの、明らかに誰もいない空間をね。」

「僕なんか翼を隠しているんじゃないかと言われたよ。彼自身が天使ラファエルで、僕はガブリエルに見えていたらしい。」

「うーん、みんな美しい妄想ばかりではあるんだけどな。」

「ただ、病院の人の話によると、夜中に大声で歌を歌ったりして、他の患者から文句が出たりもするそうだ。医師が注意すると、これは僕の日頃からの習慣ですって答える。でもジェラールは僕の家をほとんどねぐらのようにしているから断言しても良いが、そんなことは今まではなかった。夜中まで一緒に起きて話をすることはあったけれど、大声で歌を歌ったりはしなかった。」

「これからまた彼を君のところに引き取るんだろう？　大丈夫なのか。」

「病院も退院を許可するんだから治ったはずだ。エティエンヌ医師は引き取りを拒否しているし、ナヴァラン通りは押さえてあるけれども、すぐに彼を一人にしておくわけにもいかないだろう。」

「そうか、君一人に負担をかけてすまないが。」

「ジェラールのためだからね。そら出て来たぞ。」

ヴァルランとクルーゼに伴われてジェラールが出てきた。少し寝不足で血色が悪い気はしたが、元気なように見えた。

「さあ、お友達が迎えに来ましたよ。これで退院です。」

「お世話になりました。それで治療費は？」

「お友達が払ってくださいましたので、お二人にお尋ねください。」

ジェラールは門を出て二人の乗って来た馬車に乗り込みながら言った。

「ありがとう、わざわざ来てくれて。」

「何を言っているんだ。しばらく顔が見られなくて寂しいと皆言っているぞ。」

「なんだか僕の記事をジャナンが書いたんだって？　いったいどんなことを書いたんだ？」

ティエリーはぐっと詰まってゴーティエの方を見た。彼も一瞬言葉に詰まったが、

「ああ、君が熱病で倒れたってことなんだが、そのついでのように例の君のウィーンの記事や著作権の交渉について論争めいたことを長々と載せたのさ。」

「それできっとランゲー局長が心配して僕のところへ来たんだ。友人たちもたくさん見舞いに来てく

れたけれど、あんな高官まで来てくれるとは思わなかった。それで治療費はどうしたんだ。僕の執筆料は受け取ったんだろう？　その一部はここへ持ってきてくれたよね？」

「ああ、そりゃ無一文じゃ困ると思ったからね。残金はみな治療費につぎ込んだんだけれど、それでも足りなかった。こんなに長くなるとは思わなかったからね。ただ、「ラ・プレス」と「アルティスト」が立て替えてくれた。」

「これから書く記事と引き換えというわけだね。」

「ウィーンの恋の続きはまたすぐ書けるんだろう？」

「ああ、それにまたミッションをもらえるだろうから、ベルギーの旅行記も書けると思う。とにかくすぐに仕事にかからなくちゃ。」

「そんなに無理をすると体を壊してしまうぞ。治療では結構体力を使ったんだろう？」

「ああ、シャワーとか瀉血とか、いろいろ嫌なこともあったな。でも今は大丈夫だ。あそこの食事はまずいけれど栄養は足りていて、体力は全然落ちていない。むしろあまりに一か所に押し込められていたんで無性にどこかへ行きたいんだ。」

「それは分かるけれども、とりあえず旅費がないだろ？」

「ああ、それだからまずミッションをもらいに行かなくちゃな。」

　友人たちは何としてもしばらくはジェラールを静養させたかったのだが、彼は「ラ・プレス」と「アルティスト」の編集部、それから内務省をあわただしく訪れるとまた折り返してランゲーの執務室へと足を延ばした。どこでもまずジャナンの記事を読みたがったのだが、どこでも「デバ」の二週間前の記事はもう残してなかった。ランゲーはいつもに似合わずミッションの件については口を濁し、マラックがもう少し様子を見るべきだと思っているのだとしか答えてくれなかった。ルクレールも同じだった。それからやっと彼の足は父親の家へ向かった。足が重かった。エティエンヌ医師は何も言わずに息子を迎えた。少し見ぬ間に急に老けたような気がした。

「お父さん、お久しぶりです。」

「ああ、もう良くなったのか？」

「はい、ご心配をおかけしてすみませんでした。テオとエドモンが病院まで迎えに来てくれて、ようやくパリの町をまたみることができました。」

「これが三度目だな。だんだんひどくなっているんじゃないか。」

「お見舞いに来ていただいた時にもお話ししましたし、手紙でもお話ししましたが、もうすっかり良いんです。また元の通りやっていけるんです。」

「そんな話はお前のことを本当には知らない友人か役人にでもするんだな。お前が小さい時からずっとそばで見続けてきた医者の私がそんな話を信じるとでも思っているのか？　お前の母親がそうだった。あれがポーランドで床に就いた時も高熱を出して、妙なことを口走っていた。」

「それは初めて聞きました。」

「どうせとうの昔に死んでお前が顔も知らん母親だ。」

「母親は母親です。」

「問題はお前がその体質を受け継いでいるということなのだ。一つのことに夢中になるとお前は神経を病む。そうしてしまいには高熱を出す。わしがお前を医者にしようとしたのはお前がそんな自分を自分で管理できるように鍛えるつもりだったからだ。小さい時からジョルジュに頼んで軍隊式に鍛えて、激情に走らないようにしたつもりだった。だが、そうすればするほど、お前は文学に走り、ますます精神を病むようになった。」

「お言葉ですが、僕は精神を病んだりしていません。むしろ今まで以上に世界が見えてきたと思っています。」

「路上で服を脱いで裸になることがか？　それも冬のさなかにだ。そのこと自体で決定的に体も心も痛めつけたかもしれないのだぞ！」

「どうして僕が道の上で衣服を脱いだと思っているのです？　そんなことを誰にお聞きになったのです？」

「パリじゅうがそのことを知っておるわ！これを読んでみるがよい！」

エティエンヌ医師は少し古くなった新聞を机の上の紙の束の中から取り出してジェラールに放って寄越した。それが「デバ」だと知った時、ジェラールの口ひげが少し震えた。

「ジャナン！君はなんていうことをしてくれたんだ！」

「多分それで良かったのさ。その男はお前の文学キャリアを閉じてやろうと思ったのだろう。それも一つの情けかもしれぬ。」

　ジェラールはもはや聞いていなかった。記事をつかんで夜の街に走り出ていた。どこをどう走ったかもわからなかった。いつの間にか雨が降り出していた。ナヴァラン通りに辿り着いたが、いくら扉を叩いても門番は出てこなかった。ひょっとしてあの婆さんは僕が狂気に取り憑かれたと知っていて開けないんじゃないか、いや、そもそも僕が死んだと思っていて、幽霊が来たと思ったのかもしれない。雨が強くなってきた。そこにじっとしてはいられない。どこへ行ったらよいのかわからぬまま、ただやみくもに歩きだしていた。あるなだらかな坂を下り始めた時、反対側から登ってくる者がいた。

「ジェラールじゃないか！」

「君は？　ああ、「シャリヴァリ」のイポリット・リュカか。こんなところで何をしている？」

「君こそ何をしているんだ、こんな時間に。僕は家に帰るところだよ。」

「そうか、僕も帰ろうとしたんだが、門番が扉を開けてくれないんだ。」

「それは困ったな。こんな雨の中だ。こうしよう、僕の家はすぐそこだ。ベッドは一つしかないがソファを少し工夫すれば君の豪華な天蓋付きベッドと変わらぬ寝心地になるさ。さあ、この傘の中へ入って。」

「ありがとう、助かるよ。」

　ブレダ街は確かにもうすぐのところだった。リュカはずぶ濡れのジェラールのために火を起こし、とっておきのドイツ産のワインを出して勧めてくれた。おかげでジェラールもまもなく元気になり、リュカはソファに部屋着を敷いてそこにジェラールを寝かせることにした。

「君の書いたものはいつ読んでもいい文章だと思ってるが、特にドイツ系のものが良いね。旅行記事も面白いけれど、あのドイツを描いた劇も良かった。」

「ああ、『レオ』だね。あれは本当に僕の全才能をつぎ込んで描いたものだからな。デュマが共作者になっているけれど、検閲を受けて僕が書き直してから、もうデュマの書いたところはほとんど残ってない。」

「うん、それでいいさ。僕は本当のところデュマっていう作家はあまり演劇はうまくないと思ってるんだ。むしろ小説でも書いた方が向いている。君のレオやフランツは本当に作者が乗り移ったみたいに主人公の苦しみがよくわかる。」

「そう言ってもらえると嬉しい。でも上演はすぐ終わってしまった。」

「いや、まだあんなものがいくらでも書けるさ。今度は一人で書くか、どうしても共作者がいるなら君がイニシアティブを取れる相手を選ぶんだね。」

「そういうことができればね。でもそれは劇場の思惑次第なんだ。」

「いや、さもなきゃまた旅行記を書けば良いさ。ドイツ語ができるんだろう？　現地語のできる作家なんてそうはいないんだから。」

「ドイツはいいね。また行きたいよ。当面は別の方向へ行かなくちゃならないんだけれどライン川の女神の魔力がいつも僕を呼んでいる。」

「ライン川の女神って誰のことだい？」

「ローレライって言うんだ。ライン川の岩の高みから川を見下ろしていて、それがあまりに美しいんで近寄る船が暗礁に砕けてしまうんだ。」

「おいおい、それじゃ女神どころか魔女じゃないか。カリブデスかスキュッラの類だ。」

「いや、後になって悪魔とか魔女と呼ばれるものは最初はたいてい神だったんだ。悪魔は角をはやして蹄を持っているだろう？　あれはもともとギリシャ神話のパーンの姿だ。ギリシャ人はパーンが敵に恐慌をきたさせてくれる守り神として尊重しているからね。ローレライは男を誘惑するんじゃない。男たちが勝手に引き寄せられるんだ。」

「君が異教の神々を好きだってことは聞いたことがあったけれど、これほどとはね。」

「ギリシャの神々も北欧の神々もみなパッションに満ちているし美しいよ。あの神々は誰かが深くその祈りを掘り起こせば戻ってくるんじゃないかな。」

「戻って来るってまるで幽霊みたいだな。」

「神々は信仰が失われると死んでしまう。プルタルコスはイタリアに向かう船に乗ったものが偉大なるパーンは死んだという神託を聞いた話を載せている。ギリシャの神々は人々の信仰を失って死んでしまった。でも今やキリスト教の神だって昔のような純な信仰は失ってしまったと思うだろう？　でも信仰さえ戻ってくれば神も戻って来る。君はそう信じるだろう？」

「うん、確かにね。」

「だからギリシャの神も北欧の神も、その他失われたあらゆる神々もきっといつか戻って来るんだ。なぜなら本当のところ、すべてが同じなんだからね。」

「すべてって言うと、キリスト教の神も、ということかい?」

「そういうことになる。」

「でもキリスト教の神は一人で、他の神々は複数じゃないか。」

「そうだよ、一人にして多数なんだ。」

「分からないな。」

「分かるものじゃない。感じるものなんだよ。」

「ふーん、そういうものなのかなあ。」

ジェラールはまだ喋っていたがリュカは眠気を抑えられなくなって寝床に入った。ジャナンが言っていたのとは違って、今の話はそんなにおかしくないような気がする。それに彼がパリの街を歩いていたということは病院を出たのだから、治ったのだろうと思いながら。

ふと、寝耳の中で何かを感じて目を醒ますとジェラールが暖炉の火を起こそうとしていろいろやっている所だった。

「やあ、起こして済まない。でもあんまり寒くてね。」

確かにソファに部屋着だけでは冬のさなかには耐えられないかもしれない。リュカは一緒になって火を起こしながら言った。

「僕が迷信深かったら幽霊だと思って震え上がっただろうぜ。」

「でも幽霊は戻って来るんだよ。ハムレットのお父さんが言っているだろう。それにシェークスピアも、この天地では色々なことが起こると言っているよ。」

リュカは安心するとまた眠くなって、それ以上聞いていられず、寝床に戻ってしまった。ジェラールはむしろ目がさえてきて、そこにあったリュカの本『女たちの肖像』を取り上げてソファに横になって読み始めた。

夜が明けるとリュカは目を醒まし、ドイツワインの残りと戸棚にあったパンの塊を切って朝食を作ってくれた。ジェラールは朝になると暗い様子で急に喋らなくなり、何となく気まずいまま二人は朝食を終えた。ジェラールは泊めてくれた礼を言って、そのまま街に出て行った。

カフェ・ディヴァンに入って行った者は何となく習慣でいつもジェラールが座っていた方を眺め、その不在に一抹の寂しさを感じるのが最近の常だったが、今日はそこに彼がきちんと坐って紙束をいくつも広げているのに驚いた。少しでも面識のあるものは近づいて声をかけ、ジェラールも一人一人相手の名を呼んで挨拶したので、彼らは一様に、じゃあティエリーが言っていた通りなのだ、ジェラールはもう回復して元通りになったんだと嬉しい気持ちになった。やがてそこに当のエドモン・ティエリーがやって来ると声をかけてジェラールの隣に坐り、それほど親しくなかった者たちも好奇心からその周りに集まり始めた。

「誰か女の人に会ったかい？」

「ああ、「ラ・プレス」でね。デルフィーヌ・ド・ジラルダンが声をかけてくれた。もっともあの人は男みたいにさばさばしているけどね。記事を早く出してくれって言ってたよ。もう二つ分も前貸ししてるんだからってね。」

「でもそんなに無理をするなよ。」

「いや、彼女にしたって、本当にそんなに急いで原稿が必要なわけじゃないと思う。僕が前借のことを気にしているんじゃないかと思って、逆に気を楽にするために言ったんだろうな。その内にまた夜の訪問日に来てくれとも言っていたよ。今は劇評を書いてないから劇場へ行っても金を払わなけりゃ入れないし、とてもそんな余裕はない。ほかに女性に会えるところはないから。」

「まあいいさ、当分は男友達だけで我慢するんだな。」

「いや友達に好きなだけ会えて嬉しいよ。病院にいると皆が面会に来てくれるのを待ってるしか仕方がないし、あそこの医師も他の患者もいい人ばかりだけれどいつも塀の中に閉じ込められているのは息苦しくてね。それはそうとそこの君、トルコ風の指輪をはめているね。」

「ああこれですか。これは昨年トルコに行った叔父が土産にくれたものなんです。ごらんになりますか？」

「うん、これはお守りだね。目の形が描かれている。悪いものから守るためなんだ。これをしばらく貸してくれないか？　どうも今お守りが必要な気がして仕方ない。」

「どうぞ、お役に立てるなら嬉しいです。」

作家というものに憧れてこのオリエント風のカフェに通っていた青年はいそいそと指輪を差し出し、ジェラールはポケットからネッカチーフを取り出して細く巻き、指輪に通して首の後ろに当たるようにして縛った。

「人間の魂はここから抜けるんだ。だからこうしておけば安心なのさ。」

まもなくゴーティエがやって来て彼の陽気な声にあおられて座はさらに和んだ。その時鐘が鳴った。十二番目が鳴り終えた時にジェラールは不意に立ち上がった。驚いて皆が見ると、目が異様に開かれている。

「東方へ、東方へ行くんだ。」

そうしてまっすぐに店の入り口近くにかけてあった鏡に突進した。鏡にひびが入り、ジェラールは額から血を流して倒れた。ゴーティエとティエリーが駆け寄った。ジェラールは目を開いたまま、

「深淵だ、深淵だ、深淵だ！」

と叫び続けている。二人の呼びかけにも全く応じない。

「これは大変だ。どうしたら良いだろう？」

「こうなった以上きちんとした所へ入れるほかないな。ブランシュのところがいい。あそこならなんとかしてくれるだろう。」

ゴーティエの言葉にティエリーもうなずいた。ブランシュ医師は精神病者に人間的な治療を施し、何人も回復させたことのある人だった。文学者の知り合いも多い。

「でもそれなら家族と、別の医師の証言がいる。」

「やむを得ない。エティエンヌ医師のところへ運ぼう。」

二人は辻馬車を呼び大急ぎでサン・マルタン通りへ駆けつけた。真夜中に駆け付けた友人の形相を見て今度はエティエンヌ医師は即座に諒解したらしい。

「また戻ったんだな。分かりました。ブランシュ宛てに手紙を書きましょう。それにこの近くにグラボウスキーという医師がいる。彼にこの手紙を見せて証明書をもらってください。」

とだけ言い、ブランシュ宛てとグラボウスキー宛ての二通の手紙を書いて二人に渡した。グラボウスキーは突然真夜中に見知らぬ若者たちに押しかけられて驚いたが、同業者の手紙を見てすぐに証明書を書いてくれた。二人はそれを手にして今度はモンマルトルへと馬車を回した。真夜中にあちこち引き回され、最後に坂を登らされた馬は息を切らして何とか大きな石の館の前に辿り着くことができた。門のところは厳重な格子になっていて、何度か呼び鈴のひもを引くとようやく門番が出てきた。

「緊急の入院を頼みたい。」

「ご家族の承諾と第三者の医師の証明書が必要ですが。」

「大丈夫だ。ここにそろえている。」

「院長を起こしてまいります。しばらくお待ちください。」

門番がジェラールを両側から支えている二人の友人を案内した部屋にも小さな焜炉が運ばれていて、三人は何とか冷え込む夜をしのぐことができた。ジェラールの額の傷は血が止まっていたが、彼は取りとめもない言葉を次々と口走り続け、自分がどこに連れてこられたかも分かっていないようだった。

やがて院長が入って来た。きちんとした医師らしく夜中でも黒い正装に身を包み、寝起きばなのようなたるんだ表情は全く見せず背も恰幅も堂々としたもので、丸目の顔に鼻は高く、髭を少し顎に蓄えてしっかりとジェラールを見据えていた。エティエンヌとグラボウスキーの手紙を読み終わってから、まず二人にどのような状況だったのか尋ね、ジェラールの額に軽く消毒液を塗り、その瞼を手で開いて中を覗き込んだ。さらに上半身を露にさせ、胸と背中にラエネックの発明になる聴診器をあてた後診断を下した。

「重度の精神錯乱ですね。確かに入院しての治療が必要になります。どれくらい長くなるかはまだ何とも言えません。当院ではピネル教授とエスキロール教授の考え方を基本方針として患者さんたちはできるだけ自由に、家族のように過ごしていただいています。拘束衣やシャワーはなるべく使わないようにして、水浴と散歩などに重きを置いています。文学をやっておいでとのことですが、当院にはアントニー・デシャンという詩人がいらっしゃいますから、よい話し相手になるのではないかと思います。」

「シャルル・ラッサイーもいるのではないのですか？」

「いいえ、あの方は去年の五月にブリエール・ド・ブワモンの病院に移りました。残念ながらあの方の場合、回復の見込みが立たなかった。ラブリュニーさんの場合、噂になっておりますので、その状況から判断する限りでは回復の見込みはあると思いますが、こればかりは時間が経ってみなくては分かりません。」

「治療費はどれくらいになるのでしょう？」

「月決めで四百フランですが、払える時に払っていただければ良い。決して患者をそれが理由で追い出したりはしません。うちの患者さんたちは基本的に裕福で支払いは順調なので、一人二人払いが遅れてもなんということはないのです。それにもし、ラブリュニーさんが回復されてまた仕事が始められれば、ゆっくりと時間をかけて払っていただければよいのです。」

「それはどうもありがたい話です。夜中に押しかけてご迷惑をおかけしました。」

「いえ、時々あることです。」

八十八. ブランシュ医師

意識が次第に浮かび上がってくる。そこに知らない顔があった。少し微笑んでいる。

「どうです。気分は良くなりましたか？」

「どこも悪くなってなんかいませんよ。ここはどこですか？」

「私は医師のエスプリ・ブランシュというものです。」

「ブランシュ博士！それではまた精神病院に入れられたんですか！」

「あなたはもう三日も眠り続けていたんですよ。」

「そんなはずはない。ずっと意識はあったんです。また運ばれているなと思った。坂を登っているのが分かった。」

「この病院はモンマルトルにありますからね。」

「いいえ、それはもっと小高い、平和な、私の故郷のような所だったのです。女性達が働いていました。」

「どんな女性達だったのですか？」

「それが、その表情はみな別のものなのに、その微笑が、声が、目元が、髪が、次々と他の人に現れて、皆同じようで違うと、そんな女の人たちでした。皆昔ヴァロワの地で見たような、そんな美しさなのです。三人は機を織っていました。蜘蛛の巣のように細く透明な糸でした。織ってもらった服を僕は着せてもらったのです。それから一番年上の女性が庭に出て行ったのでついて行こうとしたら、どんどん姿が大きくなって、私は藪の中に入り込んでしまって、消えていく女の人が見えなくなり、その代わりにあなたの顔が浮かび上がってきたのです。」

「美しい夢ですね。」

「いや夢じゃない。現に僕はそこにいたんです。まだきっとそこへ行けるはずだ。」

「でも三日も何も食べてないんですよ。お腹が空いたんじゃありませんか？」

「ああ、そういえば急にお腹が空いてきました。」

「食事の時間だからいらっしゃい。みんなもう席についていますよ。」

食堂はかなり広い部屋で、二列の長いテーブルに人々が並んでいた。壁には大きな絵がかかっていたが、中央にはシャツの上に黒服を着た男が建物と建物の中を若者たちに囲まれてたたずんでいる。指さした先には半ば裸の白髪の老人がいて、その老いさらばえた手を拘束している鎖を別の人物が外してやっている所だった。

「あれはフィリップ・ピネル教授です。精神病の人々は前世紀まで鎖につながれて人間扱いされていなかった。それがいかに間違った考え方かピネル先生は世界に示されたのです。」

「ええ、あの人のことは知っていました。偉大な人だと思っていましたけれど、自分がその恩恵を被るなんて夢にも思いませんでしたよ。」

「まあ、そう重大に考えるのはおやめなさい。ここでゆっくりと養生していけば必ず回復します。ここにはあなたと同じ職業の人が一人いるので、その隣に坐られると良いでしょう。」

確かにその顔には見覚えがあった。高い鷲鼻が目立ったがラッサイーのそれほどではない。目に光がなくて、ぼんやりと前方を見ていた。

「アントニー・デシャンさんですね。僕はジェラールといいます。」

「ああ、そうらしいね。」

「ご存知だったのですか?」

「いや、でも私にとって、もうどんな名前も意味がないんだ。生きている人は次々といなくなる。死んだ人はまた戻って来る。」

「死んだ人が戻って来るんですって?　誰が来るのです。」

「斬首された王だ！」

「ルイ十六世ですか？」

「そうだ。首にまだ血糊がついている。喋ろうとするのだが首だけだから声にならない。」

「ああ！」

「毎晩のように現われるのだ。それから聖バルテルミーの日に惨殺された者たち。」

「その人たちは首はあるのですね？」

「ある。しかしみな弩の矢の跡で穴だらけになっている。血だらけの体を見せつけられる。」

「眠れますか？」

「眠れるわけがないだろう。毎夜うなされている。時々あまり大きな声で喚くから看護人が来て押さえつけられる。そうするとあの向こうの建物に連れていかれる。」

「どうなるのです？」

「あそこには拘束衣があるのだ。シャワーも浴びせられる。ここら辺で穏やかに笑っている奴らは知らない。この家にだって拘束衣もシャワーもあるのだ。」

「こちらにいれば大丈夫なのですね。」

「そうだ。だがあの血まみれの首を見て叫びださないでいることは難しい。私はもう疲れた。」

デシャンはそう言って初めてジェラールの方を見た。

「君は誰だ？」

「ジェラール・ド・ネルヴァルといいます。ジェラールという名でも書いています。」

「ああ、『ファウスト』の作者だな。ユゴーを知っているか?」

「ええ、『エルナニ』の時お手伝いをして以来お付き合いをさせていただいています。」

「あれは偉大な男だ。私の兄もな。」

「エミール・デシャンですね。僕もそう思います。」

「生きているものは放っておこう。」

「あなたも死んではいませんよ。」

「死んだも同じさ。」


こういう話ばかり聞かされると、だんだん気が重くなってくる。ここの食事は悪くない。それを話題にしてみたがデシャンは味など感じてないようだった。少し他の患者とも話してみる。スペインのヒダルゴだと言っている者がいた。もうずいぶん年は取っているようだが、はるか先輩のヒダルゴ、ドン・キホーテだってそうだった。スコットランドの女王もいた。おおメアリー・スチュアート様、ここにいらしたのですか!その首が刃にかかるところが見える気がして慌てて目をそらした。こちらの老人はグラナダの君主と言っている。すべてを取り上げられたからだろう、生気を失って食欲もほとんど失っているようだった。皆何やかや言いながらそれでもよく食べている。ワインのお替りもしている。院長は二列の食卓を縦に見えるような所から穏やかに皆を眺めている。ここでは前の病院と違って男女が分けられていないせいか、皆の会話がよりにぎやかで弾んでいる気がする。食後は庭を散歩することができた。楡の木立があり、菜園があり、ところどころ像のようなものも立っている。イタリアの貴族と称するご婦人の手を取って歩いたが、もう六十を超えていると思われるのに、生娘のように真っ赤になってこちらを向こうともしない。ただ指だけはしっかり握っている。

テオが会いに来た。できるだけ明るくふるまっているその顔のすぐ傍らに暗くうつむいている表情が浮かんでいる。彼が微笑むとその顔の方は眉根を寄せる。

「君ももう一人を引きずっているな。」

「もう一人？」

「ああ、微笑もうとしている君のすぐそばで顔をしかめている君がいる。」

「手厳しいな。」

「この前の夜は僕がそうだった。僕の方をまっすぐ見て、お前は無力だろうと嘲っている奴がいたのさ。あのディヴァンでのことだ。だから僕はそいつを押さえつけてやろうとして飛び出した。そうしたらあいつは赤く焼けた棒を目の前に突き出したんだ。」

あれは鏡だったんだ。だからぶつかって額を切ったんだよ、という言葉をゴーティエは呑み込んだ。そんな風に言ったらますますジェラールの頭を混乱させる気がしたのだ。

「それはそうと今度の治療費はどうなるんだい？」

「月決めで四百フランだそうだ。でもブランシュ医師は払えるようになった時で良いと言ってくれている。」

「そうか、でもそれを捻出することを考え出さなきゃな。大臣の方もプッシュしなけりゃいけない。」

「でもランゲー局長は著作権の調査を保留しているんだろう？」

「いや、もう一つ考えていることがあるんだ。芸術局の方に素案を提出しようと思っている。今度はオーヴェルニュに行く。ポワトゥー、オルレアンを通ってブールジェ、クレルモン、リモージュ、ペリグー、ボルドー、アジャン、ネラック、ポー、カルカッソンヌ、トゥールーズ、モンペリエ、ニーム、アルル、アヴィニョン、グルノーブル、シャンベリー、ジュネーヴ、ブザンソン、ナンシー、トロワまで行くんだ。」

「ずいぶんと大旅行じゃないか。そんなに行って何をしようというんだ？」

「ゴート族の歴史を調べるためだ。東ゴートと西ゴートのね。シャルルマーニュの息子たちがフランスに描いたロレーヌの十字架と呼ばれる地点なんだ。そういうことを調べるためにはうんと言語の知識がいる。ドイツ語、ロシア語、ポルトガル語、アラブ語、ペルシャ語とね。僕にピッタリだろ。オーヴェルニュのカンタルはヒマラヤのカンタルと同じなのさ。メロヴィング家の人々はペルシャ人でトロイア人でもあったんだ。」

テオのこちらに向けた顔は少し微笑んでいる。しかしもう一つの顔は大笑いしている。

「君、笑うとは失礼じゃないか！僕にできないと思っているな。本当なんだぞ。僕はあの地方のどんな方言にも通じているし、いろいろな言語で読むことができる。種族のことを調べるなら詳細な家系図を作れば良いんだ．もう自分の家については始めている。ほらこれを見てくれ。」

僕は大きめの紙にぴっしりと書き連ね、太い線と細い線が細かく交差する家系図を出して見せた。ドイツ方面と南フランスの方面が見事に融合している。テオが大笑いするのは許せないから殴りつけてやろうと思ったが、今は彼のもう一つの顔が涙を流しているのが見える。張りつめていた気がしぼむ。

「ジャナンのことは信じていたんだ。尊敬すらしていたんだ。それなのにどうしてあんなことをしたんだろう？」

「元からあんな奴だよ。僕は君がどうして彼のことをあれほど好きなのか分からなかった。ドワイヤネに来た連中の中でもあいつはほんの表面的な付き合いしかしようとしなかったし、僕らのロマン派的な感激ぶりにも水を差すようなことばかり言っていた。いつもユゴーのお世辞ばかり言っているし、デュマに対したってそうなんだ。デュマと君がうまく行かなくなって以来、あいつもデュマについたんだよ。」

「僕は彼が本当に好きだったんだ。彼も僕が好きだと思っていた。」

泣き出すと涙が止まらない。自分でもおかしい位に止まらない。ただ僕の肩に手を置いて慰めてくれるテオの顔がいつの間にか一つになっているのに気付き、心が和んだ。

「本当の友達はちゃんといるさ。ドワイヤネのころよく来ていた画家のヴィクトール・ルーバンを覚えているかい？　フーリエ主義者で、女性の共有なんて妙なことを話していたやつさ。あれが君の病気のことを聞いて心配して手紙を寄越したんだ。」

「本当かい。彼は城を持っているんだったよね。南の方だった。」

「ああそうだ。あれは本当に良い奴だったよ。治ったら、南の方へ行きたいなら彼を訪ねたら良いんじゃないかな。」

「うん、いい考えだね。彼には手紙を書いておこう。」

その後早速ルーバンあてに手紙を書いた。一月に手紙をもらったのを覚えていたので住所はすぐに分かった。皆が病気と呼んでいるものはそんなものじゃない、僕の頭の中であらゆる哲学と神々のカーニヴァルのようなものが展開しただけだと書き、キリストがオリーヴ山の頂で宇宙を見てそこに深淵を見出した詩と、神に反逆したアンテロスがカインの血筋を振りかざして古代の巨人たちの誇りを歌い上げる詩、それにタラスコンの巨人の詩を添えた。何故か今の気持ちはキリスト教の神から限りなく遠く、それでいてイエスの気持ちには心から共感するような気がするのだ。

この病院の主な治療は水浴である。大きな盾のような蓋から首だけ出すこのやり方は好きになれないが夏の間は肌に心地よく、心を鎮めてくれる。隣の患者や看護師と会話をすることも楽しかった。とりわけブランシュ医師の穏やかな語りは、この人がいるだけで患者たちにいい影響を与えるようだった。

「あなたのお父さんもモスクワ遠征へいらしたそうですね。」

「先生もいらしたんですか？」

「行きました。運良く帰ってこられた一人です。幸いなことに皇帝陛下の近衛軍付きだったものですから。近衛兵は普段戦闘には加わらないんです。移動中はむしろ退屈で、本など読んで過ごしたものです。」

「何をお読みだったのですか？」

「アリオストにマキャヴェリ、それからヴォルテールの『ピョートル大帝下のロシア帝国史』ですね。」

「いずれもいい本ですね。ピョートル大帝をお読みだったらさぞナポレオン皇帝と比べられたのではありませんか？」

「ええ、私は陛下の治政に信頼を置いていましたからね。このモスクワ遠征が必ずやロシアという最北の地に文明と栄光をもたらすだろうと信じていました。ただ進むにつれて、行けども行けども焼かれた村ばかり、大軍を支えるための食糧が調達できない。たまに村が残っていると、もう本当に徹底的な略奪ですね。」

「わが軍も略奪をするんですか？」

「一応紙幣を置いて行くんですが、遠征前に急遽刷りまくったアッシニヤなどもともとほとんど価値がない。そこへ来て結局フランス軍が負ければ全く無価値になる。そんなこと以上にですね、周りの村が見渡す限り焼かれているんだから、食料を全部取られてしまったら村人たちだって飢えるほかない。必至で抵抗し、少しでも隠しておこうとする。だから殺気立った兵士ともみあいになって、殺される者もたくさん出てくる。特に退却路では日に日に寒さが増してくる。そんな中でコサック隊が散発的に襲撃してくるのですよ。よく覚えていますが、朝早くのことでした。前方からウラーという叫び声がかすかに聞こえて来たかと思うと、見る間にコサック騎兵が現われた。近衛兵はきちんと列を作って応戦し、突撃して追い散らしましたが、奴らは皇帝陛下からわずか三十歩というところに迫っていたのです。あれは私の見た数少ない、栄光ある戦闘でしたね。」

「モスクワはどうだったのですか？」

「あれほど期待して入った町だったのに、結局ほとんど人が残っていない。宿舎に入って間もなく方々から火の手が上がったと聞きました。待ち受けられていたんですね。罠の中に飛び込んだようなものだ。それからは敗走に次ぐ敗走で、しまいにあのベレジナの渡河だった。」

「ああ、父もかろうじてあそこを突破できたんですが、手紙や母の形見などすべて失ってしまったのです。」

「生きていただけ幸運だったと言うべきでしょうね。私は皇帝陛下のすぐそばにいて、真っ先に渡れたのですが、後続の軍の人数と勢いを考えると、あの橋は阿鼻叫喚の様になるのが見えていた。しかも気温はマイナス二十六度なんですから、川を歩いて渡ることもできない。一里行軍すると四十人死ぬような状況でした。まあ、おしゃべりしてしまいましたが、そんな暗い情景はお忘れなさい。ほら、夕日がきれいじゃありませんか。」

　ここから見える景色は本当に大きくてきれいだ。子供のころよくお父さんの従卒のジョルジュがモンマルトルまで遠足に連れてきてくれたけれど、あれはたいてい早朝だった。景色が茜色に染まるところは似ている。ただ、朝ならばこれから光が射してくる。今は闇が下りて来る。しかし今の僕には夜こそが嬉しい時間なのだ。山の彼方にも反対側のパリの川沿いの方もまるで星座のように神々の姿がくっきりと浮かび上がっていた。テオの絵の才能をうらやましく思っていたが、やってみると自分でも思いのほかに描き始めていた。僕は少し前から壁にこれらの神々しい姿をレンガと炭を使って壁に描ける。丘の上、雲の中に次々と神々や神々しい生き物を描きながら、その中央には常に夜になると僕を訪れるあの女性を描いた。顔立ちはジェニーであり、マリーであり、そして故郷の中心として現れるあの女性のものだった。この夕陽に照らされた女性像の美しさを定着させようと花の汁を使うことを思いついた。木立の足元に花壇があり、何種類もの色鮮やかな花が咲き乱れていたが、特に青いものを選んで壁の上に強く擦り付け、余計な部分を布でふき取っていく。女神の足元には車輪が回り、オリュンポスの神々が脇侍している。自分でも感心してその出来に眺めいっていた。

翌朝、壁のところに来てみるとせっかく描いた絵が汚され、ほとんど消されているのを見た。看護師たちを問い詰めても、彼らはそんなことはしていないと言う。するといつも大口を叩いたり、人の顔をぴしゃぴしゃ叩いたりするヒダルゴだと名乗る老人が満面の笑い顔をたたえて現れた。

「儂じゃよ、貴公の壁画を駄目にしたのは。貴公があまりに楽しそうなんでな。一ついたずらをしてやれと思いついたんじゃ。」

歯をむき出しにして笑う姿はどこか憎めなくて怒る気が失せた。ブランシュ夫人が現われた。

「おやおや、またヒダルゴが悪さをしたのね。許しておやりなさい、ジェラール、この人にはこのくらいしか楽しみがないのよ。」

長身、金髪でどこかサン・ジェルマンのオーギュスティーヌ伯母さんを思わせるこの人はしっかりと患者たちの心をつかまえて離さない人柄で母親のように慕われている。庭で散歩するときも親身になって話を聞いてくれたが、旅の話をすると、

「いいわねえ、私なんか一生この館を離れることはないわ。」

とため息をついた。

僕はまたできるだけ丁寧に女神の跡をなぞり返して壁画を描いた。しかし翌朝になるとまた、これに負けぬほど丁寧な努力で拭い去られた壁とヒダルゴの歯をむき出した笑いに直面しなければならなかった。

ブランシュ医師は紙とペンを貸してくれた。僕の仕事に必要だろうからというのだが、書いたものは手紙でも原稿でも必ず自分で目を通しているようで、僕はひそかにこれを検閲と呼んでいた。そうは言っても医師が手を加えることも、取り上げてしまうことも全くなかったのだが。

書いていたのは地球の歴史のようなものだった。それをありありとこの身に感じ、宇宙にそれが映って見えた。その通りに書いたのだ。後から見れば意味の分からない言葉、何語か分からないような言葉すら交じっていた。なぜ自分がこのようなことを知っているのか、なぜこのような言葉を使うことができるのか、分からないままにそれがとても美しいと思った。僕は薄暗い天体の中に運ばれ、そこでは聖なる書き物が現われ、七人のエロイム（神）がここで契約を結んでいた。柔らかい土の中か

ら巨大な棕櫚のような植物が萌出、サボテンや有毒な棘植物、ひしゃげた形のアーカンサスなどいずれもすさまじい勢いで地を埋め尽くしていた。そこに不気味な爬虫類が多数のたうっていたが、僕自身そんな醜いトカゲの一つだったのだ。その混沌とした世界に一つの輝かしい天体が光を投げかけ始めた。するとトカゲたちは脱皮し、後脚で立ち、力にあふれ、互いに戦い始めた。僕もトカゲたちにぶつかって行っては噛み、前肢で引き裂こうとしていた。その時不思議なハーモニーがこの世界全体に響き渡った。すべての怪物たちはこの妙なる音に感応し、空気をまさぐり、それらの喉から出ていた咆哮はいつの間にかそのハーモニーそのものとなっていった。植物の上に漂っている彼らの影はいつの間にか男と女になっていった。他のものたちは獣に、鳥に、また魚にと変わって行った。

このハーモニーを天上から与えたのは一人の光に満ちた女神だった。生まれてきた獣たちは死ぬとまた新たな妖精の姿に生まれ変わり、それはディーヴ、ペリ、オンダン、サラマンドルと呼ばれ、美しい姿で女神の賛歌を歌った。しかしエロイムの一人は第五の種を土から作り、これをアフリットと呼んだ。彼らは支配的な種族となり地を支配したが、他の精霊たちはこれに反発した。何千年も戦いが続いた挙句、三人のエロイムが一族を引き連れて南の地に彼らだけの王国を作り、カバラの秘法で天界の星々と通じながら地を支配した。彼らの寿命は千年で、その死が近づくと強力なカバラの秘法でさなぎの形になり、子供になって再生するのだった。しかしこのような自己消費の生命が続くとやはりその力は衰え、全体が老いて行く。彼らは延命のためにピラミッドの地下にすべての宝と秘宝を隠した。僕は彼らの呪法の下で、アフリカの月の山の彼方に閉じ込められて呻吟していた。もはや木々は蒼白の花しかつけず、葉もしおれていた。苛烈な太陽がすべてを枯らし、民はあえぎ、支配者ですら老いさらばえて疲れ果てていた。ついに疫病で人々は倒れ始め、動物も植物も滅んで行った。その時オリオン座の水門が開き、南北の極が逆転した。大洪水がアフリカとアジアを襲う。三人のエロイムはアフリカで最も高い山の上に逃れ、互いに争い始めた。別の山の頂では一人の髪を振り乱した女が兄弟たちに救いを求めていた。兄弟たちは知らぬふりをしていたが、夕闇の星は彼女の上に希望の光を投げかけている。

洪水の後の地では調和のハーモニーが鳴り響いていた。ノアの子孫たちが地上で額に汗して地を耕し、エロイムの子孫たちは地下で生き延びていた。それから人々は地の上で、皆の知る通り血の戦いの歴史を続けてきたのだ。

ヴィクトール・ルーバンが面会に来てくれたとき、僕はこの原稿を読んで聞かせた。まだドワイヤネで出会った少年のような面影を残した城主は目を真っ赤にして言った。

「神はやっぱりおられるんだね。」

「そうとも！」

僕は涙を流しながら久しぶりに会えた、二度と会うことができないと思っていた友の腕の中に飛び込んだ。

八十九．退院

ジェラールは八か月ぶりでブランシュ医院を去った。エスプリ・ブランシュは自ら門のところまでジェラールと、迎えに来たゴーティエを見送った。

「ラブリュニーさん、あなたは私の診た患者の中でも最も成功した回復の証となって頂けた。あなたのお世話ができたことは喜びでした。」

「ブランシュ博士、感謝の言葉もありません。この治療院で過ごした日々は家族の中にいるようでした。あなたには精神的にも金銭的にも大変大きな負債ができました。」

「ああ、治療費のことなら、本当に急がないのです。まず十分健康を回復し、仕事に戻れるようになってから、少しずつで結構です。それから、今息子が勉強から帰っていますので、お引き合わせします。エミール、ここに来なさい。」

現われた若者は父親に似て少し太り気味だったが、ずっと病院で育って、患者も良く見ており、物おじせずに近寄ってきた。

「エミールです。お見知りおきを願います。」

「将来はこの子に院を継がせようと思っています。まあ、あなたが再び患者として来ることはありますまいが、ここにはヴィニーさんなど文学者も良く遊びにみえます。気が向いたら是非いらしてください。」

ジェラールは馬車が動き出すと少し息をついた。ゴーティエはその肩にそっと手を置いてくれた。

だが本当に大変なのはこれからだ。ドゥエ・ダルクが自分の部屋の近く、イアサント・サン・ミシェル通りに新しい部屋を見つけてくれたので当面そこへ行けばよい。だが記事はいつ書けるか、そのお金がいつ入るのか？　ジャナンにあの記事を訂正するようなものを書いて出してくれるよう頼んだが、それをやってくれる様子がない。その代わりに彼はデルフィーヌ・ド・ジラルダンと連名でヴィルマン文化相にネルヴァル氏に緊急支援金を下賜されるよう嘆願書を出してくれ、三百フランというお金が出ることにはなった。当面これで食べていくことはできる。だが、これは喜ぶべきことなのだろうか？　ジャナンは僕が正気に戻った人間だと認めることを拒否し、憐れむべき病人として支援金がもらえるように計らったのだ。彼は僕を病人として、もはや過去の人間として決定的に片づけたいのではないかという気がした。いや、それは彼だけのことなのだろうか？　パリ全体が、自分のことをもはやまともでない人間、相手にすべきでない人間として見放すのではないだろうか？　そう思うと心細さが体の芯から震えとなって全身をゆすぶった。ゴーティエが気遣うように友の顔をうかがった。ああ、こんな風に身をさらすくらいならばなぜ出てきたんだろう。ブランシュ博士の家は天国だった。あそこにいれば何の心配もなかった。だが、そこまで考えた時、はたと治療費とのことを思い出した。せっかく汗水たらして払い終えた借金が、また同じくらい、むしろ利子を付けたような形で覆いかぶさっている。どうしたら良いのだ？　この先どうなるのだろう？　まだ昼間のはずのパリの空は暗く、太陽がまるで見えないのにジェラールは気付いた。

上巻の終わり

夢と人生　上巻

二〇二三年五月二五日　第一刷発行

著者　知火

発行者　知念明子
発行所　七月堂
〒一五四―〇〇二一　東京都世田谷区豪徳寺一―二―七
電話　〇三―六八〇四―四七八八
FAX　〇三―六八〇四―四七八七

印刷・製本　渋谷文泉閣

定価　三〇〇〇円＋税

©Shirufu 2023, Printed in Japan
ISBN 978-4-87944-533-9 C0093 ¥3000E
落丁・乱丁本はお取り替えいたします。